中国文库
文学类

创造社作品选

（上）

刘　纳　编选

中国出版集团
人民文学出版社

图书在版编目(CIP)数据

创造社作品选/刘纳编选. -北京:人民文学出版社,2011
(中国文库)
ISBN 978-7-02-008560-6

Ⅰ.①创… Ⅱ.①刘… Ⅲ.①中国文学:现代文学-作品综合集 Ⅳ.①I216.1

中国版本图书馆CIP数据核字(2011)第051852号

责任编辑:陈建宾
整体设计:翁 涌 李 梅
责任印制:王铁生

创造社作品选
Chuangzao She Zuopin Xuan
刘 纳 编选

人民文学出版社 出版
http://www.rw-cn.com
北京市朝内大街166号 邮编:100705
北京瑞古冠中印刷厂印刷 新华书店经销
2011年11月第1版 2011年11月第1次印刷
开本:880毫米×1230毫米 1/32 印张:28.625
字数:705千字 印数:1-4500
ISBN 978-7-02-008560-6
定价:63.00元(全二册)

“中国文库”出版前言

“中国文库”主要收选20世纪以来我国出版的哲学社会科学研究、文学艺术创作、科学文化普及等方面的优秀著作。这些著作,对我国百余年来的政治、经济、文化和社会的发展产生过重大积极的影响,至今仍具有重要价值,是中国读者必读、必备的经典性、工具性名著。

大凡名著,均是每一时代震撼智慧的学论、启迪民智的典籍、打动心灵的作品,是时代和民族文化的瑰宝,均应功在当时、利在千秋、传之久远。“中国文库”收集百余年来的名著分类出版,便是以新世纪的历史视野和现实视角,对20世纪出版业绩的宏观回顾,对未来出版事业的积极开拓,为中国先进文化的建设,为实现中华民族伟大复兴做出贡献。

大凡名著,总是生命不老,且历久弥新、常温常新的好书。中国人有“万卷藏书宜子弟”的优良传统,更有当前建设学习型社会的时代要求,中华大地读书热潮空前高涨。“中国文库”选辑名著奉献广大读者,便是以新世纪出版人的社会责任心和历史使命感,帮助更多读者坐拥百城,与睿智的专家学者对话,以此获得丰富学养,实现人的全面发展。

为此,我们坚持以邓小平理论和“三个代表”重要思想为指导,深入贯彻落实科学发展观,坚持贯彻“百花齐放、百家争鸣”的方针,坚持按照“贴近实际、贴近生活、贴近群众”的要求,以登高望远、海纳百川的广阔视野,披沙拣金、露钞雪纂的刻苦精神,精益求精、探赜索隐的严谨态度,投入到这项规模宏大的出版工作中来。

“中国文库”所收书籍分列于6个类别,即:(1)哲学社会科学类

(哲学社会科学各门类学术著作);(2)史学类(通史及专史);(3)文学类(文学作品及文学理论著作);(4)艺术类(艺术作品及艺术理论著作);(5)科技文化类(科技史、科技人物传记、科普读物等);(6)综合·普及类(教育、大众文化、少儿读物和工具书等)。计划出版约1000种,分辑出版。自2004年以来,已先后出版四辑,每辑约100种,分精平装两类。2011年时值辛亥革命100周年,特将"中国文库"第五辑作为"纪念辛亥革命100周年"特辑推出,主要收选民国时期原创性人文社科类名著。

"中国文库"所收书籍,有少量品种因技术原因需要重新排版,版式有所调整,大多数品种则保留了原有版式。一套文库,千种书籍,庄谐雅俗有异,版式整齐划一未必合适。况且,版式设计也是书籍形态的审美对象之一,读者在摄取知识、欣赏作品的同时,还能看到各个出版机构不同时期版式设计的风格特色,也是留给读者们的一点乐趣。

"中国文库"由中国出版集团发起并组织实施。收选书目以中国出版集团所属出版机构出版的书籍为基础,并邀约其他数十家出版机构参与,共襄盛举。书目由"中国文库"编辑委员会审定,中国出版集团与各有关出版机构按照集约化的原则集中出版经营。编辑委员会特别邀请了我国出版界德高望重的老专家、领导同志担任顾问,以确保我们的事业继往开来,高质量地进行下去。

"中国文库",顾名思义,所收书籍应当是能够代表中国出版业水平的精品。我们希望将所有可以代表中国出版业水平的精品尽收其中,但这需要全国出版业同行们的鼎立支持和编辑委员会自身的努力。这是中国出版人的一项共同事业。我们相信,只要我们志存高远且持之以恒,这项事业就一定能持续地进行下去,并将不断地发扬光大。

"中国文库"编辑委员会

中国文库

（第五辑）

【哲学社科类】

孙中山著作选编　陈铮选编 …………………………… 中华书局
黄兴集　湖南省社会科学院编 ………………………… 中华书局
宋教仁集　陈旭麓主编 ………………………………… 中华书局
廖仲恺集　广东省社会科学院历史研究所编 …………… 中华书局
朱执信集　广东省哲学社会科学研究所历史研究室编 … 中华书局
中国政治思想史　陶希圣著 ……………… 中国大百科全书出版社
民国政制史　钱端升等著 ………………………… 上海人民出版社
民国政党史　谢彬撰　章伯锋整理 ……………………… 中华书局
经学历史　皮锡瑞著　周予同注释 ……………………… 中华书局
清代学术概论　梁启超著　朱维铮校订 ………………… 中华书局
新唯识论　熊十力著 ……………………………… 上海书店出版社
逻辑　金岳霖著 ……………………………… 中国人民大学出版社
科学与玄学　罗家伦著 ………………………………… 商务印书馆
中国古代经济史稿　李剑农著 …………………… 武汉大学出版社
中国近代经济史　汪敬虞主编 …………………………… 人民出版社
中国交通史　白寿彝著 ………………………………… 团结出版社
中国经济原论　王亚南著 ………………… 中国大百科全书出版社
中国经济思想史　唐庆增著 …………………………… 商务印书馆
财政学　何廉、李锐著 ………………………………… 商务印书馆
货币与银行　杨端六著 …………………………… 武汉大学出版社
刑法学　蔡枢衡著 ………………………… 中国民主法制出版社
乡土中国　费孝通著 …………………………………… 人民出版社
文化人类学　林惠祥著 ………………………………… 商务印书馆
优生概论　潘光旦著 ……………………………… 北京大学出版社
西洋文化史纲要
　　雷海宗撰　王敦书整理导读 ……………………… 上海古籍出版社
西学东渐记　容闳著　徐凤石　恽铁樵等译
　　钟叔河导读、标点 ……………… 生活·读书·新知三联书店
中国现代语法　王力著 ………………………………… 商务印书馆
语言学史概要　岑麒祥编著　岑运强评注 …… 世界图书出版公司

蔡元培教育论著选　高平叔编 ………………………… 人民教育出版社
陶行知教育论著选　董宝良主编 …………………… 人民教育出版社
中国报学史　戈公振著 ……………… 生活·读书·新知三联书店
陆费逵文选　陆费逵著 ………………………………………… 中华书局
张元济论出版　张元济著　张人凤　宋丽荣选编 …… 商务印书馆
韬奋文录　邹韬奋著 ………………… 生活·读书·新知三联书店

【史学类】

国故论衡　章太炎撰　庞俊　郭诚永疏证 ……………… 中华书局
国史大纲　钱穆著 ……………………………………… 商务印书馆
通史新义　何炳松著 …………………………………… 商务印书馆
台湾通史　连横著 ………………… 生活·读书·新知三联书店
武昌革命史　曹亚伯著 ……………… 中国大百科全书出版社
辛亥革命与袁世凯　黎澍著 ……………… 中国大百科全书出版社
北洋军阀史　来新夏等著 ……………………… 东方出版中心
中国国民党史稿　邹鲁编著 ……………………… 东方出版中心
中华民国外交史　张忠绂编著 ………………………… 华文出版社
西洋史　陈衡哲著 ……………………… 中国大百科全书出版社
欧化东渐史　张星烺著 ……………………………… 商务印书馆
清末立宪史　高放著 ………………………………… 华文出版社

【文学类】

秋瑾诗文选注　郭延礼　郭蓁编选 ………………… 人民文学出版社
邹容集　张梅编注 ……………………………………… 人民文学出版社
陈天华集　刘晴波　彭国兴编　饶怀民补订 …… 湖南人民出版社
于右任诗词选　杨中州选注 ……………………… 河南文艺出版社
南社诗选　林东海　宋红选注 ……………………… 人民文学出版社
鸳鸯蝴蝶派作品选　范伯群编选 ………………… 人民文学出版社
文学研究会小说选　李葆琰编选 ………………… 人民文学出版社
创造社作品选　刘纳编选 …………………………… 人民文学出版社
太阳社小说选　李松睿　吴晓东编选 …………… 人民文学出版社
湖畔社诗选　刘纳编选 ……………………………… 人民文学出版社
浅草－沉钟社作品选　张铁荣编选 ……………… 人民文学出版社
《语丝》作品选　张梁编选 …………………………… 人民文学出版社
未名社作品选　黄开发编选 ………………………… 人民文学出版社
新月派诗选　蓝棣之编选 …………………………… 人民文学出版社

象征派诗选　　孙玉石编选 ………………………… 人民文学出版社
新感觉派小说选　　严家炎编选 ……………………… 人民文学出版社
现代派诗选　　蓝棣之编选 ………………………… 人民文学出版社
论语派作品选　　庄钟庆编选 ……………………… 人民文学出版社
京派小说选　　吴福辉编选 ………………………… 人民文学出版社
东北作家群小说选　　王培元编选 ………………… 人民文学出版社
七月派作品选　　吴子敏编选 ……………………… 人民文学出版社
西南联大文学作品选　　李光荣编选 ……………… 人民文学出版社
九叶派诗选　　蓝棣之编选 ………………………… 人民文学出版社
荷花淀派小说选　　冯健男编选 …………………… 人民文学出版社
山药蛋派作品选　　高捷编选 ……………………… 人民文学出版社
红楼梦辨　　俞平伯著 ……………………………………… 商务印书馆
中国诗史　　陆侃如、冯沅君著 …………………… 百花文艺出版社
中国文学发展史　　刘大杰著 ……………………… 复旦大学出版社

【艺术类】

万木草堂论艺　　康有为著 ………………………… 荣宝斋出版社
中国绘画史　　潘天寿著 …………………………… 团结出版社
中国绘画理论　　傅抱石著 ………………………… 江苏教育出版社
中国雕塑艺术史　　王子云著 ……………………… 人民美术出版社
中国陶瓷史　　吴仁敬　辛安潮著 ………………… 团结出版社
中国戏剧史　　徐慕云著 …………………………… 东方出版中心
洪深戏剧论文集　　洪深著 ………………………… 东方出版中心
焦菊隐戏剧论文集　　焦菊隐著 …………………… 华文出版社
中国古代乐论选辑　　吴钊　伊鸿书　赵宽仁　古宗智
　　吉联杭编 ………………………………………… 人民音乐出版社
素月楼联语　　张伯驹编著 ………………………… 华文出版社
中国书法理论体系　　熊秉明著 …………………… 人民美术出版社
夏衍电影论文集　　夏衍著 ………………………… 东方出版中心
银幕形象创造　　赵丹著　赵青整理 ……………… 东方出版中心

【科技文化类】

自然辩证法在中国　　龚育之著 …………………… 北京大学出版社
科学家谈 21 世纪　　李四光等著 ………… 中国大百科全书出版社
继承与叛逆——现代科学为何出现于西方
　　陈方正著 …………………………… 生活・读书・新知三联书店

中国医学史　陈邦贤著 ………………………………… 团结出版社
化学史通考　丁绪贤著 ……………………… 中国大百科全书出版社
科学概论　王星拱著 ………………………………… 武汉大学出版社
竺可桢科普创作选集　竺可桢著 ………… 中国大百科全书出版社

【综合普及类】

书林清话　叶德辉著 ………………………………………… 华文出版社
文坛五十年　曹聚仁著 ………………… 生活·读书·新知三联书店
张菊生先生七十生日纪念论文集
　胡适　蔡元培　王云五等编 ………………………… 商务印书馆
佛教常识问答　赵朴初著 …………………………………… 华文出版社
词心笺评　邵祖平著 ………………………………… 复旦大学出版社
西潮与新潮　蒋梦麟著 ……………………………………… 东方出版社

目　　录

前　言…………………………………………………………… 1

诗　　歌

郭沫若

凤凰涅槃 …………………………………………………… 1
天狗………………………………………………………… 18
笔立山头展望 ……………………………………………… 20
死的诱惑 …………………………………………………… 21
春之胎动 …………………………………………………… 22
创造者 ……………………………………………………… 24
星空………………………………………………………… 27
彷徨（十首选六） ………………………………………… 32
瓶（节选）………………………………………………… 37

邓均吾

心潮篇（节选） …………………………………………… 61
海滨之晚 …………………………………………………… 69

何畏

上海幻想曲
　——1922年正月的印象 ………………………………… 71

闻一多

李白之死 …… 76

成仿吾

诗十六首（选十） …… 85

周全平

迷途的小羊 …… 98

周赞襄

魔鬼的夜歌 …… 104

敬隐渔

破晓 …… 108

倪贻德

诗二首 …… 109

王独清

吊罗马 …… 111

玫瑰花 …… 118

穆木天

落花 …… 124

不忍池上 …… 126

雨后

——呈伯奇兄及其爱人 …… 128

冯乃超
幻想的窗 …… 130
红纱灯 …… 132
外白渡桥 …… 140

许幸之
牧歌 …… 142

蒋光慈
在黑夜里
——致刘华同志之灵 …… 155

王以仁
读《祈祷》后的祈祷 …… 161

洪为法
他，她 …… 164

张曼华
诗三首 …… 175

黄药眠
我死之夜 …… 178

梅绍农
死心 …… 180
进酒曲 …… 184

裘柱常

诗三章 …… 188

逝波

狱中哀歌 …… 191

幽谷之声 …… 205

散　　文

郁达夫

夕阳楼日记 …… 208

茑萝行 …… 213

北国的微音

——寄给沫若与仿吾 …… 228

南行杂记 …… 233

一个人在途上 …… 242

劳生日记 …… 248

郭沫若

海外归鸿 …… 261

月蚀 …… 277

王独清

一双鲤鱼 …… 288

去雁 …… 296

成仿吾

歧路 …… 301

江南的春讯 …… 307

段可情

火山下的上海 …… 312

叶灵凤

狱中五日记 …… 339
北游漫笔 …… 343

周全平

迷梦 …… 350

戏　剧

郭沫若

棠棣之花第二幕 …… 355
卓文君 …… 371
女神之再生（诗剧） …… 402

陶晶孙

黑衣人 …… 410

成仿吾

欢迎会 …… 420

小　说

郁达夫

茫茫夜 …… 433
采石矶 …… 461
春风沉醉的晚上 …… 478
怀乡病者 …… 491

过去 …… 496

成仿吾

一个流浪人的新年 …… 512

郭沫若

残春 …… 518

陶晶孙

木犀 …… 530

音乐会小曲 …… 540

滕固

石像的复活 …… 553

二人之间 …… 560

张资平

双曲线与渐近线 …… 570

回归线上 …… 581

寒流 …… 592

倪贻德

花影 …… 602

下弦月 …… 616

玄武湖之秋 …… 623

冯沅君

隔绝 …… 634

周全平

林中……643

老人们的沉默……695

白采

病狂者……697

敬隐渔

苍茫的烦恼……702

玛丽……709

段可情

查票员……720

冯乃超

为什么褒姒哈哈地大笑

——一篇木头戏脚本的草案……736

潘怀素

波浪……748

华汉

女囚……765

陆定一

别……810

飘零……813

黎锦明

乐天诗社 …… 818

严良才

黄叶 …… 823

洪为法

他们是父子 …… 830

叶灵凤

菊子夫人 …… 840

奠仪 …… 845

绍宗

悲哀的安哥儿 …… 851

曼女士

自挽 …… 857

滕刚

酸酒 …… 863

杨慕人

红烧 …… 867

彭家煌

劫 …… 874

前　言

刘　纳

在五四时期的中国，活跃着大大小小的文学社团。其中最有影响、最有成就的，是文学研究会和创造社。

据1990年代方被发现的郑伯奇日记记载，创造社成立于1921年6月8日。[①]

郭沫若曾为即将成立的社团和即将创办的刊物设计了两个名目："夸张一点的便是《创造》，谦逊一点的可以命名为《辛夷》。"[②] 辛夷是木兰科落叶灌木，花苞俨如笔尖，因此又被叫做"木笔"，其蕴意自然比"创造"谦逊得多。——后来，1923年出版的一本"创造社丛书"题名《辛夷集》。当郭沫若以两个名目征求意见时，同人们无不主张用"创造"。社团名和刊物名的选择已经表明创造社同人高远的文学志向和锋芒毕露的姿态。

1921年9月29日，一份措词激烈的《纯文学季刊〈创造〉出版预告》赫然刊登在上海《时事新报》上：

> 自文化运动发生后，我国新文艺为一二偶像所垄断，以至艺术之新兴气运，澌灭将尽，创造社同人奋然兴起打破社会因袭，主张艺术独立，愿与天下之无名作家，共兴起而造

---

① 郑延顺《创造社成立的准确时间》，《新文学史料》1995年第3期。

② 郭沫若《创造十年》，《学生时代》第99页，人民文学出版社1979年版。

中国未来之国民文学。

这份预告出自郁达夫之手，署“创造社同人”共七位：田汉、郁达夫、张资平、穆木天、成仿吾、郑伯奇，皆为留日学生。其时郁达夫正在上海与泰东图书局合作筹备《创造》的创刊。

一份简短的预告实际上已经确立了创造社的异端形象——其时距《创造》季刊的出版尚有半年多，可谓未见其文，先闻其声。郭沫若发表于1930年的《文学革命之回顾》这样叙述创造社作为“异军”在五四新文坛的崛起：

> 创造社这个团体一般是称为异军特起的，因为这个团体的初期的主要分子如郭、郁、成、张对于《新青年》时代的文学革命运动都不曾直接参加，和那时代的一批启蒙家如陈、胡、刘、钱、周，都没有师生或朋友的关系。……还有的是他们对于本阵营的清算的态度。已经攻倒了的旧文学无须乎他们再来抨击，他们所攻击的对象却是所谓新的阵营内的投机分子和投机的粗制滥造，投机的粗翻滥译。这在新文学的建设上，新文学的价值的确立上，新文学的地位的提高上是必经的过程。一般投机的文学家或者操觚家正在旁若无人兴高采烈的时候，突然由本阵营内起了一支异军，要严整本阵营的部曲，于是群情哗然，而创造社的几位分子便成了异端。①

郭沫若在“回顾”中仍然对论战对象使用了“投机分子”、“操觚家”等贬损语言，余怨未消。而也是在1930年，鲁迅在《我们要批评家》一文中对五四之后新文学社团的嘲讽性描述显示了独异的犀利的眼光：

> 每一个文学团体中，大抵总有一套文学的人物。至少，

---

① 郭沫若《文学革命之回顾》，《文艺讲座》第1册，神州国光社1930年版。

是一个诗人，一个小说家，还有一个尽职于宣传本团体的光荣和功绩的批评家。这些团体，都说是志在改革，向旧的堡垒取攻势的，然而还在中途，就在旧的堡垒之下纷纷自己扭打起来，扭得大家乏力了，这才放开了手，因为这不过是“扭”而已矣，所以大创是没有的，仅仅喘着气。一面喘着气，一面各自以为胜利，唱着凯歌。

前期创造社恰恰由角色分担又通力合作的一个诗人、一个小说家、一个批评家支撑着。郭沫若说：“其实所谓创造社的人并没有几个。拿前期的来说，顶着创造社的担子在实际上精神上都发生一些作用的，仅仅郁达夫、成仿吾和我三个人而已。”① 他还在《创造十年》中回忆，三人“如象一尊圆鼎的三只脚”，“在撑持初期创造社”。②

郭沫若、郁达夫、成仿吾都曾放弃待遇优厚的职业机会而宁肯为“创造”的事业过着穷困的“笼城生活”③，并以很大精力投入挑战和还击。他们四面出击、多方树敌。他们骂“垄断文坛”者、骂“党同伐异”者，他们与文学研究会进行了四个回合的论战④。创造社同人陶晶孙后来以不流利的中文将论战的得失表述得极为清楚：“在国内，有文学研究会，各种文士，文学界对创造社的进攻或创造社对外面的进攻虽把《创造》之立场提高，但也给他短命的。”⑤ 且不说“短命”问题，“把《创造》之立场提高”则是无可争辩的事实。创造社成为了足以能够与被其

---

① 郭沫若《“眼中钉”》，《拓荒者》1930年第4、5期合刊。

②③ 郭沫若《创造十年》，《学生时代》第190页、第152页，人民文学出版社1979年版。

④ 茅盾《复杂而紧张的生活、学习与斗争》，《新文学史料》第5辑，1979年11月出版。

⑤ 陶晶孙《创造三年》，饶鸿竞等编《创造社资料》下册第774页，福建人民出版社1985年版。

攻击为“垄断文坛”的文学研究会对峙的文学社团。

时人及后来的研究者往往以“人生派”和“艺术派”、“现实主义”和“浪漫主义”概括文学研究会与创造社的分野。而郭沫若在回顾这两大社团的对峙和论战时指出：“文学研究会和创造社并没有什么根本的不同，所谓人生派与艺术派都只是斗争上使用的幌子。……那时候无聊的对立只是在封建社会中培养成的旧式的文人相轻，更具体地说，便是行帮意识的表现而已。”① 这段话里，“行帮意识的表现”是加了着重号的。实际上，创造社成员之间的联系比文学研究会更紧密，他们表现出更相接近的精神特质和艺术意趣。郭沫若的另一段话也很值得注意：“一种团体无论是怎样自由的集合，多少总有点立场的。一个人无论是怎样超脱的性格，入了一种团体也自会带着那个团体的意识。”②

早于创造社成立的文学研究会曾经显示出包纳一切、领导潮流的宏志。发表于《小说月报》12 卷 1 号（1921 年 1 月出版）的《文学研究会宣言》中有“希望不但成为普通的一个文学会，还是著作行业的联合的基本”以及“结成一个文学中心的团体”的提法。该宣言还先后刊载于 1920 年 12 月 13 日北京《晨报》、1920 年 12 月 19 日上海《民国日报·觉悟》、1921 年 1 月 1 日出版的《新青年》8 卷 9 号，可谓造足了声势。而创造社的“异军特起”使文学研究会计划中的文学格局被打破了，未能如愿地“结成一个文学中心的团体”。“并没有几个人”的创造社则赢得了文学青年真诚的同情和由衷的敬佩。

1990 年代以来的研究者将五四时期的创造社定位为“青春文学”的范例。郭沫若、郁达夫、成仿吾的集体亮相与集体出击

---

①② 郭沫若《创造十年》，《学生时代》第 127 页、第 149 页，人民文学出版社 1979 年版。

使他们的社团体现出恰恰为时代青年所需求的青春叛逆性格，团体中素密的合作关系也令当时的青年羡慕。作为文学社团，创造社的作品也比文学研究会更具足以构成“流派”的特征。在才智方面，创造社成员持有优势，时人认为“创造社的人，确乎有些很有天才的人，如郭沫若先生、郁达夫先生……等；文学研究会的人，天才家似乎少些”①。郭沫若、郁达夫等都有很强的领悟力和敏锐的感受力，他们又具有卓越的仿效能力和易于与仿效对象灵犀相通的天性；而且，他们的作品恰恰适应了时代青年的心理需求。无论是郭沫若诗歌中抒情主人公强悍的“男性的音调”(《女神·浴海》)，还是郁达夫“自叙传”式小说里主人公纤细的病态的气质，都体现了那一时代的兴奋、苦闷和骚动，都以极大的情绪力量感染着青年读者。

当时的一位文学青年，在十年之后写道：“当年，在青年的读书界发生着最大的影响的，是创造社。这一个集团，以一种活泼的青春的力量，从事着文学的活动。”而文学研究会则“因为受过创造社的极力的攻击，在青年间曾一时失掉了信仰”。②

创造社在中国新文学界掀起旋卷翻腾的波涛，“创造”召唤着青春的风暴。

时人认为，创造社的声势已经“凌驾同时的各种文学团体之上”③。

郭沫若、郁达夫最有影响的作品《女神》与《沉沦》都写在创造社成立之前，结集时分别作为“创造社丛书”的第一种和第

---

① 今心《两个文学团体与中国文学界》，饶鸿竞等编《创造社资料》下册第929页，福建人民出版社1985年版。

② 韩侍桁《写实主义文学的发生》，《文学评论集》第69—70页，现代书局1934年版。

③ 史蟫《记创造社》，饶鸿竞等编《创造社资料》下册第992页，福建人民出版社1985年版。

三种由上海泰东图书局于1921年8月5日、1921年10月15日出版。有人回忆："在那时候，即民国十一年到十四、五年间，如果有人去向任何一个文学青年问道：'你所喜爱的中国作家究竟是哪个呢?'那无疑的，他是会说出郁、郭二位的名字来。"[①]可以相信，这一描述不带或者仅带很少夸张成分。前期创造社成员和在创造社刊物上发表作品的作者中，还有感受独特的陶晶孙，这位深受日本文学熏陶，中文尚未写得流畅的作者显示了明敏的艺术感觉；有诗心十分灵警的邓均吾，郭沫若对他不吝赞誉："他那诗品的清醇，在我当时所曾接触过的任谁一位新诗人之上"[②]；有善于写小说，而且一开手就能写长篇的张资平，郭沫若说过"《创造》要能够编得成功，资平很须注意，因为字数不够时，非有他的文字不可"[③]；有"带着几分阴阳怪气"的敬隐渔，他曾受到成仿吾的"激赏"，"夸示为'创造社所发掘的天才'"[④]……他们形成了创造社作家群。当时，中国文学青年热情地谛听着这些青春心灵发出的声音。

当创造社风光的几年过去之后，评论者注意到创造社作家趣味的"单调"。沈从文写道："创造社对于文字的缺乏理解是普遍的一种事。那原因，委之于训练的缺乏，不如委之于趣味的养成。……创造社后出，每个人莫不在英雄主义的态度下，以自己的生活作题材加以冤屈的喊叫。"[⑤]韩侍桁着重分析过郁达夫与郭沫若"共通的特色"："即，一切的创作，全由于青春的狂热所构成。郁达夫先生的感伤，只是一个懦弱的性格在生命的初期将

---

① 陈翔鹤《郁达夫回忆琐记》，《文艺春秋·副刊》1卷1期，1947年1月出版。

② 郭沫若《创造十年》，《学生时代》第125页，人民文学出版社1979年版。

③ 陶晶孙《记创造社》，饶鸿竞等编《创造社资料》下册第776页，福建人民出版社1985年版。

④ 郭沫若《天地玄黄·一封信的问题》，上海大孚出版公司1947年版。

⑤ 沈从文《论郭沫若》，李霖编《郭沫若评传》第51页，现代书局1932年版。

接近实生活时所起的一种自然的叫嚷，就连郭沫若先生的反抗的呼声，也是空洞的好像是无目的地在对着某一种幻想的东西而斗争，他的行为是显示出孩子似的真纯，这真纯并没有经过艺术的修练，而便直现在作品里。”①

这些稍显严苛的批评揭示出创造社风格——主要是郭沫若与郁达夫作品风格——最基本的特点，指出了其写作在文体能力和艺术经营方面的欠缺。郭沫若日后承认：“我在文艺写作上，大抵是一个即兴诗人。……这样写出来的东西，时过境迁，自然连自己也都感觉不满意了。”② 郁达夫当时便承认自己作品的短处是“技巧上不曾努力的结果”。③ 欠缺不仅体现于技巧的经营，更体现在未能更深地、更多角度地切入精神层面。而几乎适用于任何时代的铁律是：触及人心肤浅却敏感的层面，才容易蔚为时代风尚。

日本学者小田岳夫做《郁达夫传》，在叙述创造社成立初期的艰难时，联想起自己与朋友办同人刊物《雄鸡》的情况，满怀感慨地写道：

> 为什么我想起这件事来了呢？因为这与沫若横跨东海，东西奔走于日中两国之间含辛茹苦地办杂志相比，形成了鲜明的对照。要而言之，可以说，我们办杂志犹如备顿早餐，轻而易举；而他们呢？却必须经过长期、艰苦的阵痛。我们没有留下任何业绩，而他们的艰辛却为创造中国早期的新文学留下了辉煌灿烂的篇章。（他们恐怕也为完成其使命感到

---

① 韩侍桁《写实主义文学的发生》，《文学评论集》第72—73页，现代书局1934年版。

② 《郭沫若选集·自序》，开明书店1951年版。

③ 郁达夫《〈茫茫夜〉发表之后》，1922年6月22日《时事新报·学灯》。

满足吧!)①

郭沫若、郁达夫、成仿吾在“异军特起”的艰辛过程中所表现的精神和意志令人赞佩，而尤为令人惊叹的是“并没有几个人”的创造社在特定的时代环境中影响了中国新文学的进程。中国共产党的主要领导人之一周恩来后来从郭沫若的“勇敢的战斗生活”谈到创造社的历史作用：“便在二十五年的文化生活中，郭先生也常常以斗士的姿态出现的。正因为这样，他才能成为今日革命文化的班头。也正因为这样，初期创造社才能为革命文学开辟了一条新的道路，才影响了后期创造社在思想意识上的一些论争。”② 而自称一向“反共”，并且对创造社作品评价很低的美籍学者夏志清，也十分注意创造社的影响力：“就创造社在文学方面的成就之微来说，他们对青年的影响力实在大得出奇；甚至在 1929 年政府下令叫它解散以后，创造社的精神仍旧继续支配着现代中国的发展。……中国新文学之能树立共产主义的正统思想，大部分是创造社造成的。”③ 政治立场截然敌对的人都肯定了创造社无法低估的影响力。

日后的文学史著作大多以 1925 年为界，将创造社分为前、后期。而在 1923 年，郁达夫的文章《文学上的阶级斗争》其实已经显示出这个社团由“奋然兴起打破社会因袭”通向左翼的路径——虽然郁达夫本人最终并没有成为“无产阶级”的革命者，却被当年一同“创造”的朋友郭沫若骂作“有产派”、“反动”，被“剧变”④ 了的创造社所清算。

从创造社一成立——甚至在成立之前的酝酿期——其成员便

① [日] 小田岳夫《郁达夫传》，《郁达夫传记两种》第 30 页，浙江文艺出版社 1984 年版。

② 周恩来《我要说的话》，1941 年 11 月 16 日重庆《新华日报》。

③ 夏志清《中国现代小说史》第 81 页，香港友联出版社 1979 年版。

④ 郭沫若《文学革命之回顾》，《文艺讲座》第 1 册，神州国光社 1930 年版。

怀有十分强烈的“阶级”意识。他们宣布：“我们都是一些被压迫的无名的作者，所以我们极愿意为全国的青年朋友们，把我们的小庭园——我们这些无产阶级者的惟一的财产，也实行开放。”① 他们愤怒地诉说自己的处境并表白自己的操守：“我们的生活是很不好的，这差不多已是周知的事实。我们不曾拜倒在资本家与权贵的门首，不曾妄用了诗神的灵香去敬那些财阀与豪贵的妖神，这是应当受罚的。现在我们东西零落，一定已有许多人站在资本家墙脚下向我们遥露他们的得意的冷齿。”② 他们将自己的阶级成分划定为“无产阶级”——按照对这个词语字面意思的浅显理解，几个既无资金，又无后台和背景的青年，当然该属无产阶级。正如郭沫若后来承认的：“《女神》的序诗上，我说‘我是个无产阶级者’，又说‘我愿意成个共产主义者’，但那只是文字上的游戏，实际上连无产阶级和共产主义的概念都还没有认识明白。”③ 他们体认着作为“无产阶级者”所承受的出版商的剥削和“垄断文坛”者的压迫，因而，他们号召同为“被压迫”者的“天下之无名作家”的联合。有这样的“阶级”意识作底垫，创造社后期的“转向”就成为顺理成章的事。

郭沫若把1925年9月1日《洪水》半月刊的发行作为“第二期创造社的事实上的开始”。他认为“这个开始可以说是创造社的第二代，因为参加这一期活动的人，都是由国内新加入的一群年青的朋友”④ ——仅仅“异军特起”三、四年，郭沫若等便升为创造社“元老”了，这也是中国现代文学史上可惊叹的现象。从《洪水》第4期起，郭沫若开始在这个刊物上发表文章，

---

① 《创造社启事》，《创造季刊》1卷4期，1923年2月出版。

② 成仿吾《一年的回顾》，《创造周报》第52号，1924年5月出版。

③ 郭沫若《创造十年》，《学生时代》第133页，人民文学出版社1979年版。

④ 郭沫若《创造十年续篇》，《学生时代》第240页，人民文学出版社1979年版。

“《穷汉的穷谈》、《共产与共管》、《马克思进文庙》、《文艺家的觉悟》、《新国家的创造》，……那一联的文字便络续地出现了。”①仅从这些文章的题目，也能看出郭沫若方向的转换，而郭沫若“又把漆南薰和蒋光慈也拉来参加了。他们的参加，不用说，是使《洪水》，否，不仅《洪水》，是使整个创造社改涂了一番面貌。”②

作为“创造社的第二代”的“年青的朋友”，周全平、叶灵凤、潘汉年、洪为法等编辑了《洪水》、《A11》、《幼洲》等刊物。用周全平的话来说，“这是一群独身的‘男爵’（青年鳏夫）”、“一群枯鱼一般的爵士”。他们写些什么呢？“桃色的悲哀，咖啡店的春梦，黄金的诱惑，啊啊，家国的悲感，民族的痛苦”③。他们在同样“被苦闷并熬着的青年”④中拥有读者。

1928 年 1 月 15 日，作为革命理论宣传阵地的《文化批判》月刊的出版，标志着创造社革命“转向”的完成。

1929 年 2 月 7 日，创造社被国民党政府查封。

本书所收作品选自创造社出版的“丛书”和刊物，按文体编排。但五四新文学的特征之一便是模糊了各种文体的界限，小说与散文往往难以区分，例如，郭沫若的《月蚀》、周全平的《迷梦》，该列入哪种体裁，颇费踌躇，现按散文收入，未必恰当。这一点是须说明的。

---

①② 郭沫若《创造十年续篇》，《学生时代》第 241 页，人民文学出版社 1979 年版。

③④ 骆驼（周全平）《我们的〈幻洲〉》，《幻洲》周刊第 1 期，1926 年 6 月 12 日出版。

诗　歌

郭沫若

凤凰涅槃

一名《菲尼克司的科美体》

天方国古有神鸟名“菲尼克司”(Phoenix)，满五百岁后，集香木自焚，再从死灰中更生，鲜美异常，不再死。

按此鸟即吾国所谓凤凰也：雄为凤，雌为凰。孔演图云，凤凰火精，生丹穴。广雅云：凤鸣曰即即，雌鸣曰足足。

序　曲

除夕将近的空中，
飞来飞去的一对凤凰，
唱着哀哀的歌声飞去，
衔着枝枝的香木飞来，
飞来在丹穴山上。
山右有枯槁了的梧桐，
山左有消歇了的醴泉，
山前有浩茫茫的大海，
山后有阴莽莽的平原，

山上是寒风凛冽的冰天。

天色昏黄了，
香木集高了，
凤已飞倦了，
凰已飞倦了，
他们的死期将近了。

凤啄香木，
一星星的火点迸飞。
凰扇火星，
一缕缕的香烟上腾。
凤又啄，
凰又扇，
山上的香烟弥散，
山上的火光弥满。

夜色已深了，
香木已燃了，
凤已啄倦了，
凰已扇倦了，
他们的死期已近了！

啊啊！
哀哀的凤凰！
凤起舞，低昂！
凰唱歌，悲壮！
凤又舞，

凰又唱，
一群的凡鸟，
自天外飞来观葬。

凤　歌

即！即！即！
即！即！即！
茫茫的宇宙，冷酷如铁！
茫茫的宇宙，黑暗如漆！
茫茫的宇宙，腥秽如血！

宇宙呀！宇宙！
你为什么存在？
你自从哪儿来？
你坐在哪儿在？
你还是个有限大的空球？
你还是个无限大的整块？
你若是个有限大的空球，
那拥抱着你的空间
他从哪儿来？
你的外边还有些什么存在？
你若是无限大的整块？
这被你拥抱着的空间
他从哪儿来？
你的当中为什么又有生命存在？
你到底还是个有生命的交流？
你到底还是个无生命的机械？

昂头我问天，
天徒矜高，莫有点儿知识。
低头我问地，
地已死了，莫有点儿呼吸。
伸头我问海，
海正扬声而呜唈。

啊啊！
生在这样个阴秽的世界当中，
便是把金钢石的宝刀也会生锈！
宇宙呀！宇宙！
我要努力地把你诅咒：
你脓血污秽着的屠场呀！
你悲哀充塞着的囚牢呀！
你群鬼叫号着的坟墓呀！
你群魔跳梁着的地狱呀！
你到底为什么存在？
我们飞向西方，
西方同是一座屠场！
我们飞向东方，
东方同是一座囚牢！
我们飞向南方，
南方同是一座坟墓！
我们飞向北方，
北方同是一座地狱！
我们生在这样个世界当中，
只好学着海洋哀哭！

凰　歌

足！足！足！
足！足！足！
五百年来的眼泪倾泻如瀑。
五百年来的眼泪淋漓如烛。
流不尽的眼泪！
洗不净的污浊！
浇不熄的情炎！
荡不去的羞辱！
我们这缥缈的浮生
到底要向哪儿安宿？

啊啊！
我们这缥缈的浮生
好像那大海里的孤舟！
左也是漶漫，
右也是漶漫，
前不见灯台，
后不见海岸，
帆已破，
樯已断，
楫已飘流，
柁已腐烂，
倦了的舟子只是在舟中呻唤，
怒了的海涛还是在海中泛滥。

啊啊！
我们这缥缈的浮生
好像这黑夜里的酣梦。
前也是睡眠，
后也是睡眠，
来得如飘风，
去得如轻烟，
来如风，
去如烟，
眠在后，
睡在前，
我们只是这睡眠当中的
一刹那的风烟。

啊啊！
有什么意思？
有什么意思？
痴！痴！痴！
只剩些悲哀，烦恼，寂寥，衰败，
环绕着我们活动着的死尸，
贯串着我们活动着的死尸。

啊啊！
我们年青时候的新鲜哪儿去了？
我们年青时候的甘美哪儿去了？
我们年青时候的光华哪儿去了？
我们年青时候的欢爱哪儿去了？
去了！去了！去了！

一切都已去了！
一切都要去了！
我们也要去了！
你们也要去了！
悲哀呀！烦恼呀！寂寥呀！衰败呀！

啊啊！
火光熊熊了！
香气蓬蓬了！
时期已到了！
死期已到了！
身外的一切！
身内的一切！
一切的一切！
请了！请了！

群　鸟　歌

岩　鹰
哈哈，
凤凰！凤凰！
你们枉为这禽中的灵长！
你们死了么？
你们死了么？
我才欢喜！
我才欢喜！
从今后该我为空界的霸王！

孔　雀

哈哈，
凤凰！凤凰！
你们枉为这禽中的灵长！
你们死了么？
你们死了么？
我才欢喜！
我才欢喜！
从今后请看我花翎上的威光！

鸱　枭

凤凰！凤凰！
你们枉为这禽中的灵长！
你们死了么？
你们死了么？
我才欢喜！
我才欢喜！
哦！是哪儿来的鼠肉馨香？

家　鸽

哈哈，
凤凰！凤凰！
你们枉为这禽中的灵长！
你们死了吗？你们死了吗？
从今后请看我们驯良百姓的安康！

鹦　鹉

哈哈！
凤凰！凤凰！
你们枉为这禽中的灵长！
你们死了么？

你们死了么?
我才欢喜!
我才欢喜!
从今后请听我们雄辩家的主张!

白　鹤

哈哈!
凤凰!凤凰!
你们枉为这禽中的灵长!
你们死了么?
你们死了么?
我才欢喜!
我才欢喜!
从今后请看我们高蹈派的徜徉!

凤凰更生歌

鸡　鸣

听潮涨了!
听潮涨了!
死了的光明更生了!

春潮涨了!
春潮涨了!
死了的宇宙更生了!

生潮涨了!
生潮涨了!

死了的凤凰更生了！

凤凰和鸣

我们更生了！

我们更生了！

一切的一，更生了！

一的一切，更生了！

我们便是“他”，他们便是我！

我中也有你！你中也有我！

我便是你！

你便是我！

火便是凰！

凤便是火！

翱翔！翱翔！

欢唱！欢唱！

我们光明呀！

我们光明呀！

一切的一，光明呀！

一的一切，光明呀！

光明便是你，光明便是我！

光明便是“他”，光明便是火！

火便是你！

火便是我！

火便是“他”！

火便是火！

翱翔！翱翔！

欢唱！欢唱！

我们新鲜呀！
我们新鲜呀！
一切的一，新鲜呀！
一的一切，新鲜呀！
新鲜便是你，新鲜便是我！
新鲜便是“他”，新鲜便是火！
　　火便是你！
　　火便是我！
　　火便是“他”！
　　火便是火！
　　翱翔！翱翔！
　　欢唱！欢唱！

我们华美呀！
我们华美呀！
一切的一，华美呀！
一的一切，华美呀！
华美便是你，华美便是我！
华美便是“他”，华美便是火！
　　火便是你！
　　火便是我！
　　火便是“他”！
　　火便是火！
　　翱翔！翱翔！
　　欢唱！欢唱！

我们芬芳呀！
我们芬芳呀！

一切的一，芬芳呀！
一的一切，芬芳呀！
芬芳便是你，芬芳便是我！
芬芳便是“他”，芬芳便是火！
　　火便是你！
　　火便是我！
　　火便是“他”！
　　火便是火！
　　翱翔！翱翔！
　　欢唱！欢唱！

我们和谐呀！
我们和谐呀！
一切的一，和谐呀！
一的一切，和谐呀！
和谐便是你，和谐便是我！
和谐便是“他”，和谐便是火！
　　火便是你！
　　火便是我！
　　火便是“他”！
　　火便是火！
　　翱翔！翱翔！
　　欢唱！欢唱！

我们欢乐呀！
我们欢乐呀！
一切的一，欢乐呀！
一的一切，欢乐呀！

欢乐便是你，欢乐便是我！
欢乐便是“他”，欢乐便是火！
　　火便是你！
　　火便是我！
　　火便是“他”！
　　火便是火！
　　翱翔！翱翔！
　　欢唱！欢唱！

我们热诚呀！
我们热诚呀！
一切的一，热诚呀！
一的一切，热诚呀！
热诚便是你，热诚便是我！
热诚便是“他”，热诚便是火！
　　火便是你！
　　火便是我！
　　火便是“他”！
　　火便是火！
　　翱翔！翱翔！
　　欢唱！欢唱！

我们雄浑呀！
我们雄浑呀！
一切的一，雄浑呀！
一的一切，雄浑呀！
雄浑便是你，雄浑便是我！
雄浑便是“他”，雄浑便是火！

火便是你！
火便是我！
火便是“他”！
火便是火！
翱翔！翱翔！
欢唱！欢唱！

我们生动呀！
我们生动呀！
一切的一，生动呀！
一的一切，生动呀！
生动便是你，生动便是我！
生动便是“他”，生动便是火！
火便是你！
火便是我！
火便是“他”！
火便是火！
翱翔！翱翔！
欢唱！欢唱！

我们自由呀！
我们自由呀！
一切的一，自由呀！
一的一切，自由呀！
自由便是你，自由便是我！
自由便是“他”，自由便是火！
火便是你！
火便是我！

火便是"他"!
火便是火!
翱翔!翱翔!
欢唱!欢唱!

我们恍惚呀!
我们恍惚呀!
一切的一,恍惚呀!
一的一切,恍惚呀!
恍惚便是你,恍惚便是我!
恍惚便是"他",恍惚便是火!
火便是你!
火便是我!
火便是"他"!
火便是火!
翱翔!翱翔!
欢唱!欢唱!

我们神秘呀!
我们神秘呀!
一切的一,神秘呀!
一的一切,神秘呀!
神秘便是你,神秘便是我!
神秘便是"他",神秘便是火!
火便是你!
火便是我!
火便是"他"!
火便是火!

翱翔！翱翔！
欢唱！欢唱！

我们悠久呀！
我们悠久呀！
一切的一，悠久呀！
一的一切，悠久呀！
悠久便是你，悠久便是我！
悠久便是“他”，悠久便是火！
火便是你！
火便是我！
火便是“他”！
火便是火！
翱翔！翱翔！
欢唱！欢唱！

我们欢唱！
我们欢唱！
一切的一，常在欢唱！
一的一切，常在欢唱！
是你在欢唱？是我在欢唱？
是“他”在欢唱？是火在欢唱？
欢唱在欢唱！
只有欢唱！
只有欢唱！
只有欢唱！
欢唱！
欢唱！

欢唱！

1920.1.20

（选自《女神》，“创造社丛书”第1种，泰东图书局1921年8月初版）

天　狗

（一）

我是一条天狗呀！
我把月来吞了，
我把日来吞了，
我把一切的星球来吞了，
我把全宇宙来吞了。
我便是我了！

（二）

我是月底光，
我是日底光，
我是一切星球底光，
我是 X 光线底光，
我是全宇宙底 Energy 底总量！

（三）

我飞奔，
我狂叫，
我燃烧。

我如烈火一样地燃烧！
我如大海一样地狂叫！
我如电气一样地飞跑！
我飞跑，
我飞跑，
我飞跑，
我剥我的皮，
我食我的肉，
我嚼我的血，
我啮我的心肝，
我在我神经上飞跑，
我在我脊髓上飞跑，
我在我脑经上飞跑。

（四）

我便是我呀！
我的我要爆了！

（选自《女神》，“创造社丛书”第1种，泰东图书局1921年8月初版）

笔立山头展望

笔立山在日本门司市西。登山一望，海陆船廛，瞭如指掌。

大都会底脉搏呀！
生底鼓动呀！
打着在，吹着在，叫着在，……
喷着在，飞着在，跳着在，……
四面的天郊烟幕蒙笼了！
我的心脏呀，快要跳出口来了！
哦哦，山岳底波涛，瓦屋底波涛，
涌着在，涌着在，涌着在，涌着在呀！
万籁共鸣的 symphony，
自然与人生底婚礼呀！
弯弯的海岸好像 Cupid 底弓弩呀！
人底生命便是箭，正在海上放射呀！
黑沉沉的海湾，停泊着的轮船，进行着的轮船，数不
　尽的轮船，
一枝枝的烟筒都开着了朵黑色的牡丹呀！
哦哦，二十世纪底名花！
近代文明底严母呀！

（选自《女神》，“创造社丛书”第 1 种，泰东图书局 1921 年 8 月初版）

死的诱惑

(一)

我有一把小刀
倚在窗边向我笑。
她向我笑道：
沫若，你别用心焦！你
快来亲我的嘴儿，
我好替你除却许多烦恼。

(二)

窗外的青青海水
不住声地也向我叫号。
她向我叫道：
沫若，你别用心焦！
你快来入我的怀儿，
我好替你除却许多烦恼。

（选自《女神》，“创造社丛书”第1种，泰东图书局1921年8月初版）

春之胎动

独坐北窗下举目向楼外西望：
春在大自然的怀中胎动着在了！

远远一带海水呈着雌虹般的彩色，
俄而带紫，俄而深蓝，俄而嫩绿。

暗影与明辉在黄色的草原头交互浮动，
如像有探海灯转换着在的一般。

天空最高处作玉蓝色，有几朵白云飞驰；
其缘边色如乳糜，微微眩目。

楼下一只白雄鸡，戴着鲜红的柔冠，
长长的声音叫得已有几分倦意。

几只杂色的牝鸡偃伏其旁沙地中，
都带着些娇慵无力的样儿。

自海上吹来的微风才在鸡尾上动摇，
早悄悄地偷来吻我的颜面。

空漠处时闻小鸟的歌声。

几朵白云不知飞向何处去了。

海面上突然飞来一片白帆……
不一刹那间也不知飞向何处去了。

2月26日

（选自《女神》，“创造社丛书”第1种，泰东图书局1921年8月初版）

创 造 者

海上起着涟漪，
天无一点纤云，
初升的旭日，
照入我的诗心。
秋风吹，
吹着庭前的月桂。
枝枝摇曳，
好像在向我笑微微。
吹，吹，秋风！
挥，挥，我的笔锋！
我知道神会到了，
我要努力创造！

我唤起周代的雅伯，
我唤起楚国的骚豪，
我唤起唐世的诗宗，
我唤起元室的词曹，
作《吠陀》的印度古诗人哟！
作《神曲》的但丁哟！
作《失乐园》的米尔顿哟！
作《浮士德悲剧》的歌德哟！
你们知道创造者的孤高，

你们知道创造者的苦恼，
你们知道创造者的狂欢，
你们知道创造者的光耀。
昆仑的积雪北海的冰涛；
火山之将喷裂宇宙之将狂飙；
如酣梦如醉陶，
神在太极之先飘摇。
伟大的义星哟！
你们是永不磨灭的太阳，
永远高照着时间的大海。
人文史中除却了你们的光明，
有什么存在的价值存在？

我幻想着首出的人神，
我幻想着开辟天地的盘古。
他是创造的精神，
他是产生的痛苦。
你听，他声如丰隆，
你听，他吁气成风，
你看，他眼如闪电，
你看，他泣成流泷。
本体就是他，上帝就是他，
他在无极之先，
他在感官之外，
他从他的自身，
创造个光明的世界。
目成日月，
头成泰岱。

毛发成草木，
脂膏成江海，
快哉，快哉，快哉，
无明的浑沌，
突然现出光来。
月桂哟你在为谁摇摆！

婴儿呱呱坠地了，
盆在那儿？
汤在那儿？
淋漓的血液，
染成一片胭脂。
红的玛瑙哟！
血的结晶哟！
风在贺歌，鸟在贺歌，
白云涌来朝贺。

滚滚不尽的云流哟，
把清莹无际的青天流遍了！
产生你的是谁？我早知道。
窗外飘摇的美人蕉！
你那火一样的，血一样的，
生花的彩笔哟，
请借与我草此《创造者》的赞歌，
我要高赞这最初的婴儿，
我要高赞这开辟鸿荒的大我。

一九二一，一〇，八

（原载《创造季刊》第1卷第1期，1922年3月15日出版）

星　空

一

美哉！美哉！
天体于我
不曾有今宵欢快！
美哉！美哉！
我今生有此一宵，
人生诚可赞爱！
永恒无际的合抱哟！
惠爱无涯的目语哟！
太空中只有闪烁的星和我。

二

哦，你看哟！
你看那双子正中，
五车正中，
W 形的 Cassiopeia
横在天河里。
天船积尸的 Persius
也横在天河里，
半钩的新月

含着几分凄凉的情趣。
绰约的 Andromeda，
低低地垂在西方，
乘在那有翼之马的
Pegasus 背上。
北斗星低在地平，
斗柄，好像可以用手斟饮。
斟饮呀斟饮呀，斟饮呀，
我要饮尽那天河中流荡着
　的酒浆，
拚一个长醉不醒！
花毡一般的 Orion 星！
我要去睡在那儿，
叫织女来伴枕，
叫少女来伴枕。
唉，可惜织女不见面呀，
少女也不见面呀，
目光炯炯的大犬，小犬，
监视在天河两边，
无怪那牧牛的河鼓，
他也不敢出现。

三

天上的星辰完全变了！
北斗星高移在空中，
北极星依然不动。
正西的那对含波的俊眼，

可便是双子星么？
美哉！美哉！
永恒不易的天球
竟有如许变换！
美哉！美哉！
我醉后一枕黑甜，
天机却永恒在转！
常动不息的大力哟，
我该得守星待旦。

四

我迎风向海上飞驰，
人籁无声，
古代的天才
从星光中显现！
巴比仑的天才，
埃及的天才，
印度的天才，
中州的天才，
星光不灭，
你们的精神
永远在人类之头昭在！
泪珠一样的流星坠了，
已往的中州的天才哟！
可是你们在空中落泪？
哀哭我们堕落了的子孙，
哀哭我们堕落了的文化，

哀哭我们滔滔的青年
莫几人能知
那是参商，那是井鬼？
悲哉！悲哉！
我也禁不住滔滔流泪……

五

哦，亲惠的海风！
浮云散了，
星光愈见明显。
东方的狮子
已移到了天南，
光琳琅的少女哟，
我把你误成了大犬。
蜿蜒的海蛇，
你横亘在南东，
毒光熊熊的蝎与狼，
你们怕不怕 Apollo 的金箭？

六

哦 Orion 星，何处去了？
我想起《绸缪》一诗来了。
那对从昏至旦地
欢会着的爱人哟！
三星在天时，
他们邂逅山中；

三星在隅时，
他们避人幽会；
三星在户时，
他们犹然私语！
自由优美的古之人，
便是束草刈薪的村女山童，
也知道在恒星的推移中
寻觅出无穷的诗料，
啊，那是多么可爱哟！
可惜那青春的时代去了，
可惜那自由的时代去了！
唉！我仰望着星光祷告，
祷告那青春时代再来！
我仰望着星光祷告，
祷告那自由时代再来！
鸡声渐渐起了，
初升的朝云哟，
我向你再拜，再拜。

十一年二月四日晨

（原载《创造季刊》第1卷第2期，1922年8月25日出版）

彷　　徨（十首选六）

黄海中的哀歌

我本是一滴的清泉呀，
我的故乡，
本在那峨眉山的山上。
山风吹我，
一种无名的诱力引我，
把我引下山来；
我便流落在大渡河里，
　　流落在扬子江里，
　　流过巫山，
　　流过武汉，
　　流过江南，
一路滔滔不尽的浊潮
把我冲荡到海里来了
　　浪又浊，
　　漩又深，
　　味又咸，
　　臭又腥，
恶的风波
没有一刻的宁静，
滔滔的浊浪

早已染透了我的深心。
我要几时候
才能恢复得我的清明哟？

仰　望

污浊的上海市头，
干净的存在
只有那青青的天海！

污浊了的我的灵魂！
你看那天海中的银涛，
流逝得那么愉快！

一只白色的海鸥飞来了。
污浊了的我的灵魂！
你乘着它的翅儿飞去罢！

赠　友

吴淞堤上的晚眺，
吴淞江畔的夜游，
多情的明月与夕阳
把我们的影儿
写在水里，印在沙上。
沙与水上的影儿
是容易消灭的，
我心眼中的一个影儿

是永不消灭的。

火星从窗外窥人，
月儿在白杨树外偷听，
偷听你那么清婉的歌音。
星与月的影儿
有离去的时候
我心耳中的一段歌声
永没有离去的时候。

朋友！
我读你的诗，
我是多么荣幸哟！
你读我的诗，
我又是多么荣幸哟！
宇宙中好像只有我和你，
宇宙万汇都有死，
我与你是永远不死。

海　　上

夕阳，
瞬刻万变的霞光！
西方的那朵木星哟，
又巨，又朗！
那儿的下面
便是昨儿别了的
风吹雨打的故乡。

故乡！
你虽是雨打风吹，
我总觉心儿惆怅。

彷徨，彷徨，
欲圆未圆的月儿
已高高露在天上。
旷渺无际的光波！
旷渺无际的海洋！
大海平铺，
大船直往，
我愿我有限的生涯，
永在这无际之中彷徨！

灯　台

那时明时灭的，
那是何处的灯台？
陆地已近在眼前了吗？
转令我中心不快。

啊，我怕见那黑沉沉的山影，
那好像童话中的巨人！
那是不可抵抗的，
陆地已近在眼前了！

归　来

游子归来了，

在这风雨如晦之晨，
游子归来了
虽说不是，不是故乡，
也和我，和我的故乡一样。
我的爱人无恙，
爱子无恙，
一切的风光无恙；
只有儿们大了！
他们畏畏缩缩地，
怕是我也老了！
可喜的成长哟，
可惧的成长哟，
大海开张在我前面！
拥抱，拥抱，拥抱，
胸儿压着胸，
脸儿亲着脸……

九月二十日清书

（原载《创造季刊》第1卷第3期，1922年11月25日出版）

瓶（节选）

献诗

月影儿快要圆时，
春风吹来了一番花信。
我便踱往那西子湖边，
汲取了清洁的湖水一瓶。

我爱兰也爱蔷薇，
我爱诗也爱图画，
我如今又爱了梅花，
我于心有何惧怕？

我攀折了你这枝梅花
虔诚地在瓶中供养，
我做了个巡礼的蜂儿
吮吸着你的清香。

啊，人如要说我痴迷，
我也有我的针刺。
试问人是谁不爱花，
他虽是学花无语。

梅花呀，我谢你幽情，
你带回了我的青春。
我久已干涸了的心泉
又从我化石的胸中飞迸。

我这个小小的瓶中
每日有清泉灌注，
梅花哟，我深深祝你长存，
永远的春风和煦。

（三月九日夜作）

第 一 首

静静地，静静地，闭着我的眼睛，
把她的模样儿慢慢地记省。
她的发辫上有一个琥珀的撇针，
几颗璀灿的钻珠儿在那针上反映。

她的额沿上蓄着有流海几分，
总爱俯视的眼睛不肯十分看人。
她的脸色呀是白晰而丰润，
可她那模样儿呀，我总记不分明。

我们同立过放鹤亭畔的梅荫，
我们又同饮过抱朴庐内的芳茗，
宝叔山上的崖石过嶙峋，
我还牵持过她那凝脂的手颈。

她披的是深蓝色的绒线披巾，
几次地牵挂着，不易进行，
我还幻想过，那是些痴情的荒荆
扭着她，想和她常常亲近。

啊，我怎么总把她记不分明！
她那蜀锦的上衣，青罗的短裙，
碧绿的绒线鞋儿上着耳跟，
这些都还在我如镜的脑中驰骋。

我们也同望过宝叔塔上的白云，
白云飞驰，好像是塔要倾崩，
我还幻想过，在那宝叔山的山顶
会添出她和我的一座比翼的新坟。

啊，我怎么总把她记不分明！
桔梗花色的丝袜后鼓出的脚胫，
那是怎样地丰荑，柔韧，动人！
她说过，她能走八十里的路程。

我们又曾经在那日的黄昏时分，
渡往那白云庵里去叩问老人。
她得的是："虽有善者亦无如之何矣"，
我得的是："斯是陋室惟吾德馨"。

像这样漫无意义的滑稽的签文，
我也会一一地记得十分清醒，
啊，我怎么总把她记不分明！

"明朝不来了"——这是最后的莺声。

啊，好梦哟！你怎么这般易醒？
你怎么不永永地闭着我的眼睛？
世间上有没有能够图梦的艺人？
能够为我呀图个画图，使她再生？

啊，不可凭依的哟，如生的梦境！
不可凭依的哟，如梦的人生！
一日的梦游幻成了终天的幽恨，
只有这番的幽恨，嗳，最是分明！

（二月十八日晨）

第　二　首

姑娘哟，你远隔河山的姑娘！
　我今朝扣问了三次的信箱。
　一空，二空，三空，
　几次都没有你寄我的邮筒。

姑娘哟，你远隔河山的姑娘！
　我今朝过渡了三载的辰光。
　一冬，二冬，三冬，
　我想向墓地里呀哭诉悲风。

（二月二十日晨）

第　三　首

梅花，放鹤亭畔的梅花呀！
　我虽然不是专有你的林和靖，
　但我怎能禁制得不爱你呢？

梅花，放鹤亭畔的梅花呀！
　我虽然不能移植你在庭园中，
　但我怎能禁制得不爱你呢？

梅花，放鹤亭畔的梅花呀！
　我虽明知你是不能爱我的，
　但我怎能禁制得不爱你呢？

（二十一日夜）

第　五　首

你是雕像么？
你又怎能行步？

你不是雕像么？
你怎么又凝默无语？

啊啊，你个有生命的
泥塑的女祇！

（二十二日夜）

第 六 首

星向天边坠了，
石向海底沉了，
信向她心殒了。

春雨洒上流沙，
轻烟散入云霞，
沙弥礼赞菩萨。

是蔷薇尚未抽芽？
是青梅已被叶遮？
是幽兰自赏芳华？

有鸩不可遽饮，
有情不可遽冷，
有梦不可遽醒！

我望邮差加勤，
我望日脚加紧，
等到明天再等。

（二十二日夜）

第 九 首

我的眼睛在无人处瞥着你时，
我是在说：我爱你呀，妹妹！妹妹！

我看你呀也并没有甚么惊异。
你眼中送出的答词，也好像是：
哥哥哟，哥哥哟，我也爱你！爱你！

（二十二日夜）

第 十 首

你手上的冰感呀，还留在我的手上，
你心上的冰感呀，又移到我的心上。
你虽是不关痛痒，我怎能不痛不痒？
你虽是不痛不痒，我怎能不关痛痒？

我已经等了八天，你总是不写回信。
我真冷真冷真冷，比这寒天的深夜还冷！
我如今跨着一个火盆，呕着我的寸心，
我这将破未破的寸心，总在我胸中作梗！

呀，我只好等到明天，我又怕等到明天：
明天也没有回信来时，那是多么危险！
后天是星期，或者她是没有空闲，
要到星期来时，她才有写信的时间？

（二十二日夜）

第 十 二 首

默默地我步入了中庭，
一痕的新月爪破黄昏。

还不是燕子飞来时候，
旧巢无主孕满了春愁。

（二十七日夜）

第十三首

啊，明珠暗投！
罢休，
我是不在呀她的心头！

我求她立地回音，
她却是不肯遵守。
空空又等了一周。

啊，春风哟！
你纵有归来时候，
为甚要向我温柔？

我身在半淞园，
心在西湖边上羼走，
遨游那破牢愁！

（三月一日）

第十六首

春莺曲

姑娘呀，啊，姑娘，
你真是慧心的姑娘！

你赠我的这枝梅花
这样的晕红呀，清香！

这清香怕不是梅花所有？
这清香怕吐自你的心头？
这清香敌赛过百壶春酒。
这清香战颤了我的诗喉。

啊，姑娘呀，你便是这花中魁首，
这朵朵的花上我看出你的灵眸。
我深深地吮吸着你的芳心，
我想——呀，但又不敢动口。

啊，姑娘呀，我是死也甘休，
我假如是要死的时候，
啊，我假如是要死的时候，
我要把这枝花吞进心头！

在那时，啊，姑娘呀，
请把我运到你西湖边上，
或者是葬在灵峰，
或者是放鹤亭旁。

在那时梅花在我的尸中
会结成五个梅子，
梅子再迸成梅林，
啊！我真是永远不死！

在那时，啊，姑娘呀，
你请提着琴来，
我要应着你清缭的琴音，
尽量地把梅花乱开！

在那时，有识趣的春风，
把梅花吹集成一座花冢，
你便和你的提琴
永远弹弄在我的花中。

在那时，遍宇都是幽香，
遍宇都是清响，
我们俩藏在暗中，
黄莺儿飞来欣赏。

黄莺儿唱着欢歌，
歌声是赞扬你我，
我便在花中暗笑，
你便在琴上相和。

（莺　之　歌）

“前几年有位姑娘
兴来时到灵峰去过；
灵峰上开满了梅花，
她摘了花儿五朵。

她把花穿在针上，

寄给了一位诗人，
那诗人真是痴心，
吞了花便丢了性命。

自从那诗人死后，
经过了几度春秋，
他尸骸葬在灵峰，
又迸成一座梅薮。

那姑娘到了春来，
来到他墓前吊扫，
梅上已缀着花苞，
墓上还未生春草。

那姑娘在墓前，
把提琴弹了几声。
刚好弹了几声，
梅花儿都已破绽。

清香在树上飘飏，
琴弦在树下铿锵，
忽然间一阵狂风，
不见了弹琴的姑娘。

风过后一片残红，
把孤坟化成了花冢，
不见了弹琴的姑娘，
琴却在塚中弹弄。”

（尾　　声）

啊，我真个有那样的时辰，
我此时便想死去，
你如能恕我的痴求，
你请快来呀收殓我的遗尸！

（三月三日）

第 十 七 首

我苦醉了终宵，我也苦睡了终宵，
无端地又牵惹了一天的烦恼——
啊，姑娘呀，不料你晨来却早！

见你面，便禁不着向你相告：
“呀，我昨宵是真真醉了！”
啊，你回答我的呀，那嫣然一笑！

我把行期改到了明朝，
专是为的你呀，你知不知道？
我的痴心，嗳，实想在西湖终老。

月轮对着梅花有如渊的怀抱，
欲诉，又碍着星星作扰。
如今是花信已遥，月也瘦了。

（三月四日晨）

第 十 八 首

我看她这回的来信
少称了几声“先生”，
啊，我可爱的呀，我的生命，
我谢你把我未当老人！

我虽然早生了十年，
我的青春纵去也还未远；
去年开罢了的蔷薇花
还得在今年再见。

我的花要永远为你畅开，
我常往的青春已经再来，
我不稀罕他诗圣们的襟怀，
我也不叹诉我的生沦苦海。

啊，我的生命呀，我的可爱，
我的心花要永远为你畅开。
你少称了我几声“先生”呀，
啊，我是哟，多么愉快！

（三月五日午）

第 二 十 二 首

梅花的色已褪了，
梅花的香已微了，

我等她的第三函，
却至今还不见到。

邮差过了两遍了，
送来了些东邦的时报，
这样无聊的报章，
我有什么呀看的必要！

我每次私自开缄，
吮吸这梅花的香气；
我怕这香气消时，
我的心是已经焦死。

我缁读些古人的恋诗
都像我心中的话语，
我心中有话难言，
言出时又这般鄙俚！

啊，春风哟，你是那样的芬菲，
你吹来邻舍的兰香清微，
我却不能呀吹出一首好诗，
咏出她丰腴的静美。

我毕竟是已到中年，
怎么也难有欲滴的新鲜。
也难怪她不肯再写信来，
翩飞的粉蝶儿谁向枯涧？

（三月九日午）

第二十三首

我又提心地等了半天，
时或在楼头孤睡，
时或在室中盘旋。

她写信是惯在星期，
今天是该信到时，
我的希望呀已经半死！

邮差已送了三封信来，
但她的却是不在，
这个哑谜儿真费寻猜！

或许是挂号费时，
我还得平心地等到夜里，
但这如年的辰光如何度去？

我读书也没有心肠。
那更有闲情去再做文章？
啊，你是苦杀了我呀，姑娘！

也难得你有那样的冰心，
你的心怕比冰还坚冷。
骀荡的春风哟，你是徒自芬温！

我明知你是不会爱我，

但我也没可奈何：
天牢中的死囚也有时唱唱情歌。

像这样风和日暖的辰光，
正好到郊原里去狂倾春酿，
啊，我的四周呀，但已筑就了险峻的高墙。

我的心机沉抑到了九泉，
连你信中的梅花也不敢再去启验，
它那丝微的余香太苦刺了我的心尖。

人生终是这样的糊涂，
盼得春来，又要把春辜负，
啊，有酒，你为甚总怕提壶？

偶尔有甚声丝，
总疑是邮差又至，
我一刻要受千遍的诈欺。

我想来真是痴愚，
等封信来又有什么意思？
啊，我也实在呀没有法子！

（三月十日午后）

第二十五首

新鲜的葡萄酒浆
变成了一瓶苦汁，

姑娘哟，我谢你厚情，
这都是你赐我的。

人如要说我痴愚，
我真是痴愚到底，
我在这旷莽的沙漠里面，
想寻滴清洁的泉澌。

我新种的一株蔷薇，
嫩芽儿已渐渐瘦了，
别人家看见我的容颜，
都说是异常枯槁。

我是怎得呀不枯，不瘦？
我闷饮着这盈盈的一瓶苦酒。
啊，我这点无凭的生命哟，
怕已挨不到今年的初秋。

（三月十五日晨）

第二十七首

沉深的地狱化成了天堂，
我的妹妹哟，我的姑娘！
啊，晚风是这样的清香，
无声的音乐在空中荡漾，
欢笑笑满了我的玻窗，
邻舍的时钟也发出悠扬的声响。
啊，一瞬化为了久长，

无限的哀情已不知逃向何方。
啊，姑娘哟，我的姑娘！
我的姑娘哟，我的女王！
沉深的地狱化成了天堂！

（三月十五日夜）

第二十八首

我凭依着南窗远望，
西方的天际一抹斜阳，
那儿是蔷薇花的故乡，
那儿有金色的明星徜徉。

晚风哟，你是这样的清凉，
少时顷你会吹到那西湖边上，
你假如遇着了我那姑娘，
你请道我呀平安无恙。

（三月十六日暮）

第三十首

我的心机是这般战栗，
我感觉着我的追求是不可追求的。
我在和夸父一样追逐太阳，
我在和李白一样捞取月光，
我坐看着我的身心刻刻地沦亡。
啊，已经着了火的枯原呀，
不知要燃到几时！

风是不息地狂吹，天又不雨，
已经着了火的枯原呀，
不知要燃到几时！

（三月二十日午）

第三十一首

我已成疯狂的海洋，
她却是冷静的月光：
她明明是在我的心中，
却高高挂在天上，
我不息地伸手抓拿，
却只生出些悲哀的空响。

（三月二十日午）

第三十三首

月缺还能复圆，
花谢还能复开，
已往的欢娱
永不再来。

她的手，我的手，
已经接触久；
她的口，我的口，
几时才能够？

（三月二十日午）

第三十四首

我想从她的信中寻出一个字，
不是“喜欢”，也不是“乐意”；
啊，这个字！这个字！
这是天地万物的开始！

这个字不待仓圣的造就，
也不用在字书里去寻求，
这个字要如树上的梅花，
自由地开出她的心头。

这个字是苏生我的灵符，
也会是射死我的弓弩，
我假如寻出了这个字时，
我会成为个第二的耶稣。

（三月二十日午）

第三十八首

啊，姑娘哟，我是爱你，
比爱我肉身的妹妹还要强烈，
你想来是早已知道，
你不会是不知道的。

但你总冷冷清清，
决不会说到信件事来，

假如你明说是不爱我时，
也是有一个“爱”字存在。

啊，你何苦定要那样牵延，
使我如油锅上的蚂蚁旋转？
我望你大开你的心门，
你到底是敢也不敢？

我想你深邃的心中
断不会只有一枝枯花，
我想你受着春风的爱种
断不会永不抽芽。

你假如是全不爱我，
何苦又叫我哥哥？
你假如是有些爱我，
何苦又只叫哥哥？

像这样半冷不温，
实在是令人难受。
我与其喝碗豆浆，
我情愿喝杯毒酒。

要冷你就冷如坚冰，
要热你就热到沸腾，
我纵横是已经焦死，
你冰也冰不到我的寸心。

好罢你究竟是什么心肠，
你请放着胆儿呀向我明讲！
我是并不怕你说不爱我的，
你大胆地讲罢，我的姑娘！

（三月二十四日夜）

第三十九首

我羡你青年脸上的红霞，
我羡你沉醉春风的桃花，
我怨你怪不容情的明镜呀，
我见你便只好徒伤老大。

啊，我这眼畔的绉纹！
啊，我这脸上的灰青！
我昨天还好像是个少年，
却怎么便到了这样的颓龄！

啊，我假如再迟生几时，
她或许会生她的爱意。
我与其听她叫我哥哥，
我宁肯听她叫我弟弟。

不可再来的青春哟，啊，
你已被吹到荒郊了。
不肯容情的明镜哟，啊，
你何苦定要向我冷嘲！

（三月二十七日夜）

第四十首

我自家掘就了一个深坑，
我自家走到这坑底横陈，
我把了些砂石来自行掩埋，
我那知有人来在我尸头蹂躏。

他剥去了我身上的一件尸衣，
他穿去会我那杀死的爱人，
我待愈的心伤又被春风吹破，
我冰冷冷地睡在墓中痛醒。

（三月二十八日夜）

第四十一首

空剩着你赠我的残花一枝，
我掩护在我的心头已经枯死。
到如今我才知你赠花的原由，
却原来才是你赠我的奠礼。

（三月二十九日）

第四十二首

昨夜里临到了黎明时分，
我看见她最后的一封信来，
那信里夹着有许多的空行，
我读时感觉着异常惊怪。

她说道："哥哥哟，你在……
啊，其实呀，我也是在……
我所以总不肯说出口来，
是因为我深怕使你悲哀。

到如今你既是那么烦恼，
哥哥哟，我不妨直率地对你相告：
我今后是已经矢志独身，
这是我对你的唯一的酬报……"

啊，可惜我还不曾把信看完，
意外的欢娱惊启了我的梦眼；
我醒来向我的四周看时，
一个破了的花瓶倒在墓前。

（三月三十日晨）

一九二五年作

（原载《创造月刊》第1卷第2期，1926年4月16日出版）

邓均吾

心潮篇（节选）

琴音

是那儿的琴音
偷度出那一抹幽林？
袅袅的音波，
随风荡漾，
沁入我岑寂的深心。

林边的月儿，
你可也伫立在听？

静夜

惨白的街灯
在窗外窥人——
夜深的凄静！

滴沥的檐声，
隐约的蛙鸣——
寥寂的乐音！

甜蜜之梦不成，
只儿时的回忆
在脑海中浮泳。
儿时的回忆——
惊心的梦影！

太阳的告别

靠近小楼窗前，
握着卷海涅诗篇，
领略那心声的幽远，
哦，一轮橙红的落日
正挂在屋角西檐。
流送她临别的眼波
好像在向我赠言：
“我要到地球那边，
恐怕我的爱人们，
已经望穿两眼。
朋友呀！我们明天再见。”

破晓的情绪

夜幕初开，
太阳的睡眼
犹自惺忪着在；
隐隐的市声
渐似朝潮涌起，

夹杂着一段鸡声
惊破了晓初的沉寂。
杂遝迷离的短梦，
刚辞了漫漫的长夜，
又加入攘攘的白日。
我倚枕尽思，
“什么是人生的意义?”

深夜之巷

人海的浪涛消了，
夜深的空气
似乎凝冻着了。
寂然的深巷之中，
一个卖小食的呼叫——
受崇墉的约束，
迫出沉浊的回音，
怪似那空冢中透出的呻吟，
摇曳着，颤动着，
表现出全部人生压迫底情绪！

回忆中的景物

(一)

江如弦，
舟似箭，
指着天边孤月。
那坐美秀的青山哟，

越看越远。
濛濛的银雾
织就了鲛绡一段，
遮隐了亭亭的倩影，
辨不出翠黛烟鬟。
只有红着脸的太阳
仿佛在伤离迷恋。

（二）

潋滟的波光，
蚱蜢般的小艇，
夷犹，荡漾。
举头望着天，
一群群飞雁
正向南翔
苍莽莽的圜空，
淼茫茫的烟水，
我不知身在何乡！

（三）

和平的鸟音，
幽韵的山泉，
萧修的林语，
弥满了宇宙的精灵。
在这一瞬间，
我沉默了，
肃穆了，
只觉得不寒而凄冷。

若不是那儿伐木丁丁，
我会忘却了纡徐前进。

（四）

枕着石，
瞧着天，
青天无尽头，
心神与之远。
飞云与飞鸟，
两两相眷恋，
自然怀抱中，
万物各自得！

（五）

犬吠客，
鸡呼雏，
褐色的茅庐三两处。
朴素，萧疏，
令人怀古！

白　云

蓬蓬的白云！
刚见你在山腰眠睡，
俄顷间
你便又凌风轻举；
在那缥缈的天空
伴着明媚的晚霞延伫。

蓬蓬的白云！
假如我有两道翅儿
我定要随你飞去！

淞　园　半

和风自云岛吹来，
暖日在青空照耀，
一切有生之伦
都被春神醉软了。
半淞园的柳丝花朵
欢喜得低昂，颤袅，
那泓葱黄色的池水
也在轻轻地舞蹈！

云　　影

望而不可即的浮云，
倒映在流动的水中，
多么的空明微茫！

失了的寻思，
未来的希冀，
可不和水中的云影一样？

时间是流动的水，
幸福是变灭的云，
可怜的人生

竟被了影儿的欺诳！

游 龙 华

（一）

黄浦江畔的郊原，
依然是去年的风景。
可惜我迟游几日，
那红晕的桃花
只余一半残在枝头了！
啊，时间的威权哟！

（二）

士女如云
乘着流水似的华车
来玩赏江南春色。
最讨厌的乞儿们
为甚尾着车儿不舍？

（三）

黄灼灼的菜花圃中，
坐着几个美术生，
在描写田园风景。
那个弯着拾粪的农夫，
便是画图中一位绝妙的诗人！

（四）

辉煌高峻的七级浮图，

闻是某将军提倡建筑。
一般善男信女
都称道："将军为民祈福！"

不 得 已

人生好像是不得已似的！
——不得已相亲
——不得已相爱
——不得已周旋
——不得已谈笑
我们不过是一群可怜的戏子罢！
枯燥的剧几时才得演完？

（原载《创造季刊》第1卷第2期，1922年8月25日出版）

海 滨 之 晚

晴空敛净了浮云，
苍天澄澈如水，
浮标上明灭的灯光，
似星星在水中游徙。

我坐在海岸的堤，
面迎着初升的皓月。
海潮拍岸的微音，
静中仿佛有人幽咽。

片片的，灰色的帆船
浮泛在冥濛远处。
他们那无限的长征，
劳我远远心随目逐。

我想那海上浮槎的孤客，
既然到了银汉的仙源，
为甚不在那儿卜居，
反匆匆地回到人间！

我想那月里的仙娥
或许在清歌妙舞。

可惜彩虹不为我成桥，
我又不能凌风飞去！

沉雄的汽笛一声
惊破了游仙的幻梦。
俯仰俱只觉茫茫，
谁识我情怀万种！

（原载《创造周报》第13号，1923年8月5日出版）

何　畏

上海幻想曲

——1922年正月的印象

I

赭色的波涟；
风，微眠。
淡紫和淡红
描如意在淡粉的天空。
海鸥，我的好朋友，
在我的望野里，
闪来……闪去……
对着我啾啾——
到哩：——到哩：——

戎克的　帆影，
静排在　这边，
浮移在　那边——
一副原始的光景
展开在我的面前；
于是，我的视线
渐——渐——

伸到神秘的岸边——
岸边上——灯台！明灭
都会的阵营和舰队
埋伏在细雨黄昏里！

Ⅱ

“祖国”……啊“祖国”！——
土音惊破了我的梦魄……
只见——
雨萧萧的夜阴里，
岸壁的灯明幽碧，
幻出许许多黑影——
在那儿争攘，鏖战：
红黑的鏖战，
惨白的叫喊——
哀，“祖国”的“黎民”！“苦力”！

各世界的强盗和小贼
从各世界打劫了财物，
都涸集到这永借的巢窟。
肩膀上掮了，双手提了，
阔步的当前，矮小的跟着，
混过了洋关，
跨过了中华的门关，
各投各的生路，
像饿鬼抢出了仓库。
如是，我，心中默默，

坐了一部野鸡马车
来到上海的中心区域。

Ⅲ

电光叫鞭一揪，
春性的猫声四窜；
红头黑炭一吼，
几百群丧家狗
东奔西走……
黄鞭炮把天空炸裂了……
年锣鼓把玻璃窗敲碎了……
紫流电……碧流电……
流光飞满天……
磷火明灭……
琥珀光……亚克光……
金辉煌……银辉煌……
水银泼满地——
互相鏖杀，互相射击；
电气招牌：红，黄，蓝，白，黑，
滑落落地在空中轮圈圈；
机汽车，钢铁轮，橡皮轮，
乱冲乱撞乱轰乱转，
赤脚赤手，马蹄马鞭，空手空拳，
乱踏乱抓乱挥乱奔……
激起一阵狂风
吹散一群游火虫：——
只只眼睛都死样快气，

披了时式的画皮，
裹着淫荡的尸体，
爬过争攘的马路。
去到阴惨的洞里……
上海！——小菜场！
给议事厅画得凄惨：——
昏暗的背景里，赤条条地，
挂着酱蹄子，白斩鸡
风鸡板鸭不稀奇，
骨蜡白，紫稀稀，
全猪全牛全羊一排齐。
湿搭搭，温沌沌，
酱油酒醋，烟雾腾腾，
呼肴喝炉，煎炒闷蒸
夹着管弦和尖喉咙的唱声……
上海！——番菜馆！
老爷少爷，娘姨，大姊，
军警绅商，大小流氓，
还有阿猫，阿狗，拙老，木头
和野鸡，倌人，乌龟，烧汤，
欢天喜地，哄在一房，
拳头乱挥，兴高采烈，
杯盘狼藉……
于是乎麻雀牌的春潮起，
扑克卡片满台飞；
鸦片烟，雪茄烟，土耳其，
麝香，白兰花，安息香
夹着狼猩气——

满屋的淫热，满屋的晕眩，
夹着硫磺味……火药气……
石炭酸……油漆棺……
纸锭灰……旧衣煨……
上海！——赌博场！
只要出捐钱给外国巡捕房！
拜神拜佛都没商量
上海！——中华第一大商场！
我要送 Pokes 一个黑徽章，
他替支那人和洋狗造了一个花烟间。
你不听胜利的凯歌响遍马路，
病弱的在巷口唏呼。
今晚，酒楼上的黄闷鸡，
明朝，零散的枯骨，葬在垃圾堆里，
天茫茫亮，就给垃圾车拖去……
上海！我要做一曲恁样的赞美歌？
我从前在望远镜里看见的五彩星座
实在是显微镜里的微生物图！
上海！我要做一曲恁样的吊亡歌
贴在你火葬场的门背后？

Le 6. Déc. 1922 第四次改作。

（原载《创造季刊》第 1 卷第 4 期，1923 年 2 月 1 日出版）

闻 一 多

李 白 之 死

序

世俗流传太白以捉月骑鲸而终，本属荒诞。此诗所述亦凭臆造，无非欲藉以描画诗人底人格罢了。读者不要当作历史看就对了。

我本楚狂人，
凤歌笑孔丘。

——李白

一对龙烛已烧得只剩光杆两枝，
却又借回已流出的浓泪底余脂，
牵延着欲断不断的弥留的残火，
在夜底喘息里无效地抖擞振作。
杯盘狼籍在案上，酒坛睡倒在地下，
醉客散了，如同散阵投巢的乌鸦；
只那醉得最很，醉得如泥的李青莲
(全身底骨架如同脱了榫的一般)
还歪倒倒的在花园底椅上堆着，
口里喃喃地，不知到底说些什么。

声音听不见了，嘴唇还喋着不止；
忽地那络着密密红丝网的眼珠子，
（他自身也便像一个微小的醉汉）
对着那怯懦的烛焰瞪了半天：
仿佛一只饿狮，发见了一个小兽，
一声不响，两眼睁睁地望他尽瞅；
然后轻轻地缓缓地举起前脚，
便迅雷不及掩耳，忽地往前扑着——
像这样，桌上两对角摆着的烛架，
都被这个醉汉揎倒在地下。

“哼哼！就是你，你这可恶的作怪，”
他从咬紧的齿缝里泌出声音来，
“碍着我的月儿不能露面哪！
月儿啊！你如今应该出来了罢！
哈哈！我已经替你除了障碍，
骄傲的月儿，你怎么还不出来？
你是瞧不起我吗？啊，不错！
你是天上广寒宫里的仙娥，
我呢？不过那戏弄黄土的女娲，
散到六合里来底一颗尘沙！①
啊！不是！谁不知我是太白之精？
我母亲没有在梦里会过长庚？②

① “女娲戏黄土，团作愚下人，散在六合间，濛濛如沙尘。”——《上云乐》
② “惊姜之夕，长庚入梦，故生而名白，以太白字之。”——李阳冰《草堂集序》

月儿，我们星月原是同族的，
我说我们本来是很面熟呢！”

在说话时，他没留心那黑树梢头
渐渐有一层薄光将天幕烘透，
几朵铅灰云彩一层层都被烘黄，
忽地有一个琥珀盘轻轻浮上，
（却又像没动似的）他越浮得高，
越缩越下，颜色越褪淡了，直到
后来，竟变成银子样的白的亮——
于是全世界都浴着伊的晶光。
簇簇的花影也次第分明起来，
悄悄爬到人脚下偎着，总躲不开，——
像个小狮子狗儿睡醒了摇摇耳朵，
又移到主人身边懒洋洋地睡着。
诗人自身的影子，细长得可怕的一条，
竟拖到五步外的栏杆上坐起来了。
从叶缝里筛过来的银光跳荡，
猛射到那大腹彭亨的酒坛身上，
啮着环子的兽面，蠢似一朵缩菌，
也鼓着嘴儿笑了，但总笑不出声音。
桌上一切的器皿，接受复又反射
那闪灼的光芒，又好像日下的盔甲。

这段时间中，他通身的知觉都已死去，
那被酒催迫了的呼吸几乎也要停驻；
两眼只是对着碧空悬着的玉盘，
对着他尽看，看了又看，总看不倦。

"啊！美呀！"他叹道，"清寥的美！莹澈的美！
宇宙为你而存吗？你为宇宙而在？
哎呀！怎么总是可望而不可即！
月儿呀月儿！难道我不应该爱你？
难道我们永远便是这样隔着？
月儿，你又总爱涎着脸皮跟着我；
等我被你媚狂了，要拿你下来，
却总攀你不到。唉！这样狠又这样乖！

月啊！你怎同天帝一样地残忍！
我要白日照我这至诚的丹心，
狰狞的怒雷反砰訇地吼我；
我在落雁峰前几次朝拜帝座①，
额撞裂了，嗓叫破了，阊阖还不开。
吾爱啊！帝旁擎着雉扇的吾爱！
你可能问帝，我究犯了那条天律？
把我谪了下来，还不召我回去？②
帝啊！帝啊！我这罪过将永不能赎？
帝呀！我将无期地囚在这痛苦之窟？"
又圆又大的热泪滚向膨胀的胸前，
却有水银一般地沉重与灿烂；
又像是刚同黑云碰碎了的明月
溅下来点点的残屑，眩目的残屑。

---

① "李白登华山落雁峰曰：'此山最高，呼吸之气想通天帝座矣。恨不携谢朓惊人诗来搔首问青天耳！'"——《云仙杂记》

② 贺知章称白为"谪仙人"。

"帝呀！既遣我来，就莫生他们！"他又讲，
"他们，那般妖媚的狐狸，猜狠的豺狼！
我无心做我的诗，谁想着骂人呢？
他们小人总要忍心地吹毛求疵，
说那是讥诮伊的。哈哈！这真是笑话！
他是个什么人？他是个将军吗？
将军不见得就不该替我脱靴子。
唉！但是我为什么要作那样好的诗？
这岂不是自作的孽，自招的罪？……①
那里？我那里配得上谈诗？不配，不配；
谢玄晖才是千古的大诗人呢！——
那吟'余霞散成绮，澄江净如练'的
谢将军，诗既做的那么好——真好！——
但是那里像我这样地坎坷潦倒？"②
然后，撑起胸膛，他长长地叹了一声。
只自身的影子点点头，再没别的同情；
这叹声，便似平远的沙汀上一声鸟语，
叫不应回音，只悠悠地独自沉没，
终于无可奈何，被宽嘴的寂静吞了。

"啊'澄江净如练'，这种妙处谁听解道？
记得那回东巡浮江底一个春天，——③

---

① 高力士以脱靴事蓄怨于白。玄宗尝与太真赏花于沉香亭，诏白为乐章；白作《清平调》以献。力士摘之以谗于太真。自是帝每欲重用白，辄为太真所沮。——见《唐书》本传

② 白生平最服膺谢朓，诗中屡次称道。有句云："解道'澄江净如练'，令人长忆谢玄晖。"

③ 白尝依永王璘；有《永王东巡歌》十一首。

两岸旌旗引着腾龙飞虎回绕碧山，——
果然如是，果然是白练满江……
唔！又讲起他的事了？冤枉啊！冤枉！
夜郎有的是酒，有的是月，我岂怨嫌？①
但不记得那天夜半，我被捉上楼船！②
我企望谈谈笑笑，学着仲连安石们，
替他们解决些纷纠，扫却了胡尘。③
哈哈！谁又知道他竟起了野心呢？
哦，我竟被人卖了！但一半也怪我自己！”

这样他便将那成灰的心渐渐扇着，
到底又得痛饮一顿，浇熄了愁底火：
谁知道这愁竟像田单底火牛一般
热油淋着，狂风煽着，越奔火越燃；
毕竟虽烧焦了骨肉，牺牲了生命，
那束刃的采帛却焕成五色的龙文：
如同这样，李白那煎心烙肺的愁焰，
也便烧得他那幻象底轮子急转，
转出了满牙齿上攒着的“丽藻春葩”。
于是他又讲，“月儿！若不是你和他，”
手指着酒壶，“若不是你们的爱护，
我这生活可不还要百倍地痛苦？
啊！可爱的酒！自然赐给伊的骄子——
诗人底恩俸！啊，神奇的射愁底弓矢！

---

① 永王作乱，事败；白流于夜郎。

② “半夜水军来，追胁上楼船。”——《赠江夏太守》

③ “但用东山谢安石，为君谈笑静胡沙。”——《永王东巡歌》
“所冀旄头灭，功成追鲁连。”——《在水军宴，与幕府诸公》

开启琼宫底管钥！琼宫开了：
那里有鸣泉漱石，玲鳞怪羽，仙花逸条；
又有琼瑶的轩馆同金碧的台榭；
还有吹不满旗的灵风推着云车，
满载霓裳缥渺，彩珮玲珑的仙娥，
给人们颁送着驰魂宕魄的天乐。
啊！是一个绮丽的蓬莱底世界，
被一层银色的梦轻轻地锁着在！

啊！月呀！可望而不可即的明月！
当我看你看得正出神的时节，
我只觉得你那不可思议的美艳，
已经把我全身溶化成水质一团，
然后你那提挈海潮底全副的神力，
把我也吸起，浮向开遍水钻花的
碧玉底草场上；这时我肩上忽展开
一只翅膀，越张越大，在空中徘徊，
如同一只大鹏浮游于八极之表。①
哦，月儿，我这时不敢睁眼看你了！
你那太强烈的光芒刺得我心痛。……
忽地一阵清香搅着我的鼻孔，
我吃了一个寒噤，猛开眼一看，……
哎呀！怎地这样一副美的容颜！
丑陋的尘世！你那有过这样的副本？
啊！布置得这样调和，又这般端整，

① “余昔于江陵口，见天台司马子微谓余有仙风道骨，可与之神游八极之表。因著《大鹏遇希有鸟赋》以自广。”——《大鹏赋·序》

竟同一阕鸾凤和鸣底乐章一般！
哦，我如何能信任我的这只肉眼？
我不相信宇宙间竟有这样的美！
啊，大胆的我哟，还不自惭形秽，
竟敢现于伊前！——啊！愚笨呀糊涂！——
这时我只觉得头昏眼花，血凝心冱；
我觉得我是污烂的石头一块，
被上界底清道夫抛掷了下来，
掷到一个无垠的黑黯的虚空里，
坠降，坠降，永无着落，永无休止！”

月儿初还在池下丝丝柳影后窥看，
像沐罢的美人在玻璃窗口晾发一般，
于今却已蹦蹦移步出来，来到了池西；
夜飏底私语不知说破了什么消息，
池波一皱，又惹动了伊娴静的微笑。
沉醉的诗人忽又战巍巍地站起了，
东倒西歪地挨到池边望着那晶波。
他看见这月儿，他不觉惊讶地想着：
如何这里又有一个伊呢？奇怪！奇怪！
难道天有两个月，我有两个爱？
难道刚才伊送我下来时失了脚，
掉在这池里了吗？——这样他正疑着……
他脚底下正当活泼的小涧注入池中，
被一丛刚劲的菖蒲鲠塞了喉咙，
便咯咯地咽着，像喘不出气的呕吐。
他听着吃了一惊，不由得放声大哭：
“哎呀！爱人啊！淹死了，已经叫不出声了！”

他翻身跳下池去了，便向伊一抱，
伊已不见了，他更惊慌地叫着，
却不知道自己也叫不出声了！
他挣扎着向上猛踊，再昂头一望，
又见圆圆的月儿还平安地贴在天上。
他的力已尽了，气已竭了，他要笑，
笑不出了，只想道："我已救伊上天了！"

（原载《创造季刊》第 2 卷第 1 期，1923 年 5 月 1 日出版）

成仿吾

诗十六首（选十）

海上吟

（一）

背负朝阳，
树林里行来处，
遥听得潮声低起，
遥望见青青无涘；
一笔长天如划断，
孤帆若鹜乘风驶。
片片浮云，
愈现出水明山美。
渔家掩映绿林间，
万象静来如死，
浪翻雪，起仍灭，
人在晴光里。

（二）

我步儿漫移，
你潮声低咽。

年来失去的自然，
重逢更加清切，
山腹横霞顶流翠，
对此令人神悦。
低头处，潮来往，
新痕灭旧痕，却肠结。

（三）

汝神秘之象征，
汝无穷之创造。
汝宇宙之一毛，
吾又汝千山之一草。
草！中怜的草！
汝乌知汝生之所自来，
与汝生之所宜趣，
遂随秋色而终老！

（四）

我心随潮上下，
我血如波潜跃。
这碧海茫茫，
这平林漠漠；
难道都是梦中幻影？
又难道昔年情景，
是今年的空中楼阁？
Demiurge，你好顽恶，
你总要我忘不了，
生之烦恼与现实之不乐！

（五）

小小清流的河口，
一年年被砂堆封住。
这潮的威力可怖！
我今觉得你可惧，
但我心只是如砂，
任你淘去淘来，推打万度，
只不失我的微光，
如清宵之冷露。

梦一般的

（一）

梦一般的，
经过了地方多少。
我随着人生无限的潮流，
早漂到这里来了，
我疲了，要暂时停住，
啊，你怎么只是流去？

（二）

忙迫的生活，
今天虑着明天的事，
晴天又愁着下雨的时候，
一刻也不能安息。
啊，不尽的潮流，
你要把我推到几时才肯留？

（三）

茫茫的行路，
不住的梦中飞度。
倦了醒来，
醒来仍是梦，
啊，我们的劳动，
都是为的这梦。

静　夜

（一）

死一般的静夜！
我好像在空中浮起，
渺渺茫茫的。
我全身的热血，
不住地低声潜跃，
我的四肢微微地战着。

（二）

我漂着，
我听见大自然的音乐，
徐徐的，清清的，
我跟着他的音波，
我把他轻轻吻着，
我也飞起轻轻的。

我　想

（一）

　我想作一个长行客，
朝从东山发，
　夜到西河歇；
一天又一天，
　一月又一月。
山啊，水啊空气啊！
　好好唱你们的奇歌，
使我长愉悦。

（二）

　我想望着白云行，
梦一般的静景，
　会使我的病魂飞起轻轻；
轻轻，吸着玉液一般的清气，
　背着祥和的光明。
去啊，去啊，无穷的烦恼，
　开啊，开啊，低迷的远道，
好好让吾行。

（三）

　若是天下雨，
这莽莽的乾坤，
　会只听见天公亲语。
他那源源而来的雄谈，

　　要使我腾空欢舞，
要使我心灵的微光，
　　和枝上明珠一般的玲琅，
长向云间吐。

（四）

　　我们住的这个小星，
都是我们的逆旅，
　　还有什么家庭？
我只有我的亲母，
　　——就是我的心灵——
我还有什么亲人？
　　啊，这都是从前的迷因，
我今如梦醒。

（五）

　　啊，让我，作一个 Wanderer！
我这有限的生涯，
　　不能长为社会的马牛而终老。
啊，不尽的潮流！
　　我不堪再同你跑；
我要于你的范围以外，
　　求我的真存在；
啊，让我作一个 Wanderer！

白　云

（一）

大块白云的里面，

露着一个深湛的青天，
哦，我怎么样想跳进你
这井里面，
解我无穷的烦恼！

（二）

海青色的天空里，
漂着一块冰一般的轻云，
哦，我怎么样想把你
一口气吞下，
消我胸中的炎火！

哦，我的灵魂！

（一）

哦，我的好孩儿！
我教你莫啼，
你又哭不出什么来，
你怎么只是这般爹呀爹呀的！

（二）

哦，我的好孩儿！
我知道你正伤心，
但是说给我听，
人家把你怎么样了？

（三）

我知道这现实的压迫，

你自然是一天都不能甘受。
我们这一天一天，
过的是一些屈辱的生活！

（四）

我也心念故乡的青山，
和他明镜一般的流水，
他那海一般的天空，
这时候都恍惚，
深深映在你光明的眼中！

（五）

你只催说不如归去，
归去当然是不可缓。
但是我们受罪还只十年，
还有一年未满。

（六）

你不要悲前途辽远，
你要知道你还是幸福，
只要你长能伏在我的怀中，
我长能吻着你的前额
——和现在一般。

（七）

哦，我的好孩儿！
你不要哀号，
上帝会来保佑，

你是这般好！

疲倦了的行路

（一）

疲倦了的行路！
我还要注定前途，
和着勇敢的军歌，
不住地前往。

（二）

我想我就会倒下来，
这下面的第一步。
因为我侵早起来，
就是这般昏昏沉沉的。

（三）

我觉得全身火一般的烧着，
一刻一刻的在分解。
只等那最后的爆发，
——那破坏一切的。

冬　天

（一）

唉！一年的光阴又要流尽了，
北风吹得早凄凉极了，
也不管我心潮狂跳！

一片黄瘦的草和枯叶，
琐琐细细都向我愁说。

(二)

青天分外的加高，
光辉减得多了！
这空中惨淡的风潮，
一刻一刻的险似，
使我梦想世界的末日。

(三)

我心被压得重重，
我疑我的血液已不流动。
堤上空枝同我阵阵的战栗，
就是不老的青松，
也怪暗淡的！

(四)

一个渔夫驾只船儿弱小，
这风潮险恶如何得了？
身心久已疲极了，
上下四方一看——
唉，谁边是岸！

残　雪

(一)

啊，美的末路！

啊，善的残骸！
Apollo 的神箭，
射得你莫容存在。
空剩有血流荒野，
空剩有泪如珠下。
也不知要流到几时，
啊，这是真的真知？

（二）

啊，我想起你当初的元气哟！
要把这衰残了的宇宙，
霎时间完全美化了。
我如何的喜欢！
我如何的感激！
啊，谁知这都是运命的游戏！
最高的善，
最后的美，
也就无容身的余地。
使我心哀，
使我心灰。

一　　刻

（一）

我把我的功课停作一刻，
我回想一切，
大自然正奏着他的 Symphony
呵，我刚才恰只梦的一般

为他奏了他极微小的一部分，
呵，我将来永远——永远——
还要为他尽我的精勤！

(二)

最奇怪的，
我虽然歇了，
他的Symphony，
依旧庄严雄厚，
好像是对我的一种讥刺；
你真可有可无，
你好微弱，你好纤小。

(三)

呵，凄惨的运命！
呵，绝望的人生！
他迭强大，我不能憎。
他迭尊贵，我不能爱。
但我那能不爱？
我是他的土做成的，
我还要复归他的土里。

(四)

罢了！让我的血流，
还为他倾泻，
让他的赞歌，
还弥缦宇下。
因为万事都是他的过程，

也就是我的过程，
向无穷的过程。

（原载《创造季刊》第1卷第1期，1922年3月15日出版）

周全平

迷途的小羊

(一)

蒙着人类之皮的繁都中，
纷驰着千百条诡谲的歧路。
新生而缺少经验的小羊，
在这里迷失了应走的路途。

(二)

那时幼嫩的朝阳方从东方升上，
昨夜的浓雾在遮住新生的曙光。
朦胧中似乎每一条修长的路头，
都树着奇异的旗帜在引我去张望。

(三)

黄金铺地的资本路上——
利欲薰心的树着雄狮的旗帜。
他们在放出臭恶的铜腥，
要引诱我洁白的小羊加入。

（四）

血冷心硬的强权路上——
杀戮同胞的树着飞鹫的旗帜。
他们在吐出残酷的凶光，
要引诱我洁白的小羊加入。

（五）

绝情灭理的礼教路上——
戕贼个性的树着游龙的旗帜。
他们在说出顽固的伪言，
要引诱我洁白的小羊加入。

（六）

当那太阳升在天空之中，
把地上的浓雾完全冲破。
烈光照射在这三条的路上，
把一群强魔的假面一齐显露。

（七）

我耐不住铜臭的薰陶
我耐不住凶光的照耀！
我不愿为古人伪言所支配！
我不愿在这三条路上奔跑。

（八）

这里有一条逃遁的小路——
路上逍遥着悠然自得的隐士；
他们把手招着我洁白的小羊：
世事已不可为，还不如超越身世。

（九）

这里有一条屈服的小路——
路上跪拜着奴颜婢膝的降卒；
他们把手招着我洁白的小羊：
世事已不可为，还不如忍耻偷活。

（十）

这里有一条放纵的小路——
路上横斜着醇酒妇人的醉客；
他们把手招着我洁白的小羊：
世事已不可为，还不如乐享此刻。

（十一）

其时太阳已渐渐移向西边，
热烈的火焰已在渐渐收敛，
余光照射在这三条的路上，
把一群弱鬼的假面一齐揭穿。

（十 二）

我没有卸除责任的思想！
我没有畏难怕死的心胸！
我不愿把自己的良心放弃！
我不愿在这三条路上蠕动。

（十 三）

我正在迟疑着我的前途：
垂尽的夕阳已向地面下落，
突然有浓黑的乌云四面聚起，
把天空中剩余的光明吞没。

（十 四）

于是黑暗包在我身体的周围，
更不见一些儿可爱的光明。
这我无所依附的小小心中，
渐觉得忧疑惊惧不能宁静。

（十 五）

岑寂中忽然有可怖的声响，
堕落的恶魔在暗中狞望着小羊，
他伸着诱惑青年的两只魔手，
要把我引往那歪邪的路上。

（十 六）

迷途的小羊便被诱惑了，
盲目地跟着恶魔向黑暗中走去。
但堕落之渊正快要到时，
突然由良心的警告把他脚儿止住。

（十 七）

良心唤醒他已经迷惑的魂灵！
良心指示他不久要到的光明。
良心叫他要抵抗堕落的诱引！
良心叫他要服从自已的良心！

（十 八）

然而万恶的魔鬼一步步的逼进；
可怜小羊的勇气已渐次消沉！
只他坚毅的良心叫他不要降服，
须坚持着直到最后的五分。

（十 九）

忽然有一阵罡风把满天的乌云吹去，
于是皎洁的圆月显出在群星的中央：
她尽力把所受的阳光完全射出，
把黑暗驱得一些儿不留在世上。

（二 十）

于是光明把大地完全照耀！
引诱小羊的恶鬼匆促奔逃！
恬静而平坦的博爱之路在他眼下显出，
路上有许多天真的童子向他把手相招。

（二十一）

“好了！好了！”
“那面有许多同伴。”
我立刻打定了主意，
再不在歧途上回旋！

（二十二）

“好了！好了！”
迷途的小羊在兴奋地欢呼。
那时他看见遍体光明的牧羊少年，
正满怀着伟大的同情在他面前引路。

一九二三，七，二三，南翔

（原载《创造季刊》第2卷第2期，1924年2月28日出版，署名全平）

周赞襄

魔鬼的夜歌

这分明是一座角锥体的建筑——
弱的，强的，强些的，更强些的；
卑的，尊的，尊些的，更尊些的；
苦的，安的，乐的，骄奢淫逸的；
愚的，智的，智些的，更智些的；
贫的，富的，豪富的……
写不尽的各面，
数不清的阶级，
一层一层地密密叠着：
愈高的愈少，
愈低的愈多，
愈强的愈高；
愈弱的愈下；
亘古不绝的呼声——
爬呀！向上呵！
好待爬到最高峰，
脚踏在一切战败的头上了，
爬呀！向上呀！
好英雄呵！
踏上多少人的头，

站上多少人的头；
压倒多少战士，
躏过多少疮夫；
才占得一尊偶像的神位。
供人崇拜了！
受人敬仰了！
人格也完全了，
一切罪过都变为了善迹！
从此菩萨尽魔鬼！
从此魔鬼作菩萨！
而且人间也作战场了！

爬呀！向上呵！
没有能力的，
滚！滚！滚！滚！
滚到最下层去？
这些懦弱的尸骸，
只好给英雄们垫底！
愈下的负力愈重；
愈下的罪恶愈多；
都只为作了英雄的俘虏!!
都只为作了魔鬼的降卒！
这些俘虏降卒的血汗成了河，
这才越显得英雄得胜的快乐！
亘古以来的呼声——
爬呀！向上爬！
剧战的屠场里，
谁不变为残酷的恶魔？

杀声高激云霄了！
角锥体的建筑，
只见时时新修！
鲜血染遍了河！
啊哟！啊哟！
几时得踏倒这座屠所！
只有祈祷地球大怒，
愤得地心炸裂！
只有祈祷火球作福，
烧尽这角锥体的建筑！
我看那清静寂寞的荒郊，
无量地胜比过这层地狱！
啊哟！啊哟！
几时得踏倒这一所野蛮的建筑！
啊哟！啊哟！
几时得唤醒众生的迷梦破！

惨酷的地球呵，破哟！
世界的火灾呵，起哟！
宇宙化作了飞灰，
人生化作了轻烟，
这才解得了人间一切的冤孽！
这才化得尽一切众生的罪愆！
但是，现在还不是时候呵！
请大家问着良心认定罢！
谁不是张牙舞爪的恶魔！
谁不是花衣被彩的毒蛇！

谁不是造罪而活着！
谁不是肉搏而生着！
我为全魔类高歌，
歌这魔鬼的夜歌！
听呀！听呀！
亘古不变的呼声——
爬呀！向上呵！

十一年重阳晓

（原载《创造周报》第12号，1923年7月29日出版）

敬隐渔

破晓

晓风吹得我战栗，
我的头发沾满了露珠，
我在崎岖的路上走乏了，
我向泉水照了我的容貌，
憔悴，大不似从前美好。
人们谁问我的心事？
山上撷来的花都已变成了苦茨。

我的爱，你快把门儿打开！

（原载《创造日》第1期，1923年7月21日出版）

倪贻德

诗二首

湖边的少女

银河淡淡的凉夜，
秋水盈盈的湖面，
湖底里倒映着一个
　　纤纤的清影，
湖边上有一个少女在低首，
　　诉她的幽怨。

湖边的少女！
你泣着，你呜咽着；
你泣着为的是什么？
你可是受了他人的欺凌？
或是有如许过来的哀怨！
过来的饮恨，
——说不出的哀情？

啊？说不出的哀情哟，
终于是说不出的吗？
你为甚深深瞒隐了？

你为甚不肯告你远方的恋人？
啊！你将永远永远的，
葬她在灵魂的深处，
与永劫而同存！

湖　上

夜风把赤日的炎威吹尽了，
一钩的新月儿又高挂在天上，
环山是伸着长臂紧紧地在拥抱，
啊！我今朝又重见了这亲切的故乡！

看远处摇摇银波之中，
好像有一只小舟在撕荡：
那两个并肩交头的黑影，
可是荷花池畔夜度的鸳鸯？

啊，梦一般的旧日的欢情，
如今又重温了我冰一般的胸膛；
啊，我今朝重见了这亲切的故乡，
又禁不住泪流而悲伤！

十二年八月二十二日之夜于故乡湖畔

（原载《创造日》第 33 期〔原刊误作第 32 期〕，
1923 年 8 月 26 日出版）

王独清

吊罗马

登大坟以远望兮，
聊以舒吾忧心。
——屈原

Eine Welt Zwar bist du，O Rom：
dochohne die Licbe
Wäre die welt nicht die Welt，Ware
denn Rom auch nicht Rom.
——Goethe

I

我趁着满空湿雨的春天，
来访这地中海上的第二长安！
听说这儿是往日许多天才底故家，
听说这儿养育过发扬人类的文化；
听说这儿是英雄建伟业的名都，
听说这儿光荣的历史永远不朽……

哦，雨只是这样迷濛的不停，
我底胸中也像是被才潮的泪在浸润！

——恼人的雨哟，愁人的雨哟，
你是给我洗尘，这是助我吊这荒凉的古城？

我要痛哭，我要力竭声嘶地痛哭！
我要把我底心脏一齐向外呕吐！
既然这儿像长安一样，陷入了衰颓，败倾，
既然这儿像长安一样，埋着旧时的文明，
我，我怎能不把我底热泪，我 Nostalgia 底热泪，
借用来，借用来尽性地洒，尽性地挥？

雨只是这样迷濛的不停，
我已与伏在雨中的罗马接近：
啊啊，伟大的罗马！威严的罗马！雄浑的罗马！
我真想把我哭昏，拚我这一生来给你招魂……

Ⅱ

我看见罗马城边的 Tiberis 河，
忽想起古代的传说：
那 Phea Silvia 底双生儿
不是会在这河上漂过？
那个名叫 Romulus 的，
正是我怀想的人物。
他不愿同他底兄弟调和，
只独自把他理想中的都城建作。
他日夜不息，
他风雨不躲；
他筑起最高的围墙，

他开了最长的沟壑……
哦，像那样原人时代创造的英雄哟，
在今日繁殖的人类中能不能寻出一个！

我看见罗马城边的山原，
忽想起古代那些诗人：
他们赤着双脚，
他们袒着半胸，
他们手持着软竿
趋着一群白羊前进。
他们一面在那原上牧羊，
一面在那原上独吟……
他们是真正的创作者，
也是真正的平民。
哦，可敬的人们，
怎么今日全无踪影？
——原上的草哟，
你们还在为谁长青！

Ⅲ

啊，现在我进了罗马了！
我底全神经好像在爆！
啊，这就是我要徘徊的罗马了！
…………

罗马城，罗马城，使人感慨无穷的罗马城，
你底遗迹还是这样的宏壮而可惊！
我踏着产生文物典章的拉丁旧土，

徘徊于建设光荣伟业的七丘之中：
啊啊，我久怀慕的“七丘之都”哟，
往日是怎样的繁华，怎样的名胜，
今日，今日呀，却变成这般的凋零！
就这样任它乱石成堆！
就这样任它野草丛生！
那富丽的宫殿，可不就是这些石旁的余烬？
那歌舞的美人，可不就是这些草下的腐尘？
不管它驻过许多说客底激昂辩论，
不管它留过千万人众底合欢掌声，
现在都只存了些销散的寂寞，
现在都只剩了些死亡的沉静……
除了路边行人不断的马蹄车轮，
再也听不见一点儿城中的喧音！
爱国的豪杰，行暗杀的志士，光大民族的著作者，
都随着那已去的荣华，随着已去的荣华而退隐：
荣华呀，荣华是再不能归来，
他们，也是永远地无处可寻！
看罢！表彰帝王威严的市政之堂
只有些断柱高耸，残堦平横；
看罢！奖励英雄功绩的饮宴之庭
只有些黄土满拥，荒藤紧封；
看罢！看罢！一切代表盛代的，代表盛代的建筑物
都只留得些败垣废墟，摆立在野地里受雨淋风攻……
哦，雨，洗这“七丘之都”的雨！
哦，风，扫这拉丁旧土的风！
古代的文明就被风雨这样一年一年地洗完，扫净！
哦哦，古代的文明，古代文明是由诚实，勇力造成！

但是可敬爱的诚实的人们，勇力的人们，
现代的世界，他们为什么便不能生存？
哦哦，现代世界的人类是怎样堕落不振！
现代的罗马人呀，那里配作他们底子孙！
Cato 哟，Cicero 哟，Caeser 哟，Augustus 哟，……
唉！代表盛代人物底真正苗裔，怎么便一概绝尽！
…………

Ⅳ

徘徊呀徘徊！
我底心中郁着难吐的悲哀！
看这不平的山冈，
这清碧的河水，
都还依然存在！
为甚开这山河的人呀，
却是一去不回！

这一处是往日出名的竞技场，
我记起建设这工程的帝王：
Vespasianus 是真可令人追想，
他那创造时代的伟绩，
永远把夸耀留给这残土的古邦！
这一处是靠近旧 Forum 的凯旋门，
在这一望无涯的断石累累中
我好像看见了 Titus 底英魂：
当他出征远方的功业告定，
回国时，他回国时，

这直达 Via Sacra 的大道之上，
是怎样的拥满了群众，在狂呼欢迎！
这一处是矗立云表的圆碑，
Trajanus 底肖像在顶上端立：
我看了这碑间雕刻的军马形迹，
我全身是禁不住的震慑，
震慑于他往日的盖世雄威！
…………

徘徊呀徘徊！
过去那黄金般的兴隆难再！
但这不平的山冈，
这清碧的河水，
都还未曾崩坏！
我只望这山河底魂呀，
哦，速快地归来！

V

归来哟，罗马魂！
归来哟，罗马魂！
你是到那儿去游行？
东方的 Euphrates 河？
西方大西洋底宏波？
南方 Sahara 底沙漠？
北方巴尔干山脉底丛杂之窝？
哦，那一处不留着往日被你征服的血痕？
难道今日你为饥饿所迫，竟去寻那些血痕而吞饮？

你可听得尼罗河中做出了快意的吼声？
你可听得 Carthago 底焦土上吹过了嘲笑的腥风？
哦，归来哟！归来哟！
你若不早归来，你底子孙将要长死在这昏沉的梦中！
——唉唉，Vergilius 与 Horatius 底天才不存！
Livius 底伟大名作也佚散殆尽！
这长安一样的旧都呀，
这长安一样的旧都呀，
我望你再兴，啊，再兴！再兴！……

四月，一九二三。

（原载《创造月刊》第 1 卷第 1 期，1926 年 3 月 16 日出版）

玫　瑰　花

La rose est le bouquet d'Amour,
La rose est le jeu des Charites;
La rose blanchit tout autour
Au matin de perles petites,
Qu, elle emprunte du poinct du jour.

——Ronsard

(Ⅰ)
别罗马女郎

我最敬爱的罗马女郎，
你，我将永远不忘！
今夜的我呀，
就要别你这个光荣的故乡……
你庇故乡，虽是惹人恋想，
但为了和你相别呀，
我才能这般惆怅，这般惆怅！

我最敬爱的罗马女郎，
我一定是永远不忘！
今夜底景色呀，
却怎么是异常的凄凉……

凄凉，凄凉，我独行在街上：
我想这儿若没有你呀，
这罗马城怕只是个沙漠的穷荒！

(Ⅱ)

但丁墓前

现在我要走了（因为我是一个飘泊人）！
唉，你收下罢，收下我留给你的这个真心！
　　我把我底心留给你底头发，
　　你底头发是我灵魂底住家；
　　我把我底心留给你底眼睛，
　　你底眼睛是我灵魂底坟茔……
我，我真愿作此地底乞丐，忘去所有的忧愁，
就在这出名的但丁墓旁用一生和你相守！
　　但是现在除了请你把我底心收下，
　　此外要说的，只是我和你告别的话！
　　　　Addio mia bella！

现在我要走了（因为我是一个飘泊人）！
唉，你记下罢，记下我和你所经过的光阴！
　　那光阴是一朵迷人的香花，
　　被我用来献给了你这美颊；
　　那光阴是一杯醉人的甘醇，
　　被我用来供给了你这爱唇……
我真愿作此地底乞丐，忘去我一切的忧愁，
好在我倾慕的但丁墓旁，到死都和你相守！
　　但是现在除了请你把那光阴记下，

此外应该说的，只是平常告别的话！

Addio mia cara！

(Ⅲ)

Une jeune vagabonde persane

她手儿在 mandoline 底弦上轻拨，
她口儿唱着令人痴迷的柔歌。
她在弦上拨，她在弦上拨，
拨出的声音就像是在哭她底罪恶……
哦，她既然是到处地奔波，
当然也经过些可惊的堕落：
我在为她伤感呀，我也在为我伤感呀，
——我要叫她来，叫她来把头儿贴住我底心窝！

她口儿唱着令人痴迷的柔歌，
她手儿在 mandoline 底弦上轻拨。
她唱出的歌，她唱出的歌，
就像是诉说她曾被人百般地折磨……
哦，她底故国已将要毁破，
当然她过的是忍辱的生活：
我在为她伤感呀，我也在为我伤感呀，
——我要叫她来，叫她来把头儿枕在我底心窝！

(Ⅳ)

Adieu

我心中感着说不出的寂寞，

今夜我送你去飘泊。
但我更是个无籍的人，
明日，又有谁来送我！

啊，我决忘不了你！
因为你有一对好眼
比晴天底夜星还要明媚，
因为你有一对可爱的，诱人的弯眉，

因为你奇妙的声儿
打动了我弱病的内肺，
因为你身上的香泽
调理了我底呼息

并且因为你底额儿是这般的秀美，
因为你这金色的头发
乱丝似的在肩上散披，
啊，我决忘不了你！

我心中感着说不出的寂寞，
今夜我送你去飘泊：
但我更是个无籍的人，
明日，又有谁来送我！

(Ⅴ)

Now I am a Choreic man

跳个 Walzer 罢！跳个 Walzer 罢！

我爱你这一对眼睛，
好像是蓝宝石的水晶；
我爱你这一头毛发，
好像是镀金质的丝刷。

跳个 Walzer 罢！跳个 Walzer 罢！

我愿我枯瘦的容颜，
在你水晶中留个很长的时间；
我愿你底丝刷轻挥，
来扫一扫我唇上的这些薄灰。

跳个 Walzer 罢！跳个 Walzer 罢！

我要借你底腰儿
来曲一曲我僵直的病臂，
我要借你底胸儿
压一压我未喘过的呼吸。

跳个 Walzer 罢！跳个 Walzer 罢！

要是明日我独自死了时，
便再也不能到这儿来和你相见，
何若趁今日我能见你时，
先使我底狂病痛快地发作一遍。

跳个 Walzer 罢！跳个 Walzer 罢！

(Ⅵ)

玫　瑰　花

在这水绿色的灯下，我痴看着她，
我痴看着她淡黄的头发，
她深蓝的眼睛，她苍白的面颊，
啊，这迷人的水绿色的灯下！

她两手掬了些谢了的玫瑰花瓣，
俯下头儿去深深地亲了几遍，
遂后又捧着送到我底面前，
并且教我，也像她一样的捧着来放在口边……

哦，玫瑰花！我暗暗地表示谢忱：
你把她底粉泽送近了我底颤唇，
你使我们俩底呼吸合葬在你芳魂之中，
你使我们俩在你底香骸内接吻！

哦，玫瑰花！我愿握着你底香骸永远不放，
好使我底呼吸永远和她底呼吸合葬，
——我愿永远傍着这水绿色的明灯，
我愿永远这样坐在她底身旁！

（原载《创造月刊》第1卷第4期，1926年6月1日出版）

穆 木 天

落 花

我愿透着寂静的朦胧，薄淡的浮纱，
细听着淅淅的细雨寂寂的在檐上激打，
遥对着远远吹来的空虚中的嘘叹的声音，
意识着一片一片的坠下的轻轻的白色的落花。

落花掩住了藓苔，幽径，石块，沉沙，
落花吹送来白色的幽梦到寂静的人家，
落花倚着细雨的纤纤的柔腕虚虚的落下，
落花印在我们唇上接吻的余香！啊！不要惊醒了她！

啊！不要惊醒了她！不要惊醒了落花！
任她孤独的飘荡，飘荡，飘荡，飘荡在我们的心头，眼里，
　歌唱着：
　到处是人生的故家。
啊！到底那里是人生的故家？啊！寂寂的听着落花。

妹妹！你愿意罢：我们永久的透着朦胧的浮纱，
细细的深尝着白色的落花深深的坠下？
你弱弱的倾依着我的胳膊，细细的听歌唱着她：

“不要忘了山巅，水涯，到处是你们的故乡，到处你们是落花呀!”

二五，六，九

（原载《创造月刊》第1卷第1期，1926年3月16日出版）

不忍池上

一声一声的幽睡的钟声
滴滴的凝入了细雨濛濛，
微振，寂飘，旋摇，徐散，薄凝……
和应着交响的千声万声——
反响的同声：无限的合鸣。

点点钟声，随着浮动的悠悠的云纱。
点点的钟声消散在林梢，树丛，柳荫，水涯。
点点钟声罩住了朱壁，朱栏：办财天的家。

　灰色的天际，
　白色的烟丝，
　巍巍的高楼，低低的矮房，
　渺渺茫茫，梦幻在白色的雾里。

一阵一阵的微风掠住了莲叶莲蓬莲花……
一阵一阵的微风弄着钟声的水上的落花。
一阵一阵的微风好像送钟声到各各的人家。

莲丛的近傍，微动着小小的孤舟，依着浪花，
飘荡的浮菱上，轻轻的，卧着两个鸭鸭。
遥遥的对岸上，一个红裙的少女，撑着绿伞，呆对着天涯。

汽笛呜咽越法的不清，
好像怕惊了人间的清梦。
电车懒懒的动着如不愿前行。
时时唯听见打打打打的木屐儿声。

　无限的朦胧。
　荡漾的憧憬。
我心里……
　愿时时振荡着，
　若聚若散，
　玲珑的钟声。

二五，七月二日

（原载《创造月刊》第 1 卷第 1 期，1926 年 3 月 16 日出版）

雨　　后

——呈伯奇兄及其爱人

穿上你的轻飘的木履，穿上你的轻软的外衣，
趁着这细雨濛濛，我们到湿润的田里。

我们要听翠绿的野草上水珠儿低语，
我们要听鹅黄的稻波微风的足迹，

我们要听白茸茸的薄的云纱轻轻的飞起，
我们要听纤纤的水沟湾曲曲的歌曲，

我们要听徐徐渡来的近寺的钟声，
我们要听茅屋顶上吐着一缕缕缕的烟丝；

我们要瞅着神秘的扉开在灰绿的林隙，
我们要等过来了跣足的牧儿披着蓑衣，

我们要等河上凝着的淡雾慢慢的卷开，
我们要等薰醉的树枝滴滴净了他的珠玉，

我们直走到各各的幽径都遍了你的足迹，

我们直走到你的桃红的素足软软的浸湿，

我们直走到万有都映着我们的影子，
我们直走到我们的心波寂蛰在朦胧的怀里。

穿上你轻飘的木屐，披上你轻软的外衣，
趁着这细雨濛濛，我们到湿润的田里。

（原载《洪水》第1卷第8期，1926年1月1日出版，署名木天）

冯 乃 超

幻 想 的 窗

我愿看你的苍白的花开

一

爱恋的花蕾　四季常绽开
在古城堡里的　宫殿与楼台
也在忧愁堙没了的现代
也埋掩在　我的　过去的尘埃
当我还是忧郁的童骀
有莹澄的　珠光的眼睛　愁诉了伊的　心爱
我不敢伸手承接　美丽的伊的　泪珠
现在　留在心中　只有枯凋了的　怨艾的悲哀

二

拨开　过去的尘埃
刮去　忘却的苍苔
里面　眠着　夭死的情爱
荐淀　伤心的眼泪的　酒杯
残花呵　你为何不再开
饰　我的　荒凉寥落的现在

愿　我的　干涩的泪滴　化了甘露
把　你的　枯根干茎　润泽地　灌溉

我　愿看　你的　苍白的　花开
我　愿看　你的　病弱的　花开

月　光　下

忧郁的情绪　把它涂抹在湖水的　白练的光面上
伊的　幽寂的幻影　徘徊在睡莲之乡
银光泻练着　梦幻展开着　在这轻软的心境中
爱人哟　你若孤单的 Nymph　啜泣在喷泉的中央

冰凉的夜深　月影的　寂寥的浮光中
拨开了雾霭的　苍白的轻绡　古梦中游泳
怀念的情思　吸啜了霜华冷露　不胜倦疲沉重
爱人哟　飘来森林的　幽阴里　我的　烟闷的心胸

你的忧愁　把它　我为你编织　缥致的霓裳
你的泪滴　把它　我为你串成　红玉的胸饰
永远地　你为我忭舞在　沉寂的睡眠之上
不绝地　我为你展开　飘渺的梦幻仙乡

（原载《创造月刊》第 1 卷第 1 期，1926 年 3 月 16 日出版）

红 纱 灯

悲 哀

悲哀　衣了霓裳　轻轻跳舞在　广阔的厅间
黄昏　静静渡过枝梢叶底　悄悄阑入空寂的尘寰
沉默的阴影　投射在少女底穿上白衣的心头
伊　耽溺地　啜饮着青春底甜美的醇酒

伊　耽溺地　啜饮着　生命底　甜美的醇酒
当　堇花底紫影　消灭在　幽暗的时候
轻绡般的黑夜里　喷泉　唱着　哀伤的夜曲
伊　伏在牙琴上　心儿沉下　烦恼的幽谷

少女底缠上白衣的心儿　睡眠在消沉的阴影中
悲哀脱了霓裳　满斟甘露的泪水　盈盅
——好人儿　饮它　寻你底情热的　美梦

——天仙底　纤纤玉手为你抚养　月琴的银弦
黑夜的胸怀为你展铺　感觉的绒毡
星星的眼池为你湛盈　润泽的泪泉

梦

不要点灯　要是它底　玫瑰色的软影　映照到四隅的幽阴
淡抹的哀悲　潜形在丹波继起的　湖水的夜心

不要点灯　要是它底　紫罗兰的浮光　流到记忆的古渡头
熹微的梦幻　飘零在空疏寥寂的　落叶的深秋

不要点灯　要是它底 marjoram 的弱光　灌溉到黄昏的脚跟
假寐的沉默　消沉在黑影褶叠的天空底夜痕

不要点灯　要是它底　鸡冠花的阳光　燦烂在月痕的梦中
神秘的面绡　掀揭在晴空无垠的失望的苍穹

屏息地坐在幽冥之中　任情地亲着哀愁底嘴吻
从骨董的宝瓮底嘴唇　把吸不尽的泪泉啜饮

屏息地伏在微光之中　任情地猥着哀愁底拥抱
从玉琢的　腻滑的心胸　把散不尽的夜香吞吐

屏息地睡在黄昏之中　任情地瞧着哀愁底媚瞳
从青铜的香炉底头盖　看看氤氛缭绕的轻梦

屏息地梦在月痕之中　任情地抱着哀愁底玉体
从闪灼的霜华底眼珠　淘出颗颗银光的眼泪

乡　愁

望着沉默的天空　它告诉我的乃无言的忧衷
也是放浪异乡的哀愁　也是怀恋情人的轻盈之梦

凝视水光的夜色　它给我的乃无言的沉寂
今宵没有情爱的人　涌自心来但有泪零零的追忆

静听胡琴的繁音　它隐着哀愁的肉欲的弦心
身在多感的异乡　深长的呼吸欢乐地吞吐夜阴

静悄地飞过了的哀愁　今宵荡回我空寂的心墟
我爱橙黄的月影　怀抱着故乡底淡青的情绪

我爱石砌的环拱的桥头　与桥底的缓慢的浊流
橙黄的月亮照着黄色的小舟　我念木版画里的苏州

异乡的欢乐若青焰　燃烧的欢乐带着雾霭的幽怨
听着浓情多恨的俚语民风　异乡的游女若神仙

我爱甜腻的胡琴的哀音　我爱空疏闲散的故园的夜深
任地飘荡我底灵魂　重翻《琶琶行》的古情恨

望着沉默的天空　它告诉我的乃无言的忧衷
也是放浪异乡的哀愁　也是怀恋情人的轻盈之梦

约　束

残光没了的西空　女人哟　我约束你在黄昏后
氤氲的夜息吐香　园林阻隔尘浊的人寰　哦　不安的心头

寂寞的园中无人　女人哟　我徘徊在夜影之阴
消沉的万籁低鸣　怎的好像你底跫音　哦　焦燥的我心

沉淀的夜色如银　女人哟　我的脉搏高鸣地律动
青白的空色苍茫　喷水的呜咽呜凄怆　哦　怨愁的心胸

冬夜的天空惨淡　女人哟　我待你在园林之阴
星光冷酷地讥嘲　枯树空举着绝望的枝梢　哦　哀恨的我心

女人哟　你底影儿永远地隐在幽冥之间
你底约束有若委在尘埃里面褪色的玫瑰花环

女人哟　沉重的夜露压倒我底怠倦的心情
你的约束有若闪灼夜空高处的　永远是希望的星星

红　纱　灯

森严的黑暗的深奥的深奥的殿堂之中央
红纱的古灯微明地玲珑地点在午夜之心

苦恼的沉默呻吟在夜影的睡眠之中
我听得鬼魅魑魉的跫声舞蹈在半空

乌云丛簇地丛簇地盖着蛋白石的月亮
白练的河流若伏在野边的裸体的尸僵

红纱的古灯缓慢地渐渐地放大了光晕
森严的黑暗的殿堂撒了满地庄重的黄金

愁寂地静悄地黑衣的尼姑渡过了长廊
一步一声怎的悠久又怎的消灭无踪

我看见在森严的黑暗的殿堂的神龛
明灭地惝晃地一盏红纱的灯光颤动

古　瓶　赋

金色的古瓶
盖满了尘埃
金泥半剥蚀
染上了黯淡的悲哀

微光静悄之时
诗韵铮鏦地唏嘘
花瓣零落后
剩下黄金的花蕊

若是新烧的花瓶
金彩辉煌
若是初开的花朵

艳射画堂

朱色的古梦
消沉岁月之中
黄铜的夕照
阑入寥落的行宫

诗人底心隈
掩上了银屑的尘埃

叹

晶莹的浪花
溅湿玉碎的月痕
涕泪滂沱的人鱼
辗转在银光掩映的波纹

织成忧郁的羽衣
伊纺着筋筋的泪丝
轻轻罩着渺茫的太空
微微熏着冰雪的月容

月亮浮在遥远的荒海
白沫飞泡荡着颓废的楼台
旧梦飘流到无底的龙宫
奄奄的陨星坠入阴影之中

疲息于爱欲的艳尸

沉醉于哀愁的人鱼
青白的夜色的雾烟
摇曳着伊底唏嘘

啊　磷光闪闪的凄凉
临终的人鱼怎心伤
谁为伊撮起银光的砂土
埋葬短命的晨霜

默

轻烟　笼罩着池塘底安眠
沉默　枯朽着梦里的睡莲

冬天来到疲乏的草根头
静悄悄地杀着苍白的微笑
阳光隐在轻盈的烟绡
不照树阴影里的哀愁

怠倦的枯枝愁诉
黄金的新秋也衰老
银白的长发浸池中
轻轻拂扫浪纹的懊恼

我听得几句嘎声的讥嘲
老丑的乌鸦飞鸣在树梢
沉红的落叶积满了空寂的心
怎的感谢那无情的胡闹

隆冬的严肃远过于祈祷
没有殉教者的苦恼
圣玛利亚是沉默的寡女
守护着灵魂的日暮

15，1—3作

（原载《创造月刊》第1卷第6期，1927年2月1日出版）

外白渡桥

钢铁的骨骼构成现代的体躯，
钢铁的精神提供我们的武器。
看吧，帝国主义的哨兵矗立若铜像，
守护着国际市场的人类屠杀的废墟。

我们有我们的悲哀，愤怒，和对于人类的理想，
他们的皇帝，总统，独裁官不外是矗立的铜像，
看吧，滔滔流去的永恒不息的黑色的流水，
历史的潮流终竟要冲破他们压迫的防障。

这是历史的潮流，从中国心脏涌进的悲哀的潮流，
现在得了钢铁般的现代精神的启诱，
桥下的有力的呼声哟，沉潜的原动力哟，
太平洋的中心正在酝酿着世界的同胞的最后的战斗！

钢铁的骨骼构成现代的体躯，
钢铁的精神提供我们的武器。
沉潜的原动力哟，奔流，不息地奔流，
排去社会的不合理的多年壅积起来的体垢！

太阳虽然闪烁着荣华的光芒，
上海的埠头染着民族的悲哀的苍黄。

听吧，生活被破坏的黄浦江头苦力的叫号，
他们是背负人类的十字架的伟大的人豪。

极度的疲劳不能永远麻痹他们的感觉，
今日的忍从，忍耐构成明日的钢铁的体格；
极度的悲哀不能永远破坏他们的人心，
今日的憎恶，愤怒构成明日的钢铁的精神。

铁筋铁骨的架在黄浦江头的外白渡桥，
颓废地横在濛漠苍黄的夕阳的反照，
太阳是给他们落的，黄昏是给他们来的，
汽笛的悲鸣迷茫的暮影中给他们哄笑。

我们的希望，我们的希望是日出的阳光，
这不是，这不是倏忽掩映的金色波浪，
这不是，这不是薄暗糊模的神秘的光芒，
他是确凿的必然的给我们来的阳光。

2nd，June，1928.

（原载《创造月刊》第2卷第1期，1928年8月10日出版）

许 幸 之

牧 歌

潇湘湖畔——白水之滨
树荫深处隐着一座坟塚
塚壁之上刻着许多的墓铭
墓前的池水不时奏着空寂的微音

干嘶的野马常来取饮
黄鸟于飞——哀哀来鸣
远村的山羊常来放牧
牧羊的姑娘们常在歌吟

牧羊的姑娘常来告诉远征的行人
你们过路的先生
请先去饮一口池水
再去读读那壁上的墓铭

Prologue

我的弟弟呀　我的爱人
天使把你诱去
上帝把你抱去

你现在究竟身在何处

那儿有没有幽邃的山河
可以任你去登高泛舟
那儿有没有闲静的居处
可以使你无虑无忧

那儿有没有极乐的园囿
可以任你去攀桃弄柳
乐园里有没有百草芬芳
任你去取其甘露——漫洒衣裳

那儿有没有窈窕的侍女
任从你调笑戏语
纯洁的女神
有没有做了你的爱人

我的弟弟呀　我的爱人
天使假使是这样的待你
你会忘记了你的姐姐
你会忘记了你的秋瑛

你更从那里记着呢
我们最初相识的时候
是在那忠烈祠前
是在那西子湖滨

在那微雨初晴的时分

是在那炊烟四起的黄昏
我和女同学们在湖边边上散步
你总是一人儿在树荫之下徐行

我深深地记得你那轻飘的衣裳
更深深地记得你那沉思的面影
我那敢去问她们
长远长远我总不知道你的姓名

初　语

有一天春暖的早晨
　我坐在湖边边上写生
是你吧立在我的背后偷看
　我害羞我把我的画幅遮拦

我说“我实在画的不好
　望你别要见笑”
我见你好像失望地走开
　我是多少失悔呀我不该那般轻佻

晚　钟

沉默的黄昏
　寺院的钟声

寺外的湖山
　寺内的我俩

我在前面慢慢儿走着
　你在后面急急跟上

我为等你把步儿放慢
　你为何又不敢向前

等到和我相近的时候
　你为何又那般怕羞

正是我们并肩相依的时候
　那无情的晚鸦却是啼个不休

归　　舟

晚风将湖水吹起了波纹
　是太阳归山的时候
　　是小艇归来的时候

落霞反映着深沉的湖面
　只听见拍拍的桨儿——
　　破浪的声音

远山为何总在望着我们微笑
　是不是在笑着我们舟上的人们——
　　个个都是天真的年少

舟在西湖心里动荡

我的心也在西湖心里动荡
　爱人呀　那时候我正不知道你是怎样

岸上的同学们一阵呼唤
　把舟子上同学们的寂寞惊破
　　更把我们俩辽远的沉思惊破

黄昏呀　你莫嫌我们的喉音太噪
　是我们载满了无限的湖山归来了
　　是我俩载满了无限的爱意归来了

归　校

我们一见相笑
我们一见点头
一天五次六次
为什么不怕厌羞

“今天天气很好”
“今天天气很好”
这是我们相见的寒暄
寒暄呀——为什么总是这样单调

我坐在椅上喝茶
你倚在壁上喝茶
好像我的杯中
有了你的影儿

我不敢和你说话
你也不敢和我说话
其实我们的胸中
都潜着说不出的惧怕

深秋的太阳
照满了你的身上
你立在阳光底下看书
我立在教室里面偷望

赠　花

你攀来几枝蔷薇花
　我用我的双手接待它
　　几度地闻它——吻它

蔷薇花呀
　你身上的针刺
　　莫刺了他的手指

蔷薇花　蔷薇花
　你是多么幸福呀
　　你从他的手上折下

索　画

　希望——
出了我的想象

爱人呀　你这小小的画儿
却引起了我无限的幻想

　月轮——
刚从柳梢初升
爱人呀　你这画上的白鸟
是不是你的灵魂

　假使——
这是你的灵魂
我愿裸了我体
与这白鸟为衣

喜　鹊

檐间的喜鹊在一声声的唤我
唤醒了我无边的梦境
我披起了我的衣裳
案头上发见了一封书信
说你后天要来看我
哦　我是多么欢心
我的爱人呀
我望你早早来此
我望你明天来此
我望你此刻来此
木兰望着露珠
你莫教她枯死

你聪明的喜鹊呀
你虽然噪醒了我无边的梦境
可是我并不怨你
是谁教你飞来的
是花神教你来报
是月姑教你飞来
不　还是月下的老人
教你来偷我的云鞋
你聪明的喜鹊呀
我望你明天再来
你若是明天再来
我会拈着香儿望空下拜

江　岸

江风鼓着江涛
　江涛起了微笑

大风从江上吹来
　吹遍了岸上的短草

天空挂着几朵白云
　江上散着几点帆梢

岸上有一对青年男女——
　在那儿亲亲地相倚相抱

“弟弟呀　我不能终身伴你了

我已经是个不幸的罗敷”

“姐姐呀　只要你肯永远地爱我
我愿为你终身不娶”

“我爱你　我永远地爱我的弟弟
爱到我临死的一日”

正在我们相吻的时候
忽然闯来两个强盗

一个强盗和你厮打
一个强盗将我捉牢

后来你噪了北方的口音
才把这番重围解了

还算他们强盗的心好
只抢去我们少许的银钱

并没有教你受刑
也不曾把我侮辱

爱人呀　我们要谢谢他两个强盗的好心
永远载上了我们情史的记录

人生是梦幻的田园
辛苦了春风　种出的还是幻种

春风呀　你莫再向人间播种
　播下种来　终于不见佳谷

别　日

一湾幽深的曲水
两三棵垂柳袅娜
水中一双金鱼游来
柳下一对蜻蜓飞过

倒是溪峒的流水
好像女儿的泪泉
这样不住的长流
究竟有多少哀怨

池水中央蒲草深深
池边边上不见游人
绿荫之下有人小语
绣球花前有人偷吻

我穿的素色的裙衫
你着的绛色的衣裳
Dahlia 花儿衬在你的周围
紫罗兰香透入我的胸膛

微风吹乱了你的发丝
阳光半洒在你的脸上

我的弟弟呀
你好像个年轻的姑娘

“弟弟　我几时才能回来
你姐姐望你早早地回来
等你这次回来的时候
还和你来到此地握手”

“等我明年回来的时辰
姐姐　我还和你来到此地
坐在此地——
还在此地亲吻”

此时此地此情
都一一的记在我的心中
弟弟呀　现在在我眼前的
为什么只有你的坟塚

长　　思

我永远不能忘
我永远不会忘
是你的微温的泪珠
滴在我的脸上

你的泪珠滴在我的脸上
我用了我的手绢——
将我脸上的泪珠揩去

你的泪珠又滴在我的手上

泪珠儿滴在我的手上
我又用了我的手绢——
将我手上的泪珠抹去
你的泪珠儿又滴在我的胸上

泪珠儿滴在我的胸上
手儿握在我的手上
面儿靠在我的肩上
泪珠又盈满了你的眼眶

泪珠儿盈满了你的眼眶
泪珠儿又滴在我的脸上
我再没有把它揩去
让它永远地留在我的脸上

让它永远地留在我的脸上
永远地透入我的心房
汹涌了我无限的泪珠
盈满了我的眼眶

盈满了我的眼眶
再也滴不到你的手上
再也滴不到你的脸上
只有喷洒在你的坟上

泪珠儿喷洒在你的坟上

慢慢地透进你的墓泉
慢慢地浸入你的心房
永远地永远地别把你的姐姐遗忘

一九二七，三，三，在东京作

（原载《创造月刊》第1卷第7期，1927年7月15日出版）

蒋光慈

在黑夜里

——致刘华同志之灵

1

我还记得我初次遇见你，
在一间窄小不明的亭子间里；
那时人是很有几个呵，
但我不明白我为什么只惊奇地
对于你，对于你一个人特别注意。

那时你穿的灰痕点点的老布长衫，
你的头发蓬松着似许久未进理发店；
但是你那两只大眼放射着勇敢的光芒，
你的神情证明你是一个美武的少年，——
这教我暗地里时向你瞟眼偷看。
我们先谈一些政治，恋爱，东西南北天，
后谈到一个正题……怎么干？
你说，“不要紧，我去，我当先，
反正我这一条命是九死余生的了；
为自由，为反抗而死的毕竟是好汉！”

你又说，“黑夜总有黎明的时候，

我不相信正义终屈服在恶魔手！
我只有奋斗，因为我什么都没有……”
你的话如火焰一般的热烈，飞流，
你的心，你的心呵，任冰山也冷不透！

2

有一次晚上我提笔拟写一篇《哀中国》，
我伏在桌上总是迟迟地不忍下笔写。
我又想象我们现居的这一个世界，
是一个黑暗沉沉，阴风飕飕的永夜；
虽然永夜终有要放黎明的时候，
但是当东方曙时，朝霞未白的以前呵，
这地狱的生活如何能令人消受得?!

这个当儿门咋呀一声，你进来了，
一个两眼闪灼神气英武的少年；
一时间我畏敬地向你看，“朋友，
你手里拿的这一卷是不是传单?”
“是呵，我们又要将血战……明天……”
你逼我对于你起一种深沉的感觉，
你——一个伟大的战士立在我面前！

双十节起了暴雨狂风，
天妃宫内溅满了鲜红的血痕；
在“打倒军阀，打倒帝国主义”的声中，
可恶的恶贼呵！把忠诚的黄仁送了命。
你也是这一天应被牺牲的一个呵，

但你只挨几个老拳，总算侥幸，
总算给你了再活过一年的光阴……

3

你尝为我述自己飘泊的历史；
你说你是无产者——从头算到底。
你也曾当过兵士，赴过前敌，
领略过那子弹在头上纷飞的味；
你也曾做过苦工，受过冻馁，
深知道不幸者的命运是痛苦的。

你说，“就是现在当我读书的时候，
也总未曾过过一天幸福的日子！
今天面包，明天衣服，后天书籍……
我纵刻苦用功又哪能安心呢？
唉！朋友，我要复仇，我要反抗，
我与这黑暗的社会呵，誓不两立！”

唉？若说人间而尚有正义，
为什么恶者欢歌而善者哭泣？
为什么逸者奢淫而劳者冻馁？
难道说这都是上帝所注定的？
刘华呵？你是不幸者的代表，
你是上帝的叛徒，黑暗的劲敌！

4

你有领袖的天才，指挥的能力，

你毅然献身于工人的群众里；
数万被外国资本家的虐待者，压迫者，
庆幸呵，得了一个光明的柱石。

顾正红的惨死鼓动了热潮，
南京路的枪声，呼号，血溅，闹不分晓；
就是黄浦江呵也变了红色，
就是这偌大的上海呵也全被杀气笼罩了。

你领着数万被压迫者寻找解放的路，
努力为自由，人权，正义而奋斗；
我想象你那奔驰劳苦的神情，
唉！我只有一句话，“伟大呵，你的身手！”

但是友人和仇敌是不并行的，
光明哪能不受黑暗的侵袭？
于是他们，被压迫者的仇敌，
一定要，唉！一定要杀死你……

5

阴云遮蔽了光明的太阳，
在北风飕飕的静安寺路上，
一个刚出病院的少年行走着，
我们还可看出他的脚步踉跄样；
行走着，行走着，俯头在思量，
忽然围上来几个红头阿三，荷着枪，
还有两个中国狗仔把手铐献上：

“走！走！走！
巡捕房，巡捕房，巡捕房……”

工作太劳苦了，你便进了病院；
“罪过”太犯大了，你便入了监狱；
呵！朋友，什么病院，监狱——一样，
在恶魔横行的时候横竖无处是安乐地！
到处是黑暗，是荆棘，是囚城，
不奋斗便有死——哪里是逃跑的道路呢？
你当时高亢地说，“去就去，
到巡捕房里去，到巡捕房里去呵……
且看你们这些恶鬼将我如何处治。”

帝国主义者的恶毒，资本家的钱，
军阀的枪，结合起来打成一片，
于是在黑夜里，在霜风怒号的声中，
结果了，唉！结果了一个争自由的少年！
四个穿黑衣的警察，一个巡官，
如阴鬼一般将你偷偷地架出荒原，
先脱下了你的衣服，然后啪地一声，
唉！完了，完了，完了呀！
你永远地——永远地抛却了人间！

天空中的星星儿乱闪泪眼；
黄浦江的波浪儿在呜咽；
这时什么人道，正义，光明——不见面，
但闻鬼哭，神号，风嘶，夜鸟在哀怨！
唉！我的朋友，我的同志，我的战士，

你未在天妃宫内公然被走狗们打死，
你未在南京路口被枪杀在群众前，
但在黑夜里被刽子手偷偷地处死，——
我知道你虽死了，你的心不眠。

6

我待要买几朵鲜花献给你灵前，
尽尽生前同志的情谊——痛哭一番；
但谁知你死去尸身抛在何处，
在丛乱的野塚间抑在无人可寻的海边？
或者在黄浦江中已葬了鱼腹？
或者在那野僻的荒丘被野兽们饱餍？
哎哟！我的朋友呵！你死了，
但你死了这样惨……惨……惨……

数万工人失了一个勇敢的领袖，
现在也同我一样挥着热泪哭；
在他们那洁白的心房内，简单的想像中，
这巨大的悲哀将永无尽头。
唉！我的朋友，我的同志，我的战士，
你虽死了，你虽惨死了，
但你的名字在人类解放的纪念碑上，
将永远地，光荣地，放射异彩而不朽。

一九二五，十二，二一。

（原载《洪水》第2卷第15期，1926年4月16日出版，署名光赤）

王以仁

读《祈祷》后的祈祷

从喧扰的人间归来，
心中笼罩着无限的悲哀。
疏星朗月之下，
清风徐拂着柳枝，
小草们沉沉欲醉。
我跪在主的面前，
深深叩拜——

造物主呵：
　　自从我堕入这罪的尘寰，
　　渺茫的人生之梦，时常在我胸中交汇——
　　啼饥号寒的呼声，呼幺喝六的怪响，
　　一声声震聋了我的耳鼓；
　　争夺扰攘，哀求乞怜的怪状，
　　一幕幕的电影般的出现在我的眼前。
　　腥秽如血的气味，
　　不绝地侵入我的鼻腔；
　　无限的人生悲剧，
　　深深地嵌入我的胸膛；
　　我的心儿呵！

早嫌恶这罪恶迷漫的世界！

造物主呵：
我现在不再有什么要求，
只有深深地忏悔：
我不愿像那无依的浮云，
东西飘泊，朝暮变幻；
我不愿像那无赖的狂风，
扰乱这和平岑寂的空气；
我不愿像无限的溪流，
凄凄潺潺地向着下方飞奔；
我不愿像那团团的明月，
寂寂地随着地球旋转。

我不愿筑那水晶般的宫殿——
用万民的膏血；
我不愿辟那万木参天的花园，
漏泄了自然的秘密；
我不愿筑那万仞宫墙，
遮断前程无穷的希望；
我不愿凿那千丈深濠，
隔绝了人间相通的道路！

我要化为一只翠羽的飞禽，
带了我主的福音，
用婉转的歌喉——
去慰安劳苦的农民，
去解除工人们的烦懑，

去唤醒沉沉如梦的人生！——
醒哟！起哟！
海涛正在澎湃！
风声正在怒号！
魔王正在狂叫！
隆隆的杀伐的声音，正在奔腾如吼！
醒哟！起哟！
不要再沉沉如梦！

我将披着静谧的衣服，
戴着月桂的冠儿，
胸中怀着——雪一般的洁白，星一般的燦烂，火一般的热烈，电一般的光华的心儿，
去遮没宇宙的污浊，
照耀着未来的光明，
融化了冰冷的人生，
打破了层层障碍。

（原载《洪水》第2卷第23、24期合刊，1926年9月1日出版）

洪 为 法

他，她

(一) 开 篇

朋友，倘若我能长眠，
这里有我的遗言。
凭你如何去评题，
我总准备着领受，
那种种异样的酸咸。

这究竟是一段缠绵，
久与我生命的相连。
生命将尽的如今，
怎不任写在纸上，
做千秋三峡的哀猿？

(二)

我原是个窭人，
就不应有所施与，
你眼中不已告诉我，
我俩才是终身的伴侣？

只不过逝去些春光，
罡风就将残红欺侮。
十五以后的月亮啊，
有什么的寒玉来补?!

（三）

我要和你并坐，
更要和你同卧。
礼教是个什么，
谁还怕它的弃唾?

自有着我的帆柁，
风波怎敢来颠簸?
自有着我的双肩，
诽议正好来担负。

这非是什么舛错，
却甘心将它来做。
谁说是亵渎了人生啊，
请他望望然而过。

（四）

真诚些的诉说罢，
你才是我的恋人。
虽说非是异性啊，

心头的爱苗，
怎奈是种得深深！

你曾赧然受过我拥抱，
唇边又曾留下我哀痕。
你该体会这股幽衷啊，
心头的爱苗，
怎奈，怎奈是种得深深！

我这爱苗已将花儿开成，
偏没结成个美果。
该是谁管定我命运了，
再还到那儿去闪躲？

啊啊！囊中剩有泪珠万颗，
在浇着不尽的情火。
有一日能浇熄了罢，
坟墓好前来吞没了我！

（五）

记得那回的林中，
再没别人，剩下了你我；
软风催起林叶在翩翩，
你是如何啊，向我怀里来躲？

用蜜意对我来温存，
双双臂将我来包裹。

记否，那时的春光未去，
山花不正鲜红的朵朵？

（六）

是现实的世界与我为仇，
连你也欺凌来了啊；
失却了抵拒的勇力，
双手伴着泪眼搓磨！

那真比一泓的秋水，
是曾爱恋过你的双眸。
又有永恒不能忘却的，
你之体态的婀娜。

如今啊，都已为她为她所有，
恨恨没有杀敌的戈矛。
怪底江水是在汹涌，
啊啊！无抵抗者的泪多！

（七）

那又是紫藤的架下，
有我俩喁喁在对话。
总是难忘啊，你只将她——
将她来细细的描画。

描画成个翩翩的蛱蝶，

一朵着上刺的玫瑰花。
“玫瑰花呀！秋风吹谢了你。
祝秋风吹你化做泥沙！”

秋风还吹送个不住，
更将萧瑟的秋神迎迓。
“你这蛱蝶还会翩翩吧，
去，衰草丛中去羽化！”

（八）

你是朵有刺的蔷薇，
刺伤刺伤过我的双手。
倘使你不能愈了这伤痕呵，
她才不能做你的配偶。

也须将你来诅咒，
诅咒得无处可以避走。
××啊，你如能隔绝了妇人，
拼伴你百年的醇酒！

（九）

昨宵梦见在黄鹤楼头，
江水依旧那么悠悠。
只是在我的身边啊，
永远失却了他的温柔。

他是去享受异性的爱恋，
再不愿为我为我所独有。
谁是有并州的剪刀，
剪去这浓愁浓愁如酒？

“江水啊，尽这般的流去，
再莫有片刻的延留。
我的名誉与魂灵，
黏在水上，任他去飘浮！”

（一〇）

原不希望你被什么爱人夺去，
到如今呀，才知这是万不能够。
唉！这摇荡的灵魂死去了罢。
这黄昏人静的时候！

再莫握手来话语深深，
再莫骈立在黄鹤楼头；
和我的青春一样了，
江水与来日悠悠！

（一一）

计起末一回酒绿灯红，
怕才有三月的离异。
秋雁不能带了来尺书，
秋风又不将□息传递。

我永永不曾猜忌起，
你会变幻得如此容易；
自从他人讽示我，
三两番还说别人弄戏。

渐渐稍息逼了真，
你亦不向我再来隐秘。
我心啊，泛乎如不系之舟，
又将何处，何处去相寄？

在沙洲中筑起座孤坟，
心啊，且将你来枪毙。
我是枪毙了心了，
残余着尸居余气。

你为何认识了我，
我由微笑而雪涕；
你为何爱我又弃我，
啊！这才是个亘古的隐谜。

（一 二）

流浪倦了，归来啊故乡，
故乡，早不是我心上的辉煌；
在我心上的那个——
它是有只华美的凤凰。

极目都是荒凉，荒凉，
再不见凤凰的翱翔，
在我心上，在我眼角，
失却了帆樯的舟航。

辞别了武汉与潇湘，
原便是我的荒唐，
毁灭了故乡的眷怀，
毁灭了他的思量。

（一　三）

你往常爱我吟哦，
吟哦着我的新诗。
别后的诗还不少，
只惜作诗的主人，
却已成了个活尸。

没你再听我吟哦，
又需得什么新诗？
火化火化了它罢，
纸灰飞成些蝴蝶，
“我活尸你是死尸！”

（一　四）

我已达到长吉的死年，
也该将天上玉楼来返。

对玉楼膜拜膜拜，
那里有忏悔的明灯一盏！

（一 五）

悠悠载覆，
细细思量，
人之荼毒。

人之荼毒，
我为所欺，
我为祝福。

（一 六）

你必问我心境如何，
我是堕入了泥犂，
历劫莫能出的网罗。

有恼恨充实了饥饿，
我在一面去诅咒了她，
又一面将你来祝贺。

你就终不能隶属于我；
她是软意的香风，
你有刺的蔷薇一朵。

香风尽从花上经过，

谁能禁住她的留恋，
她自在花心来偃卧。

这许不算她的差错，
我却竭力诅咒了她，
“她啊！你就将我来弃唾！”

（一 七）

一日不见，
如隔三秋；
三月不见，
隔世的悠悠。

再求相见，休休。
再求相恋，休休。

“我只合独葬荒丘！”

（一 八）

我已是无家可住，
心儿飘流在何处？
谁都不曾了解我，
向那里再去哀诉。

生生的迫入坟墓，
永永的罪恶来负。

原不该祈求苍天，
祈求生人的甘露。

我之黄粱已醒寤，
我之青春又早误；
向生命末途再进，
啊啊！艰难的寸步！

（一 九）

便流出血来，也染不上已死的枯花，
谁能像夜莺一样一样的苦歌？
这沉重而且难堪的死石，
让它罢，紧紧的压在了心头。

——后记——

我想凡是伟大的艺术家，必能尽情摆脱读者赏鉴者批评者等等，写写他自己的东西。我这十九首歌，自愧还未尽能，这自然是修养不足的表征了。或者来日有个补足的机会罢，外来的品题，却于我如浮云。

一九二六，七，一九抄毕志此。

（原载《洪水》周年增刊，1926 年 12 月 1 日出版，
署名为法）

张 曼 华

诗 三 首

归 去

归去哟，归去！莫再虔斟还酣酣的一杯！
那是我爱的生辰，那是我爱的忌日；
亮白的银灯，将望幸福的路上携回！

归去哟，归去！莫再逡巡这残废的败垒！
我已认不识茉莉的芳华，曾经消逝；
珍珠的泪滴，要湿透你情挚的裙围！

归去哟！归去！莫再供献你伤褪的玫瑰！
爱恋已抱着“年轻”的儿子投溺死去；
无望是不复回头的漫长长底泪水！

* * *

拨亮银灯白光，照见阴影游移的高墙，
仿若凶狺的巨兽，仿若寻仇吞食的病狗：
倏忽在冥妙中殒灭，倏忽在歧路中徬徨！

拾起茉莉的芳华，觅着青春流寓的故家，

那儿还有腥的泪滴，那儿还有病的气息；
滋长沉郁的苍苔，惦住胸底的欢味残霞。

渺送“年轻”的溺尸，呵！我爱是永无所归依！
玫瑰瞬尔便将伤亡，掘开芳坟深深埋葬，
啊！我病弱的身躯，披着永久的安息的寝衣！

1927，4，10。

爱

带着希望出去，又带着失望来归！
苍白的脸颊，流挂着酸辛的珠泪！

绿杨的城边，白骨的墓前，啊！低徊！
那不是哟，那不是我渴望的止水！

相思的树下，豆蔻的枝旁，啊！伫立！
那不是哟，那不是我祈求的果实！

上帝是明教着我无须带虔斟绿酒的玉杯，
上帝是明教着我只要低首在他旁边忏悔……

我从灵府中检出残诗两章，乌翎一枚，
我认识这是凋丧了我聪明伶俐的爱：

我认识是凋丧了我聪明伶俐的爱，
我把它一举火便烧成了焦片与纸灰！

我翘首伫盼着在阴腾魂断的桥头，
我翻身坠入水中，啊！这便成了永久！

带着希望出去，又带着失望来归，
苍白的脸颊，流挂着酸辛的珠泪！

1927，3，28。

鬼与髑髅

举起软酸无力的双手，她告我是个衰残的髑髅：
荣华的旧梦望着幽冥的路上枯息，在黄昏烟雨时候。

我看着她纤白的嫩手斜支着颐，黑晶的眼珠深闭；
爱恋的浊水在哀伤的悲杯中沉淀，她流着泪儿心战！

她告我像是可怕的白发老叟，又是可爱的活泼黄童，
微笑带着黝黑的髭须，啼哭咽着泪血底腥红。

她挺身立起，除去薄幕的哀愁，紧抱着我衰残的髑髅；
黄昏的细雨，飘零地湿凄凄的落在鹃花嫣红的墓头。

繁云遮住沉怆的夜阴，歌鬼流着嘹亮的嗓音，
她告我是个衰残的髑髅，她闪着灵活的星眸。

歌鬼颤声地打嗽，髑髅惊倒，睡在墓头；
寂寞的寒心，如夜鸳的触着枯枝的哀吟！

3，30。

（原载《洪水》第3卷第31期，1927年4月15日出版，署名曼华）

黄药眠

我死之夜

这恐怕就是我死之夜，
淋雨在檐前凄凄地打，……
沙，沙，沙，扁柏的林里，
哀哀的哭着乌鸦。……

这恐怕就是我死之夜，
我的心头充满着可怖的凄惶，
死神呀，你能让我的魂
在死前去一返我的故乡？——
但我的魂终跃不上梦的梢头，
只萦绕着灯火，昏黄。

这恐怕是我死之夜，——
我已失去了可怜的呼吸，
唉，死神呀，你能让我的魂
在死前去一听我的母亲的哭泣？——
窗前忽有一阵怪风，
把一颗奇异的星芒吹入。

这恐怕是我死之夜，

泥墙上来往着狰狞的死神，
运命躲在鼠穴里张着黑囊候我，
欲把我拿去研作灰尘。
我徒张着口，已发不出悲声，
唉，虚寂呀，快些来淹灭我的哀情。

这正是我死之夜，
淋雨在窗前凄凄地打，……
无声的黑夜底寿衣折里，
哀哀地哭着凄鸦。……

（原载《洪水》第3卷第35期，1927年11月1日出版，署名药眠）

梅 绍 农

死　心

死　心

我这死心的木块石头，
我已不知春秋——四时的节候！
春花，秋月，冬日的晴风，
都于我——死心的木石何有？

一切都只好休休，
生命的律动将衰凝而固守；
回忆的帷幕上哟，
只横陈着一具欢梦的骷髅！

啊，骷髅！那围抱过你的玉手，
那樱唇，那闪闪地星眸……
你怎么只是沉沉地，沉沉地
不向着它们驰走？啊，骷髅！

告 别 辞

——致秋影

告别了，你弃我而去的恋人！

你看：南浦上柳影森森，
西风吹乱了水的波纹；
我此时的情怀，此时的心，
将要告别了，我们，
我们还说什么爱憎?!

我尽挥着泪珠自问；
总算没有爱错了你，好人！
虽然看不见你的面，听不着声音，
在这样一个凄凉的告别的早晨：
但已经消除了我的幽愁积愤，
为你祈祷个永远的安宁。

假如你此时躺在丈夫的怀中，
好呀，你就让他深深地把你抱拥！
你莫要想，一切都够你悲痛！
纵也有天涯的无知的微风，
把孤独的悲歌吹送；
但是，决不呀惊醒你们的欢梦一重！

默想我他日的归踪：
故乡里依旧是柳绿花红，
只多了你们一对太婆太翁；
你们阖家的乐意呀多么融融！
万里归来的我，啊，庸种！
依旧悄悄地还要为你们的幸福赞颂。

鬼影

庄严的惨白的垂幕之下，
隐现着一个狞笑的鬼影；
——任柔婉的歌喉，伴着
噪杂的喧声，袅袅的笛韵；
也冲不破那鬼面上的青纱一层。

空堂上只觉着寥廓而悄静，
鬼影更露了它可怕的狞狰。
它用一只手儿，擘着
——一页垂幕，遮了它的眼睛；
永永不让我的目光一瞬接近！

我不知什么在暗中诱我，
我的心总是这样忐忑不宁！
我明明知道，知道
这一片鬼影，是一具遗尸所映；
这遗尸已没有一毫可恋的精魂。

虽然它颊上还留着不完整的霞晕，
它眼底还闪着晓星般的微明；
但是无用了。一切
从前的光辉，未来的幸运；
都伴着它的魂儿一齐消沉！

我终不能抱着一具遗尸亲吻；

遗尸已给鸦犬们吞食将尽！
我只有伤心，只有
伫立在空堂上，揩干泪痕；
看这垂幕下一个狞笑的鬼影。

——在下校的游艺会上

（原载《幻洲》第1卷第9期，1927年2月出版）

进　酒　曲

(1)

朋友呀！这儿是浊酒一杯——
　　你莫为你的往事泪垂。
　　无边的欢娱，无穷的后悔！
　　忘却了一切吧，忘却了一切吧；
快来觅个尽情的陶醉！

(2)

朋友呀！这儿是浊酒一杯——
　　你的心要如那古井的枯水；
　　莫再启开你已闭的心扉。
　　什么都是幻哟，什么都是空哟！
快来觅个尽情的陶醉！

(3)

朋友呀！这儿是浊酒一杯——
　　可爱的青春势将不翼而飞；
　　美丽的女郎已拥着他人酣睡。
　　何必心痛呀，何必魂销呀！

快来觅个尽情的陶醉！

(4)

朋友呀！这儿是浊酒一杯——
　　她已经深深地闭了绣帏，
　　一任你在她的帏前下跪。
　　那是失望的了，那是绝望的了！
快来觅个尽情的陶醉！

旧　梦

一声疏冷的晚钟，
逗醒了一年前温馨的旧梦。

呵！这梦——
　　荡漾着一脸娇笑的羞容；
　　隐约着柳堤上她袅袅的芳踪；
　　又仿佛有一对媚明的星波，
　　在辉皇的灯光下向我梭动。

呵！这梦——
　　有一些清切，又有些朦胧！
　　我的心儿是欢娱，还是幽痛？
　　我耳畔是听到一些娇音，
　　轻轻地叫了几声“绍农”。

呵！这梦——

一些碎绫没有紧缝；
一层薄雾缥在银色的月中：
又似那一池绿漪，
在柳阴下微微地翻弄。

一声疏冷的晚钟，
何处再寻温馨的旧梦？

晚　秋

秋天的残喘，
带着乱鸦，负着夕阳；
扇动在金色的栗树梢上。
什么都寂静了，树儿也没有做声，
除了几句凄切切的蝉吟。

清旷的田畴，
晚阳悠悠地晒干了稻沟。
一群农夫，荷着锄头；在午后
他们是很忙。
他们一声也都不响。

卖淫者之歌

暗淡的嘈杂的黑窟深深，
闪动着迷恋骸骨的对对精灵：
一声声欲断欲续的胡琴，
间杂着凄咽的细曲高低飞迸。

“郎呀！二更，三更，
　　这院中还没有宁静；
待等呀！你稍稍待等！
　　哥哥哟——我轻轻地叫你一声。

“郎呀！我的心心，
　　你请在床间睡稳；
我就来了呀！人静，
　　月儿已渐渐高升。

“郎呀！你听鸡已在鸣。
　　这是天亮的时分。
靠近我的怀呀，靠近！
　　悄悄地安眠熟寝！”

夜幕已渐渐地展开，
幢幢的黑影还在往来；
丝肉的喧声，错杂地
还在这周遭低徊流汰。

（原载《幻洲》第2卷第2期，1927年10月出版）

裘柱常

诗三章

习习的山风

习习的山风吹着散漫的白茅，
　我的思念呀也是一样的在飘摇。——
东方山头浮着一朵白云，
　云外的峰影隐约而缥渺。

在缥渺的峰影里有一个清静的乡村，
　村里有一个人儿牵着我的梦魂；
也许他是在东海之滨徘徊而低歌，
　只是远处的歌声呀，隐入了浮云。

晨风里的牧童

衰草堆积着山坡，
　山坡里的春风已经吹过，
田野里青葱的嫩苗，
　说是阳春的倩影已到。

望剩雪遮掩着的山冈

海浪般环绕着前方，
好似那牧女的群羊，
迷失在山峦里彷徨。

蔚蓝高旷的天空，
漂荡着数片浮游的残云，
是初夏素衣的牧女，
在碧草低低的天野里步行。

山麓里静谧的青松，
还留恋着昨宵的遗梦，
只不把牧羊少女的消息，
告诉在晨风里的牧童。

未嫁的母亲

谁忍把已生的爱儿捐弃，
葬身于浊水流连的河渠，
可是不幸哟不幸，
我还是个家居的处女。

你藏着我一半的灵魂，
和我爱人的一半情心，
威逼于残暴不仁的道德，
便把我俩的一半抛零。

啊，河中黑暗的潮流，
在动荡着呢——我的儿哟，

要漂你到洋海里沉浮。

啊，无限量悲哀的海雾，
弥漫着你——我的儿哟，
和我惨澹的前程。

要是我没有了你，
儿哟——你知道你母的伤心，
不须怕，爱儿，我愿步你后尘。

灰白的空中有大风哀鸣，
儿哟——这是你母的呼声，
在招引我爱儿的精灵。

儿哟，我愿在作白水千顷，
怀着你在无涯的去处游行，
不让那猖狂冷酷的风儿，
勇浪涛于你的邻近。

等待罢，儿哟，
等待一个不可避的时辰，
我要追到海的深渊里，
来找我失去了的一半灵魂。

（原载《幻洲》第2卷第1期，1927年10月出版）

逝　波

狱中哀歌

灵凤按：这一首长诗是最近由杭州监狱里经过检查而寄到我们手中的。这位诗人我们并不相识，然而从他的诗中，我们可以认识他的情怀与他的遭遇。他在狱中写出了这样的诗，而我仅能安全的坐在这里来鉴赏，这实在是使我想起了总要惭愧的事。

小　引

此诗谨呈于亡友思牟君的不朽之灵。

一九二七年的秋天，有一个年青的囚侣踽踽地徘徊于一座死灰色的监房之旁。他似乎伤感极了，对着这薄暮的深秋而回忆到过去的种切；他悲不自胜地把缕缕不绝的伤逝，怀旧，感时，忧国……的情绪编集起来而织就了下面一章悱恻的诗篇。

我珍重地把它介绍给年青的朋友们：

我相信你们读了他的诗以后，至少在你们汪然静止的心湖里会漾起一层哀戚的回波；或者因此更可以引起你们对于时代与人生的认识。然而我不敢这样过分地希望着。——愿你们把它当做一篇“革命的故事”读吧！

1927，10，25日。逝波于H.监狱。

伤感之秋

是在一个淡漠的清秋底傍晚，
我独自一人徘徊于活骸的墟墓之间；
天上流过了一片片飘忽的浮云，
心中掀起了一层层回忆的漪澜：

莫回忆吧，聪明的年青的人！
回忆像玫瑰的刺要刺伤了你的心；
那埋葬了悲哀怕将复活，
那潜藏着的伤感便会来侵！

* * *

是莺飞草长的暮春三月，
是风腻雨细的江南天气；
大地上燃烧着新生的希望，
天空中充满了自由的气息。

在黎明和黑夜相握手的时候，
我们便和那含血喷人的魔鬼奋斗。
总算是我们暂时的失败了，这样地
丧失了我们一切的自由！

* * *

自从隔绝了那光和爱的世界，

便堕下了这黑暗而幽深的空谷：
环绕着我们周围底一切呵，只有
墙壁是高傲！石头是冷酷！

青青如此的生命之树呵，却在
恐怖和哀戚之中枯槁了；
源源不绝的生命之流呵，偏在
危严和积石之下凝滞了！

同样的乳雾色的天空，
同样的灰白色的大地；只是
年华不住地向时间的海里流去，
一年容易，从残春又到秋深矣！

十月七日晚。

*　　　*　　　*

微薄的阳光隐约在漠漠的云涛里，
枯黄的树叶点缀在摇曳的残枝上；
秋风吹来了一番乡信，借问
我心爱的人儿和母亲可是无恙？

无恙！无恙！慈母不过多添了几根白发，
爱人不过减却了几许青春！只是
只是你的情深的良友呵，在
轻烟蔓草的荒郊里，终古长眠！

呵，这凄绝的回忆，紧紧地叩着我的心扉，
不，不，这不是既往的回忆，这是

一段悲惨的故事，开演始在今年！
呵，这凄绝的回忆，深深地敲着我的心弦。

*　　　　*　　　　*

约莫在五月的初旬里，石榴花
燃烧着火一样地红鲜！这是
一个负有历史上意味的节日呵，听说是
我们伤时忧国的骚人屈原沉死底一天！

我底好友，我永别的好友，便在这——
悲壮的，石榴花一样地红的五月里惨死了！
“怅望千秋一洒泪，萧条异代不同时！”这
古诗人的悲语，不是写照我们的心影吗？

至友，古往今来殉名死难的人多得很呢，
终不及你这样地伟大而真挚；那
助希腊独立而死的漂泊诗人拜轮呵，
他不过是个浪漫的爱自由主义者！

至友，古往今来穷愁孤愤的人多得很呢，
终不及你这样地光明而皎洁；那
行吟泽畔终于沉江的骚人屈原呵，
他不过是个迷恋帝王的愚忠的臣子！

至友，我为什么要轻薄古人而独厚于你？
为的是要赞颂你底热烈的光荣的死！
但是我对于他们伟大的反抗者呵，
虽斯人之已邈，仰高山而弥止！

“但此地是古英雄的乡国，
白云中有不朽的灵光；”我
读罢漂泊诗人拜轮的隽句，
不觉无端地惆怅而凄惶！

“何昔日之芳草兮，今直为此萧艾也；
岂其有他故兮，莫好修之害也。”
你眷怀旧都的三闾大夫呵，
你的悲哀，是我的还是现代的悲哀？

* * *

至友，你爱美丽的花朵，也爱温热的阳光，
你爱世界上的人们，尤其爱年青的我；
我自从坠下了这黑暗而幽深的空谷，
使得你竟日怆惶，终于为我而沦亡！

我记得我在那生离死别的一天早晨，
你和我底亲爱的女友候送江滨：我们在
兵士们恶狠的眼光和他们白晃晃的刺刀之下
匆匆话别。至友，那知道一分手便成永诀！

原谅我吧，至友，我又想到我心爱的人！
她为了我不知受了多少冷酷的刺笑！
现在你是死了，她也匿迹于山陬，
匿迹终会有出来的一天，但是死了能否再见？

十月八日。

*　　　　*　　　　*

晚风度过林梢，树叶儿萧萧作响，
这萧萧的响，含有多少摇落的悲哀？
许是秋之籁吧，或是生命底征象？
——是死人之叹息，凄凉呵悠长！

月华露重——是静悄悄的夜里，
梦醒时听“吱吱喳喳”的鸣虫在唱；
它仅仅是安慰你酣睡的囚人吗？
不，不，它是在怨永夜之不旸！

十月八日夜。

*　　　　*　　　　*

我几次在想——想幻入了梦乡，
梦见和你同登松台看苍茫的晚色：
这斜阳，这疏树，这淡淡的黄昏，我们
不由地叫着：大自然底和谐，绝代的天才！

我几次在想——想幻入了梦乡，
梦见和你荡漾扁舟在潋滟的微漪上；忽地里
飞来了一只洁白的水鸟轻轻地吻着水面，我们
不禁地喊着：爱底神秘呵，生命底润泽！

我几次在想——想幻入了梦乡，
梦见和你在热烈的会场中，万千的群众里；
我们用悲烈的壮语诉出他们的心曲，
临了，得了一个至高无上的革命底敬礼！

任你一日想千遍，任你一想到天边，
总是瞧不见你的音容，听不见你的足迹；
啊，我底幻想之湖山终于消灭了，
啊，我底伤感之症候又要发作了！

* * *

是在一个美丽的静寂的夜里，淡淡的月光
在蔚蓝无尽的天空轻轻地披上了一层
银灰色的梦衣，繁星和流云织就了
夜底美锦而曳引着幻灭的幽光一瞥！

我就是这样地感觉着宇宙的神奇，
因是破获了生命底秘密；假使
死是美丽的，像幻灭的流光一样，
那我愿，我愿早日和死神相见！

* * *

死恐怕是只苦味之杯吧！它斟满了
含毒的红莓汁，聪明的人当它是
葡萄佳浆，毫不思索地引杯就醉，
那知道这一醉呵，永远不会醒来！

即使一醉千年，永不再醒，倒也可以
朦朦胧胧地度过一生；但是
死决没有这样地神秘呵，不过是
一朵小小的弹花飞进了你狂飙似的生命！

十月十日晨。

*　　　*　　　*

听！何处来午夜的枪声？我怆惶地
从梦中惊醒，启眼向窗外一望：啊，
这黑漆漆地夜之权威哟！今宵
定有什么恐怖的神使降临！

这是我不幸底开始，第一次闻着枪声；
从此“永远是血，一直到了坟墓。”我这样
默想着我未来的运命。听——血钟响了，
你沉湎于时代的悲哀里的年青，可曾惊醒?!

十月九日。

*　　　*　　　*

淼淼茫茫的东海之滨，建筑着一座古代的荒城；
落日照着城堡，城中的人民酣睡未醒。
你庞大而衰颓的民族呵，看无边的黑暗
占据了大地，将要笼罩着你们底心！

你们有的是赤手空拳的朋友，
有的是雄姿英发的青年；为何甘匍伏于
魔王底磨石之下？起来吧，用你们自己的力量
推倒这梏桎你们生命底一切！

从冰天雪地的北国里，涌出了
一轮红日，它射放着万丈的光芒；
把占据着大地上的黑暗一齐驱散，
胜利之神将贻彼以历史上光荣底冠冕！

从寒冱寥阔的北冰洋里，流出了
一道红艳的血波，它委蛇委蛇地
流过东海，把深蓝的海水染个通红；
哦，它不是红色的水呵，是自由底血轮！

啊，古城里酣梦的人们被汹涌的血波
推醒了；朦胧的睡眼被夺目的红光射透了！
起来呵，我们要逐“争自由的波浪”去，
起来呵，我们要享受千载一时的晨曦！

我们要创造新生的太阳，因为它是光，
我们要酝酿甜美的琼浆，因为它是爱；
我们要消灭刑法，因为它是人类的耻辱，
我们要推倒特座，因为它是罪恶的屏障！

为了这样我们跑上革命的战场，
为了这样我们堕下沉霾的黑狱；
争自由的朋友们，不要怨艾，不要惆怅，
只要不断的奋斗和不断的努力！

胜利是属于他们的呵——特殊者！
他们是戴假面具的魍魉，看见了
黄金心醉，夺去了江山半壁；
说什么“自由平等”？说什么青天白日？

十月九日晚。

*　　　　*　　　　*

我梦见彷徨于一片莽莽的荒原上——
天空中飞舞着一条恶很很的白蛇，
她终于把我的周身缠绕了；像一枝
冷峭而阴森的箭镞呵，深深地刺入我的心窝！

啊，现实底恐怖和悲哀哟！
醒后不是和梦中一样？我美好的青春呵，
归来！归来！不要让这停留在粉壁上的
黑影瘦瘦地写出我苦闷的心灵！

十月十日晨五时半梦醒时写。

*　　　　*　　　　*

像这样风凄雨苦的秋晨，
我单衣伫立，觉薄寒之中人！你
忘情忘境的天涯囚侣哟！你曾否想到
忧愁多病日墓倚闾的母亲？

我无事翻检行囊，蓦忆起一段悲曲：
这发梳，这手帕，分明是爱者之所赠贻，
为何这样地弃如敝屣？啊，这发梳理不清
我撩乱的情丝，这手帕揩不干我深渍的泪痕！

是在别离底前一夕，灯影摇摇黯淡的
黄昏里，她为我亲制临行的寝衣；她把
一颗颗的泪珠和一丝丝的密意一齐穿上，
临了，她还在私祷着我生命永远的安宁！

啊，怎能忘却这梦也似的惆怅的回忆！
现在，我的衣裳虽已褪了它的颜色，
但是这一颗颗的泪珠和一丝丝的密意呵，
依旧存在而且滋润我这荒芜的心田！

十月十日上午。

*　　　　*　　　　*

风萧萧而异响，云漫漫兮殊色，
摇落的秋心呵，何怆怳而悱恻？
你谓西风的雪莱哟，我仰慕你的诗才！
你悲秋的宋玉哟，我惊羡你的词笔！

啊，你临风披发的诗人哟！你底
隽永绝妙的天才荡漾在怒吹垂歇的
西风里，沁入了我枯死的心灵；
啊，我底生命活跃了！我底诗魂苏醒了！

啊，你摇落悲秋的楚客哟！你底
绮靡伤情的词笔夹杂着一阵阵
淅沥的雨声，滴碎了我幽囚的心！
啊，至友，骚人不作，我将下招你底孤魂：

归些！归些！北地不可以久留些！
霜风厉峭些，雨雪霏霏！
亦有殳母些，岂不怀归？
随南来之鸿雁些，与之俱飞！

归只！归只！南土不可以久留只！
瘴雾迷濛只，草木蓊茸！
亦有友于只，岂不怀归？
踏海南之夜月只，共此清辉！

归兮！归兮！东方不可以久留兮！
海水淼茫兮，蓬山缥渺！
亦有友生兮，岂不怀归？
乘扶桑之晓日兮，照我窗扉！

归来！归来！西陲不可以久留兮！
日薄崦嵫兮，黑暗无边！
亦有佳人兮，岂不怀归？
逐飘忽之白云兮，堕我梦乡！

从风雨凄清的铁窗之下，
写出了一段伤逝的深情：
旧雨既如此其离披，新欢又无处追寻；
幽囚底伴侣呵，只有寂寞和孤岑！

十月十二日。

*　　　　*　　　　*

素月流天的中秋佳夕，在
淡淡的木樨花的微香里过去了；
轻烟疏雨的重阳佳节，在
虎虎的秋风卷着落叶的声中消逝了！

“及时行乐，浮生若梦”这是

达观诗人底警句呵，于我的生涯何有？
“如花美眷，似水年华”这是
古伤心人的绮语呵，于我的命途何有？

不过在明镜里多添了几线“生”之绉纹，
在“有限的生命的途中”减短了几许历程；
可回忆可赞颂的青春呵，去了，远了，
仿佛前面有位白发老人微笑地举手相迎！

十月十五日。

*　　　　*　　　　*

监狱两旁的隙地，开放着朵朵
木棉似的曼陀罗华；她虽是自诩鲜白呵，
终不若野田里的百合那么纯洁，那么芬芳，
为的是她仅仅吸饮着阴森的空气！冷漠的寒光！

空中长开着“罪恶”的花朵，
地上蔓生着“仇恨”的毒草；
它们赖以润泽生命的一切呵，是
死人底殷红的鲜血和不朽的白骨！

“罪恶”的花朵四时不谢，
“仇恨”的毒草万古常青；
血的奔流和白骨的堆积呵，是
它们的生命永远不绝的象征！

十月二十日。

*　　　　*　　　　*

这是“正义”的裁判，或是“真理”的处罚？

一切于我都不知道；我只是终日
徬徨于铁窗之下独自吟哦，呵，
寂寥中消逝了我多少晚来的秋色！

莫回忆吧，聪明的年青的人！
回忆时的哀思和欢情，
于你不过是些昙花泡影；快把
你满腔的悲愤付与天际的浮云！

1927，10，25 日脱稿。

（原载《幻洲》第 2 卷第 5 期，1927 年 12 月出版）

幽谷之声

风光明媚的西子湖滨，有
一座冷静而深沉的建筑；
它四围充满了阴森森的空气，
哦，这是活尸的墟墓——不幸者的归宿！

这是我们运命的圈儿，
整日里——铁窗半掩，牢门紧闭！
看悄然四立的粉白色的墙壁，
隐隐地浮载着我们生命的创迹！

我有时偃卧在枕地的毡席上，
从疏栏铁窗的空隙里窥望那
青青的圆盖，片片的流云，
哦，这便是狱中人眼里的天地！

暮色从窗外的树梢掠过，
微风吹来了一阵凄楚的哭声；
这分明是狱中人底呻吟呵，
深深地引起了我心底共鸣！

我知道到此一切已休矣，
几重的高墙围绕得像铁障一样！

在这里我们所能听到的呵，
只有幽囚的叹息！镣铐的声响！

五月十七日。

狱中人的心里常常是黄昏，
生命的流泉将涸竭而凝滞；
“悲哀”的水闸，隔绝了“运命”和“希冀”，
啊，这漫漫地耿耿地难度的永夜！

夜间，我闭上了睡眼，披上了梦衣，想去
追求那光和爱的幢影；怎奈我这蜷伏的灵魂
飞不出这高墙重绕的监房，
梦不到那花明柳暗的故乡！

狱中人的日月被他们掠夺去了，
啊，这可怕的黑魆魆的夜底悲哀哟！
世界上万千同类的罪人呵，你们的
心灵深处可曾有微闪的幽光照透？

墙角横卧着几团黑憧憧的人影，
这阴影里不知躺伏着多少不幸的运命？
我死了的心呵，像断索一样，
在“绝望”的漩涡里荡漾……荡漾……

拂晓的微风已不似四月那么清和，
它吹透了铁的窗棂，沁透了我枯憔的心；
使我蓦然地回忆到过去的种切，
不由地惆怅而凄恻！

浮载着历史上风味的西湖近在咫尺，
呜咽着千古悲恨的钱塘东流不息；
我怎能和我心爱的人儿荡漾扁舟？
我怎能和我情深的良友掇弄江月？

五月十八日晚。

不知是什么鸟叫——还是鬼啸？
在东方微白夜幕初收的天晓。
声声怪是动人，又似诉自家的苦；
朝朝暮暮，愁煞囚人几许？

昔我来思，是花飞雨细的暮春
——可人的三月江南天气。
现在呢，新蒲长了！石榴红了！
只有乍落的山樱，悲吟的鹍鸠！

五月十九日晨。

我知道狱中有许多比我们更苦的朋友，
我知道世界上有不少颠连无告的人们；
啊，他们是现代洪炉里烧殖的煤块！
他们是冷酷社会中战败的俘虏！

我在此没有什么幻灭的悲哀，
也没有什么美梦的希冀；只是
静候着，静候着解放的福音。但是，
沙漠里怎能开放着鲜艳的蔷薇呢？

1927，5，19日于某某监狱甲监一号。

（原载《幻洲》第2卷第6期，1927年12月出版）

散 文

郁 达 夫

夕阳楼日记

Horas non numero nisi serenas.

(The motto of a sun-dial near Venice)

时代精神（德人所谓 Zeitgeist，英人译作 The spirit of the age）是最难摸捉的一种东西，亦是最易感染的一种风气。我们住在什么地方，就不得不受什么地方的感化；生在什么时候，就不得不呼吸什么时候的空气。我们所呼吸的现代的空气（Die Atmosphaere der Zeit）同我们所受的环境的感化（Der Einfluss des Milieus），就是造成时代精神的两种要素。

目下的中国，是强盗窃贼的天下，打来打去，都是为分赃不平的缘故。人心厌乱，大家都知道做小小儿的文官是不能发财，做平常的武官是不能保命了。一般青年男女都受西洋民主思想的感化，渐渐儿的生出了厌谈政治厌说武事的倾向来：于是乎文艺的世界，与思想的王国就变了他们的理想之乡：大约晋代的竹林七贤，同法国的高踏派诗人的心理，也是如此，我之所谓时代精神，就是指着这一种心理而言。

世界上有一种新的“欲望”生出来的时候，必即有一种“供给”生出来，来填这一种新的欲望；我们中国的青年既然有了那一种要求，自然社会上不得不生一种无理的供给出来。这供给是什么呢？就是各国文艺思潮书的乱译，同各种小说诗词的粗制滥造。

我并非是那一种无学问的思想家，专爱说说大话，以寻人错处，嘲弄古代的道德为本职的。我也不是那一种卑鄙的文人，专欲抑人之善而扬己之德的。

我之所以不能默默者，只为一般丑类，白昼横行，目空中外，欺人太甚的缘故。我真不忍使我们中国的思想界，也腐败得同政治界一样，使我们中国永无吐气的一日。孟子有一句话说得很好：——吾岂好辩哉，吾不得已也。——

我们中国的新闻杂志界的人物，都同清水粪坑里的蛆虫一样身体虽然肥胖得很，胸中却一点儿学问也没有。有几个人将外国书坊的书目录来誊写几张，译来对去的瞎说一场，便算博学了。有几个人，跟了外国的新人物，跑来跑去的跑几次，把他们几个外国的粗浅的演说，糊糊涂涂的缙绎缙绎，便算新思想家了。我们所轻视的，日本有一本西书译出来的时候，不消半个月工夫，中国也马上把那一本书译出来，译者究竟有没有见过那一本原书，译者究竟能不能念欧文的字母的，却是一个疑问。

人家说 Kropotkin 的屁是香的，他就说 Bakunin 的排泄物是甘味儿的；有一位半通的先生说论理学 Logic 应该叫做“老七”，他就说心理学应该叫做“老八”了。这样没有常识的国民，这样喜欢盲从的民族，如何能不灭亡呢。中国虽然革几百次命，我恐怕也不中用的，施洗的约翰说，

“天国近了，你们应当悔改！”

我对了我们的同胞，也想这样的说。

我现在因为没有工夫看中国近来出版的书籍杂志，所以也不能举出确实的例来；但是前几天我在散步的时候，偶然买了一册

书，上面写着新文化丛书的五个红字，底下是《人生之意义与价值》的一个书名，是中华书局出版的。我素以忠厚待人，所以现在我也不愿把译者的名姓提出作一个笑柄，因为我的意思，并不在嘲弄他人，不过想请大家谨慎些儿，免致见笑于外国人而已。

译者分明说，“著作者的原书是用德文写的，英，法，俄，西班牙，日本，都已早有译本。我这次是根据 Lucy Judge Gibson 和 W. R. Boyce Gibson 的英文译本重译出来的。……”我对于译者的这几句宣言，就已经不满足了。大凡我们译书，总要从著者的原书译出来才好；讲到重译，须在万不得已的时候，才能用此下策；如今这一本“人生之意义与价值”是用德文写成的，德文并非是一种无人学习的文字，译者既有心介绍哲学，何不先费一二年工夫，去学学德文？况且 R. Eucken 的文章，并不难懂，要直接读他，也不算是一件难事。

我读了那一本中文的译本，什么也不能理会，所以就去买了一本英文的译本来对看。因为我所有的德文本，是一九〇九年改正的第二版，德文本的文章同中文译本并无一句相同，所以我疑思译者对于英文者倒反忠诚，对于原著者，倒反有漠不相关的样子。

英文本买了来一看，我才知道英文本是从原著的一九〇七年的旧版翻译出来的。你看在他的故国，已经绝版的老版书，在我们中国倒当作了最新的新书流布开来，岂不是一个奇怪的现象么？这也不必去说他，我把英文本同中文本对了一读，我才觉得天下的奇事，更没有甚于这一本书的翻译了。

中文译本的《绪论》第一页第一行第一句说，

> 人生有无何等意义与价值？有此种怀疑的，并非为幻想所支配。

这两句究竟是什么话呀！

英文译本的第一页第一行，

Has human life any meaning and value? In asking this question we are under no illusion.

我虽不长于英文（因为我所学的是德文），我想这两句英文，总应该照下面翻译，

人生究竟有无什么意义与价值？问到这个问题，我们大家都是明白的了。

若依了前举的中文译句讲起来，英文的第二句要改作

Those who have this scepticism are ruled by no illsion.

才对哩。

中文译的第二句说：

我们有自知之明，知道我们不能冒充真理的主人，不过必须从事于真理的发见而已。

我在英文本上寻了半天，总寻不出“我们有自知之明”的几个字来，因为英文本的第二行说：

We know that we can not pose today as the possessors of a truth Which we have but to unfold.

目下我们只能求那一种真理的发明的时候，我们知道我们不能装作已经是理会得那一种真理的人。

中文译的第三句说：

烦扰我们的，是这个未曾解答的问题，然而我们对于解答的尝试决不可加以厌弃。

可怜译者好像把原文的Confront当作了Confound了。Confront是撞上我们的面前来的意思。Confound是烦扰我们的意思，两字确有些相似的地方，也难怪译者把他们弄错了。英文的第四

行说：

> The question confronts us as a problem that is still unsolved, whilst we may not renounce the attempt to solve it.
>
> 这个问题，在我们的面前，还是一个未曾解决的问题，所以我们不应该把解决这问题的尝试来拒绝了。（我们还该试手解决他才好）

中文译的第四句说：

> 关于这个问题的解答，以前各派说全无一点确实，往后我们要详细的指明。

不知何谓“以前各派说”。英文的译文是，

> That our modern era lacks all assurance in regard to its solution is a point we shall have to establish more in detail.
>
> 我们现下，关于这个问题的解答，还缺少种种确实的地方，这就是教我们将来不得不就更加详细造就之处。

我买了这本新文化丛书，头上看了上举的四句译文，就不得不把他丢了。若看下去恐怕底下更要错得利害。我下次再也不敢买中文的译书了。

像这样的误译，在目下的中国，不知更有几多。可怜一般无辜的青年男女，白白的在那里受这些译书的人的欺骗，中国要到什么时候才能有进步呢？

一九二一年五月四日夜半

（原载《创造季刊》第 1 卷第 2 期，1922 年 8 月 25 日出版，署名达夫）

茑　萝　行

同居的人全出外去后的这沉寂的午后的空气中独坐着的我，表面上虽则同春天的海面似的平静，然而我胸中的寂寥，我脑里的愁思，什么人能够推想得出来？现在是三点三十分了。外面的马路上大约有和暖的阳光夹着了春风，在那里助长青年男女的游春的兴致，但我这房里的透明的空气，何以会这样的沉重呢？龙华附近的桃林草地上，大约有许多穿着时式花样的轻绸绣缎的恋爱者在那里对着苍空发愉乐的清歌，但我的这玻璃窗里透过来的半角青天，何以总带着一副嘲弄我的形容呢？啊啊，在这样薄寒轻暖的时候，当这样有作有为的年纪，我的生命力，我的活动力，何以会同冰雪下的草芽一样一些儿也生长不出来？啊啊，我的女人！我的不能爱而又不得不爱的女人！我终觉得对你不起！

计算起来你的列车大约已经好过松江驿了，但你一个人抱了小孩在车窗里呆看陌上行人的景状，我好像在你旁边看守着的样子。可怜你一个弱女子，从来还没有单独出过门，你此刻呆坐在车里，大约在那里回忆我们两人同居时候，我虐待你的一件件的事实了！啊啊，我的女人，我的不得不爱的女人，你不要在车中滴下眼泪来，我平时虽则常常虐待你，但我的心中却在哀怜你的，却在痛爱你的，不过我在社会上受来的种种苦楚，压迫，侮辱，若不向你发泄，教我更向谁去发泄呢！啊啊，我的最爱的女人，你若知道我这一层隐衷，你就该饶许我了。

唉，今天是旧历的二月二十一日，今天正是清明节呀！大约各处的男女都出到郊外去踏青的，你在车窗里见了火车线路两傍郊野里在那里游行的夫妇，你能不怨我的么？你怨我也罢了，你倘能恨我怨我，怨得我望我速死，那就好了。但是办不到的，怎么也办不到的，你一边怨我，一边又必在原谅我的，啊啊，我一想到你这一种优美的灵心，教我如何能忍得过去呢！

细数从前，我同你结婚之后，共享的安乐日子，能有几日？我十七岁去国之后，一直的在无情的异国蛰住了八年。这八年中间就是暑假寒假也不回国来的原因，你知道么？我八年间不回国来的事实，就是我对旧式的，父母主张的婚约的反抗呀！这原不是你的错，也不是我的错，作孽者是你的父母和我的母亲。但我在这八年之中，不该默默的无所表示的。

后来看到了我们乡间的风习的牢不可破，离婚的事情的万不可能，又因你家父母的日日的催促，我的母亲的含泪的规劝，大前年的夏天，我才勉强应承了与你结婚。但当时我提出的种种苛刻的条件，想起来我在此刻还觉得心痛。我们也没有结婚的种种仪式，也没有证婚的媒人，也没有请亲朋来喝酒，也没有点一对蜡烛，放几声花炮。你在将夜的时候，坐了一乘小轿从去城六十里的你的家乡到了县城里的我的家里，我的母亲陪你吃了一碗晚饭，你就一个人摸上楼上我的房里去睡了。那时候听说你正患疟疾，我到夜半拿了一枝蜡烛上床来睡的时候，只见你穿了一件白纺绸的单衫，在暗黑中朝里床睡在那里。你听见了我上床来的声音，却朝转来默默的对我看了一眼。啊！那时候的你的憔悴的形容，你的水汪汪的两眼，神经常在那里颤动的你的小小的嘴唇，我就是到死也忘不了的。我现在想起来还要滴眼泪的呀！

在穷乡僻壤生长的你，自幼也不曾进过学校，也不曾呼吸过通都大邑的空气，提了一双纤细缠小了的足，抱了一箱家塾里念过的《列女传》，女四书等旧籍，到了我的家里。既不知女人的娇媚是如何装作，又不知时样的衣裳是如何剪裁，你只奉了柔顺两字，作了你的行动的规范。

结婚之后，因为城中天气暑热的缘故，你就同我同上你家去住了几天，总算过了几天安乐的日子；但无端又遇了你侄儿的暴行，淘了许多说不出来的闲气，滴了许多拭不干净的眼泪，我与你在你侄儿闹事的第二天就匆匆的回到了城里的家中。过了两三天我又害起病来，你也疟疾复发了。我就决定挨着病离开了我那空气沉浊的故乡。将行的前夜，你也不说什么，我也没有什么话好对你说。我从朋友家里喝醉了酒回来，睡在床上，只见你呆呆的坐在灰黄的灯下。可怜你一直到第二天的早晨我将要上船的时候止，终没有横到我床边上来睡一忽儿，也没有讲一句话，第二天天刚亮的时候，母亲就来催我起来，说轮船已到鹿山脚下了。

从此一别，又同你远隔了两年。你常常写信来说家里的老祖母在那里想念我，暑假寒假若有空闲，叫我回家来探望探望祖母母亲，但我因为异乡的花草，和年轻的朋友挽留我的缘故，终究没有回来。

唉唉！那两年中间的我的生活！红灯绿酒的沉湎，荒妄的邪游，不义的淫乐。在中宵酒醒的时候，在秋风凉冷的月下，我也曾想念及你，我也曾痛哭过几次。但灵魂丧失了的那一群媚妩的游女，和他们的娇艳动人的佯啼假笑，终究把我的天良迷住了。

前年秋天我虽回国了一次，但因为朋友邀我上A地去了，我又没有回到故乡来看你。在A地住了三个月，回到上海来过了旧历的除夕，我又回东京去了。直到了去年的暑假前，我提出了卒业论文，将我的放浪生活作了个结束，方才拖了许多饥不能食寒不能衣的破书旧籍回到中国来。一踏了上海的岸，生计问题就逼紧到我的眼前来，缚在我周围的运命的铁锁圈就一天一天的扎紧来了。

留学的时候，多谢我们孱弱无能的政府，和没有进步的同胞，像我这样的一个生则于世无补，死亦于人无损的零余者，也考得了一个官费生的资格。虽则每月所得不能敷用，是租了屋没有食，买了食没有衣的状态，但究竟每月还有几十块钱的出息，调度得好，也能勉强免于死亡。并且又可进了病院向家里勒索几个医药费，拿了书店的发票向哥哥乞取几块买书钱。所以在繁华的新兴国的首都里，我却过了几年放纵的生活。如今一定的年限已经到了，学校里因为要收受后进的学生，再也不能容我在那绿树阴森的图书馆里，作白昼的痴梦了。并且我们国家的金库，也受了几个磁石心肠的将军和大官的吮吸，把供养我们一班不会作乱的割势者的能力伤失了。所以我在去年的六月就失了我的维持生命的根据，那时候我的每月的进款已经没有了。以年纪讲起来，像我这样二十六七的青年，正好到社会去奋斗。况且又在外国国立大学里卒业了的我，谁更有这样厚的面皮，再去向家中年老的母亲，或狷洁自爱的哥哥，乞求养生的资料。我去年暑假里一到上海流寓了一个多月没有回家来的原因，你知道了么？我现在索性对你明讲了罢。一则虽因为一天一天的捱过了几天把回家的旅费用完了，其他我更有这一段不能回家的苦衷在的呀，你可能了解？

啊啊，去年六月在灯火繁华的上海市外，在车马喧嚷的黄浦江边，我一边念着 Housman 的 A Shropshire Lad 里的

Come you home a hero
　Or come not home at all,
The lads you leave will mind you
　Till Ludlow tower shall fall,

几句清诗，一边呆呆的看着江中黝黑混浊的流水，曾经发了几多的叹声，滴了几多的眼泪。你若知道我那时候的绝望的情怀，我想你去年的那几封微有怨意的信也不至于发给我了。——啊，我想起了，你是不懂英文的，这几句诗我顺便替你译出罢。

汝当衣锦归，
否则永莫回，
令汝别后之儿童
望到鲁德罗塔毁。

平常责任心很重，并且在不必要的地方，反而非常隐忍持重的我，当留学的时候，也不曾著过一书，立过一说。天性胆怯，从小就害着自卑狂的我，在新闻杂志或稠人广众之中，从不敢自家吹一点小小的气焰。不在图书馆内，便在咖啡店里山水怀中过活的我，当那些现代的青年当作科场看的群众运动起来的时候，绝不曾去慷慨悲歌的演说一次，出点无意义的风头。赋性愚鲁，不善交游，不善钻营的我，平心讲起来，在生活竞争剧烈，到处有陷阱设伏的现在的中国社会里，当然是没有生存的资格的。去年六月间，寻了几处职业失败之后，我心里想我自家若想逃出这恶浊的空气，想解决这生计困难的问题，最好唯有一死。但我若要自杀，我必须先弄几个钱来，痛饮饱吃一场，大醉之后，用了我的无用的武器，至少也要击杀一二个世间的人类——若他是比我富裕的时候，我就算替社会除了一个恶，若他是和我一样或比我更苦的时候，我就算解决了他的困难，救了他的灵魂——然后从容就死。我因为有这一种想头，所以去年夏天在睡不着的晚上，拖了沉重的脚，上黄浦江边去了几次，仍复没有自杀。到了现在我可以老实的对你说了，我在那时候，并不曾想到我死后的你将如何的生活过去。我的八十五岁的祖母，和六十来岁的母亲，在我死后又当如何的种种问题，当然更不在我的脑里了。你读到这里，或者要骂我没有责任心，丢下了你，自家一个去走干净的路。但我想这责任不应该推给我负的，第一我们的国家社会，不能用我去作他们的工，使我有了气力，不能卖钱来养活我自家和你，所以现代的社会，就应该负这责任。即使退一步讲，第二你的父母不能教育你，使你独立营生，便是你父母的坏处，所以你的父母也应该负这责任。第三我的母亲戚属，知道我没有养活你的能力，要苦苦的劝我结婚，他们也应该负这责任。这不过是现在我写到这里想出来的话，当时原是没有想到的。

上海的 T 书局和我有些关系，是你所知道的。你今天午后不是从这 T 书局的编辑所出发的么？去年六月经理的 T 君，看我可怜不过，却为我关说了几处，但那几处不是说我没有声望，就嫌我脾气太大，不善趋奉他们的旨意，不愿意用我。我当初把我身边的衣服金银器具一件一件的典当之后，在烈日蒸照，灰土很多的上海市街中，整日的空跑了半个多月，几个有职业的先辈，和在东京曾经受过我的照拂的朋友的地方，我都去访问了。他们有的时候，也约我上菜馆去吃一次饭；有的时候，知道我的意思，便也陪我作了一副忧郁的形容，且为我筹了许多没有实效的计划。我于这样的晚上，不是往黄浦江边去徘徊，便一个人跑上法国公园的草地上去呆坐。在那时候，我一个人看看天上悠久的星河，听听远远从那公园的舞蹈室里飞过来的舞蹈曲的琴音，老有放声痛哭的时候，幸亏在黄昏的时节，公园的四周没有人来往，所以我得尽情的哭泣，有时候哭得倦了，我也曾在那公园的草地上露宿过的。

阳历的六月十八的晚上——是我忘不了的一晚——T 君拿了一封 A 地的朋友寄来的信到我住的地方来。平常只有我去找他，没有他来找我的 T 君，一进我的门，我就知道一定有什么机会了。他在我用的一张破桌子前坐下之后，果然把信里的事情对我讲了。他说：

“A地仍复想请你去教书，你愿不愿意去?”

教书是有识无产阶级的最苦的职业，你和我已经住过半年，我的如何不愿意教书，教书的如何苦法，想是你所知道的，我在此处不必说了。况且A地的这学校里又有许多黑暗的地方，有几个想做校长的野心家，又是忌刻心很重的，像这样的地方的教席，我也不得不承认下去的当时的苦况，大约是你所意想不到的，因为我那时候同在伦敦的屋顶下挨饿的Chatterton一样，一边虽在那里吃苦，一边我写回来的家信上还写得娓娓有致，说什么地方也在请我，什么地方也在聘我哩!

啊啊！同是血肉造成的我，我原是有虚荣心，有自尊心的呀！请你不要骂我作燔间乞食的齐人吧！唉，时运不济，你就是骂我，我也甘心受骂的。

我们结婚后，你给我的一个钻石戒指，我在东京的时候，替你押卖了，这是你当时已经知道的。我当T君将A地某校的聘书交给我的时候，身边值钱的衣服器具已经典当尽了。在东京学校的图书馆里，我记得曾经读过一个德国薄命诗人Grabbe的传记。一贫如洗的他想上京去求职业去，同我一样贫穷的他的老母将一副祖传的银的食器交给了他，作他的求职的资斧。他到了孤冷的首都里今日吃一个银匙，明日吃一把银刀，不上几日，就把他那副祖传的食器吃完了。我记得Heine还嘲笑过他的。去年六月的我的穷状，可是比Grabbe更甚了，最后的一点值钱的物事，就是我在东京买来，预备送你的一个天赏堂制的银的装写真的架子。我在穷急的时候，早曾打算把他去换几个钱用，但一次一次的难关都被我打破，我决心这一点微物，总要将他安全送到你的手里；殊不知到了最后，我接到了A地某校的聘书之后，仍不得不把他去押在当铺里，换成了几个旅费，走回家来探望年老的祖母母亲，探望怯弱可怜同绵羊一样的你。

去年六月，我于一天晴朗的午后，从杭州坐了小汽船，在风景如画的钱塘江中跑回家来。过了灵桥里山等绿树连天的山峡，将近故乡县城的时候，我心里同时感着了一种可喜可怕的感觉。立在船舷上，呆呆的凝望着春江第一楼前后的山景，我口里虽在微吟"近乡情更怯，不敢问来人"的两句唐诗，我的心里却在这样的默祷：

"……天帝有灵，当使埠头一个我的认识的人也不在！要不使他们知道才好，要不使他们知道我今天沦落了回来才好……"

船一靠岸，我左右手里提了两只皮箧，从乱杂的人丛中伏倒了头，同逃也似的走回家来。我一进门看见母亲还在偏间的膳室里喝酒。我想张起喉音来叫一声母亲的，但一见了亲人，我就把回国以来受的社会的侮辱想了出来，所以我的咽喉便梗塞住了，我只能把两只皮箧向凳上一抛！马上就匆匆的跑上楼上的你的房里来，好把我的没有丈夫气，到了伤心的时候就要流泪的坏习惯藏躲藏躲。谁知一进你的房，你却流了一脸的汗和眼泪，坐在床前暗泣。我动也不动的呆看了一忽，方提起了干燥的喉音，幽幽的问你为什么要哭。你听了我这句问话反哭得更加厉害，暗泣中间却带起几声压不下去的呜咽声来了。我又问你究竟为什么，你只是摇头不说。本来是伤心的我，又被你这样的引诱了一番，我就不得不抱了你的头同你对哭起来。不上喝一碗热茶的工夫，楼下的母亲就大骂着说：

"……什么的公主娘娘，我说着这几句话，就要上楼去摆架子。……轮船埠头谁对你这小畜生讲了，在上海逛了一个多月，走将家来，一声也不叫，很命的把皮箧在我面前一丢……这算是什么行为！……你便是封了王回来，也没有这样的行为的呀！……两夫妻暗地里通通信，商量商量，……你们好来谋杀我的……”

我听见了母亲的骂声，反而止住不哭了。听到“封了王回来”的这一句话，我觉得全身的血流都倒注上来。在炎热的那盛暑的时候，我却同在寒冬的夜半似的手脚都发起抖来。啊啊，那时候若没有你把我止住，怕我已经冒了大不孝的罪名，要永久的和我那年老的母亲诀别了。若那时候我和我母亲吵闹一场，那今年的祖母的死，我也是送不着的，我为了这事，也不得不重重的感谢你的呀。

那一天我的忽而从上海的回来，原是你也不知道，母亲也不知道的。后来母亲的气平了下去，你我的悲感也过去了的时候，我才知道我没有到家之先，母亲因为我久住上海不回家来的原因，在那里发脾气骂你。啊啊，你为了我的缘故，害骂害说的事情大约总也不止这一次了。也难怪你当我告诉你说我将于几日内动身到A地去的时候，哀哀的哭得不住的。你那柔顺的性质，是你一生吃苦的根源。同我的对于社会的虐待，丝毫没有反抗能力的性质，却是一样。啊啊！反抗反抗，我对于社会何尝不晓得反抗，你对于加到你身上来的虐待也何尝不晓得反抗，但是怯弱的我们，没有能力的我们，教我们从何处反抗起呢？

到了痛定之后，我看看你的形容，比前年患疟疾的时候更消瘦了。到了晚上，我捏到你的下腿，竟没有那一段肥突的脚肚，从脚后跟起，到脚弯膝止，完全是一条直线。啊啊，我知道了。我知道白天我对你说我要上A地去的时候你就流眼泪的原因了。

我已经决定带你同往A地，将催A地的学校里速汇二百元旅费来的快信寄出之后，你我还不敢将这计划告诉母亲，怕母亲不赞成我们。到了旅费汇到的那天晚上，你还是疑惑不决的说：

“万一外边去不能支持，仍要回家来的时候，如何是好呢！”

可怜你那被威权压服了的神经，竟好像是希腊的巫女，能预知今天的劫运似的。唉我早知道有今天的一段悲剧，我当时就不该带你出来了。

我去年暑假郁郁的在家里和你住了几天，竟不料就会种下一个烦恼的种子的。等我们同到了 A 地，将房屋什器安顿好的时候，你的身体已经不是平常的身体了。吃几口饭，就要呕吐。每天只是懒懒的在床上躺着。头一个月我因为不知底细，曾经骂过你几次，到了三四个月上，你的身体一天一天的重起来，我的神经受了种种激刺，也一天一天的粗暴起来了。

第一因为学校里的课程干燥无味，我天天去上课就同上刑具被拷问一样，胸中只感着一种压迫。

第二因为我在杂志上发表了一篇旧作的文字，淘了许多无聊的闲气。更有些忌刻我的恶劣分子，就想以此来作我的葬歌，纷纷的攻击我起来。

第三我平时原是挥霍惯了的，一想到辞了教授的职后，就又不得不同六月间一样，尝那失业的苦味。况且现在又有了家室，又有了未来的儿女，万一再同那时候一样的失起业来，岂不要比曩时更苦。

我前面也已经提起过了：在社会上虽是一个懦弱的受难者的我，在家庭内却是一个凶恶的暴君。在社会上受的虐待，欺凌，侮辱，我都要一一回家来向你发泄的。可怜你自从去年十月以来，竟变了一只无罪的羔羊，日日在那里替社会赎罪，作了供我这无能的暴君的牺牲。我在外面受了气回来，不是说你做的菜不好吃，就骂你是害我吃苦的原因。我一想到了将来失业的时候的苦况，神经激动起来的时候，每骂着说：

“你去死！你死了我方有出头的日子。我辛辛苦苦，是为什么人在这里作牛马的呀。要只有我一个人，我何处不可去，我何苦要在这死地方作苦工呢！只知道在家里坐食的你这行尸，你究竟是为了什么目的生存在这世上的呀？……”

你被我骂不过，就暗哭起来。我骂你一场之后，把胸中的悲愤发泄完了，大抵总立时痛责我自家，上前来爱抚你一番，并且每用了柔和的声气，细细的把我的发气的原因——社会对我的虐待——讲给你听。你听了反替我抱着不平，每又哀哀的为我痛哭，到后来，终究到了两人相持对泣而后已。像这样的情景，起初不过间几日一次的，到后来将放年假的时候，变了一日一次或一日数次了。

唉唉，这悲剧的出生，不识究竟是结婚的罪恶呢？还是社会的罪恶？若是为结婚错了的原因而起的，那这问题到还容易解决，若因社会的组织不良，致使我不能得适当的职业，你不能过安乐的日子，因而生出这种家庭的悲剧的，那我们的社会就不得不根本的改革了。

在这样的忧患中间，我与你的悲哀的继承者，竟生了下来。没有足月的这小生命，看来也是一个神经质的薄命的相儿。你看他那哭时的额上的一条青筋，不是神经质的证据么？饥饿的时候，你喂乳若迟一点，他老要哭个不止，像这样的性格，便是将来吃苦的基础。唉唉，我既生到了世上，受这样的社会的煎熬，正在求生不可，求死不得的时候，又何苦多此一举，生这一块肉在人世呢？啊啊！矛盾，惭愧，我是解说不了的了。以后若有人动问，就请你答复罢！

悲剧的收场，是在一个月的前头。那时候你的神经已经昏乱了，大约已记不清楚，但我却牢牢记着的。那天晚上，正下弦的月亮刚从东边升起来的时候。

我自从辞去了教授职后，托哥哥在某银行里谋了一个位置。但不幸的时候，事事不巧，偏偏某银行为了政治上的问题，开不出来。我闲居A地，日日在家中喝酒，喝醉之后，便声声的骂你与刚出生的那小孩，说你与小孩是我的脚镣，我大约要为你们的缘故沉水而死的。我硬要你们回故乡去，你们却是不肯。那一晚我骂了一阵，已经是朦胧的想睡了。在半醒半睡的中间，我从帐子里看出来，好像见你在与小孩讲话。

……你要乖些，……要乖些……小宝睡了罢……不要讨爸爸的厌……不要讨……娘去之后……要……要……乖些……

讲了一阵，我好像看见你坐在洋灯影里揩眼泪，这是你的常态，我看得不耐烦了，所以就翻了一转身，面朝着了里床。我在背后觉得你在灯下哭了一忽，又站起来把我的帐子掀开了对我看了一回。我那时候只觉得好睡，所以没有同你讲话。以后我就睡着了。

我们街前的车夫，在我们门外乱打的时候，我才从被里跳了起来。我跌来碰去的走出门来的时候，已经是昏乱得不堪了。我只见你的披散的头发，结成了一块，围在你的项上。正是下弦的月亮从东边升起来的时候，黄灰色的月光射在你的面上，你那本来是灰白的面色，反射出了一道冷光，你的眼睛好好的闭在那里，嘴唇还在微微的动着，你的湿透了的棉袄上，因为有几个扛你回来的车夫的黑影投射着，所以是一块黑，一块青的。我把洋灯在地上一放，就抱着了你叫了几声，你的眼睛开了一开，马上就闭上了，眼角上却湧了两条眼泪出来。啊啊，我知道你那时候心里并不怨我的，我知道你并不怨我的，我看了你的眼泪，就能辨出你的心事来，但是我那能不哭！我那能不哭呢！我还怕什么？我还要维持什么体面？我就当了众人的面前哭出来了。那时候他们已经把你搬进了房。你床上睡着的小孩，听见了嘈杂的人声，也放大了喉咙啼泣起来。大约是小孩的哭声传到了你的耳膜上了，你才又张开眼来，含了许多眼泪对我看了一眼。我一边替你换湿衣裳，一边教你安睡，不要去管那小孩。却好间壁雇在那里的乳母，也听见了这杂噪声起了床，跑了过来，我知道你眷念小孩，所以就教乳母替我把小孩抱了过去。奶妈抱了小孩走近床上你的身边来的时候，你又对她看了一眼。同时我却听见长江里的轮船放了一声开船的汽笛声。

在病院里看护你的十五天工夫，是我的心地最纯洁的日子。利己心很重的我，从来没有感觉到这样纯洁的爱情过。可怜你身体热到四十一度的时候，还要忽而从睡梦中坐起来问我：

"'龙儿'怎么样了？"

"你要上银行去了么？"

我从A地动身的时候，本来打算同你同回家去住的。像这样的社会上，谅来总也没有我的位置了。即使寻着了职业，像我这样愚笨的人，也是没有希望的。我们家里，虽则不是豪富，然而也可算得中产，养养你，养养我，养养我们的龙儿的几颗米是有的。你今年二十七，我今年二十八了。即使你我各有五十岁好活，以后还有几年？我也不想富贵功名了。若一点毫无价值的浮名，几个不义的金钱，要把良心拿出来去换，要牺牲了他人作我的踏脚板，那也何苦哩。这本来是我从A地同你和龙儿动身时候的决心。不是动身的前几晚，我同你拿出了许多建筑的图案来看了么？我们两人不是把我们回家之后，预备到北城近郊的地里，由我们自家的手去造的小茅屋的样子画得好好的么？我们将走的前几天不是到A地的可记念的地方，与你我有关的地方都去逛了么？我在长江轮船上的时候这决心还是坚固得很的。

我这决心的动摇，在我到上海的第二天。那天白天我同你照了照相，吃了午膳，不是去访问了一位初从日本回来的朋友么？我把我的计划告诉了他，他也不说可，不说否，但只指着他的几位小孩说：

“你看看我，我是怎么也不愿意逃避的。我的系累岂不是比你更多么?”

啊啊！好胜的心思，比人一倍强盛的我，到了这兵残垓下的时候，同落水鸡似的逃回乡里去——这一出失意的还乡记，就是比我更怯弱的青年，也不愿意上台去演的呀！我回来之后，晚上一晚不曾睡着。你知道我胸中的愁郁，所以只是默默的不响，因为在这时候，你若说一句话，总难免不被我痛骂。这是我的老脾气，虽从你进病院之后直到那天，还没有发过，但你那事件发生以前却是常发的。

像这样的状态，继续了三天。到了昨天晚上，你大约是看得我难受了，所以我兀兀的坐在床上的时候，你就对我说：

“你不要急得这样，你就一个人住在上海罢。你但须送我上火车，我与龙儿是可以回去的，你可以不必同我们去。我想明天马上就搭午后的车回浙江。”

本来今天晚上还有一处请我们夫妇吃饭的地方，但你因为怕我昨晚答应你将你和小孩先送回家的事情要变卦，所以你今天就急急的要走。我一边只觉得对你不起，一边心里不知怎么的又在恨你。所以我当你在那里检东西的时候，眼睛里包着两泓清泪，只是默默的讲不出话来。直到送你上车之后，在车座里坐了一忽，等车快开了，我才讲了一句：

“今天天气倒还好。”

你知道我的意思，所以把头朝向了那面的车窗，好像在那里探看天气的样子，许久不回过头来。唉唉，你那时若把你那水汪汪的眼睛朝我看一看，我也许同你马上就痛哭起来的，也许仍复把你留在上海，不使你一个人回去的。也许我就硬的陪你回浙江去的，至少我也许要陪你到杭州。但你终不回转头来，我也不再说第二句话，就站起来走下车了。我在月台上立了一忽，故意不对你的玻璃窗看。等车开的时候，我赶上了几步，却对你看了一眼。我见你的眼下左颊上有一条痕迹在那里发光。我眼见得车去远了，月台上的人都跑了出去。我一个人落得最后，慢慢的走出车站来。我不晓得是什么原因，心里只觉得是以后不能与你再见的样子，我心酸极了。啊啊！我这不祥之语，是多讲的。我在外边只希望你和龙儿的身体壮健，你和母亲的感情融洽。我是无论如何，不至投水自沉的，请你安心。你到家之后千万要写信来给我的哩！我不接到你平安到家的信，什么决心也不能下，我是在这里等你的信的。

一九二三年四月六日清明节午后脱稿

（原载《创造季刊》第 2 卷第 1 期，1923 年 5 月 1 日出版）

北国的微音

——寄给沫若与仿吾

北国的寒宵，实在是沉闷得很，尤其是像我这样的不眠症者，更觉得春夜之长。似水的流年，过去真快，自从海船上别后，匆匆又换了年头。以岁月计算，虽则不过隔了五个足月，然而回想起来，我同你们在上海的历史，好像是隔世的生涯，去今已有几百年的样子。河畔冰开，江南草长，虫鱼鸟兽，各有阳春发动之心，而自称为动物中之灵长，自信为人类中的有思想者的我，依旧是奄奄待毙，没有方法消度今天，更没有雄心欢迎来日。几日前头，有一位日本的新闻记者，来访我的贫居。他问我“为什么要消沉到这个地步?”我问他“你何以不消沉，要从东城跑许多路特来访我?”他说“是为了职务。”我又问他“你的职务，是对谁的?”他说“我的职务，是对国家，对社会的”。我说“那么你就应该知道我的消沉也是对国家，对社会的。现在世上的国家是什么？社会是什么？尤其是我们中国?”他的来访的目的，本来是为问我对于日本对华文化事业的意见如何，中国将来的教育方针如何的，——他之所以来访者，一则因为我在某校里教书，二则因为我在日本住过十多年，或者对于某种事项，略有心得的缘故——后来听了我这一段诡辨，他也把职务丢开，谈了许多无关紧要的闲话走了。他走之后，我一个人衔了纸烟想想，觉得人类社会，毕竟是庸人自扰。什么国富兵强，什么和平共乐，都是一班野兽，于饱食之余，在暖梦里织出来的回文锦字。像我这样的生性，在我这样的境遇下的闲人，更有什么可想，什么可做呢？写到这里我又想起伯奇批评我的话来了，他说“某书的作者，嘲世骂俗，却落得一个牢骚派的美名”。实在我想伯奇的话，一点儿也不错。人若把我们的那些浅薄无聊的“徒然草”，合在一处，加上一个牢骚派的名目，思欲抹杀而厌鄙之，倒反便宜了我们。因为我们的那些东西，本来是同身上的积垢，口中的吐气一样，不期然而然的发生表现出来的，那里配称作牢骚，更那里配称作派呢？我读到《歧路》，沫若，觉得你对于自家的艺术的虚视——这虚视两字，我也不知道妥当不妥当，或者用怀疑两字，比较得确切吧——也和我一样。不错不错，我这封信，是从友人宴会席上回来，读了《歧路》之后，拿起笔来写的。我写这一封信的动机，原是想和你们谈谈我对于《歧路》的感想的呀！

沫若！我觉得人生一切都是虚幻，真真实在的，只有你说的“凄切的孤单”，倒是我们人类从生到死味觉得到的唯一的一道实味。就是京沪报章上，为了金钱或者想建筑自家的名誉的缘故，在那里含了敌意，做文章攻击你的人，我仔细替他们一想，觉得他们也在感着这凄切的孤独。唯其感到孤独，所以他们只好做些文章来卖一点金钱，或者竟牺牲了你来博一点小小的名誉，毕竟他们还是人，还是我们的同类，这“孤单”的感觉，终究是逃不了的，所以他们的文章里最含恶意，攻击你最甚的处所，便是他们的孤独感表现最切的地方。名利的争夺，欲牺牲他人而建立自己的恶心，——简单点说，就说生存竞争吧——依我看来，都是由这“孤单”的感觉催发出来的。人生的实际，既不外乎这“孤单”的感觉，那么表现人生的艺术，当然也不外乎此，因此我近来对于艺术的意见和评价，都和从前不同了。我觉得艺术并没有十分可以推崇的地方，她和人生的一切，也没有什么特异有区别的地方。努力于艺术，献身于艺术，也不须有特别的表现。牢牢捉住了这“孤单”的感觉，细细地玩味，由他写成诗歌小说也好，制成音乐美术品也好，或者竟不写在纸上，不画在布上壁上，不雕在白石上，不奏在乐器上，什么也不表现出来，只教他能够细细的玩味这“孤单”的感觉，便是绝好的“创造”。

仿吾！这一段无聊的废话，你看对不对？我在写这封信之先，刚从一位朋友的招宴会回来，席上遇见了许多在日本和你同科的自然科学家。他们都已经成了富者，现在是资本家了。我夹在这些衣狐裘者的老同学中间，当然觉得十分的孤独，然而看看他们挟了皮篋，奔走不宁的行动，好像他们也有些在觉得人生的孤寂的样子。我前边不是说过了么？唯其感到孤寂，所以要席不遑暖的去追求名利。然而究竟我不是他们，所以我这主观的推测，也许是错了的。

我现在因为抱有这一种感想，所以什么东西也写不下来，什么东西也不愿意拿来看读。有时候要想玩味这“凄切的孤单”，在日斜的午后，老跑出城外去独步。这里城外多是黄沙的田野，有几处也有清溪断壁，绝似日本郊外未开辟之先的代代木新宿等处。不过这里一堆一堆的黄土小冢，和有钱的人家的白杨松树的坟茔很多，感视少微与日本不同一点。今晚在宴会的席上，在许多鸿儒谈笑的中间，我胸中的感觉，同在这样的白杨衰草的坟地里漫步时一样。不过有一点我觉得比从前进步了。从前我和境遇比我美满的朋友——实际上除你们几个人之外，那一个境遇比我不美满？——相处，老要起一种感伤，有时竟会滴下泪来。现在非但眼泪不会滴下来，并且也能如他们一样的举起箸来取菜，提起杯来喝酒。不过从前的那一种喜欢谈话的行动，现在没有了。他们入座，我也就坐，他们吃菜，我也吃菜。劝我喝酒，我就喝，干杯就干杯。席散了我就回来。雇车雇不着，就慢慢的在黄昏的街道上走。同席者的汽车马车，从我身边过去的时候，他们从车中和我点头，我也回点一头。他们不点头，我也让他们的车子过去，横竖是在后头跟走几步，他们的车子就可以老远的上我前头去的，所以无避入叉路上去的必要。还有一点和从前不同的地方，就是我默默的坐在那里，他们来要求我猜拳的时候，我总笑笑，摇摇头，举起杯来喝一杯酒，教他们去要求坐在我下面的一个人猜。近来喝酒也喝不大醉，醉了也不过默默的走回家来坐坐，吸吸烟，起点茶喝喝。

今晚的宴会，散得很早，我回家来吸吸烟喝喝茶，觉得还睡不着，所以又拿出了周报的《歧路》来看。沫若！大卫生的诗，实在是做得不坏，不过你的几行诗，我也很喜欢念。你的小孩的那个两脚没有的洋团，我说还是包包好，寄到日本去吧！回头他们去买一个新的时候，怕又要破费几角钱哩。

昨天一个朋友来说他读到《歧路》，真的眼泪出了。我劝他小心些，这句话不要说出来教人家听见，恐怕有人要说他的眼泪不值钱。他说近来他也感染了一种感伤病，不晓怎么的感情好像回返到小孩子时代去了。说到这里他忽而眼圈又红了起来叫了我一声说："达夫！我……我可惜没有钱……"我也对他呆看了半晌，后来他一句话也不说，立起身来就走，我也默默的送他出门去了。（这样的朋友，上我这里来的很多。他们近来知道了我的脾气，来的时候，艺术也不谈了，我的几篇无聊的作品和周报季刊的事情也不提起了。有几次我们真有主客两人相对，默默而过半点钟的时候。像这样的 Pause 的中间，我觉得我的精神上最感得满足。因为有客人在前头，我一时可以不被那一种独坐时常想出来的无聊的空虚思想所侵蚀，而一边这来客又不在言语，我的听取对话和预备回答的那些麻烦注意可以省去。）不过，沫若！我说你那一篇《歧路》写得很可惜，你若不写出来，你至少可以在那一种浓厚的孤独感里浸润好几天。现在写出了之后，我怕你的那一种"凄切的孤单"之感，要减少了吧？

仿吾！我说你还是保守着独身主义，不要想结婚的好。恐怕你若结了婚，一时要失掉你的这孤独之感。而这孤独之感，依我说来，便是艺术的酵素，或者竟可以说是艺术本身。所以你若结了婚，怕一时要与艺术违离。讲到这里我怕你要反问我“那么你们呢？你和沫若呢？”是的，我和沫若是一时与艺术离异过的，不过现在我们已经恢复了原来的孤独罢了。……

嗳！嗳！不知不觉，已经写到午前三点钟了。

仿吾！沫若！要想写的话，是写不完的，我迟早还是弄几个车钱到上海来一次吧！大约我在北京打算只住到六月，暑假以后，我怎么也要设法回浙江去实行我的乡居的宿愿。若在最近的时期中弄不到车钱，不能到上海来，那么我们等六月里再见吧！

一九二三，三月七日午前三时

(原载《创造周报》第46号，1924年3月28日出版)

南行杂记

一

上船的第二日，海里起了风浪，饭也不能吃，僵卧在舱里，自家倒得了一个反省的机会。

这时候，大约船在舟山岛外的海洋里，窗外又凄其的下雨了。半年来的变化，病状，绝望，和一个女人的不名誉的纠葛，母亲的不了解我的恶骂，在上海的几个月的游荡。一幕一幕的过去的痕迹，很杂乱地尽在眼前交错。

上船前的几天，虽则是心里很安落，然而实际上仍是一件事情也没有干妥。闲下来在船舱里这么的一想，竟想起了许多琐杂的事情来：

“那一笔钱，不晓几时才拿得出来？

“分配的方法，不晓有没有对C君说清？

“一包火腿和茶叶，不知究竟要什么时候才能送到北京？

“啊！一封信又忘了！忘了！”

像这样的乱想了一阵，不知不觉，又昏昏的睡去，一直到了午后的三点多钟。在半醒半觉的昏睡余波里沉浸了一回，听见同舱的K和W在说话，并且话题逼近到自家的身上来了：

“D不晓得怎么样？”K的问话。

“叫他一声吧！”W答。

“喂，D！睡醒了吧？”K又放大了声音，向我叫。

“乌乌……乌……醒了，什么时候了？”

"舱里空气不好，我们上'突克'去换一换空气罢!"

K的提议，大家赞成了，自家也忙忙的起了床。风停了，雨也已经休止，"突克"上散坐着几个船客。海面的天空，有许多灰色的黑云在那里低徊。一阵一阵的大风渣沫，还时时吹上面来。湿空气里，只听见那几位同船者的杂话声。因为是粤音，所以辩不出什么话来，而实际上我也没有听取人家的说话的意思和准备。

三人在铁栏杆上靠了一会，K和W在笑谈什么话，我只呆呆的凝视着黯淡的海和天，动也不愿意动，话也不愿意说。

正在这一个失神的当儿，背后忽儿听见了一种清脆的女人的声音。回头来一看，却是昨天上船的时候看见一眼过的那个广东姑娘。她大约只有十七八岁年纪，衣服的材料虽则十分素朴，然而剪裁的式样，却很时髦。她的微笑的两只近视眼，狭长的脸子，曲而且小且薄的嘴唇，梳的一条垂及腰际的辫发，不高不大的身材，并不白洁的皮肤，以及一举一动的姿势，简直和北京的银弟一样。昨天早晨，在匆忙杂乱的中间，看见了一眼，已经觉得奇怪了，今天在这一个短距离里，又深深地视察了一番，更觉得她和银弟的中间，确有一道相通的气质。在两三年前，或者又要弄出许多把戏来搅扰这一位可怜的姑娘的心意，但当精力消疲的此刻，竟和大病的人看见了丰美的盛馔一样，心里只起了一种怨恨，并不想有什么动作。

她手里抱着一个周岁内外的小孩，这小孩尽在吵着，仿佛要她抱上什么地方去的样子。她想想没法，也只好走近了我们的近边，把海浪指给那小孩看。我很自然的和她说了两句话，把小孩的一只肥手捏弄了一回。小孩还是吵着不已，她又只好把他抱回舱里去。我因为感着了微寒，也不愿意在"突克"上久立，过了几分钟，也就匆匆的跑回了船室。

吃完了较早的晚饭，和大家谈了些杂天，电灯上火的时候，窗外又凄凄的起了风雨。大家睡熟了，我因为白天三四个钟头的甜睡，这时候竟合不拢眼来。拿出了一本小说来读，读不上几行，又觉得毫无趣味。丢了书，直躺在被里，想来想去想了半天，觉得在这一个时候对于自家的情味最投合的，还是因那个广东女子而惹起的银弟的回忆。

计算起来，在北京的三年乱杂的生活里，比较得有一点前后的脉络，比较得值得回忆的，还是和银弟的一段恶姻缘。

人生是什么？恋爱又是什么？年纪已经到了三十，相貌又奇丑，毅力也不足，名誉，金钱都说不上的这一个可怜的生物，有谁来和你讲恋爱？在这一种绝望的状态里，醉闷的中间，真想不到会遇着这一个一样飘零的银弟！

我曾经对什么人都声明过，“银弟并不美。也没有什么特别可爱的地方。”若硬要说出一点好处来，那只有她的娇小的年纪和她的尚不十分腐化的童心。

酒后的一次访问，竟种下了恶根，在前年的岁暮，前后两三个月里，弄得我心力耗尽，一直到此刻还没有恢复过来，全身只剩了一层瘦黄的薄皮包着的一副残骨。

这当然说不上是什么恋爱，然而和平常的人肉买卖，仿佛也有点分别。啊啊，你们若要笑我的蠢，笑我的无聊，也只好由你们笑，实际上银弟的身世是有点可同情的地方在那里。

她父亲是乡下的裁缝，没出息的裁缝，本来是苏州塘口的一个恶少年，因为姘识了她的娘，他们俩就逃到了上海，在浙江路的荣安里开设了一间裁缝摊。当然是一间裁缝摊，并不是铺子。在这苦中带乐的生涯里，银弟生下了地。过了几时她父亲又在上海拐了一笔钱和一个女子，大小四人就又从上海逃到了北京。拐来的那个女子，后来当然只好去当娼妓，银弟的娘也因为男人的不德，饮上了酒，渐渐的变成了班子里的龟婆。罪恶贯盈，她父亲竟于一天严寒的晚上在雪窠里醉死了。她的娘以节蓄下来的四五百块恶钱，包了一个姑娘，勉强维持她的生活。像这样的日子，过了几年，银弟也长大了。在这中间，她的娘自然不能安分守寡，和一个年轻的琴师又结成了夫妇。循环报应，并不是天理，大约是人事当然的结果，前年春天，银弟也从“度嫁”的身分进了一步，去上捐当作了娼女。而我这前世作孽的冤鬼，也同她前后同时的浮荡在北京城里。

第一次去访问之后，她已经把我的名姓记住。第二天晚上十一点前后醉了回家，家里的老妈子就告诉我说“有一位姓董的，已经打了好几次电话来了。”我当初摸不着头脑，按了老妈子告诉我的号码就打了一个回电。及听到接电话的人说是蘼香馆，我才想起了前一晚的事情，所以并没有教他去叫银弟讲话，马上就把接话机挂上了。

记得这是前年九月中旬的事情，此后天气一天寒似一天，国内的经济界也因为政局的不安一天衰落一天，胡同里车马的稀少，也是当然的结果。这中间我虽则经济并不宽裕，然而东挪西借，一直到年底止，为银弟开销的帐目，总结起来，也有几百块钱的样子。在阔人很多的北京城里，这几百块钱，当然算不得什么一回事，可是由相貌不扬，衣饰不富，经验不足的银弟看来，我已经是她的恩客了。此外还有一件事情，说出来是谁也不相信的，使她更加把我当作了一个不是平常的客人看。

一天北风刮得很利害，寒空里黑云飞满，仿佛就要下雪的日暮，我和几个朋友，在游艺园看完戏之后，上小有天去吃夜饭去。这时候房间和散座，都被人占去了，我们只得在门前小坐，候人家的空位。过了一忽，银弟和一个四十左右的绅士，从里面一间小房间里出来了。当她经过我面前的时候，一位和我去过她那里的朋友，很冒失的叫了她一声。她抬头一看，才注意到我的身上，窑子在游戏场同时遇见两个客人本来是常有的事情，但她仿佛是很难为情的丢下了那个客人来和我招手。我一点也不变脸色，仍复是平平和和的对她说了几句话，叫她快些出去，免得那个客人要起疑心。她起初还以为我在吃醋，后来看出了我的真心，才很快活的走了。

好容易等到了一间空屋，又因为和银弟讲了几句话的结果，被人家先占了去，我们等了二十几分钟，才得了一间空座进去坐了。吃菜吃到第二碗，伙计在外边嚷，说有电话，要请一位姓×的先生说话。我起初还不很注意，后来听伙计叫的的确是和我一样的姓，心里想或者是家里打来的，因为他们知道我在游艺园，而小有天又是我常去吃晚饭的地方。猫猫虎虎到电话口去一听，就听出了银弟的声音。她要我马上去她那里，她说刚才那个客人本来要请她听戏，但她拒绝了。我本来是不想去的，但吃完晚饭，出游艺园的时候，时间还早，朋友们不愿意就此分散，大家你一句我一句，就决定要我上银弟那里去问她的罪。

在她房里坐了一个多钟头，接着又打了四圈牌，吃完了酒，想马上回家，而银弟和同去的朋友，都要我在那里留宿。他们出去之后，并且把房门带上，在外面上了锁。

那时候已经是一点多钟了，妓院里特有的那一种艳乱的杂音，早已停歇，窗外的风声，倒反而加起劲来。银弟拉我到火炉旁边去坐下，问我何以不愿意在她那里宿。我只是对她笑笑，吸着烟，不和她说话。她呆了一会，就把头搁在我的肩上，哭了起来。妓女的眼泪，本来是不值钱的，尤其是那时候我和她的交情并不深，自从头一次访问之后，拢总还不过去了三四次，所以我看了她这一种样子，心里倒觉得很不快活，以为她在那里用手段。哭了半天，我只好抱她上床，和她横靠在叠好的被条上面。她止住眼泪之后，又沉默了好久，才慢慢地举起头来说：

“耐格人啊，真姆拨良心！……”

又停了几分钟，感伤的话，一齐的发出来了：

“平常日甲末，耐总勿肯来，来仔末，总设两句鬼话啦，就跑脱哉。打电话末，总教老妈子回复，设，‘勿拉屋里！’真朝碰着仔，要耐来拉给搭，耐回想跑回起，叫人家格面子阿过得起？……数数看，像哦给当人，实在勿配做耐格朋友……”

说到了这里，她又重新哭了起来，我的心也被她哭软了。拿出手帕来替她擦干了眼泪，我不由自主的吻了她好半天。换了衣服，洗了身，和她在被里睡好，桌上的摆钟，正敲了四下。这时候她的余哀未去，我也很起了一种悲感，所以两人虽抱在一起，心里却并没有失掉互相尊敬的心思。第二天一直睡到午前的十点钟起来，两人间也不曾有一点猥亵的行为。起床之后，洗完脸，要去叫早点心的时候，她问我吃荤的呢还是吃素的，我对她笑了一笑，她才跑过来捏了我一把，轻轻的骂我说：

“耐拉取笑娥呢，回是勒拉取笑耐自家？”

我也轻轻的回答她说：

“我益格沫事，已经割脱着！”

这一晚的事情，说出来大家总不肯相信，但从此之后，她对我的感情，的确是剧变了。因此我也更加觉得她的可怜，所以自那时候起到年底止的两三个月中间，我竟为她付了几百块钱的账。当她不净的时候，也接连在她那里留了好几夜宿。

去年正月，因为一位朋友要我去帮他的忙，不得不在兵荒燎乱之际，离开北京。西车站的她的一场大哭，又给了我一个很深的印象。

躺在船舱里的棉被上，把银弟和我中间的一场一场的悲喜剧，回想起来之后，神经愈觉得兴奋，愈是睡不着了。不得已只好起来，拿了烟罐火柴，想上食堂去吸烟去。跳下了床，开门出来，在门外的通路上，却巧又遇见了那位很像银弟的广东姑娘。我因为正在回忆之后，突然见了她的形像，照耀在电灯光里，心里忽而起了一种奇妙的感觉，竟瞪了两眼，呆呆的站住了。她看了我的奇怪的样子，也好像很诧异似的站住了脚。这时候幸亏同船者都已睡尽，没有人看见，而我也于一分钟之内，回复了意识，便不慌不忙的走过她的身边，对她问了一声“还没有睡么?”就上食堂去吸烟去。

二

从上海出发之后第四天的早晨，听说是已经过了汕头，也许今天晚上可以进虎门的。船客的脸上，都现出一种希望的表情来，天也放晴，“突克”上的人声也嘈杂起来了。

这一次的航海，总算还好，风浪不十分大，路上也没有遇着强盗，而今天所走的地方，已经是安全地带了。在“突克”的左旁，一位广东的老商人，一边拿了望远镜在望海边的岛屿，一边很努力的用了普通话对我说了一段话。

太阳忽隐忽现，海风还是微微的拂上面来，我们已经向南走了几千里路，原是谁也说不清楚，可是纬度的变迁的证明，从我们的换了夹衣之后，还觉得闷热的事实上找得出来，所以我也不知不觉的对那老商人说：

“老先生：我们已经接触了南国的风光了!”

吃了早午饭，又在“突克”上和那老商人站立了一回，看看远处的岛屿海岸，也没有什么不同的变化，我就回到了舱里去享受午睡。大约是几天来运动不足，消化不良的缘故，头一搁上枕，就作了许多乱梦。梦见了去年在北京德国病院里死的一位朋友，梦见了两月前头，在故乡和我要好的那个女人，又梦见了几位哥哥和我吵闹的情形，最后又梦见我自家在一家酒店的门口发怔，因为这酒家柜上，一盘一盘陈列着在卖的尽是煮熟了的人头和人的上半身。

午后三点多钟，睡醒之后，又上“突克”去看了一次，四面的景色，还是和午前一样，问问同伴，说要明天午后，才得到广州。幸而这时候那广东姑娘出来了，和她不即不离的说了几句极普通的话，觉得旅愁又减少了一点。这一晚和前几晚一样，看了几页小说，吸了几枝烟，想了些前后错杂的事情，就不知不觉的睡着了。

船到虎门外，等领港的到来，慢慢的驶进珠江，是在开船后第五天的午后三点多钟。天空黯淡，细雨丝丝在下，四面的小岛，远近的渔村，水边的绿树，使一般船客都中心不定地跑来跑去在“突克”和舱室的中间行走，南方的风物，煞是离奇，煞是可爱！

若在北方，这时候只是一片黄沙瘠土，空林里总认不出一串青枝绿叶来，而这南乡的二月，水边山上，苍翠欲滴的树叶，不消再说，江岸附近的水田里，仿佛是已经在忙分秧稻的样子。珠江江口，叉港又多，小岛更伙，望南望北，看得出来的，不是嫩绿浓阴的高树，便是方圆整洁的农园。树阴下有依水傍山的瓦屋，园场里排列着荔枝龙眼的长行，中间且有粗枝大干，红似相思的木绵花树，这是梦境呢还是实际？我在船头上竟看得发呆了。

“美啊！这不是和日本长崎口外的风景一样么?”同舱的K叫着说。

“美啊！这简直是江南五月的清和景!”同舱的W也受了感动。

“可惜今天的天气不好，把这一幅好景致染上了忧郁的色彩。”我也附和他们说。

船慢慢的进了珠江，两岸的水乡人家的春联和门楣上的横额，都看得清清楚楚。前面老远，在空濛的烟雨里，有两座小小的宝塔看见了。

“那是广州城!”

“那是黄埔!”

像这样的惊喜的叫唤，时时可以听见，而细雨还是不止，天色竟阴阴的晚了。

吃过晚饭，再走出舱来的时候，四面已经是夜景了。远近的湾港里，时有几盏明灭的渔灯看得出来，岸上人家的墙壁，还依稀可以辨认。广州城的灯火，看得很清，可是问问船员，说到白鹅潭还有二十多里。空在黄昏的细雨里，尽把脖子伸长，向黑暗中瞭望，也没有什么意思，又想回到食堂里去吸烟，但 W 和 K 却不愿意离开“突克”。

不知经过了几久，轮船的轮机声停止了。“突克”上充满了压人的寂静，几个喜欢说话的人，也受了这寂静的威胁，不敢作声，忽而船停住了，跑来跑去有几个水手呼唤的声音。轮船下舢板中的男女的声音，也听得出来了，四面的灯火人家，也增加了数目。舱里的茶房，不知道什么时候出来的，这时候也站在我们的身旁，对我们说：

“船已经到了，你们还是回舱去照料东西罢！广东地方可不是好地方。”

我们问他可不可以上岸去，他说晚上雇舢板危险，还不如明天早上上去的好，这一晚总算到了广州，而仍在船上宿了一宵。

在白鹅潭的一宿，也算是这次南行的一个纪念，总算又和那广东姑娘同在一只船上多睡了一晚。第二天早晨，天一亮，不及和那姑娘话别，我们就雇了小艇，冒雨冲上岸来了。

十四年四月十二日

（原载《创造月刊》第 1 卷第 3 期，1926 年 5 月 16 日出版）

一个人在途上

在东车站的长廊下和女人分开以后，自家又剩了孤零丁的一个。频年飘泊惯的两口儿，这一回的离散，倒也算不得什么特别，可是端午节那天，龙儿刚死，到这时候北京城里虽已起了秋风，但是计算起来，去儿子的死期，究竟还只有一百来天。在车座里，稍稍把意识恢复转来的时候，自家就想起了卢骚晚年的作品《孤独散步者的梦想》的头上的几句话：

“自家除了己身以外，已经没有弟兄，没有邻人，没有朋友，没有社会了，自家在这世上，像这样的，已经成了一个孤独者了。……”然而当年的卢骚还有弃养在孤儿院内的五个儿子，而我自己哩，连一个抚育到五岁的儿子都还抓不住！

离家的远别，本来也只为想养活妻儿。去年在某大学的被逐，是万料不到的事情，其后兵乱迭起，交通阻绝，当寒冬的十月，会病倒在沪上，也是谁也料想不到的。今年二月，好容易到得南方，静息了一年之半，谁知道刚养得出趣的龙儿又会遭此凶疾呢？

龙儿的病报，本是在广州得着，匆促北航，到了上海，接连接了几个北京来的电报。换船到天津，已经是旧历的五月初十。到家之夜，一见了门上的白纸条儿，心里已经是跳得忙乱，从苍茫的暮色里赶到哥哥家中，见了衰病的她，因为在大众之前，勉强将感情压住。草草吃了夜饭，上床就寝，把电灯一灭，两人只有紧抱的痛哭，痛哭，痛哭，只是痛哭，气也换不过来，更那里有说一句话的余裕？

受苦的时间，的确脱煞过去得太悠徐，今年的夏季，只是悲叹的连续。晚上上床，两口儿，那敢提一句话？可怜这两个迷散的灵心，在电灯灭黑的黝暗里，所摸走的荒路，每凑集在一条线上，这路的交叉点里，只有一块小小的墓碑，墓碑上只有“龙儿之墓”的四个红字。

妻儿因为在浙江老家内不能和母亲同住，不得已而搬往北京当时我在寄食的哥哥家去，是去年的四月中旬。那时候龙儿正长得肥满可爱，一举一动，处处教人欢喜。到了五月初，从某地回京，觉得哥哥家太狭小，就在什刹海的北岸，租定了一间渺小的住宅。夫妻两个，日日和龙儿伴乐，闲时也常在北海的荷花深处，及门前的杨柳阴中带龙儿去走走。这一年的暑假，总算过得最快乐，最闲适。

秋风吹叶落的时候，别了龙儿和女人，再上某地大学去为朋友帮忙，当时他们俩还往西车站去送我来哩！这是去年秋晚的事情，想起来还同昨日的情形一样。

过了一月，某地的学校里发生事情，又回京了一次，在什刹海小住了两星期，本来打算不再出京了，然碍于朋友的面子，又不得不于一天寒风刺骨的黄昏，上西车站去趁车。这时候因为怕龙儿要哭，自己和女人吃过晚饭，便只说要往哥哥家里去，只许他送我们到门口。记得那一天晚上他一个人和老妈子立在门口，等我们俩去了好远，还“爸爸！爸爸！”的叫了好几声。啊啊，这几声的呼唤，是我在这世上听到的他叫我的最后的声音！

出京之后，到某地住了一宵，就匆促逃往上海。接续便染了病，遇了强盗辈的争夺政权，其后赴南方暂住，一直到今年的五月，才返北京。

想起来，龙儿实在是一个填债的儿子。是当乱离困厄的这几年中间，特来安慰我和他娘的愁闷的使者！

自从他在安庆生落地以来，我自己没有一天脱离过苦闷，没有在一处安住到五个月以上。我的女人，也和我分担着十字架的重责，只是东西南北的奔流飘泊。然当日夜难安，悲苦得不了的时候，只教他的笑脸一开，女人和我，就可以把一切穷愁丢在脑后。而今年五月初十待我赶到北京的时候，他的尸体，早已在妙光阁的广谊园地下躺着了。

他的病，说是脑膜炎。自从得病之日起，一直到旧历端午节的午时绝命的时候止，中间经过有一个多月的光景。平时被我们宠坏了的他，听说此番病里，却乖顺得非常。叫他吃药，他就大口的吃，叫他用冰枕，他就很柔顺的躺上。病后还能说话的时候，只问他的娘，“爸爸几时回来?”“爸爸在上海为我定做的小皮鞋，已经做好了没有?”我的女人，于惑乱之余，每幽幽的问他：“龙！你晓得你这一场病，会不会死的?”他老是很不愿意的回答说：“那儿会死的哩?”据女人含泪的告诉我说，他的谈吐，绝不似一个五岁的小儿。

未病之前一个月的时候，有一天午后他在门口玩耍，看见西面来了一乘马车。马车里坐着一个带灰白帽子的青年。他远远看见，就急忙丢下了伴侣，跑进屋里去叫他娘出来，说“爸爸回来了！爸爸回来了!”因为我去年离京时所带的，是一样的一顶白灰呢帽。他娘跟他出来到门前，马车已经过去了，他就死劲的拉住了他娘，哭喊着说：“爸爸怎么不家来吓？爸爸怎么不家来吓?”他娘说慰了半天，他还尽是哭着，这也是他娘含泪和我说的，现在回想起来，自己实在不该抛弃了他们，一个人在外面流荡，致使他那小小的灵心，常有望远思亲之痛。

去年六月，搬往什刹海之后，有一次我们在堤上散步，因为他看见了人家的汽车，硬是哭着要坐，被我痛打了一顿。又有一次，也是因为要穿洋服，受了我的毒打。这实在只能怪我做父亲的没有能力，不能做洋服给他穿，雇汽车给他坐。早知他要这样的早死，我就是典当强劫，也应该去弄一点钱来，满足他的无邪的欲望，到现在追想起来，实在觉得对他不起，实在是我太无容人之量了。

我女人说，濒死的前五天，在病院里，叫了几夜的爸爸！她问他“叫爸爸干什么?”他又不响了，停一会儿，就又再叫起来。到了旧历五月初三日，他已入了昏迷状态，医师替他抽骨髓，他只会直叫一声“干吗?”喉头的气管，咯咯在抽咽。眼睛只往上吊送，口头流些白沫，然而一口气总不肯断。他娘哭叫几声“龙！龙！”他的眼角上，就迸流下眼泪出来。后来他娘看他苦得难过，倒对他说：

“龙！你若是没有命的，就好好的去吧！你是不是想等爸爸回来？就是你爸爸回来，也不过是这样的替你医治罢了。龙！你有什么不了的心愿呢？龙！与其这样的抽咽受苦，你还不如快快的去吧!”他听了这一段话，眼角上的眼泪，更是涌流得厉害。到了旧历端午节的午时，他竟等不着我的回来，终于断气了。

丧葬之后，女人搬往哥哥家里暂住了几天。我于五月十日晚上，下车赶到什刹海的寓宅，打门打了半天，没有应声，后来抬头一看，才见了一张告示邮差送信的白纸条。

自从龙儿生病以后连日连夜看护久已倦了的她，又那里经得起最后的这一个打击？自己当到京之夜，见了她的衰容，见了她的泪眼，又那里能够不痛哭呢？

在哥哥家里小住了两三天，我因为想追求龙儿生前的遗迹，一定要女人和我们复搬回什刹海的住宅去住它一两个月。

搬回去那天，一进上屋的门，就见了一张被他玩破的今年正月里的花灯。听说这张花灯，是南城大姨妈送他的，因为他自家烧破了一个窟窿，他还哭过好几次来的。

其次便是上房里砖上的几堆烧纸钱的痕迹！当他下殓时烧的。

院子里有一架葡萄，两颗枣树，去年采取葡萄枣子的时候，他站在树下，兜起了大褂，仰头在看树上的我。我摘取一颗，丢入了他的大褂斗里，他的哄笑声，要继续到三五分钟。今年这两颗枣树，结满了青青的枣子，风起的半夜里，老有熟极的枣子辞枝自落。女人和我，睡在床上，有时候且哭且谈，总要到更深人静，方能入睡。在这样的幽幽的谈话中间，最怕听的，就是这滴答的坠枣之声。

到京的第二日，和女人去看他的坟墓。先在一家南纸铺里买了许多冥府的钞票，预备去烧送给他。直到到了妙光阁的广谊园茔地门前，她方从呜咽里清醒过来。说："这是钞票，他一个小孩如何用得呢?"就又回车转来，到琉璃厂去买了些有孔的纸钱。她在坟前哭了一阵，把纸钱钞票烧化的时候，却叫着说：

"龙！这一堆是钞票，你收在那里，待长大了的时候再用。要买什么，你先拿这一堆钱去用。"

这一天在他的坟上坐着，我们直到午后七点，太阳平西的时候，才回家来。临走的时候，他娘还哭叫着说：

"龙！龙！你一个人在这里不怕冷静的么？龙！龙！人家若来欺你，你晚上来告诉娘罢！你怎么不想回来了呢？你怎么梦也不来托一个呢?"

箱子里，还有许多散放着的他的小衣服。今年北京的天气，到七月中旬，已经是很冷了。当微凉的早晚，我们俩都想换上几件夹衣，然而因为怕见到他旧时的夹衣袍袜，我们俩却尽是一天一天的推着，谁也不说出口来，说"要换上件夹衫。"

有一次和女人在那里睡午觉，她骤然从床上坐了起来，鞋也不拖，光着袜子，跑上了上房起坐室里，并且更掀帘跑上外面院子里去。我也莫名其妙跟着她跑到外面的时候，只见她在那里四面找寻什么。找寻不着，呆立了一会，她忽然放声哭了起来，并且抱住了我急急的追问说："你听不听见？你听不听见?"哭完之后，她才告诉我说：在半醒半睡的中间，她听见"娘！娘！"的叫了两声，的确是龙的声音。她很坚硬的说：“的确是龙回来了。”

北京的朋友亲戚，为安慰我们起见，今年夏天常请我们俩去吃饭听戏，她老不愿意和我同去，因为去年的六月，我们无论上那里去玩，龙儿是常和我们在一处的。

今年的一个暑假，就是这样的，在悲叹和幻梦的中间消逝了。

这一回南方来催我就道的信，过于匆促，出发之前，我觉得还有一件大事情没有做了。

中秋节前新搬了家，为修理房屋，部署杂事，就忙了一个星期。出发之前，又因了种种琐事，不能抽出空来，再上龙儿的墓地里去探望一回。女人上东车站来送我上车的时候，我心里尽是酸一阵痛一阵的在回念这一件恨事。有好几次想和她说出来，教她于两三日后再往妙光阁去探望一趟，但见了她的悴憔尽的颜色，和苦忍住的凄楚，又终于一句话也没有讲成。

现在去北京远了，去龙儿更远了，自家只一个人，只是孤零丁的一个人，在这里继续此生中大约是完不了的飘泊。

一九二六年十月五日在上海旅馆内

（原载《创造月刊》第1卷第5期，1926年7月1日出版）

劳生日记

十一月初三。自从五月底边起，一直到现在，因为往返于北京广州之间，心绪没有定着的时候，所以日记好久不记了。记得六月初由广州动身返京，于旧历端午节到上海，在上海住了两夜，做了一篇全集的序文；因为接到了龙儿的病电，便匆匆换船北上。到天津是阴历五月初十的午前，赶到北京，龙儿已经埋葬了四天多了。暑假中的三月，完全沉浸在悲哀里。阴历的八月半后迁了居，十数天后出京南下，在上海耽延了两星期之久，其间辑了一期第五期的《创造月刊》，做了一篇《一个人在途上》的杂文，仓皇赶到广州，学校里又起了风潮，我的几文薄俸，又被那些政客们抢去了。

在文科学院闷住了十余天，昨日始搬来天官里法科学院居住，把上半年寄存在学校里的书箱打开来一看，天吓！天吓！你何以播弄得我如此的厉害，竟把我这贫文士的最宝贵的财产，糟蹋尽了。啊啊！儿子死了，女人病了，薪金被人家抢了，最后连我顶爱的这几箱书都不能保存，我真不晓得这世上真的有没有天帝的，我真不知道做人的余味，还存在那里？我想哭，我想咒诅，我想杀人。

今天是礼拜三，到广州是前前礼拜的星期五，脚踏广州地后又是十二三天了，我这一回真悔来此，真悔来这一个百越文身的蛮地。北京的女人前几天有信来，悲伤得很，我看了也不能不为她落泪，今天又作了两封信去安慰她去了。

天气晴朗，好个秋天的风色，可惜我日暮途穷，不能细玩岭表的秋景，愧煞恨煞。

搬来此地，本也为穷愁所逼，想著译一点新书，弄几个钱寄回家去，想不到远遁到此，还依旧有俗人来袭，找我修书作荐，唉唉，我是何人？我那有这样的权力？真教人气死，真教人愤死！

是旧历的九月廿八，离北京已经有一个多月了，我真不能晓得荃君是如何的在那里度日，我更不知道今年三月里新生的熊儿亦安好否？

晚上读谷崎润一郎氏小说《痴人之爱》。

四日，星期四，旧历九月廿九。

午前在床上，感觉得凉冷，醒后在被窝里看了半天《痴人之爱》。早餐后，做《迷羊》，写到午后，写了三千字的光景。头写晕了，就出去上茶楼饮茶。一出屋外，看看碧落，真觉得秋天的可爱。三点多钟去中山大学会计课，领到了一月薪水，回来作信与兰坡，打算明早就去汇一百六十块钱寄北京。唉唉！贫贱夫妻，相思千里，我和她究竟不识要那一年那一日才能合住在一块儿。

晚上上东山去，《迷羊》作成后，想写一篇《喀拉衣儿和他的批评态度》寄给《东方杂志》去卖几个钱。作上海郑心南的信。

初五日，今天是旧历的十月初一，星期五。

昨晚上因为领到了一月薪水，心里很是不安，怕汇到了北京，又要使荃君失望，说："只有这一点钱。"实在我所受的社会的报酬，也太微薄了。上床之后，看了半天书，一直到十二点钟才睡着，所以今天一早醒来，觉得有点头痛。天气很晴爽，出去出恭的时候，太阳刚从东方小屋顶上起来，一阵北风，吹得我打了两个冷痉。

九点钟的时候，去邮局汇钱，顺便在“清一色”吃了饭。十二点前后去教会书馆看书，遇见了一位岭南大学的学生，同他向海珠公园，先施天台游了两个钟头。回来想睡一觉午睡，但又睡不着。

午后三点去学校出版部看了报，四点钟到家吃晚饭。

晚餐后出去散了一次步，想往西关大新公司去看坤戏，因为搭车不舒服，就不去了。回来写了两张小说，《迷羊》的第一回已经写完，积有五千多字了。作寄上海出版部的信要他们为我去买两本外国书寄来。

六日，星期六，旧历十月初二日。

午前起床后，见天日晴和，忽想到郊外去散步，小说又做不下去了。到学校办事处去看了报，更从学校坐车到了西堤，在大新公司楼上，看了半天女伶的京戏，大可以助我书中的描写。晚上和同事们去饮茶，到十点钟才回来。

七日，日曜，晴爽。

午前起来，觉得奔头无路，走到天日的底下，搔首问天，亦无法想。昨晚上接到了一位同乡来告贷的苦信，义不容辞，便亲自送了十块钱去。顺便去访石君蘅青，该到中午十二点，至创造社分部，遇见了仿吾，独清诸人。在茶楼饮后，同访湖南刘某，打了四圈牌，吃了夜饭，才回寓来。

八日，日曜，晴。

天气很好，而精神不快，一天没有做什么事情。《迷羊》只写了两页，千字而已。午前把 Turgenieff's Clara Militch 读了，不甚佳。我从前想做《人妖》，后来没有做完，就被晨报馆拿去了，若做出来，恐怕要比杜葛纳夫的这篇好些。午后睡了一个多钟头，是到广东后第一次的午睡。

午后在家看 A. Wilbrandt 的小说 Der Saenger，看了三十余页，亦感不出他的好处来，不过无论如何，比中国现代的一般无识无知的自命为作家做的东西，当然要强百倍。晚饭后，无聊之极，上大街去跑了半天。洗了一回澡，明天起，要紧张些才好，近两三年来，实在太颓丧了，可怜可惜。

九日，火曜，旧历十月初五日。

今晨学校内有考试，午前九时，出去监考。吃中饭的时候，和戴季陶氏谈了些关于学校出版部的事情，想于一礼拜内，弄一个编辑部的组织法出来。

午后无事忙，在太阳底下走得热得很，想找仿吾又找不见，所以上西关大新公司屋顶去玩了半天。晚上在聚丰园饮酒，和仿吾他们，谈到夜半才回来。今天上东山去，知沫若的小女病了，曾去博爱病院看了一次病。

十日，水曜，晴朗，不过太热，似五月天气。

午前去监考，一直到午后四点钟。到创造社分部去坐了一忽。回来吃晚饭，喝了一瓶啤酒，想起北京的荃君和小孩，又哭了一阵。晚上入浴，好像伤了风。作北京的家信。

十一日，木曜，晴，热，旧历十月初七日。

早晨又头痛不可耐，勉强去学校看试卷，看到午后二时才回来。一种孤冷的情怀，笼罩着我，很想脱离这个污浊吐不出气来的广州。在街上闲步，看见了一对从前我认识的新结婚的夫妇。啊啊！以后我不知道自家更有没有什么作为了，我很想振作。

晚上月亮很好，可惜人太倦了，不能出去逛。看我在过去一礼拜内所做的文字，觉得很不满意，然而无论如何，我总要写它（《迷羊》）完来。

仿吾独清两人，为《洪水》续出，时来逼我的稿子，我因为胆小，有许多牢骚不敢发。可怜我也老了，胆量缩小了。

明天中午，有人邀我去吃饭，我打算于明日起，再来努力，再来继续我两三年前奋斗的精神。

喝了一杯酒，又与同乡的某某辈谈了半天废话，今天是倦了，倦极了。打算从明天起，再发愤用功。

十二日，金曜，晴，旧历十月初八日也。

我自离家之后，已有一个半月，这七八天内，没有接到荃君的来信，心里很是不快。

今朝是中山先生的诞期，一班无聊的政客恶棍，又在讲演，开纪念会，我终于和他们不能合作，我觉得政府终于应该消灭的。

午前读普须金的小说"Die Pique Dame"一篇。虽则系一短篇，然而它的地位很重要。德文译者说，这一篇东西，在俄国实开写实派，心理派之先路。男主人公之Hermann象征德国影响，为Dostoieffsky之小说《罪与罚》之主人公Rodion Raskolnikow之模形，或者也许不错，Pushkin的撰此小说，在一八三四年。

中午去东山英某处午膳，膳后同他去访徐小姊，伊新结婚，和她的男人不大和睦。陪她和他们玩了半天，在南园吃晚饭，回来后，已经十一点多了。

晚上睡不着，看日本小说《望乡》。

十三日，土曜，晴。（十月初九）

今天一早就醒了，作了一封北京的家信。赴学校监考，一直到下午四点半止。就和仿吾到分部去坐了一忽。

洗澡，在陆园饮茶当夜膳。今天课堂上，遇见了薛姑娘，她只一笑，可怜害了她答案都没有做完。

十四日，日曜，雨，（十月初十日）凉冷。

到广州后，今天总算第一次下雨，天气也凉起来了，颇有些秋意。昨晚接到杨振声一信，说《现代评论》二周年纪念册上，非要我做一篇文章不可，我想为他们写一点去。

午前上东山去，见了一位姓麦的女孩，系中山大学的文预科学生，木天正在用死力和她接近。

打牌打到晚上，在大雨之下，在昏暗的道上，我一个人走回家来，到家的时候，已经是十点多了，灯下对镜，一种落魄的样子，自家看了，也有点怜惜。就取出《水云楼词》来读了几阕：

> 黄叶人家，芦花天气，到门秋水成湖。携尊船过，帆小入菰蒲。谁识天涯倦客，野桥外，寒雀惊呼。还惆怅，霜前瘦影，人似柳萧疏。愁予。空自把乡心寄雁，泛宅依凫。任相逢一笑，不是吾庐。漫托鱼波万顷，便秋风难问莼鲈。空江上，沉沉戍鼓，落日大旗孤。
>
> （满庭芳）

十五日，月曜，今天又雨，天奇冷。旧历十月十一日也。

午前起来，换上绵衣，又想起了荃君和熊儿。儿时故乡的寒宵景状，也在脑里萦回了好久，唉，我是有家归未得！

午前本要去看试卷的，但一则因为天雨，二则因为头痛人倦，所以不去。在雨天之下，往长街上走了一转，身上的绵衣，尽被雨淋湿了。在学校的宿舍里，遇见伯奇，他告诉我说："白薇来广州了"；他的意思，是教我去和她接迎接迎，可以发生一点新的情趣，但是我又那里有这一种闲情呢？老了，太老了，我的心里，竟比中国的六十余岁的老人，还要干枯落寞。午后在家里睡觉，读小说《望乡》。

十六日，阴雨，火曜，旧历十月十二日也。

午前在家中不出，读小说《望乡》。午后赴分部晤仿吾，因即至酒馆饮酒，在席上见了白薇女士。她瘦得很，说话的时候，带着鼻音，憔悴的样子，写在她的身上脸上。在公园的黄昏细雨里，和她及独清仿吾走了半天，就上西关的大新天台去看戏，到半夜才回来。

十七日，阴晴，水曜，旧历十月十三日也。

昨天发了三封信，一封给武昌张资平，一封给天津“玄背”社，一封给上海徐葆炎。盼北京的信不来，心里颇为焦急。早晨到学校去看报，想把中山大学内的编辑委员会组织案来考虑一下，终于没有写成功。

仿吾要我去上海，专办创造社出版部的事情，我心里还没有决定，大约总须先向学校方面交涉款子，要他们付清我的欠薪之后，才能决定。接上海蒋光赤来信，他也是和仿吾一个意见，要我去上海专编《创造》，作文学生涯，然而我心里却很怕，怕又要弄得精穷。

午后和载季陶氏谈学校出版部事，他有意要我办一种小丛书。我本想辞职，他一定不肯让我辞。领了八九两月份的残余薪水，合计起来，只有一百余元而已。

十八日，木曜，（十月十四）晴了。

早晨就跑到西关邮政局去汇了一百块钱给北京的荃君。午前就在市上跑来跑去跑了半天。

午后遇见王独清穆木天，吃了酒。当夕阳下山的时候，登粤秀山的残垒，看四野的风光。晚上月亮很大，和木天白薇去游河，又在陆园饮茶，胸中不快，真闷死人了。

十九日，金曜，（旧历十月十五日）晴。

早晨起来，就觉得头昏，好像是没有睡足似的，大约是几日来荒唐的结果罢。写了一封给北京女人的信，去西关“清一色”吃了午饭，午后就在创造社分部楼上遇见了独清。他要我和白薇女士上东山去，我因为中山大学开会的原因，没有答应他，和他们在马路上分别了。

学校开会，一直开到了午后六时，坐车到东山，他们都已经不在了。一个人在东山酒楼吃了夜饭，就回来睡觉。今天接到了五六封信。

二十日，土曜，晴。（十月十六）

午前起来，头还是昏昏然不清醒，作了两封信寄北京。一封写给荃君，一封系给皮皓白，慰他的失明之痛的。

十点钟前后去夷乘那里，和他一道去亚洲旅馆看有壬，托他买三十元钱的燕窝，带回北京去。请他们两个在六榕寺吃饭，一直到午后三时才回来。

洗了一个澡，换了一身衣服，打算从今天起，再振作一番，过去的一个礼拜，实在太颓废，太不成话了。

晚上同白薇上刘家去，见了一位新结婚的 L 太太，说是军长 T 的女儿，相貌很好。同她们打了四圈牌，走回家来，天又萧萧地下起雨来了。

二十一日，日曜，阴晴。（十月十七日）

午前仿吾自黄埔来。要我上东山王独清那里去等他。等到十一点钟，他来了。大家谈了一些改组创造社内部的事情。创造社本来是我和资平沫若仿吾诸人惨澹经营的，现在被他们弄得声名狼藉了。大家会议的结果，决定由我去担当总务理事，在最短的时间内，去上海一次，算清存账，整理内部。我打算于二礼拜后，到上海去一趟。现代青年的不可靠，自私自利，实在出乎我意料之外，我真觉得中国是不可救药了。

午后在夷乘的岳家吃饭打牌，三点多钟，送仿吾进了病院，又到沙面外国地去走了一阵。我到广州以后，沙面还没有去过，这一次是头一趟，听说有日本店前田洋行，代卖日本新闻杂志等物，今朝并没有看见，打算隔日再去。

现在我的思想，已经濒于一个危机了，此后若不自振作，恐怕要成一个时代的落伍者，我以后想在思想的方面，修养修养。年纪到了中年，身体也日就衰老，若再醉生梦死的过去一二年，则从前的努力，将等于零，老残之躯，恐归无用，振作的事情，当自戒酒戒烟，保养身体做起。

午前写了一封信给北京的荃君，告诉伊已有二十余元钱的燕窝，托唐有壬带上了。自搬到法科学院住后，已有二十天左右，发回去的家信，还没有覆书，不晓得究竟亦已送达了没有。

今天见到了婀娜夫人，她忠告我许多事情，要我也和她男人一样，能够做一点事业。我听了心里感着异样的凄凉。

晚上头痛，大约是午后吃酒过度的缘故，十一时就寝，把日文小说《望乡》读完了。

二十二日，月曜，晴，旧历十月十八日。

晨甫起床，就有一个四川的青年来访，被他苦嬲不已，好容易把他送走，才同一位同乡，缓步至北门外去散步，就在北园吃了中饭。天上满是微云，时有青天透露，日光也遮留不住，斑烂照晒在树林间。在水上坐着吃茶，静得可人。引领西北望，则白云山之岩石，黄紫苍灰，无色不备，真是一个很闲适的早晨。

吃完了早午膳，从城墙缺处，走回学校里来，身上的绵袍，已经觉得太热了。

赴学校看报后，就和木天等到沙面的日本人开的店里去定了十二月份明年正月份的两本《改造》杂志。在沙面的外国地界走了一圈，去榕树阴里，休息了好半天，才走回学校来。

三点钟时开了一个应付印刷工人的预备会，决定于本礼拜四下午二点和他们工人代表及工会代表会商条件，大约此事是容易解决的。

晚上在学校里吃饭。七点前后，到分部去坐了一忽，同仿吾去饮茶，十点前后，才回到法科的宿舍来。

做了一半中山大学小丛书的计划书，十二点上床就寝。

二十三日，火曜，晴。（十月十九）

早晨把小丛书的计划书弄妥，到学校里看了几份报。同一位广东学生在“杏香”吃饭。饭后又遇见了一位江苏的学生，和他在旧书店里走了几个钟头。买了一册 Edna Lyall 的小说 A. Hardy Norseman（1889）读了几页，觉得描写的手腕，实在不高明。从前已经读过这一个著者的一册小说 Donovan 了，觉得现在的这一本她晚年的作品，还赶不上她的少作。按此小说家本名 Ada Ellen Bayley，卒于一九〇三年，有 Won by Waiting（1879），Donovan（1882），We Two（1884），Doreen（1894），Hope the Hermit（1898）等小说，都不甚好，当是英国第三四流的女作家。

午后三四点钟，洗了澡，去会季陶，没有会到，就把计划书搁下，走了。

上第二医院去看仿吾，见他缚了脚，横躺在白色床里。坐了十几分钟，就出来至清一色吃夜饭，身上出了一阵大汗。

今天接了荃君的一封信，说初次寄的一百六十元，已接到了，作回信，教她好好的保养身体。

二十四日，水曜，（十月二十）晴。

午前起床后，觉得天空海阔，应出外去翱翔。从法科学院后面的山上，沿了环城马路，一直的走上粤秀山的废墟去吊了半天的古。太阳晒得很烈，绵袄觉得穿不住了，便从一条小道，经过女师门前，走向公园旁的饭馆。

独酌独饮，吃了个痛快，可是又被几个认识的人捉住了，稍觉得头痛。午后在学校开会，遇见了一件很不舒服的事情。

晚上在大钟楼聚餐，因为多喝了几杯酒，觉得很头痛。今天一天，总算把不快活的事情经验尽了；朋友的事情，多言的失着，创造社的分裂，无良心的青年的凶谋。

二十五日，木曜，（十月廿一日）晴。

午前又有数人来访，谈到十一点钟，我才出去。喝了一瓶啤酒，吃了一次很满足的中饭，午后上学校和工人谈判。等了半个多钟头，印刷工人不来，就同黄女士上东山去玩了半天，回寓居，已经是晚上十点钟了。

今天气力疏懈，无聊之至，想写信至北京，又不果。

二十六日，金曜，（二十二日）晴。

午前九时半至学校看报，有A. E. Housman's Last Poems一册，已为水所浸烂，我拿往学校，教女打字员，为我重打一本。这好乌斯曼的诗，实在清新可爱，有闲暇的时候，当介绍一下。

中午与同乡数人，在“妙奇奇”吃饭，饮酒一片，已有醉意，这两天精神衰颓，身体也不好，以后总要振作振作才好。

接到上海寄来Eugene O'Neill's Dramatic Works（The Moon of Caribees and Other Plays）（Beyond the Horizon）二册，看了一篇，觉有可译的价值。

阅报知国民政府有派员至日本修好消息。我为国民政府危，我也为国民政府惜。

午后五时约学生数人在聚丰园吃饭。饭后到创造社分部，晤仿吾，决定于五日后启行，到上海去整理出版部的事情。广州是不来了，再也不来了。见了周某骂我的信，气得不了，就写了一封快信去北京，告诉家中，于五日后动身的事情。

二十七日，土曜，（十月二十三日）晴，热。

今天天气只能穿单衫，早晨起，犹着绵袄，中午吃饭的时候，真热得不了。去沙面看书，《改造》十二月号还没有来。途中遇仿吾。就同他上“清一色”去吃午饭。席间谈创造社出版部的事情，真想得没有办法。人心不良，处处多是阴谋诡计，实在中国是没有希望了。这一批青年，这一批下劣的青年，真不晓得如何才能改善他们。

我决定于二三天之内启行，到上海去一趟。不过整理的事情，真一时不知道从何处说起。午后译书三四页，系 Engene O'Neill 的一幕剧。

晚上见了周某的信，心里又气得不了，他要这样的诋毁我，不晓他的用意何在。

二十八日，日曜，（二十四日）阴晴，热。

午前有同乡某来，和他谈了些天，想去看几个同乡在充军人者，访了几处，都没有见到。在一家小馆子里吃了一瓶啤酒，吃了点心，又到创造社分部去谈到午后。

午后天气转晴了，但是很热，跑到东山，找朋友多没有遇见。和潘怀素跑了一个午后，终于在东方酒楼吃了夜饭才回。大家在今天午后，感到了一种孤独，分手之际，两人都说 So traurig bin ich noch nie gewesen!

又遇见了王独清，上武陵酒家去饮了半宵，谈了些创造社内幕的天，总算胸中痛快了一点。九点钟入浴，晚上睡不安稳，因为蚊子太多的缘故。

二十九日，月曜，（二十五日）阴晴。

今天怕要下雨，天上浮云飞满，但时有一点两点的青天出露，或者也会晴爽起来的。

无聊之至，便跑上理发馆去理发。一年将尽，又是残冬的急景了，我南北奔跑，一年之内毫无半点成绩，只赢得许多悲愤，啊，想起来，做人真是没趣。

午后去学校，向戴季陶及其他诸委员辞去中大教授及出版部主任之职。明日当去算清积欠。夜和白薇及其他诸人去游公园，饮茶，到十一点钟才回来。天闷热。

十一月三十日，火曜，（旧十月二十六日）雨。

早晨醒来，就觉得窗外在萧萧下雨。午前作正式辞职书两封，因恐委员等前来劝阻，所以想了一个很好的方法。十点钟的时候，去访夷乘，托了他一点琐事，他约我礼拜六午前去候回音。

中午在经致渊处吃午饭，午后无聊之极，幸遇梁某，因即与共访薛姑娘，约她去吃茶，直到三时。回来睡到五时余，出去买酒饮，并与阿梁去洗澡，又回到芳草街吃半夜饭，十一时才回到法校宿舍来睡觉，醉了，大醉了。

十一月日记尽于此，从明日起，我已无职业，当努力于著作翻译，后半生的事业，全看今后的意志力能否坚强保持。总之有志者事竟成，此话不错。

一九二六年达夫记于广州之法科学院

（原载《创造月刊》第1卷第7期，1927年7月15日出版）

郭沫若

海外归鸿

第一信

离上海才两礼拜，我的心境完全有隔世之感。在上海闷对着浮嚣的世界，时时想远遁，如今转到福冈来，无名的烦恼依然缠缚着我。前礼拜去上了几天课来，那种刻板样的生活真要把我闷死。见惯了的滑稽戏子登场，唱一幕独白剧，时而在墨色的背景上画东画西。我只全身发烧，他口中唱的陈古五百年的剧本台词，一点也不曾钻进我的耳里。我只望时钟早响。但是响了又怎么样呢？响了之后，依然又是一场同样的独白剧。一点如是，两点如是。今天如是，明天如是。过细想来，恐怕人生一世，永远都是如是罢。上了一礼拜的课，到今礼拜来，率性又“撒波”起来了。率性在家里闭门读书，上前天想重把生理学来研究，念了一天的书，第二天又厌倦起来了。开开书本就想睡。我恐怕得了Schlafkrankheit的怪病呢。没有法子只好把自己想读的书来读，又把一些干燥无味的催眠剂丢在一边了。

今天在旧书中翻出几张司空图曙的《诗品》来。这本书我从五岁发蒙时读起，要算是我平生爱读书中之一。我尝以为诗的性质绝类禅机，总要自己去参透。参透了的人可以不立言说，参不透的人纵费尽千言万语，也只在门外化缘。国内近来论诗的人颇多，可怜都是一些化缘和尚。不怕木鱼连天，究竟不曾知道佛子在那里。《诗品》这部书要算是禅宗的“无门关”呢。他二十四品，各品是一个世界，否，几乎各句是一个世界。刚才读他“沉着”一品，起首两句“绿衫野屋，落日气清”，这是何等平和净洁的世界哟！我连想起在几克翰 Gickelhahn 的歌德 Goethe 来，他坐在几克翰松树林中木凳上的那张写照你看见过没有？歌德的像我最喜欢的有两张。一张是梯叙拜因 Tischbein 画的游罗马时的歌德，其他一张便是这个。你看他那凝视着远方的眼光，那泛着微笑的嘴唇，那宽博黑色的外衣。左脚跷在右膝上拱在腹前的两手，这是何等沉着的态度哟！他周围森耸着的松杉，那是何等沉着的环境哟！他右侧凳下，有一株斫伐了的树桩，我恨不得在那上面坐着，同他享受当时眼前的诗趣呢！他那时候也正是夕阳时候，我们读他写在那猎屋壁上的诗罢。

Ueber allen Gipfeln
Ist Ruh,
In allen Wipfeln
Shuerest du
Kaum einen Hauch;
Die Voeglein schweigen im Walde.
Warte nur, balde
Ruhest du auch.

他这《放浪者的夜歌》Wandrers Nachtlied（1780）这种沉着的诗调，我恐怕不能译成中文罢。

一切的山之顶，
沉静，
一切的树梢
全不见，
些儿风影；

小鸟儿们在林中无声。
少时顷，你快，
快也安静。

这么译出来，总没有原文的音调莹永。我的译文是按照原文的各个缀音 Syllable 译的，我想也很可以按照徐伯提 Schubert 的乐谱敬出。这首诗译成英文的有好几首。朗费罗 Longfellow 的最好：

O'er all the hilltops
Is auiet now
In all the treetops
Hearest thou
Hardly a breath;
The birds are asleep in the trees;
Wait：soon like these
Thou，too，shalt rest.

我沉没在歌德诗中的世界时，正是你九月廿六日的信飞来的时候。李兆珍北上，我早知道你能到安庆了。你失钱的事，我早知道，前函也曾提及，我想“楚人失之，楚人得之”，倒是不关紧要的呢。不消说这也是我说来宽我自己的话。《创造》预告我昨日早在《时事新报》上看见了。同人们都在希望我们的杂志早出版，资平日前正在写信来问。我在上海逗留了四五个月，不曾弄出一点眉目来，你到不两礼拜，便使我们的杂志早有诞生的希望。你的自信力真比我坚确得多呢！《圆明园之秋夜》快要脱稿了吗？我十分欣快。你说“我们赶快做点东西”，这个我也十分同感。我见了预告之后，于感得快意的里面，同时增添了无限的责任心。我们旗鼓既张，当然要奋斗到底。昨天我早已有信致寿昌，资平，把你对我说的话“预告”给他们了。

接了你的信后，心中突然感着不安，把我沉着的陶醉，完全清解了。我拿本牧白桑的《水上》和管铅笔，便向博多湾上走来。

我的住居离海岸不远。网屋町本是福冈市外的一所渔村，但是一方面却与市街的延长相连接。村之南北两端都是松原。日本人呼为千代松原，《武备志》中称为十里松原的便是。海在村之西，村上有两条街道，成丁字形，南头一条，东西走，与海岸线成垂直。我自上前年以来，两年之间即住在这条街道的西端，面北的一栋楼房里，楼前后都有窗，可望南北两端的松原，可望西边的海水。我如今却已迁徙了，在四月中我回了上海以后。现在的住居在与海岸成平行的一条街道之中部，背海，又无楼，我看不见博多湾中变幻无常的海色，我看不见十里松原永恒不易的青翠，我是何等不满意，对于往日的旧居何等景慕哟！我昨天才写了一首诗《重过旧居》寄给寿昌，我也写在此处罢。

别离了三阅月的旧居，
依然寂立在博多湾上，
中心怦怦地走向门前，
门外休息着两三梓匠。

这是我许多思索的摇篮，
这是我许多诗歌的产床。
我忘不了那净朗的楼头，
我忘不了那楼头的眺望。

我忘不了博多湾里的明波，
我忘不了志贺岛上的夕阳，
我忘不了十里松原的幽闲，
我忘不了网屋汀上的渔网。

我和你别离了百日有奇，
又来在你的门前来往；
我禁不着我的泪浪滔滔，
我禁不着我的情涛激涨。

我禁不着走进了你的门中，
我禁不着走上了你的楼上。
哦那儿贴过我往往日的诗歌
那儿我挂过 Beethoven 的肖像。

那儿我放过 Millet 的《牧羊少女》，
那儿我放过金字塔片两张。
那儿我放过白华，
那儿我放过我和寿昌。

那儿放过我的书案，
那儿铺过我的寝床。
那儿堆过我的书籍，
那儿藏过我的衣箱。

如今呢，只剩下四壁空空。
只剩有往日的魂痕飘漾；
唉，我禁不住泪浪的滔滔，
我禁不住情涛的激涨。

我每到无聊过甚的时候，——不到过甚的时候总起不起决心——便走到海边上来访访我这些旧友。他们总肯十分地安慰我。

我住居之南邻是一条小巷。穿巷西走，可百余步，便可走出村去。村与海中间一片草场，场上插着几十排竹竿，与海岸线平行，时时排晒着无数赤褐色的渔网。草场坦平，春夏之季，草色青青，每到晚来，黄金色的“月见草”花，如逐渐现出的明星一样，逐渐开在草上。我想起朗费罗咏“花”一诗的第三节：

Bright and glorious is that revelation,
Written all over this great world of ours;
Making evident our own creation,
In these stars of earth, ——these golden flowers.

我很觉得他体物之妙。目下花已不见了，借太戈尔诗表现时已“往地下上学去了”(《新月集》中《花之学校》)，我希望她们不要也在看滑稽戏子演独白剧才好——其实这么说时，很对不着你，因为你如今也成了个这样的戏子啦。草已渐就凋谢。再迟一向等到冬来，变成一片衰黄，与常青的松原，变幻无恒的天光海色相对照，倒也是种悲剧的奇景。雪姬向他们亲吻的时候，又另外是种景致了。

穿过草场到海岸来，也还有百余步的光景。海滨沙岸上，排到着许多渔船。我每每挟着书册来此等船中昼寝。我很相信“Inspiration is born of Idleness”。我有许多作品，也多在这儿产生出来的呢。海湾异常平静，和房州的镜浦相仿佛，与其说是海湾，宁说是湖水。因为他同外海相通的峡口，我虽不曾坐船去看过，但从岸上望去，怕只不过两丈宽的光景。南头一带极细长的土股名海中道，说是赖山阳曾游此地，甚激赏其风景。我去年也曾去过一次，去时杜鹃花正开，道上多小小的稚松，浅浅的沙峦，鲜红的杜鹃，在青松白沙间相掩映，倒也别有风致；道上两面可望海，狭处有仅两三丈者。志贺岛便是土股终点的高峰，虽说是岛，其实尚与土股相连。这从地理学家看来，或在岛屿之生成上，可以成为一种假说之证例。

北头土股，山峦起伏，不知其名，其中有山形如富士，似不在土股上，更在远方者，太阳每每在其附近落下。落日时，每每红霞涨天，海水成为葡萄酒的颜色，从青森的松林中望去，山巅海上好像 Dionysos 之群在跳舞，好像全宇宙都赤化了的一样，崇高美加悲壮美也。我这时禁不着要唱我的狂歌：

全宇宙都已赤化了哟！
热烈的一个炸弹哟！
地球的头胪打破了！
血液向天飞，天也赤化了！
血液向海流，海也赤化了！
地球快要死灭了！
跳舞哟！狄仪所司！
快唱着地球的葬歌！

这样粗暴的咏夕阳的诗，恐怕只好在俄国的赤色诗人中寻找，我们女性的 Muse 会要吓跑了呢！但是我想现代或近的未来之新女性，绝不是从前那种柔弱无力的寄生虫！现代或近的未来的新诗神，也恐怕要变成男性的了呢。笑话，笑话！我自己都笑了，我是男性，当然该做男性的诗，倒不管他诗神是男性或是女性。

在此地我很感觉着缺少了两样东西。一种是松林中没有木凳，一种是海上没有波艇（Boat)。假如有木凳时，我很想摹仿几克翰的歌德，也坐着照张像来，留为我日后的纪念。假如我有波艇时，我很想在星月夜中，在那平如明镜的海波上飘摇，就得如雪诔 Shelley 一样。在海水中淹死，我也情愿。

Das Meer erstrahlt im Sonnenschein,
Als ob es golden waer,
Ihr Brueder, wenn ich sterbe,
Versenkt mich in das Meer.
日光之中大海明,
颜色如黄金。
友们哟,假如我死时,
请沉我尸入海心。

海涅这节诗,真是悲丽哟!我每在日暮时分,在海滨上散步时,看见海水在夕阳光中现着黄金的颜色,总要想起这节悲丽的诗来。不管有没有 Mermaid 或 Sirens 在里面居住,就是海自身的诱惑已经大了。能如雪谏一样,并且长眠在她怀中,不是免掉了沉尸的一段手续吗?但是,我在此处写写几句遗言:朋友,假如我是早死时,请也把我的尸首沉在海心里罢!因为

Hab'immer das Meer so lieb gehabt,
Es hat mit sanfter Flut
So oft mein Herz gekuehlet;
Wir waren einander gut.
我俩原来是相亲:
我有爱海情,
海用他柔潮,
时常冰爽我方寸。

(上节和此节是"Seraphine"中第十六首)

我现在正坐在一只渔舟上,我这封信,是用铅笔写在《水上》的书上的。我写信不曾起过草稿,这封信,我免不得回去要再行缮写一道了。我向着海坐着,太阳照在我的额上热腾腾

地。海上跳舞银色的微波，有一人在近处浅濑中投钓。秋来投钓者颇多，我每常坐观羡鱼，总觉得他们真是闲暇，世间上一切生存竞争的波澜都波不到他们身上去。所谓“高人画中，今色䌷缊”的世界呢。我前几天把这个感想向陶晶荪彭九生两君说了，晶荪说：“钓鱼的人并不闲暇，看钓鱼的人才算闲暇呢！”但是我的心中确没闲暇过一刻时候，我想起你所喜欢的“心贫者福矣”一句话，倒可以再加一种解释，便是心虑寡少的人是幸福的人。空中飞着的小鸟，野中开着的百合花，他们何思何虑呢？

可是我在这瞬间倒非常幸福，我写这封信，全不构思，我的情泉好像在春阳之下解了冻的冰河，畅畅地流着，还不知流到那处的海洋为止。清凉的风时时吹来。海水舐岸作声。海边浮着许多无人的渔船，如像海鸥一般，在随风波荡漾。不受太阳垂直光线的海水，都是一片青碧，并且随离岸之远近而色度之深浅不同，细细分析去，可以分作五六层；最远层的深青，微带着紫罗兰的色调呢。海中道上平时瞭如指掌的山峦都被晴霭 gossamer 遮蔽了，昏昏地只露出些影子。远远几只帆船，也蒙在海雾里，这种光景，这几日天天如是。我前天有首诗是

横陈在岸上的舟中，
耽读着 Wilde 底诗歌；
身旁嬉嬉地耍着的和儿，
突然地叫醒了我。

“爹爹，garan 哟！
Are wa kirei desho!”
——夕阳光下的大海，
浮泛着闪烁的金波。

金波在海上推移，
海中的洲岛全都蒙在雾里，
柔和的太阳好像月轮——
好像是童话中的一个天地！

我羡慕那帆船中的舟人，
他们是何等自由，何等如意！
他们好像那勇壮的飞鹰，
两只桡儿便是他们双翅。

儿对着那些风光非常欢娱，
我的心中却隐隐有股忧难慰，
啊，可怜我桡儿断了，翅儿折了，
只蹬蹭在一只破了的船里。

记起这首诗来，无形的隐忧，又来袭我了。你听，“隐忧”在唱：

So ein unaufhaltsam Rollen,
Schmerzlich Lassen widrig Sollen
Bald Befreien bald Erdrücken
Halber Schlaf und schlecht Erquicken
Heftet ihn an seine Stelle
Und bereitet ihn zur Hoelle.
如此一个不尽的循环，
愿的不得干，不愿的不得不干，
时而快畅，时而愁烦，
半睡半醒，无昏无旦。
好生重裹其足，

准备送入地狱。

我这封信极力在想运用写实的笔致。因为我偏于主观，我想锻炼对于客观的观察力。但是“隐忧”一来，把 Dr. Faust 的眼睛吹瞎了的一样，把我的眼睛也好像吹瞎了，以下不能再写了。

一九二一，十月，六日。

第 二 信

国内的文艺译品，我少有读过。间或新闻纸上有些短简的译诗，每肯无意识地读他一遍，但是令人可以满意的，确是寥寥无几。现在有两首被人误译了的歌德的诗，我想再来译一次。一首是《放浪者之夜歌》（Wandrers Nachtlied），我前函中译过的那首。这诗是一七八〇年九月六日或七日夜歌德三十一岁时所作，写在几克翰 Gickelhahn 山上的猎屋中的木壁上的。壁上的手迹他在一八一三年八月二十七日（六十四岁）重新缮写过一次。这座猎屋是在一八七〇年八月十一日歌德死后三十八年烧了的。《放浪者的夜歌》倒有两首，但是还有一首是一七七六年二月十二日在弈特尔司堡——Ettersberg 的山坡上做成的；在此顺便把他译出了罢。

你从天上来的，
慰解一切的烦恼与心疼，
加倍可怜的，
你加倍以醍醐灌顶，
唉，我已倦于奔驰！
人生的悲乐何谓？
甘美的平和哟，

请来，唉，请来入我心扉！

还有一首是《对月》An den Mond，我昨晚在睡之前，把他译了。不消说也是不甚满意的。

又把你缥缈的清辉，
静泻遍林丛溪涧，
把我的魂灵儿，
终久又溶解完全；

你把你和霭的光波，
洒遍了我的周遭，
好像是友人的青眼，
慈恺地替我忧劳。

我的心弦感觉着，
欢时苦日的余音，
介在悦慰与痛楚之间，
我在寥寂之中屏营。

流罢，流罢，可爱的溪流！
我是再也不能欢慰，
谑浪，亲吻，都已消亡，
一片志诚，也已如此流去。

那样可贵的殊珍，
从前我也有过！
人纵在辘轲之中，
再也不能忘它！

淙鸣罢，溪流，
沿山涧而莫辞劳，
淙鸣罢，溪流，
悄声地和我哀调，

无论你在冬寒之夜，
激涨你的惊涛，
或许在春阳之时，
萦润那含苞的花草。

幸福呀，这样的人儿，
心无所憎而遁世，
拥一友人在胸，
同他共享乐趣，

享受那人所不曾知，
人所不曾忆，
通过胸中的迷宫，
夜里逍遥的。

歌德这诗本不是一时做成的。初稿是一七七八年在偎马 Weimar 郊外“角上园”起的。作此诗的动机，是因为偎马宫庭中有一宫女因失恋溺死于野尔牟河 Ilm，衣囊中藏有歌德的小说《少年维特之烦恼》一书。诗中第四，五，六，七诸节是十年以后加的，注家有以为是对于将来与芳遂坦 Von Stein 夫人绝交之预感，有以为是对于惹忍海牟的 Sesenheim 的少女，服侣德里克 Friederike 之追怀。全首歌咏的是失恋的情绪。前三节叙述在月光之下屏营，中四节追述失恋之情，向河流而诉哀感，末尾二节结出欣羡之意，确是一首极妙婉的抒情诗；但是我看得中国报上有一处的译文，太不像样子。我们国内的创作界，幼稚到十二万分（日本的《新文艺》杂志本月号，有一篇《支那小说界之近况》，笑骂得不堪），连外国文的译品也难有真能负责任——不负作者，不负读者，不欺自己——的产物；也无怪乎旧文人们对于新文学不肯信任了。那样的译品，说是世界最大文豪的第一首佳作，读者随自己的身分可以起种种的错感：保守派以为如此而已，愈见增长其保守的恶习；躁进者以为如是而已，愈见加紧地粗制滥造。我相信这确是一种罪过：对于作者蒙以莫大的污辱，对于读者蒙以莫大的误会。这样地介绍文艺，不怕就摇旗呐喊，呼叫新文学的勃兴，新文学的精神，只好骇走于千里之外。

我国的批评家——或许可以说是没有——也太无聊，党同伐异的劣等精神，和卑陋的政客者流不相上下，是自家人的做作译品，或出版物，总是极力捧场，简直视文艺批评为广告用具；团体外的作品或与他们偏颇的先入见不相契合的作品，便一概加以冷遇而不理。他们爱以死板的主义规范活体的人心，什么自然主义啦，什么人道主义啦，要拿一种主义来整齐天下的作家，简直可以说是狂妄了。我们可以各人自己表张一种主义，我们更可以批评某某作家的态度是属于何种主义，但是不能以某种主义来绳人，这太蔑视作家的个性，简直是专擅君主的态度了。批评不可冷却，我们今后一方面创作，一方面批评，当负完全的责任：不要匿名，不要怕事，不要顾情面，不要放暗箭。我们要大胆虚心佛情铁面，堂堂正正地作个投炸弹的健儿！我尤希望《创造》出版后，每期宜专辟一栏，以登载同人互相批评的文字，用六号字排出最好。

折返日本将近两月了。这短时期中，日本有史以来罕曾有的大事件出了好几桩。我觉得好像是日本民族的人性觉醒期到了。

再隔一向，再作详细的批评。

一九二一年，十一月，六日。

第 三 信

今天是双十节，想来你是没课，我是仍旧在“撒波”的。晨起，又携两小儿往水族馆去来，回来时，松林中几缕灰白色的新烟，斜向北方飘散，三五着青衣的女人，白帕蒙头，在树下殷勤扫叶。积叶成堆而焚烧之。疏淡的清韵，令我想起原始时代的居民。

平如明镜的海水，也有翻波湧澜的时候。不看见今天的博多湾，不会相信元军十万余人是在此地淹没了的。但是狭隘的国家主义我久不为所束缚了。你前回说是见过我《箱崎吊古》一诗。那诗的原稿我昨天寻出，自己读了一遍，觉得作那诗时的心境真是种奇绩呢。我今后对于自然，很想除却一切历史观念的拘束，如实地去认识她。

因为今天是双十节，安娜一早起来便在那里准备《御驰走》。她这种慈婉的心理，我自然也感谢她。我回来的时候，和她剥剥栗子，准备烹鸡。外面邮使来了。来了两封信，一封是你的，一封是宗白华由柏林寄来的。白华对于《创造》也极表同情，他将来也许会有著作寄来呢。他是在专门研究文化哲学的，他的造就真是不可限量。他的通信处另纸写上，你就由我此信介绍，直接和他通信罢。《创造》出版后，他教每期给他寄一册去，我一方面自然要通知南公。

白华信中说在柏林“租了一间很满意的读书室”，你信中也说安校四周的自然“无一不是诗境”。——在此学句旧小说的笔调罢，我真个是恨无长房缩地之方，佛子分身之术了。年假中或许能回国一行，那时再到你的诗乡中来，分享自然的惠泽。

《未央》旧稿遗失，要续作时，非另起炉灶不可。昨天有首《创造者》的诗，七十多行，寄给南公去了。我看倒可充作创刊号的卷头词。

双十节

（原载《创造季刊》第1卷第1期，1922年3月15日出版）

月　蚀

八月二十六日夜，六时至八时将见月蚀。

早晨我们在新闻上看见这个预告的时候，便打算到吴淞去，一来想去看看月亮，二来也想去看看我们久别不见的海景。

我们回到上海来不觉已五阅月了。住在这民厚南里里面，真真是住了五个月的监狱一样。寓所中没有一株草木，竟连一坏自然的地面也找不出来。游戏的地方没有，空气又不好，可怜我两个大一点的儿子瘦削得真是不堪回想。他们初来的时候，无论什么人见了都说是活泼肥胖，如今呢，不仅身体瘦削得不堪，就是性情也变得很舛僻的了。儿童是都市生活的 Barometer，这是我此次回上海来得的一个唯一的经验。啊！但是，是何等高价的一个无聊的经验呢！

几次想动身回四川去，但又有些畏途。想到乡下去生活，但是经济又不许可。呆在上海，连市内的各处公园都不曾引他们去过。我们与狗同运命的华人，公园是禁止入内的，要叫我穿洋服我已经不喜欢，穿洋服去是假充东洋人，生就了的狗命又时常同我反抗。所以我们到了五月了，竟连一次也没有引他们到公园里去过。

我们在日本的时候，住在海边，住在森林的怀抱里，真所谓清风明月不用一钱买，回想起那时候的幸福，倍增我们现在的不满。我们想跑到吴淞去看海，——这是我们好久以前的计划了，但只这么邻近的吴淞，我们也不容易跑去，我们是太为都市所束缚了。今天我要发誓，我们是定要去的，无论如何是定要去的了。坐汽车去罢？坐火车去罢？想在午前去，但又怕热，改到午后。

小孩子们听说要到海边，他们的欢喜真比得了一本新买的画本时还要加倍。从早起来便预想起午后的幸福，一天只是跳跳跃跃地，中午时连饭都不想吃了。因为我说了要到五点时才能去，平常他们是全不关心的时钟，今天却时时去瞻望；还莫到五点！还莫到五点！长的针和短的针动得分外慢呢！

好容易等到了五点钟，我们正要准备动身的时候，突然来了一个朋友，我们便约他同去，我跑到静安寺旁边汽车行里问问车费。

不去还好了，跑了一趟去问，只骇得我抱头鼠窜地回来。说是单去要五块！来回要九块！本是穷途人不应该妄想去做邯郸梦。我们这里请的一位娘姨辛辛苦苦做到一个月，工钱才只三块半呢！五块！九块！

我跑了回来，朋友劝我不要去。他说到吴淞去没有熟人，坐火车的时候把钟点错过了很麻烦的，况且又要带着几个小孩子，上车下车真是够当心。要到吴淞时，顶小的一个孩子又不能不带去。

啊，罢了，罢了！我们的一场高兴，便被这五块九块打坏得七零八碎了！可怜我们等了一天的两个小儿，白白受了我们的欺骗。

朋友走的时候，已经将近七点钟了。

没有法子走到黄浦滩公园去罢，穿件洋服去假充东洋人去罢！可怜的亡国奴！我们连亡国奴都还够不上，印度人都可以进出自由，只有我们华人是狗！……

满肚皮的愤慨没处发泄，但想到小孩子的分上，也只好忍忍气，上楼去学披件西洋人的鬼皮。

我们先把两个孩子穿好，叫他们到楼下去等着。出了一身汗，套上一件狗穿洞的衬衫。我的女人在穿她自己手制的中国料的西服。

——为什么，不穿洋服便不能去吗！她问了我一声。

——不能，穿和服也可以，穿印度服也可以，只有中国衣服是不行的。上海几处的公园都禁止狗与华人入内，其实狗倒可以进去，人是不行，人要变成狗的时候便可以进去了。

我的女人她以为我是在骂人了，她也助骂了一声：上海市上的西洋人怕都是些狼心狗肺罢！

——我单看他们的服装，总觉得他们是一条狗。你看，这衬衫上要套一片硬领，这硬领下要结一根领带，这不是和狗颈上套的项圈和铁链是一样么？——我这么一说，倒把我的女人惹笑了。

哈哈，新发见！在我的话刚好说完的时候，我的心中突然悟到了一个考古的新发见。我从前在什么书上看过，说是女人用的环镯，都是上古时候男子捕掳异族的女子时所用的枷镣的蜕形；我想这硬领和领带的起源也怕是一样，一样是奴隶的徽章了。弱族男子被强族捕掳为奴，项带枷锁；异日强弱易位，被支配者突然成为支配者，项上的枷锁更变形而为永远的装饰了。虽是这样说，但是你这个考古的见解，却只是一个想像，恐怕真正的考古专家一定不以为然。……然不然我倒不管，好在我并不想去做博士论文，我也不必兢兢于去求出什么实证。……

在我一面空想，一面打领带结子的时候，我的女人早比我穿好，两个小孩儿在楼下催促得什么似的了。啊，究竟做狗也不容易，打个结子也这么费力！我早已出了几通汗，领带结终是打不好，我只好敷敷衍衍地便带着他们动身。

走的时候，我的女人把第三的一个才满七个月的儿子交给娘姨，还叮咛了一些话。

我们从赫德路上电车，车到跑马厅的时候，月亮已经现在那灰青色的低空了。因为初出土的缘故，看去分外的大，颜色也好像落日一样作橙红色，第一象限上有一部分果然是残缺了。

二儿最初看见，他便号叫道：Moon! Crescent Moon! 他还不知道是月蚀，他以为是新月了。

小时候每逢遇着日月蚀，真好像遇着什么灾难的一样。全村的寺院都击钟鸣鼓，大人们也叫我们在家中打板壁作声响。在冥冥之中有一条天狗，想把日月蚀了，击钟鸣鼓便是想骇去那条天狗，把日月救出，这是我们四川乡下的俗传，也怕是我们中国自古以来的传说。小时读的书上，据我所能记忆的说：《周礼》地官鼓人救日月则诏王鼓，春官太仆也赞王鼓以救日月，秋官庭氏更有救日之弓和救月之矢。《谷梁传》上也说是天子救日陈五兵五鼓，诸侯三兵三鼓，大夫击门，士击柝。这可见救日月蚀的风俗自古已然。北欧人也有和这绝相类似的神话，他们说：天上有二狼，一名黑蹄（Hati），一名马纳瓜母（Managarm），黑蹄食日，马纳瓜母食月，民间作声鼓噪以望追去二狼救出日月。

这些传说，在科学家看来，当然会说是迷信；但是我们虽然知道月蚀是由于地球的掩隔，我们谁又能把天狗的存在否定得了呢？如今地球上所生活着的灵长，不都是成了黑蹄和马纳瓜母，不仅是吞噬日月，还在互相啮杀么？

啊啊，温柔敦厚的古之人！你们的情性真是一首好诗。你们的生命充实，把一切的自然现像都生命化了，你们互助的精神超越乎人间以外，竟推广到了日月的身上去。可望而不可及的古之人，你们的鼓声透过了几千万重的黑幕，传达到我耳里来了！

啊，我毕竟昧了我科学的良心，对于我的小孩子们说了个天大的谎话！我说：那不是新月，那是有一条恶狗要把那圆圆的月亮吃了。

二儿的义愤心动了，便在电车上叱咤起来：狗儿，走开，狗儿！

大的一个快满六岁的说：怕是云遮了罢？

我说：你看，天上一点云也没有。

——天上也没有狗啦。

啊，我简直找不出话来回答了。

车到了黄浦滩口，我们便下了车，穿过街，走到公园外的草坪里去。两个小孩子一走到草地上来，他们真是欢喜得了不得。他们跑起来了，跳起来了，欢呼起来了。我和我的女人找到一支江边上的凳子上坐下，他们便在一旁竞跑。

月亮依然残缺着悬在浦东的低空，橙红的颜色已渐渐转苍白了。月光照在水面上亮晶晶地，黄浦江的昏水在夜中也好像变成了青色一般。江心有几支游船，满饰着灯彩，在打铜器，放花炮，游来游去地回转，想来大约是救月的了。啊，这点古风万不想在这上海市上也还保存着，但可怜吃月的天狗，才就是我们坐着望月的地球，我们地球上的狗类真多，铜鼓的震动，花炮的威胁，又何能济事呢？

两个孩子跑了一会，又跑来挨着我们坐下。

——那就是海？指着黄浦江问我。

我说：那不是海，是河。我们回上海的时候就在那儿停了船的。

我的女人说：是扬子江？

——不是！是黄浦江。只是扬子江的一条小小的支流，扬子江的上游便在我们四川的嘉定叙府等处，河面也比这儿宽两倍。

——唉！她惊骇了，那不是大船都可以走吗？

——是，是可以走，大水天，小火轮可以上航至嘉定。

大儿又指着黑团团的浦东问道：那是山？

我说：不是，是同上海一样的街市，名叫浦东：因为是在这黄浦江的东方。你看月亮不是从那儿升上来的吗？

——哦，还没有圆。……那打锣打鼓放花炮呢？

——那就是想把那吃月的狗儿赶开的。

——是那样吗？吓哟，吓哟，……

——赶起狗儿跑罢！吓哟，吓哟，……

两人又同声吆喝着向草地上跑去了。

电灯四面辉煌，高昌庙一带有一最高的灯光时明时暗，就好像远海中望见了灯台的一样。这时候我也并没有什么怀乡的情趣，但总觉得我们四川的山灵水伯远远在招致我。

——我们四川的山水真好，我便自言自语地说了起来：我们不久大概总可以回去了。巫峡中的奇景恐怕是全世界中所没有。江流两岸对立着很奇怪的岩石，有时候真如像刀削了的一样。山头常常戴着白云。船进了峡的时候，前面看不见去路，后面看不见来路，就好像一个四山环拱的大湖，但等峡路一转又是别有一洞天地了。人在船上想看山顶的时候，仰头望去，帽子可以从背后脱落。我们古时的诗人说那山里面有美好绝伦的神女，时而为暮雨，时而为朝云，这虽然只是一种幻想，但人到那地方总觉得有一种神韵袭人，在我们的心眼间自然会生出这么一种暗示。

啊啊，四川的山水真好，那儿西部更还有未经跋陟的荒山，更还有未经斧钺的森林，我们回到那儿，我们回到那儿去罢！在那儿的荒山古木之中自己去建筑一椽小屋，种些芋粟，养些鸡犬，工作之暇我们唱我们自己做的诗歌，孩子们任他们同獐鹿跳舞。啊啊，我们在这个亚当与夏娃做坏了的世界当中，另外可以创造一个理想的世界。……

我说话的时候，我的女人凝视着我，听得有几分入神。

——啊，我记起来了。她突然向我说道：我昨晚上做了一个很奇怪的梦。

——什么梦呢?

她说：我们前几天不是想过要到东京去吗？我昨晚上竟梦见到了东京。我们在东京郊外找到一所极好的房子，构造就和我们在博多湾上住过的抱洋阁一样，是一种东西洋折衷式的。里面也有花园，也有鱼池，也有曲桥，也有假山。紫荆树的花开满一园，中间间杂了些常青的树木。更好是那间敞豁的楼房，四面都有栏干，可以眺望四方的松林，所有与抱洋阁不同的地方，只是看不出海罢了。我们没有想出在东京郊外竟能寻出那样的地方。房金又贱，每月只要十五块钱。我们便立刻把行李搬了进去。晚上因为没有电灯，你在家里守小孩们，我便出去买蜡烛。一出门去，只听楼上有什么东西在晚风中吹弄作响，我回头仰望时，那楼上的栏干才是白骨做成，被风一吹，一根根都脱出臼来，在空中打击。黑洞洞的楼头只见几多尸骨一上一下地浮动。我骇得什么似的急忙退转来，想叫你和小孩们快走。后面便跟来几多尸骨进来踞在厅上。尸骨们的颚骨一张一合起来，指着一架特别瘦长的尸骨对我们说，一种怪难形容的喉音。他们指着那位特别瘦长的说：这位便是这房子的主人，他是受了鬼祟，我们也都是受了鬼祟。他们叫我们不要搬，说那位主人不久便要走了。只见那瘦长的尸骨把颈子一偏，全身的骨节都在震栗作声，一扭一拐地移出了门去。其余的尸骨也同样地移出了门去。两个大的小孩子骇得哭也不敢哭出来。我催你赶紧搬，你才始终不肯。我看你的身子也一刻一刻地变成了尸骸，也吐出一种怪声，说要上楼去看书。你也一扭一拐地移上楼去了。我们母子只骇得在楼下暗哭，后来便不知道怎么样了。

——啊，真好一场梦！真好一场意味深长的梦！像这上海市上垩白砖红的华屋，不都是白骨做成的么？我们住在这儿的人不都是受了鬼祟的么？不仅我一人要变成尸骸，便是你和我们的孩子，不都是瘦削得如像尸骸一样了么？啊，我们一家五口，睡在两张棕网床上，我们这五个月来，每晚做的怪梦，假使一一笔记下来，在分量上说，怕可以抵得上一部《胡适文存》了呢！

——《胡适文存》？

——是我们中国的一个新人物的文集，有一寸来往厚的四厚册。

——内容是什么？

——我还没有读过。

——我昨晚上也梦见宇多姑娘。

——啊，你梦见了她吗？不知道她现刻怎么样了呢？

我们这么应答一两句，我们的舞台便改换到日本去了。

民国六年的时候，我们同住在日本的冈山市内一个偏僻的小巷里。巷底有一家姓二木的邻居，是一位在中学校教汉文的先生。日本人对于我们中国人尚能存几分敬意的只有两种人。一种是六十岁以上的老人，一种便是专门研究汉文的学者了。这位二木先生人很古僻，他最崇拜的是孔子。周年四季除白天上学而外，余都住居在楼上脚不践地。

因为是汉学家的家庭，又因为我的女人是他们同国人的原故，所以他家里人对于我们特别地另眼看待。他家里有三女一男。长女居孀，次女便名宇多，那时只好十六岁，还有个十三岁的幼女。男的一位已经在东京的帝国大学读书了。

宇多姑娘她的面庞是圆圆的，颜色微带几分苍白，她们取笑她便说是“盘子”。她的小妹子尤为俏皮，一想要苦她，便把那“月儿出了”的歌来高唱，歌里的意思是说：

月儿出了，月儿出了，

出了，出了，月儿呀。

圆的，圆的，圆圆的，

盘子一样的月儿呀！

这首歌凡是在日本长大的儿童都是会唱的，他们蒙学的读本上也有。

只消把这首歌唱一句或一字，或者把手指来比成一个圆形，宇多姑娘的脸便要涨得绯红跑去干涉。她愈干涉，唱的人愈要唱，唱到后来，她的两只圆大的黑眼汪汪地含着两眶眼泪。

因为太亲密了的缘故，他们家里人——宇多姑娘的母亲和孀姐——总爱探问我们的关系。那时我的女人才从东京来和我同居，被她们盘诘不过了，只诿说是兄妹，说是八岁的时候，自己的父母死在上海，只剩了她一人，是我的父亲把她收为义女抚养大了的。宇多姑娘的母亲把这番话信以为真了，便时常对人说：要把我的女人做媳妇，把宇多许给我。

我的女人在冈山从正月住到三月便在东京去读书去了。宇多姑娘和她的母亲便常常来替我煮饭或扫地。

宇多姑娘来时，大概总带她小妹子一道来。一人独来的时候也有，但手里总要拿点东西，立不一刻她便就走了。她那时候在高等女学也快要毕业了。有时她家里有客，晚下不能用功的时候，她每得她母亲的许可，拿书到我家里来用功。我们对坐在一个小桌上，我看我的，她看她的。我若一要看她读的是什么的时候，她总十分害羞，立刻用双手来把书掩了。我们在桌下相接触的膝头有一种温暖的感觉交流着。结局两人都用不了什么功，她的小妹妹又走来了。

只有一次礼拜，她一人悄悄地走到了我家里来，刚立定脚，她又急忙蹑手蹑足地跑到我小小的厨房里去了。我以为她在和她的小妹子捉迷藏，停了一会她又蹑手蹑足地走了出来。她说：刚才好像姐姐回来了的一样，姐姐总爱说闲话，我回去了。她又轻悄悄地走出去，出门时向我笑了一下走了。

五月里女人由东京回来了，在那年年底我们得了我们的大儿。自此以后二木家对于我们的感情便完全变了。简直把我们当成罪人一样，时加白眼，没有变的只有宇多姑娘一人。只有她对于我们还时常不改她笑容可掬的态度。

我们和她们共总只相处了一年半的光景，到明年六月我便由高等学校毕业了。毕业后暑期中我们打算在日本东北海岸上去洗澡，在一月之前，我的女人带着我们的大儿先去了。

那好像是六月初间的晚上，我一人在家里准备试验的时候，

——K君，K君，宇多姑娘低声地在窗外叫，你快出来看……

她的声音太低了，最后一句我竟没有听得明白。我忙掩卷出去时，她在窗外立着向我招手，我跟了她去，并立在她家门前空地上，她向空中指示。

我抬头看时，才知道是月蚀。东边天上只剩一钩血月，弥天黑云怒涌，分外显出一层险恶的光景。

我们默立了不一会，她孀姐恶很很地叫起来了：

宇多呀！进来！

她向我目礼了下走进门去了。

我的女人说：六年来不通音问了，不知道她们还在冈山没有？这是我们说起她们时，总要引起的一个疑问。我们在回上海之前，原想去探访她们一次，但因为福冈和冈山相隔太远了，终竟没有去成。

——她现在已经二十二岁了，怕已经出了阁罢。

——我昨晚上梦见她的时候，她还是从前那个样子，是我们三人在冈山的旭川上划船，也是这样的月夜。好像是我们要回上海来了，我们去向她辞行。她对我说：她要永远营独身生活，想随着我们到上海。

——到上海？啊啊，可怜无定河边骨，犹是春闺梦里人了。

我们还坐了好一会，觉得四面的噪杂已镇近了好几分，草坪上坐着的人们大都散了。

江上吹来的风，添了几分湿意。

眼前的月轮，不知道几时已团圞地升得很高，变着个苍白的面孔了。

我们起来，携着小孩子才到公园里去走了一转，园内看月的日本人很不少，印度人也有。

我的女人挂心着第三的一个孩子，催我们回去。我们走出园门的时候，大儿对我说道：爹爹，你天天晚上都引我们这儿来罢！二儿也学着说。他们这一句简单的要求，使我听了几乎流出了眼泪。

八月廿八日夜

（原载《创造周报》第17、18号，1923年9月2日、9日出版）

王 独 清

一 双 鲤 鱼

第 一 信

伯奇：

前寄你底 Daily Mail 收到么？

我连接到你两封信，尚未曾正式答复。因为我近来心境太不好了：把许多事都积起来。现在才觉得这是一种安于堕落底病的状态，所以又舍弃了这种惰性，勉强支持着继续作事。这也是服从了 R. Rolland 底信条："苦着前进呵，你是可苦的东西呵。"

你第二封问起我的思想，艺术观；我觉得很合意，因为我也早想把我的这些近状告知你。只是想讲的话太多了，在这里且拉杂的说个大概罢。

伯奇！我近来的思想大变了。——或者是进步了；或者是深沉了。但都是我最近的境遇造成的。我自从到法后，受了很大的痛苦，这个痛苦竟使我去了向日虚浮，轻躁种种习气；对于人生发了些觉醒；数年来的迷梦也渐渐有些解破底转机。庄子说，"彼出于是，是亦因彼。"真不错呵！

是的，人生处处是罪恶，处处是苦痛，但要知道罪恶，苦痛都是催人努力的途径。若没有恶，便决没有善；没有苦，便没有乐；没有矛盾，便没有彻底；没有 Hesitancy，便没有 Resolve。所以我们不要其当经过"不完全"时忘了去求"完全"。我更想劝告人们：不要以为犯了罪的身体走不到善的路上，便安于你的罪恶；不要以为受苦得不到结果，便轻弃你的苦痛！

伯奇！就据这几句话，你大概可看出我的思想变更底一斑了。我自有这个立脚地，似更明白了一切。我底艺术观就是这思想底产儿。

我先批评一点别人底艺术。你来信说，“不过游戏概念的学者，我终不满意。”这话极是。像夏目漱石底“余裕派的文学”那是决没有什么价值的。怎样说呢？我们既是人，当然就要造人生的文学。即如他在高滨虚子底《鸡头》序中宣言的“不触着之小说”，无论很难做到，——就是他的《我是猫》又何常是完全不触着的小说？——即纯粹做到这等地步，不过是一种无用的作品；就是文笔再好，也不足以称慕的。换言之：我以为就是他主张的“低徊趣味”，也只有“触着”人生的小说才配有。他的余裕派的文学，其实就是游戏派的文学。所以到后来就有森鸥外那种优游好惰的文人出现，公然就有游戏的小说以表明他的态度：他那种“无论何事，都是游戏”。超脱固然是超脱了，其奈忘了“作人”何？——故我们最当反对“游戏概念的学者”。

我近读了些诗集，最著名的如 Lomartine，Verhaeren，Rostand，Maeterlinck 等，但他们的艺术都不能使我完全满意……伯奇！你要笑我胆大么？或者我是太狂妄了；不过我总觉得艺术不宜在“虚无”中去造，我们的实在生活已竟狠够用了。若是我们身边的材料都不知去用，只在身外去寻艺术，不但徒劳无功，也未免太笨！再进一层说，艺术不专是人底娱乐品，是改造人生底工具；不专为安慰人底目前，为安慰人底前途。故我理想中的艺术，就是一个 Important realty（切实）。诗更是不容易合这个理想的。但是，伯奇！你不要笑我胆大，我却很想作一个诗底改革家呢。

就是以上的说法，可以得一个结论：人生就是再没有希望，文学家也要努力去触着他。换言之，就是人生已的确达到永井荷风冷笑底程度，我们也不要学森鸥外以游戏了之。艺术是人造的，是为人而造的；若不以人底实在生活为根据，只去说神话，那不能算我们的艺术的。我前月也曾做了一篇长文谈宗教，有五万多字历言向来艺术之与宗教相关。本是想寄回国发表的。后来我的思想猝然一变，便把那篇文字烧了。（我这主张却是未受别人一点影响，只就我个人研究所得而言。）前者可用《论语》上晨门者的话“知其不可而为之。”后者可用孔子的话“未能事人，焉能事鬼！”

我的主张于是可简单的说出：——

人生即文学

切实即艺术

伯奇！你或者疑我是住在法国，受了自然主义——Zolaism底余毒么？这却很不然。我对自然主义是深致不满的。因为他只做了第一步；第二步他却不知道。他只知道写人间底痛苦；但是这些痛苦应该怎样解决呢？难道我们只知了人间底痛苦，就算尽了责任么？（所以我最佩服 Rolland）说到这里，我又可把我理想中之主张分解开说：——

写出人间底痛苦；掘出人间底真诚。伯奇！这样概念的文学你满意么？这种方法的艺术你以为要得么？

我最近有一首长诗《支那》，兹寄与田寿昌先生与你，你看若可以，便送给《创造》扩充篇幅去罢。寿昌我久因介民底介绍，想与他通信，现在才实行。但恐怕我来的太唐突，若是这样，我望你代我道歉如何？

《新月集》本译的不好，匆匆地寄出，自知错误甚多。经你与沫若先生修改，感谢的很！再望你向沫若介绍，我当修函致谢他。

说到翻译上，国内现在零碎发表的翻译，我都深致不满。因为他们都把“直译”当作“钞字典”了。原来东西洋文体组织不同，若顺着原文的字照录译出，来必不能懂，这种不能懂的翻译，对于原作者是负大罪的。因为不能传他的艺术，反连他的原意都销灭了。我曾见有人译 Paul Verlaine 底《秋歌》（Chanson d'automne）已竟发表，我实不敢恭维。这首诗本是 Poèmes Saturniens 中有名的短诗，惜乎被他译坏了！并且第一句，就译错了：我现在且把我译的这首诗钞出来你看：

秋　歌

秋琴长叹之音，
伤我寂寥怯弱之心。

钟鸣时一切暗澹而止息，
我回思旧景而出涕；

我去狂风中而为其所劫，
忽此忽彼，有如已死之叶。

伯奇你觉得这首诗译的如何？我近来杂译的诗已不下二百首，现在不能多说了，以后再说罢。我写到这里，忽想起沫若先生曾说，“诗的生命，全在他那种不可把捉之风韵。所以我想译诗的手腕于直译意译之外，当得有种‘风韵译’。”这话不错。他的翻译我是佩服的。再《尝试集》中胡适译的几首诗也都狠好，你以为何如？

这封信写的过长了，又耽搁你许多时间。我的《支那》这篇诗，你看了，觉得我还有诗人底天才么？来信望告知我。《创造》若出版，可否给我陆续寄一份来。请你给泰东书局说知我的通信处。《新月》可否快点出版？前信托你的事能做到么？

祝你健康！

独清。

一九二一，一二，一三，于法国。

第二信

伯奇！从前卢梭在他的《忏悔录》中说他应Dyon底论文时，“睁着眼睡在床上静想，头里面像把血绞着的样儿不停地推敲章法。”我往日还以为他形容太过了；自从近来我发誓开始以作家自任，才知道他的话一点也不错。就是我做《支那》那首诗，有一天一个字未妥，竟终日不能饮食！艾迭生说的好，Genius consists of one per cent inspiration and 99 per cent perspiration……哦，我未免把自己说的太大了。你笑我么？但我真有个可笑的妄想呢，若是《支那》这首诗——我有了立脚地以后底处女作——竟与我所想的相反，那我决定我没有诗人底天才，或者我便死了我从事艺术底心。

伯奇，你是以“文学批评家”自任的人，看那首诗值得一批评么？——我狠望你告知我。

现在国内诗底作品，老实说，有许多狠有诗人天才的人，可惜都把诗当作专写浮浅的景色，表送迎底个人感情的工具了！就真能做出两句不错的诗，究有什么价值？（中国旧日诗多缺乏价值者，即缘此故。）我近来多读外国诗集，愈觉给中国造实质上的新诗——形式上的新诗已是过去的事了。——不是可缓的事。今日中国底诗能令我佩服的就是郭沫若，他的艺术主义虽与我不同，然确能把诗看作最贵重的品物，即此一端，已可算得一个诗人了。人生最不堪想的是“自轻”。艺术家若用他的艺术来描写卑贱的，不重要的事物，那便是轻待了艺术，即是自轻；也就是自己取消艺术家资格底明证。其次，伯奇，你的诗我也佩服，我最近在朋友处见《时事新报》上你的《春去了》，狠好，这首诗比较你先寄给我的几首都好：并且狠有太戈尔底境地；更有罗马尼女诗人 Hèléne Vacaresco（这是我最爱读她的诗底一位诗人，前读其 Le Chants d'aurore，Lueur et lammes 诸诗集，甚佳。并曾选译其 L'ame sereine 中一首《他“过去了”……》，译出来读去，都还觉得令人忘却一切。）底风韵。你的艺术自然不完全与我相同，但你这种不轻待诗的热忱，已与你留下诗人底资格了，你前信说你想弃诗而从事于小说；自然，小说是可以做的，但若因此而弃诗，未免你太自弃了！伯奇，你还得同时继续你的诗人资格才是呀！

我的艺术主义，前信已对你略说了。我自己疑我是个 Materialist，——你读了我的前信，或者也这样疑我。但与其这样称我，不如称我为 Realist。但我却又自信不是纯粹这样，又有些是 Idealist——总之我的立脚地是人生；我的艺术主义是诚实；我的希望与 Goal 是造成“诚实的人生”。你来信说你的文学标语第二层是“美化的人生”，这自然是不错的。但不知你的美底界说如何？我以为诚实即美。太戈尔在他的 Sadhana 中说 Beauty is truth，我却以为 Beauty is Sincerity。

伯奇，我近来把从前许多幻想都扫除净尽了。我受了人生底大苦痛，才发愿以人生为立脚地。我自己近受的人生痛苦且不用说，因为话太长了。最近给我大感动的有两宗事：一次有一个法国朋友把他的儿子遗失了，他的儿子本已狠大了，但因别种缘故，背了他的父母；我亲见他的母亲痛哭自恨的情状，深深地给了我一大刺激。又有一次我在一音乐教授家中赴夜会，他有个女儿也在其中；散会后，他的女儿要出外散步，被她的母亲阻止，她便泣啜不语：这也给了我一个不欢底影响。这两件事都是在别人看起来极不关重要的，但我却因此了解人生底苦痛，因此不停地回想到我自己，因此便发了“掘出人间真诚”底大愿，因此便把我的 Vision 都扫除了。伯奇，人间除了“生命”，决再没有问题。我们每日那一件事能离了“为生命”一个念头底驱使哟！我们每日那一件事不是为了生命才去做的！但生命“是一个悲剧”(Rolland 语)，我们既是悲剧中底人物，我们便应把我们的经历写出，同时想抵抗悲剧底方法。当然的，人间何时有生命，何时就有悲剧；要想生命不是悲剧；除非没有生命。换言之，有一日人生，即有一日苦痛。但这个不但不能促我们厌弃人生，反是以振我们与人生奋斗底勇气：我们不管他有效无效，总还得想出免除苦痛底方法；这才是我们的责任哟！我觉得在个体以外设想，终足空幻，我们最好就在个体中求去。——其实人间自身本有一种可免除苦痛底物事，就是“真诚”。所以我们的责任，就是“把人间的真诚掘出哟!”伯奇，我因把这件事看得狠重要，所以不厌反复的说，或者犹偏于理想，那么，我狠望你指正。总之人间一切都是为了生命，这个我想不至于错的。太戈尔说……But when we say “I love” then there is no room for the “why”；但我却说 when we say “for life”, then there is no room for the “why”。

伯奇，我向来犯的毛病是“崇拜热”，（这是我们的通病。）后由崇拜而失望，由失望而不满，现在遂一变而想独创了。我前信曾与你略说。或者你不以为然：我总觉过去与今日底诗人他们的艺术多半都走了死路了。我想我们是为了人才做诗，不是为了人以外的事物才做诗。就是人要依赖一种非人底事物作安慰，我先承认这是一种惰性。文学家应该改造人底生活，不应该求合一般人底心理呀！我近来狠像有一种“刚正的真理欲”，所以对于非真的艺术决不赞成。就是要造出如沙士比亚所谓“美的狂热”(Fine frenzy) 的艺术，也应在人中狂热，不应在人外狂热呀！从前文学家往往爱说应使人有一种“Divine forgetfulness”，我现在却要把他改成“to forget the divinity”呢。

我的一长剧尚未脱稿，我近来被创作欲苦的太厉害了！除那篇长剧外，未脱稿的作品有独幕剧《寻见的父亲》，小说《秘约》及《醉后》等。但一年中我决主重从事于诗，一年中先要使我的诗有些成绩，能达到我的艺术主义而后已。打算陆续寄你给《创造》充篇幅，可以么？我近来愈爱恋于艺术，而独对于我产生的艺术，比爱我自己更甚；伯奇，你大概也是这样罢。

哎呀！又说的太多了！我现在对于写信尚在戒严，因为我近来不敢说话，一说开话，就收不住了。

最后望你给我写信。

独清。

一九二一，一二，一九，于法国。

（原载《创造季刊》第1卷第2期，1922年8月25日出版）

去 雁

仿吾
何畏：

和你们别后又快要一月了。我由广州走的那天没有看到你们，至今还觉得像忘记了一件东西的一样。你们大概都还是照常的好罢？

我走的那天，除了曼华以外，送我的还有碎声夫人和国凤女士，我这个人可以说完全被伤感宰制了：无论遇见什么事，总是一味地伤感，结果除了些眼泪与病苦而外，什么也得不到。这是我一生不能发奋的大原因，怕也就是我要短命的征候罢。我这次离广州，特别又陷入了这种境地。我被小艇送到船上，心中的落寞真达到了极点。仿吾曾喜欢我从前做的那几句诗：

雾沉沉的阴雨满天，
无数的帆船都摆列在岸边。
我没有一个人陪伴，
独提着破旧行囊快要上船。

当我那天上船的时候，真是这种情形，你们想我怎么能不凄楚，怎么能使伤感病不再发作呢？

上船以后，只是睡觉。船行共有七天，这七天之中我可以发誓，我没有笑过一次。和我同房的某君兴致很浓，每天和住在邻房的他底同乡饮酒填词。据他自己对我说，他是他们县中的一个才子，他填的词没有人不说是好的。蒙他看得起我，把他底词等由箱中取出叫我细读，我想推懒都不能够！他守在我底旁边，要我把他底词一首一首地读完，结果自然是要一个绝大的赞赏。他这种专制的高压手段，逼得我不能不走虚伪的路，我把他底词稿每页都翻了一翻，眼光只在每页上稍加停顿，就这样，把稿子交还了他，说了几句他想听的话，才算完事！“朋友，恕我罢！”我心中这样说。

我对面的房子住着两个年青女子，这也引起我同房的某君底兴会。他有一天为对面的两个女子填了十首词，拿到我底床边来叫我读。

——对不起，现在我想睡觉了。

——你真是个道学家呢。

——拿来！我读就是。

他底激将法真不坏！我是宁可做我不愿做的事，不愿作个道学家的。

到香港的时候，正是晚间，我只上岸发了信，便又上到船上来。我经过香港总有四五次了，只有这次的那晚真觉得不安。我也不知道是什么原因，我站在船楼上望着对岸的灯火和在暗中摇动着的帆船，我底哀愁直要把我掀到水中，我又犯了我底旧病，恨不得耸身跳了下去。这时的情绪，我都叙在一首诗上：

黑夜已罩在了海上，
一切都在暗中隐藏。
诱人的是这天上的星斗和对岸底灯光，
辉煌，辉煌，辉煌……
我一个人站在船上，
唵，我不知道是飘泊，还是逃亡？

黑夜已罩在了海上，

一切都在暗中隐藏。

只有那些远处的帆船远在隐隐地动荡：

渺茫，渺茫，渺茫……

我一个人站在船上，

唵，我不知道是飘泊，还是逃亡？

其实有什么诗好作？我回到中国要一年多了，我才感觉到我在回国以前的思想都是在做梦。何畏！你不是说过么？你说："独清，你错了，你生在中国！你底诗，怕终得不到能了解的人；你底生命，怕也终得不到能了解的人。"本来生在不需要诗人（总之不需要文学家）的现在中国，还谈什么了解不了解，只要社会上少赐些酷刻的讥评和讪笑已经是大幸了。譬如你，何畏！你确是一个有诗人天才的人，你发表过的诗量虽不多，然而没有一首不是"纯粹的诗"的。你现在好像再不作诗了，这大概也怕是因为现在中国不需要的缘故罢？

说到中国人了解文艺的程度上，有时使你不得不灰心，使你不得不生愤。仿吾！怪不得你一提到中国现在的批评，便要发气。记得去年北京某报上批评我底《吊罗马》一诗，曾说我"不该用外国典故"，我真不知道这位批评家是一种什么头脑，他大概是叫我题目在"吊罗马"内容去"咏中国"罢？我们中国人底主观癖怕要算是世界第一，凡自己看不懂的，都可以说是"不该"！不要说批评，就只以鉴赏来说，你看时下几篇被人称赞的作品，那一篇是真正有永久性的？像《聂嫈》，像《函谷关》那样真有永久性的作品，却向来没有听到人称赞过一句。再像达夫最近在月刊上发表的那篇《过去》，无论表现方面，描写方面，都是完美的，可是还没有人真正注意到。

达夫底那篇《过去》，真要算是他作风底一大转机。我们读了这篇小说，觉得达夫是再生了，他从此又有了新的生命。他能那样去描写堕落女性，但这种堕落女性却不是寻常的，故这里又湧出他表现的手腕。总之这篇作品充满了俄国作家底风力，我以为它是有永久性的。

我在船上最苦的就是过了香港以后，我底心脏病本来已经沉重，那里又经得起船受风浪时的摆动？我直挺挺躺在铺上，连身子都不敢翻转。因为我底书一本都不在手边，便向邻房的人借两本书打算好在铺上睡着闲看。我底邻居当然也不知道我是谁，他很热心地拿过来两本书给我，等到我接着看时，原来第一本是《沉沦》，第二本是《落叶》。我只好对他说这都是我看过的。但是他说还有，却又忙着拿过来一本《爱之焦点》。这使我再不好不留下了。他说他还有一本，被同舱的人借去看了，明天再拿给我。等到了明天，他真拿来了。但是惭愧！却是一本《圣母像前》！我想看书的目的终是没有达到。

这次在船上使人最不能忘记的便是船停在香港时，英国人到船上来查关。上船来的只一个英国人，却是不动手的，动手查的是两个我们中国的同胞。这两个同胞真是过于尽职了：一上船，便叫骂了起来。我同房的那位因为开箱子时慢了一点，已被我们底一个同胞打了几拳。及至查到我时，我们底一个同胞忽然低声对我说：

——给我五块钱，我便不查你了。

——你查，你查！钱是没有的！

经我大声地回答了一下，他却瞪着眼一句话也不再多说，只把我底行李一件一件地看完，便径自走了。

仿吾哟！何畏哟！我们底同胞原来就是这样的！

到了上海，心中更觉得不能安定。达夫虽然有了 Amour 了，但是他底病却特别的厉害。伯奇也在上海，都很无聊。我自己底命运是定了的，除了流浪，怕也再得不到第二种生活了罢。唉唉。流浪也好，在现在的中国，你不流浪，还想作什么呢？——

其实在现在的中国，还是快死的好，所以我在希望我心脏病底病力加速，使我底心脏早点麻痺！

独清

五月二十六日

（原载《创造月刊》第1卷第7期，1927年7月15日出版）

成 仿 吾

歧 路

新造的葡萄酒浆
不能盛在那旧了的皮囊。

——《女神》五面

我们一个人日常所做的事情，若不特别注意看起来，真是平常得很，真是寻常茶饭事一样。然而假使我们仔细看起来，人生才真是比在一个广漠的平原里行路，还要人思量，还要复杂；我们的一举一动，不仅碰着了一些层出无穷的歧路，不仅由他们中间取了唯一的一条，与其余的分别了，而且我们取这一条，同时就在我们面前，新创了无穷的歧路。一件件的事情，一个个的地方，没有一分钟，在我们的面前，不形成一些层出无穷的歧路；没有一分钟，不要求我们为紧急的思考，与适当的选择。然而我们日常所做的事情，却少有经过我们的思考与选择的。这有点似乎不是合理的事情，然而确是事实，并且我们的社会，为的这种事实，已经受苦不少了。

譬如手里闲着没有事情，随便抽抽烟卷，却不道几千万个的袁头，轻轻地跳进了外国人的袋子里。

譬如在小店子里买得出来的东西，偏要往大洋货店里去多孝敬孝敬；譬如坐黄包车可以了事的地方，偏要往大车行里雇一头汽车挥阔挥阔，一方面却含着雪茄，皱着眉黛去思索：“社会的分配之不平均，怎的只管是一天比一天厉害呢？”

我们中国人现在一齐都站在一个很重要的分歧点！守旧呢，还是革新？向尊贵的军阀拍马屁呢，还是与污秽的同胞一路走？甘愿穷苦终身呢，还是去伴火打劫？甘愿埋头去研究呢，还是出出风头，学学时髦？……

现在的时代，一天天跑到我们的门口，催促我们为紧急的选择。顽皮，愚蠢，懦弱无能的同胞们，却还没有十分的勇气，当面把这问题来思考，只想一天天把他延挨下去。然而我们纵然可以糊涂一时，这笔账总是逃不了的；我们的将来，在那边作了抵押品，这笔账若不完清，我们不可不知道我们的将来一定是不能再为我们所有的！

这是对于一般的人说的话。现在的时代，还在我们新的青年面前，设了一条更费人思考，更加重要的歧路。关于这歧路的选择，我们新时代的青年，应当如何重视，应当如何急起——这便是我在这里所觉得不能不说的话。

这是怎样的一条歧路呢？

世间不少奇怪的事情，然而最奇怪的，莫过于我们文学界的现状。像革命时的满清督抚一般，一时抱头鼠窜，逃得无影无踪了的《礼拜六》，自从去年复炽以来，几个月的工夫，就把她的一些干儿干女，干爹干妈之类的东西，差不多布满了新中国的全天地，到了现在，我们的出版物之中，一天天增加的，几乎尽是这些卑鄙寄生虫拿来骗钱的龌龊的杂志。我亲爱的青年同胞们，这是何等的时代错误！复辟真的成功了么？

我说他们卑鄙，我说他们的出版物误人，除了少数自觉了的青年之外，多数的不自觉的青年，与一般老妖恶少，还许说我是说过了火。我们知道这些卑鄙的文妖，不仅有一般老妖恶少，为他们的中坚，他们还用种种下贱龌龊的文字，专门迎合一般人盲目的浅薄劣等的心理，把多少无知的纯洁的青年蛊惑了。然而我们对于他们，是不惜最后的一弹的。

这些《礼拜六》《晶报》一流的东西，虽然也是应运——应恶浊的社会之要求而生的，然而他们已经积成应运以上的流毒了。他们的罪恶，可比天上的繁星，我现在只略举其大一点的：

第一，他们是赞美恶浊社会的，他们阻碍社会的进步与改造。

第二，他们专以鼓吹骄奢淫佚为事，他们破坏我们的教育。

第三，他们专以丑恶的文章，把人类往地狱中诱惑，他们是我们思想界与文学界的奇耻。

我亲爱的青年同胞们！只就这三项之中，你们能宽容那一项？

现在的时代在你们面前设了的，一条重要的歧路，就是这里！

你们能赞成他们么？你们能宽容他们么？

现在的时代要求你们火急的决断：

“往他们的路上走么？不然就断断乎反对他们罢！”

这些卑鄙的文妖所出的恶劣的杂志，我因为不甘糟踏了宝贵的光阴，所以从来没有仔细看过，然而我们只要把他翻一翻，就可以得到一个确切的评语——就是“该死”二字。

他们的流毒，我已经说过了，我现在专就他们的文字谈谈。他们的文章，固然不是文学的作品，只能说是文字的游戏，本来没有何等的真价，值得我们来批评，然而若有人问我“他们的文字到底那些地方不好？”我却也不妨略举几点出来说说。

第一，文学是批评人生的，他们不仅没有高级的批评的眼光，颠倒把人生最贫乏的种类，社会最丑恶的地方，只就表面描写，尽力去赞扬，尽力去美化。这是思想的缺乏与态度的“不诚”。

第二，文学的真价在有特创（Originality)，像他们这等思想上手腕（Technique）上都是千篇一律，没有特创的东西，当然是没有价值的。新的文学作品，纵令如何不好，作者的个性总会看得出来，只有这些先生们的东西，不论是谁作的，就好像一块印板印出来的，不差一点。这是因为他们甘愿把自己埋灭了，去迎合社会一般人的浅薄的心理之结果。那些为妓女们做起居注的先生们，就是这种卑劣得最可怜的心迹之皮囊罢。

第三，这些皮囊除了种种中国人固有的缺点与他们特有的丑恶之外，别的东西是一点都没有的；换一句话，就是他们没有文学家应有的素养，够不上冒充文学家，他们的无聊的作品，也够不上冒充文学的作品罢。

我亲爱的青年同胞们！这些文妖在社会上的流毒既然那般大，在文学上的价值又那般少，你们还要天天去买他们的东西来看么？那么，你们毕竟也是不经思考，就决定同他们一路去不惜阻碍我们社会的进步么？

你们多以为国语的文学，是应该人人看了都能了解的。我们的新作家的作品，有许多人说看了不甚透彻，你们把这一点做理由，就把新的创作丢了，去着旧的皮囊么？那么，我大胆在这里叫一声：“这是你们自己的学识不充足罢！”

我们现在的新作品，或许不能满足你们的要求（这里面当然也有许多的理由存在），然而时间是要使将来的新作品与将来的你们互相接近的，并且你们切不可忘了，你们是站在一个很重要的分歧点上。你们不要不加思考，顺势同那些老妖恶少，走上那条歧路，因为新中国的将来，也是依你们的决断而左右的啊！

还是替那些无耻的文妖，多销一分么？

那么，我劝诸君想起把害人的文字换了钱，吃得猪一般肥的作家们，想起他们那油滴滴的厚脸，想起他们那快心的冷笑，想起他们无时不在笑语："铜香的宝贵的字儿！现出来，一个一个连贯起来，给那些不尽的蠢东西们拿去读来罢！"

我还劝诸君一想：诸君丢钱给他们，他们更要加胖，排泄作用的结果，更会产出一些《礼拜五》《月报》《绿》等类的东西来。诸君纵或甘心同他们一路走，至少对于诸君的子弟教育上的影响，怕应当把一点良心出来负责任罢！

我还劝诸君一想：我们现在的青年，随便把外国任意一国的青年来比，不论学问，精神，体格，没有那一点不教我们放声痛哭的。他们的青年作的是什么事，读的是什么书？我们的青年读的是什么书，作的是什么事！堕落到了这层光景，还不去饱享精神的粮食，还要去嚼猪粪么？那么，我们最亲爱的东方的文明古国，终不能不止于是时代错误的象征么？

我亲爱的青年同胞们！现在的时代在你们面前设了这样的重要的一条歧路。

现在的时代要求你们即时的决断，禁止你们助恶的行为！

现在的时代要求你们去读更有益更有价值的书，万一你们不能读，要求你们去打开你们的黄金时代很丰富的典籍！

现在的时代要求你们唱的诗歌，是这般的：

> 趁着我们的血浪还在潮，
> 趁着我们的心火还在烧，
> 快把那陈腐了的旧皮囊
> 全盘洗掉！

新中华的改造
正赖吾曹！

——《女神》，一〇〇面。

十一年十月十九日

（原载《创造季刊》第1卷第3期，1922年11月25日出版，署名仿吾）

江南的春讯

达夫，

前几天接读了你的《北国的微音》，今早又接到了你的一封信；信虽很短，然而我们看了之后只觉半晌说不出话。

我们各人写了几句简单的回信之后，沫若只是在那边默默地踱去踱来，只让他的急促的步声略告他的悲伤的心境，我只呆呆地注视着你的来信。

现在沫若跑下楼去了，他的步声虽然没有刚才那样高，然而依然是很急促。他现在高声吟唱起来了。他念诗的声音你是很知道的。我时常觉得他的声音于激越之中含有不尽的悲哀，于悲哀之中又含有几分的激越。我知道他此刻正在为你凄楚，也在为自己悲伤。我听了他从楼下送来的动人的声音，不觉更加了几分悲感。想起了你在《北国的微音》中所说的话，不禁磨起墨来，想同你笔谈一阵了。

一个人生在世间，本来只是孤孤单单地在走各人的路；纵然眼见有许多的人同自己在一起，好像是自己的同伴，然而仔细看起来，自己与别人的中间实有一个无限大的空域，一个人就好像物质构造上的一个分子，只能任自己的微细的躯体在自己的孤寂的世界之内盘旋，永远不能跳出一步。一个人只要复归到了自己，便没有不痛切地感到这种"孤独感"的，实在也只有这种感觉是人类最后的实感。

所以你说的"牢牢捉住这'孤单'的感觉"实是文艺创作上的要诀，因为什么可以称为最高艺术，除了"生之实感"？

不过你说人类的一切行动都是由这“孤单”的感觉催发出来，我以为不如说都是为的反抗这种“孤单”的感觉。这种感觉是闯进人生的宴会上来的恶魔，人类自有始以来便与它在不断地狠斗。未受文明的流毒的我们的祖先，他们的生活没有我们今日这等困难，他们多有闲暇的时候，这种感觉便也最频繁地使他们烦恼。他们驰逐于山林，他们漂流于海上，无非是反抗这位狠毒的闯入者。世渐进化，生活渐难，人类忙于维持自己的存在，便把自己的身神没入于生存竞争，取了一种消极的反抗，后来更只无意识地反抗了。所以我以为人类的一切行为都是为的反抗这种“孤单”的感觉。

人类的生活，我以为是一部反抗的历史。不仅从古以来经过了无数的反抗的激战，即每一个人生下地来便不能不与气候斗，与疾病斗，与他人斗，与习俗斗。人类是反抗着而存在。

有许多古昔的贤哲为自己的虚构而闷争，而反抗；他们不仅反抗他人，而且反抗自己。他们的反抗纵令失败了，然而他们的生活是有意义的，因为反抗便是生活。

人类是在反抗着而生活；而这种种的反抗都是一个一贯的，对于孤独感的反抗的分枝，全体的不变的目标是在反抗这种人生的孤独感。

讲到了反抗，达夫！我觉得不可不把近来时常在我心里的几句话同你谈谈了。再过两三天，我回到中国来就要满了三周岁。我抱了反抗的宗旨回到中国来，你是知道的。这三年的中间，我的反抗有时虽然也成了功，然而最后的结果却是弄得几乎无处可以立足，不仅多年的朋友渐渐把我看得不值一钱，便是在我自己并没有野心想要加入的文学界——在这样的文学界，我也不仅遭了许多名人硕学的倾陷，甚至一些无知识的群盲也群起而骂我是黑旋风，骂我是匹疯狗。可是我对于这些天天增加的倾陷与毒骂者，我只觉得他们不过是跑来在我的反抗的炉火上加一些煤炭与木材，使火势不至于消灭。当然我的反抗决不是对向他们，我反而觉得他们有怜悯的必要；我的反抗是对向酿成这种现象的社会全体。有时候，因为人类已经不可救药，我也不免时抱悲观，然而当我否认了一切之后，我到底把反抗肯定了。

从小深处僻地的家中，全然没有与闻世事，十三岁时飘然远去，又在异样的空气与特别的孤独中长大了的我，早已知道自己不适于今日的中国，也曾痛哭过运命的悲惨，然而近来更觉我与社会之间已经没有调和的余地了。我要做人的生活，社会便强我苟且自欺；我要依我良心的指挥，社会便呼我为疯狗。这样的状态是不可以须臾容忍的，而我所有的知识没有方法可以使我自拔出来；在这样的穷境中，我终于认识了反抗而得到新的生命了！不错，我们要反抗这种社会，我们要以反抗社会为每天的课程，我们要反抗而战胜！

古来有多少善人贤哲，为了一种空想或理想，闹了多少的闷争。他们是与自己的影子在争斗，所以总没有过战胜的一天。我们的对象不是什么空想或理想，我们是面对现在的社会，我们要把现在这社会的咽喉扼住，把它向地下摔倒。

我们要随时随地与社会战争；以前继续下来的反抗的工作，我们要更加用了十分的意识做下去。有些人宣传我们的本来不值一钱的文字为“为艺术的艺术”，称我们为颓废派，一些以耳代目的人便也一齐向我们乱指；专门诬害他人的小人们哟！让你们的良心从黑暗的囚牢里跑出来；以耳代目的盲人们哟！把你们的眼睛从狭小的眼眶里放出来，你们再看看我们以往的文字，也看看我们将来的作品罢；你们把你们惯会拿来诬人或惯会盲从瞎闹的文字丢开，看看显而易见的彼此的行为罢！

达夫！我想起了现在满目皆是的这些小人与盲人来，不觉我的反抗的炉火又加了一番火势。最近又有许多以社会主义号召的人也似乎隐隐约约地说了些关于我们的话。我真不解他们几时从什么地方得了专卖特许权，能够说别人所卖的不是与自己的同种。打“只此一家”的招牌，还不过犯了狡滑的商人的恶习，然而诬陷别人，惑人欺世，正义到那里去了？这也是要有以耳代目的群盲的中华民国才有的事。他们只知信任自己的耳鼓，别人在他们的耳鼓边乱吹一阵，便也肯信而不疑。我愿得扯住他们的耳叫醒他们，教他们张开自己的双眼，亲眼看看彼此的行为的实际。我以为文艺与社会运动素来是取同一方向的，打出了社会运动家的聪明人哟，你们也不要因为自己不曾看见，便诬他人不是同你们在一个方向走！

写来不觉很长了，达夫！你说孤独感“是我们人类从生到死味觉得到的唯一的一道实味”，我现在提出“人类的一切行为都是为的反抗这种孤独感”的一个议案。不过我所谓反抗只含有争斗的意义，没有灭绝的意思。因为这种孤独感是不能灭绝的，反而我们越反抗，它便也越逼近拢来，我们纵然一时把它打退了，它仍要取更凶的威势扑来的。所以归根起来，它仍如你所说，是我们人类从生到死味觉得到的唯一的一道实味。

达夫！在我回国后的这三年之间，我的全身神差不多要被悲愤烧毁了。这两种激荡不宁的感情就好像两条恶狠狠的火蛇，只是牢牢地缠住我不肯松放。奄奄待毙的国家，龌龊的社会，虚伪的人们，渺茫的身世，无处不使人一想起了便要悲愤起来。而在我们现在的社会，愈是坏人，便愈能卓立，愈是无知无识的流氓，便愈能成为伟大的名人学者，我偶然愤不可遏，骂了出来，那些名人学者固然千般倾陷，便是一般的群盲，也就张开了嘴大呼奇事，甚或要加我一些不当的称号。我想起了这种不可救药的社会，想起了这种忘恩负义的群盲，有时也觉得全心都已灰尽，然而我现在在悲愤的深渊之中发现了“反抗”这条真理，我从此以后更要反抗，反抗，反抗！孤独的朋友哟！我们仍来继续我们的反抗，反抗到那尽头，要死便一齐同死！

至关于我结婚的事，我以为你此后倒可以不要再为我忧愁，因为我只要听到了女人二字，就好像看得见一张红得可厌的嘴在徐徐翻动着向我说：“你虽也还年轻，不过相貌太不好，你的袋里也没有几多的钱。”脱尔斯泰生得丑陋，每以为苦，但是他颇有钱，所以倒也痛饮过青春的欢乐。像我这样赤条条的人，我以为决不会有什么女人来缠扰，对于一个 Misogamist，这倒也不是怎样坏的境遇。

春光又回到江南来了，梅花已经反抗着春风，登场演了她的一回手势戏。再过些时，龙华的桃花就要开了。黄浦江的浊水常在激荡着反抗它们的运命。新落成的欧战纪念塔上的女神常在放着光反抗旁边的高塔的威压。在一间破陋而漫无秩序的长方形的房子里，三个方正的男子常在商量周报周年后改良的方法，预备反抗一切未来的困苦。达夫！你如能回到南边来，就早点来也好，我们需要你呢！

三月二十八日。

（原载《创造周报》第 48 号，1924 年 4 月 13 日出版）

段可情

火山下的上海

1 序　言

上海，是一个繁华绮丽的都市，同时是一个黑暗污浊的地狱。在富人看来，是一个无上宝贵的安乐窝；而穷人看来，简直是一个吸人精血的魔鬼窟；依我自己看来，只觉得是一片荒凉的大沙漠。上海虽是世界上有名的商港，虽然在中国最富庶的扬子江底尽头处，然而除了有钱人能享受点物质文明，及过着骄奢淫逸的生活外，真寻不出其他一点天然的景物，可供我们一般在下层生活的人们，得着一点精神上的调剂。四郊是坦平如砥的田土，连一点小丘陵，来点缀狠平常的风景都没有；至于要想寻蜀中那样嵯峨连天的高峰大岭，那就是在梦乡里也看不见。那吗，连一个平常的小山都找不着的上海，那里还有什么火山，岂不是在说梦话吗。

有的！有的！不过不是像意大利的火山一样，它是一个有形的火山，是已经喷过火的死去的火山。它的机能只能炸毁附近的小村落，没有多大的权力，可以毁灭 一个整个的社会。但是上海附近的火山却不同了，虽然我们不能看见，但是默默中有一个数万丈高，数千里广的大火山底存在。不但在一方面，而且是连绵不绝的峰岭，把这诺大的上海包围着的。不过喷火口还小，只有微微的浓烟喷出来，偶然有些火花现出，尚没有达到爆发的时期。然而现在有许多工人，正在做开发喷火口的工作，等到喷火口的创痕，渐渐地蔓延到火山中全部的火质能冲出来大爆发的时候，那就是陈旧而污浊的上海，全部毁灭的日期。

那些上层阶级的人们，天天浸润在酒色的深渊里。他们是在惛沉的状态中过日子，那里知道在上海附郊的四围，潜伏着这样一个惊人庞大的恶魔（无形的火山）。只觉得上海是唯一无二的安乐窝。汽车，华屋，华美的服装，精致的饮食，咖啡馆，跳舞场，美女，俊娃，妖艳的妓女，冶荡的优伶，葡萄美酒，樱桃香唇，迷人的青乐悠扬，陶醉的歌喉婉转，把榨取下层民众的血汗的金钱，如瀑布般流到销金窟去，他们暗中在助长火山的爆发，但是他们是顽泯无知的蠢物，还在那里做富贵骄人的迷梦。等到轰天的巨炮声响露出来的时候，这就是火山口爆发时的信号，同时也就是上海的末日降临，与乎那些无知蠢物们的幻梦破灭，新崭崭的理想社会，也就巍然矗立在扬子江口，太平洋边。那就是人们所欢迎的，新的都市出现了。

我也是参加这开发喷火口的工人中之一个，在工余之暇，偶然跑到这建筑在火山麓的都市里，去看他们添加火山的火质的成绩。同时看着资产阶级，及寄生虫们，过着骄奢淫逸的生活。把个黑暗的社会，更弄得腐败不堪。我相信这将近死期的都市，要求毁灭的意志必更加坚强。所以我不厌繁琐，把在黑暗世界，污浊社会中底形形色色的事物，一一描写出来，使掘发喷火口的工人们，更加努力，使它赶快地爆发，来毁灭这不平等，不自由，黑暗，污浊，腐败，奢侈的都市。

2　畸形社会之上海

但凡读过社会进化史的人们，都知道社会进化，是有程序的。比如从原始共产社会，进化到封建社会，再进化到商业资本社会，再进为工业资本社会，最后的发展，就到了近代所谓的财政资本的社会，自始至终，是一贯蜕化出来的。譬如在封建社会里，偶然或许能看见原始社会的残迹的存在，但是社会进化到第三或第四时期的当中，就难看见第一时期社会的痕迹了。如现代欧美各国经济发达的国家，就难看见原始和封建社会的遗迹。又如非洲内地土人统治的原始和封建社会，是非常纯粹不过的。一来因为他们本身进步得很慢，二来因为尚未受到二十世纪的物质文明，和外界经济侵掠的影响，所以安然保持着他们原有的社会制度。至于一个国家存留几种社会制度的现象，在殖民地及其他经济落后的国家，是有的。然而在一个都市，而能容许各种社会制度的存在，那就不能不数东亚的老大中国，被白种人统治下的上海了。请看光怪陆离的上海的社会之构成，真好像进一个历史博物院去参观一样，可以使你比读一部社会进化史还要醒目。

东亚唯一繁华的商埠，上海，它的构成的原子如下。

一间破旧的茅屋，一盏半明不灭的油灯，照着一个纺纱的老妪，右手摇着木轮，左手牵着棉花条及所织成的线，不停息地工作，工作……

一座高屋连云的纺织工厂，占地数百亩，电灯数千盏照得到处通亮。新式的纺锭，随着电气发动机转着，一刹那就制成无数的洋线，几千百的工人，穿着破旧的衣服，以供驱使。

一条污秽的小浜，流着黑漆漆的臭水，浜中停着无数不健全的小舟。小舟是家庭，妇人跪在船尾补缀；小孩在船头游戏，男人坐在岸沿打着火链石吸烟。

黄浦江中，停着几千几万吨的轮船，黑的烟囱，黄的烟囱，红的烟囱……整洁的卧舱，广阔的客厅，穿晚礼服的客人，吸着雪白而带香味的卷烟，音乐声起，拥着粉脂满面的女人跳舞。

一群着蓝裤的工人，拥着一个小家碧玉的姑娘，拚命地跑着。她散乱了的头发，衬着一个泪痕满面的白面孔，手足乱舞，骂声，哭声，脚步杂踏声，引出看热闹的人们。到了一个矮屋拜堂成亲，聘金八十元，无力偿付，抢亲是风俗。

大旅馆的大礼堂，结彩张灯，音乐悠扬。带高帽的新郎，披白纱的新娘。屋内有丰盛的筵席，室外有微笑的太阳，掷着缤纷的纸花瓣，随着彩车卷尘飞扬。

两个人抬着薄薄的棺材，前面一个人，掷着开路的锡锭。后面跟着一个着麻衣的妇人，哭哭啼啼地飞跑。

驾着两匹马的柩车，在平坦如砥的马路上，悠闲般地走着。鲜美的花圈，在车盖上随着车身，一摇一摇地摆动。日光射着金色的车饰，放出耀目的闪光，从玻璃车窗看去，可以看见一个小小的金漆的棺材。前面的音乐，奏着哀悼的丧曲；后面跟着几十辆黑色的马车，每辆上坐着带高帽，及黑纱面幕的男女送葬的客人。

一间东倒西歪的矮屋，室内置着十余张零乱无序的书桌。十几个顽童，有声无气地念着圣贤的遗书。一位带着古式眼镜的老头儿，坐在供着至圣先师神位的桌旁。半开阖的眼睛，放出疲劳的光线，他正对着一部《论语》打磕虫。一阵嘻笑声，惊破他见周公的幻梦。睁着两只失神的眼，“哦！太阳已经爬上屋顶去了。”他自言自语地说着，“放学了，你们回去吧！”在一阵笑骂，拥挤，嘈杂声音消逝后，室内冷静静地，剩一个守冷庙的老僧般的先生。

十几座高大的新式建筑的洋房，在绿荫中透出红色的屋顶。四围的玻窗，把阳光引进室内来，教室内就充满了柔和而清亮的光辉。学生在整齐而清洁的书桌的上面，用钢笔在抄写洋文。穿西装，带时式玳瑁镜的教习，在讲坛上念出清脆可听的外国话。叮咱的铃声放出来的时候，大家都从教室内走出来，在碧草如茵的草地上跳跃着，爱运动的人们。精美的饭食，轻软的卧具，伟大的图书馆，丰富的仪器室，养成鲜衣美食的浮华青年。

外国人统治下的租界，有整洁坦平的马路。伟大的建筑物，与乎各色车辆的交通工具，都是清洁华丽的。中国人管理下的华界，有污秽不平的街道，矮小的房屋，也有点缀文明的交通工具，几辆破旧不堪的车子。华洋的分界，刚刚形成一世纪落伍的分野。无论华洋两界，总是大上海的原素。请你看港湾内的大轮船，小汽艇，柏木帆船，小划子，都是随着浪涛在动。请你看马路上的，坐汽车马车的大腹贾，坐包车的小商人，坐轿子的中国医生，坐电灯包车出堂差的妓女，钢板炮车上的外国兵，电车，公共汽车，脚踏车，黄包车，几个赤膊工人拉着的塌车，一个轮子的小车，……不停息地在街上动着。形成这样混合的物质文明，哦！繁华的上海，真是热闹极了。

3 五分钟

在饭馆中的一间华美的房间内，里面充满了浓郁的烟香和酒气，桌上陈列的各色菜肴，从热气蒸腾中，发出一阵阵惹人垂涎的香气。大家脸上，都现出一团喜气。在酒兴遄飞，拇战正酣的时候，从门帘边，传来一句香脆欲滴的吴侬软语。“姓周的。”大家一齐掉头过来，盯着这位衣装入时，娇艳动人的姑娘。她姗姗地，走到一位着西装的时髦少年的背后坐下。他们俩，狠亲密地谈着，一面其他的客人们，又恢复他们谈笑猜拳的豪兴了。姑娘紧贴着这位少年，喁喁地谈个不休。一阵从女人那面蒸发出来的，特有的香气，及脂粉的浓香，使这位少年，比先前饮的醇酒，还要沉醉。兼之听着比出谷乳莺的鸣声还清脆的苏白，更使他心旌摇摇。她所说的一些迷人的媚语，差不多从耳孔钻进来，直达到灵魂的深处，而起了甜密的作用一样。因之他要矜持不住了，姑娘教他摆酒，碰和的一些香艳的命令语，在不自主的状态中，他全盘接受了。他们俩正谈得甜心的时候，一位小胖子把他拉着说道，“小王别要肉麻了，快来喝酒。你一个人到开心，惹得我们大家闷气。”说完过后，把酒杯往少年嘴边就灌。他虽是不愿意，但是无法，又不好生气，虽然心中十分不快活，教他们把他的情话打断了。姑娘趁这个时候立起来，对着少年说道，“大少，对不住，去了。等一会再来叫堂差。”说着向大众点点头，就婷婷袅袅地走出去了。从她来到她去的中间，墙上的挂钟，刚刚走了五分钟的时刻。大家闹了一会，就哄然地散了。

这时差不多有二点钟了。堂子里面，也渐渐清静下去了。出堂差的姑娘们差不多快都回来了，大家都预备要去睡觉，来恢复整天的疲劳。一位痴肥的老鸨妇，蹒跚地走到管帐先生当前，用命令式的口气，问说，“今天的局帐都写好了吗？此地还有一张，王大少叫的局票，也替他挂上，忘去了，就算失掉了一块洋钱一样。”“是的。”管帐先生很恭敬地答应着。一会儿灯全灭了，沉沉黑暗世界出现了。

在午后十二点钟的时候，也正是舞场顶起劲的辰光。你不看那些舞客，个个都是微薰佯狂的样子。他们每个都搂着一个艳丽的舞女，随着乐声跳着。舞女们也用她们狐媚的手段，去笼络客人的欢心，犹其是在互相偎贴跳舞的时候，她们装成一种微醉的娇态。媚眼惺忪，檀口樱唇，吹气如兰，都使那些舞客们包中的金钱，因为搂抱太紧的原故！双方的欲火沸腾，竟把它（工人血汗挣来的金钱）变成液体，流到舞女及老板的包内去了。

光滑的地板被强烈的电光映着，好像镜子一样地闪光。淡绿色的电灯，照着舞侣们的身上，另有一种醉人的地方。兼之听着迷人的音乐，更使人恍惚到了一个不可思议的梦乡一样。虽然时间是非常之晚了，但是他们的舞兴，却在这快要收场的辰光，更加起劲了。一个在半睡眠的状态中（实在是太疲倦了），却依然兴致勃勃地狂跳乱舞着，好像欢乐之神，快要去了一样，所以他们非要把金钱和精神，销耗尽净不可，虽然他们明天还是要过着，这样骄奢淫逸的生活的。

小王今天同几位初次由乡下到上海的亲戚，特意跑到这魔鬼窟般的跳舞场来观光，小王自然是穿的漂亮的西装，其他一些乡土老，却穿着不入时而又朴素的中服。虽然小王不愿意同他们到这繁华绮丽的地方来，但是父亲的命令，教他把他们带来开开眼界，也是没法违抗。一来他自己也想在这些亲戚当前，眩耀他会跳舞的本事，到底城里人比乡下人能干得多。因此他把这几个土老带来寻开心，也未始不是一件得意的事。所以他兴致勃勃地，把这一群没有开眼的乡下人，带到这光怪陆离，纸迷金醉的地方来。

舞场的各色电灯光，与乎迷人陶醉的西洋音乐，都使这几位土财主，感觉到一种从未经过的滋味。恐怕真是到了广寒宫吗？各人心中这样地想着。小王不慌不忙，摆出老枪的架子，走进舞场来被一个伶俐的茶房，引到一个离舞女们不远的地位坐下。这些土老，面上显出不安的状态，连眩人眼目，着各色时样的服装的舞女，都不敢作一次平视的观察。只呆呆地，忸怩不安地坐着。小王在音乐声起的辰光，挟着一个舞女舞着。脸儿相偎，手儿相抱，脚儿相叉地动着。并且故意舞到这几位土老当前，用更骚浪的姿势，以表示他舞艺的高明。脸上露出微笑的表情，向这几位乡老，做一个鬼脸，他们也不自然地，回报他一个苦笑，刹那间小王的影子，又卷到舞浪里去了。

小王因为他们的催促，也不得不忍痛把最后一段，更有情趣的腻舞牺牲了。招呼茶房买几块钱的舞券，分给与他同舞的舞女们。这几位土老，狠不明白他的举动，便悄悄问道，“你同她们跳舞，还要把钱吗?”“是的，同她们跳舞一次，就得给四角钱，这已经是很便宜了。叫一个妓女的堂差，要用一元钱的代价。并且舞女们，还可以搂着玩一玩。”小王微笑地答应着，这几位土老自言自语说着，“上海这个地方，到底是销金窟，五分钟就要用去四角钱。我们乡下人，一天也用不去这许多。恐怕一晚上的工夫。花去几十元罢!”走出门来，大家觉得有点冷意了，急忙闯进汽车，卷着一团灰尘飞跑去了。

附郭的A河畔，有一座用几百工人作工的钢铁厂静立着。高大的烟囱，在连云的房屋中，吐出它由工人怨气和血汗所聚成的浓烟。一团团的黑烟，弥漫了全厂，把这些囚首垢面的奴隶们，更薰得如非洲黑人一般。是正午十二点钟的辰光，烟囱内鸣出汽笛的音响，好像是代替工人们作不平之鸣一样，不断地呜呜响着。在这时候，工人才有休息的机会，各人吃着自己带来的饭食，一些最恶劣的东西。虽是在上等人看来，恐怕一箸也不能吃下去，但是他们已经觉得是再好吃没有了。大家津津有味的吃着，半天的辛苦，也全靠这点东西，来恢复倦了的筋肉，预备下半天要销磨的精力的原素。

机器又在动了，工人的臭汗，如汽机上的蒸汽水般流着，时时用他们黑漆的布袖拭着。可怜由他们精血结晶制成的钢铁，变成了许多无用的玩具，供有钱人们去享受。他们眼看见人家睡钢丝床，自己躺在硬硬的地板上；眼看人家由钢铁制成的摩托车，狠舒服地坐着，自己用两只脚来安步当车。犹其是那些军阀，用他们工人同胞们制成的武器，来残杀为他们自己利益而奋斗的勇士。他们资本家有鲜衣美食的供养，华屋大厦的居住，娇妻美妾的娱乐，而且时时有音乐和歌舞供他们的赏乐。但是工人们怎样，粗衣劣食，卑屋陋室，面有菜色的妻子，天天看见的只有一块灰色的天，和他们凄惨的生活，听见的只是机器转动的声音，汽笛呜呜的鸣响，和工头怒骂的狂喊，使他们兢兢业业地工作，工作……奴隶们，正在工作加紧的时候，大门外放出来几声喧吓的喇叭声。

大门开后！现出一辆停着的新式漂亮的汽车。从车上走下来几位参观的客人，帐房及管理员狠恭顺地迎接着。一位西装青年，向着管理员吩咐道，“你陪我们的亲戚去参观罢！我就在帐房内玩着等他们。”管理员狠卑屈地答应着，引着他们去了。“谁高兴跑到那一群猪狗工人的地方去，莫把我新的洋服打脏了。今天不是父亲强迫教我陪他们来，恐怕现在到 Cuiss 柳家里去了，多够开心，真是讨厌。”他心里抱怨着。回头向帐房说道，到你的房间去坐一坐，说着走进帐房屋里去了。

一间在平楼洋房内的房间，布置得清清爽爽地，写字桌上，满堆着文件和帐簿。帐房先生把少东家请在安乐椅上坐着，一面殷勤地招呼烟茶，“少东家，恐怕从没有到此来过吗?”帐房用微笑的表情问着。“是吗，有父亲在，还用我焦心吗！我一天玩的工夫都不够，那还有时间到此地来，不过今天是父亲教我陪他们来参观，所以无法推却。你要晓得，父亲一生气，我就莫钱用。”小王很悠闲地半回答地说着。“他们这些工人几多钱一天的工钱，我从莫有知道。”他有意无意地问着。“少爷，我们厂里是每天十个钟头的工作，六角大洋一天，比别的厂里要多给一些工钱，这是东家的厚道，所以我们厂里，没有出过什么乱子。”帐房津津有味回答着。小王自己想道，“六角钱，十个钟头的工作，若是来同一个堂差，五分钟一块钱，一次跳舞，五分钟四角钱，他们五分钟工作的工钱，只有半分钱，来比较，那吗，我一夜的工夫，当他们几个月的生活费。一次五分钟的玩耍，就抵他们整天的工资。不要紧，好在钱是很容易从父亲处得来的，并且我们厂里工人有几百，一天可以替我们挣许多钱。”他想到此时，很得意忘情地靠在安乐椅上，吸着卷烟，神游在幻想的世界里。恍惚有无数妖艳的女子，伸着手向他袋内去攫钱一样，又好像无数蓬头垢面的女子，向着他哀怜一样。他正在思想纷乱的时候，管理员进来说道，“少爷，几位先生坐在车中等你。”小王无精打彩地走了出来，听着工厂汽笛放汽的叫声，使他惊惧，好像狠清楚地听着“我们一天的劳力的代价，敌不住你五分钟快乐的消耗”的呼喊。他忙忙地闯进车子，驾着跑了。

4 跳　舞

晶莹雪花乱飞的都市，较之晴明的冬日，更觉可爱。你若是站在最高屋顶上面远眺，就只看见一片雪色装成的银色世界。脚底的街上的污浊，好像完全洗去一样，眼前只有清洁的光明出现，就会把满腔的尘氛，一扫而空，剩下一颗透明而鲜红的赤心。但是可惜这一片光明，不多时又被那些俗人践踏得污秽不堪，除了更高的所在以外，就难看见爽人眉宇的雪光。

明灯灿烂的S路道上，在晚间八九点钟的时候，真是车如流水马如龙，妆点成了繁华的景象。虽然这时天上，还在扯绵絮般下着雪花，地下也垫了寸余厚的雪屑，但经过无数车尘马迹，和人足的蹂躏后，已经成了黑漆一团了。那些车马走在上面，沙沙作响，有些精美的汽车，风驰电掣般在S路上跑着，冲得由雪花溶成为污泥秽水，四面横飞。溅得那些徒步的人们，周身染得无数的斑点。坐在车中的贵人，正在赏鉴从车窗看出去的雪景。尤其是朵朵雪花降下来的时候，经过那明亮灿烂的街灯，更见显出晶莹闪烁可爱。他们只得意忘情般坐在轻暖的车中，那里还管得着街沿上的冻人。

这时已是晚间十一点的时分了。各个中西的菜馆，已竟显出阑珊的样子，那管弦声中妓女们的歌声，早已消歇。酒楼中的雅座房间内，只剩下残馀的酒肴，和地上堆着的秽物脏屑。几个茶房，无精打彩地在收拾打扫，去恢复旧时的洁丽，预备欢迎明日光临的客人。

在北冰洋酒楼的门口，拥出一群着华丽皮衣的客人，各个人脸上，都罩着一层酒痕的红晕。在互相道别后，各人乘着自备的汽车，马车，包车分散了。最后有两位西装少年，站在街沿上，高喊着自己的包车夫。因为这时那两个车夫，正在偎坐在车内打盹，所以莫有听着主人的呼声，依然鼾声隆隆地酣睡着。偶然一顿严厉的叱声，才把他们从甜蜜的梦境中唤回来。自己揉着眼睛，走下车来，让主人坐在上面，并且用那厚暖的毛毡，替主人封住两支暖脚，免使主人受外面冷气的侵入，而受僵冻。自己提着车柄，用他们冻木了的脚掌，向着那雪冰满径的S路上飞跑去。

冬夜的S路上，虽然街上的车马和行人，寥寥无几，但是这一带是旅馆和舞场荟萃的所在，那些崇楼杰阁式的伟大建筑物，和一些闪烁夺目的五色电灯点缀其间，依然是繁华绮丽，不减热闹的景象。这两辆从酒楼出来的包车，一到这广阔的S路，更加如流星般跑着。虽是雪花乱飞，北风凛烈，却不能把他们正在运动中的体温减少。所以他们的头上，依然是热气蒸腾，一颗颗的汗珠，从额上滴下来，落在雪泥中去了。这车上坐着的人们，同他们成了一个异样的对照。不怕你穿着更温暖的皮外套，但因僵坐不动的原故，所以也感觉寒气袭人，兼之又有冷风刮面，一股股的寒气往他们身上乱钻，已把他们微醉的身体，吹得战栗起来了，不住地打了几个冷噤。正在难过的时候，车子到了一家舞场门口停住了。

下车后，这两位少年三脚两步地跑进暖气洋洋的舞场中去了，两位包车夫，用手巾不停息地拭着他们额上的汗珠。将毛毡搭在肩上，拖着车子，走到临近舞场的窗下停着。两人坐在车的下层，吸着烟闲谈着。一会儿的休息，已经把他们从活动中得来的体温，减退完了。冷酷的寒风，好像欺负穷人一样，不住地向他们着单薄的棉衣的身上侵入，渐渐地有点支持不住了。依然用他们主人用来搭脚的毛毡，裹着身子，蜷伏在车中，去与寒威之魔相敌。

外面的空气，虽然冷得使人战栗，但是舞场里面的空气，就两样了。只说这一点温暖的空气，就使人流连忘返了，何况还有迷人的音乐，醉人的醇酒，更加之能搂着妖艳的舞女作腻舞，那不能教这些惨绿少年们，离开冷静的家庭，跑到这引人入胜的，开心取乐的地方来！所以这两位少年，也不惜犯着风雪，走到这炉暖酒温的所在来。因为家中到底寂寞冷静，那得不来寻热闹，去消磨这长夜漫漫的冬青！

从冷寒的地方，走到温暖的所在，人们都要感得快意和舒服。他们二位一进门后，把外套和皮帽去掉，好像轻松了许多一样，赶快跑进温度适宜的舞场去了。寻着两位舒服而又临近舞女的位置后，才悠然地吸着卷烟，喝着醇酒，闭着眼睛，倚着椅靠养神。等到僵冻的身体复原后，才预备提起精神，去和那些媚人的舞女，去作快意的舞蹈。但是这时他们都感觉耳根脚尖，有一种如针刺着的激动，使他们分外感着不舒服。因为僵冻了的耳脚，忽然到了热度很高的地方，就受着一种不调和的激刺，故使耳与脚，顿时现出不如意的样子。但是经过相当的时候，也就恢复原状，周身的血脉，也活动起来了。耳官中感觉那音乐动人的音响，使他的脚胫，也自然而自然地动着，拍和那可听的拍子。在第二次音乐起时，那舞潮里面，就看见他们二位，各人搂着一个漂亮的舞女，在回旋婉转地舞着。这时他们只沉醉在肉感的享受当中，忘去了一切事虑，更忘去那舞场外，那两个蜷伏在车内，与寒威相战的车夫。

那对面高楼中的时钟，已敲过两下。街上更显得冷静静地无生趣了。街灯也好像倦了一样，放出它疲乏的光线，照着这雪后深夜的街上，使人们起一种孤独萧索的情怀。这时虽然雪已停了，但虎虎的北风，却更施出它的寒威来了。街上的行人，都归到他们温暖的被窝里，除了那职责所在的巡捕外，只几个黄包车夫，拖着车子，慢慢地向着他们的住所走去。但一会儿，他们那凄凉的影子，就消失到茫茫的黑暗前途去了。

虽然街上渐渐地冷淡到像古庙荒坟一样，但舞场门口，却依然有闪人眼目的五色电灯，放出鲜明的光线，来调和这寂寞的夜景。虽是街上车子和行人，已消失殆尽了，却有几辆黄包车停在门前，等着散场的客人，好挣这最后的收入。所以虽是冷气侵人，也只好咬定牙关，耐心地守着最后的希望。那停在舞厅窗下的，车内的车夫，被一阵从窗内传出来的掌声惊醒了。烦腻不堪的精神，和着一股子袭人的冷风，更使他们寒冷得不能耐了。只得依然燃着卷烟，谈些无聊的话语。

“阿根，这样大冷的天气，在外边车中打盹，到底不行。还是被窝里，舒服得多。”

“是吗，阿林，你到好，因为有人煨脚，那自然比在车中打磕虫来得惬意。但是我一个人回到家去，不是一样吗？依然是睡在冷冰冰的被窝里。”

“说起来不是一样吗！到底两个人的费用大。我是像你是一个单身汉，真要好玩，莫有什挂欠的。”

“我们都不好玩，只有我们的主人，才真有福气。白天在行里把事体弄完，晚上就该他们快乐了。我们在外边，等在冷风里，他们恐怕在同那些年轻姑娘们，玩得汗如雨下罢。我上次亲自爬在窗上，从一个隙孔看见我的主人，搂着一个肥胖的姑娘跳舞，累得他只见揩汗水。那个姑娘真好看，白胖胖的膀臂，真教我有点动心。”

“你听吧？这外国音乐，多们热闹，恐怕还要等过一两个钟头吧。”说着摇头叹气地坐下，依然吸着纸烟相对默默的。

在这时舞场内的空气，还是紧张的时候。烟香酒气，与乎女人肉体所蒸发的香气，把这一班舞客，个个薰得如醉如痴的。也不觉得外边是一个严寒的世界，只觉眼前的景象，是充满了春意的融和。音乐的急凑，使他们更用力地舞着，反觉得如夏天一样的热灼，因为汗衣已经湿透完了。场外的情形，就两样了。那两位车夫，痴坐了一会，更觉得冷气侵骨，到了北冰洋一样了。最难过的是两手两足，冻得来比旁的地方难受，两手还有方法，可以紧紧地，交叉地插在袖口内，去取得一些暖气。惟有两只脚，真没有法子想。任你穿得如何厚的毛袜，总是僵冻难堪的。这两位车夫的脚，冻得已经快要麻木了，只好起来，把两脚用力地跳着，希望取得一点热力，来恢复冻木了的神经。

舞场内的人们，随着音乐在动，舞场外的车夫，也随风啸的怒声在跳。虽然同样地在舞蹈，但是情景就大不相同了。场内的人，汗珠淋漓，两脚发热，场外的人，肌肤生粟，两脚发抖。这位车夫，也跳了一些时候了，脚上才稍微得了一些暖气。但是稍一停息，就依然冷起来了。无法，他们俩只好不停息地跳着，好在这天然的音乐，风声，也从没有停过。“我们这不教跳舞么？”他们俩在惨淡的灯光之下，露出凄然的苦笑的面容说着。一方面加紧地跳舞，做出一些滑稽的姿式，来开心。一方面口中哼出一些不成调的小曲，并且口中还喊着跳舞，跳舞……跳老虫，跳黄浦，跳舞……

5 水门汀上的梦

我们常常在夏夜出去散步，就会看见许多马路旁边的，水门汀做的人行道上，躺着许多苦力的人们。也难怪哟！这样大热的天气，怎么能教他们还蜷伏在鸽笼式的房间内。一间小而且窄的夹层楼，既莫有窗户通风，又是被楼板低压着，好像困在棺材中一样。而且又要容纳七八人，睡卧的面积，汗气的蒸腾，污浊的空气，都使他们不愿意，蹬在黑暗般，地狱般的房间里。何况天气这样热，纵是倦劳不堪的身子，处在这样的热气薰蒸的笼中，也不会使你得着熟睡，去恢复倦了的精神的。那能不教他们，去寻风凉而宽舒的地方，去得那酣眠的乐趣。但是上海是一个斗金尺地的所在，就是中产之家，也只能得到得刚堪容身之地。何况这一般苦力，还想找凉爽而宽敞的位置，那不是在做梦吗？未必那些有别墅的资本家，还让你们睡到他们广阔的大厅内吗，就是剩下的，露天的，而又轻软如毡的草地，也不许你们占一塍之地。何况他们家里，还养着许多狗子，也要睡觉的。中产之家的人们，虽是房内不堪睡觉，还有那清风徐来的露台，可以乘凉熟睡。并且即或实在家里得不着凉气，还可以邀约几个朋友，租一辆汽车去兜风。可以销除暑气，等到天将破晓的时候，就可以回家去酣睡一觉。只有穷人，才没有法子想。但是天不绝人，那些人行道中的，水门汀上，就是他们唯一睡眠地。既不用钱，又可以得着风凉而宽广的铺位，只要一张席子，就可以高枕无忧地睡着。所以一到夏天，薄暮的辰光，那水门汀上，就像那些有钱人所称呼猪一样的人们，就东倒西歪地躺着了。

K路是上海最幽静，而又整洁的马路。两旁有修齐的菩提树，夹道成行。街灯的光线，把树叶印在地上，现出它幽秘的影子。街树以内，都是些精巧华丽带花园的小洋房，里面住的是贵人，富商，和外国人。在日里这条街上，还能听见车马的喧嚷，和叫嚣的市声。一到晚上，更静得只能听见草虫的叫声，这时正是华灯初上的时候，那热闹的街上早已是攘攘不休了。穿流如梭的车马，肩摩踵接的行人，酒楼的歌声，戏馆的乐声，形成这样繁华的景象，更见得这些静僻的街道更觉得幽静了。

人行道中，菩提树下，水门汀上，在星斗满天的晚间，已经横列着无数乘凉睡觉的人了。阿丙同着他的伙伴，从对面小巷的矮屋中，提着一床竹席走了出来。在一颗茂叶繁枝的树下，寻着一席之地，就躺下，吸着烟，狠悠然地望着天空出神，去恢复整日疲劳的精神。虽是水门汀上，是觉得硬硬的，睡起不大舒服，到底比关在鸽子笼中，要痛快得多。一来外边风凉，二来地方宽阔，可以自由辗转伸缩，所以他也就十分满意了。一个人得意忘情，闭着眼帘养神，偶然一阵风来，把菩隄花吹散满枕，嗅着一般香气，使他很宁贴地入梦。

阿丙是一个拉塌车的工人，几个同伴中，他是最年青的一个。虽然他现在是在穷苦之中，然而他的希望，却很大。常常自言自语地说着，“只要我能坚苦耐劳，未必天生我一副铜筋铁骨般的身体，当一辈子的工人，就完了吗?”所以他平日很自负，把同伴的人，都看不起，只忠忠实实，去作他的工作。因为他常常看见住在对面洋房的王少爷，过着鲜衣美食，高车驷马的生活，心中就起一种羡慕的心情。常常想起父母死得太早，叔叔把他不当人，自己也莫有受着教育，后来自奋跑出来，离开黑暗的家庭，出来奋斗，现在用自己的气力，去挣钱谋生活，所以才去当工人，过那牛马般的生活，就非常丧气。但是他想得开，因为他有个光明灿烂的前途。丧气的时候，不过是偶然发出来的吧。

今夜他起初睡得很甜适，后来因为蚊子太多，扰得他翻来覆去，都睡不落觉，他只得起来坐着。倚着树身，望着对面洋房的雪白窗幔，映出来的绿色电灯出神。他幻想着那室内，坐着的是一对很幸福的爱侣。男的吸着高贵的卷烟，倚靠在沙发上，凝视着他的爱妻。女的坐在钢琴旁边，一只手抚着钢琴，弹出低音的调子。口中低唱着流行的小曲。一手搔着云发，现出得意忘情的样子。偶然掉过头来，男女两个的视线，互相接触时，就相视作微笑。这是何等销魂的境界。又好像男女两个，对坐在小绿纱灯罩下的食桌边，在用晚餐一样。桌上陈列着精致的晚餐，与乎西洋的名酒，玻璃杯中盛着红郁郁的葡萄酒，电光射在盛酒的杯上，滟滟地发光。各人用手高举着杯儿，相碰为寿，以取快乐。又恍惚男的将女的搂抱在怀中，肉儿相贴地密语。有时更吸着比美酒还醉人的香唇。他又把旧日的愿望，勾起来了。他呢喃自语地说着，“虽然自己现在过的最低限的生活，上了二十岁的人，尚还未娶亲，但是只要自己努力，一到机会和时运降临，安知不能过着骄奢的生活吗。到那时金屋已成，藏娇更是不成问题的。”他因为思想太乱的原故，把他的神经，刺激得太利害，越发使他不能安眠了。后来起了一阵大风，把暑气减退了许多，蚊虫也驱散了，才依然倒下去，很安然地，阖着眼睡稳了。

阿丙正睡得很甜适的时候，忽然有人用很轻的声音，在呼唤。“少爷，早餐预备好了，请用去，老爷太太等了好一会了。”他从床上下来，情形就仿佛变更了。不是在露天的街沿上，而在一间精美的卧房。屋子的陈设，简直和他那一次，替王少爷搬行李，所看见那一间一样。他也不管，就随着恭顺的奴隶，走到楼下客厅去了。他恍惚觉得他的父母还在一样。所以也不诧异，坐在餐桌边，同他父母早餐。又觉他真是一个有钱人家的公子一样，华服，高厦，美食般的生活，一一都呈现到眼前来了。那些男女的奴仆，一个个都谨慎小心地伏侍着他。出门也有汽车代步了。至于说到玩耍一方面，那更不用谈，只要他欢喜去玩那一样，就能办得到。跳舞场，咖啡店，戏馆，酒楼，都成了他日常的生活了。包内的钱，好像用不完一样。并且说到女人的话，好像有许多大家闺秀，和一些其他的浪漫女子，个个都愿意同他要好。他好像很悠哉游哉过着无秩序的生活。此外他又像在一个大学读书一样，同一些浮华的富室子弟，走马看花，买醉酒家，只觉得是在昏天黑地中过日子。偶然不如意，就好像有许多女子，来安慰他。使他精神和肉体两方面，都受不着丝毫的痛苦。阿丙这时，真是莫有不满足的时候了。

阿丙仿佛是同女友们在打网球，使他感觉无限的快乐。因为三个女人，都愿意同他在一边，去和其他两个对敌。但后来有了解决的方法，就是每个女子，轮流地和他站一边。这才使她们，每个都满足了。球戏已毕，同他几个女友告别，并且她们还同他，订下在晚上所要干的事，如跳舞，看戏等等事件的约会。结果他通通都承认了。自己挟着网球拍，钻到小汽车，一个人驾着跑回家去了。

回家后，他好像有点疲倦的样子，倒在沙发上，盖着绒毯，很舒服地睡了。一会醒来，自己跑到浴室里面去，通身脱得精光，走到淋盆底下，把水管放开，顿时觉得舒服极了。上面淋下来的水，比夏雨还密，两手擦着全身，好像周身的尘垢都洗去了一样。正在淋得惬意的时候，又仿佛自己同一个极美丽的女子，互相联着手腕，很亲密地，在一条狭小清洁而幽静的小街当中走着。他们俩好像除了他们以外，并不觉得有旁的东西，只沉醉在甜密的爱海之中。他们正在极甜心，得意的时分，似乎听着后面急促而宏大的喇叭声。等他们将避让的节口，好像一架庞大如猛虎的汽车，要从他们身上压过一样。把他吓得魂飞天外，急出来一身冷汗。他一翻身坐起来，揉着眼睛一看，才知道这原来是一场大梦。

阿丙回过神来，一看情景依然如旧了。也不是什么精美的卧室，只是露天下的水门汀上。也莫什么男女朋友，和仆役，依旧只是那些像猪一般睡着的伙伴。刚才经过的事实，到底是一个幻境，只能在梦中偶然和它相遇吧！眼前他自己还依然是个工人，要想幻梦的实现，也只有那些坐在洋房里面的人们，才配有资格。像他这样的穷人，连幻影般的好梦，都不配做。因为妄想是要折福的。

虽然阿丙自己知道这样的梦境，是很难实现的，但是他还在咀嚼梦境的回味。想起鸭绒被，钢丝床，与乎山珍海味的饮食，高车驷马，男人们的谄媚，女人们的爱娇，都是值得羡慕的。他又想起梦境的情形，是与外界的事实相符合的。譬比梦中淋浴的辰光，不是正在下雨么。那马路上还有被雨洗过的痕迹，自己身上沾满了雨渍，那树叶上的余滴，还在懒洋洋地往下落，这不是更证明梦中在洗淋盆，外边是在下雨么。此外那梦境中的汽车声，不是刚才插身走过的王少爷的汽车吗？恐怕天要亮了，这时候少爷们才倦游将来，不是从跳舞场，就是俱乐部。阿丙叹声咽气地，自言自语说道："还是他们才有福气，到底他们是实境，而我们这些奴隶，只配在幻境游戏一会算了。就是这样的好梦，也是很难得做一个的哟！"

阿丙，这时再也睡不着了。平时觉得水门汀上，睡得很安稳的，今天也觉得实在是有点嫌他太硬了。到底没有钢丝床舒服。外边风太大，有时候还被雨来淋，是不能比睡在洋房内的卧室惬意。而且还有绣枕，锦衾，罗帐等等来用，更觉痛快。就是那些专门吸穷人的血的蚊虫，也跑不进来了。并且尤其使他不满意的，是上街不但没有车子代步，而且自己肩头上，还有一条粗索，拖着一架塌车，在烈日当中还要拉着走的。他想起来，非常愤嫉，越法使他翻来覆去不能安眠了。眼望着有几点寥寥晨星的天空，渐渐由黑暗变成光明了，一轮如烈火般的红日，已出现于东方来了，催起这些奴隶们，去替有钱的主人翁们，作一架灵动的机器，来供给主人们的需要。但是这机器，有时是要爆发的。

6 雨中车

晴朗的秋阳，照着宽阔，整洁，与乎林荫夹道的马路，分外显出悠闲的景象。任何的车子，走在上面，都觉得有一种爽快的感觉。尤其是那蹄声得得的马车，在夕阳的影里驱驰着，真有“一鞭残照里，四围山色中”之景。虽不及那风驰电掣般的汽车，但也是卷尘飞扬了。就是那最辛苦的黄包车夫，在这样景色和马路当中，与乎初秋底习习的凉风吹来，也起着惬意的情怀，顿时忘去奔跑的勤劳。提起他的两只赤脚，拚命地奔驰。那一双胶皮车轮，随着车夫的肥大的脚板滚着。

汽车中的人们，倒在轻软的绒背上，吸着一枝纸烟，很悠闲地，闭着目养神。也无心去赏玩那红叶满树间，彩霞挂天末的秋景。纵然要看赏，也敌不住汽机的飞驰，只能得到如走马看花的景象。何况他们脑子里，充满了的只是酒，色，财的欲望，那里还有闲情逸致，来作这无味的事件。设若是酒楼，妓馆，舞宫，赌场，那就流连忘返了。这些游目骋怀吟风弄月的情怀，只让那些穷愁无聊的文人，作一种感怀身世的工具，发一发胸中的牢骚罢了。他们那些有钱的人们，既莫有穷，又莫有愁，还有什么不满意的地方。只怕社会中没有醇酒，妇人，那就使他们真成了有钱无销耗之处了。并且他们正在走红运的时候，根本就讨厌这有肃杀之气的秋月，来阻碍他们兴高彩烈的豪放生活。所以这些先生太太们只静坐车中，瞑想着到了目的地，所享受的快乐。所以让他们代步的汽车，急如流星地跑着。叫这可爱的秋日的天气，给与那些莫得钱的人们，用安步以当车的人们，去享受个痛快。

在幽静的别墅区的 A 路上，跑着各色的车辆，时而从两边花园中，喷出木樨的香气。因为这时正当秋令，每个园中的桂花，恰开得金光夺目，一阵微风吹来，把郁郁的浓香，送来到人们的嗅觉官能的当前来，就会使人们感觉一阵微妙的快感。虽然是那最辛苦的，臭汗淋漓的黄包车夫，也能吸受这样的香味，沁入心脾，而觉得痛快的。这时夕阳快要西沉了，余霞的光辉，掩映着金黄色的街树，另外有一种可人的妙境。在不久以后，星光灿烂，夜灯光明的时分，大家都觉得晚风料峭，寒气袭人了。除了那两足不停，用力奔跑的黄包车夫以外，各色的车辆，在夜色苍茫，华灯初上的当儿，依然不停息地，在这光滑如镜的A路上跑着。

昼间的马路上，虽是熙熙攘攘，车马喧闹，但一到了午夜，就清静下来了，有时连车影都不能看见一个。时而从西洋人住宅的粉红的窗幔中，透出凄凉婉转的琴韵和歌声；时而看见那些精美陈设的客厅内的红纱灯下，有闲坐谈心的人们，轻微的笑声，度出庭园，还能传到街上的行人的耳边来，就知道他们有钱人们的家庭，是怎样的和煦；有时还能看见那皎洁的秋月所照着的楼头，有那些成双的情侣，伏在窗边，挨肩地望着一碧如洗的天空，对月私语。那种亲蜜的样子，时常引起路上的行人，抬头去望，生出那羡艳的情怀。只有那些衣单肚饿的黄包车夫们，在风露中拖着空车，两手交叉在袖内，无精打彩地走着。街灯和月光，映出他们凄凉的影子，在冰冷冷的地上，随着身子移动。

静夜的街上，真是夜凉如水，市声销沉，尤其是在别墅区内的街上，更显静寂的景象。一直到了各处游玩的地方，散场的辰光，街上依然有短时的热闹。呜呜的汽车喇叭声，得得的马蹄声，和黄包车夫参差的脚步声，都充满了这夜色将阑的街上，作一次最后热闹的点缀。在各色的车辆中，都坐着带酒和疲劳的人们，他们无气力地倒在车上，都想迅速跑到轻暖的床上去安息，来恢复他们耗去的精神。

在A路上，这时跑着各种的车辆，汽车，马车，风驰电掣般一辆辆地过去，只有黄包车落伍。虽然他们也是加足力气，像马一般地喘气跑着，但还是望尘莫及。然而他们依然尽力奔跑，得着最后的收入，好回到他们如兽巢般的屋子，去恢复倦了的精神，来作翌日勤劳的准备。

一阵大风吹来把树上的红叶，吹得满地乱飞。接着就有大幅的乌云，遮住了星月的光辉，只剩下路上的街灯的微光，来照着这夜色阑珊的，黑暗沉沉的马路。最后在这狂风肆虐的当中，挟着一阵暴雨，滴点打在树叶上沙沙作响。接着就淅淅沥沥，连绵不绝地下着，在风雨飘萧的秋夜，更觉得景色凄凉，寒气袭人了。

汽车的玻窗，关得严严地，一点儿雨渍都不能打进去。所以坐汽车的人们，丝毫不觉得，依然假寐着。汽车夫很注意地司机，看着前途，把车前那一对如蛟龙眼睛般的电灯，放得更明亮一点，照着黑暗的前程。因为他的四围，也是玻窗罩住的，所以也莫有被雨来淋的苦楚，只时时拂着前面玻璃窗板上的雨渍，免挡住他的视线，妨害他开车的路线。所以在这样风雨不止的秋宵，他依然开足马力，先跑回家去。

马车的车箱，虽然关得很严，不透风雨，但是车夫却是坐在外面露着的，一阵雨来，就淋得汤鸡一样。好在他们都是有油绸雨衣的，还不至把他们的内衣打湿。也就不觉得怎样不舒服。所以他们依然尽力地摇着鞭子，勒着丝缰，拚命地使马蹄如飞地跑着。在不久之间，马在厩，车在屋了。

风不停息地吹，雨不停息地打，黄包车的车篷，经过大雨的浸润，已经全湿透了。车中坐着的人，虽然比较在外面无遮拦的人们好些，但已经是有好几处着了雨滴了。何况前面的车帘，不能全遮，那霏霏的雨丝，随风飘来，就会钻进来，打在坐车的人的脸上。此外还有那中人欲寒的冷风，从四面缝穴里吹进来，那真使人有点难受。但是最苦的还是拉车的人，前面迎着风雨，后面拖着一个湿重的车子。有时吹来一阵大风，就会使车子往后倒退两步。风中挟着的雨点，打在脸上，难过极了。然而他还是用力拉着，希望达到最后的目的地。身上虽是湿透了，内衣贴在肉上，有一种说不出的苦处，坐车的人，虽感觉有些寒意，但车夫还是跑得热气蒸腾地，张着口喘气，那无情的冷风，就会一股一股地，钻到温暖的肚皮里去，难过虽是难过，但不能把客人在中途弃掉，并且为要得到车资起见，也不得不拚命地拉着湿车，与风雨之魔交战，获得着那最后的胜利。虽然他知道还有一节拖空车回家的难过，但要生存，也就无法可想，所以他们这些车夫，始终在风雨之中挣扎。

雨已停了，街上更静得像荒山一样了。一切活动的影子，也消灭殆尽了。夜幕沉沉地罩盖了污浊的大地，这时酣睡的辛苦的人们，只等到曙光到临，再来与生命之神搏战。

7 赛　球

这是去年冬天的一件事，发生在那万人聚集的运动场中，至今还留在我这顽冥不灵的脑子里。虽然是时过情迁，但是还想把它记录出来，免得我这不甚健全的脑筋，在许多日后要把它消灭下去。因为这件伤心的事情，却有把它保存的价值，作为人群世界中的一页痛创的历史。

我去年回到中国来，尤其是唯一的商埠上海，觉得事事和我出国前的中国，没有两样，恐怕有些事体，还更腐败一些，我不禁倒抽了一口冷气。因为生活问题不能解决，而去迁就一个小的事情的原故，所以依然蹬在这黑暗污浊的都市里。但是过惯了文明生活的我，初回来，真有一点不惯。尤其是那些娱乐的地方，简直不能插足其间。在上海除了为他们那些上层的人们去享受的设备外，其他有益公众的娱乐的场所真是绝无仅有的。

偶然在报上，看见有足球比赛的消息，使我快活得非常，使我常想去观这种玩意，除了我有特别的事件以外。当我初次到足球场的时候，真使我惊讶不已，万不料会有将近万人的观众，可见中国人渐渐对于运动，有了很大的兴趣，这真不能不说是进步的现象。想起八九年前在上海的时候，只有学校的足球比赛，但是观者寥寥。这几年的过去，居然有业余的运动，并且能哄动得万人空巷，来作壁上观。这是我回中国来第一件满意的事。

但是在其中，常有许多使人不痛快的事件发生。就是每逢中西足球队比赛的日子，更是如疯如狂地，挤满了球场。大家等到中华队赢了一球，就欢呼拍掌。输了球，就现出搭然若丧的样子。并且还要去嘲骂中华球员，不努力，唉唉之声，充满了球场。一点公众道理都没有，可见一般民众的训练，太差了。这是我不满意的地方，然而还是常常去看，因为上海根本就莫有旁的有益于人生的玩意，供我们去寻快乐。

在去年冬天的一个礼拜日，报上有高丽的球队，与中华队比赛的消息，我还是同平常一样，在午后三点钟以后，就离家到外边去。一来因离开赛球的时间还有一点多钟的光景；二来要想在多日阴郁，忽然晴朗的天气当中，去舒展沉闷不堪的心情，所以一个人沿着那些幽静的街道，受着日光的暖气，缓步地走着。绕了一个圈子，才走进球场去。在密密地人群中，寻着一个坐位坐下。因为走了一会儿路，周身的血脉也活动起来了，因之有点疲倦，兼之温暖可爱的太阳，照着我的头脑，更使我惛惛欲睡了。正要悠然入梦的时候，一阵掌声把我的黑甜乡之游破坏了。

睁开眼来一看，球场内已经有几位选手，奔跑地蹴着皮球了。悠悠的微风，把他们的头发吹得乱蓬蓬地，接着两边的选手到齐后，公正人的银笛一吹，就开始交锋了。高丽队的选手，身壮力大，奔驰迅速，惜乎射球传递的工夫差一点，所以他们的球门边，常有中华前锋的足迹盘桓其间。但是他们抵抗的精神，真堪佩服，虽然到了危险万分的时候，他们还依然用不屈不挠的精神去应付，希望博争胜的荣誉。

我选定的坐位前面，刚刚是一队高丽旅沪的侨民，他们虽然是无家可归的游民，但是他们拥护和爱戴祖国的热心，还依然是鲜红红地。他们虽是受日本帝国主义的极端的压迫，但是他们恢复祖国的精神，还依然是勇往直前地。所以他们现在虽是侨居外国，但还是用着太极国族表示他们高丽民族，是要永远存在这地球之上的。他们大队的旁边，插着国旗和欢迎的旗帜，随风飘扬，我们一望而知，是高丽国虽亡去，他们的民族精神依然是永存于大地之中，与其他民族谋竞争的。所以小小球赛，也可以看得出他们与人们斗争的精神。

在我旁边坐着的是大群穿华丽服装的商人，他们面上浮着狡猾的表情，常常露出轻佻的举动来。若是中华队有赢球的机会，他们面上露着笑容，拍掌狂呼，仿佛有气吞山岳之势。若是一球未中，他们的面上顿时就现出懊恼的样子。若是中华球员蹴得到一脚好球，就拚命嚷着好好。并且句语间，时常露出轻视高丽队的态度，以为中华队是操必胜之势的。口中常常骂着一些不堪入耳之言，去轻侮那些飘流无依的高丽人。我看我们那种被球所支配而做出来的各种表情，真使我哭笑不得了。我真不知世界的人类，竟有这们许多的隔膜。民族与民族之间，国与国之间，与乎各个阶级之间，都似乎有一座铁铸的高墙隔着，使人类互相仇视起来，互相残杀起来，这是多们可怜哟。我们觉悟的人们，应当把这一座隔膜之墙打倒，使人愿互相溶洽，互相亲爱，才能免除误会，才能免去斗争，走到和平的世界去。我一个人无端地又发了这一肚皮的牢骚，因为看见这般无知的蠢物所发出来的一些无聊的举动，那得不使我生出这样的感慨来。

这时球场的竞争，正在剧烈的时候，因为两方各胜一球，欲求最后的胜利，自然必须有一番更努力的表演。所以双方的球员，都是奋勇争先地蹴着。那些高丽的观众，自然也是非常起劲地去欢呼助威，狂喊起来。每一到高丽球员得手的时候，他们必有一番鼓励的呼声，使他们的自己人得着胜利。这也是在比赛时间常有的现象，本不足怪的。然而却恼怒了我们旁边的人，这些替中华民族争光的人，用一种轻蔑的叱声，去禁止人家，并骂人家是猪猡一样的声音。唉唉之声，不绝于口，人家偶然与他们争执，他们便骂人家是亡国奴，使人家气愤非常，几乎双方要动武起来了。后来他们高丽观众里面，有些老成持重的人，才劝住那气血方刚的高丽少年，得以平息了下去。终于没有出什么乱子。但是这一些不知道的人们，还有一句无一句地骂着，结果中华队胜了一球，才把他们闲气平下去了。欢欢喜喜地走出球场去了。

高丽球员，虽是失败了，但是他们的侨胞，还依然用很真切的样子去欢迎他们从事远征的球队。然而可怜他们那些观众个个面上都露出苦笑的面庞：因为他们到处都要讨人家的闲气受。我眼看着他们的凄凉的背影出了球场后，我才一个人无精打彩，从看台走将下来。心里不住地想着，被压迫的人们真是可怜，到处都讨没趣。同情充满了我的内心。是的，这些毫无心肝的人，自己一样地受着帝国主义的压迫，在骂人家是亡国奴，自己想一想，看到底相差得好远。人家有勇气去向压迫者作战，虽然失败，到底能把反抗的精神表现出来。他们不但只是在这样小的事件上去争胜负，而且对于他们争生存的斗争里，还勇敢地去奋斗。虽然目前失败，最后的胜利还是他们的。他们有继续不断的精神，而我们受着几种压迫，托庇在帝国主义保护之下的租界，反而去骂人家是亡国奴，这真是多们伤心的事件哟。

在这时夕阳快已西沉了，天末的彩霞幻出它胭脂色的光辉。远远的吹来一阵晚风，觉得大有凉意，场中的人们都散完了，只有几个小工在打扫球场。我一个人无精打彩地，凄凉地走出球场来。心中不住地在失悔，今天不该来的，来了竟使我会遇着这样伤心的事件发生。真失掉了我来看球赛以取得快乐的宗旨了哟。

（原载《创造月刊》第2卷第1、3、4期，1928年8月10日、10月10日、11月10日出版）

叶 灵 凤

狱 中 五 日 记

命运注定了应当多难的我们，近来大约因为生活稍为安定了一点的原故，在几位素来与我们很亲近的朋友因了嫉妒而渐渐疏离的悲剧中，不料更会添上这次这样的一件事。这次的事，关心我们的朋友想早已知道，便是我们所经营的小小的出版部，由了旁人的唆使，而使警厅来检查与拘捕的一场风波。这次捕去的四人中，有一个便是素来被朋友嘲为享乐主子的我。像我这样的人，也会被人硬归到革命的旗帜下，我真叹息中国现在稳健的诸君恐怕连“革命”两字的形体尚未见过。

事情是早已过去。虽是这五日的拘留，不值先烈的一笑，然而在无可足述的我的生涯中，已经是值得纪念的了。我但愿这一次成为朝升的晨曦对于光明最初的辗动。

在一千九百二十六年八月七日的下午，由三位包探用一辆黑色汽车将我们送了进去，在同月十一的下午，又另由朋友们用一部黄色汽车将我们接了出来。啊，朋友！我进去时我觉得无聊，我出来了我更无聊得厉害。事情终是太滑稽了！出来后我才觉得心里难过，觉得这次因了旁人的陷构，竟使我对于“革命”二字作了一度的侮辱。我太可愧了！

狱中的五日，实在是什么也不足述。有时我们精神方面的安适竟会比在外面时加甚。外面谣传我们曾受过了严厉的刑讯，实则在里面的我们，席地坦卧，只有享到了我们在外面所享不到的幸福。良心还在作祟的我，有时不但不苦，反而会诱起自惭的意念。后来我想起，此时也或有口里嚷着革命的人，正在乘着电梯往屋顶花园走，我才觉得安心点。

确然，当我进去了之后，我见着仅是将我们与烟犯小窃同拘在一间木栅的黑屋中，不捆缚也不用铐镣，我真感觉有一种失望。理想与实现毕竟终是太远了；我以为至少也得要有人来监视我们起卧与谈话的自由。

进去后里面对于我们案件的不重视，也使我同样的感到了失望。我心中总希望能有旧小说上那种用一支蜡烛一个差人半夜密讯的严重的情味出现，那知进去了五日，除了第二日的下午，由一个什么也不知道的老头儿歪着脸向我们胡乱地嚷了几句外，便一直到出外为止，再未曾有一幸司法科的机会。啊，太不值得了！

承审的这位老先生，不但不懂法律，并且连自己说话的立脚点也站不稳，他只是嚷着现在的学生太坏，拿了父母的钱，不肯读书，总欢喜在外面胡扰。他又说俄国现在不好便也是因此，他们因为共了产，大家不做工，现在不但白面包没有，几乎连黑面包也吃不成了。我听了真几乎要笑得喷了出来。啊啊！你眼光远大的老先生啊，你休要过虑，将来中国旁人白饭没有吃了时，你每日的黑饭总该不致也没有的，只要你现在心放狠点罢了。

这样便是我们的法官，这样便是我们的法律的施行者。

狱中老犯人对于新进的敲诈，茶役的勒索，警士们得了贿赂后行事的态度，虽是有许多人觉着这是值得愤恨的，然而我则什么也不觉得。外面世界的敲诈与勒索，只有比狱中更明显，更凶厉，我想起了反觉着狱中的好汉们鬼祟得可怜。

朋友，我不是冷眼嘲世的散人，我是想劝你们去从大处掀起大的波浪。光明是什么？光明的起始是在先将自己燃成了一支火炬。

虽说并不受苦，然而在百度的天气中，六七十位萍水相逢的朋友们，同关在仅有一面透气的便溲皆在其中的黑屋中，多半是裸了体，汗臭从多日不沐浴的皮肤中蒸出，再加上空气的浊湿，便溺的积污，我真有点支持不住了。然而我想起了已往的先辈受苦的程度，我又有点自惭。啊！你嘴上挂了革命招牌的朋友们，我不敢也请你们去尝受！我只愿你低下头去略略想一下便够了。因为我是不值得如此的。

每日两次饭，按时送来，无须筹虑。这更使我惭愧。因为我在外面曾经两日都不能筹着一次饭。

头一日没有吃饭，第二天吃了一碗，在放出来那日的上午，饭已经不够吃了，假若再不出来，饭量真不知要增加到怎样。在外面每日三餐是要自己去找着吃的，在里面却按时有人送来。事情真是太滑稽了。

因为我们身边略有一两块钱的原故，在里面不但没有受到伙伴的压迫，并且还得到了相当的敬视。我用了五元钱，交结了一位腿上刺着春宫的白相好汉，他便事事都为我出面。钱的能力真不可思议。假若在里面再多关几天，我或许也会成了一个“老鬼”了。有人在外面听见我被捕，不禁议论横生，说世道真太坏，连我这样的人，也被嫌疑到有扰乱的举动而捕进去。真是太可怜了！啊，朋友！我真的可怜么？我在里面几乎要做到新殖民地的领袖哩！我恐怕可怜的还是我才捕了进去，不幸又放了出来。

朋友！真的，进牢狱是滑稽，而出狱却实在是一种侮辱。是证明我们推诿了自己应尽的责任，没有去裁判法律，反受了法律的保护。现在的法律也值得使我们去受它的护庇，这还不是侮辱么？

然而狱中五日，我也并没有虚度。我除得了应有的觉悟以外，并且还进一步了解了亲戚与朋友二字的意义。这次为我们在外面奔走的反有些是路人和平日不甚熟悉的朋友，真使我得到了一个严重的教训。

可是这样的一件事，也太不值得令人奔走了。我出来了之后，我不但未得到愉快，反觉有一种消失了对手之抵抗而空漠的悲哀。我想出力的朋友们知道了我们在里面无聊的情形以后，大约也是懊悔多此一举了。

惭愧！惭愧！我是盗了“拘捕”和“牢狱”的美名，演了五日的喜剧，旁的还有什么足述？

小小的狱室是容不下全数的觉悟者的。高压迫政策只有给了被压迫者以一种更坚强的反抗和决心。我希望有作为的人能作一次有意义的入狱，我这次是太无聊了。

狱中的五日已成过去的云烟，我放出也多日了。然而出来了又怎样呢！我真的寻得了值得使我献身的事业么？自由在那里？光明在那里？

> I knew that on the day of my release I am merely possing from one prison into another, and there are times when the whole world seems to me no larger than my cell and as full of terror for me.
>
> ——Wilde's De Drofundis

真的，我只准备着第二次再从这个大的世界去移往那个小的世界。

一九二六年八月廿三夜。

（选自《洪水》周年增刊，1926年12月1日出版）

北 游 漫 笔

北国的相思，几年以来不时在我心中掀动。立在海上这银灯万盏的层楼下，摩托声中，我每会想起那前门的杂沓，北海的清幽，和在虎虎的秋风中听纸窗外那枣树上簌簌落叶的滋味。有人说，北国的严冬，荒凉干肃的可味，较之江南的秾春远甚，这句话或许过癖，然而至少是有一部分的理由。尤其是在这软尘十丈的上海住久了的人，谁不渴望去一见那沉睡中的故都？

柔媚的南国，好像灯红酒绿间不时可以纵身到你怀中来的迷人的少妇，北地的冰霜，却是一位使你一见倾心而又无辞可通的拘谨的姑娘。你沉醉时你当然迷恋那妖娆的少妇，然而在幻影消灭后酒醒的明朝，你却又会圣洁地去寤寐你那倾心的姑娘了。

这样，我这缠绵了多年的相思，总未得到宽慰，一直到今年的初夏，我才借故去遨游了一次。虽是在那酷热的炎天中，几十日的勾留，不足以言亲到北方的真味，然而昙花一瞥，已足够我回想时的陶醉了。

最初在天津的一月，除了船进大沽口时两旁见了几个红裤的小孩和几间土堆的茅屋以外，简直不很感觉北国的意味。我身住在租界，街上路牌写的也不是中文，我走在水门泥的旁道上，两旁尽是红砖的层楼，我简直找不见一个嚼糖糖大葱的汉子，我几疑惑此身还是在上海。白昼既无闲出去，而夜晚后天津的所谓"中国地"又因戒严阻隔了不能通行，于是每晚我所消磨时间的地方，我现在想起了还觉得好笑。每晚，在福绿林或国民饭店的跳舞厅中，在碧眼儿和寥寥几位洋行的写字之中，总有我一个江南的惨绿少年，面前放了一杯苏打，口里含着纸烟，抱了手倚在椅上，默视场中那肉与色的颤动，一直到夜深一二时才又独自回去。有时我想起我以不远千里之身，从充满了异国意味的上海跑来这里，不料到了这里所尝的还是这异国的情调，我真有点嘲笑我自己的矛盾。

离开天津乘上京奉车去吸着了北京的灰土以后，我才觉得我真是到了北方。那一下正阳门车站后，在烈日高张的前门道上，人力车夫和行人车马的混乱，那立在灰沙中几乎被隐住了的巡士，和四面似乎都蒙上了一层灰雾的高低的建筑，甚至道旁那几株油绿的街树，几乎无一处使我望去不感到他的色调是苍黄。峥立着的涩干的前门，衬了它背后那六月的蔚蓝的天空，没有掩映，也没有间色。下面是灰黄混乱，上面是光秃的高空，我见了这一些，我才遽然揉醒了我惺忪的睡眼。啊啊，这不是委婉多情的南国了。

近年北方夏季天气的炎热，实是故老们所感喟的世道人心都剧变了的一个铁证。在京华歇足的二十几日中，所遭的天气几乎无日不在九十度以上。偶尔走出门来，松软的土道上，受了烈日所蒸发出的那种干燥的热气，嗅着了真疑心自己是已置身在沙漠。不幸的我，自离开天津后，两只脚上的湿气已有点痒痒，抵北京后在旅馆中的第一夜更发现脚底添了两处破洞，此后日渐加剧，不能行动，一直在海甸燕京大学友人的床上养息了两整星期后才算差痊。在那两星期中，我每日只是僵卧；天气的闷热，苍蝇的骚扰，长睡的无聊，和想出去游览的意念的热切，每日在我心中循环的交战。我竭力想用书籍来镇压我自己，然而得到的效果很少，我几乎是又尝了一度牢狱的滋味。这样一直到我的脚能勉强走动了才止。我记得在近二十日的长睡后，我第一次披了外衣倚在宿舍走廊朱红漆的大柱下去眺望那对山时的情形，我的心真像小鸟样的在欣慰活跃。

长卧的无聊中，每日药膏纱布之余，睁目乱想，思的能力便较平日加倍的灵敏。燕大的校舍是处在京西的海甸，辟置未久，许多建筑还在荒蓁中未曾完竣。我所住的朋友这间宿舍，窗外越过一沼清水，对岸正有一座宝塔式的水亭在兴工建筑。我支枕倚在床上，可以看见木架参差的倒影，工人的邪许和锤声自上历乱的飞下，仿佛来自云端。入夜后那塔顶上的一盏电灯，更给了我不少启示。我睡在床上望了那悬在空际茕茕的一点光明，我好像巡圣者在黑夜遥瞻那远方山上尼庵中的圣火一般，好几次冷然镇定了我彷徨的心情。这迷途的接引，这黑夜的明灯，我仿佛看见一只少女的眼睛在晶晶地注视着我。

据说这一块地基，是一个王府的旧址；所以窗外那一沼清水，虽不甚广阔，然已足够几只小艇的泛游。每到热气渐消的傍晚，岸上和水中便逐渐的闹热起来，我坐在床上，从窗里望着他们的逸兴，我真觉得自己已是一只囚在笼中的孤鸟。从水草中送上来的桨声和歌声，好像都在嘲笑我这两只脚的命运。窗外北面一带都是宫殿式的大楼，飞檐画角，朱红的圆柱掩护着白垩的排窗，在这荒山野草间，真像是前朝的遗物。那倚在窗口的闲眺者，仿佛又都是白头宫女，在日暮苍茫，思量她们未流露过的春情。

啊啊，这无限的埋葬了的春情！

这样，在眼望着壁上的日历撕去了十四五页以后，我才能从床上起去，我才能健快的踏着北京的街道。

离去海甸搬到城内朋友的住处后，我才住着了纯粹北方式的房屋。环抱了院子矮矮的三楹，纸糊的窗格，竹的门帘，花纸的内壁，和墙上自庙会时买来的几幅赝造的古画，都完全洗清了我南方的旧眼。天气虽热，然而你只要躲在屋内便也不觉怎样。在屋内隔了竹帘看院中烈日下的几盆夹竹桃和几只瓦雀往返在地上争食的情形，实在是我那几日中最心赏的一件乐事。入晚后在群星密布的天幕下，大家踞在藤椅上信口闲谈，听夜风掠过院中槐树枝的声音，我真咒诅这上海几年所度的市井的生活。

有一夜大雷雨，我中夜醒来，在屋瓦的急溜和风声雨声的交响乐中，静看那每一道闪电来时，纸窗上映出的被风摇曳着的窗外的树影，那时的心境，那时的情调，真是永值得回忆。

到北京下车后在旅舍中的第一晚，就由朋友的引导去了中央公园一次。去时已是夜十一时了，鼓着痛足，匆匆的在园中走了一遭，在柏树下喝了一瓶苦甜的万寿山汽水后，便走了出来。园中很黑，然而在参天的柏树下，倚了栏杆，遥望对岸那模糊中的宫墙，我觉倒很有趣味，以后白天虽又去过几次，但总觉不如第一夜的好。实在，在一望去几百张藤椅的噪杂人声中，去夹在里面吃瓜子，去品评来往的女人，实在太乏味了。

北海公园便比中央好了。而我觉得他的好处不在有九龙壁的胜迹，有高耸的白塔可以登临：他的好处是在沿海能有那一带杂树蜿蜒的堤岸可以供你闲眺。去倚在柳树的阴下，静看海中双桨徐起的划艇女郎和游廊上品茶的博士，趣味至少要较自己置身其中为甚。这还是夏天，我想像着假若到了愁人的深秋，在斜阳映着衰柳的余晖中，去看将涸的水中的残荷，和败叶披离的倒影，当更有深趣。假若再有一两只禹步的白鹭在这凄凉的景象中点缀着，那即使自己不是诗人，也仅够你出神遐想了。

我爱红灯影下男女杂沓酒精香烟的疯狂混乱的欢乐，我也爱一人黄昏中独坐在就圮的城墙上默看万古苍凉的落日烟景，然而我终不爱那市场中或茶棚下噪杂的闲谈和羼走。

在北方的两月中，除了电影场外，没有看过一次中国的旧戏。去北京而不听京戏，有人说这是入了宝山空手归来，实在太傻了。然而我只好由人奚笑。在幼时虽也曾欢喜过三花大脸和真刀真枪，可惜天真久丧，这个梦早已破了；现在纵使我们的梅兰芳再名驰环球中外倾倒，我的去看京戏的兴致也终不能引起。我觉得假如要听绕梁三日的歌喉不如往上海石路叫卖衣服的伙计口中去寻求，要看漂亮的脸儿不如回到房中拿起镜子看看自己。

这既非写实又非象征的京戏，对他，我真只好叹我自己的浅薄了。

北京茶馆酒楼和公园中"莫谈国事"的红纸贴儿，实在是一件值得大书特书的怪事。

不过，同一的不准谈国事，在北方却明示在墙上，在南方则任着你谈以待你自讨苦吃，两相比较，北方人的忠厚在这里显出了。

去西山的一次是在阴天。西山虽没有江南山气的明秀，虽没有北派诸山的雄壮，然而他高低掩映，峰脉环抱，虽是小小的一带峈嵝，实在是北京一切风景中的重心和根源。我去的一次，在走到半山中便遇着了雨。所以去的时间虽不多，见到的却很好。雨中看山，山中看雨，看雨前白云自山腰湧出封锁山尖的情形，看雨后山色的润湿和苍翠，实在抵得住了多日。

走上西山道上，回过头来便可望见万寿山的颐和园了，这一座庞然的前朝繁华的遗迹，里面尽有他巧妙的布置，伟大的建筑，可是因为主管的太不注意修理了，便处处望去都是死气沉沉。排云殿的颓败，后面佛阁的颠危，我终恐怕他们有一天会像西湖雷峰塔的骤然崩溃。知命者不立乎岩墙之下，我想着这些我便止不住缓缓的避开了。我更不敢到昆明湖中去。这大约是我还没有找着我可以尽忠的圣主吧？

对于北京前朝的宫殿和园囿，我要欣赏他的各个而弃掉他的全体。一带玉陛的整齐，不如去鉴赏他雕了蟠龙的白石柱子的一个。三殿的雄伟，那里抵得上金黄的琉璃瓦的一片可爱呢？我不愿去看故宫的博物馆，我只愿看大元帅府前的汽车和卫兵。

这或许是我的渺小，这或许也就是他们的伟大。

北京三一八惨案放枪的地点我也总算去看过了。马号中依旧养着马，地上也长着青草。——血呢？

琉璃厂中去买旧书，北京饭店去买西书，实在是我在北京中最高兴的事儿，比夜间乘了雪亮的洋车去逛胡同还要可恋。可是，有一次雨天，当我从东交民巷光泽平坦的柏油大道上走回了我们泥深三尺的中国地时，我又不知道那一个是该咒诅的了。

泥虽是那样的深，然而汽车却可以闭了眼睛不顾一切的绝驰而过。在北京，黄牌的汽车，比上海租界内的 S. M. C. 三字还要有威风哩！我只好揩去我身上的泥，我还是回上海去尝 S. M. C. 的滋味罢。

在七年以前，曾经由津浦线北上，过黄河，在天津附近的一个小县里住了半年。这一次的北行，往返却都是由海道。回来的一遭，在船中我每日里了一件毛绒衫躺在甲板上看海。船舷旁飞溅的浪沫，远处缓缓送来的波涛，黄昏时天际的苍茫，新月上升后海上那一派的银雾和月光下海水的晶莹，日落时晚霞的奇幻与波光的金碧错乱，实在使我见了许多意外的奇遇。虽是回来后我额上和手臂都被海风吹得褪了一层皮，我仍是一点也不懊悔。

因了事务的不容缓和朋友的催促，我终于回来了。在回来后一月余的今天，我回想起在京时朋友们待我的盛情和所得的印象，都觉得还是如在目前。

耗去两月的光阴，实际上虽未得到什么，然而一个颠倒了多年的北国的相思梦却终于是实现了，虽是这个梦的实现对于我也与一切恋爱的美梦一般，所得的结果总是不满。

一九二七，九月十六，于上海听车楼。

（原载《幻洲》第 2 卷第 1 期，1927 年 10 月出版）

周全平

迷　梦

起先是一阵荡人魂魄的欢笑声，把我诱了出去。我便恍恍惚惚的，飘飘摇摇的，像一只受了伤的灰色的小蝴蝶，被暮春的醉人的和风卷着，向前飞舞。不知经过了多少时间，不知飞过了多少地方；欢笑的声音更加响亮，更加清楚了；我的寒冰似的心心，渐渐在溶化，又渐渐在沸腾了。最后，忽然一片明亮鲜艳的景色，在如久盲着的眼前显露出来，暂时我眼光被耀花了，不由自主地停住了脚。

似乎把空间塞满了的欢笑声，渐转渐高，突然又低落下去；喧腾澎湃于山谷中的急瀑突出最狭的谷口而坠入大海中；大量的海水欢呼一声，把它拥抱着而溶为一体了，滔滔的波涛便接着这一声欢呼而奏出轻微的悠扬的乐调，极有节奏地送到耳畔来。

本来沸腾到要溢出来似的心绪，也随着这靡靡的乐音而平静下来了。本来被光彩耀花了的眼睛，也渐渐习惯而可以辨出眼前的景色了。

——啊！有这样有趣的世界！啊！有这样美丽的世界！

当一个比大海还要辽阔的世界被我的眼睛看见后，我心里欢呼起来。我的情绪紧张了。我紧紧向前瞅着。

上面是蔚蓝的天。这蓝色的天是怎样的美丽，我想遍心中，想不出用什么东西来比喻它。柔软的蓝丝巾，没有它这么鲜明。光润的蓝宝玉，没有它这么灿烂。它的蓝并不深得变黑，也不淡得发白；只是亮晶晶地，明晃晃地，像一片明净的琉璃面在天上。

下面是翠绿的地。这绿色的地是这样的平滑，又是这样的柔软；像是长着比女人的秀眉还要细润的芳草，像是铺着比女人的香颊还要柔滑的软茵。这细润柔滑的草茵上，还簇生着点点的猩红的花朵——比猩红的樱唇还要香的花朵，比猩红的乳尖还要甜的花朵。

不知道是白昼或是黑夜，没有清幽的月亮，也没有白热的太阳，然而天上地下都是亮；似乎光明的女神充塞于天地间了，到处有她的灿烂的云衣在飞扬。

不可计数的一对对的年轻的男女，都赤裸裸地拥抱着在蔚蓝的天下，在翠绿的地上，如狂地蹁舞。远远的看不见她们的面貌，但是她们的红润丰满的肉体，和她们的肉体蠕动时的美态，借了想像的助力，很可以看得清楚了；而且异性身上的浓郁的气味，也不断被喉鼻吸入而流注于全身。于是我的心在勃勃的跳了，我的面在阵阵的热了；眼珠呆着，嘴唇开着，茫然地两脚移向前去。

并不看见奏乐的人，也不看见发音的乐器，然而动听的乐音，比慈母慰儿的声音还要甜蜜的乐音，比春水微波的声音还要恬静的乐音，缕缕地，丝丝地，像残春的杨花，随着东风在光明中飞跃。这兴高彩烈的裸体人群，便随着这奇妙的乐音，忽前忽后，亦左亦右地互相偎依着蹁舞。

不由自主地，我自己的步伐也随着乐音而跳跃了。愈跃愈前了，异性的气味更浓了，她们的面貌也都可以看仔细了。

当然是先留心到女人。

她们的身段大概是仿佛的，也许略有些高矮，也许略有些肥瘦，然而都不碍于她们的美。她们的皮肉，看上去比象牙还要滑润，比鹿皮还要柔和，比芙蓉还要鲜艳，她们的秀长的黑发，光润到像有香油在流着的黑发，疏疏的披散在白嫩圆滑的肩背上，有几绺直飘到耸着两座柔嫩圆滑的乳峰的酥胸前。黑发的下面，有一对深湛的流丽的眼睛，灵魂的精灵便偷藏在里面；当那一对比流星还要迅捷还要锋芒的黑珠在青白色的琉璃面上游走的时候，似乎目前的一切光彩，一切美丽都失色了。还有那比璧玉琢成更要端峻的鼻子的下面，有一颗猩红的圆珠微微翘着两枚刺破人的心房的菱角，那便是两片香甜的樱桃所合成的灵魂的坟茔，若然你的嘴唇和它接着的时候哟——你的灵魂便会丝丝的从舌尖上渡到那永远的坟穴里去。还有两条纤细而动人的玉臂，雕刻着奇巧的弧绿的玉臂，缓缓从肥厚滑润的肩头流下，又软软的向空中挥舞。啊！若然这玉臂揽着你的头颈时啊！……

这样美丽而动人的异性的肉体美，我还未欣赏到全部的时候，我的感觉的全部似乎已被噤住了。我没有法子可以说出我当时心中的欲望来，我但觉得从心坎的深处都麻麻地痒痒地异常舒适。

不过还有这些男性的裸体，便似乎觉得有些刺眼，不大好看了。皮肤上像敷了黄蜡似的，亮油油的，一些柔软的样子都没有，倒像是涂金的泥像。面上像板刷一样的须根，和头上像刺猬似的短发，先把美态减去一半。大半的脸是粗蠢到像一只被烟薰透了的锅盖，斜放在粘满油腻的黄泥灶上。一股极平常的臭从他们身上发出来，夹着他们洒在身上的高价香水的气息，越觉令人不耐。所以当他们的粗糙臭皮肤和那班女性的柔滑的皮肤偎依着时，我心里便狠狠的妒忌和憎恶起来了。

一个爱好欣羡的念头，一个憎恶妒忌的念头，同时在胸中增长着：茫然地便想也走进那裸体的人群。

一道无形的范围把我阻住了。找了半天才找着一个缺口。正想挨进去，一位戴着大礼帽的肥男子把我拦住。

——请把资格的凭证给我看。

肥男子伸着手轻声的说，我愕然不知所措：什么是资格的凭证呢?

——没有便莫进去！你看：那面站着的人多着呢。

肥男子把头昂起，在大声说了。我回头一看，果然有不少的人挤在一起，两眼热望着里面的跳舞的人群。我心里暗暗惭愧，又暗暗懊恨。但不知怎么一来，我居然掩过那戴大礼帽的肥男子的眼目而掩入这无形的范围。

我很忸怩的，又很急迫的走到一位异性的裸体的近旁。

本来都是一对一对的，不知为何，她却孤另另的静立着，手刁着小嘴，两眼向我斜睇。

我行近她身旁的时候，似乎觉得她正在对我微笑，我觉得她的眼波是格外流丽，她的樱唇是格外红润，她的身段是格外袅娜，她的异性的气味更是格外的浓郁。

我迷迷的想到和她的柔滑的肉体偎依时的异常的感觉，便缩缩地挨近她的身旁。她身上的热气把我的意识裹住了，我举起右手想去揽她的腰。

她似乎没有觉得，似乎仍在微笑。我的传统的道德观忽然使我异常羞愧起来，我的右手便很胆怯的垂了下来。

异性的欲求继续在心里鼓荡，醉人的乐音继续在耳畔悠扬，身旁一对对的舞伴在热烈的偎傍。我第二次鼓勇又把右手举起想揽她的腰。她似乎仍没有觉得，仍是微笑，啊！这太难为情。而且是太不合于礼了。我很胆怯地第二次又垂下手来。

新鲜的欲望和习惯的胆怯在模糊的意识中相争，心中异常慌急。

人群里出来一个矮而肥的男人，走路蹒跚着。

——哼！你这个光蛋，不自量的，也想吃天鹅肉！你有这种量么？你有这种资格么？你看看你的身上！你再看我的身上！光蛋，不自量的，你看我！

那矮肥男子很骄傲的，挺着长着黑毛的大肚子，竖起阔短的黄肉背，向我大声喊了一阵，便转身向着我身旁的女子，挺一挺腰，昂着首，右手一伸便揽着她的柔腰，拥抱着，随着乐音的节奏，舞到人群里去了。

我莫名其名的给他奚落了一阵，心里倒释然而不慌急了；但又一阵阵的难受起来，似乎眼见人把自己心爱的东西抓去，总是一件令人不好意思的没脸事。

——我确没有胆量，但为何要骂我是光蛋呢？这样想，便俯下头来，看到自己的身上。不知从什么时候起，也已不穿衣服了。一样赤条条的，不过皮色枯黄些，而且瘦到一根根骨头顶着皮，但并不缺少什么啊！为什么要骂我呢？

——哦！他们原来并不是真正的赤裸，他们的本体是被黄金遮掩着的。这无怪我是一个光蛋，是一个想吃天鹅肉的臭虾蟆！

我看出了他们身上的像涂了一层黄蜡的东西以后，我恍然大悟了。这是一件珍贵精巧的黄金衣服，这便是走入这无形范围的资格的凭证。没有这珍贵的凭证，女人是不来睬你的。我一想到自己身上并没有什么珍贵的掩护，再想到我的裸体是如此憔悴而恶劣，不觉十分羞愧起来了。而且，或者是由于那矮男子的宣传，一群的人都在回头向我看着。这太使我局促了。我四面观看，想找一个可以躲藏的所在；一时竟没有。我心慌了。一抬头，看见她——我想用手揽她的腰的她，正脸贴着那矮男子的脸，四个眼珠含着轻侮的神气向我看着——他身上的金衣在闪闪发光。我心里一气，忽然失足落在足旁的一个深潭里，一个其深无底，其寒彻骨的深潭里。美丽而奇幻的景色从眼前掠过，婉妙动情的乐音，似乎被一阵狂风吹得远去；我的赤裸的躯体便极迅速极有力地往下直落……

二四，八，八，初稿；二五，三，二四改作于上海。

（原载《幻洲》第1卷第1期，1926年9月出版，

署名全平）

郭沫若

棠棣之花第二幕

此剧第一幕第一场《聂政之家》，叙聂政家庭生活；第二场《聂母墓前》，叙聂政将赴濮阳访严仲子，与其姊嫈在母墓前诀别——此场在去年《时事新报》双十节增刊上已发表。此处所揭第二幕，叙聂政在濮阳桥畔与严仲子相会。第三幕叙姊弟之死，初稿待推敲处甚多；将来全剧完成后，拟出单行本以问世。

序幕 濮阳桥畔

濮水横流，两岸遍栽桃柳，桃花正开。

正中斜现一桥，桥之彼端不可见；此端右侧有碑，题“濮阳桥”三字，左侧酒家一。

酒家中右三分之二为客座，背面开窗临河，有栏可凭眺；右三分之一前半为中庭，后半为厨舍，有户相通。庭中陈纺车二具。房舍建筑与陈设宜与日本式的相仿佛。

酒家母女坐庭中纺车，母四十以往，女可十七八。

濮水中有游船荡桨声，少焉男女合唱之声起。

春桃一片花如海，
千树万树迎风开。

花从树上纷纷下，
人从树底双双来。
人来花里花可知？
花落舟中人欲痴。
不愿辞花咏言归，
愿为花下春流水！

（同歌往复合唱，歌停后，有间。）

少　女　妈，听说齐国的女子近来多半改着男装，不知道实在不实在呢？

老　妇　怎么不实在，前天齐东的黄姨母来，不是说过她邻家的女儿也都改扮了男装往孔夫子底学堂里去读书去了吗？

少　女　谁肯信她！孔夫子底骨头怕已经腐烂得同石膏一样了。

老　妇　他的儿子难道不可以叫着“孔夫子”吗？

少　女　他的儿子还死得更早。

老　妇　你到很像个替孔氏宗祠掌管族谱的侍女，我不信他便莫有孙子了。

少　女　妈，你肯许我么？我也想到什么地方去读读书来。

老　妇　读书？我们国内有什么地方可以容你读书的呢？各地的学堂都成了军人的马房，那儿还有容你读书的地方呢？女孩儿家读了书又有什么用处哟？

少　女　妈，你不能说莫有什么用处！便单说这如今一些如狼如虎的军人，如蟥如蜩的说客，除捣乱杀人而外，全没些儿本领，不是全无学识的母体生出来的吗？他们小时没有受过点子母教，长来也没有受过点子完善的教育，他们是只好捣乱，只好杀人的了。所以这如今世道乱得比乱麻还利害，妈，我想一些做母亲的人恐怕要负一多半的责任呢！

老　妇　嗳哟！你真了得。幸好我只生了你这位女说客，还不敢捣下大乱子。不然，我怕也卸不掉干系啦！不过我只觉得孔夫子的夫人有句话说得好，她说：女子无才便是德。我想女子是不消要什么学问的，古时候也没听见过有什么读书的女子。

少　女　妈，怎的没有？周武王底后妃不是吗？

老　妇　她那自当别论：她是皇帝底后妃，我们是卖酒人家的妇女呀！

少　女　皇帝底后妃和我们寻常人家底女儿不知道有什么区别。

右翼闻人步武声。

老　妇　有人来了！别再胡说妄道罢！

严仲子及食客一人自左手登场，食客倒戈荷狐兔。

食　客　今天有趣是有趣，可惜野物太少。

仲　子　打猎的趣处到不在乎野物的多寡。我们借此得与浩荡的大自然相接触。呼吸相嘘，脉波相感，把我们心中的愤懑舒畅得许多，到是莫大件精神上的快乐呢！

食　客　这种快乐可惜只有贵族的猎师才能享受呀！没钱的人一家数口专靠打些野物回去过活，假使一无所得，死神便立即彷徨目前，还能说得到精神上的什么来吗？

仲　子　你的话到是不错。不过他们不是不宜享，只是不能享罢了。我们有些乏了，进酒店里去对饮一杯细谈罢。

二人入酒家。母女起立导上客座，二人解放武器。

老　妇　请坐！先生们要用什么菜？

仲　子　我们打了些野物回来，请妈妈费心替我们烹饪，并且给我们炀壶好酒来罢。

母女受野物入厨。

仲子与食客凭栏并坐。

濮水中合唱之声复起：

依冷如春冰，郎暖如春风。

冰入春风怀，化作春水溶。

水涨泛桃花，郎浮水上舟。

鼓浪翻郎舟，郎死依心头。

食　客　好呀！好极了！这种也可算是精神上的快活？

仲　子　唉，你误解了我。我对着这些悲惨的淫风，只觉得泪眼欲裂！

食　客　要晓得这是“圣人所不能禁”的事情！从前有过“有七子之母而犹不能安于其室的”，你怎能怪得这些妙男少女？

仲　子　这个却不仅是性欲的问题，这其中到还有件悲惨的因果。这些可怜的女儿们你以为都是自甘压落的人？都是自甘牺牲她们的清白任人玩弄——任她们百不相识毫无爱慕的人玩弄？我想普天之下决不会有这样的人！她们都不过是因为生活艰难，所以才不惜丧失其至可尊贵的人格。我想，假使她们多得两升米，富贵家儿少得几个钱，普天之下，决不会有这样悲惨不可名状的人格买卖的秽迹了！

食　客　这种现象我总觉得是人类必然的要求，太古时候贫富本不悬殊，但是男女们杂婚野合，当时的淫风，恐怕比现时更秽乱得凶罢！

仲　子　那个却又不同：那时是凭爱神的结合，现时的只是凭金钱的结合呢。她们这些女子受金钱的魔力，熬尽肉体上的凌虐。她们的精神大都随着她们的肉体腐烂了，还能说到快活上来吗？你所说的贫穷的猎师不能享受精神上的快活也正是这个贫富问题底结果呢。……

聂政自右手登场，在桥头踌躇一回，走向酒店。

仲　子　（惊起）呢呀聂子政！

聂　政　哦！真是奇遇！我正是特来拜访的。

食　客　我们思念你得不知道什么似的了，我们快坐着畅谈。

少女自厨中出视。

仲　子　（向少女）我们来了一位远客，请你替我们多备一份杯筷呀！

少女应声入。三人在酒座上席地而坐。

仲　子　唉，真是奇遇了！不想出在这儿遇着你！

聂　政　我正在踌躇。正想向这酒店来叩问你的住所的呢。

仲　子　我的家庄离此本不远，我们是才从打猎回来，因为稍稍有些疲乏，在此想小食一杯。你来得看是好了，我们在此先替你把酒洗尘，慢慢再回家去罢。

食　客　聂兄！我们一别到不知不觉地已经满了三年了呢！

聂　政　可不是吗，三年的光阴真是容易过混！

仲　子　往日不见，一日就好像三年；今日相逢，三年却只同一日，我们从前登堂拜母的时候，不是就好像昨天一样的吗？老伯母可还康健？

聂　政　母亲已经过世三年了。

仲　子　呢呀，怎么说！

聂　政　母亲就在那年冬季，偶患伤寒，好像是吃错了医方……

食　客　医生底功德是不小！世间上算幸好有了他们，不然怕会有人满之患。

仲　子　你这人真是信口雌黄，难道老伯母是该死的吗？

食　客　呢呀，呢呀，聂兄，望你恕我唐突！

聂　政　好说，你的话到是至理名言：我想庸医杀人怕比战争还要利害！

（濮水中男女合唱声）

我把你这张爱嘴，

比成着一个酒杯：

嗑不尽的甘醇美酒，

令我时常醉。

我把你这对乳头，

比成着两座坟墓；

我们俩睡在墓中，

血液儿化成甘露。

食　客　聂兄，你听怎么样？

聂　政　久听说卫俗风流，真是名实相符了！

食　客　此刻还早，一到晚来，满河都是画舫游船，清歌浅唱，真正是别有天地。

仲　子　欢乐之舟浮的血河之水。那河水中流泻着哀音不是一些贱工贫农的幽怨吗？

食　客　嗳哟！你老横顺爱吐不平！你听着贫民底怨声，却还要在这儿坐着嗑酒。

仲　子　我嗑的不是酒。是我自己的眼泪！

食　客　嗳哟，不要再说那些话来扫兴了罢！

酒家母女运食案出。一人一案。

老　妇　人手少，贵客们太等久了罢，对不住得很。女儿，你替贵客们斟酒。

少　女　（忸怩）……

聂　政　我们自行斟饮的好罢。

仲　子　不错，我们自行斟饮的好。

老　妇　那就简慢得很了。

母女退下庭中纺车。

食　客　我是快性人，是不会讲什么礼节的。古人饮酒的时候，要唱诗来助酒，我觉得这种礼节到是顶快人意的了。待我此刻也唱首诗来助酒罢。（干杯，唱）

野有蔓草　零露漙兮

有美一人　清扬婉兮

邂逅相遇　适我愿兮

仲　子　这首适当的好诗算亏你寻得出了。

聂　政　（干杯，唱）

子之还兮　遭我乎猛之间兮

并驱从两肩兮　揖我谓我儇兮

仲　子　（同上）

野有蔓草　零露瀼瀼

有美一人　婉如清扬

邂逅相遇　与子偕臧

聂　政　（同上）

子之昌兮　遭我乎猛之阳兮

并驱从两狼兮　揖我谓我臧兮

食　客　（牛饮）啊今日真快活杀了！待我还想首什么来唱唱。

仲　子　唱多了。总觉得怪烦腻人，我看不必了罢。

聂　政　不错，我们还是清谈的好。

食　客　“三人占则从二人之言”，我也只好“吾从众”了啦，哈哈哈哈……

三人唱饮间，母女时时倾耳谛听。少女眼光时时偷窥聂政，须表示有几分爱慕之意。

食　客　老实，聂兄，令姐可还安泰么？怕已经于归了罢。

聂　政　承你过问。谢谢，前夜我才在母亲坟前和姐姐分别了来。姐姐还不曾适人，家母在日因为要事奉老亲；而今家母逝世才满三年，所以还不曾说到婚事上来呢。

食　客　聂兄，你今年多少贵庚了。

聂　政　刚才入冠。

食　客　那么，令姐不是上了二十了？

聂　政　唉，家姐比我长两岁。

食　客　是哦。

（濮水中男女合唱声）

侬本枝头露，
君是春之阳。
君辉照侬身，
身入白云乡，
魂绕君之旁。

君是春之阳，
侬本枝头露。
君辉不见假，
侬泪无干处，
身随野草腐。

食　客　这首歌怕是“兴而比也”罢。唉，正吐尽了我的肺腑。哦，我醉了，我醉了聂兄。你我出去散淡一回怎么样。

仲　子　谁肯同你一路去哟！你一个人去嗑些冷风，把你肮脏的肺腑吐干净来罢！

食　客　嗳哟，我又并不曾叫你去。你们不同我去，怕便没人同我去了。（起身向庭中母女）好妈妈！好妹妹！你们同我一路去玩玩罢。

老　妇　好是好，怕冷落了他们两位显客呢。

仲　子　不打紧，妈妈们能丢手去，去去散淡也好。

老　妇　那么我们就失陪了罢，女儿，你也去来罢。

小　女　我不去。

食　客　好姑娘，去去好呀，去去好呀！不去，我要拉你去了！

老　妇　女儿，我们好好去来罢。

三人步出酒店。

食　客　我们去划划船怎么样？

少　女　不，我不愿意和那些人作一块儿！

老　妇　到是别去远的好。

食　客　我们往桥上去来罢。

三人步上桥去。

仲　子　他们走了，我们更好倾谈，这两年来我望你真是如望岁了。

聂　政　老母在的时候，我总不忍出得远门。而今我的身子自由了，我可以一心一意地报答我的知己。我记得当年你不是说过有什么事件要须我的微力。

仲　子　唉。我在此地不妨向你说出了罢。子政，你是知道的，我从前也是官僚中人。我和韩相侠累曾经同仕韩侯，那时吾国衰微，我主张废弃晋君恢复选贤的古制。无奈侠累和我政见不同，他偏怂恿韩侯与赵魏两家三分晋国。我在韩侯面前拔剑斫他，不幸不中，因此我便不容于韩国，才逃到这濮阳地方来。侠累这厮我总和他不共戴天。我听说三晋饥馑，死人甚多，他们大都日争政权，坐视不理，子政，这些人可能容他一日生在世上么？唉！……我想求你援助，也并不是别的。我听说你是忌恶如仇的人，你从前也手刃过一位当道，子政，我的心事你该是明白的了，……我是想暗杀那些狗彘不如的当道呀！

聂　政　你简直可算是我们的同志了。我不瞒你说，我们姐弟两人都是怀抱着“杀身成仁”的志愿。我们相信世界一切的不幸都由于贫富不均，我们相信人类中最不合理的制度便是货财私有，我前晚上来的时候，我的姐姐还唱了歌来送我。我记得她有几句是：“侬欲均贫富，侬欲茹强权。愿为施瘟使，除彼害群遍。”你听我姐姐这些歌，你就可以知道我们姐弟的怀抱了。如今的政长，我们相信都是祸乱的根源，都是我们平民底仇敌，我们总想把他们彻底推翻，一网打尽！我们中国贵与富是不分的，贵的倒了，天下国家才有可均的希望。所以我们不惜杀身以成仁的了。我们相信暗杀本是消极的办法，要想全部推翻，终竟旷靡时日。但是我们此刻所能做到，并且很能痛快地做到的只有这一种。假使能够杀一警百，他们也是有良心，知怕惧的人，能得多多的悔悟起来，那我们的希望也就容易达到了。我如今成了自由的身躯，你不知道我的血液在我心中怎样地沸腾着在哟！我早愿见我鲜红的血液溅染他们的尸骸！我的力！我的血！我的愤懑！我好像饥渴了的苍鹰哟！我好像脱了牢笼的虎兕哟！我饥渴着恶人们底血液了！……

仲　子　并且我打听得大约就在这三五日之内韩相侠累要与秦国连横，会于东孟。强秦是我们中原的大敌，我们久已受了他的胁威，假使他乘机得入中原，那我们久困于争战的人民不又要大遭涂炭吗，我在这几日之内正是焦急万端，我自恨我没有勇力，我所养的一般食客也都不能济事，今事何幸得你到来，我怕侠累底恶贯可算要满盈了罢！

聂　政　东孟之会时机那么促迫，我就此想到韩城去了……

仲　子　又何必如此性急！请到我家去休息一夜待我多选些力士随你同去，岂不万全吗？

聂　政　那却不然。吾人举事：第一时机不可逸失，第二人手不宜太多。人手多时，反转易生得失；我们秘密做去的好，便是你要同行，我也不愿意。方才那位食客，我也望你别和他讲。我此刻便起身往韩城去，我们当候的事情还多，我望我们各各的分道做去。（起束行装。）

仲　子　（脱佩剑）我既不能和你偕行，我愿我这把宝刀，可能和你共命！

聂　政　（亦脱佩剑转授）我这把宝剑和我形影不离的十有余年，我如今和你分袂，怕永无再见之日；请把他作为永远的纪念罢！

二人换剑毕，仲子倾囊中金于案上，提食客所荷长矛随聂政步出酒家；手招桥上三人，三人走出。

老　妇　贵客们要回府了吗？

仲　子　唉，我这位朋友因有紧急要事，此刻便要往韩城去呢。

食　客　怎么？才相逢又要别离了吗？

老　妇　真的呢！怎地这么着急呢？

聂　政　我本想多住几日，但是有事在手，才觉不能开心，我等转来时再会了罢。

少女默无言，手折桃花一枝，伫立玩弄。

聂政重向诸人揖别，互道“珍重”；最后向少女揖别。

少　女　聂先生，你转来生时候，怕这些桃花都已凋谢了，请你把这枝花儿带了去罢。

聂　政　（受花插胸上）好妹妹，我多谢你，多谢你的花，我毕生不忘呢！

食　客　哦哈哈，小姑娘真是慧心人，说的话儿真是意味深长啦！

少女面色晕红，匆匆跑回酒店中去。

聂政重向诸人揖别自左翼下。

老　妇　贵客们请再回小店去坐罢。

仲　子　不，我们打扰久了。案上稍稍备放了些酒资，不成敬意得很。

老　妇　（鞠躬）时常多谢贵客们，我们一辈子都不能报答万一呢，下次请再来小店耍。

仲　子　下次再来打扰。

老妇鞠躬退回酒店。

仲子授长矛于食客。

仲　子　你呀，你轻薄儿何苦取笑她娇小无猜的孩子？

食　客　嗳哟，说说笑笑便算是轻薄儿，世间上那有你这么四角的人哟！

仲　子　总之你的心胸总要痛加洗刷才行呢！（二人从桥上下。）

酒家母女整理客座后，仍坐庭中纺车。

濮水中时闻荡桨声，丝竹声，男女合唱声，——前面所列四歌时时参差唱出。

一幼女携一盲叟自桥上走出，盲叟抱琴一张。至酒家前，幼女扶盲叟坐檐阶上，叟弹琴幼女曼声唱歌。

在昔有豫让，乃是义侠儿：
初事范中行，其名无所知；
去而事智伯，智伯国士之。
智伯伐赵襄，三家分其地，
赵襄漆智头，用以为饮器。

豫让逃山中，报仇思所从。
变名为刑人，入宫涂厕中。
赵襄如厕时，不觉心中动。
执问涂厕人，豫让乃自供。
欲报智伯仇，故变名为佣。

左右闻让言，皆曰斩杀之。
赵襄曰义人，吾谨回避耳；
豫让复漆见，吞炭为乞儿。
行乞见其妻，其妻不能知。

行乞见其友，其友乃悲啼。

友曰豫让乎，胡为残汝身。
以汝之才智，委质为赵臣。
赵襄必幸汝，何事不能成。
豫让不能言，只是泪纵横。
途上书五字，不能怀二心。

襄子临当出，骑遇邯郸桥。
乞儿出桥头，对马挥长刀。
马惊襄子笑，此必涂厕獠。
执之果豫让，襄子怒为消。
不忍杀君身，君义已云高。

豫让自斫指，血书在桥头。
愿斩君之衣，以报智伯仇。
襄子下马来，脱衣授其手。
豫让斫其衣，还刀自刎头。
士为知己死，义气耿千秋。

少　女　妈，唱得煞是动人，我们快拿些茶饭给他们吃罢。

老　妇　你去弄来罢。

少女入厨中。

老　妇　（向幼女）你们是什么地方来的？

幼　女　我们是从邯郸来的。

老　妇　这位老者是你什么人？

幼　女　我的爹爹。

老　妇　你们家里便没有什么人了吗？

幼　女　通同饿死了，妈妈也饿死了，姐姐也饿死了。

老　妇　啊，怪可怜的！你们要往那儿去呢？

幼　女　不晓得。

少女自厨中捧茶饭出。

酒家母女　你们请用茶饭罢。

盲人父女　多谢你们呀！

幼女替父斟茶盛饭捧茶，并坐檐前用食。

酒家母女退坐庭中默对无语。

濮水中时闻荡桨声，唱歌声。

聂嫈男装自右翼登场，步至酒家前。

少　女　（见聂嫈惊喜）呢呀！聂先生！

老　妇　哦聂先生！你放忘了什么东西吗？

少　女　等我去找找看。

聂　嫈　不是，我是才到此地的人。

老　妇　嗳哟，一次生，二次熟。你方才来过一次，此次便是我们的熟客了。

聂　嫈　妈妈方才有像我一样的人来过吗？

老　妇　聂先生，你真会滑稽啦。你方才怕和严公仲子多嗑了两杯酒罢，小店底酒是很有名的呢！

少　女　妈，我们是认错了人。衣服不同呢！

老　妇　呢呀！妈，真的啦！得罪得很！方才看正来过一位聂先生，和你一模一样，一样的高矮，一样的大小，你们只是衣裳底颜色和料子不同。

聂　嫈　那是我的兄弟轵深井里聂政。我们一胎生出来的，所以非常相像，不过我的身子总比我兄弟弱得些儿。

老　妇　难怪得你们这么相像。你的令弟方才在这儿和严公仲子饮了一会酒，他是才不多一阵独自往韩城去了的呢。

聂　嫈　我的兄弟本来是特来拜望严仲子的，怎么会了面又独自一人往韩城去了呢？

老　妇　听说是有什么紧急事情呢。

聂　嫈　我的兄弟他平生有两件最爱的东西，几乎半刻不能离舍。一件是随身佩的宝刀，一件是枝洞箫。他此次出门，把洞箫带忘了，我怕他长途寂寞，没有可以疗慰他的伴侣，所以特地带了来赶他。是那么，我只好又往韩城去了。

少　女　真是不凑巧，早来一刻不是就会着了吗？

老　妇　请在小店里息息再去啦！

聂　嫈　多谢得很！想来去也不远，转来时再来拜扰罢。

盲　叟　过路的尊客，我们父女只是落魄江湖的人，我们也想往韩城去，可许容我们父女同路么？

聂　嫈　老丈，那是再好没有的。我们人正苦没有伴侣，我在途中也正好替小妹妹扶持老丈呢。

盲　叟　愚老活了半世，算今天遇着的好人最多。酒店底妈妈和姑娘，我们多谢你们的茶和饭了。

幼　女　妈妈姐姐们，我们多谢你们的茶和饭了。

酒家母女　细微得很，别要客气！我们祝你们一路平安啦！

老　妇　聂先生，你遇着你令弟的时候，定要替我们致意呢！转来的时候，定请来小店耍耍。

聂　嫈　多谢妈妈们底厚意，下次定要来打扰呢。

盲叟抱琴，幼女携其手，随聂嫈由左翼下。

少　女　妈，这位聂先生，你说他是男？还是女？

老　妇　问得好痴！明明穿的男装，怎么会是女子呢？

少　女　妈，刚才你不曾听见吗？刚才那位聂先生只说他有位姐子大他两岁，不曾说过有什么同胎的哥哥的话。并且这位聂先生底耳垂上，不是有个环孔吗？

老　妇　我到不曾注意得。说是女子时，他的声音果到有几分不像男子。这真是不可多得的女丈夫啦！……

（幕）

（原载《创造季刊》第1卷第1期，1922年3月15日出版）

卓文君

人物　卓文君　二十四岁

红箫（文君之侍婢）　二十岁

卓王孙（文君之父）　四十以上

程郑（文君之舅）　四十以上

临邛县令王吉（相如之友）　三十四五

司马相如　三十岁

此外文君之弟妹各一人，苍头周大（四十岁）及家僮秦二（二十一二岁）。

时　汉武帝初年。

地　西蜀临邛县城外。

第　一　景

池水，月光满池。池畔四面有假山林木围绕，屋脊亭瓴自山后耸出。

右手临池楼房一座，额题“漾虚楼”三字，窗轩厂豁；下有游廊，隔墙由圆门一道，与右院通。院落不可见。

楼房中有竹制桌椅诸事；临池诸面，有靠栏可凭眺。

林中多木莲，花正开。

卓文君与侍女红箫从侧门走上。

红　哦，好月亮呀！什么都像龛在水晶石里一样！

文　今晚上怕不早了罢？月儿已经在天心了。

红　月儿已经在水心了。——

文　怎么还不听见弹琴呢？

红　两个心中一轮月，你的心中有他，不知道他的心中有你不呢？

文　啊哈，你又在调弄人！（以手欲扑红，红奔驰上楼，文随后。）

二人在楼上追逐，最后红箫跪地求饶。

红　小姐，你饶了我罢！你饶了我罢！

文　嗳哟，你这没志气的磕头虫！

说时顺口，说后顿首；

我若打了你时，也要污了我的贵手。

红　（愤愤然起，偃凭正面凭栏上。）

嗳哟哟，你们小姐姑娘们，真是高贵，真是有志气。……

文　啊，你生气了，你生气了。（抚摩其肩。）

红　我们做丫头子的人那敢生气，我们是没有气的垫脚凳呢！

文　啊，你别生气，你恕我说顺了口罢。——木莲花香得很呢！

红　唉，香得很，是特为小姐姑娘们香的。

文　啊，你打我罢，你请打我出口气罢！（跪下。）

红箫姑娘，请你高抬贵手，

打我这个顿首的丫头！

红　（嗤然发笑）你这真是有志气呢！

文　我就是没有志气，我若是有志气，早逃出这座水晶石的囚牢了。

红　（唤文君起）你听，好像有琴音呢？

文　（与红箫并肩坐）你别诳我，我没听见什么。

啊啊，木莲花的香气真好，我一闻着这股香气，就好像隔世的人一样。

红　你往年不是一闻见木莲花香，便要昏倒的吗？

文　你不说我倒完全忘了。咳，伤心无限的木莲花呀！

红　为什么又伤心呢？

文　红箫，你忘记了吗？——

红　忘记了什么？

文　四年前我出阁的时候，不是正当这木莲开花的时候吗？在出阁之前一夜，我们两人不是在这漾虚楼上，在这木莲花的香潮中哭昏过一次吗？

红　哇，是的，我记起来了。那时还是我的不是，我打听程家姑爷是目不识丁的人，我不该立地告诉了姑娘，姑娘那时还想自杀过呢。——

文　我素来本是欢喜木莲花的。我喜欢它那洁白的花瓣，翡翠般的绿叶，浓烈的香气，但是我自从出阁以后，我一闻着它的香气，我便要晕倒了。

红　今年却是好了。

文　我不知道是什么缘故。自从前几天你告诉我，说这儿可以听见他的琴音，我们每晚上便到这里来。我们期待着，倾听着，便把什么都忘记了。我把我的病也忘记了。我现在闻着这木莲花香，我处女时代纯洁的前生又好像苏活转来了的一样。但是我不晓得是什么缘故呢。

红　怕是程家姑爷死了的缘故罢？

文　怕是罢。——怎么还不听见琴音呢？快要到三更了呢。

红　连二更都还没有打。

（沉默。）

文　你听，不是琴音吗？

红　……不是，是风吹得竹叶儿玲珑呢。

文　是从下方来的。

红　……是水摇得月影儿叮咚呢。

文　是从远方来的。

红　……什么音息也没有呢。啼饥的鸮声也没有，吠月的犬声也没有。……

文　啊，没有。真的什么也没有。是我的耳朵在作弄人了。

（沉默。）

（远处更声二起。）

红　小姐，你听，才打二更。

文　啊，真的才打二更。我还怕他生了病来。

红　小姐，你怕他生病，他倒真的是有病的人。我听说他正是因为有病才从梁国回来的。

文　啊，是什么病呢？

红　是文人害的忧郁病罢？是月儿害的消瘦病罢？他天天晚晚高兴着弹琴，他又时常骑着白马在官道上驰骋，想来也怕莫有什么沉重的病症呢。但是月亮一天一天地丰满了起来，他却一天一天地消瘦了下去。说不出病源，只怕是太孤独了的缘故罢？

文　好新鲜的医案，你可算是女扁鹊了。

红　要小姐才是呢！

文　你又来了。——我记得从前读他的《子虚赋》的时候，我以为他是古人；不想他才是我们西蜀的人，更不想在这临邛地方我们在呼吸着的浩气中，他也在呼吸。啊，我们真是幸福！我们这偏僻的西蜀出了他那样的一位天才，他将来是要与屈灵均贾太傅们在文学史上争光的，他的成就是不可限量的呢。我只望他的病早早好，不要像屈贾一样，不得终其天年而死。

红　小姐，其实他是不会死的。他是永远不会死的。你不是才说他要在文学史上与屈贾争光吗？

文　但是呢，红箫！我不知道是什么缘故，这天地间总有许多不合道理的事实。有许多无足轻重的人，他们在世间上偏能富贵寿考；反是稍有天赋的人，总要为贫病忧患所苦。

红 那是不可抵抗的运命呢。

文 我所不能了解的，就是这天地之间，何以会有这样悖理的，不可抵抗的运命！——就如我自己……啊，也是太为这黑暗的运命所播弄了！……我听从亲命嫁了程家……啊，我如今就好像成了个破了的花瓶一样……（破声而哭。）

红 小姐，……小姐，……

文 红箫，你是晓得的，我是不想再回程家去了，我不想再和那老禽兽相见！

红 小姐，你不回去就好了，如今你成了自由之身，也要算是不幸中之幸呢。——

文 唉，普天下的儿女，都是做父母的把他们误了！

红 恐怕也不尽然罢？

文 为什么呢？

红 我不说。

文 你说罢，说了有什么要紧？

红 说了我怕你生气。

文 我决不会生气，你说罢。

红 那吗，我说——

文 为什么要说又停止了呢？

红 小姐，你真的不生气吗？

文 我是决不生气的，我的红箫呀！

红 小姐，我觉得说被父母误了的儿女，多半是把父母误了的。自己的命运为什么自己不去开拓，要使为父母的，都成为蹂躏儿女的恶魔？像我这无父无母的孤儿，我倒比小姐们少费得一番心力，我的运命要由我自主，要永远由我自立。我服侍了小姐多年，正因为小姐，你爱我，我也爱你。你不把奴婢待我，所以我也就自甘于奴婢的命运了。不然，我早……

文　啊，红箫，你别说了。你的话是绝好的教训。你从今后是我的先生，我要永远服从你的指导。

红　小姐，你总是这样！你一谦逊起来，又要令人难堪。各人的运命，是该各人自己去开拓的，他人不能指导，也无从指导。小姐，如今又有个绝大的命运的试验，又逼到你眼前来了呢！小姐，你看这短笺上写的是什么？（自怀中取短笺一纸，授文君。）

文　（捧就月光中念出）是两节诗呢。——

凤兮凤兮归故乡，
　遨游四海求其凰。
室迩人遐毒我肠，
　何由交接为鸳鸯？

凤兮凤兮从凰栖，
　愿托孑尾永为妃。
交情通体必和谐，
　中夜相从别有谁？

红箫，你这是从什么地方得来的？

红　是方才秦二交给我的。他刚才对我说，他清早进城的时候，路过都亭，便遇着那司马长卿先生。司马先生问他，前几天我们家中有琴音远飏，是谁人弹的？他答应是小姐，那司马先生便控留着他，转身去写了这张短笺，教他回来时，面交小姐。他没缘遇着小姐，只遇着我，所以他便交给我了。

文　啊，他真大胆呢。万一落到父亲手里，不会起一场险恶的风波吗？

红　小姐，你到底怎样答复他？

文　你叫我怎样答复呢？这种要求，我是万难答复的。他怎不向我父亲说合呢？

红　小姐，你究竟还是仰仗父亲。万一父亲不允许他呢？

文　我终竟是个弱者。我的良心是受监禁太久了，终没有破狱的勇气。你莫逼我，你等我事到无可如何时，再走绝路罢。——

红　低声些，有人的脚步声呢！

（二人凝默。）

（卓文君弟妹二人，由侧门走出。妹可十四五，提红灯前行，弟可十岁。）

弟　有人在漾虚楼上讲话呢。

妹　那是姐姐和红箫了。姐姐，我们什么地方不曾把你找过呀！

文　你们别跑，看跌在池子里了！

（弟妹上楼，弟投入文君怀中。）

妹　姐姐，爹爹在叫你呢！

弟　白话！白话！是她自己要叫姐姐去教她弹琴。

妹　讨厌的弟弟，你才不说白话啦！

文　那吗，你们先回去，我随后就来。

弟　不，我不回去，我要和姐姐一路。

妹　我一个人也不回去。

文　红箫，请你和妹妹两人先回去罢。

红　好，二小姐，我们先回去罢。（二人下楼。）

妹　（步回廊上）红箫，你们又在楼上听琴吗？

红　我们是在楼上望月。

妹　你们这几天晚上，晚晚都在这里听琴，一直要听到夜半，我是晓得的呢。

红　二小姐，你别到处乱说呢。……（二人由侧门下。）

文　爹还没睡吗？

弟　还没呢。

文　你怎么晓得我们在这儿呢？

弟　我们到你房里去找你，找不到。二姐说：你们一定到漾虚楼去了，她说前两夜看见过你们来的。

文　爹爹说过什么话没有？

弟　说是明天要请客呢。

文　请些什么人呢？

弟　请程姻伯，请王县令，还要请一位姓两个字的先生。

文　姓两个字的先生？

弟　是呢，说是才到我们这县里不久的呢。

文　啊。要他肯来才好啦！

弟　姐姐你认得他么？

文　别作声！

（舞台左嵎有琴声幽飏而起。）

（随后有低抑的男子歌声。）

（姊弟紧相依抱，立楼头谛听。）

（歌声）柳影毵毵，
四周如梦，
城上已是二更。

我对着明月鸣琴，
渐自觉心魂苏醒；
安得那月里姮娥，
前来慰我仃伶！

可怜我落拓半生，
无处把心魂寄定；

我好像辞枝落叶，
随风四处飘零。

我魂儿已倦游，
身儿又病，
回到故乡来，
故乡——
啊，也是一座愁城！

四处都是愁城，
何处是华胥国境？
几次想，仰我三尺长剑，
令我魂儿飞升！

（歌声止息）

弟　姐姐，你怎么在流眼泪呢？

文　…………

弟　姐姐，你怎么在战栗呢？

文　唔？……夜深了，冷起来了，我们回去罢。

（二人下楼，携手步回廊上。）

弟　姐姐，你认得那姓两个字的先生吗？

文　他就是住在我们这邻近的都亭中的司马先生呢。他会弹琴，会唱歌，会做诗赋……

弟　就和姐姐是一样的啦。

文　看着路走，别跌倒了。

弟　姐姐，你听我唱“月光娘娘梳妆洗澡”的歌罢？

文　你唱罢。

弟　（手舞足蹈唱儿歌）

月光娘娘，
　水里梳妆。
影在水中，
　身在天上。
水间天上两相望，
一朵白云飞过江。
都朗朗
　都朗朗
　　都朗朗朗朗朗
一朵白云飞过江。
（二人同入侧门，余歌在墙内唱。）

月光嫂嫂，
　水中洗澡。
星星偷看，
　嫂嫂心恼。
恼得星星昃眼睛，
一朵白云过江心。
都淋淋
　都淋淋
　　都淋淋淋淋淋
一朵白云过江心。

第　二　景

华丽之客厅。

厅下为庭园，右翼及右后嵎有林垣界隔。后通后园。左翼前端有疏篱斜界，有门通外院。

厅上左手，以纸壁为门，（如日本之 Fusuma），壁上画松鹤遐龄图，可通内室。背面左三分之一，凹壁为龛，龛中以蓝色蜀锦张壁，下置牡丹花一大瓶。余壁廠豁，下以碧绒面地。正中陈圆形朱漆矮桌一。

厅之前面，右翼，背面右三分之二，均有广廊回护。

卓王孙开左侧纸壁门走上，文君与其弟随后。

卓　文儿你看这客厅的陈设怎么样？

文　还可以敷衍得过。但是这瓶牡丹花太没意思了。我看倒不如把我的绿绮琴来陈在这儿倒好些呢。

卓　唉，不错，不错。王县令和司马相如，都是长于音律的人。放架琴在这儿是最雅致的了。——三儿，你去叫红箫来。

文　不必叫她，等我自己去抱来好了。（下。）

卓　但是这瓶花，也要有人来移动才行呢。三儿，你去叫周大来。

（三儿下厅，步入篱门内叫周大。）

（周大上，三儿在园中自行取乐。）

卓　哦，周大！你来，你来把这花瓶移到这圆桌上！

周　是。（上厅移花瓶）老爷还有什么吩咐没有？

卓　没有了，你去罢。——转来！席面是设在漾虚楼上，你们没弄错吗？

周　是，早已陈设好了。

卓　现刻是什么时候了？

周　刚才才看了猫儿的眼睛，是一根线了。是已经交了午时了。

（文君抱琴上。）

卓　程老爷们怕快到了，你去罢。来了的时候，教他们引到这里来。

周　是。（由篱门下。）

文　（置琴龛内。）

卓　不错，这样是雅致得多。你看，花瓶放在桌上怎么样？

文　牡丹花，我总不甚喜欢。

卓　你谈话总不像有福气的人。牡丹花是富贵花，是花中之王，那有不被人喜欢的道理？

文　我就嫌它太富贵了。

卓　唔，你居孀人的心境，或者是这样。但是忧能伤人。年青人总还要远观些才好。——

（文君弟，在园中寻紫罗兰，随时信口唱歌：

紫罗兰，紫罗兰，
摘得紫罗兰，
把给大姐做花簪。
紫罗兰，紫罗兰。

至此摘得紫罗兰一朵，飞上客厅。）

弟　姐姐，你看这朵紫罗兰花，这真可爱呢！我把给姐姐簪在头上呢。

文　啊，谢谢呢。

卓　（坐地。肘倚圆桌上。自语）紫罗兰！这和那浅薄无聊的文人相像，名目倒好听，连一点富贵气象也没有；——文儿，你近来怎么不甚喜欢弹琴了呢？

文　我有些怕弹得。

卓　为什么呢？

文　这几晚上从那漾虚楼东首的都亭中，时时有琴音弹出，因为那是弹得太好了，我怕人见笑。

卓　哈哈，你说的便是那司马相如。他们那些穷文人，打秋风的惯技，便是离不得卖文卖艺；他们弹琴赋诗，就好像乞丐们喊街卖唱一样——

弟　爹爹，你为什么要请卖唱的来吃饭呢？

卓　哈哈，哇哇儿，你还年轻呢。你要晓得，屎尿是很龌龊的东西，但是假如是皇帝的屎尿的时候，那我们是不敢有那种大逆不道的思想，说是龌龊的了。假如皇帝要教我们吃他的御屎御尿，我们也当得是受宠若惊，如像吞食龙肝凤胆一样。司马相如他虽是穷文人，虽是等于卖唱的乞丐，但是他是王县令的朋友；所以我们请他，并不是请的穷文人，我们请的是县令的朋友，就好像我们蒙皇帝御赐排泄物的光荣，并不是吞食的屎尿，是吞食的龙肝凤胆呢。哈哈哈哈……

弟　爹爹，你吃过皇帝的粪吗？

卓　哈哈哈哈，不过是打的譬比罢了。

文　爹爹虽是那样说，但不晓得他肯来不肯来。听说王县令去访他，他也时常称病不会呢。

卓　那怕他不肯来！他不来，我们倒可多剩些残饭来喂狗。

文　爹爹，你说话总是这么过火！

卓　过火？他鄙薄县令，只怕是那儿没有什么秋风可打罢了。我们有钱人，那怕他不来巴结！

文　啊啊，爹爹，你把钱看得太重了！

卓　不重！世间上除了金钱而外，那一样事情办得到？上而天子王公，下而苍头走卒，都是我们有钱人的傀儡，一碗饭可以养活淮阴侯，五羊皮可以买死秦宰相，任你什么英雄豪杰志士仁人，离了钱便没有命。

文　假如他是肯来，那是再好没有。爹爹，我想我们学琴，终是不曾得过名师的指导。我想假如司马先生肯来时，我们请他住在我们家里，等我和二妹，专心向他学琴，那倒是很幸福的呢。

卓　哼，你这真是异想天开了！你全不想想，你是新寡的少妇，他是久旷的鳏夫，你妹子也是年近及笄的处女，那是怎么办得到？怎么办得到？

文　办不到吗？

卓　办不到！绝对办不到！

弟　只要有钱，不是没有办不到的事情吗？

卓　哈哈……，哇哇儿真聪明！你这一问，倒几乎把老子问穷了。啦，三儿，你还不知世故。你要晓得天地间钱自然是很贵重，但是也还有一样东西，和钱同等贵重的。

弟　是什么呢？

卓　就是名誉呀！钱可买名，名可卖钱，人生没有别的，就是名与利纽成的一道彩绳呢！哈哈哈哈！

文　爹爹，我觉得教儿女，不当是这样教法！

卓　哈，你要来教老子了！不当是这样教法，要怎样教法？——

（家僮秦二，由篱门上。）

我现在不能和你纠缠了，你们进去罢。（文君偕弟下。）

秦　老爷，程爷和王爷来了。

卓　（起立）司马先生呢？

秦　没有来。

卓　你快从后门去催请他去，教他快来！

秦　是。（绕客厅向后园中隐去。）

（卓王孙整理衣服一巡，下厅步至竹篱门次。程郑与王吉，笑语由外语走入。）

程　"有事弟子服其劳"，卓亲翁，我邀王父台同来了。哈哈哈哈……

（三人相迎揖。）

王　卓年翁，司马长卿还不曾来吗？

卓　是，父台，治下才吩咐下人去催请去了。

王　哈哈，今天总要有他来，才有兴致。

卓　是。

（三人步上客厅。）

王　（见绿绮琴）啊，卓年翁，你真是雅人。我还不曾知道你通晓音律呢。

卓　不谩父台说，治下关于此道，本不擅长，这只下家小女文君的用物。因为父台和司马先生，正是如今的子期伯牙，我们是很想拜聆几曲高山流水呢。

程　自古道："大乐与天地同和，大礼与天地同则。"如今天下，唉，是礼乐久废了，我们县里，得王父台主持风教，使民家女子，也能弹琴，这要算是"君子之德风，小人之德草"呢。哈哈哈哈。

王　岂敢，岂敢。（略略拨琴数下。）

程　啊，老父台，"不图为乐之至于斯也！

师挚之始，关雎之乱，洋洋乎盈耳哉！

始作，翕如也，纵之，纯如也，皦如也，绎如也。

乐而不淫，哀而不伤，

尽美矣，又尽善也！"（摇头摆脑，尽一唱三叹神气。）

王　（呆然）哦呀，我那当得起你这么的称赞呢！……卓年翁，女公子，多少年纪了？

卓　今年满二十四岁了。

王　还未字人吗？

程　"不幸短命死矣，今也则无。"不瞒老父台说，文君正是治下的孀媳呢。

王　哦，令郎是几时谢世的？

程　"鲤也死有棺而无椁。"豚儿有棺而无椁者，已经将近一年了。

王　颜路哭颜渊，孔子哭伯鲤，这种伤心的际遇，在古先圣哲，也是不能避免，倒亏得程年翁旷达。

程　好说，好说，"死生有命，富贵在天。"上天要命我们贫，我们不能富；要命我们夭，我们不能寿。治下是“乐天知命故不忧”呢。哈哈哈哈……

王　那真难得。——卓年翁，我倒想起一桩心事来了。年翁，你该晓得，司马长卿，名扬四海，如今尚未青庐，假使他能得女公子为他的内助，那岂不是天作之合吗？

卓　……承蒙父台见爱，真是寒门之幸，但是古礼，妻丧三年。小女才赋孀居，望老父台明鉴，恐怕不便议礼。

王　啊，这是我一时糊涂了，恕罪，恕罪！

程　“君子之过也，如日月之食焉；其过也，人皆见之，及其更也，人皆仰之。”老父台，要算是今之君子人了。

王　要程年翁这么“文质彬彬”，那才“然后君子”呢。

程　哈哈哈哈……

（秦二自后园上。）

卓　司马先生到了吗？

秦　启禀老爷，司马相公说，有病不能奉陪。

卓　啊，这定是你们请得不周到，得罪了司马先生。——

王　不然，不然，长卿的脾气，素来是这样。我平时去访他，他也屡次谢病，以闭门羹相待；今天怕等我亲自去邀他来罢。

卓　那怎敢重劳父台？

王　我们都是如像弟兄手足一样，不必客气。

卓　让治下奉陪同行罢。

王　那也尽可不必，我此去，准定可以把他邀来，长卿是嗜琴如命的人，我去说女公子，有架名琴，一定要他来鉴赏，他是一定肯来的。假如他不来，我也就不再来告别了。恕罪，恕罪。

卓　那真重劳父台了。——秦二，你跟随王大人，从后门到都亭去来。时候不早了，我们便在漾虚楼相待了。

秦　是。

王　失陪，失陪。

卓　重劳得很。

程　“君子哉若人，尚德哉若人!”

王父台真是“谦谦君子，卑己自牧”呢！哈哈哈哈……

（王吉随秦二，绕客厅由后廊下。）

程　哼!“孰谓鄹人之子知礼乎?”我那么恭维他，他才不大耳识我。——

卓　亲翁，你抛文太抛得厉害了。你总是离了书本没话说的人。

程　亲翁，你要晓得我们考据家的信条，正是“无征不信”。我为今天的话材起见，昨晚上把《论语》来考据了一个通夜。可我今天的成绩，究竟不错！像我这样的人，假使是生在孔子当时，恐怕七十二大贤，要成七十三，“言语宰我子贡”之下要加上我程郑了。真的，我和子贡总觉得是一流人物。子贡会做生意，我也会做，子贡会说话，我也会说，子贡闻一以知二，我恐怕能够闻一以知四了。我知道一个方桌是四角，我知道一个年头是四季，我知道一朵菜花是四瓣，我知道一双手足是四肢，我知道一乘驷马是四匹，我知道一部诗经是四诗，我知道一个井田是四方，我知道一条耕牛是四蹄，我知道一统天下是四海，我知道一句国风是四字。我知道……啊，我知道的真多，真多！——咳，但是，“君子多乎哉？不多也!”我恐怕我终竟不是君子。可惜没得孔子再生，来品评我一下。

卓　他定会品评你这个骨董是“瑚琏”呢。

程　因为我像子贡吗?

卓　因为你是“胡脸”，你是一大劳烧胡子脸。

程　哈哈哈哈哈哈哈，你也可以成为骨董专家了。

卓　我们且把笑话丢开，还是谈正经话罢。我不知道他是什么存心，竟替文君女儿说起亲事来！——

程　哼，可不是吗？他做起那礼贤下士的样子，其实他是说错了话，转不过环，才借故脱逃了。

卓　你我的女儿就是要再醮，也说不到那穷措大的分上去呢！

程　可不是吗？据我想来，怕是那司马相如和他在暗中作鬼。

卓　真是黄鼠郎想吃天鹅肉了！

程　唉，亲翁，说到再醮上来，你的意见究竟怎么样？

卓　这有什么意见可说！“在家从父，出嫁从夫，夫死从子”，“女人从一而终”，这是古先圣王所定下的天经地义。虽说文君没有生育，但应该抚养螟蛉，以全礼节啦。

程　这样是很严正的见解。要这样也才合乎你我的门第。不过据我想来，古人抱孙不抱子，与其由文君抱子，倒不如由小弟抱孙了。

卓　那是当然！那是当然！我们就这样决定了罢。趁着还有点时间，我去向文君女儿说明，教她也早得有点把握。她归宁太久了，也觉不成体统。亲翁，你今晚就请在这儿过夜，我要叫她明天就同亲翁一路回府去呢。

程　过夜是可以。可是太可怜了，让文君多住些时好罢。

卓　那是不能，那是妇人之仁了。我看文君近来性情渐渐有些乖僻，内子死后，没人可以管束她们，留在我家终觉不是好事。我暂且失陪了。

程　请便。

（卓王孙开左边门下。）

（程郑一人独留，偷向四处探视一回，谛听一回之后，蹑足抱文君绿绮琴起，亲吻不置。）

卓　（复转身入）亲翁！——

程　（惊惶失措）啊，啊，啊，这架琴……唉，真好，我闻了一闻，到现在也还有焦桐的香味。唉！——（置琴原处。）

卓　哈哈，你的鼻子真好！

程　可不是吗？琴要是焦桐制的才是好琴，所以据小弟考据起来，辨别琴的良否是要全靠鼻子的。第一要有焦气，第二要有桐香，然后才是好琴呢。

卓　亲翁，你的考据工夫真高明，可是我们现在不是讲考据，讲骨董的时候了。年青的诗人，要来敲我们的门了。我请你先到漾虚楼去等一下，等我和文君谈了便到那边来。

程　是，是，我就去。

卓　这绿绮琴，也就请亲翁顺便抱去罢。

程　啊，那是再好也没有，我抱去，我就抱去。（抱琴怀中。）

卓　我立刻就来呢。（下。）

程　是。（抱琴由后首下厅，向后园步去，时掉头四望，复连连吻琴数次，下。）

第　三　景

舞台右翼为卓邸后部，一带粉墙，墙基比地平高可数尺。墙后花木建筑耸出，后门一道斜向左，门前有月台，石栏回绕，有石阶数级。背面左端，临邛城郭，隐隐可见。柳树成行，夹着一条官道，直与城通。右侧树列至卓邸后门近处而尽。左侧树列至前首，汇成一林，中拥都亭一座。门斜向右，亭中有琴音漏出，直至幕终。

月夜。

周大立倚石栏望月。

秦二匆匆由后门出，将下阶。

周　（瞥见秦二）秦二，你要往那儿去？

秦　哦，是你吗？倒骇了我一跳。

周　你这么夜深，要往那儿去呢？

秦　不往那儿去，我只是出来逛逛。

周　秦二，你今晚上的样子很高兴啦，你有什么喜事吗？

秦　啊，我有什么喜事哟。我们做奴隶的人有什么喜事哟。啦，周大，我们做下人的人，别人能活五十岁的，我们只算活得二十五岁。

周　怎么说？

秦　别人一天的时间，整整是他们自己的时间。像我们做下人的人，一天的时间，只有这夜里的一半才是我们的。可怜我们这一半自由的时间，还要完全被那不可抵抗的睡眠夺去呢。

周　哼，你说的话，倒有些像在唱戏啦。因为唱戏的下人们说的口白通是诗人幻想出来的。你倒很有些诗人的资质了。

秦　周大，你的口总是这么辣！

周　不是我口辣，你说什么“不可抵抗的睡眠”，我心里倒有点不高兴了。我们在白昼的时候，人家是君主，我们是奴仆；人家是神圣，我们是猪狗。只有晚上睡了，不怕是什么君主神圣，也还是和我们奴仆猪狗一样，他们不会比我们多生得一根毛，他们不会比我们多生得一只角。我们这一视同仁的睡眠，我每晚上盼不得它早来，你好像还嫌它来早了一样。秦二，你以为我在这儿做什么？

秦　你在望月罢？听琴罢？

周　哼，我没有你那样雅趣葱茏的诗兴！我是在这儿望睡眠早早到我眼里来呢！我这几晚上，天天都不容易睡熟，文君姑娘虽是喜欢弹琴，但她在晚上是不甚弹的。近来来了那位（声音稍低，指都亭）住在那儿的什么司马先生，他专门在晚上铿汤铿汤地，从黄昏弹起一直要弹到鸡叫，弹得人真是讨厌。我倒几次三番想去向他交涉，他们做相公老爷的人，那晓得我们做下人的苦楚呢？

秦　你去向他交涉，他倒未必肯见你。他的脚迹除非他自己想出门，不怕你在外边就闹得天翻地覆，他也不动的。今天的宴会，不是费了多少工夫，才把他请来了吗？你看他一来，一句也不开口，他好像把我家老爷和程老爷们，看得来好像屎苍蝇一样，不怕他们对于我们就好像两尊活上帝。他一来便弹起文君姑娘的绿绮琴，他弹得真是入神，别人向他谈话，向他称赞，他一点也不管。他弹罢，长叹了几声，连席也没有入他就告辞回去了。他这人真是有点奇怪。他好像在叹息，没有知音的人心赏他，其实他不曾知道隔墙有一位女伯牙，自始至终立着在倾听呢。文君姑娘说："他弹着我的琴，就好像弹着我的心，我全身的琴弦，都被他弹得战兢兢的。"——这是红箫，亲口对我说的呢。

周　音乐，正是那些老爷姑娘们的撮合山，我们是只好听听人家的唾骂，听听人家的呼唤。——啊，好孩子，其实你的运气也不弱，你好像交了桃花运啦！红箫对于你真不错——

秦　咳，周大，你那晓得我的苦楚！我每晚上总不能睡觉，你是晓得的，我正是为了想念她的缘故呢。

周　痴孩子，你真痴！你为什么不直接向她求婚呢？

秦　我何尝不？我向她请求过几次，她总要叫我忍耐。她说，我们做奴婢的人，身子是不自由的；要想结为夫妇，除非得主人许可，不然，便只好脱逃。向主人请求，我不敢，她也不愿；她教我只好等待时机，——周大，你不是别人，我才这么对你说。你要晓得，她说的话我是什么都唯唯听命的。

周　哼，痴孩子！你简直被妇人的腰带把你缠昏了！脱逃？你向什么地方脱逃？你怎么能够脱逃？你的智慧，连麻瓦儿大的脑子也没有！你们逃得到的地方，官府的力量比你们还快。并且像你我做奴隶的人，除去永远做人奴隶之外，还有什么自活养老婆的本事吗？脱逃！你们真想得轻巧！

秦　啊，逃不了的吗？

周　你逃给我看看！

秦　啊啊！我失望了！我失望了！我快疯了罢！啊啊啊啊……（在月台上抱头四窜。）

周　秦二，你怎么做起了？

秦　（啜泣）……

周　你怎么做起了？你不真是疯了吗？

秦　我能够疯……我倒……好了。

周　吓吓，你真是在说疯话，好好的怎么会哭起来？

秦　周大，我告诉你件事情，你千万别向外人说罢！

周　我这人是素来不泄漏人家的秘密的，你那回晚上和红箫私会的事情，我曾向别人说过吗？

秦　谢你，你不曾向别人说过。我在世界上，除红箫而外，我便只信任你。——

周　你有什么话告诉我，你说罢。

秦　周大，你不晓得。前几天和那司马先生遇见过，就是在这地方。那时候，文君姑娘正在漾虚楼上弹琴。他一遇着我，便问我弹琴的是什么人？我答应是文君小姐。他要我等了一刻，交了一封信给我，教我亲手交给文君小姐，但是我是交给红箫去了。我不谩你说，今晚红箫才交一封信给我，要我亲自去交给那司马先生。红箫对我说，那是小姐的回信。她又教我好生准备，她说我们脱逃的机会来了。她教我在三更时分在都亭聚齐，好随着司马先生连夜向成都逃去。——啊，依你说来，我才在做梦！逃也逃不掉，教我要苦到几时才了呢？啊啊啊啊……（啜泣。）

周　（沉默一晌）傻孩子！你哭也哭不了呀！信在那儿，你已经交去了么！

秦　没，还在我的怀里。

周　哈哈，好运来叩你的门，你才闭门不纳。天上落了个星星下来，你才说是白火石。你这人真蠢！真蠢！

秦　我有什么好运？你没尽揶揄人了！

周　我揶揄你？我对于你是表示满腔的同情呢！你把小姐的信给我看看罢。

秦　（授信于周。）

周　唔，你这信为什么不交给我们的老主人？

秦　你要教我告发她们吗？

周　这正是好运教你走的一条通路。

秦　我秦二不是那样的坏人，我怎么对得起我的红箫？并且我坏人好事，我又有什么利得？那种事怎么做得！

周　吓，你总是痴，你全不想想，你以为那司马先生到底是什么人？他不过是个浮薄的浪子罢了。他虽然能够做做文章，但是他那有我们程老爷利市？程老爷有钱有闲，他讲骨董讲考据，考证得一本旧书，收买得一件骨董，不费自己一点心血，便可以利达三江；你看他现在的财产，是多么雄厚！你听见说过没有？那司马先生还是有病的人呢！他们说他得的是消渴病，这病是和女色大有关系的。我们假使听随文君姑娘去奔从他，那岂不是害了我们的小姐吗？所以今晚上的事，你若是去告发了的时候，第一你便救了文君小姐。

并且像他那样渔色的名家，偷香的老手，你的红箫跟了去，也难保得他不双雕一箭；所以今晚上的事，你若是去告发了的时候，第二，你是救了你的红箫。

我们老主人的脾气，他平常是鄙弃文人的人。他此次器重司马先生，不过因为他是王县令的亲友罢了。我们老主人，他最重家规，最重门第，假使此次文君姑娘去私奔了司马，那我们老主人定会气得死去活来；所以今晚上的事，你若是去告发了的时候，第三，你是救了我们的主人。

还有最后一层要紧的关目，我一并向你说了罢。你想跟着司马逃走，你最终的目的，不过是想和红箫结婚罢了。你们逃走得脱与否，还是一层疑问。将来一弄到官府手里的时候，刑是该你和红箫两个贱人受的，你们的希望那里会达得到呢？但是你若是事前告发了的时候，那你得了我们老主人的欢心，那时不说你只要一个红箫，你就要十个百个，老主人也会是千肯万肯的了！所以今晚上的事，你若是去告发了的时候，第四，你是便宜了你自己。

傻孩子！（拍秦二肩）你呆鸟！我说的话，你听见了没有？像这样的事怎么会是坏事？怎么会没有利得？你还是牺牲了一切，替浪子做撮合山，你还是使浪子少犯几层罪过，成就你自己的百年好事呢？

秦　是，是，我真是在做梦！我醒来了！我醒来了！我谢谢你，我去，我去了！

（匆匆向园内跑去。）

周　你往那儿去？

秦　我去告发去！

周　什么凭据都没有，你便想要告发人吗？你就是魂颠识倒！

秦　（呆然若失）嘫！我真是在做梦吗？

周　这封信还丢在我手里，你便想跑去了吗？

秦　哦哈，我忘了，我忘了。你快把给我，我就去，怕快要到三更了呢？

周　是，你可以去了。万一她们先出来的时候，我在这儿阻挡着她们。你去向主人说的时候，你能说出是我周大和你同谋，那我也可以沾些利禄了。

秦　是，我晓得。（向门内隐去。）

周　（自语）心里真好过，就好像嗑了一杯冷醋。

（周大一人在月台上，彳亍一时，下阶，呵欠，自语：）

啊，磕睡倒来了，可是这场把戏，倒不可不看。

（临邛城上，远远起更三次。）

啊，三更了。她们还没出来呢。

（此时墙内有人行声，语声：“秦二在外边等得发慌了，小姐，你听见他的叹声没有？”无回应。）

（周大忙登上月台。）

（红箫与文君自门内出。）

红　秦二，你等了多一阵了？

周　我不是秦二，我是周大呢！秦二去告发你们去了！

红　什么？

周　他说，你们要想逃走，他去报告老主人去了！

红　（失望）嘛，我没想出，我没想出，唉，他才……

（文君与红箫，相视无语。）

周　是把小姐写给司马先生的信拿去告发去了。我劝他那样的事情是做不得，他说他是想了又想，他不做，他的良心是不许可他。他说司马先生原来不是好人，只是一个好色的浪子，他不忍小姐去奔从那样的人；他为救小姐起见，他的良心教他告发。他说小姐假如去奔从了那司马先生的时候，我们老主人一定会闷郁而死；他为救主人起见，他的良心教他告发。他说他是应该忠于主人忠于小姐的人，他不能听红箫的唆使，破坏卓府一门，做出干犯王法的事；他为救他自己起见，他的良心也教他告发。他在十分忏悔，说他不该受了司马先生的贿赂，替他图谋小姐。他说他要补过。他还想点把火去把都亭烧了，是我劝止了他。我说那都亭是官产，烧了是要严究的。就是烧了它，也把司马先生烧不死，他是会逃跑的。他听了我的话，都亭虽莫有烧，但是他终竟把小姐的信拿去告发去了，我拖他也拖不住。我看，小姐，你……

（场内多人脚步声……）

（秦二与卓王孙程郑同出。）

卓　哼，天翻地覆了！天翻地覆了！红箫，你们要往那儿去？——文君，你是知书识礼的人，我万不想你，替我卓门闹出这样伤风败俗的丑事！你这信上写的是些什么话！（将信札投掷文君）……

程　（至文君前拾信起）亲翁，你不必过于生怒。古人说得好，“惟女子与小人为难养也”，我看这件事情始终怪不得文君。你看她信上说劝她去听琴的是红箫，那“凤求凰”的诗，由秦二手中接受的人是红箫，转交给她的人也是红箫，教秦二送信去的人是红箫，如今诱引她出奔的人也是红箫，我看这件事情，始终是这红箫丫头在作祟。“中篝之言，不可说也”，我看她们也还是未遂犯，这件事情趁着还未外飏，最好是就此阴消的好。——啦，文君，你的信中虽然说到家庭的腐败，虽然说到旧礼制的束缚，但是你也犯不出这么轻贱了你的金石之质去奔从那浪子文人。我们本是应该替人隐恶扬善的，但是为解破你的迷执起见，也不妨对你讲讲。你知道那司马长卿究竟是什么人？你以为他真是极清高极敦厚的诗人吗？你是被你自己的幻想误了。他在梁国就因为沉溺于酒色，染得一身恶病，才落魄回乡；而且他的家财是一贫如洗，所以他才来投奔我们临邛县令王公。你看他这样的人，究竟值得你舍身去从他吗？论学问，是华而不实，浅薄无聊。论品行，是浮诞轻佻，恃才夸傲。论财产，是家徒四壁，乞丐一般。像这样的人，怎值得你去眷爱呢？“昊天不吊，降孽予一人。”不幸使我颜回早世。但是我家产业也尽足使你享福；你就不愿回家，便大归守礼也是不妨的事情，总之你值不得犯这样有伤风教的举动。

卓　亲翁，没有向她说道理的时候！我卓门不幸，生下这种逆女，我不愿什么，我只愿她早死！（向文君）败坏门风的淫奔妇！你如还知羞耻，你给我死了罢！（掷剑一柄于文君脚前。）

文 （沉默移时，毅然发语）你两位老人，我以前是以女儿和媳妇的资格，是以寄生虫的资格和你们相对，如今我要以人的资格来和你们相对了。你们一个说我有伤风教，一个叫我寻死，这是你们应该对着你们自己说的话。我自认我的行为是为天下万世人提倡风教的。你们男子们制下的旧礼制，你们老人们维持着的旧礼制，是范围我们觉悟了的青年不得，范围我们觉悟了的女子不得。程家的翁翁，我且问你，为什么你娶了无数妻妾，你还四处如蝇逐膻，你还能在人面前道人长短？风教不已被你伤尽了吗？你骂人浅薄无聊，你的深厚在那里？你的有聊在那里？司马相如我爱他，我敬重他，我愿把我的命运和他结成一团，他也诚心爱我；我不相信男子可以重婚，女子便不能再嫁！我的行为我自己问心无愧。（向卓王孙）爹爹，你虽然教我死！但你没有这种权利，我是如今才新生的。从前你生我的只是一块肉，但这也不是你生的，只是造化的一次儿戏，由你的肉体所演出的一次儿戏！我如今新生了！我要朝生的路上走！——红箫妹妹！你与我同向生的路上走去！不怕那儿就是荆棘满途，我与你是永远要向生的路上走去！这把宝剑，我就借用了，借用来做为我们开除荆棘的利器了。（拾剑起，牵红箫，红箫不动。）

卓 啊，气死我了！气死我了！秦二，周大，你们快把那泼妇束缚了罢！气死我了！气死我了！（匆促向门内跑去。）

文 你们脏秽的肉块，谁敢近我们的身来！（挺剑作势。）

程 文君，你太过分了。就有话也可以细说，何必那么性急，扬刀动武。你还有妹子，还有兄弟，他们刚才睡的时候，都还说要来寻你，你就忍心把他们丢了吗？

文　兄弟妹子他们自有醒来时候，我的行为便是唤醒他们的晨鸡。

程　你做儿女的责任呢？

文　便是我自己做人的责任！盲从你们老人，绝不是什么孝道！

程　你就不怕世人议论你了吗？

文　我的行为我相信后代的人会来讴歌我。

程　你守着现成的富贵也不要了吗？

文　不要说那些话来污秽我！——红箫，走罢！我们走罢！

（卓王孙持铁链跑出。）

卓　走！你们往那儿走？（授铁链周大）你们快把她们锁了！锁了！

红　（始终低头默立，至此始抬头向秦二）秦二，你来！你来！

秦　（瑟缩而前。）

红　小姐，你把宝剑借给我。（自文君手中夺剑，向秦二）秦二，你这可爱的奴隶！你太可怜了，让我把你解放了罢！（挺剑刺秦二胸）

秦　（惊呼）是周大教我，是周……大……（倒地，流血，死。）

周　（投链逃入后门）啊啊！啊啊！可怕！可怕！……

卓　这还了得！这这这这还了得！

程　啊，危险！危险！她们疯了！她们疯疯疯疯了！……（挽卓王孙同入门中，掩门。）

红　（拖秦二尸下阶，文君随之）哈哈，你死了吗？你这可爱的奴隶！你终竟得和我一路脱逃了。——小姐，我们永生了呢！我要永远陪伴着你，我们永生了呢！（摊秦二尸月中）哈哈，可爱的奴隶！你的面孔和月光一样的白，你的头毛和乌云一样的黑，你的奴性和羊儿一样的驯，你的眼睛和星星一样的清，星星坠了，你头上的铁圈也退了，你终竟得和我们逃走了呢！啊，可爱的羊儿呀！——小姐，都亭便在前面了，我的灵魂，永远随伴着你。我是永生了呢。

（转剑自刺其胸，扑倒秦二尸上。）

（墙□时有人声："不要出去！不要出去！危险得很！危险得很呢！"）

文　（坐地，抱红箫怀中哭）红箫！红箫！你便死了吗？我生命的首途，才要牺牲你这么高贵的代价吗？（昂头哀诉）惨淡的月光呀，你快消沉了罢！太阳呀！我的光！我的生命！我的爱人呀！你怎还不出来照临我们？啊，我的红箫死了！啊，红箫！我的先驱者！你勇敢的行为永远是我生存的指导！我要把你俩的坟墓建立在我们的胎盘里！红箫，红箫，红箫呀！你便死了吗？

（此时都亭中琴声划然中止。）

红　（星眼微启，声低微）我们……是……永生了。（死）

文　啊，我们是永生了！（跪地祈祷。）（暂时沉默。）

（都亭门关，有声。）

（惊喜）我们都新生了！永生之门开了！（向都亭奔去）

（幕）

一九二三年二月二十八日夜脱稿。

〔**附白**〕目下忙于种种试验，此稿即在此百忙之中草成。初稿既就，再无勇气与余暇来从事修润了。此剧本事出自《史记·司马相如列传》。今为读者利便起见，录其与本稿有关系之一节于下：

> 相如家贫无以自业，素与临邛令王吉相善。吉曰，长卿久宦游，不幸而来过我。于是相如往舍都亭。临邛令缪为恭敬，日往朝相如，相如初尚见之，后称病。使从者谢吉。吉愈益谨肃。
>
> 临邛中多富人，而卓王孙家僮八百人，程郑亦数百人。二人乃相谓曰，令有贵客，为具招之。并召令。令既至，卓

氏客以百数。至日中谒司马长卿，长卿谢病不能往，临邛令不敢尝食，自往迎相如。相如不得已强往，一座尽倾。酒酣，临邛令前奏琴曰，窃闻长卿好之，愿以自娱。相如辞谢，为鼓一再行。

是时卓王孙有女新寡，好音，相如缪与令相重而以琴心挑之。相如之临邛，从车骑从容闲雅，甚都。及饮卓氏，弄琴，文君窃从户窥之，心悦而好之，恐不得当也。既罢，相如乃使人重赐文君侍者通殷勤。文君夜奔相如。……

以相如文君事谱为戏曲者，余所见则有清人黄韵珊著《当炉艳》传奇一部。对于词曲有趣味的人可读。

沫若

沫若正在受他最后的一次试验，我以为他不会有东西寄来，所以第二卷第一期，我已决定把出版期改迟一点。昨天他寄了这篇《卓文君》来，真是出乎我意想之外。他惟恐为他一个人，延搁（《创造》）的出版，便于百忙之中，草成这篇戏剧，这一点，我想亲爱的朋友们也定会对于他不惜相当的感谢与赞赏的。

他给我的信，说："安娜说，这篇不成东西，你请自由改削。"但我一路看下去，却也没有寻出几个要改的地方。除了第三幕的末尾，全体的结构我一点也没有改变。只有这全剧的收场，完全被我改换了。

我觉得这篇戏剧，不仅决不是不成东西，我还觉得沫若的手段，又进步了。他已经由从前的单调的诗剧逃了出来，渐能在繁杂中行所无事了。

三月七日 仿吾

沫若又写信来嘱把题目改为《司马相如》留将来续作的余地。我觉得无须更改，将来续作时，再用别的名称，亦无妨碍，所以我违背他自己的意思，把原名留下了。

三月十日　仿吾

（原载《创造季刊》第2卷第1期，1923年5月1日出版）

女神之再生（诗剧）

Alles Vergaengliche
Ist nur ein Gleichnis;
Das Unzulaengliche,
Hier wird's Ereignis;
Das Unbeschreibliche,
Hier ist's getan;
Das Ewig-Weibliche
Zieht uns hinan.

——Goethe

序幕：不周之山中断处。巉岩壁立，左右两相对峙，俨如巫峡两岸，形成天然门阙。阙后现出一片海水，浩淼无际，与天相接。阙前为平地，其上碧草芊绵，上多坠果。阙之两旁石壁上有无数龛穴。龛中各有裸体女像一尊，手中各持种种乐器作吹奏式。

山上奇木葱茏，叶如枣，花色金黄，萼如玛瑙，花大如木莲，有硕果形如桃而大。山顶白云叆叇，与天色相含混。

上古时代。共工与颛顼争帝之一日，晦冥。

开幕后沉默数分钟，远远有喧嚷之声起。

女神各置乐器，徐徐自壁龛走下，徐徐向四方瞻望。

女神之一

自从炼就五色彩石
曾把天孔补全，
把“黑暗”驱逐了一半
向那天球外边；
在这优美的世界当中，
奏起无声的音乐雝融。
不知道月儿圆了多少回，
照着这生命的音波吹送。

女神之二

可是，我们今天的音调，
为什么总是不能和谐？
怕在这宇宙之中，
有什么浩劫要再！——
听呀！那喧嚷着的声音，
愈见高，愈见逼近！
那是海中的涛声？空中的风声？
可还是——罪恶底交鸣？

女神之三

刚才不是有武夫蛮伯之群
打从这不周山下过经？
说是要去争做什么元首……
哦，闹得真是怕人！
姊妹们呀，我们且将奈何？
我们这五色的天球看看怕要震破！
倦了的太阳只在空中睡眠，
全也不吐放些儿炽烈的光波。

女神之一

我要去创造些新的光明，
不能再在这壁龛之中做神。

女神之二

我要去创造些新的温热，
好同你新造的光明相结。

女神之三

新造的葡萄酒浆
不能盛在那旧了的皮囊。
我为容受你们的新热新光，
要去创造个新鲜的太阳！

其他全体

我们要去创造个新鲜的太阳，
不能再在这壁龛之中做甚神像！
（全体向山阙后海中消逝。）
（山后争帝之声。）

颛　顼

我本是奉天承命的人，
上天特命我来统一天下。
共工，别教死神来支配你们，
快让我做定元首了吧！

共　工

我不知道夸说什么上天下地，
我是随着我的本心想做皇帝。
若有死神时，我便是死神，
老颛，快让我来支配于你！

颛　项

古人说：天无二日，民无二王。

你为什么定要和我相埒？

共　工

古人说：民无二王，天无二日。

你为什么定要和我争执？

颛　项

啊，你才是个呀——山中的返响！

共　工

总之我要满足我的冲动为帝为王！

颛　项

你到底为什么定要为帝为王？

共　工

你去问那太阳：为什么要亮？

颛　项

那么，你只好和我较个短长！

共　工

那么，你只好和我较个长短！

群众大呼声

战！战！战！

（喧呼杀伐声，武器斫击声，血喷声，倒声，步武杂沓声起。）

农叟一人（荷耕具穿场而过。）

我心血都已熬干，

麦田中又见有人宣战。

黄河之水几时清？

人的生命几时完？

牧童一人（牵羊群穿场而过。）

啊，我不该喂了两条斗狗，
时常只解争吃馒头；
馒头尽了吃羊头，
我只好牵着羊儿逃走。

野人之群（执武器从反对方面穿场而过。）

得欢乐时且乐欢，
我们要往山后去参战。
毛头随着风头倒，
两头利禄好均沾！

（山后闻“颛顼万岁！皇帝万岁！”之声，步武杂沓声，追呼声：“叛逆徒！你们想往哪儿逃走？天诛便要到了！”）

共　工（率其党徒自山阙奔出，断发文身，以蕉叶蔽下体，体中随处受伤，所执铜刀石器亦各鲜血淋漓。）

啊啊！可恨呀，可恨！
可恨我一败涂地！
恨不得把那老猃底头颅
切来做我饮器！

（舔吸武器上血液，做异常愤怒之态。）

这儿是北方的天柱，不周之山，
我的命根已同此山一样中断。
党徒们呀！我虽做不成元首，
我不肯和那老猃甘休！
你们平常仗我为生，
我如今要用你们的生命！

（党徒们拾山下坠果而啗食。）

啊啊，饿痨之神在我们肚中饥叫！
这不周山上的奇果，听说是食之不劳。
待到宇宙全体破坏时还有须臾，

你们尽不妨把你们的皮囊装饱。

(追呼之声愈迫。)

敌人的呼声如像海里的怒涛,

只不过逼着这破了的难船早倒!

党徒们呀,快把你们的头颅借给我来!

快把这北方的天柱碰坏!碰坏!

(群以头颅碰山麓岩壁,雷鸣电火四起。少时发一大雷电,山体破裂,天盖倾倒,黑烟一样的物质四处喷涌,共工之徒倒死于山麓。)

颛　顼(裸身被发,状如猩猩,率其党徒执同样之武器出场。)

叛逆徒!你们想往哪儿逃跑?

天诛快……呢呀!呢呀!怎么了?

山在飞砂走石,地在震摇,天在爆,

啊啊啊啊!浑沌!浑沌!怎么了?怎么了?……

(雷电愈激愈烈,电火光中照见共工颛顼及其党徒之尸骸狼藉地上。移时雷电渐渐弛缓,渐就止息。舞台全体尽为黑暗所支配。沉默五分钟。

水中游泳之声由远而近。)

黑暗中女性之声

——雷霆住了声了!

——电火已经消灭了!

——光明同黑暗底战争已经罢了!

——倦了的太阳呢?

——被胁迫到天外去了!

——天体终竟破了吗?

——那被驱逐在天外的黑暗不是都已逃回了吗?

——破了的天体怎么处置呀?

——再去炼些五色彩石来补好他罢?

——那样五色的东西此后莫中用了！
我们尽他破坏不用再补他了！
待我们新造的太阳出来，
要照彻天内的世界，天外的世界！
天球底界限已是莫中用了！
——新造的太阳不怕又要疲倦了吗？
——我们要时常创造些新的光明新的温热去供给她呀！

——哦，我们脚下到处都是男性的残骸呀！
——这又怎么处置呢？
——把他们抬到壁龛之中做起神像来罢！
——不错呀，教他们也奏起无声的音乐来罢！

——新造的太阳，姐姐，怎么还不出来？
——她太热烈了，怕她自行爆裂；
还在海水之中浴沐着在！
——哦，我们感受着新鲜的暖意了！
——我们的心脏儿，好像些鲜红的金鱼，
在水晶瓶里跳跃！
——我们什么都想拥抱呀！
——我们唱起歌儿来欢迎新造的太阳罢！
（合唱）

太阳虽还在远方，
太阳虽还在远方，
海水中早听着晨钟在响：
丁当，丁当，丁当。

万千金箭射天狼，

天狼已在暗悲哀，
海水中早听着葬钟在响：
丁当，丁当，丁当。

侬们欲饮葡萄觥，
愿祝新阳寿无疆，
海水中早听着酒钟在响：
丁当，丁当，丁当。

（此时舞台突然光明，只现一张白幕。舞台监督登场。）

舞台监督（向听众一鞠躬后，）

诸君！你们在乌烟瘴气的黑暗世界当中怕已经坐倦了罢！怕在渴慕着光明了罢！作这幕诗剧的诗人作到这儿便停了笔，他真正逃往海外去造新的光明和新的热力去了。诸君，你们要望新生的太阳出现吗？还是请去自行创造来！我们待太阳出现时再会！

〔注〕此剧之取材，出于下引各文中：

天地亦气也，气有不足，故昔者女娲氏炼五色石以补其缺，断鳌之足以立四极。其后共工氏与颛顼争为帝，怒而触不周之山。折天柱，绝地维。故天倾西北，日月星辰就焉；地不满东南，百川水潦归焉。（《列子·汤问篇》）

女娲氏古神圣女，化万物者也。——始制笙簧。（《说文》）

不周之山北望诸毗之山，临彼岳崇之山，东望泑泽（别名菖蒲海），河水所潜也；其源浑浑泡泡。爰有嘉果，其实如桃，其叶如枣，黄华而赤柎，食之不劳。（《山海经·西次三经》）

（选自《女神》，“创造社丛书”第 1 种，泰东图书局 1921 年 8 月初版）

陶 晶 孙

黑 衣 人

人物 穿黑衣的人 二十八岁

Tett 其弟，十二岁

村人

前景 太湖湖岸，岸头多石。半岛之尖端突出。湖波打岸之声微微。岸上高处，大理石坐榻一，面湖。一榻之两端靠肘上，有幼女雕像。

中景 草坪，上有稚松。别墅风之小屋一。屋脊尖耸。屋前为走廊，正面有穹窿二，右当户口，左后为窗。窗下有藤椅。自窗口中室中陈设可见，靠左壁比牙琴一，其外有梭发椅案诸事。屋脊之下有小楼，楼有小窗。全体砖石造成，外貌坚固。其他之建筑均在后方，型式稍异。

后景 半岛自此愈高愈阔，右方为半岛之续。左方隔大湖，后方一带湖岸。

Tett （右屋内。头戴佛朗西风的小学生帽，自窗望外，向着坐在廊下藤椅上的黑衣青年，抚弄金纹之衣襟。）

今天真是寂寞呢。

黑 衣 啊，秋天真是寂寞。

Tett （微有惮意，强作微笑。）

就寂寞也不要紧，有我哥哥在一块儿呢。

黑　衣　那么假使哥哥立刻就死了去，你怎么做呢？我是有些担心呀。

Tett　那会有那样的事情呢！

黑　衣　唉，那样的事情是不会有。

Tett　哥哥，像在这样寂寞的秋天晚上，到不如早早把门闭上的好呢。我们多多添上些洋油，把洋灯点燃，弹弹比牙琴罢。哥哥，你在想什么？

黑　衣　唉，不错呢。我们就那么做罢。你什么都不想的时候，我一个人在想是要不得的。并且已经黑下来了，你看，那下边的湖岸已经看不见了。今晚真是黑暗呢。湖上来往的船也好像没有了，哦，在刮风了。（走入室内。）

Tett　我们把洋灯点燃来罢。啊啊，真是黑下来了。我们一路去呀，我已经看不出路来了。

黑　衣　唉，一路去罢，一路去罢。

暗中之声

——你真是胆子小呢！

——但是呢……

——啊，就在我小的时候也是这样。我往厨房里去，看见香姊一人在哭——啊，香姊自从那天以来，已经不是我们家里的人了。她随后不满两年，又已经不是我们这个世界的人了。她晓得她是肺病的时候，便把一切的医药都废止了——眼儿圆圆的我们可爱的香姊，竟落到贪狼的口里去了。啊啊，你们贪狼们！我总要报你们的仇呀。

——（哽咽）哥哥，没谈那样可怕的话！快把洋灯来……

——你那么害怕吗？对不着你。对不着你。我们把洋灯来点燃罢。

(用手探索声，擦火柴声，俄而室中微明。)

Tett　啊啊，灯不亮呢。

黑　衣　不亮啦。

Tett　把门闭了罢。(出户口)啊啊，黑得利害！(语气加强，向外)Good night！(掩户)

黑　衣　把窗之也闭了罢。

Tett　唉。(闭窗)

(不见人影，唯闻语声。)

黑　衣　啊，石油也要尽了。我们把亮放小些罢。——为什么这样的阴气呢！你不觉得吗？——

Tett　哥哥，只怪得你总是爱想呢。等我把蜡烛点燃，点在比牙琴的两端就好像两个眼珠一样罢。

黑　衣　啊，请你点燃的好。

(俄而室中较前光明。)

(风声)

Tett　你不弹比牙琴吗？要睡还早呢。

黑　衣　唉，弹罢。

(开琴盖声)

啊，从前在脚光辉煌的舞台上，我也曾为她弹过伴奏来。

Tett　我也弹过呢。阿耶姑娘唱得真是好。

黑　衣　啊啊，对你不着！

Tett　为什么呢？

黑　衣　今天是我不好，我们应该再发扬些呢。

(比牙琴之声作，弹出 Chopin op. 35 No. 2 未完曲而中辍。)

啊，这曲 Funeral March 真是凄凉得很！我弹起他来，就好像自家睡在棺木中，被人送葬着的一样。Tett！你听得怎么样呢？

Tett　我一点也不寂寞呢。但是今天我——我的身子不好，万一……万一我是要死的时候，我要抱在哥哥的手中死去呢。

黑　衣　不要谈那样的话，我们还要活长久些。你才生的时候，我觉得我的岁数是比你大二十倍以上。后来成了十倍，成了五倍，不久便要成两倍了。更成到一倍的时候，我们一同活起去罢！不要想到死上来。运命之神下出命令的时候，是什么人也不能反抗的。我是不想使你晓得有死的观念，快快畅畅地生长起去，但是完全失败了。我不想使人向你说那吃人的狼的故事，我教你观察了月中的世界。到你把邻家的小姑娘弄得哭的时候，你已经知道月中有哥伯尼古司山了。但是你不久也就忘记了。不是你忘记，是一种恶魔给你拿去了。那时候我病了睡着，你替我弹过唱歌的伴奏，那也被恶魔取去了。

不错，恶魔把你劫略起去了。恶魔把你优美的无嫌猜的心儿吞食尽了。花才开苞，就有爪来摘取。叶才发芽，就有虫来蛀食。世间上都是这样。正变为邪，是变为非。伴奏的时候，听着她唱的歌声，说是就像小孩子一样，回诊的时候，看见那位骨瘦如柴的未亡人，说是趁了心，这和我们的父母看见从美国回来的，话中参杂着一些英语的某女士，便喜欢了她，把婚约定下了的，又有什么区别呢？父母也是太随便了。总之名誉这样东西，麻痹人的神经，比吗啡还要利害。真正的名誉在常人的眼中看不出来，只有从美国穿回来的混血衣裳，女人所戴着的假面，才足以迷惑世人，迷惑社会。我们不久也要离开这儿了。我们两人往世界上去放浪罢。这儿你是晓得的，原来是我所主张，兄弟们都反对了的。不聪明的父亲他只听信了我的话，才买了下来。我们的不聪明的父亲，真是就像俄国的皇帝一样，一点决断也没有。——我们就为这点还和家庭有一线的牵挂——哦，今晚在刮风了，落叶像要吹到这儿来呢——我们把此地买了之后，兄弟们才争着建筑起屋子来，我们这间小屋子也筑成器了。这便是我和你的住家了。

虽然是住家，但是不是城郭。我和你都要向这儿告别的时候来了。我们真是好个牺牲呢——哦，是什么声音？落叶吗？你为什么不作声呢？啊，我真太唠叨了，起初不是那么沉闷的吗？——你不去看一看吗？门是开着缝在——我已经成了大人，全不敏捷了——（足音）

（独语）Fer me ad martem！Te，——

（微扭门户，蓦然紧闭。）

Tett　好厉害的风——玻璃也在响了。

黑　衣　不谈话的时候会寂寞起来，我还是说罢。

你真是可爱的孩子。我从你三岁的时候，起初把十个指头放在键盘上，我就喜欢你了。——从那时候起——我和你都受运命的搬弄，你一旦成了过分的贵族一般，一回国来又成了无以复加的贫民。学校也换了三遍。我渡海渡过十次，你渡海也渡过七次。我把我的行李离散了又整备起来，不知道经了好几次。你也不知道换了多少次数的教科书了。教科书换了不要紧，你不知道做过多少回数的无理由之怒的牺牲呢。真的，发怒和小孩子是大人的感情的安全瓣。你和我都哭过，我们各不相伴的哭过。烦闷起来，我们各不相伴的哀哭，这是何等的悲惨哟！我们能同哭的时候岂不好吗？我的眼泪能把你小鸟般的头发浸湿，你的眼泪注向我被人虐待了的胸怀——

Tett　哥哥，哥哥，——你别说了罢——今天，哥哥怎么做起了呢？我——我叫过哥哥以后要把过去的事情忘去了才好呢！

黑　衣　啊，对你不着，对你不着。从早就说是对你不着了，但是也是没法。你们苦人的妖精！我们被虐待了的人能够把你忘记得了吗？

（注了意的一样）

现在所说的只是科白——啊，来，来我们同坐在梭发上取暖罢。

Tett　（低声）哥哥，你冷呢！

哥哥，你，你的脸也冷呢！

黑　衣　啊啊，死人是冷的，我是还活着在。你在爱我，我也在爱你，我的心脏在同你的一样鼓动。说是如此，啊，我受了伤的灵魂哟……（哽咽欲哭）我可诉与谁人呢？

Tett　哥哥，哥哥！——

黑　衣　啊，风又狂起来了——比刚才更利害了。

Tett　哥哥，你不是说过有什么事情都要诉给我听吗？

黑　衣　啊，我是说过，我都已诉给你听了。

Tett　你刚才说不能诉给谁人的是什么呢？

黑　衣　你该是晓得的呢。你那晚月明之夜回来的时候，说你脑中浮出一首不能言的诗，我的也是那样。虽然不是诗。是有什么在向我耳边私语。

Tett　是那么，不说也好。

黑　衣　你听，是什么人来了？

（静默有间。）

Tett　什么也没有呢。

黑　衣　你听，好像是两个人来了。

（有间。）

Tett　那是树叶子在落得响呢。

黑　衣　手中好像拿了些什么——确是悄脚悄手的走来了！

（有间。）

Tett　那是松树的枒枝和松树的枒枝被风搬弄着的呢。

黑　衣　不然，手儿挽着手，剑儿挽着剑，他们走来捉我来了！是湖贼们把我们当成富家子吗？（侧耳，如有决意，起立。）

Tett　哥哥，哥哥！——

黑　衣　哈，报名来！你们是盗贼还是别的，我都不管，你们要来，我早就预料着的。假使是死神或是运命之神或是他们的使者，张着黑翅飞来的时候，我没有话说。假如你们是来狙击我的盗贼，我要登上楼去，把我的来福枪来打！哈！报名来！在这风雨之夜，带着夜阴袭人的是谁呀？我的枪会把你们的心脏打穿，弄成一道喷水；你们的脑髓，会同豆腐一样容易打破。

Tett　哥哥哥哥，那是落下来的雨滴呢！哥哥，哥哥，那是风，风！哥哥哥哥！

黑　衣　哼，你们渐渐走拢来了啦！请看我的手腕罢！我的炮弹准定打穿你们的头胪。

Tett　哥哥，哥哥，那是雨呢！雨落下来了。

黑　衣　啊，上楼去罢，上楼去笼城！

（楼下灯亮俱灭，楼上露出灯光，有间。）

黑　衣　哼，你们还打起什么东西来了吗？

Tett　哥哥，那是雷呢！我的哥哥呀！（啜泣不安）

（绝望着）

哥哥，没有那样的事情！

黑　衣　哦，Tett！Tett！没有那样的事情。你留心罢。我是兴奋了。啊，打罢，从楼上打去。你别要跌了才好！

（Tett 之叫声，与枪声相混。）

黑　衣　呀，你们看，看我的手腕何如！我的兄弟是我的宝石，我是我兄弟的拥护者。我是经过了人生的一切试验来，Tett 也是经过了来的。我和 Tett 都是与死接近过来的，我们是不怕你们！

Tett　哥哥，那儿！那儿！

黑　衣　死神来了。不然，我自己便是死神！我的肉体是死了的。我自从成了绝对的黑色，死是已经入了我的魂髓了。

（枪声络绎。）

Tett　别要打那死神，别要打那死神！

黑　衣　我打的是湖贼。——其外的我不打——你们都是善良的人子。你们都是受了那人面兽心的人们的委托来的——Tett！Tett！Tett！

Tett　哥哥，死神在唱。我们一路去罢，一路去罢！

黑　衣　不要下楼去呀！不要去！不要去！转来，转来，危险得很呢，去便要成为捕虏！

（枪声连发，从楼上有人下坠声。炮火光中，隐约可见Tett踉跄步出廊下倒地。）

黑　衣　Tett！Tett！你往那里去了？Tett！……Oh Tett！

（下楼声，跌倒声。）

啊，Tett你不是跌倒了吗？

Tett！！

为什么不做声呢？

哦哦，你在哭吗？

Tett！不要哭罢！我要把灯点燃了，通同击退了。你不消哭得呀！

（天空渐渐有光。）

Tett！Tett！

（黑衣人作疑异状。）

（新月半规自云中露出。）

Tett！

（抱Tett死尸跑向湖岸，掬水送入Tett口中。）

啊啊，Tett！当来的时刻来了。（以手探弟胸。）
我早就在等待这个时刻了！

（抛 Tett 之死骸于大理石坐榻，飞回室内，取坐褥来。与 Tett 垫上。）

（跪于坐榻之旁，抱 Tett 之死骸。）

（俄而若有所觉，掉亡骸之颜面移向月光。）

（俯而接吻之，良久，月悬中天，旁有黑云流逝。）

哈！……

（再起，飞向室内，俄而右手提手枪出。）

（置枪于坐榻之旁，接吻靠肘上幼女之雕像。）

啊啊，这是诀别的接吻了！Tett 不知道接吻了你多少次呢。我不是造来向你接最后之吻的。我的凿刀，就好像我在比牙琴上弹即兴曲一样，不经意之间把你雕刻成了，你也不久要在不经意之间被人毁坏了呢。

（遥望 Tett 之颜面，复接吻其颜面与胸部。）

哦哦，Tett！你的美好的面容！我是再也不曾看见过。你戴着圆的帽子，金的领襟——你一人要算是死的华贵了。我同你别离久了。我与我所渴慕着的少年少女的生活，就算全盘破了，我只想和你一同生活。啊啊，谁料此时我才成了死神呢！

听说我们家里，本是有精神病的系统。我从往日以到如今，为什么不发狂？我发了狂时不是什么都不会晓得吗？有人狂了能拿起石瓮，有人狂了跳进了火中。我只要能够狂呀……啊啊，已经迟了！

而且我不是发了狂的一样把炮乱发了吗？哦哦！

（望月以手擗胸。）

Tett！我自己得见了你的死骸，我能安心死去了。

（人声）

啊，这回是真正的人来了！
为什么一时之内会来那么多的妖精哟！并且随着他们，莫明其故的，我的 Tett 便死了。
啊啊，你们人们，你们在远远听着罢！
我可爱的 Tett 死了！十二岁的年少的 Tett！
在大理石之上，
在鲜红的坐褥之上，
白脸为金纽与金襟所映。
在死神手中的确死了！他死得高贵。
他华美地在死神手中的确安眠了。

（仰望月光，持手枪在手。）

（漆黑的浮云，在月下流过。）

（瞬即有云块覆月。）

（黑暗）

（人声——微微。）

少爷——（枪声）

——幕——

（原载《创造季刊》第 1 卷第 2 期，1922 年 8 月 25 日出版）

成仿吾

欢迎会

人物	张克勤	工程师	——	年二十六岁
	刘景明	女学生	——	年十九岁
	刘启明	中学生	景明弟	年十五岁
	刘德明	女博士	景明姊	年二十七岁
	刘　母	——	景明母	年五十岁
	刘敦廉	富　绅	景明父	年五十二岁
	刘思明	博　士	景明兄	年二十二岁
	王永芳	博　士	德明夫	未登场

时代 民国十一年秋天的月夜

地方 上海

布景 刘公馆客厅。后壁左侧有三分之一为玻璃窗，窗外为花园。窗下有风琴一架。

左侧有门通书房。右侧有门通外门及别室。右壁下有书桌一，室中央有一方桌，皆有抽屉。左壁下有一沙发。外有椅子数件。

幕启时，刘景明正弹风琴，上身浸在月光里。张克勤倚琴而和。

刘 （弹琴）

张 （倚琴而歌）人生忽如寄，

你请爱呀，处女！

花的香芳轻吐的时候，
你的明眸澄美的时候，
啊，
你请爱呀，处女！

（余音袅袅之中，刘弟启明由左侧门上）

刘　弟　二姊总是喜欢月光的，又在月下弹琴了。我把电灯开了，好吗？（说话之间，室中已经照得通亮）哦，张先生几时来的。

张　（向刘弟点头）才来不久。

刘　弟　把你的帽子给我，等我把他挂起来。（取张帽挂于衣架）

刘　（回过脸来，倚琴而坐）

张　（向刘弟）启明！近来学校的功课怎么样了？你来同我坐下谈谈。

刘　弟　（懊恼之状）唉！你莫说起！说起来真要我的命。（同坐沙发上）我们在学校里，今天忙的也是试验，明天忙的也是试验。你想那么试验几回，就可以决定这一个人读书读得好，那一个人读得不好么？那全是假的。占便宜的是那些狡猾的人，他们预先把先生们喜欢出的问题，打听得十二分清楚，等到试验的前几天，把那些地方一看，也照例到讲堂上去画几张。所以发表出来，总是他们跑在前面。张先生！你想这事情对不对呀？最可恶的是那些教英文的先生们。我喜欢数学，在我们同学里头，讲数学我是第一个。那些教英文的先生们，偏说数学好也是不行的，非把英文弄好不行。最讨厌的是那个教英文会话的先生。人家说他除了几句不通的英语之外，什么也不懂的，偏偏能够装出那样的神气来，真是讨厌。过几天就要试验了。我还一点也没有准备。家里明天又要开什么欢迎会，闹得一团糟。读书的心思，也不知道被他们赶到什么地方去了。再过几天……

张　（微笑）你的哥哥才从外国回来了，难道还不该开一个会欢迎欢迎吗？

刘　弟　不是那么的话。他们闹得太厉害了，因为再过几天又要举行大姊的结婚式呢。

张　是的，你的大姊与王永芳博士的结婚式。

刘　弟　张先生，这真是笑话。世界上真有这样的笑话。

（刘姊西装从左侧门上）

刘　姊　（见张）啊。密司忒张来了。

张　（起立）是的，王博士许久没有见面了，近来还好吗？

刘　姊　谢谢，近来还好。（向刘）密司忒张来了，怎么茶也没有叫他们倒来？（向刘弟）启明，你去叫他们倒茶来罢。

刘　啊，真的！等我自己去来。（下）

刘　姊　（向刘弟）你在这里同张先生说什么笑话？

刘　弟　真是笑话。

张　没有什么话。

刘　弟　就是讲你的结婚式的笑话。

刘　姊　这有什么笑话。

刘　弟　这真是笑话。

刘　姊　小孩子不去念书，在这里胡说。

刘　弟　你以为我不知道你们七八年前在轮船上……

刘　姊　（脸红，隐忍的怒容可见）胡说，你知道什么东西。

刘　弟　我知道王永芳是一头狗，不是一个人。

刘　姊　慢慢瞧，我叫爸爸抽你的腿。

刘　弟　哼哼，我与爸爸是不会碰着的。早晨我起来，他没有起来，白天我在学校里，晚上不是别人请他，就是他请别人吃饭，夜里他回来，我已经睡了。

刘　姊　讨厌的！这么多的闲话。还不给我滚去呀？（作欲捻腿状）

刘　弟　（起避）我滚去就是。不过我可以滚去时，我随时也可以滚来的。

（从右侧门下）

（刘捧茶点上）

刘　姊　讨厌的小孩子，这么小小的年纪，偏有这多的话说。（向张）密司忒张，你请多坐一坐。

张　请不要客气。

（刘姊从右侧门下）

刘　（递茶点）克勤，刚才启明说过什么话来？

张　就是结婚式的话。

刘　弟　（从左侧门上，目注视右侧门）哼！我说我可以滚去时，就也可以滚来的。现在还不是又滚了来了？

刘　启明，你不要总是这般同大姐闹。

刘　弟　我怕她干什么？她以为我不知道她同那个什么王博士——那个忘八蛋七八年前在轮船上干的事情。本来谁不知道？倒是她自己不知道人家知道罢了。

刘　（失望之状）哦！

刘　弟　（冷静地继续着）如今过了七八年，还来举行什么结婚式。真是笑话！不知道是欺人，还是自欺呢？（愤怒）可恶的是那个忘八蛋，偷偷摸摸的把大姊弄到了手里，就来问我父亲要钱，把他也送到西洋留学去，如今公然也捞到一个什么博士的头衔回来了，公然大吹特吹，只等北京打电报来请他做总长去。假使那些博士，那些总长，尽是一些这么样的东西，我们非把这样的社会，全然革命不可，不是的，假使我们的社会，能够默认这样的一个忘八博士存在社会里面，我们就非把他彻底的革命不可！

张　（起握刘弟手）哦，我赞成你的话，好个未来的社会革命者！

刘　哦，说虽是这般说，你不要过于使大姊为难才好。

刘　弟　你以为她就是个好人吗？跟着那个忘八蛋，跑了这么几年，还要举行什么结婚式来一手掩尽天下的耳目，尽是些伪君子！

刘　哦，说起怪不好过的。不要再说了，你去念你的书罢。

刘　弟　不高兴念书。

刘　你去逛一忽来罢。

刘　弟　我也不高兴去逛。

刘　（忧郁）今天晚上好像有什么重大的事情要发生的样子。

张　你不要这样自寻烦恼，（向刘弟）启明，你哥哥到什么地方去了？

刘　弟　他到朋友家里去了，说就回来的。

刘　那么，好弟弟，你去早点睡了罢。

刘　弟　（似不愿意，但又徐徐往左边走，下）

刘　哦，讨厌的事情！

张　（徐往刘侧）不要烦恼，这样的事情多得很呢！

刘　你不觉得奇怪么？

张　不像你那般觉得奇怪。

刘　（嬉戏之状）那么，你也干得出来吗？

张　（微笑）怎么干不出来。

刘　（惊愕，后退）哦，你也干得出来吗？

张　要干怎么干不出来，一个人什么事情干不出来？不过我纵要干，也不是他们这般卑怯的办法。

刘　那么，依你要怎样办呢？

张　（毅然）我的办法就是公开，不再举行什么结婚式。

刘　哦，你也是一个理想主义者。

张　不是的，我最可恶那些理想主义者。我的意思，不过说假想我们自己不谨慎，像他们那样干出来了的时候的话。最好是我们自己谨慎，自己对于自己负责任，也对于人家负责任。

刘　你这话我最赞成，现在的青年对于他自己做的事情，太不负责任了。

张　是的，他们干出了这样的事情来，便是他们自己不负责任，纯被一时的兽性冲动了的结果。他们也一定没有什么爱情，因为若是真有爱情，便不必那般鬼鬼祟祟的怕人言语，因为爱情是什么也不怕，死都不怕的。他们因为觉得自己的行为，完全是一时的肉欲，才觉得自己错了，没有面目对人。但错了的事情，可以以错补错的吗？那不过错上加错罢了。

刘　你的话很对。（微笑）不过像你这样说起来你也不像真有爱情的人了。

张　这话怎么说？

刘　真有爱情的人，依你说是什么也不怕的。（娇羞）你为什么不把你的意思向我父母提议？

张　（叹息）哦，我们这样的男子汉，是不好轻轻向人提议的。人家一口气答应了，那是没有话说；人家若是拒绝了，那便是最后的决裂。所以我只愿你把你父母的意思探得出来。不知道……

刘　（叹息）哦，我父母的意思，我想你也大抵是知道的。（悲容）我真不知道应当怎么办才好。

张　（安慰）你不要伤心，再等几时总有法子可想的，我不愿你为我悲伤，我只愿我能为你的幸福，牺牲一切。我没有别的痴想，我也不敢那样。

刘　哦，我也愿为你牺牲一切。

张　哦，那是决不可以的。我很怀疑我不能使你幸福，我还不知道我应不应当同你说及将来的事。我现在心里烦闷的，也就是这一点。假如我知道我不应当，那么，把以前的一切都丢了，我也是情愿的。（声缓而颤）

刘　（激昂）克勤，啊，你不能说这样的话的。以后再不准说这

样的话了，你同我约好！（作要求态）

张　啊，这真不是可以轻易决定的。像我这样的人，只合孤苦一生罢了。你的爱情，对于我是过分的，过分的幸福。那真是过分的。

刘　（抚慰）啊。你不要说这样的话，我们慢慢地可以想法子的。

张　是，我们慢慢地想法子罢。

刘　昨天我问过妈妈。她只是摇头，不……

（刘弟手拿一张报纸从左侧门上）

刘　弟　你们看了今天的报纸吗？我念给你们听听。（捧报纸朗诵）

刘思明博士之欢迎会，

刘思明博士新从英国留学归来，已志昨报。

刻闻博士之父刘敦廉氏已遍邀戚友于二十三号在静安寺路公馆开一欢迎之宴会，届时博士将有长篇之讲演，必有一番盛况也。

又讯，刘敦廉氏之长女公子德明博士，已与王永芳博士订婚，将于本月底在某教会举行结婚式。两博士在美同学多年，甚形相得，结婚后将往日本为蜜月之旅行云。

哈哈，我们中国的报纸，尽是些这样的骗人的话。我刚才一看，几乎把肠子都笑断了。

刘　好弟弟，少笑些，仔细大姊捻你的腿呢。（刘母在内说话之声）妈妈在那边说话，你去念你的书呀！

（刘弟扫兴不欢，徐徐由左侧门下）

（刘母从右侧门上）

刘　母　（见张）张先生，你近来好吗？

张　（起立）多谢，近来很好。你老人家好吗？

刘　母　人倒还好，只是被一些的事情，闹得天翻地覆了。（向刘）启明这孩子这几天来书也不念，刚才又在这里鬼混吗？

刘　他说你们闹得他念书不进，是我逼着他去了。

刘　母　你看见明天请客的单子吗？你爸爸回来了，要拿去查一查，看丢了什么人没有呢。（查各抽屉）

刘　（目视张，复向母）妈妈！（低头）

刘母　（抬头）什么事？（复埋头查看）

刘　（脸微红）……妈妈！

刘　母　（急抬头）什么事？

刘　（低着头，合掌腮下）……妈妈，昨……昨天我问你的话，你怎样……怎样答我？

刘　母　（思索）……什么话？

刘　（双手搁刘母肩上，头钻入刘母怀中）妈妈，你不要故意装做不知道的。

刘　母　还是三岁的小孩子一样的。看张先生见了笑话。啊，我知道了。这话问你爸爸和你哥哥罢。（推刘）还不起来？这样的丫头，不知道谁要你哩。（关上抽屉）

刘　（起立）（撒娇）讨厌的妈。

刘　母　（烦燥）这叫人到那里去找呢？（向张）张先生请坐罢。（从右侧门下）

刘　（视张）啊，我真不知道应当怎么办才好。

张　啊，你不要这般烦燥。

刘　（苦闷状）啊……

张　过几天开过欢迎会之后，我同你哥哥谈谈再说。

刘　我哥哥也未见得就不反对呢。

张　我想他总容易通过。

刘　（摇头）你不知道。（室内有男人言话，随后有脚步声）

刘　父　（尚在室内）我自已来找一找，看他飞去了不成。（从右侧门上）（刘父为一五十前后的人，有须，头发剪得极短，杂以白发。目光锐利，颊肉丰富而粗硬。骄色凌人，脚步沉

重）（目视张，往桌旁行去）克勤，工厂的事情，近来还好吗？（查看各抽屉）

张 （起立）不过是天天去做几点钟的事情罢了。也因为经济困难，什么大一点的计划都不能行。

刘 父 不论什么事情，没有钱总不行的。

张 ……是……

刘 父 （寻着单子）不是在这里吗？放在这里的东西，寻了半天，还寻不着。（从右侧门下）

刘 （梦一般的）左也是钱，右也是钱，嘴里说的是钱，心里想的也是钱。

张 （轻击刘肩，微笑）现在的人谁又不是这样呢？有了钱便爵位也可以买，名誉也可以买，爱情都可以买呢！

刘 啊，这丑恶的社会！

张 （挽刘坐下）不要这样悲观，我们总有法子想的。（坐下）你到外国去留学的事情，到底怎么办呢？

刘 大姊主张我往美国，哥哥主张我往欧洲，我真不知道到底往那一国的好。

张 我还是赞成你往欧洲去。因为到美国去求学，纵多只能学到他的拜金主义罢了。若想求到一点精神上的知识，那是办不到的。并且你既喜欢美术与音乐，那么，你应当到德国，法国，意大利去，简直不成问题。

刘 我也是这般想。只有大姊反对最厉害。她是我父亲的孝女，她同我父亲一样的意见。她说："现在人家都到美国去。"

张 他们都是去学拜金主义的。你直截地回覆你大姊，说你不高兴跑到外国去学拜金主义就是呀。

刘 她劝我到美国去，还有一个理由啊。

张 啊，还有别的理由，那我真不知道。

刘 她说是一个更重要的理由啊。

张　更重要的。哼。

刘　（迟疑）她说有钱的人家的子弟，现在都到美国去读书，所以她劝我去结识一个，将来好……啊（掩面）……

张　啊……

刘　（抬头）她还说将来我们中国，不论那一方面，美国留学生总要占最大的势力的。

张　啊，拜金主义的势力，现在已经不很小了。

刘　我总反对拜金主义。

张　那是因为你是一个美术家。

刘　我想只要是一个人，便应当反对这种主义的。

张　（微笑）我问你，你还是研究音乐呢？还是研究绘画呢？

刘　到德国去研究音乐，我早就决定了的。啊，哥哥回来了。

（刘兄从外归来，匆匆上）

刘兄　（见张）啊，密司忒张！几时来的？（握手）

张　（起立握手）八点多钟来的。

刘　（起为兄将衣帽安置）

刘兄　（于桌旁坐下）（向刘笑语）你们刚才好像在高谈雄辩，到底谈论些什么？我也得加入啊。

刘　就是讲我留学的事情。

刘兄　（向张）密司忒张！你替景明想想，往那一国好呢？

张　假使我替令妹想，还是往欧洲大陆的好罢。

刘兄　（拍掌）那么，我又多得了一票。（作忽然忆出之状）啊，密司忒张！你今晚来，不是要讨你的回信？

张　（微有惊色）……是的……

刘兄　关于这件事情，密司忒张！我们是老同学，用不着客气。我想家父无论如何是不会许可的。老实说，我为景明的将来的幸福起见，也不能轻易赞成她和你结婚。

刘　（失望之色）

张　（失望，惟故持镇静）做父兄的不许可，那自然无话可说，不过不知道你能把你不许可的理由，也使我知道吗？

刘　兄　家父的意思，不用说是因为我们的境况相差太远。就是我自己也望得自己的妹子，总得嫁一个境况好一点的男人，才对于她的将来，可以把心放下。我也极希望她嫁给一个留学生呢。

张　啊，原来这样！这样说来，我简直一点资格也没有了。本来我自己还没有达到向令妹求婚的决心，昨天不知道怎样同她谈到这地方了。其实我自己很疑我不应当说到这地方去，很疑我自己没有资格呢。不过我的所谓没有资格，是关于我自己一个人的，与家产境况，毫不相干。若讲到我境况不好，没有到外国去留过学，那不是我的不好，（激愤）那不过是因为我的父亲没有做强盗打劫，没有祸国殃民罢！假使我的父亲也做强盗打劫，也祸国殃民，那怕我这时候，不也是一个贵公子，不也是一个外国回来的博士吗？啊，这也要算是我的罪过吗？

刘　兄　密司忒张！你不要这样兴奋。这样的话，不是可以随随便便说着玩的。依你说起来，我们到外国留过学的人，我们的父亲，一定都是些做强盗打劫，祸国殃民的人了。假如人家要你拿证据出来你怎么办？

张　岂不是拿些证据给他们，就够了吗？这算什么难事？

刘　兄　（稍带怒容）那么，我就请你把我的父亲做强盗打劫，祸国殃民的证据给我。

张　（冷然）不要假装不知道。十年前的那几次卖国借款，那几次的革命战争，那一次你的父亲没有在里面殃民祸国？你的父亲做官发财，那一回不是由祸国殃民得来的？你以为他还有什么别的本领？其余他做厘金局长，关监督，盐运使等等的时候，无形中做强盗打劫，真不知把无辜的良民害死了多少！凡有耳目的人，谁不知道，你自己不知道人家知道罢了。

刘 兄 （惊愕，悲哀）密司忒张！啊，真有这样的事情吗？

张 谁还来骗你？我张克勤从来不说半句谎话的。

刘 兄 （悲极）啊，真有这样的事！听你这样讲起来，我倒也不是一点都不知道的。（以双手搔首披发，高声）啊，真有这样的事！真有这样的事！

刘 （始而惊，继而悲）啊，真有这样的事！

刘 兄 （俯首桌上，悲痛，搔首）啊，啊啊，啊……

（刘父手持客单急由左侧门上，刘母随后）

刘 父 （睹刘兄状）你这是干什么事？

刘 兄 （抬头，见父，大声）我先问你，你干下什么事了？

（刘母惊往后退，刘走依张）

刘 父 （惊愕，大怒）你怎……怎么了？你疯了？

刘 母 （驰往刘兄侧）不要这样高声大叫。

刘 兄 （直视刘父）我今天才把我自己所处的地盘认明白了。我今天才把你的真像也看清楚了。我以前枉自在我面前，画了无穷的梦想，我现在才好像从梦里醒转来一样明白了。……你把我养大，送我读了这多年的书，我感激你；只是你不应该做强盗打劫，祸国殃民来把我养大，来送我读书。我此刻觉得我的全身，我的灵魂，都充满了你的罪恶，都被你的罪恶污坏了。啊，我情愿没有学问，我情愿什么也没有！

刘 父 （怒）你这话从那里来的？我几时做强盗打劫来？我几时祸国殃民来？

（刘姊从右，刘弟从左齐上）

刘 兄 你不必问我，你自己问你的良心罢！

刘 父 （切齿不能言）

刘　兄　你把我养育在一个罪恶的污沟里，啊，这是多么悲惨的运命！我情愿没有学问，我情愿什么也没有！……我所有的一切，我的全部的身体，都是做强盗打劫的结果，都是祸国殃民的结果！……我在享受这不尽的罪恶的结果！……啊，在罪恶的污沟里所吸收的污泥，我不知道要到几时才能把他吐个干净。……我非把我所吸收的污泥，一口一口的吐出来不可，非把他从我全身的纤维中绞出来不可！纵使把我的心肝吐出来，把我的生命绞出来，我也衷心甘愿！啊，我还是活在这个罪恶的污沟里！啊，我要永远离开这个罪恶的污沟！（离桌踉跄，将去）

刘　母　（牵住刘兄）啊，你想把父母兄弟丢了到什么地方去？

刘　兄　（冷然）你们能够把罪恶当茶饭吃，我不能呀！我们此后各人把自己的污泥吐出来罢！我现在要去把我自己的吐出来了！（拂衣竟去）啊，谁来同我去？（从右侧门下）

刘　张　（齐声）我们同你去呀！（追去）（下）

刘　弟　（急追）我也同你去呀！

刘　兄（在室内）谁同我去呀？

刘　张　（在室内）我们同你去！

刘　弟　（下）我也同你去！

（刘父瞠目直视，刘母失神，刘姊惊愕）

（室内闭门之声）

刘　父　啊，奇事！啊，奇事！（手扬客单）啊，明天的欢迎会！

（幕）

（原载《创造季刊》第2卷第1期，1923年5月1日出版）

中国文库
文　学　类

创造社作品选

（下）

刘　纳　编选

中国出版集团
人民文学出版社

郁达夫

茫　茫　夜

（一）

一天星光灿烂的秋天的晚上，大约时间总在十二点钟以后了，静寂的黄浦滩上，一个行人也没有。街灯灰白的光线，散射在苍茫的夜色里，烘出了几处电竿和建筑物的黑影来。道旁尚有二三乘人力车停在那里，但是车夫好像已经睡着了，所以并没有什么动静。黄浦江中停着的船上，时有一声雨声船板和货物相击的声音传来，和远远不知从何处来的汽车车轮声合作一处，更加形容得这初秋深夜的黄浦滩上的寂寞。在这沉默的夜色中，南京路口滩上忽然闪出了几个纤长的黑影来，他们好像是自家恐惧自家的脚步声的样子，走路走得很慢，他们的话声亦不很高，但是在这沉寂的空气中，他们的足音和话声，已经觉得很响了。

“于君，你现在觉得怎么样？你的酒完全醒了么？我只怕你上船之后，又要吐起来。”

讲这一句话的，是一个十九岁前后的纤弱的青年，他的面貌清秀得很。他那柔美的眼睛，和他那不大不小的嘴唇，有使人不得不爱他的魔力。他的身体好像是不十分强，所以在微笑的时候，他的苍白的脸上，也脱不了一味悲寂的形容。他讲的虽然是北方的普通话，但是他那幽徐的喉音，和宛转的声调，竟使听话的人，辨不出南音北音来。被他叫“于君”的，是一个二十五六岁的青年，大约是因为酒喝多了，颊上有一层红潮，同蔷薇似的罩在那里。眼睛里红红浮着的，不知是眼泪呢还是醉意，总之他的眉间，仔细看起来，却有些隐忧含着，他的勉强装出来的欢笑，正是在那里形容他的愁苦。他比刚才讲话的那青年，身材更高，穿着一套藤青的哔叽洋服，与刚才讲话的那青年的鱼白大衫，却成了一个巧妙的对称 Contrast。他的面貌虽无俗气，但亦无特别可取的地方。在一副平正的面上，加上一双比较细小的眼睛和一个粗大的鼻子，就是他的肖像了。由他那二寸宽的旧式的硬领和红格的领结看来，我们可以知道他是一个有文学趣味的人。他听了青年的话，就把头向右转了一半，朝着了那青年，一边伸出右手来把青年的左手捏住，一边笑着回答说：

“谢谢，迟生！我酒已经醒了。今晚真对你们不起，要你们到了这深夜来送我上船。”

讲到这里，他就回转头来看跟在背后的两个年纪大约二十七八的青年，从这两个青年的洋服年龄面貌推想起来，他们定是姓于的青年在日本留学时代的同学。两个中的一个年长一点的人听了姓于的青年的话，就抢上一步问说：

“质夫，客气话可以不必说了。可是有一件要紧的事情，我还没有问你，你的钱够用了么？”

姓于的青年听了，就放了捏着的迟生的手，用右手指着迟生回答说：

“吴君借给我的二十元，还没有动着，大约总够用了，谢谢你。”

他们四个人——于质夫吴迟生在前，后跟着二个于质夫的同学，是刚从于质夫的寓里出来，上长江轮船去的。

横过了电车路沿了滩外的冷清的步道走了二十分钟，他们已经走到招商局的轮船码头了。江里停着的几只轮船，前后都有几点黄黄的电灯点在那里。从黑暗的堆栈外的码头走上了船，招了一个在那里假睡的茶房，开了舱里房门，在第四号舱里坐了一会，于质夫就对吴迟生和另外的两个同学说：

"夜深了，你们可先请回去，诸君送我的好意，我已经谢不胜谢了。"

吴迟生也对另外的两个人说：

"那么你们请先回去，我就替你们做代表罢。"

于质夫又拍了迟生的肩说：

"你也请同去了罢。使你一个人回去，我更放心不下。"

迟生笑着回答说：

"我有什么要紧，只是他们两位，明天还要上公司去的，不可太睡迟了。"

质夫也接着对他的两位同学说：

"那么请你们两位先回去，我就留吴君在这儿谈谈罢。"

送他的两个同学上岸之后，于质夫，就拉了迟生的手回到舱里来。原来今晚开的这只轮船，已经旧了，并且船身太大，所以航行颇慢，因此乘此船的乘客少得很。于质夫的第四号官舱，虽有两个舱位，单只住了他一个人，他拉了吴迟生的手进到舱里，把房门关上之后，忽觉得有一种神秘的感觉，同电流似的，在他的脑里经过了。在电灯下他的肩下坐定的迟生，也觉得有一种不可思议的感情发生，尽俯着首默默地坐在那里。质夫看着迟生的同蜡人似的脸色。感情竟压止不住了，就站起来紧紧的捏住了他的两手，对面对的对他幽幽的说：

"迟生，你同我去罢，你同我上 A 地去罢。"

这话还没有说出之先，质夫正在那里想：

"二十一岁的青年诗人兰勃 Arthur Rimbaud。一八七二年的佛尔兰 Paul Verlaine。白儿其国的田园风景。两个人的纯洁的爱……”

这些不近人情的空想，竟变了一句话，表现了出来。质夫的心里实在想邀迟生和他同到A地去住几时，一则可以慰慰他自家的寂寞，一则可以看守迟生的病体。迟生听了质夫的话，呆呆的对质夫看了一忽，好像心里有两个主意，在那里战争，一霎时解决不下的样子。质夫看了他这一副形容，更加觉得有一种热情，涌上他的心来，便不知不觉的逼进一步说：

“迟生，你不必细想了，就答应了我罢。我们就同乘了这一只船去。”

听了这话，迟生反恢复了他平时的态度，便含着了他固有的微笑说：“质夫。我们后会的日期正长得很，何必如此呢。我希望你到了A地之后能把你日常的生活，和心里的变化，详详细细的写信来通报我，我也可以一样的写信给你，这岂不和同住在一块一样么？”

“话原是这样说，但是我只怕两人不见面的时候，感情就要疏冷下去。到了那时候我对你和你对我的目下的热情，就不得不被第三者夺去了。”

“要是这样，我们两个，便算不得真朋友。人之相知，贵相知心，你难道还不能了解我的心么？”

听了这话，看看他那一双水盈盈的瞳人，质夫忽然觉得感情激动起来，便把头低下去搁在他的肩上说：

“你说什么话，要是我不能了解你，那我就不劝你同我去了。”

讲到这里，他的语声同小孩悲咽时候似的发起颤来了，他就停着不再说下去，一边却把他的眼睛，伏在迟生的肩上，迟生觉得有两道同热水似的热气浸透了他的鱼白大衫和蓝绸夹袄，传到他的肩上去。迟生也觉得忍不住了，轻轻地举起手来，在面上揩了一下，他就呆呆的坐在那里看那十烛光的电灯。这夜里的空气，觉得沉静得同在坟墓里一样。舱外舷上忽有几声水手呼唤声，和起重机滚船索的声音传来，质夫知道船快开了，他想马上站起来送迟生下船去，但是心里又觉得这悲哀的甘味是不可多得的，无论如何想多尝他一忽。照原样的头靠在迟生的肩上，一动也不动的坐了几分钟，质夫听见房门外有人在那里敲门。他抬起头来问了一声是谁，门外的人便应声说：

“船快开了。送客的先生请上岸去罢。”

迟生听了，就慢慢的站了起来，质夫也默默地不作一声跟在迟生的后面，同他走上岸去。在灰黑的电灯光下同游水似的走到船侧的跳板上的时候，迟生忽然站住了。质夫抢上了一步，又把迟生的手紧紧的捏住，迟生脸上起了两处红晕，幽幽扬扬的说：

“质夫，我终究觉得对你不起，不能陪你在船上，安慰你的长途的寂寞，……”

“你不要替我担心思了，请你自家保重些。你上北京去的时候，千万请你写信来通知我。”

质夫一定要上岸来送迟生到码头外的路上。迟生怎么也不肯，质夫只能站在船侧，张大了两眼，看迟生回去。迟生转过了码头的堆栈，就成了一点白点向北的走去，在街灯光里出没了几次，那白点渐渐小了下去，过了六七分钟，站在船舷上的质夫就看不见迟生了。

质夫呆呆的在船舷上站了一会，深深的呼了一口空气，仰起头来看见了几颗明星，在深蓝的天空里摇动，他胸中忽然觉得悲惨起来。这种悲哀的感觉，就是质夫自身也不能解说，他自幼在日本留学，习惯了飘泊的生活，生离死别的情景，不知身尝了几多，照理论来，这一次与相交未久的吴迟生的离别，当然是没有什么悲伤的，但是他看看黄浦江上的夜景，看看一点一点小下去的吴迟生的瘦弱的影子，觉得将亡未亡的中国，将灭未灭的人类，茫茫的长夜，耿耿的秋星，都是伤心的种子。在这茫然不可捉摸的思想中间，他更觉得他自家的黑暗的前程和吴迟生的纤弱的病体，更有使他泪落的地方。在船舷的灰色的空气中站了一会，他就慢慢的走到舱里去了。

(二)

长江轮船里的生活，虽然没有同海洋中间那么单调，然而与陆地隔绝后的心境，到底比平时平静，况且开船的第二天，天又降下了一天黄雾，长江两岸的风景，如烟如梦的带起伤惨的颜色来。在这悲哀的背景里，质夫把他过去几个月的生活，同手卷中的画幅一般回想出来了。

三月前头住在东京病院里的光景，出病院后和那少妇的关系。同污泥一样的他的性欲生活，向善的焦躁与贪恶的苦闷，逃往盐原温泉前后的心境，归国的决心。想到最后这一幕，他的忧郁的面上，忽然露出一痕微笑来，眼看着了江上午后的风景，背靠着了甲板上的栏杆，他便自言自语的说：

“泡影呀，昙花呀，我的新生活呀！唉！唉!”

这也是质夫的一种迷信，当他决计想把从来的腐败生活改善的时候，必要搬一次家，买几本新书或是旅行一次。半月前头，他动身回国的时候，也下了一次绝大的决心。他心里想：

“我这一次回国之后，必要把旧时的恶习，改革得干干净净。戒烟戒酒戒女色。英德法文更要加进一步，以后我做的英文德文法文总要使英人德人法人都会佩服。自家的品性上，也要加一段锻炼，使我的朋友全要惊异说我是与前相反了。……”

到了上海之后，他的生活，仍是与从前一样，烟酒非但不戒下，并且更加加深了，女色虽然还没有去接近，但是他的变态性欲，不过变了一个方向，依旧在那里伸张。想到了这一个结果，他就觉得从前的决心，反成了一段讽刺 Satire，所以不觉叹气微笑起来，叹声还没有发完，他忽听见有人在他的左肩下问他说：

“Was seufzen Sie，Monsieur?”

（你为什么要发叹声?）

转过头来一看，原来这船的船长含了微笑，站在他的边上好久了，他因为仅在那里想过去的事情，所以没有觉得。这船长本来是丹麦人，在德国的留背克住过几年，所以德文讲得很好，质夫今天早晨在甲板上已经同他讲过话，因此这身材矮小的船长也把质夫当作了朋友，他们两人讲了些闲话，质夫就回到自己的舱里来了。

吃过了晚饭，在官舱的起坐室里看了一回书，他的思想又回到过去的生活上去。这一回的回想，却集中在吴迟生一个人的身上，原来质夫这一次回国来，本来是为转换生活状态而来，但是他正想动身的时候，接着了一封他的同学邝海如的信说：

“我住在上海觉得苦得很。中国的空气是同癞病院的空气一样，渐渐的使人腐烂下去。我不能再住在中国了。你若要回来，就请你来替了我的职，到此地来暂且当几个月编辑罢。万一你不愿意住在上海，那么A省的法政专门学校要聘你去做教员去。”

所以他一到上海，就住在他同学在那里当编辑的T书局的编辑所里。有一天晚上，他同邝海如在外边吃了晚饭回来的时候，在编辑所里遇着了一个瘦弱的青年，他听了这青年的同音乐似的话声，就觉得被他迷住了，这青年就是吴迟生呀。过了几天，他的同学邝海如要回到日本去。他和吴迟生及另外几个人在汇山码头送邝海如的行，船开之后他同吴迟生就同坐了电车，回到编辑所来。他看看吴迟生的苍白的脸色和他的纤弱的身体，便问他说：

“——吴君你身体好不好?”

吴迟生不动神色的回答说：

“我是有病的，我害的是肺病。”

质夫听了这话，就不觉张大了眼睛惊异起来，因为有肺病的人，大概都不肯说自家的病的，但是吴迟生对了才遇见过两次的新友竟如旧交一般的把自家的秘密病都讲了。质夫看了迟生的这种态度，心里就非常爱他，所以就劝他说：

“你若害这病，那么我劝你跟我上日本去养病去。”

他讲到这里，就把乔其慕亚的一篇诗想了出来，他的幻想一霎时的发展开来了。

> 日本的郊外杂树丛生的地方，离东京不远，坐高架电车不过四五十分钟可达的地方，我愿和你两个人去租一间草舍儿来住。草舍的前后，要有青青的草地，草地的周围，要有一条小小的清溪。清溪里要有几尾游鱼。晚春时节，我好和你拿了耡耜，把花儿向草地里去种。在蔚蓝的天盖下，在和暖的薰风里，我与你躺在柔软的草上，好把那西洋的小曲儿来朗诵。初秋晚夏的时候，在将落未落的夕阳中间，我好和你缓步逍遥，把落叶儿来数。冬天的早晨你未起来，我便替你做早饭，我不起来，你也好把早饭先做。我礼拜六的午后从学校里回来，你好到冷静的小车站上来候我。我和你去买些牛豚香片，便可作一夜的清谈。谈到礼拜的日中。书店里若有外国的新书到来，我和你省几日油盐，可去买一本新书来消那无聊的夜永。……

质夫坐在电车上一边作这些空想，一边便不知不觉的把迟生的手捏住了。他捏捏迟生的柔软的小手，心里又起了一种别样的幻想，面上红了一红把头摇了一摇，他就对迟生问起无关紧要的话来：

“你的故乡是在什么地方？”

“我的故乡是直隶，但是现在住在苏州了。”

“你还有兄弟姊妹没有？”

"有是有的，但是全死了。"

"你住在上海干什么?"

"我因为北京天气太冷，所以休了学，打算在上海过冬。并且这里朋友比较得多一点，所以觉得住在上海比北京苏州更好。"

这样的回答了几句，电车已经到了大马路外滩了。换了静安寺路的电车在跑马厅尽头处下车之后，质夫就邀迟生到编辑所里来闲谈。从此以后，他们两人的交际，便渐渐儿的亲密起来了。

质夫的意思以为天地间的情爱，除了男女的真真的恋爱外，以友情为最美。他在日本飘流了十来年，从未曾得着一次满足的恋爱，所以这一次遇到了吴迟生，觉得他的一腔不可发泄的热情，得了一个可以自由灌注的目标，说起来虽是他平生的一大快事，但是亦是他半生沦落，未曾遇着一个真心女人的哀史的证明。有一天晴朗的晚上，迟生到编辑所来和他谈到夜半，质夫忽然想去洗澡去，邀了迟生和另外的两个朋友出编辑所走到马路上的时候，质夫觉得空气凉冷得很。他便问迟生说：

"你冷么？你若是怕冷，就钻到我的外套里来。"

迟生听了，在苍白的街灯光里，对质夫看了一眼，就把他那纤弱的身体倒在质夫的怀里。质夫觉得有一种不可名状的快感，从迟生的肉体传到他的身上去。

他们出浴堂已经是十二点钟了。走到三叉路口，要和迟生分手的时候，质夫觉得怎么也不能放迟生一个人回去，所以他就把迟生的手捏住说：

"你不要回去了，今天同我们上编辑部去睡罢。"

迟生也像有迟疑不忍回去的样子，质夫就用了气力把他拖过来了。那一天晚上，他们谈到午前五点钟才睡着。过了两天，A地就有电报来催，要质夫上A地的法政专门学校去当教员。

(三)

质夫登船后第三天的午前三点钟的时候，船到了A地。在昏黑的轮船码头上，质夫也辨不出方向来，但看见有几颗淡淡的明星印在清凉的长江波影里。离开了码头上的嘈杂的群众，跟了一个法政专门学校里托好在那里招待他的人上岸之后，他觉得晚秋的凉气已经到了这长江北岸的省城了。在码头近旁一家同十八世纪的英国乡下的旅舍似的旅馆里住下之后，他心里觉得孤寂得很。他本来是在大都会里生活惯了的人，在这夜静更深的时候，到了这一处不热闹的客舍内，从微明的洋灯影里，看看这客室里的粗略的陈设，心里当然是要惊恨的。一个招待他的酣睡未醒的人，对他说了几句话，从他的房里出去之后，他真觉得闯入了龙王的水牢里的样子，他的脸上不觉有两颗珠泪滚下来了。

"要是迟生在这里，那我就不会这样的寂寞了。啊迟生，这时候怕你正在电灯底下微微的笑着，在那里做好梦呢!"

在床上横靠了一忽，质夫看见格子窗一格一格的亮了起来，远远的鸡鸣声也听得见了。过了一会，有一部运载货物的单轮车，从窗外推过了，这车轮的仆独仆独的响声，好像是在那里报告天晴的样子。

侵旦旅馆里有些动静的时候，从学校里差来接他的人也来了。把行李交给了他，质夫就坐了一乘人力车上学校里去。沿了长江，过了一条店家还未起来的冷清的小街，质夫的人力车就折向北去。车并着了一道城外的沟渠，在一条长堤上慢慢前进的时候，他就觉得元气恢复起来了。看看东边，以浓蓝的天空作了背景的一座白色的宝塔，把半规初出的太阳遮在那里。西边是一道古城。城外是一条长沟，远近只有些起伏重叠的低岗和几排鹅黄疏淡的杨柳点缀在那里。他抬起头来远远见了几家如装在盆景假山上似的草舍。看看城墙上孤立在那里的一排电杆和电线，又看看远处的地平线和一湾苍茫无际的碧落，他觉得在这自然的怀抱里，他的将来的成就定然是不少。不晓是什么原因，不知不觉他竟起了一种感谢的心情。过了一忽，他忽然自言自语的说：

“这谦虚的情！这谦虚的情就是宗教的起源呀！淮尔特，Wilde 呀，佛尔兰 Verlaine 呀！你们从狱里叫出来的‘要谦虚’Be humble 的意思我能了解了。”

车到了学校里，他就通名刺进去。跟了门房，转了几个弯，到了一处门上挂着“教务长”牌的房前的时候，他心里觉得不安得很。进了这房，他看见一位三十上下的清瘦的教务长迎了出来。这教务长带着一副不深的老式近视眼镜，口角上有两丛微微的胡须黑影，讲一句话眼睛必开闭几次，质夫因为是初次见面，所以应对非常留意。讲了几句寻常套话之后，他就领质夫上正厅上去吃早饭。在早膳席上，他为质夫介绍了一番。质夫对了这些新见的同事，胸中感得一种异常的压迫，他一个人心里想：

“新媳妇初见姑嫂的时候，她的心理总应该同我一样的。唉，在山泉水清，出山泉水浊，我还不如什么事也不干，一个人回到家里去做狄卡耽 Decadent 的好。”

吃了早膳，把行李房屋整顿了一下，姓倪的那教务长就把功课时间表拿了过来。却好那一天是礼拜，质夫就预备第二日去上课。倪教务长把编讲义上课的情形讲了一遍之后，便轻轻的对质夫说：

“现在我们校里正是五风十雨的时候，上课时候的讲义请你用全副精神来对付。礼拜三用的讲义，是要今天发才赶得及，请你快些预备罢。”

他出去停了两个钟头，又跑上质夫那边来，那时候质夫已有一页讲义编好了。倪教务长拿起这页讲义来看的时候，神经过敏而且又是自尊心颇强的质夫，觉得被他侮辱了，但是一边心里又在那里恐惧，这种复杂的心理状态，怕没有就过事的人是不能了解的。他看了讲义之后，也不说好也不说不好，但是质夫的第六官——纤细的神经——却告诉质夫说：

“可以了，可以了，他已经满足了。”

恐惧的心思去了之后，质夫的自尊心又长了一倍，被侮辱的心思比从前也加一倍抬起头来，但是一种自然的势力，把这自尊心压了下去，教他忍受了。这教他忍受的心思，大约就是卑鄙的行为的原动力，若再长进几级，就不得不变成奴隶性质。现在社会上的许多成功者，多因为有这奴隶性质，才能成功，质夫初次的小成功，大约也是靠他这时候的这点奴隶性质而来的。

这一天晚上质夫上床的时候，却有两种矛盾的思想，在他的胸中来往。一种是恐惧的心思，就是怕学生不能赞成他。一种是喜悦的心思，就是觉得自家是专门学校的教授 Professor 了。正在那里想的时候，他觉得有一个人钻进他的被来。他闭着眼睛，伸手去一摸，却是吴迟生。他和吴迟生颠颠倒倒的讲了许多话。到第二天的早晨，斋夫进来替他倒洗面水，他被斋夫惊醒的时候，才知道是一场好梦。他醒来的时候两只手还紧紧的抱住在那里。

第二次上课钟打后，质夫跟了倪教务长去上课去。倪教务长介绍了几句，出去之后，质夫就踏上讲坛去讲。这一天因为没有讲义稿子，所以他只空说了两点钟。正在那里讲的时候，质夫觉得有一种想博人欢心的虚伪的态度和言语，从他的面上口里流露出来。他心里一边在那里鄙笑自家，一边却怎么也禁不住这一种态度和这一种言语。大约这一种心理和前节所说的忍受的心理，就是构成奴隶性质的基础。

好容易破题儿的第一天过去了。到了晚上九点钟的时候，倪教务长的苍黄的脸上浮着了一脸微笑，跑上质夫房里来。质夫匆忙站起来让他坐下之后，倪教务长便用了日本话，笑嘻嘻的对质夫说：

“你成功了，你今天大成功，你所教的几班都来要求加钟点了。”

质夫心里虽然非常喜欢，但是面上却只装做一种漠不相关的样子。倪教务长到了这时候，也没有什么隐瞒了，便把学校里的内情全说了出来。

“我们学校里，因为陆校长今年夏天同军阀李星狼麦连邑打了一架，并反对违法议员和驱逐李麦的走狗韩省长的原因，没有一天不被军阀所仇视。现在李麦和那些议员出了三千元钱，买收了几个学生，想在学校里捣乱。所以你没有到的几天，我们是一夕数惊，在这里防备的。今年下半年新聘了几个先生，又是招怪，都不能得学生的好感。所以要是你再受他们学生的攻击，那我们在教课上就站不住了。一个学校中，若聘的教员，不能得学生的好感，教课上不能铜墙铁壁的站住，风潮起来的时候，那你还有什么法子？现在好了，你总站得住了，我也大可以放心了。呵呵呵呵（底下又用了一句日本话）你成功了呀！”

质夫听了这些话，因为不晓得这 A 省的情形，所以也不十分明了，但是倪教务长对质夫是很满足的一件事情，质夫明明在他的言语态度上，可以看得出来。从此质夫当初所怀着的那一种对学生对教务长的恐惧心，便一天一天的减少下去了。

（四）

学校内外浮荡着的暗云，一层一层的紧迫起来。本来是神经质的倪教务长和态度从容的陆校长常常在那里作密谈。质夫因为不谙那学校的情形，所以也没有什么惧怕，仅在那里干他自家一个人的事。

初到学校后二三天的紧张的精神，渐渐的弛缓下去的时候，质夫的许久不抬头的变态性欲，又露起头角来了。因为时间与空间的关系，吴迟生的印象一天一天在他的脑海里消失下去，由此而后，支配他的全体精神的欲情，分成了二个方向起起作用来。一种是纯一的爱情，集中在他的一个年轻的学生身上。一种是间断偶发的冲动。这种冲动发作的时候，他竟完全成了无理性的野兽，非要到城里街上，和学校附近的乡间的贫民窟里去乱跑乱跳走一次，偷看几个女性，不能把他性欲的冲动压制下去。有一天晚上，正是这冲动发作的时候，倪教务长不声不响的走进他的房里来忠告他说：

“质夫，你今天晚上不要跑出去。我们得着了一个消息，说是几个被李麦买收了的学生，预备今晚起事，我们教职员还是住在一处，不要出去的好。”

质夫在房里电灯下坐着，守了一个钟头，觉得苦极了。他对学校的风潮，还未曾经验过，所以并没有什么害怕，并且因为他到这学校不久，缠绕在这学校周围的空气，不能明白，所以更无危惧的心思。他听了倪教务长的话之后，只觉得有一种看热闹的好奇心起来，并没有别的观念，同西洋小孩在圣诞节的晚上盼望圣诞老人到来的样子，他反而一刻一刻的盼望这捣乱事件快些出现。等了一个钟头，学校里仍没有什么动静，他的好奇心，竟被他原有的冲动的发作压到了。他从坐位里站了起来，在房里走了几圈，又坐了一忽，又站起来走了几圈，觉得他的兽性，终究压不下去。换了一套中国衣服，他便悄悄的从大门走了出去。浓蓝的天影里，有几颗游星，在那里开闭。学校附近的郊外的路上黑得可怕。幸亏这一条路是沿着城墙沟渠的，所以黑暗中的城墙的轮廓和黑沉沉的城池的影子，还当作了他的行路的目标。他同瞎子似的在不平的路上跌了几脚。踏了几次空，走到北门城门外的时候，忽然想起城门是快要闭了。若或进城去，他在城里又无熟人，又没有法子弄得到一张出城券，事情是不容易解决的，所以在城门外迟疑了一会，他就回转了脚，一直沿了向北的那一条乡下的官道跑去。跑了一段，他跑到一处很狭的街上了。他以为这样的城外市镇里，必有那些奇形怪状的最下流的妇人住着，他的冲动的目的物正是这一流妇人。但是他在黄昏的小市上跑来跑去跑了许多时候，终究寻不出一个妇人来。有时候有一二个蓬头的女子走过，却是人家的未成年的使婢。他在街上走了一会，又穿到漆黑的侧巷里去走了一会，终究不能达到他的目的。在无人通过的漆黑的侧巷里站着，他仰起头来看看幽远的天空。便轻轻的叹着说：

“我在外国苦了这许多年数，如今到中国来还要吃这样的苦。唉！我何苦呢，可怜我一生还未曾得着女人的爱惜过。啊恋爱呀，你若可以学识来换的，我情愿将我所有的知识，完全交出来，与你换一个有血有泪的拥抱。啊恋爱呀，我恨你是不能糊涂了事的。我恨你是不能以资格地位名誉来换的。我要灭这一层烦恼，我只有自杀……”

讲到了这里，他的面上忽然滚下了两粒粗泪来。他觉得站在这里，终究不是长久之计，就又同饿犬似的走上街来了。垂头丧气的正想回到校里来的时候，他忽然看见一家小小的卖香烟洋货的店里，有一个二十五六的女人坐在灰黄的电灯下，对了帐簿算盘在那里结帐。他远远的站在街上看了一忽，走来走去的走了几次，便不声不响的踏进了店去。那女人见他进去，就丢下了帐目来问他：

“要买什么东西？”

先买了几封香烟，他便对那女人呆呆的看了一眼。由他看来这女人的容貌却是商家所罕有的，其实她也只是一个平常的女人，不过身材生得小，所以俏得很，衣服穿得还时髦，所以觉得有些动人的地方。他如饿犬似的贪看了一二分钟，便问她说：

“你有针卖没有？”

"是缝衣服的针么?"

"是的，但是我要一个用熟的针，最好请你卖一个新针给我之后，将拿新针与你用熟的针交换一下。"

那妇人便笑着回答说：

"你是拿去煮在药里的么?"

他便含糊的答应说：

"是的是的你怎么知道?"

"我们乡下的神方里，老有这些玩意儿的。"

"不错不错，这针到还容易办得到，有一件物事，可真是难办。"

"是什么呢?"

"是妇人们用的旧手帕，我一个人住在这里，又无朋友，所以这物事是怎么也求不到的，我已经决定不再去求了。"

"这样的也可以的么?"

一边说，一边那妇人从她的袋里拿了一块洋布的旧手帕出来。质夫一见觉得胸前就乱跳起来，忽涨红了脸说：

"你若肯让给我，我情愿买一块顶好的手帕来与你换。"

"那请你拿去就对了，何必换呢。"

"谢谢，谢谢，真真是感激不尽了。"

质夫得了她的用旧的针和手帕，就跌来碰去的跑回家来。路上有一阵凉冷的西风，吹上他的微红的脸来。那时候，他觉得爽快极了。

回到了校里，他看看还是未曾熄灯。幽幽的回到房里，闩上了房门，他马上把骗来的那用旧的针和手帕从怀中取了出来。在桌前椅子上坐下，他就把那两件实物掩在自家的口鼻上，深深的闻了一回香气，他忽然注意到了桌上立在那里的那一面镜子。他心里马上想把现在的他的动作照到镜子里去。取了镜子，把他自家的痴态看了一忽，他觉得这用旧的针子，还没有用得适当。呆呆的对镜子看了一二分钟，他就很命的把针子向颊上刺了一针。本来为了兴奋的原故，变得一块红一块白的面上，忽然滚出了一滴同玛瑙似的血来，他用那手帕揩了之后，看见镜子里的面上又滚了一颗圆润的血珠出来。对着了镜子里的面上的血珠，看看手帕上的腥红的血迹，闻闻那旧手帕和针子的香味，想想那手帕的主人公的态度，他觉得一种快感，把他的全身都浸遍了。

不多一忽，电灯熄了，他因为怕他现在所享受的快感，要被打断，所以动也不动的坐在黑暗的房里，在那里贪尝那变态的快味。打更的人打到他的窗下的时候，他才同从梦里头醒来的人一样，抱着了那针子和手帕摸上他的床上去睡了。

（五）

清秋的好天气一天一天的连续过去，A地的自然景物，与质夫生起情感来了。学生对质夫的感情，也一天一天的浓厚起来。吃过晚饭之后，在学校近旁的菱湖公园里，与一群他所爱的青年学生，看看夕阳返照在残荷枝上的暮景，谈谈异国的流风遗韵，确是平生的一大快事，质夫觉得这一般智识欲很旺的青年，都成了他的亲爱的兄弟了。

有一天也是秋高气爽的晴朗的早晨，质夫与雀鸟同时起了床。盥洗之后，便含了一枝伽利克缓缓的走到菱湖公园去散步去。东天角上太阳刚才起程，银红的天色，渐渐向西的薄了下去，成了一种淡青的颜色。远近的泥田里，还有许多荷花的枯干同鱼栅似的立在那里。远远的山坡上有几只白色的山羊同神话里的风景似的在那里吃枯草。他从学校近旁的山坡上，一直沿了一条向北的田塍细路走了过去，看看四周的田园清景，想想他目下所处的境遇，质夫觉得从前在东京的海岸酒楼上，对着了夕阳发的那些牢骚，不知消失到什么地方去了。

“我也可以满足了，照目下的状态能够持续得一二十年，那我的精神，怕更要发达呢。”

穿过了一条红桥，在一个空亭里立了一会，他就走到公园中心的那条柳荫路上去，回到学校之后，他又接着了一封从上海来的信，说他著的一部小说集已经快出版了。

这一天午后他觉得精神非常爽快，所以上课的时候竟多讲了十分钟，他看看学生的面色，也都好像是很满足的样子。正要下课堂的时候，他忽听见前面寄宿舍和事务室的中间的通路上，有一阵摇铃的声音和学生喧闹的声音传了过来。他下了课堂，拿了书本跑过去一看，只见一群学生围着了一个青脸的学生在那里吵闹。那青脸的学生，面上带着一味杀气。他的颊下的一条刀伤痕更形容得他的狞恶。一群围住他的学生都磨拳擦掌的要打他。质夫看了一会，不晓得是怎么一回事，正在疑惑的时候，看见他的同事教体操的王先生，从包围在那里的学生丛中，辟开了一条路，挤到那被包围的青脸学生前，不问皂白，把那学生一把拖了到教员的议事厅上去。一边质夫又看见他的同事的监学唐伯名温温和和的对一群激愤的学生说：

“你们不必动气，好好儿的回到自修室去罢，对于江杰的捣乱，我们自有办法在这里。”

一半学生回自修室去了，一半学生跟在那青脸的学生后面叫着说：

“打！打！”

“打！打死他。不要脸的！受了李麦的金钱，你难道想卖同学么？”

质夫跟了这一群学生跑到议事厅上，见他的同事都立在那里。同事中的最年长者，带着一副黑眼镜，头上有一块秃的许明先，见了那青脸的学生，就对他说：

“你是一个好好的人，家里又还可以，何苦要干这些事呢。

开除你的是学校的规则，并不是校长。钱是用得完的，你们年轻的人还是名誉要紧。李麦能利用你来捣乱学校，也定能利用别人来杀你的，你何苦去干这些事呢。”

许明先还没有说完，门外站着的学生都叫着说：

“打！”

“李麦的走狗！”

“不要脸的，摇一摇铃三十块钱，你这买卖真好啊。”

“打打！”

许明先听了门外学生的叫唤，便出来对学生说：

“你们看我面上，不要打他，只要他能悔过就对了。”

许明先一边说一边就招那青脸的学生——名叫江杰——出来，对众谢罪。谢罪之后，许明先就护送他出门外，命令他以后不准再来，江杰就垂头丧气的走了。

江杰走后，质夫从学生和同事的口头听来，才知道江杰本来也是校内的学生，因为闹事的缘故，在去年开除的。现在他得了李麦的钱，以要求复校为名，想来捣乱，与校内八九个得钱的学生约好，用摇铃作记号预备一齐闹起来的。质夫听了，心里反觉得好笑，以为像这样的闹事，便闹死也没有什么。

过了三四天，也是一天晴朗的早晨。十点钟的时候，质夫正在预备上课，忽然听见几个学生大声哄号起来。质夫出来一看，见议事厅上有八九个长大的学生，吃得酒醉醺醺头向了天，带着了笑容，在那里哄号。不过一二分钟，教职员全体和许多学生都跑向议事厅来。那八九个学生中间的一个最长的人便高声的对众人说：

“我们几个人是来搬校长的行李的。他是一个过激党，我们不愿意受过激党的教育。”

八九个中的一个矮小的人也对众人说：

“我们既然做了这事，就是不怕死的。若有人来拦阻我们，那要对他不起。”

说到这里，他在马褂袖里，拿了一把八寸长的刀出来。质夫看着门外站在那里的学生起初同蜂巢里的雄蜂一样，还有些喃喃呐呐的声音，后来看了那矮小的人的小刀，就大家静了下去。质夫心里有点不平，想出来讲几句话，但是被他的同乡教体操的王先生拖住了，王先生对他说：

“事情到了这样，我与你立出去也压不下来了。我们都是外省人，何苦去与他们为难呢？他们本省的学生尚且在那里旁观。”

那八九个学生一霎时就打到议事厅间壁的校长房里去，却好这时候校长还不在家，他们就把校长的铺盖捆好了。因为那一个拿刀的人在门口守着，所以另外的人一个人也不敢进到校长房里。那八九个学生同做新戏似的笑了一声，最后跟着了那个拿刀的矮子，抬了校长的被褥，就慢慢的走出门去了。等他们走了之后倪教务长和几个教员都指挥其余的学生，不要紊乱秩序，依旧去上课去。上了两个钟头课，吃午膳的时候，教职员全体主张停课一二天以观大势。午后质夫得了这闲空时间，到落得自在，便跑上西门外的大观亭去玩去了。

大观亭的前面是汪洋的江水。江中靠右的地方，有几个沙渚浮在那里。阳光射在江水的微波上，映出了几条反射的光线来。洲渚上的苇草，也有头白了的，也有作青黄色的，远远望去，同一片平沙一样。后面有一方湖水映着了青天，静静的躺在太阳的光里。沿了湖水有几处小山，有几处黄墙的寺院。看了这后面的风景，质夫忽然想起瑞士四林湖的山水来了。一个人逛到傍晚的时候，看了西天日落的景色，他就回到学校里来。一进校门，遇着了几个从里面出来的学生，质夫觉得那几个学生的微笑和目光，都好像在那里哀怜他的样子。他胸里感着一种不快的情怀，觉得是回到不该回来的地方来了。

吃过了晚饭，他的同事都锁着了眉头，议论起那八九个学生搬校长铺盖时候的情形和解决的方法来，质夫脱离了这议论的团体，私下约了他的同乡教体操的王亦安，到菱湖公园去散步去。太阳刚才下山，西天还有半天金赤的余霞留在那里。天盖的四周，也染了这余霞的返照，映出一种紫红的颜色来。天心里有大半规月亮白白的挂在那里，还没有放光。田塍路的角里和枯荷枝的脚上都有些薄暮的影子看得出来了。质夫和亦安一边走一边谈，亦安把这次风潮的原因细细的讲给了质夫听。

"这一次风潮的历史，说起来也长得很。但是他的原因，却伏在今年六月里，当李星狼麦连邑杀学生蒋可奇的时候。那时候陆校长讲的几句话是的确利害的。因为议员和军阀杀了蒋可奇，所以学生联合会有澄清选举，反对非法议员的举动。因为有了这举动，所以不得不驱逐李麦的走狗，想来召集议员的省长韩士成。因这几次政治运动的结果，军阀和议员的怨恨，都结在陆校长一人的身上，这一次议员和军阀想趁新省长来的时候，再开始活动，所以首先不得不去他们的劲敌陆校长。我听见说这几个学生从议员处得了二百元钱一个人。其余守中立的学生，也有得着十元十五元的。他们军阀和议员，连警察厅都买通了的，我听见说，今天北门站岗的巡警一个人还得着二元贿赂呢。此外还有想夺这校长做的一派人和同陆校长倪教务长有反感的一派人也加在内，你说这风潮的原因复杂不复杂?"

穿过了公园西北面的空亭，走上园中大路的时候，质夫邀亦安上东面水田里的纯阳阁里去。

夜阴一刻一刻的深了起来，月亮也渐渐的放起光来了。天空里从银红到紫蓝，从紫蓝到淡青的变了好几次颜色。他们进纯阳阁的时候，屋内已经漆黑了。从黑暗中摸上了楼。他们看见有一盏菜油灯点在上首的桌上。从这一粒微光中照出来的红漆的佛座和桌上的供物及两壁的幡对之类都带着些神秘的形容。亦安向四周看了一看对质夫说：

“纯阳祖师的签是非常灵验的，我们各人求一张罢。”

质夫同意了，得了一张三十八签中吉：

“淡云微月照清溪，此去蓬莱路不迷。杨柳东风寒食近，落花有意化春泥。”

他们下楼走到公园中间那条大路的时候，星月的光辉，已经把道旁的杨柳影子印在地上了。

闹事之后，学校里停了两天课，到了礼拜六的下午，教职员又开了一次大会，决定下礼拜一暂且开始上课一礼拜，若说官厅没有适当的处置，再行停课。正是这一天的晚上八点钟的时候，质夫刚在房里看他的从外国寄来的报，忽听见议事厅前后，又有哄号的声音传了过来。他跑出去一看，只见有五六个穿农夫衣服，相貌狞恶的人跟了前次的八九个学生，在那里乱跳乱叫。当质夫跑近他们身边的时候，八九个人中最长的学生就对质夫作了一揖说：

“对不起，对不起，请老师不要惊慌，我们此次来，不过为搬教务长和监学的行李来的。”

质夫也着了急，问他们说：

“你们何必这样呢？”

“实在是对老师不起的。”

那一个最长的学生话没有说完，质夫看见有一个农夫似的人跑到那学生身边说：

“先生，两个行李已经搬出去了，另外还有没有？”

那学生却回答说：

“没有了，你们去罢。”

这样的下了一个命令，他又回转来对质夫拱了一拱手说：

“我们实在也是出于不得已，只有请老师原谅原谅。”

又拱了拱手他就出去了。

这一天晚上行李被他们搬出的倪教务长和柳监学二人都不在

校内。闹了这一场之后，校内同暴风过后的海上一样，反而静了下去。王亦安和质夫同几个同病相怜的教员合在一处谈议此后的处置。质夫主张马上就把行李搬出校外，以后绝对的不再来了。王亦安光着眼睛对质夫说：

“不能不能，你和希圣怎么也不能现在搬出去。他们学生对希圣和你的感情最好，现在他们中立的多数学生，正在那里开会，决计留你们几个在校内，仍复继续替他们上课。并且有人在大门口守着，不准你们出去。”

中立的多数学生果真是像在那里开会似的，学校内涨漫着一种紧迫沉默的空气，同重病人的房里沉默着的空气一样。大家合议的结果，议决方希圣和于质夫二人，于晚上十二点钟学生全睡着的时候出校，其余的人一律于明天早晨搬出去。

天潇潇的下起雨来了。质夫回到房里，把行李物件收拾了一下，便坐在电灯下连连续续的吸起烟来，等了好久，王亦安轻轻的来说：

“现在可以出去了。我陪你们两个人出去，希圣立在桂花树底下等你。”

他们三人轻轻的走到门口的时候，门房里忽然走出了一个学生来问说：

“三位老师难道要出去么？我是代表多数同学来求三位老师不要出去的。我们总不能使他们几个学生来破坏我们的学校，到了明朝，我们总要想个法子，要求省长来解决他们。”

讲到这里那学生的眼睛已有一圈红了。王亦安对他作了一揖说：

“你要是爱我们的，请你放我们走罢，住在这里怕有危险。”

那学生忽然落了一颗眼泪，咬了一咬牙齿说：

“既然这样，请三位老师等一等，我去寻几位同学来陪三位老师进城，夜深了怕路上不便。”

那学生跑进去之后，他们三人马上叫门房开了门，在黑暗中冒着雨就走了。走了三五分钟，他们忽听见后面有脚步声追来，他们就放了大步走快来了。同时后面的人叫着说：

“我们不是坏人，请三位老师不要怕，我们是来陪老师们进城的。”

听了这话，他们的脚步便放小来。质夫回头来一看，见有四个学生拿了一盏洋油行灯，跟在他们的后面。其中有二个学生，却是质夫教的一班里的。

（六）

第二天的午后，从学校里搬出来的教职员全体，就上省长公署去见新到任的省长。那省长本来是质夫的胞兄的朋友，质夫与他亦曾在西湖上会过的。历任过交通司法总长的这省长，讲了许多安慰教职员的话之后，却作了一个“总有办法”的回答。

质夫和另外的几个教职员，自从学校里搬出来之后，便同丧家之犬一样，陷到了去又去不得留又不能留的地位。因为天连续的下了几天雨，所以质夫只能蛰居在一家小客栈里，不能出去闲逛。他就把他自己与另外几个同事的这几日的生活比作了未决囚的生活。每自嘲自笑的对人说：

“文明进步了，目下教员都要蒙尘了。”

性欲比人一倍强盛的质夫，处了这样的逆境，当然是不能安分的。他竟瞒着了同住的几个同事，到娼家去进出起来了。

从学校里搬出来之后，约有一礼拜的光景。他恨省长不能速行解决闹事的学生，所以那一天晚上吃晚饭的时候就多喝了几杯酒。这兴奋剂一下喉，他的兽性又起起作用来，他就独自一个走上一位带有家眷的他的同事家里去。那一位同事本来是质夫在他短时日中所得的最好的朋友。质夫上他家去，本来是有一种漠然的预感和希望怀着。坐谈了一会，他竟把他的本性露显了出来，那同事便用了英文对他说：

“你既然这样的无聊，我就带你上班子里逛去。”

穿过了几条街巷，从一条狭而又黑的巷口走进去的时候，质夫的胸前又跳跃起来，因为他虽在日本经过这种生活，但是在他的故国，他却从没有进过这些地方。走到门前有一处卖香烟橘子的小铺和一排人力车停着的一家墙门口，他的同事便跑了进去。他在门口仰起头来一看，门楣上有一块白漆的马口铁写着鹿和班的三个红字挂在那里。他迟了一步，也跟着他的同事进去了。

坐在门里两旁的有几个奇形怪状的男人，看见了他的同事和他，便站了起来，放大了喉咙叫着说：

“引路！荷珠姑娘房里。吴老爷来了！”

他的同事吴风世不慌不忙的招呼他进了一间方一丈的房里坐下之后，便用了英文问他说：

“你要怎么样的姑娘，你且把条件讲给我听，我好替你介绍。”

质夫在一张红木椅上坐下之后，便也用了英文对吴风世说：

“这是你情人的房么？陈设得好精致，你究竟是一位有福的嫖客。”

“你把条件讲给我听罢，我好替你介绍。”

“我的条件讲出来你不要笑。”

“你且讲来罢。”

“我有三个条件，第一要她是不好看的，第二要年纪大一点，第三要客少。”

“你到是一个老嫖客。”

讲到这里，吴风世的姑娘进房来了。她头上梳的辫子，皮色不白，但是有一种婉转的风味。穿的是一件虾青大花的缎子夹衫，一条玄色素缎的短脚裤。一进房就对吴风世说：

“说什么鬼话，我们懂的呀!”

“这一位于老爷是外国来的，他是外国人，不懂中国话。”

质夫站起来对荷珠说：

“假的假的，吴老爷说的是谎，你想我若不懂中国话，怎么还要上这里来呢?”

荷珠笑着说：

“你究竟是不是中国人?”

“你难道还在疑心么?”

“你是中国人，你何以要穿外国衣服?”

“我因为没有钱做中国衣服?”

“做外国衣服难道不要钱的么?”

吴风世听了一忽，就叫荷珠说：

“荷珠，你给于老爷荐举一个姑娘罢。”

“于老爷喜欢怎么样的?碧玉好不好?春红?香云?海棠?”

吴风世听了海棠两字，就对质夫说：

“海棠好不好?”

质夫回答说：

“我又不曾见过，怎么知道好不好呢?海棠与我提出的条件合不合?”

风世便大笑说：

“条件悉合，就是海棠罢。”

荷珠对她鸨母说：

“去请海棠姑娘过来。”

鸨母去了一忽来回说：

“海棠姑娘在那里看戏，打发人去叫去了。”

从戏院到那鹿和班，来回总有三十分钟，这三十分钟，质夫觉得好像是被悬挂在空中的样子，正不知如何的消遣才好。他讲了些闲话，一个人觉得无聊，不知不觉，就把两只手抱起膝来。

吴风世看了他这样子，就马上用了英文警告他说：

“不行不行，抱膝的事，在班子里是大忌的。因为这是闲空的象征。”

质夫听了，觉得好笑，便也用了英文问他说：

“另外还有什么礼节没有，请你全对我说了罢，免得被她们姑娘笑我。”

正说到这里，门帘开了，走进了一个年纪二十二三身材矮小的姑娘来，她的青灰色的额角广得很，但是又低得很，头发也不厚，所以一眼看来，觉得她的容貌同动物学上的原始猴类一样。一双鲁钝挂下的眼睛和一张比较长狭的嘴，一见可以知道她的性格是忠厚的。她穿的是一件明蓝花缎的夹袄，上面罩着一件玄色大花缎子的背心。底下是一件雪灰的牡丹花缎的短脚裤。她一进来，荷珠就替她介绍说：

“对你的是这一位于老爷，他是新从外国回来的。”

质夫心里想，这一位大约就是海棠了。他的面貌却正合我的三个条件，但是她何以会这样一点儿娇态都没有。海棠听了荷珠的话，也不做声，只呆呆的对质夫看了一眼。荷珠问她今天晚上的戏好不好，她就显出了一副认真的样子，说，今晚上的戏不好，但是新上台的《小放牛》却好得很，可惜只看了半出，没有看完。质夫听了她那慢慢的无娇态的话，心里觉得奇怪得很，以为她不像妓院里的姑娘。吴风世等她讲完了话之后，就叫她说：

“海棠！到你房里去罢。这一位于老爷是外国人，你可要待他格外客气才行。”

质夫风世和荷珠三人都跟了海棠到她房里去。质夫一进海棠的房，就看见一个四十上下的女人，鼻上起了几条绉纹，笑嘻嘻的迎了出来。她的青青的面色和角上有些吊起的一双眼睛，薄薄的淡白的嘴唇，都使质夫感着一种可怕可恶的印象，她待质夫也很殷勤，但是质夫终觉得她是一个恶人。

在海棠房里坐了一个多钟头，讲了些无边无际的话，质夫和风世都出来了。一出那条狭巷，就是大街，那时候街上的店铺都已闭门，四围静寂得很，质夫忽然想起了英文的“Dead City”（死了的都市）两个字来，他就幽幽的对吴风世说：

“风世我已经成了一个 Living Corpse（活着的死人）了。”

走到十字路口，质夫就和风世分了手。他们两个各听见各人的脚步声渐渐儿的低了下去。不多一忽这入人心脾的足音，也被黑暗的夜气吞没下去了。

（原载《创造季刊》第 1 卷第 1 期，1922 年 3 月 15 日出版）

采　石　矶

文章憎命达，魑魅喜人过。

——杜甫

Mein Leid ertoent der unbekannten Menge,
Ihr Beifall selbst macht meinem Herzen bang:
Und was sich sonst an meinem Lied erfreuet,
Wenn es noch lebt，irrt in der Welt zerstreuet.

——Goethe

一

自小就神经过敏的黄仲则，到了二十三岁的现在，也改不过他的孤傲多疑的性质来。他本来是一个负气殉情的人，每逢兴致激发的时候，不论讲得讲不得的话，都涨红了脸，放大了喉咙，抑留不住的直讲出来。听话的人，若对他的话有些反抗，或是在笑容上，或是在眼光上，表示一些不赞成他的意思的时候，他更要拚命的辩驳，讲到后来，他那双黑晶晶的眼睛老张得很大，好像有火飞出来的样子。这时候若有人出来说几句迎合他的话，他必喜欢得要高跳起来，他那双黑而且大的眼睛里必有两泓清水涌漾出来，再进一步，他的清瘦的颊上，就会有感激的眼泪流下来了。

像这样的发泄一回之后，他总有三四天守着沉默，无论何人对他说话，他是噤口不作回答的。在这沉默期间内，他也有一个人关上了房门，在那学使衙门东北边的寿春园西室里兀坐的时候，也有青了脸，一个人上清源门外的深云馆怀古台去独步的时候，也有跑到南门外姑熟溪边上的一家小酒馆去痛饮的时候。不过在这期间内他对人虽不说话，对自家却一个人老在幽幽的好像讲什么似的。他一个人，无论上什么地方去，有时或轻轻的吟诵着诗或文章，有时或对自家嘻笑，有时或望着天空叹惜，竟似忙得不得开交的样子。但是一见着人，他那双呆呆的大眼，举起来看你一眼，他脸上的表情就变得同毫无感觉的木偶一样，人在这时候遇着他，没有一个不被他骇退的。

学使的朱笥河，虽则非常爱惜他，但因为事务烦忙的缘故，所以当他沉默幽郁的时候，不能来为他解闷。当这时候，学使左右上下四五十人中间，敢接近他，进到他房里去与他谈几句话的，只有一个他的同乡洪稚存。与他自小同学，又是同乡的洪稚存很了解他的性格，见他与人论辨，愤激得不堪的时候，每出来为他说几句话，所以他对稚存比自家的弟兄还要敬爱。稚存知道他的脾气，当他沉默起头的一两天，故意的不去近他的身。有时偶然同他在出入的要路上遇着的时候，稚存也装成一副幽郁的样子，不过默默的对他点一点头就过去了。待他沉默过了一两天，暗地里看他好像有几首诗做好，并且看他好像在市上酒肆里醉过一次，或在城外孤冷的山林间痛哭一场之后，稚存或在半夜或在清晨，方慢慢的走到他的房里去，与他争诵《离骚》，或批评韩昌黎李太白的杂诗，他的沉默也就此破了。

学使衙门里的同事们背后虽叫他黄疯子，当他的面，却个个怕他得很，一则因为他是学使朱公最钟爱的上客，二则因为他习气太深，批评人家的文字，不顾人下得起下不起，只晓得顺了自家的性格，直言乱骂。

他到太平提督学政朱笥河公的幕里，也有大半年了，但是除了洪稚存和朱公二人而外，竟没有一个第三个人能同他讲得上半个钟头的话。凡与他见过一面的人，能了解他的，只说他恃才傲物，不可订交，不能了解他的，简直说他一点儿学问也没有，只仗着了朱公的威势爱发脾气。他的声誉和朋友，一年一年的少下去，他的自小就有的忧郁症，反一年一年的深起来了。

二

乾隆三十六年的秋也深了。长江南岸的太平府城里，已吹到了凉冷的北风，学使衙门西面园里的杨柳梧桐榆树等杂树，都带起鹅黄的淡色来。园角上荒草丛中，在秋月皎洁的晚上，唛唛唧唧的候虫的鸣声，也觉得渐渐的幽下去了。

昨天晚上，因为月亮好得很，仲则竟犯了风露，在园里看了一晚的月亮。在疏疏密密的树影下走来走去的走走，看看地上同严霜似的月光，他忽然感触旧情，想到他少年时候的一次悲惨的爱情上去。

“唉唉！但愿你能享受你家庭内的和乐！”

这样的叹了一声，远远的向东天一望，他的眼前忽然现出了一个十六岁的伶俐的少女来。那时候仲则正在宜兴氿里读书，他同学的陈某龚某都比他有钱，但那少女的一双水盈盈的眼光，却只注视在瘦弱的他的身上。他过年的时候要回常州去，将别的那一天，又到她家里去，她不晓是什么缘故，只是对他暗泣。同她痴坐了半个钟头，他已经走到门外了，她又叫他回去，把一条当时流行的淡黄绸的汗巾送给了他。这一回当临去的时候，却是他要哭了，两人又抱拥着痛哭了一场，把他们的眼泪，都流在那条汗巾的上面。一直到航船要开的将晚时候，他才把那条汗巾收藏起来，同她别去。这一回别后，他和她就再没有谈话的机会了。他第二回到宜兴的时候，他的年少的悲哀，只成了几首律诗，流

露在纸上(《两当轩诗集》卷一):

大道青楼望不遮,年时系马醉流霞,风前带是同心结,杯底人如解语花,下杜城边南北路,上阑门外去来车,匆匆觉得扬州梦,检点闲愁在鬓华。

唤起窗前尚宿酲,啼鹃催去又声声,丹青旧誓相如札,禅榻经时杜牧情,别后相思空一水,重来回首已三生,云阶月地依然在,细逐空香百遍行。

遮莫临行念我频,竹枝留涴泪痕新,多缘刺史无坚约,岂视萧郎作路人,望里彩云疑冉冉,愁边春水故粼粼,珊瑚百尺珠千斛,难换罗敷未嫁身。

从此音尘各悄然,春山如黛草如烟,泪添吴苑三更雨,恨惹邮亭一夜眠,讵有青乌缄别句,聊将锦瑟记流年,他时脱便微之过,百转千回只自怜。

后三年,他在扬州城里看城隍会,看见一个少妇,同一年约三十左右,状似富商的男人在街上缓步。她的容貌绝似那宜兴的少女,他晚上回到了江边的客寓里,又做了四首感旧的诗(《两当轩诗集》卷二):

风亭月榭记绸缪,梦里听歌醉里愁,牵袂几曾终絮语,掩关从此入离忧,明灯锦幄珊珊骨,细马春山剪剪眸,最忆频行尚回首,此心如水只东流。

而今潘鬓渐成丝,记否羊车共载时,挟弹何心惊共命,抚孤底苦破交枝,如馨风柳伤思曼,别样烟花恼牧之,莫把鹍弦弹昔昔,经秋憔悴为相思。

柘舞平康旧擅名，独将青眼到书生，轻移锦被添晨卧，细酌金卮遣旅情，此日双鱼寄公子，当时一曲怨东平，越王祠外花初放，更向何人缓缓行。

非关惜别为怜才，几度红笺手自裁，湖海有心随颖士，风情近日逼方回，多时掩幔留香住，依旧窥人有燕来，自古同心终不解，罗浮塚树至今哀。

他想想现在的心境，与当时一比，觉得七年前的他，正同阳春暖日下的香草一般，轰轰烈烈，刚在发育。当时新中了秀才，眼前尚有无穷的希望，在那里等他。

“到如今还是依人碌碌!”

一想到现在的身世，他就不知不觉的悲伤起来。忽有一阵凉冷的西风，吹到了园里，月光里的树影索索落落的颤动了一下，他也打了一个冷痉，觉得毛细管，都竦竖起来了。

“如此星辰非昨夜，为谁风露立中宵。”

他稍微放大了声音吟了一遍，走来走去走了几步，一则想壮壮自家的胆，二则想把今夜所得的这两句诗，凑成一首全诗。但是他的心想，乱得同水淹的蚁巢一样，怎么也凑不成上下的句子。园外的围墙衖里，打更的声音和灯笼的影子过去之后，月光更洁练得怕人。好像是秋霜已经下来的样子，他只觉得身上一阵一阵的寒冷起来。想想穷冬又快到了，他箧里只有几件大布的绵衣，过冬若要去买一件狐皮的袍料，非要有四十两银子不可，并且家里也许久不寄钱去了，依理而论，也该寄几十两银子回去，为老母辈添置几件衣服，但是照目前的状态看来，叫他何处去弄得到这许多银子。他一想到此，心里又添了一层烦闷。呆呆的对西斜的月亮看了一忽，他却顺口念出了两句诗来：

“茫茫来日愁如海，寄语羲和快着鞭。”

他念了两遍，背后的园门里忽而走了一个人出来，轻轻的叫着说：

“好诗好诗，仲则！你到这时候还没有睡么？”

仲则倒骇了一跳，回转头来就问他说：

“稚存！你也还没有睡么？一直到现在在那里干什么？”

“竹君要我为他起两封信稿，我现在刚搁下笔哩！”

“我还有两句好诗，也念给你听罢，如此星辰非昨夜，为谁风露立中宵。”

“诗是好诗，可惜太衰飒了。”

“我想把他们凑成两首律诗来，但是怎么也做不成功。”

“还是不做成的好。”

“何以呢？”

“做成之后，岂不是就没有兴致了么？”

“这话倒也不错，我就不做了罢。”

“仲则，明天有一位大考据家来了，你知道么？”

“谁呀？”

“戴东原。”

“我只闻诸葛的大名，却没有见过这一位小孔子；你听谁说他要来呀？”

“是北京纪老太史给竹君的信里说及的，竹君正预备着欢迎接他呢。”

“周秦以上并没有考据学，学术反而昌明，近来大名鼎鼎的考据学家很多，伪书却日见风行，我看那些考据学家都是盗名欺世的。他们今日讲诗学，明日弄训诂，再过几天，又要来谈治国平天下，九九归源，他们的目的，总不外乎一个翰林学士的衔头，我劝他们还是去参注酷吏传的好，将来束带立于朝，由礼部而吏部，或领理藩院，或拜内阁大学士的时候，到好照样去做。”

“你又要发痴了，你不怕旁人说你在妒嫉人家的大名的么？”

"即使我在妒忌人家的大名，我的心地，却比他们的大言欺世，排斥异己，光明得多哩！我究竟不在陷害人家，不在卑污苟贱的迎合世人。"

"仲则！你在哭么？"

"我在发气！"

"气什么？"

"气那些挂羊头卖狗肉的未来的酷吏！"

"戴东原与你有什么仇？"

"戴东原与我虽然没有什么仇，但我是疾恶如仇的。"

"你病刚好，又愤激得这个样子，今晚上可是我害了你了，仲则，我们为了这些无聊的人呕气也犯不着，我房里还有一瓶绍兴酒在，去喝酒去罢。"

他与洪稚存两人，昨晚喝酒喝到鸡叫才睡，所以今朝早晨太阳射在他窗外的花坛上的时候，他还未曾起来。

门外又是一天清冷的好天气。绀碧的天空，高得渺渺茫茫。窗前飞过的鸟雀的影子，也有些秋意，仲则窗外的几株梧桐树叶，在这浩浩的白日里，也无风的自在凋落。

一直等太阳射到他的朝西南的窗下的时候，仲则才醒，从被里伸出了一只手，撩开帐子，向窗上一望，他觉得睛光射目，有些眩晕。仍复放下了帐子，开了眼睛，在被里睡了一忽，他的昨天晚上的亢奋状态，已经过去了，只有秋虫的鸣声，梧桐的疏影和云月的光辉，成了昨夜的记忆，还印在他的今天早晨的脑里。又开了眼睛呆呆的对帐顶看了一忽，他就把昨夜追忆少年时候的情绪想了出来。想到这里，他的创作欲已经抬头起来了。从被里坐起，把衣服一披，他拖了鞋就走上书桌边上去。随便拿了一张桌上的破纸，和一枝墨笔，他写出了一首诗来：

络纬啼歇疏梧烟，露华一白凉无边，纤云微荡月沉海，列宿乱摇风满天。谁人一声歌子夜，寻声宛转空台榭，声长声短鸡绩鸣，曙色冷光相激射。

三

仲则写完了最后的一句，就把笔搁下，反复的吟诵了数遍。呆着向窗外的晴光一望，他又拿起笔来，伏下身去，在诗的前面填了“秋夜”的两字，作了诗题。他一边就仆役拿来的面水洗面，一边眼睛还不能离开刚才写好的诗句，微微的在吟着。

他洗完了面，饭也不吃，便一个人走出了学使衙门，慢慢的向南面的龙津门走去。十月中旬的和煦的阳光，不暖不热的洒满在冷清的太平府城街上。仲则在蓝苍的高天底下，出了龙津门，渡过姑熟溪，尽沿了细草黄沙的乡间的大道，向东南的前进。道傍有几处小小的杂树林，也已现出了凋落的衰容，枝头未坠的病叶，都带了黄苍的浊色，在秋风里微颤。树梢上有几点乌鸦，好像在那里赞美天晴的样子，呀呀的叫了几声。仲则抬起头来一看，见那几只乌鸦以树林作了中心，在晴空里飞舞。树下一块草地，颜色也有些微黄了。草地的周围，有许多纵横洁净的白田，因为稻已割尽，只留了点点的稻草根株，静静的在享受阳光。仲则向四面一看，就不知不觉的从官道上，走入一条衰草丛生的田塍小路里去。走过了一块干净的白田，到了那树林的草地上，他就在树下坐下了。静静地听了一忽鸦噪的声音，他举头却见了前面的一带秋山，划在晴朗的天空中间。

“相看两不厌，只有敬亭山。”

这样的念了一句，他忽然动了登高望远的心思。立起了身，他又回到官道上来了。走了半个钟头的样子，他过了一条小桥，在桥头树林里，忽然发见了几家泥墙的矮草舍。草舍前空地上一只在太阳里躺着的白花犬，听见了仲则的脚步声，呜呜的叫了起来。半掩的一家草舍门口，有一个五六岁的小孩跑出来窥看。仲则因为将近山麓了，想问一声上谢公山是如何走法的，所以就对那跑出来的小孩问了一声。那小孩把小手指头含在嘴里，好像怕羞似的跑进去了。白花犬因为仲则站住不走了，叫得更加厉害，过了一会，草舍门里又走出了一个头上包青布的老农妇来。仲则作了笑容恭恭敬敬的问她说：

"老婆婆，你可知道前面的是谢公山不是？"

老妇摇摇头说：

"前面的是龙山。"

"那么谢公山在那里呢？"

"不知道，龙山左面的是青山，还有三里多路啦。"

"是青山么？那山上有坟墓没有？"

"坟墓怎么会没有！"

"是的，我问错了，我要问的，是李太白的坟。"

"噢噢，李太白的坟么？就在青山的半脚。"

仲则听了这话，喜欢得很，便告了谢，放轻脚步，从一条狭小的歧路折向东南的谢公山去。谢公山原来就是青山，乡下老妇只晓得李太白的坟，却不晓得青山一名谢公山，仲则一想，心里觉得感激得很，恨不得想拜她一下。他的很易激动的感情，几乎又要使他下泪了。他渐渐的前进，路也渐渐窄了起来，路两傍的杂树矮林，也一处一处的多起来了。又走了半个钟头的样子，他走到青山脚下了。在细草簇生的山坡斜路上，他遇见了两个砍柴的小孩，唱着山歌挑了两肩短小的柴担，斗头下来。他立住了脚，又恭恭敬敬的问说：

"小兄弟，你们可知道李太白的坟在那里的？"

两小孩好像没有听见他的话，尽管向前的冲来。仲则让在路旁，一面又放声发问了一次。他们因为尽在唱歌，没有注意到仲则，所以仲则第一次问的时候，他们简直不知道路上有一个人在和他们斗头的走来，及走到了仲则的身边，看他好像在发问的样子，他们才歇了歌唱，忽而向仲则惊视了一眼。听了仲则的问话，前面的小孩把手向仲则的背后一指，好像求同意似的，回头来向后面的小孩看着说：

“李太白？是那一个坟罢？”

后面的小孩也争着以手指点说：

“是的，是那一个有一块白石头的坟。”

仲则回转了头，向他们指着的方向一看，看见几十步路外有一堆矮林，矮林边上有一穴前面有一块白石的低坟。

“啊，这就是么？”

仲则的这叹声里，也有惊喜的意思，也有失望的意思，可以听得出来。他走到了坟前，只看见一个杂草生满的荒塚。并且背后的那两小孩的歌声，渐渐的幽了下去，忽然听不见了，山间的沉默，马上就扩大了开来，包压在他的左右，上下。他为这沉默一压，看看这一堆荒塚，又想到这荒塚底下葬着的是一个他所心爱的薄命诗人，心里的一种悲感，竟同江潮似的涌了起来。

“啊啊，李太白，李太白！”

不知不觉的叫了一声，他的眼泪也同他的声音同时滚下来了。微风吹动了墓草，他的模糊的泪眼，好像见李太白的坟墓活起来的样子。他在坟的周围走了一圈，又回到墓门前跪下了。

他默默的在墓前草上坐了好久。看看四围的山间透明的空气，想想诗人的寂寞的生涯，又回想到自家的现在被人家虐待的境遇，眼泪只是落落续续的流下来。看看太阳已竟低了下去，坟前的草影长起来了，他方把今天睡到了日中才起来，洗面之后跑出衙门，一直还没有取过食物的事情想了出来。他觉得饥饿极了。

四

他挨了饿，慢慢的朝着了斜阳，走回家来的时候，短促的秋日，已将晚了。他一面赏玩着日暮的秋郊野景，一面一句一句的在那里想诗。敲开了城门，在灯火零星的街上，走回学使衙门去的时候，他的吊李太白的诗也想完全了（《两当轩诗集》卷三）：

束发读君诗，今来展君墓。清风江上洒然来，我欲因之寄微慕。呜呼，有才如君不免死，我固知君死非死，长星落地三千年，此是昆明劫灰耳。高冠岌岌佩陆离，纵横学剑胸中奇，陶镕屈宋入大雅，挥洒日月成瑰词。当时有君无着处，即今遗躅犹相思。醒时兀兀醉千首，应是鸿濛借君手，乾坤无事入怀抱，只有求仙与饮酒。一生低首唯宣城，墓门正对青山青。风流辉映今犹昔，更有灞桥驴背客（贾岛墓亦在侧），此间地下真可观，怪底江山总生色。江山终古月明里，醉魄沉沉呼不起，锦袍画舫寂无人，隐隐歌声绕江水。残膏剩粉洒六合，犹作人间万余子。与君同时杜拾遗，窆石却在潇湘湄，我昔南行曾访之，衡云惨惨通九疑，即论身后归骨地，俨与诗境同分驰，终嫌此老太愤激，我所师者非公谁。人生百年要行乐，一日千杯苦不足，笑看樵牧语斜阳，死当埋我兹山麓。

仲则走到学使衙门里，只见正厅上灯烛辉煌，好像在那里张宴。他因为人已疲倦极了，便悄悄的回到他住的寿春园西室去。命仆役搬了菜饭来，在灯下吃了，洗完手面之后，他就想上床去睡，稚存却青了脸，张了鼻孔，作了悲寂的形容，走进他的房来。

“仲则，你今天上什么地方去了？”

“我倦极了，我上李太白的坟前去了一次。”

“是谢公山么?”

“是的，你的样子何以这样的枯寂，没有一点儿生气?”

“唉，仲则，我们没有一点小名望的人，简直还是不出外面来的好。啊啊，文人的卑污呀!”

“是怎么一回事?”

“昨晚上我不是对你说过了么？那大考据家的事情。”

“哦，原来是戴东原到了。”

“仲则，我真佩服你昨晚上的议论。戴大家这一回出京来，拿了许多名人的荐状，本来是想到各处来弄几个钱的。今晚上竹君办酒替他接风，他在席上听了竹君夸奖你我的话，就冷笑了一脸说‘华而不实’。仲则，叫我如何忍受下去呢！这样卑鄙的文人，这样的只知排斥异己的文人，我真想和他拼一条命。”

“竹君对他这话，也不说什么么?”

“竹君自家也在著《十三经文字同异》，当然是与他志同道合的了。并且盛名的前头，那一个能不为所屈，啊啊，我恨不能变一个秦始皇，把这些卑鄙的伪儒，杀个干净。”

“伪儒另外还讲些什么?”

“他说你的诗他也见过，太少忠厚之气，并且典故用错得不少。”

“混蛋，这样的胡说乱道，天下难道还有真是非么？他住在什么地方？去，去，我也去问他个明白。”

“仲则，且忍耐着罢，现在我们是闹他不赢的。如今世上盲人多，明眼人少，他们只有耳朵，没有眼睛，看不出究竟谁清谁浊，只信名望大的人，是好的，不错的。我们且待百年后的人来判断罢!”

“但我终觉得忍耐不住，稚存，稚存。”

“…………”

“稚存，我我……我想……想回家去了。”

“…………”

“稚存，稚存，你……你……你怎么样？”

“仲则，你有钱在身边么？”

“没有了。”

“我也没有了。没有川资，怎么回去呢？”

五

仲则的性格，本来是非常激烈的，对了戴东原的辱骂，怎么也忍受不过去，昨晚上和稚存两人默默的在房间里走来走去走了半夜，打算回常州去，又因为没有路费，不能回去。当半夜过了，学使衙门里的人都睡着之后，仲则和稚存还是默默的背着了手在房里走来走去的走。稚存看看灯下的仲则的清瘦的影子，想叫他睡了，但是看看他的水汪汪的注视着地板的那双眼睛，和他的全身在微颤着的愤激的身体，终说不出话来。所以稚存举起头来对仲则偷看了好几眼，依旧把头低下去了。到了天将亮的时候，他们两人的愤激已消散了好多，稚存就对仲则说：

“仲则，我们的真价，百年后总有知者，还是保重身体要紧。戴东原不是史官，他能改变百年后的历史么？一时的胜利者未必是万世的胜利者，我们还该自重些。”

仲则听了这话，就举起他的一双水汪汪的眼睛，对稚存看了一眼。呆了一忽，他才对稚存说：

“稚存，我头痛得很。”这样的讲了一句，仍复默默的俯了首，走来走去走了一回，他又对稚存说：

“稚存，我怕要病了。我今天走了一天，身体已经疲倦极了，回来又被那伪儒这样的辱骂一场，稚存，我若是死了，要你为我复仇的呀！”

“你又要说这些话了，我们以后还是务其大者远者，不要在那些小节上消磨我们的志气罢！我现在觉得戴东原那样的人，并不在我的眼中了。你且安睡罢。”

“你也去睡罢，时候已经不早了。”

稚存去后，仲则一个人还在房里俯了首走来走去的走了好久，后来他觉得实在是头痛不过了，才上床去睡。他从睡梦中哭醒了好几次。到第二天中午，稚存进他房去看他的时候，他身上发热，两颊绯红，尽在那里讲谵语。稚存到他床边，伸手到他头上去一摸，他忽然坐了起来问稚存说：

“京师诸名太史说我的诗怎么样？”

稚存含了眼泪勉强笑着说：

“他们都在称赞你，说你的才在渔洋之上。”

“在渔洋之上？呵呵，呵呵。”

稚存看了他这病状，就止不住的流下眼泪来，本想去通知学使朱笥河，但因为怕与戴东原遇见，所以只好不去。稚存用了湿手巾把他头脑凉了一凉，他才睡了一忽。不上三十分钟，他又坐起来问稚存说：

“竹君，……竹君怎么不来？竹君怎么这几天没有到我房里来过？难道他果真信了他的话了么？我要回去了，我要回去了，谁愿意住在这里！”

稚存听了这话，也觉得这几天竹君对他们有些疏远的样子，心里虽则非常悲愤，但对仲则只能装着笑容说：

“竹君刚才来过，他见你睡着在这里，教我不要惊醒你来，就悄悄的出去了。”

“竹君来过了么？你怎么不讲？你怎么不教他把那大盗赶出去？”

稚存骗仲则睡着之后，自己也哭了一个爽快。夜阴侵入到仲则的房里来的时候，稚存也在仲则的床沿上睡着了。

六

岁月迁移了。乾隆三十七年的新春带了许多风霜雨雪到太平府城里来，一直到了正月尽头，天气方才晴朗。卧在学使衙门东北边寿春园西室的病夫黄仲则，也同阴暗的天气一样，到了正月尽头，却一天一天的强健起来。本来是清瘦的他，遭了这一场伤寒重症，更清瘦得可怜。但稚存与他的友情，经了这一番患难，倒是一天浓厚一天。他们二人各对各的天分，也更互相尊敬起来，每天晚上，各讲自家的抱负，总要讲到三更过后才肯入睡，两个灵魂，差不多将化作成一个了。

二月以后，天气忽而变暖了。仲则的病体也一刻一刻的强壮起来。到了二月半，仲则已能起来往浮邱山下的广福寺去烧香去了。

他的孤傲多疑的性质，经了这一番大病，并没有什么改变。他总觉得自从去年戴东原来了一次之后，朱竹君对他的态度，不如从前的诚恳了。有一天日长的午后，他一个人在房里翻开旧作的诗稿来看，看见去年初见朱竹君学使时候的一首《上朱笥河先生》的柏梁古体诗。他想想当时一见如旧的知遇，与现在的无聊的状态一比，觉得人生事事，都无长局。拿起笔来，他又添写了四首律诗到诗稿上去(《两当轩全集》卷六)：

> 抑情无计总飞扬，忽忽行迷坐若忘，遁拟凿坯因骨傲，吟还带索为愁长，听猿讵止三声泪，绕指真成百炼钢，自傲一呕休示客，恐将冰炭置人肠。

> 岁岁吹箫江上城，西园桃梗托浮生，马因识路真疲路，蝉到吞声尚有声，长铗依人游未已，短衣射虎气难平，剧怜对酒听歌夜，绝似中年以后情。

鸢肩火色负轮囷，臣壮何曾不若人，文倘有光真怪石，足可如析是劳薪，但工饮啖犹能活，尚有琴书且未贫，芳草满江容我采，此生端合付灵均。

似绮年华一指弹，世途惟觉醉乡宽，三生难化心成石，九死空尝胆作丸，出郭病躯愁直视，登高短发愧旁观，升沉不用君平卜，已办秋江一钓竿。

七

天上没有半点浮云，浓蓝的天色，受了阳光的蒸染，蒙上了一层淡紫的晴霞，千里的长江，映着几点青螺，同逐梦似的流奔东去。长江腰际，青螺中一个最大的采石山前，太白楼开了八面高窗，倒影在江心牛渚。山水，楼阁，和楼阁中的人物，都是似醉似痴的在那里点缀阳春的烟景。这是三月上巳的午后，是安徽提督学政朱笥河公在太白楼大会宾客之日。翠螺山的峰前峰后，都来往着与会的高宾。或站在三台阁上，数水平线上的来帆，或散在牛渚矶头，寻前朝历史上的遗迹。从太平府到采石山，有二十里的官路。澄江门外的沙郊，平时不见有人行的野道上，今天差不多路空不过五步。八府的书生，正来当涂应试，听得学使朱公的雅兴，都想来看看朱公笼里的人材。所以江山好处，蛾眉燃犀诸亭都为游人占领了去。

黄仲则当这青黄互竞的时候，也不改他常时的态度。本来是纤长清瘦的他，又加以久病之余，穿了一件白夹春衫，立在人丛中间，好像是怕被风吹去的样子。清癯的颊上，两点红晕，大约是薄醉的风情。立在他右边的一个肥矮的少年，同他在那里看对岸的青山的，是他的同乡同学的洪稚存。他们两人在采石山上下走了一转，回到太白楼的时候，柔和肥胖的朱笥河笑问他们说：

“你们的诗做好没有？”

洪稚存含着了微笑摇头说：

“我是闭门觅句的陈无已。”

万事不肯让人的黄仲则，就抢着笑说：

“我却做好了。”

朱笥河看了他这一种少年好胜的形状，就笑着说：

“你若是做了这样快，我就替你磨墨，你写出来罢。”

黄仲则本来是和朱笥河说说笑话的，但等得朱笥河把墨磨好，横轴摊开来的时候，他也不得不写了。他拿起笔来，往墨池里扫了几扫，就模模糊糊的写了下去(《两当轩全集》卷四)：

红霞一片海上来，照我楼上华筵开，倾觞绿酒忽复尽，楼中谪仙安在哉，谪仙之楼楼百尺，笥河夫子文章伯，风流仿佛楼中人，千一百年来此客，是日江上同云开，天门淡扫双蛾眉，江从慈母矶边转，潮到燃犀亭下回，青山对面客起舞，彼此青莲一抔土，若论七尺归蓬蒿，此楼作客山是主，若论醉月来江滨，此楼作主山作宾，长星动摇若无色，未必常作人间魂，身后苍凉尽如此，俯仰悲歌亦徒尔，杯底空余今古愁，眼前忽尽东南美，高会题诗最上头，姓名未死重山邱，请将诗卷掷江水，定不与江东向流。

一九二二，十一月二十日午前

(原载《创造季刊》第1卷第4期，1923年2月1日出版)

春风沉醉的晚上

一

在沪上闲居了半年，因为失业的结果，我的寓所迁移了三处。最初我住在静安寺路南的一间同鸟笼似的永也没有太阳晒着的自由的监房里。这些自由的监房的住民除了几个同强盗小窃一样的凶恶的裁缝之外，多是些可怜的无名文士，我当时所以送了那地方一个 Yellow grub Street 的称号。在这 Grub Street 里住了一个月，房租忽涨了价，我就不得不拖了几本破书，搬上跑马厅附近一家相识的栈房里去。后来在这栈房里又受了种种逼迫，不得不搬了，我便在外白渡桥北岸的邓脱路中间，日新里对面的贫民窟里，寻了一间小小的房间，迁移了过去。

邓脱路的这几排房子，从地上量到屋顶，只有一丈几尺高。我住的楼上的那间房间，更是矮小得不堪。若站在楼板上升一升懒腰，两只手就要把灰黑的屋顶穿通的。从前面的衖里踱进了那房子的门，便是房主的住房。在破布洋铁罐玻璃瓶旧铁器堆满的中间，侧着身子，走进两步，就有一张中间有几根横挡铁落的梯子靠墙摆在那里。用了这张梯子往上面的黑黝黝的一个二尺宽的洞里一接，即能走上楼去。黑沉沉的这层楼上，本来只有猫额那么大，房主人却把它隔成了两间小房。外面一间是一个某某烟公司的女工住在那里，我所租的是梯子口头的那间小房，因为外间的住者要从我的房里出入，所以我的每月的房租要比外间的便宜几角小洋。

我的房主，是一个五十来岁的弯腰老人。他的脸上的青黄色里映射着一层暗黑的油光。两只眼睛是一只大一只小，颧骨很高，额上颊上的几条皱纹里满砌着煤灰，好像每天早晨洗也洗不掉的样子。他日日于八九点钟的时候起来，咳嗽一阵，便挑了一只竹篮出去，到午后的三四点钟仍旧挑了一双空篮回来。有时挑了满担回来的时候，他的竹篮里便是那些破布破铁器玻璃瓶之类。像这样的晚上他必要去买些酒来喝喝，一个人坐在床沿上瞎骂出许多不可捉摸的话来。

我与间壁的同寓者的第一次相遇，是在搬来的那天午后。春天的急景已经快晚了的五点过的时候，我点了一枝蜡烛，在那里安放几本刚从栈房里搬过来的破书。先把它们叠成了两方堆，一堆小些，一堆大些，然后把两个二尺长的装画的画架覆在大一点的那堆书上。因为我的器具都卖完了，这一堆书和画架白天要当写字台，晚上可当床睡的。摆好了画架的板，我就朝着了这张由书垒成的桌子，坐在小一点的那堆书上吸烟，我的背系朝着梯子的接口的。我一边吸烟，一边在那里呆看放在桌上的蜡烛火，忽而听见梯子口上起了响动。回头一看，我只见了一个我自家的扩大的投射影子，什么也辨不出来，但我的听觉分明告诉我说："有人上来了。"我向暗中凝视了几秒钟，一个圆形灰白的面貌，半截纤细的女人的身体，方才映到我的眼帘上来。一见了她的容貌我就知道她是我的间壁的同居者了。因为我来找房子的时候，那房主的老人便告诉我说，这屋里除了他一个人外，楼上只住着一个工女。我一则喜欢房价的便宜，二则喜欢这屋里没有别的女人小孩，所以立刻就租定了的。等她走上了梯子，我才站起来对她点了点头说：

"对不起，我是今朝才搬来的，以后要请你照应。"

她听了我这话，也并不回答，放了一双漆黑的大眼，对我深深的看了一眼，就走上她的门口去开了钥，进房去了。我与她不过这样的见了一面，不晓是什么原因，我只觉得她是一个可怜的女子。他的高高的鼻梁，灰白长圆的面貌，清瘦不高的身体，好像都是表明她是可怜的特征，但是当时正为了生活问题在那里操心的我，也无暇去怜惜这还未曾失业的工女，过了几分钟我又动也不动的坐在那一小堆书上看蜡烛光了。

在这贫民窟里过了个多礼拜，她每天早晨七点钟去上工和午后六点多钟下工回来，只见我呆呆的对着了蜡烛或油灯坐在那堆书上。大约她的好奇心被我那痴不痴呆不呆的态度挑动了，有一天她下了工走上楼来的时候，我依旧和第一天一样的站起来让她过去。她走到了我的身边，忽而停住了脚，看了我一眼，吞吞吐吐好像怕什么似的问我说：

“你天天在这里看的是什么书？”

（她操的是柔和的苏州音，听了这一种声音以后的感觉，是怎么也写不出来的，所以我只能把她的言语译成普通的白话。）

我听了她的话，反而脸上涨红了。因为我天天呆坐在那里，面前虽则有几本外国书摊着，其实我的脑筋昏乱得很，就是一行一句也看不进去。有时候我只用了想象在书的上一行与下一行中间的空白里，填些奇异的模型进去。有时候我只把书里边的插画翻开来看看，就了那些插画演绎些不近人情的幻想出来。我那时候的身体因为失眠与营养不良的结果，实际上已经成了病的状态了。况且又因为我的唯一的财产的一件绵袍子已经破得不堪，白天不能走出外面去散步和房里全没有光线进来，不论白天晚上，都要点着油灯或蜡烛的缘故，非但我的全部健康不如常人，就是我的眼睛和脚力，也局部的非常萎缩了。在这样状态下的我，听了她这一问，如何能够不红起脸来呢？所以我只是含含糊糊的回答说：

“我并不在看书，不过什么也不做呆坐在这里，样子一定不好看，所以把这几本书摊放着的。”

她听了这话，又深深的看了我一眼，作了一种不了解的形容，依旧的走到她的房里去了。

那几天里若说我完全什么事情也不去找，什么事情也不曾干，却是假的。有时候，我的脑筋稍微清新一点，也曾译过几首英法的小诗，和几篇不满四千字的德国的短篇小说，于晚上大家睡熟的时候，不声不响的出去投邮，寄投给某某书局。因为我的各方面就职的希望，早已经完全断绝了，只有这一方面，还能靠了我的枯燥的脑筋，想想法子看。万一中了他们编辑先生的意，把我译的东西登了出来，也不难得着几块钱的酬报。所以我自迁移到邓脱路以后，当她第一次同我讲话的时候，这样的译稿已经发出了三四次了。

二

在乱昏昏的上海租界里住着，四季的变迁和日子的过去是不容易觉得的。我搬到了邓脱路的贫民窟之后，只觉得身上穿在那里的那件破绵袍子一天一天的重起来，热起来，所以我心里想：

“大约春光也已经老透了罢！”

但是囊中很羞涩的我，也不能上什么地方去旅行一次，日夜只是在那暗室的灯光下呆坐。有一天大约是午后了，我也是这样的坐在那里，间壁的同住者忽而手里拿了两包用纸包好的物件走了上来。我站起来让她走的时候，她把手里的纸包放了一包在我的书桌上说：

“这一包是葡萄浆的面包，请你收藏着明天好吃的。另外我还有几包香蕉买在这里，请你到我房里来一道吃罢！”

我替她拿着了纸包，她就开了门邀我进她的房里去。共住了这十几天，她好像已经信用我是一个忠厚的人的样子。我见她初见我的时候脸上流露出来的那一种疑惧的形容完全没有了。我进了她的房里，才知道天还未暗，因为她的房里有一扇朝南的窗，太阳返射的光线从窗里射进来，照见了小小的一间房，由二条板铺成的一张床，一张黑漆的半桌，一只板箱，和一条圆凳。床上虽则没有帐子，但堆着二条洁净的青布被褥。半桌上有一只小洋铁箱摆在那里，大约是她的梳头器具，洋铁箱上已经有许多油污的点子。她一边把堆在圆凳上的几件半旧的洋布绵袄，粗布裤等收在床上，一边让我坐下。我看了她那殷勤待我的样子，心里倒不好意思起来，所以就对她说：

"我们本来住在一处，何必这样的客气。"

"我并不客气，但是你每天当我回来的时候，总要站起来让我，我却觉得对不起得很。"

这样的说着，她就把一包香蕉打开来让我吃。她自家也拿了一只，在床上坐下，一边吃一边问我说：

"你何以只住在家里，不出去找点事情做做？"

"我原是这样的想，但是找来找去总找不着事情。"

"你有朋友么？"

"朋友是有的，但是到了这样的时候，他们都不和我来往了。"

"你进过学堂么？"

"我在外国的学堂里曾经念过几年书。"

"你家在什么地方？何以不回家去？"

她问到了这里，我忽而感觉到我自己的现状了。因为自去年以来，我只是一日一日的萎靡下去，差不多把"我是什么人？""我现在所处的是怎么一种境遇？""我的心里还是悲还是喜？"的这些观念都忘掉了。经她这一问，我重新把半年来困苦的情形一层一层的想了出来。所以听她的问话以后，我只是呆呆的看她，半晌说不出话来。她看了我这样子，以为我也是一个无家可归的流浪人。脸上就立时起了一种孤寂的表情，微微的叹着说：

“唉！你也是同我一样的么?”

微微的叹了这一声之后，她就不说话了。我看她的眼圈上有些潮红起来，所以就想了一个另外的问题问她说：

“你在工厂里做的是什么工作?”

“是包纸烟的。”

“一天作几个钟头工?”

“早晨七点钟起，晚上六点钟止，中上休息一个钟头，每天一共要作十个钟头的工。少作一点钟就要扣钱的。”

“扣多少钱?”

“每月九块钱，所以是三块钱十天，三分大洋一个钟头。”

“饭钱多少?”

“四块钱一月。”

“这样算起来，每月一个钟头也不休息，除了饭钱，可省下五块钱来。够你付房钱买衣服的么?”

“那里够呢！并且并且那管理人又要……啊啊！……我……我所以非常恨工厂的。你吃烟的么?”

“吃的。”

“我劝你顶好还是不吃。就吃也不要去吃我们工厂的烟。我真恨死它在这里。”

我看看她那一种切齿怨恨的样子，就不愿意再说下去。把手里捏着的半个吃剩的香蕉咬了几口，向四边一看，觉得她的房里也有些灰黑了，我站起来道了谢，回到我自家的房里来。她大约是作工倦了的缘故，每天回来大概是马上入睡的，只有这一晚上，她在房里好像是直到半夜还没有就寝。从这一回之后，她每天回来，总和我说几句话。我从她自家的口里听得，知道她姓陈，名叫二妹，是苏州东乡人，从小系在上海乡下长大的，她父亲也是纸烟工厂的工人，但是去年秋天死了。她本来和她父亲同住在那间房里，每天同上工厂去的，现在只剩了她一个人了。她父亲死后的一个多月，她早晨上工厂去也一路哭了去，晚上回来也一路哭了回来的。她今年十七岁，也无兄弟姊妹，也无近亲的亲戚。她父亲死后的葬殓等事，是他于未死之前把十五块钱交给楼下的老人，托这老人包办的。她说：

“楼下的老人倒是一个好人，对我从来没有起过坏心，所以我得同父亲在日一样的去作工。不过工场的一个姓李的管理人却坏得很，知道我父亲死了，就天天的想戏弄我。”

她自家和她父亲的身世，我差不多全知道了，但她母亲是如何的一个人？死了呢还是活在那里？假使还活着，住在什么地方？等等，她从来还没有说及过。

三

天候好像变了。几日来我那独有的世界，黑暗的小房里的腐浊的空气，同蒸笼里的蒸气一样，蒸得人头昏欲晕。我每年在春夏之交要发的神经衰弱的重症，遇了这样的气候，就要使我变成半狂。所以我这几天来到了晚上，等马路上人静之后，每出去散步去。一个人在马路上从隘狭的深蓝天空里看看群星，慢慢的向前行走，一边作些漫无涯涘的空想，倒是于我的身体很有利益。当这样的无可奈何，春风沉醉的晚上，我每要在各处乱走，走到天将明的时候才回家去。我这样的走倦了回去就睡，一睡直可睡到第二天的日中，有几次竟要睡到二妹下工回来的前后方才起来。睡眠一足，我的健康状态也渐渐的回复起来了。平时只能消化半磅面包的我的胃部，自从我的深夜游行 Nacht-Wanderung 的练习开始之后，进步得几乎能容纳面包一磅了。这事在经济上虽则是一大打击，但我的脑筋，受了这些滋养，似乎比从前稍能统一，我于游行回来之后，就睡之前，做了几篇 Allan Poe 式的短篇小说，自家看看，也不很坏。我改了几次，抄了几次，一一投邮寄出之后，心里虽然起了些微细的希望，但是想想前几回的译稿的绝无消息，过了几天，也便把它们忘了。

邻住者的二妹，这几天来当她早晨出去上工的时候，我总在那里酣睡，只有午后下工回来的时候，有几次有见面的机会。但是不晓是什么原因，我觉得她对我的态度，又回到从前初见面的时候的疑惧状态去了。有时候她深深的看我一眼，她的黑晶晶，水汪汪的眼睛里，满含着责备我规劝我的意思。

我搬到这贫民窟里住后，约莫已经有二十多天的样子，一天午后我正点上蜡烛，在那里看一本从旧书铺里买来的小说，二妹急急忙忙的走上楼来对我说：

“楼下有一个送信的在那里，要你拿了印子去拿信。”

她对我讲这话的时候，她的疑惧我的态度更表示得明显，她好像在那里说：“呵呵！你的事件是发觉了啊！”我对她这种态度心里非常痛恨，所以就气急了一点，回答她说：

“我有什么信？不是我的！”

她听了我这气愤愤的回答，更好像是得了胜利似的，脸上忽涌出了一种冷笑，说：

“你自家去看罢！你的事情，只有你自家知道的！”

同时我听见楼底下门口果真有一个邮差似的人在催着说：

“挂号信！”

我把信取来一看，心里就突突的跳了几跳，原来我前回寄去的一篇德文短篇的译稿，已经在某杂志上发表了，信中寄来的是五圆钱的一张汇票。我的囊里正是将空的时候，有了这五圆钱，非但月底要预付来日的房金可以无忧，并且付过房金以后还可以维持几天食料，当时这五圆钱对我的效用的扩大，是谁也能推想得出来的。

第二天午后，我上邮局去取了钱，在太阳晒着的大街上走了一会，忽而觉得身上就淋出了许多汗来。我向我前后左右的行人一看，复向我自家的身上一看，就不知不觉的把头低俯下去。我颈上头上的汗珠，更同盛夏似的，一颗一颗的钻出来了。因为当我在深夜游行的时候，天上并没有太阳，并且料峭的春寒，于东方微白的残夜，老在静寂的街巷中流着，所以我穿的那件破绵袍子还觉得不十分与节季违异。如今到了阳和的春日晒着的这日中，我还不能自觉，依旧穿了这件夜游的敝袍，在大街上阔步，与前后左右的和节季月时进行的我的同类一比，我那得不自惭形秽呢？我一时竟忘了几日后不得不付的房金，忘了囊中本来将尽的些微的积聚，便慢慢的走上闸路的估衣铺去。好久不在天日之下行走的我，看看街上来往的汽车人力车，车中坐着的华美的少年男女和边上绸缎铺金银铺窗里的丰丽的陈设，听听四面的同蜂衙似的嘈杂的人声，脚步声，车铃声，觉得是身到了大罗天上的样子。我忘记了我自家的存在，也想和我的同胞一样的欢歌欣舞起来，我的嘴里便不知不觉的唱起几句久忘了的京调来了。这一时的涅槃幻境，当我想横越过马路，转入闸路去的时候，忽而被一阵铃声惊破了。我抬起头来一看，我的面前正冲来了一乘无轨电车，车头上站着的那肥胖的机器手，伏出了半身，怒目的大声骂我说：

"猪头三！侬（你）艾（眼）睛勿散（生）咯！跌杀时，叫旺（黄）够（狗）来抵侬（你）命噢！"

我呆呆的站住了脚，目送那无轨电车尾后卷起了一道灰尘，向北过去之后，不知从何处发出来的感情，忽而禁不住哈哈哈哈的笑了几声。等得四面的人注视我的时候，我才红了脸慢慢的走向闸路里去。

我在几家估衣铺里，问了些夹衫的价钱，还了他们一个我所能出的数目，几个估衣铺的店员，好像是一个师父教出的样子，都摆下了脸面，嘲弄着说：

"侬（你）寻萨咯（什么）凯（开）心！马（买）勿起好勿

要马（买）咯！”

一直问到五马路边上的一家小铺子里，我看看夹衫是怎么也买不成了，才买定了一件竹布单衫，马上就把它换上。手里拿了一包换下的绵袍子，默默的走回家来。我心里却在打算：

“横竖是不够用了，我索性来痛快的用它一下罢。”同时我又想起了那天二妹送我的面包香蕉等物。不等第二次的回想我就寻着了一家卖糖食的店，进去买了一块钱巧格力香蕉糖蛋糕等杂食。站在那店里，等店员在那里替我包好来的时候，我急而想起我有一月多不洗澡了，今天不如顺便也去洗一个澡罢。

洗好了澡，拿了一包绵袍子和一包糖食，回到邓脱路的时候，马路两旁的店家，已经上电灯了。街上来往的行人也很稀少，一阵从黄浦江上吹来的日暮的凉风，吹得我打了几个冷痉。我回到了我的房里，把蜡烛点上。向二妹的房门一照，知道她还没有回来。那时候我腹中虽则饥饿得很，但我刚买来的那包糖食怎么也不愿意打开来。因为我想等二妹回来同她一道吃。我一边拿出书来看，一边口里尽在咽唾液下去。等了许多时候，二妹终不回来，我的疲倦不知什么时候出来战胜了我，就靠在书堆上睡着了。

四

二妹回来的响动把我惊醒的时候，我见我面前的一枝十二混司一包的洋蜡烛已经点去了二寸的样子，我问她是什么时候了？她说：

“十点的汽笛刚刚放过。”

“你何以今天回来得这样迟？”

“厂里因为销路大了，要我们作夜工。”

“工钱也增加的么？”

“工钱是增加的，不过人太累了。”

“那你可以不去做的。”

“但是工人不够，不做是不行的。”

她讲到这里，忽而滚了两粒眼泪出来。我以为她是作工作得倦了，故而动了伤感，一边心里虽在可怜她，但一边看了她这同小孩似的脾气，却也感着些儿快乐。把糖食包打开，请她吃了几个之后，我就劝她说：

“初作夜工的时候不惯，所以觉得困倦，作惯了以后，也没有什么的。”

她默默的坐在我的半高的由书叠成的桌上，吃了几个巧格力，对我看了几眼，好像是有话说不出来的样子。我就催她说：

“你有什么话说?”

她又沉默了一会，便断断续续的问我说：

“我……我……早想问你了，这几天晚上，你每晚在外边，可在与坏人作伙友么?”

我听了她这话，倒吃了一惊，她好像在疑我天天晚上在外面与小窃恶棍混在一块。她看我呆了不答，便以为我的行为真的被她看破了，便柔柔和和的连续着说：

“你何苦要吃这样好的东西，要穿这样好的衣服。你可知道这事情是靠不住的。万一被人家捉了去，你还有什么面目做人。过去的事情不必去说他，以后我请你改过了罢。……”

我尽是张大了眼睛张大了嘴呆呆的在看她，因为她的思想太奇突了，使我无从辩解起。她沉默了数秒钟，又接着说：

“就以你吸的烟而论，每天若戒绝了不吸，岂不可省几个铜子。我早就劝你不要吸烟，尤其是不要吸那我所痛恨的××工厂的烟，你总是不听。”

她讲到了这里，又忽而落了几滴眼泪。我知道这是为怨恨××工厂而滴的眼泪，但我的心里，怎么也不许我这样的想，总要我把它们当作因规劝我而洒的。我静静儿的想了一回，等她的神经镇静下之后，就把昨天的那封挂号信的来由说给她听，又把今天的取钱买物的事情说了一遍。最后更将我的神经衰弱症和每晚何以必要出去散步的原因说了。她听了我这一番辩解，就信用了我，等我说完之后，她颊上忽而起了两点红晕，把眼睛低下去看在桌上，好像是怕羞似的说：

"噢，我错怪你了，我错怪你了。请你不要多心，我本来是没有歹意的。因为你行为太奇怪了，所以我想到了邪路里去。你若能好好的用功，岂不是很好么？你刚才说的那——叫什么的——东西，能够卖五块钱，要是每天能做一个。多么好呢？"

我看了她这种单纯的态度，心里忽而起了一种不可思议的感情，我想把两只手伸出去拥抱她一回，但是我的理性却命令我说：

"你莫再作孽了！你可知道你现在处的是什么境遇！你想把这纯洁的处女毒杀了么？恶魔，恶魔，你现在是没有爱人的资格的呀！"

我当那种感情起来的时候，曾把眼睛闭上了几秒钟，等听了理性的命令以后，我的眼睛又开了开来，我觉得我的周围，忽而比前几秒钟更光明了。对她微微的笑了一笑，我就催她说：

"夜也深了，你该去睡了罢！明天你还要上工去的呢！我从今天起，就答应你把纸烟戒下来罢。"

她听了我这话，就站了起来，很喜欢的回到她的房里去睡了。

她去之后，我又换上了一枝洋蜡烛，静静儿的想了许多事情：

"我的劳动的结果，第一次得来的这五块钱已经用去了三块了。连我原有的一块多钱合起来，付房钱之后，只能省下二三角小洋来，如何是好呢！

“就把这破绵袍子去当罢！但是当铺里恐怕不要。

“这女孩子真是可怜，但我现在的境遇，可是还赶她不上，她是不想做工而工作要强迫她做，我是想找一点工作，终于找不到。就去作筋肉的劳动罢！啊啊，但是我这一双弱腕，怕吃不下一部黄包车的重力。

“自杀！我有勇气，早就干了。现在还能想到这两个字，足证我的志气还没有完全消磨尽哩！

“哈哈哈哈！今天的那无轨电车的机器手！他骂我什么来？黄狗，黄狗到是一个好名词。

“…………。

“…………。”

我想了许多零乱断续的思想，终究没有一个好法子，可以救我出目下的穷状来。听见工场的汽笛好像在报十二点钟了，我就站了起来，换上了白天那件破绵袍子，仍复吹熄了蜡烛，走出外面去散步去。

贫民窟里的人已经睡眠静了。对面日新里的一排临邓脱路的洋楼里，还有几家点着了红绿的电灯，在那里弹罢拉拉衣加。一声二声清脆的歌音，带着哀调，从静寂的深夜的冷空气里传到我的耳膜上来，这大约是俄国的飘泊的少女，在那里卖钱的歌唱。天上罩满了灰白的薄云，同腐烂的尸体似的沉沉的盖在那里。云层破处也能看得出一点两点星来，但星的近处黝黝看得出来的天色，好像有无限的哀愁蕴藏着的样子。

十二年七月十五日

（原载《创造季刊》第2卷第2期，1924年2月28日出版）

怀 乡 病 者

一

当日光与夜阴接触的时候，在茫茫的荒野中间，头向着了混沌宽广的天空，一步一步的走去，既不知道他自家是什么，又不知道他应该做什么，也不知道他是向什么地方去的，只觉得他的两脚不得不一步一步的放出去，——这就是于质夫目下的心理状态。

在半醒半觉的意识里，他只朦朦胧胧的知道世界从此就要黑暗下去了，这荒野的干燥的土地就要渐渐的变成带水的沼泽了，他的两脚的行动，就要一刻一刻的不自由起来了，但是他也没有改变方向的意思，还是头朝着了幽暗的天空，一步一步的走去——

质夫知道他若把精神振刷一下，放一声求救的呼声，或者也还可以从这目下的状态里逃出来，但是他既无这样的毅力，也无这样的心愿。

若仔细一点来讲一个譬喻，他的状态就是在一条面上好像静止的江水里浮着的一只小小的孤船。那孤船上也没有舵工，也没有风帆，尽是缓缓的随了江水面下的潮流在那里浮动的样子。

若再进一步来讲一句现在流行的话，他目下的心理状态，就同奥勃洛目夫的麻木状态一样。

在这样的消沉状态中的于质夫朝着了窗，看看白云来往的残春的碧落，听听樱花小片，无风飞坠的微声，觉得眼面前起了一层纱障，他的膝上，忽而积了两点水滴。他站起来想伸出手去把书架上的书拿一本出来翻阅，却又停住了。好像在做梦似的呆呆地不知坐了多久，他却听得隔壁的挂钟，噔噔的响了五下。举起头来一看，他才知道他自家仍旧是呆呆的坐在他寄寓的这间小楼上。

且慢且慢，那挂钟的确是响了五下么？或者是不错的，因为太阳已经沉在西面植物园的树枝下了。

二

在一天清和首夏的晚上，那钱塘江上的小县城，同欧洲中世纪诸侯的城堡一样，带着了银灰的白色，躺在流霜似的月华影里。涌了半弓明月，浮着万叠银波，不声不响，在浓淡相间的两岸山中，往东流去的，是东汉逸民垂钓的地方。披了一层薄雾，半含半吐，好像华清池里试浴的宫人，在烟月中间浮动的，是宋季遗民痛哭的台榭。被这些前朝的遗迹包围住的这小县城的西北区里，有一对十四五岁的青年男女，沿了城河上石砌的长堤，慢慢的在柳阴底下闲步。大约已经是二更天气了，城里的人家都已沉在酣睡的中间，只有一条幽暗的古城，默默的好像在那里听他们俩的月下的痴谈。

那少年颊上浮起了两道红晕，呼吸里带着些薄酒的微醺，好像是在什么地方买了醉来的样子。女孩的腮边，虽则有一点桃红的血气，然而因为她那妩美的长眉，和那高尖的鼻梁的缘故，终觉得有一层凄冷的阴影，投在她那同大理石似的脸上。他们两人默默无言地静了一会就好像是水里的双鱼，慢慢的在清莹透澈的月光里游泳。

这是质夫梦里的生涯，算起来已经是十年前了。她后来嫁了他的一位同学，质夫四年前回国的时候，在一天清静的秋天的午后，于故乡的市上，只看见了她一次，只看见了她的一个怀娠的侧身。

三

阴历九月二十午前三点钟东方未白的时候，质夫身体一边发抖，一边在一盏乌灰灰的洋灯光影里，从被窝里起来穿他那半新不旧的棉袍。院子里有几声息索息索的落叶声传来，大约是棵海棠树在那里凋谢了。他的寝室后的厨房里有一个旗人的厨子和厨子的侄儿——便是他哥哥家里的车夫，——一声两声在那里谈话。在这深夜的静寂里，他觉得他们的话声很大，但是他却听不出什么话来。质夫出到院子里来一看，觉得这北方故都里的残夜的月明，也带着些亡国的哀调。因为这幽暗的天空里悬着的那下弦的半月，光线好像在空中冻住了。他吃了一碗炒饭，拿了笔墨，轻轻的开了门，坐了哥哥的车走出胡同口儿的时候，觉得只有他一个人此刻还醒着开了眼浮在王城的人海中间。在冷灰似的街灯里穿过了几条街巷，走上玉蛛桥的时候，忽有几声哀寂的喇叭声，同梦中醒来的小孩的哭声似的，传到他的两只冰冷的耳朵里来。他朝转头来看看西南角上那同一块冰似的月亮，又仰起头来，看看那发喇叭声的城墙里的灯光，觉得一味惨伤的情怀，同冷水似的泼满了他的全身。

与一群摇头摆尾的先生进了东华门，在太和殿外的石砌明堂里候点名的时候，质夫又仰起头来看了一眼将明未明的青天，不知是什么缘故，他心里好像受了千万委屈的样子。摇了一摇头，叹了一口气，忽然打了几个冷痉，质夫恨不得马上把手里提着的笔墨丢了，跑上外国去研究制造炸弹去。

这是数年前质夫在北京考留学生考试时候的景象。头场考完之后，新闻上忽报了一件奇事说“留学生何必考呢?”“这一次应该考取的人，在未考之先早由部里指定了，可怜那些外省来考的人，还在那里梦做洋翰林洋学士呢!”

四

质夫在楼上，糊糊涂涂断定了隔壁的挂钟，确是敲过五点之后，就慢慢的走下楼来，因为他的寓舍里是定在五点开晚饭的。

红花的小碗里盛了半碗饭，他觉得好像要吃不完的样子，但是却好一口气就吃下去了。吃完了这半碗饭，他也不想再添，所以就上楼去拿了一顶黄黑的软帽走出门外去。

门外是往植物园去的要路，顺了这一条路走下了斜坂，往右手一转便是植物园的正门。他走到植物园正门的一段路上，遇着了许多青年的男女，穿了花绿的衣裳，拖了柔白肥胖的脚，好像是游倦了似的，想趁着天还未黑的时候走回家去。这些青年男女的容貌不识究竟是美是丑。若他在半年前头遇着他们，那定要看个仔细的，但是今天他却头也不愿抬起来。他只记得路上有一个十七八岁的女学生，好像对她同伴说：

“我真不喜欢他!”

走来走去走了一阵，质夫觉得有些倦了。这岛国的首都的夜景，觉得也有些萧条起来了。仰起头来看看两面的街灯，都是不能进去休息的地方，他不得已就仍旧寻了最近的路走回寓舍来。走到植物园门口的时候，有一块用红绿色写成的招牌，忽然从一盏一百烛的电灯光里，射到他的眼帘上来。拖了一双走倦了的脚，他就慢慢的走上了这家中国酒馆的楼。楼上一个客人也没有，叫定了一盘菜一壶酒，他就把两只手垫了头在桌上睡了几分钟。酒菜拿来之后，他仰起头来一看，才知道站在他面前的是一个十六七岁的中国女孩。一个圆形的面貌，眉目也还清秀。他问她是什么地方，她说：

“娥是上海。”

她一边替质夫斟酒，一边好像在那里讲什么话的样子。质夫口里好像在那里应答她，但是心里脑里全不觉得。她讲完了话不再讲的时候，质夫反而被这无言的沉默惊了一下，所以就随便问她说：

“你喝酒么？”

她含了微笑，对质夫点了一点头，质夫就把他手里的酒杯给了她。质夫一杯一杯的不知替她斟了几杯酒，她忽然把杯子向桌上一丢，跳进了他的怀里，用了两手紧紧的抱住了质夫的颈项，她那小嘴尽咬上他的脸来。

“娥热得厉害，热得厉害。娥想回自家屋里去。”

她一边这样的说，一边把她上下的衣裳在那里解。质夫呆呆的看了几分钟，忽觉得他的右颊与她的左颊的中间有一条冰冷的眼泪流下来了。到这时候他才知道她是醉了。他默默的替她把上下的衣裳扣好，把她安置在他坐的椅上之后，就走下楼来付帐。走出这家菜馆的时候，他忽然想了一想：

“这女孩不晓究竟怎么的。”

在沉浊的夜气中间走了几步，他就把她忘记了，菜馆他也忘记了，今天的散步，他也忘记了，他连自家的身体都忘记了。他一个人只在黑暗中向前的慢慢走去，时间与空间的观念，世界上一切的存在，在他的脑里是完全消失了。

一九二二年四月初二日午前五时作于东京之酒楼

（原载《创造月刊》第 1 卷第 2 期，1926 年 4 月 16 日出版）

过　去

空中起了凉风，树叶嗳嗳的同雹片似的飞掉下来，虽然是南方的一个小港市里，然而也很能够使人感到冬晚的悲哀的一天晚上，我和她，在临海的一间高楼上吃晚饭。

这一天的早晨，天气很好，中午的时候，只穿得住一件夹衫，但到了午后三四点钟，忽而由北面飞来了几片灰色的层云，把太阳遮住，接着就刮起风来了。

这时候我为疗养呼吸器病的缘故，只在南方的各港市里流寓。十月中旬，由北方南下，十一月初到了C省城，却巧遇着了C省的政变，东路在打仗，省城也不稳，所以迁到H港去住了几天。后来又因为H港的生活费太昂贵，便又坐了汽船，一直的到了这M港市。

说起这M港，大约是大家所知道的，是中国人应许外国人来互市的最初的地方的一个，所以这港市的建筑，还带着些当时的时代性，很有一点中古的遗意。前面左右是碧油油的海湾，港市中，也有一条小山，三面滨海的通衢里，建筑着许多颜色很沉郁的洋房。商务已经不如从前的盛了，然而富室和赌场很多，所以处处有庭园，处处有别墅。沿港的街上，有两列大的榕树排列在那里。在榕树下的长椅上休息着的，无论中国人外国人，都带有些舒徐的态度。正因为商务不盛的原因，这些南欧的流人，寄寓在此地的，也没有那一种殖民地的商人的紧张横暴的样子。一种衰颓的美感，一种使人可以安居下去，于不知不觉的中间消沉下去的美感，在这港市的无论那一角地方，都感觉得出来。我到此港不久，心里头就暗暗地决定，“以后不再迁徙了，以后就在此地住下去罢。”谁知住不上几天，却又偏偏遇见了她。

实在是出乎意想以外的奇遇。一天细雨濛濛的日暮，我从西面小山上的一家小旅馆内走下山来，想到市上吃晚饭去。经过行人很少的那条 P 街的时候，临街的一间小洋房的栅门口，忽而从里面慢慢的走出了一个女人来。她身上穿着灰色的雨衣，上面张着洋伞，所以她的脸我看不见。大约是在栅门内，她已经看见了我了——因为这一天我并不带伞——所以我在她前头走了几步，她忽而问我：

“前面走的是不是李先生？李白时先生！”

我一听了她叫我的声音，仿佛是很熟，但记不起是那一个了，同触了电气似的急忙回转头来一看，看见了衬映在黑洋伞上的一张灰白的小脸，已经是夜色朦胧的时候了，我看不清她的颜面全部的组织，不过她的两只大眼睛，却闪烁得厉害，并且不知从何处来的，和一阵冷风似的一种电力，把我的精神摇动了一下。

“你……？”我半吞半吐地问她。

“大约认不清了罢！上海民德里的那一年新年，李先生可还记得？”

“噢！唉！你是老三么？你何以会到这里来的？这真奇怪！这真奇怪极了！”

说话的中间，我不知不觉的转过身来逼进了一步，并且伸出手来把她那只带轻皮手套的左手握住了。

“你上什么地方去？几时来此地的？”她问。

“我打算到市上去吃晚饭去，来了好几天了，你呢？你上什么地方去？”

她经我一问，一时回答不出来，只把嘴颚往前面一指，我想起了在上海的时候的她的怪脾气，就也不再追问，和她一路的向前边慢慢地走去。两人并着默走了几分钟，她才幽幽的告诉我说：

“我是上一位朋友家去打牌去的，真想不到在此地会和你相见。李先生，这两三年的分离，把你的容貌变得极老了，你看我怎么样？也完全变过了吧？”

“你倒没有什么，唉，老三，我吓，我真可怜，这两三年来……”

“这两三年来的你的消息，我也知道一点。有的时候，在报纸上也看见过一二回你的行踪。不过李先生，你怎么会到此地来的呢？这真太奇怪了。”

“那么你呢？你何以会到此地来的呢？”

“前生注定是吃苦的人，譬如一条水草，浮来浮去，总生不着根，我的到此地来，说奇怪也是奇怪，说应该也是应该的。李先生，住在民德里楼上的那一位胖子，你可还记得？”

“嗯，……是那一位南洋商人不是？”

“哈，你的记性真好！”

“他现在怎么样了？”

“是他和我一道来此地的呀！”

“噢！这也是奇怪。”

“还有更奇怪的事情哩！”

“什么？”

“他已经死了！”

“这……这么说起来，你现在只剩了一个人了啦？”

“可不是么！”

“唉！”

两人又默默地走了一段，走到大市街不远的三叉路口了。她问我住在什么地方，打算明天午后来看我。我说还是我去访她，她却很急促的警告我说：

“那可不成，那可不成，你不能上我那里去。”

出了P街以后，街上的灯火，已经很多，并且行人也繁杂起来了，所以两个人没有握一握手，笑一脸的机会。到了分别的时候，她只约略点了一点头，就向南面的一条长街上跑了进去。

经了这一回奇遇的挑拨，我的平稳得同山中的静水湖似的心里，又起了些波纹。回想起来，已经是三年前的旧事了，那时候她的年纪还不上二十岁，住在上海民德里我在寄寓着的对门的一间洋房里。这一间洋房里，除了她一家的三四个年轻女子以外，还有二楼上的一家华侨的家族在住。当时我也不晓得谁是房东，谁是房客，更不晓得她们几个姊妹的生计是如何维持的。只有一次，是我和她们的老二认识以后，约有两个月的时候，我在她们的厢房里打牌，忽而来了一位穿得很阔绰的中老绅士，她们为我介绍，说这一位是她们的大姊夫。老大见他来了，果然就抛弃了我们，到对面的厢房里去和他攀谈去了，于是老四就坐下来替了她的缺。听她们说，她们都是江西人，而大姊夫的故乡却是湖北。他和她们大姊的结合，是当他在九江当行长的时候。

我当时刚从乡下出来，在一家报馆里当编辑。民德里的房子，是报馆总经理友人陈君的住宅。当时因为我上海情形不熟，不能另外去租房子住，总以就寄住在陈君的家里。陈家和她们对门而居，时常往来，因此我也于无意之中，和她们中间最活泼的老二认识了。

听陈家的底下人说：“她们的老大，仿佛是那一位银行经理的小，她们一家四口的生活费，和她们一位弟弟的学费，都由这位银行经理负担的。”

她们姊妹四个，都生得很美，尤其活泼可爱的，是她们的老二。大约因为生得太美的原因，自老二以下，她们姊妹三个，全已到了结婚的年龄，而仍找不到一个适当的配偶者。

我一边在回想这些过去的事情，一边已经走到了长街的中心，最热闹的那一家百货店的门口了。在这一个黄昏细雨里，只有这一段街上的行人，还没有减少。两旁店家的灯火，照耀得很明亮，反照出了些离人的孤独的情怀。向东走尽了这条街，朝南一转，右手矗立着一家名叫望海的大酒楼。这一家的三四层楼上，一间一间的小室很多，开窗看去，看得见海里的船樯，是我到M港后，去得次数最多的一家酒馆。

我慢慢的走到楼上坐下，叫好了酒菜，点着烟卷，朝电灯光呆看的时候，民德里的事情，又重新开展在我的眼前。

她们姊妹中间，当时我最爱的是老二。老大已经有了主顾，对她当然更不能生出什么邪念来，老三有点阴郁，不像一个年轻的少女，老四年纪和我相差太远——她当时只有十六岁——自然不能发生相互的情感，所以当时我所热心崇拜的，只有老二。

她们的脸形，都是长方，眼睛都是很大，鼻梁都是很高，皮色都是很细白，以外貌来看，本来都是一样的可爱的。可是各人性格，却相差得很远。老大和霭，老二活泼，老三阴郁，老四——说不出什么，因为当时我并没有对老四注过意。

老二的活泼，在她的行动，言语，嬉笑上，处处都在表现。凡当时在民德里住的年纪在二十七八上下的男子，和老二见过一面的人，没有一个不受她的播弄的。

她的身材虽则不高，然而也够得上我们一般男子的肩头，若穿着高底鞋的时候，走路简直比西洋女子要快一倍。说话不顾什么忌讳，比我们男子的同学中间的日常言语还要直率。若有可笑的事情，被她看见，或在谈话的时候，听到一句笑话，不管在她面前的是生人不是生人，她总是露出她的两列可爱的白细牙齿，弯腰捧肚，笑个不了，有时候竟会把身体侧倒，扑倚上你的身来。陈家有几次请客，我因为受她的这一种态度的压迫受不了，每有中途逃席，逃上报馆去的事情。因此我在民德里住不上半年，陈家的大小上下，却为我取了一个别号，叫我作老二的鸡娘。因为老二像一只雄鸡，有什么可笑的事情发生的时候，总要我做他的倚柱，扑上身来笑个痛快。并且平时她总拿我来开玩笑，在众人的面前，老喜欢把我的不灵敏的动作和说错的言语重述出来作哄笑的资料。不过说也奇怪，她像这样的玩弄我，轻视我，我当时不但没有恨她的心思，并且还时时以为荣耀，快乐。我当一个人在默想的时候，每把这些琐事回想出来，心里倒反非常感激她，爱慕她。后来甚至于打牌的时候，她要什么牌，我就非打什么牌给她不可。万一我有违反她命令的时候，她竟毫不客气地举起她肥嫩的手，拍拍的打上我的脸来。而我呢，受了她的痛责之后，心里反感到一种不可名状的满足，有时候因为想受她这一种施与的原因，故意地违反她的命令，要她来打，或用了她那一只尖长的皮鞋脚来踢我的腰部。若打得不够，踢得不够，我就故意的说："不痛！不够！再踢一下！再打一下！"她也就毫不客气地，再举起手或脚来踢打。我被她打得两颊绯红，或腰部感到酸痛的时候，才柔柔顺顺地服从她的命令，再来做她想我做的事情。像这样的时候，倒是老大或老三每在旁边吓止她，教她不要太过分了，而我这被打责的，反而要很诚恳的央告她们，不要出来干涉。

记得有一次，她要出门去和一位朋友吃午饭，我正在她们家里坐着闲谈，她要我去上她姊妹房里把一双新买的皮鞋拿来替她穿上。这一双皮鞋，似乎太小了一点，我捏了她的脚替她穿了半天，才穿上了一只。她气得急了，就举起手来，向我的伏在她小腹前的脸上头上脖子上乱打起来。我替她穿好第二只的时候，脖子上已经有几处被她打得青肿了。到我站起来，对她微笑着，问她"穿得怎么样?"的时候，她说："右脚尖有点痛!"我就挺了身子，很正经地对她说，"踢两脚罢！踢得宽一点，或者可以好些!"

说到她那双脚，实在不由人不爱。她已经有二十多岁了，而那双肥小的脚，还同十二三岁的小女孩的脚一样。我也曾为她穿过丝袜，所以她那双肥嫩皙白，脚尖很细，后跟很厚的肉脚，时常作我幻想的中心。从这一双脚，我能够想出许多离奇的梦境来。譬如在吃饭的时候，我一见了粉白油润的香稻米饭，就会联想到她那双脚上去。“万一这碗里，”我想，“万一这碗里盛着的，是她那双嫩脚，那么我这样的在这里咀吮，她必要感到一种奇怪的痒痛。假如她横躺着身体，把这一双肉脚伸出来任我咀嚼的时候，从她那两条很曲的口唇线里，必要发出许多真不真假不假的喊声来。或者转起身来，也许狠命的在头上打我一下的。……”我一想到此地饭就要多吃一碗。

像这样活泼放达的老二，像这样柔顺蠢笨的我，这两人中间的关系，在半年里发生出来的这两人中间的关系，当然可以想见得到了。况我当时，还未满二十七岁，还没有取亲，对于将来的希望，还很有自负心哩！

当在陈家起坐室里说笑话的时候，我的那位友人的太太，也曾向我们说起过。“老二，李先生若做了你的男人，那他就天天可以替你穿鞋着袜了，并且还可以做你的出气洞，白天晚上，都可以受你踢打，岂不很好么?”老二听到这些话，总老是笑着，对我斜视一眼说：“李先生不行，太笨，他不会伺候人。我倒很愿意受人家的踢打，只教有一位能够命令我，教我心服的男子就好了。”在这样的笑谈之后，我心里总满感着忧郁，要一个人跑上马路去走半天，才能把胸中的郁闷遣散。

有一天礼拜六的晚上，我和她在大马路市政厅听音乐出来，老大老三都跟了一位她们大姊夫的朋友看电影去了。我们走到一家酒馆的门口，忽而吹来了两阵冷风，这时候正是九十月之交的秋晚的时候，我就拉住了她的手，颤抖着说：“老二！我们上去吃一点熟的东西再回去罢！”她也笑了一笑说：“去吃点热酒罢！”我在酒楼上吃了两杯热酒之后，把平时的那一种木讷怕羞的态度除掉了，向前后左右看了一看，看见空洞的楼上，一个人也没有，就挨近了她的身边，对她媚视着，一边发着颤声，一句一逗的对她说："老二！我……我的心，你可能了解？我，我，我很想……很想和你长在一块儿！"她举起眼睛来看了我一眼，又曲了嘴唇的两条线在口角上含着播弄人的微笑，回问我说："长在一块便怎么啦？"我大了胆，便摆过嘴去和她亲了一个嘴，她竟劈面的打了我一个嘴把。楼下的伙计，听了拍的这一声大响声，就急忙的跑了上来，问我们"还要什么酒菜？"我忍着眼泪，还是微微地笑着对伙计说："不要了，打手巾来！"等到伙计下去的时候，她仍旧是不改常态的对我说："李先生！不要这样，下回你若再干这些事情，我还要打得凶哩！"我也只好当作了一场笑话，很不自然地把我的感情压住了。

凡我对她的这些感情，和这些感情所催发出来的行为动作，旁人大约是看得很清楚的。所以老三虽则是一个很沉郁，脾气很特别，平时说话老是阴阳怪气的女子，对我与老二中间的事情，有时却很出力为我们拉拢。有时见了老二那一种打得我太很，或者嘲弄得我太难堪的动作，也着实为我打过几次抱不平，极婉曲周到地说出话来非难老二。而我这不识好丑的笨伯，当这些时候心里头非但不感谢老三，还要以为她是多事，出来干涉人家的自由行动。

在这一种情形之下，我和她们四姊妹，对门而住，来往交际了半年多。那一年的冬天，老二忽然与一个新自北京来的大学生订婚了。

这一年旧历过年前后的我的心境，当然是惑乱得不堪，悲痛得非常。当沉闷的时候，邀我去吃饭，邀我去打牌，有时候也和我两人去看电影的，倒是平时我所不大喜欢，常和老二两人叫她做阴私鬼的老三。而这一个老三，今天却突然的在这个南方的港市里，在这一个细雨朦胧的秋天的晚上，偶然遇见了。

想到了这里，我手里拿着的那枝纸烟，已经烧剩了半寸的灰烬，面前杯中倒上的酒，也已经冷了。糊里糊涂的喝了几口酒，吃了两三筷菜，伙计又把一盘生翅汤送了上来。我吃完了晚饭，慢慢的冒雨走回旅馆来，洗了手脸，换了衣服，躺在床上，翻来覆去，终于一夜没有合眼。我想起了那一年的正月初二，老三和我两人上苏州去的一夜旅行。我想起了那一天晚上，两人默默的在电灯下相对的情形。我想起了第二天早晨起来，她在她在帐子里叫我过去，为她把掉在地下的衣服检起来的声气。然而我当时终于忘不了老二，对于她的这种种好意的表示，非但没有回报她一二，并且简直没有接受她的余裕。两个人终于白旅行了一次，感情终于没有接近起来，那一天午后，就匆匆的依旧同兄妹似的回到上海来了。过了元宵节，我因为胸中苦闷不过，便在报馆里辞了职，和她们姊妹四人，也没有告别，一个人连行李也不带一件，跑上北京的冰天雪地里去，想去把我的过去的一切忘了，把我的全部的烦闷葬了。嗣后两三年来，东飘西泊，却还没有在一处定住过半年以上。无聊之极，也学学时髦，把我的苦闷写出来，做点小说卖卖。然而于不知不觉的中间，终于得了呼吸器的病症。现在飘流到了这极南的一角，谁想得到再会和这老三相见于黄昏的路上的呢！啊，这世界虽说很大，实在也是很小，两个流人，在这样的天涯海角，也居然再能重见，你说奇也不奇。我想前想后，想了一夜，到天色有点微明，窗下有早起的工人经过的时候，方才昏昏地睡着。也不知睡了几久，在梦里忽而听到了几声咯咯的扣门声。急忙夹着被条，坐起来一看，夜来的细雨，已经晴了，南窗里有两条太阳光线，灰黄黄的晒在那里。我含糊地叫了一声“进来!”房门老是不往里开。再等了几分钟，房门还是不向里开，我才觉得奇怪了，就披上衣服，走下床来。等我两脚刚立定的时候，房门却慢慢的开了。跟着门进来的，一点儿也不错，依旧是阴阳怪气，含着半脸神秘的微笑的老三。

“啊，老三！你怎么来得这样早？”我惊喜地问她。

“还早么？你看太阳都斜了啊！”

说着，她就慢慢地走进了房来，向我的上下看了一眼，笑了一脸，就仿佛害羞似的去窗面前站住，望向窗外去了。窗外头夹一道走廊，遥遥望去，底下就是一家富室的庭园，太阳很柔和的晒在那些未凋落的槐花树和杂树的枝叶上。

她的装束和从前不同了。一件芝麻呢的女外套里，露出了一条黑白花丝的围巾来，上面穿的是半西式的八分短袄，裙子系黑印度缎的长套裙。一顶淡黄绸的女帽，深盖在额上，帽子的卷边下，就是那一双迷人的大眼，瞳人很黑，老在凝视着什么似的大眼。本来是长方的脸，因为有那顶帽子深覆在眼上，所以看去仿佛是带点圆味的样子。两三年的岁月，又把她那两条从鼻角斜拖向口角去的纹路刻深了。苍白的脸色，想是昨夜来打牌辛苦了的原因。本来是中等身材不肥不瘦的躯体，大约是我自家的身体缩矮了罢，看起来仿佛比从前高了一点。她背着我呆立在窗前，我看看她的肩背，觉得是比从前瘦了。

“老三！你站在那里干什么？”我扣好了衣裳，向前挨近了一步，一边把右手拍上她的肩去，劝她脱外套，一边就这样的问她。她也前进了半尺，把我的右手轻轻地避脱，朝过来笑着说：

“我在这里算账。”

“一清早起来就算账？什么账？”

“昨晚上的赢账。”

“你赢了么？”

“我那一回不赢？只有和你来的那一回却输了。”

“噢，你还记得那么清？输了多少给我？那一回？”

“险些儿输了我的性命！”

“老三！”

“…………”

"你这脾气还没有改过，还爱讲这些死话。"

以后她只是笑着不说话，我拿了一把椅子，请她坐了，就上西角上的水盆里去漱口洗脸。

一忽儿她又叫我说：

"李先生！你的脾气，也还没有改过，老爱吸这些纸烟。"

"老三！"

"…………"

"幸亏你还没有改过，还能上这里来。要是昨天我遇见的是老二哩，怕她是不肯来了。"

"李先生！你还没有忘记老二么？"

"仿佛还有一点记得。"

"你的情义真好！"

"谁说不好来着？"

"老二真有福分！"

"她现在在什么地方？"

"我也不知道，好久不通信了，前二三个月，听说还在上海。"

"老大老四哩！"

"也还是那一个样子，仍复在民德里。变化最多的，就是我吓！"

"不错，不错，你昨天说不要我上你那里去，这又为什么来着？"

"我不是不要你去，怕人家要说闲话。你应该知道，阿陆的家里，人是很多的。"

"是的，是的，那一位华侨姓陆罢。老二，你何以又会看中了这一位胖先生的呢？"

"像我这样的人，那里有看中看不中的好说，总算是做了一个怪梦。"

"这梦好么?"

"又有什么好不好，连我自己都莫名其妙。"

"你莫名其妙，怎么又会和他结婚的呢?"

"什么叫结婚吓。我不过当了一个礼物，当了一个老大和大姊夫的礼物。"

"老三!"

"…………"

"他怎么会这样的早死的呢?"

"谁知道他，害人的。"

因为她说话的声气消沉下去了，我也不敢再问。等衣服换好，手脸洗毕的时候，从衣袋里拿出表来一看，已经是二点过了三个字了。我点上一枝烟卷，在她的对面坐下，偷眼向她一看，她那脸神秘的笑容，已经看不见一点踪影。下沉的双眼，口角的深纹，和两颊的苍白，完全把她画成了一个新寡的妇人。我知道她在追怀往事，所以不敢打断她的思路。默默地吸了半刻钟烟，她忽而站起来说:"我要去了!"她说话的时候，身体已经走到了门口。我追上去留她，她脸也不回转来看我一眼，竟匆匆地出门去了。我又追上扶梯根前叫她等一等，她到了扶梯底下，才把那双黑漆漆的眼睛向我看了一眼，并且轻轻地说:"明天再来吧!"

自从这一回之后，她每天差不多总抽空上我那里来。两人的感情，也渐渐的融洽起来了。可是无论如何，到了我想再逼进一步的时候，她总马上设法逃避，或筑起城堡来防我。到我遇见她之后，约莫将十几天的时候，我的头脑心想，完全被她搅乱了。听说有呼吸器病的人，欲情最容易奋兴，这大约是真的。那时候我实在再也不能忍耐了，所以那一天的午后，我怎么也不放她回去。一定要她和我同去吃晚饭。

那一天早晨，天气很好。午后她来的时候，却热得厉害。到了三四点钟，天上起了云障，太阳下山之后，空中刮起风来了。

她仿佛也受了这天气变化的影响，看她只是一阵阵的消沉下去。她说了几次要去，我拚命的强留着她。末了她似乎也觉得无可奈何，就俯伏了头，尽坐在那里默想。

太阳下山了。房角落里，阴影爬了出来。南窗外看得见的暮天半角，还带着些微紫色。同旧棉花似的一块灰黑的浮云，静静地压到了窗前。风声乌乌的从玻璃窗里传透过来，两人默坐在这将黑未黑的世界里，觉得我们以外的人类万有，都已经死灭尽了。在这个沉默的，向晚的，暗暗的悲哀海里，不知沉浸了几久，忽而电灯像雷击似的放光亮了。我站起了身，拿了一件我的黑呢旧斗篷，从后边替她披上；再伏下身去，用了两手，向她的胛下一抱，想乘势从她的右侧，把头靠向她的颊上去的，她却同梦中醒来似的蓦地站了起来，用力把我一推。我生怕她要再跑出门，跑回家去，所以马上就跑上房门口去拦住。她看了我这一种混乱的态度，却笑起来了。虽则兀立在灯下的姿势还是严不可犯的样子，然而她的眼睛在笑了，脸上的筋肉的紧张也松懈了。口角上也有笑容了。因此我就大了胆，再走近她的身边，用一只手夹斗篷的围抱着她，轻轻的在她耳边说：

"老三！你怕么？你怕我么？我以后不敢了，不再敢了，我们一道上外面去吃晚饭去吧！"

她只是不响，一面身体却很柔顺地由我围抱着。我挽她出了房门，就放开了手。由她走在前头，走下扶梯，走出到街上去。

我们两人，在日暮的街道上走，绕远了道，避开那条P街，一直到那条M港最热闹的长街的中心止，不敢并着步讲一句话。街上的灯火，全都灿烂地在放寒冷的光，天风还是乌乌的吹着，街路树的叶子，息索息索很零乱的散落下来，我们两人走了半天，才走到望海酒楼的三楼上一间滨海的小室里坐下。

坐下来一看，她的头发已经为凉风吹乱。瘦削的双颊，尤显得苍白，她要把斗篷脱下来，我劝她不必，并且教伙计马上倒了一杯白兰地来给她喝。她把热茶和白兰地喝了，又用手巾在头上脸上擦了一擦，静坐了几分钟，才把常态恢复，那一脸神秘的笑和炯炯的两道眼光，又在寒冷的空气里散放起电力来了。

“今天真有点冷啊！”我开口对她说。

“你也觉得冷的么？”

“怎么我会不觉得冷的呢？”

“我以为你是比天气还要冷点。”

“老三！”

“…………”

“那一年在苏州的晚上，比今天怎么样？”

“我想问你来着！”

“老三！那是我的不好，是我，我的不好。”

“…………”

她尽是沉默着不响，所以我也不能多说。在吃晚饭的中间，我只是献着媚，低着声，诉说当时在民德里的时候的情形。她到吃完饭的时候止，总共不过说了十几句话，我想把她的记忆唤起，把当时她对我的旧情复燃起来，然而看她脸上的表情，终于不为我所动。到末了我被她弄得没法了，就半用暴力，半用含泪的央告，一定要求她不要回去，接着就同拖也似的把她夹上了望海酒楼间壁的一家外国旅馆的楼上。

夜深了，外面的风还在萧骚地吹着。五十枝的电光，到了后半夜加起亮来，反照得我心里异常的寂寞。室内的空气，也增加了寒冷，她还是穿了衣服，隔着一条被，朝里床躺在那里。我扑过去了几次，总被她推翻下来，到最后的一次她却哭起来了。一边哭，一边又断断续续的说：

“李先生！我们的……我们的事情，早已……早已经结束了。那一年，要是那一年……你能……你能够像现在一样的爱我，那我……我也……不会……不会吃这一种苦的。我……我……你晓得……我……我这两三年来……”

说到这里，她抽咽得更加厉害，把被窝蒙上头去，索性任情哭了一个痛快。我想想她的身世，想想她目下的状态，想想过去她对我的情节，更想想我自家的沦落的半生，也被她的哀泣所感动，虽则滴不下眼泪来，但心里也仅在酸一阵痛一阵的难过。她哭了半点多钟，我在床上默坐了半点多钟，觉得她的眼泪，已经把我的邪念洗清，心里头什么也不想了。又静坐了几分钟，我听听她的哭声，也已经停止，就又伏过身去，诚诚恳恳地对她说：

“老三！今天晚上，又是我不好，我对你不起，我把你的真意误会了。我们的时期，的确已经过去了。我今晚上对你的要求，的确是卑劣得很。请你饶了我，噢，请你饶了我！我以后永也不再干这一种卑劣的事情了，噢，请你饶了我！请你把你的头伸出来，朝转来，对我说一声，说一声饶了我吧！让我们把过去的一切忘了，请你把今晚上的我的这一种卑劣的情事忘了。噢，老三！”

我斜伏在她的枕头边上，含泪的把这些话说完之后，她的头还是尽朝着里床，身子一动也不肯动。我静候了好久，她才把头朝转来，举起一双泪眼，好像是在怜惜我又好像是在怨恨我地看了我一眼。得到了她这泪眼的一瞥，我心里也不晓怎么的起了一种比死刑囚遇赦的时候还要感激的心思。她仍复把头朝了转去，我也在她的被外头躺下了。躺下之后，两人虽然都没有睡着，然而我的心里却很舒畅的默默的直躺到了天明。

早晨起来，约略梳洗了一番，她又同平时一样的和我微笑了，而我哩，脸上虽在笑着，心里头却尽是一滴苦泪一滴苦泪的在往喉头鼻里咽送。

两人从旅馆出来，东方只有几点红云罩着，夜来的风势，把一碧的长天扫尽了。太阳已出了海，淡薄的阳光晒着的几条冷静的街上，除了些被风吹坠的树叶和几堆灰土之外，也比平时洁净得多。转过了长街，送她到了门口，将要分别的时候，我只紧握了她一双冰冷的手，轻轻地对她说：

“老三！请你自家珍重一点，我们以后见面的机会，恐怕很少了。”我说出了这句话之后，心里不晓怎么的忽儿绞割了起来，两只眼睛里同雾天似的起了一层蒙障。她仿佛也深深地朝我看了一眼，就很急促地抽去了她的两手，飞跑的奔向屋后去了。

这一天的晚上，海上有一弯眉毛似的新月照着，我和许多言语不通的南省人杂处在一舱里吸烟。船外的风声浪声很大，大家只在电灯下计算着这海船航行的速度，和到 H 港的时刻。

一九二七年一月十日在上海

（原载《创造月刊》第 1 卷第 6 期，1927 年 2 月 1 日出版）

成 仿 吾

一个流浪人的新年

一

基督圣诞节也过了。那小的街大的街，一天一天的都活泼起来了。我们若借用他几句现存的话，那么，这繁华的都市，在没入于一个梦境，一天深似一天的，那梦境的氛氲，一天浓似一天的。

他可以由他所住的市外，指给我们看那一大堆模模糊糊的建筑。雾一般的青烟，和着濛濛的水蒸气，好像一重柔软的薄幕一般，把她轻轻的遮住了；有时又好像天女拖着的霓裳，受着舞后的余波，还在颤动不已。那些市街，好像晓雾包中的一朵鲜花，时时反射着微弱的光芒，其实她正在贪她的酣梦。

从那苍白色的低空里，大自然在不住地奏她庄严的交响乐！一切的东西，好像受了大自然的命令，都在参加她的交响乐。在这伟大的鼓动中，他们一个一个的，倒好像在守着他们的沉默。在这慈母的谐音中，小儿在贪他的酣梦。

松树和几种常青树以外，随便到那里，都只看见一样的空枝，间或有两三片枯叶，都是战战兢兢的在那里摇摆，只等他们最后的宣告。他——一个多年的流浪人——每天踏着嘍嗻嘍嗻的枯叶，跑到街上干完了他的事，又嘍嗻嘍嗻的跑回他住的地方，也知道这一年又剩不到几天了。不过他的感想就尽于这一句话。

因为他过的是那么样单调的生活，他知道冬天去了，又是春天；夏天去了，少不得又是秋天。大自然在他眼里，也好像不过在奉行故事，同他一般。过年这事情，对于他的生活的影响，就是乘着年假，休息得几天，有时候这几天年假，反使他无聊得不堪。他随便到那里，都只一个人。他有兄弟在他的本国，但是他老早就不想他们的事了。他想：我想他们的事，就有什么好处？只落得一身的烦恼罢。他也不知道到这地方几年了。若不是他平素每天看报，他定会把年月都弄不清楚。他的脸总带着一种惨黄色；他的眼睛，好像被什么东西压住，开不起的一般，小得不称他长瘦的脸；并且时常注视他的前面，好像在默想什么似的。

二

这一天已经是二十八了。他望着市内行去，走到了坐电车的地方，他就跳上一条电车坐下。那两边的街都已经装饰好了。他走马观灯的一般，看了一些红红绿绿的东西，早把他的眼睛看花了。他闭着眼睛，让电车拖着他去。

他坐到一个地方，跳下车来，望着人道里面一挤，梦一般的，任他的两只脚拉着他跑。

市内的空气，浓得差不多连呼吸都很困难。他只任那人的潮流把他流去。那一家一家的装饰，和那陈列台上的物品，对他好像没有什么引力的一般。这不是因为他的感受力不灵敏。他觉得去年的冬天，好像就是昨天的事情一样，他们也会把这些市街，红红绿绿的装饰了一遍，没有几天，又把他都撤了。他到如今还不知道为的什么原故。所以这些装饰，都好像前几天见过的东西；也唤不起他的好奇心，也没有什么奇怪。

他不解他们为的过一个年，何以就忙到这般田地。那街上走路的人，光着两只小眼，都好像到那里去抢饭吃的饥民一样。无数的汽车，野兽一般的，狂号怒吼，跑去跑来，光景惊心得很。电车的声响，管理汽车的怪声，脚踏车的铃子，和人的呼号，喧扰得更不可耐。但是他只着头往前走，倒像聋子一般；好像这些声音，在地球上互相消杀，他反听不见什么声音。

他想过年这个事情，不过说地球围着太阳跑了一个圈子。但是地球的轨道，是一个椭圆。谁知道她最初是从那里跑起的？或者我们过年的时候，地球已经跑过了她那出发点几十天；或竟还差几十天，也谁知道？若说是人类想革新他们的生活，任意把这一天作一个起点，他不信人类这样的生活，还可以革新。他想这样的革新手段，恰足增他们的疲倦，因为连这手段，都早变成了一个公式。

三

银白色的雪花，纷纷飞落，不到一个早晨的工夫，早把一个暗淡的世界，用一层流动的光明包好了。他想起他一个朋友所作的诗，有这么一首，他念了又念：

> 一个白银的宇宙！
> 我全身心好像要化为了光明流去，
> 啊，Open Secret 哟！

那街上的雪，也慢慢的增高起来。那天已经是三十一号，街上的人更多，一个个的身上都添了几片雪，像花样一般。各人所吐出的水蒸气，在那冷空气中半晌才能消灭。

那晚他坐着电车回家里去，车上的玻璃窗，都被水蒸气蒙蔽了。外面通是漆黑的，只见无数的电灯，好像一群的小星一样，一个个在放他们球状的幅射线。他们的光波，一伏一起，好像可以指点得出。

他同住的几个朋友，——都与他大同小异的——约他那晚大家守岁。他们预备了几瓶酒，几碟菜，围着几个小火盆，一面闲谈，一面嗑酒。也有述这几天的见闻的；也有追忆过去了的事情的，但他们谈话的中心，总离不了过年的事。有的说他去年怎么样过年，有的说他某年过年的时候的趣事，但是他们这些话，又每不期然而然的，归到他们本国的追想。他们小时候在本国过年如何快活；除夕他们在家里如何欢喜；过了年后，一直到元宵，那些小孩们如何玩耍；以及种种琐碎的事，每年到那一天晚上，他们说了又说的事，都好像有把他们全体的注意，集中于那说话的人的一举一动的引力。但是这些追忆愈进去得深，它们与现实的对照愈加深刻，愈不可耐。满屋的追忆的情调中，和他们回想的眼光里，都有说不出的凄凉景况，他们自己都能知道。就有劝人喝酒的人，就有插些笑话，来岔转他们的话头的，但是这种种的努力与手段，不唯不能把这悲哀的情调稀释起来；这些手段用得太勉强的时候，反增他们寂寞的痛苦，与因为无法解救所生的幻影消灭的悲哀。

他们几只眼睛，眼光光地所守着的那座小镇，一步一步的差不多就要走到十二点钟了。他们话也不说了。他们都眼光光的注视那个长针，看他一步步的移。听他一声声的响，好像期待什么东西似的。

那钟到十二点钟只差三分了，两分了，一分了。隔壁的一座大钟，铁塔铁塔的，好像十分高兴的一般，在那里响。那屋子里的空气紧张到十二分了。谁也不敢作一声。他们听见屋檐边的水滴，和他们自己呼吸的声音。她们好像都在合着这两座钟的铁塔铁塔的音响。到头来隔壁那座大钟一下一下的打起来了。他们好像听什么天启一般把耳朵竖起，把头偏向那一边，好像怕听脱了什么似的。

那钟一下一下的打完了。他仍依他的老调子，铁塔铁塔铁塔的响起来了。他们慢慢的把头偏过来，把他们的耳朵解放了。但是他们的眼睛，有的好像在说："去了！去了！"有的好像在说："来了！来了！"

四

初一倒是好天气。他侵早起来，吃了照例的早饭后，独自一个人，望着那用白银盖好了的平原行去。他前回过年也是那么样的，因为他没有什么地方去拜年。他想起前回的正月初一，他如何也在那里散步；他如何看见几个小孩在放风筝儿；如何远远的那条小路上，七八个人的葬列，慢慢的前往；如何那些人都只埋着头，跟着那抬灵柩的跑，声息都无，那边的小孩们却在高呼狂笑。他看见几个小孩儿，又在那里放风筝。他们在雪里面乱跑。闲着手的，有的在丢雪球儿玩，有的把雪拿来，打成了一匹胖狗。这些小艺术家在批评他们的创造物哩！

那些街上，都没有几个人行走。到处都是静悄悄的，倒像暴雨狂风过去了后的光景。他看见了一行行的街树，空着在那里站班。他从前在那人的河流里面漂流的时候，好像没有看见过她们一般。对着他来的电车，远远的早就听见。那些野兽一般的汽车，去得远了，还能听见它们在那里狂哮，那街上是这般沉静。

前几天那么忙碌，这一天那么清闲，他真不解一些人为的什么那么样忙，现在又都到那里去了。许多的商店，早把它们的铺门关起来了。间或吃醉了的人，东倒西歪的，在那里一个人说什么。他想：或者他们关着门在家里喝酒去了罢，但是他不信这就是他们前几天那么忙碌的目的。

到了夜间，那街上更加清静起来了。远远的看去，只见一路上的街灯，在闪着他们微弱的光芒，照着那些冷清清的装饰。几个走路的人，好像都知道暴风雨已经去得远了，已经没有什么可怕的一般，一步步的在那里走，有时浴着灯光，有时没在树阴里。

五

这一天是初三，那些街上，比前两天活泼得多了。在街上行礼的人，差不多也没有了。只是那些装饰，饱受着冬天的冷风，还在那里一阵阵的颤动。

他跑到一个公园里，那里的人，倒比平素还多。许多的小孩子，前前后后的，跟着他们同来的大人，你呼我应的，在那里有说有笑。他们都穿着最新的时装。一个个红着脸，跑去跑来，倒像是一个小孩子的展览会，热闹到十分。

那些树都是空着枝，在那青色的湿的空气中，时常把头儿摇摆几下，好像是在说：阳春还没有归来。一池黄绿色的水，在吹起他的涟漪。几个金鱼，在争那些小孩子给他们的东西，时常耀着他们赤的鳞甲，用他们的尾在水上划几个弧状的波，又慢慢地沉下水去，急得那些小孩子赶快又丢东西。

那全市街渐渐的由懒惰醒来了。这天已经是初八，他的事情又忙起来了。他仍和从前一个样，侵早坐电车到市内去，晚上又从那电车的终点，一步一步的走回他住的地方；休息了一晚又到市内去，晚上又跑回来。一天去了，两天去了，一个月去了，两个月去了。这样的生活还要过几多时，那只有上帝知道。

一九二一，四，二十一日改作

（原载《创造季刊》第1卷第1期，1922年3月15日出版）

郭沫若

残春

（一）

壁上的时钟敲打着四下了。

博多湾水映在太阳光下，就好像一面极大的分光图，画分出无限层彩色。几只雪白的帆船徐徐地在水上移徙。我对着这种风光，每每想到古人扁舟载酒的遗事，恨不得携酒两瓶，坐在那明帆之下尽量倾饮了。

正在我凝视海景的时候，楼下有人扣门，不多一刻，晓芙走上楼来，说是有位从大阪来的朋友要面会我。我想我倒有两位同学在那儿的高等工业学校肄业。一位姓黎的已经回了国，还有一位姓贺的我们素常没通过往来，怕是他来访我来了。不然，便会是日本人。

我随同晓芙下楼，远远瞥见来人的面孔，他才不是贺君。但是他那粉白色的皮肤，平滑无表情的相貌，好像是我们祖先传来的一种烙印一样，早使我知道他是我们黄帝子孙了。并且他的颜面细长，他的隆准占据中央三分天下有其二的疆域，他洋服的高领上又还露出一半自由无领的蝤蛴，所以他给我的第一印像，就好像一只白色的山羊。待我走到门前，他递一张名片给我。我拿到手里一看，恰巧才是“白羊”两字，倒使我几乎失声而笑了。

白羊君和我相见后，他立在门次便向我说道：

“你我虽是不曾见过面，但是我是久已认得你的人。我的同学黎君，是你从前在国内的同学，他常常谈及你。”

几年来不曾听见过四川人谈话了，听着白羊君的声音，不免隐隐起了一种恋乡的情趣。他又接着说道：

“我是今年才毕业的，我和一位同学贺君，他也是你从前在国内的同学，同路归国。”

“贺君也毕了业吗?”

“他还没有毕业。他因为死了父亲，要回去奔丧。他素来就有些神经病，最近听得他父亲死耗，他更好像疯狂了的一般，见到人就磕头，就痛哭流涕，我们真是把他没法。此次我和他同路回国，他坐三等，我坐二等，我时常走去看顾他。我们到了门司，我因为要买些东西，我便一个人上岸去了。留他一人在船上。等我回船的时候，我才晓得他跳了水。”

“哦！跳了水!”我吃惊地反问了一声。

白羊君接着说道：“倒幸好有几位水手救起了他，用捞钩把他钩出了水来。我回船的时候，正看见他们在岸上行人工呼吸，使他吐水，他倒渐渐地苏醒转来了。水手们向我说，说他跳水的时候，脱了头上的帽子，高举在空中画圆，口中叫了三声万岁，便扑通一声跳下海里去了。”白羊君说到他跳水的光景还用同样的手法身势来形容，就好像逼真地亲眼见过来的一样。

“但是船医来检验时，说是他热度甚高，神经非常兴奋，不能再远洋航海，在路上恐不免更有意外之虞。因此我才决计把他抬进就近的一家小病院里去，我的行李通同放在船上，我也没有工夫去取，便同他一齐进了病院了。入院已经三天，他总是高热不退，每天总在摄氏四十度上下，说是尿里又有蛋白质，怕是肺炎，肾脏炎，群炎并发了，所以他是命在垂危。我在门司又不熟，很想找几位朋友来帮忙。明治专门学校的季君我认得他，我不久要写信去。他昨天晚上又说起你来，说是‘能得见你一面，便死也甘心’，所以我今天才特地跑来找你。”

白羊君好容易才把来意说明了，我才请他同我上楼去坐。因为往门司的火车要六点多钟才有，我们更留着白羊君吃了晚饭再同去，晓芙便往灶下去弄饭去了。

好像下了一阵骤雨，突然晴明了的夏空一样，白羊君一上楼把他刚才的焦灼，好像忘在脑后去了。他走到窗边去看望海景，极口赞美我的楼房。他又踱去踱来，看我房中的壁画，看我壁次的图画。

他问我："听说你还有两位儿子，怎么不见呢？"

我答道："邻家的妈妈把他们引到海上玩耍去了。"

我问他："何以竟能找得我的住所？"

他答道："是你一位同学告诉我的。我从博多驿下车的时候，听说这儿在开工业博览会，我是学工的人，我便先去看博览会来，在第二会场门首无意之间才遇着你一位同学，我和他同过船，所以认得。是他告诉了我，我照着他画的略图找了来。你这房子不是南北向吗？你那门前正有一眼水井，一座社神，并且我看见你楼上的桌椅，我就晓得是我们中国人的住所了。（日本人一般不用桌椅。）不是你同学告诉我的时候，我还会到你学校去问呢。"

我同他打了一阵闲话，我告了失陪，往楼下去帮晓芙弄饭去了。

（二）

六点半钟的火车已到，晓芙携着一个儿子，抱着一个儿子，在车站上送行。车开时，大的一个儿子要想跟我同去，便号哭起来，两只脚儿在月台上蹴着如像踏水车一般。我便跳下车去，抱着他接吻了一回，又跳上车去。车已经开远了，母子三人的身影还伫立在月台上不动。我向着他们不知道挥了多少回数的手，等到火车转了一个大弯，他们的影子才看不见了。火车已飞到海岸上来，太阳已西下，一天都是鲜红的霞血，一海都是赤色的葡萄之泪。我回过头来，看见白羊君脱帽在手，还在向车站方面挥举，我禁不着想起贺君跳海的光景来。

——可怜的是贺君了！我不知道他为什么要跳海，跳海的时候，为什么又要脱帽三呼万岁。那好像在这现实之外有什么眼不能见的“存在”在诱引他，他好像 Odysseus、听着 Sirens 的歌声一样。

——我和我的女人，今宵的分离，要算是破题儿第一夜了。我的儿子们今晚睡的时候，看见我没有回家；明朝醒来的时候，又看见我不在屋里；怕会疑我是被什么怪物捉了去呢。

——万一他是死了的时候，那他真是可怜！远远到得海外来，最终只是求得一死！……

——但是，死又有什么要紧呢？死在国内，死在国外，死在爱人的怀中，死在荒天旷野里，同是闭着眼睛，走到一个未知的世界里去，那又有什么可怜不可怜呢？我将来是想死的时候，我想跳进火山口里去，怕是最痛快的一个死法。

——他那悲壮的态度，他那凯旋将军的态度！不知道他愿不愿意火葬？我觉得火葬法是最单纯，最简便，最干净的了。

——儿子们怕已经回家去了，他们回去，看见一楼空洞，他们会是何等地寂寞呢？……

默默地坐在火车中，种种想念杂然而来。白羊君坐在我面前痉挛着嘴唇微笑，他看见我在看他，便向我打起话来。

他说：“贺君真是有趣的人，他说过他自己是‘龙王’呢。”

“是怎么一回事？”

“那是去年暑假的时候了，我们都是住在海岸上的，贺君有一天早晨在海边上捉了一个小鱼回来，养在一个大碗里面。他养了不多一刻，又拿到海里去放了，他跑来向我们指天画地的说，说他自己是龙王，他放了的那匹小鱼，原来是条龙子。他一放了下去，他一放了下海去，四海的鱼鳞都来朝贺来了。我们听了好笑。”

“恐怕他在说笑话呢?”

“不然，他诸如此类疯癫识倒的事情很多。他是有名的吝啬家，但是他却肯出多少子钱去买许多画幅，装饰得一房间都是。他又每每任意停一两礼拜的课，我们以为他病了，走去看他时，他才在关着门画画。”

“他这很像是位天才的行径呢!”我惊异地说了，又问道：“他画的画究竟怎么样?”

白羊君说道：“我也不晓得他的好歹，不过他总也有些特长，他无论走到什么名胜地方去，他便要检些石子和蚌壳回来，在书案上摆出那地方的形势来做装饰。”

白羊君愈见谈出贺君的逸事来，我愈觉得他好像是位可以惊异的人格。我们从前在中学同学的时候他在下面的几班，我们不幸也把他当着弱小的低能儿视了。我们这些只晓得穿衣吃饭的自动木偶！为什么偏会把异于常人的天才，当成狂人，低能儿，怪物呢？世间上为什么不多多产出一些狂人怪物来哟?

火车已经停止过好几站了。电灯已经发了光。车中人不甚多，上下车的人也很少，但是纸烟的烟雾，却是充满了四隅，乘车的人都好像蒙了一层油糊，有的一人占着两人的座位，侧身一倒便卷卧起来，有的点着头儿如像在滚南瓜一样。车外的赤色的世界已渐渐转入虚无里去了。

（三）

Moji！Moji！

门司到了，月台上叫站的声音分外雄势。

门司在九州北端，是九州诸铁道的终点。我们若把九州比成一片网脉叶，南北纵走诸铁道就譬比是叶脉，门司便是叶柄的结托处，便是诸叶脉的总汇处。坐车北上的人到此处都要下车，要往日本本岛的，或往朝鲜的，都要再由海路向下关或釜山出发。

木履的交响曲！这要算是日本停车场上下车时特有的现象了。坚硬的木履踏在水门汀的月台上，汇成一片杂乱的燥音，就好像有许多马蹄的声响。八年前我初到日本的时候，每到一处停车场都要听得这种声响，我当时以为日本帝国真不愧是军国主义的楷模，各地停车场竟都有若干马队驻扎。

我同白羊君下了车，被这一片音涛，把我们冲到改扎口去。驿壁上的挂钟长短两针恰好在第四象限上成一个正九十度的直角了。

出了驿站，白羊君引我走了许多街道和侧巷，彼此都没有话说。最后走到一处人家门首，白羊君停了步，说是到了；我注意一看，是家上下两层的木造街房，与其说是病院，宁肯说是下宿，只有门外挂着一道辉煌的长铜牌，上面有黑漆的“养生医院”四字。

贺君的病室，就在靠街的楼下，是间六铺席子的房间。正中挂着一盏电灯，灯上罩着一张紫色包单，映射得室中光景异常惨淡。一种病室特有的奇臭。热气，石炭酸气，酒精气，汗气，油纸气……种种奇气的混淆。病人睡在靠街的窗下。看护妇一人跪在枕畔，好像在替他省脉。我们进去时，她点头行了一礼，请我们往邻接的侧室里去。

侧室是三铺席子的长条房间，正中也有一盏电灯，靠街窗下有座小小的矮桌，上面陈设有镜匣和其他杯瓶之类。房中有脂粉的浓香。我们屏息一会，看护妇走过来了。她是中等身裁，纤巧的面庞。

——这是S姑娘。

——这是我的朋友爱牟君。

白羊君替我们介绍了，随着便问贺君的病状。她跪在席上，把两手叠在膝头，低声地说：

“今天好得多了。体温完全平复了。刚才检查过一次，只不过七度二分。（摄氏三十七度二分之略语。）今早是三十八度，以后怕只有一天好似一天的了。只是精神还有些兴奋，刚才才用了催眠药，睡下去了。”

她说话的时候，爱把她的头儿偏在一边，又时时爱把她的眉头皱成“八”字，她的眼睛很灵活，晕着粉红的两颊表示出一段处子的夸耀。

我说道：“那真托福极了！我深怕他是肺炎，或者是其他的急性传染病，那就不容易望好呢。”

“真的呢。——倒是对不着你先生，你先生特地远来，他才服了睡药。”

“病人总得要保持安静才好。……”

白羊君插口说道：“S姑娘！你不晓得，我这位朋友，他是未来的Doctor，他是医科大学生呢！”

“哦，爱牟先生！”她那黑耀石般的眼仁，好像分外放出了一段光彩。“我真喜欢学医的人。你们学医的人真好！”

我说：“没有什么好处，只是杀人不偿命罢了。”

“啊啦！”她好像注意到她的声音高了一些，急忙用右手把口掩了一下，“那有……那有那样的事情呢。”

（四）

辞出医院，走到白羊君寓所的时候，已经是十一点过了。上楼，通过一条长长的暗道，才走进了白羊的寝室，扭开电灯时，一间四铺半的小房现出。两人都有些倦意，白羊君便命旅馆的女仆开了两床铺陈，房间太窄，几乎不能容下。

我们睡下了。白羊君更和我谈了些贺君的往事，随后他的话柄渐渐转到S姑娘身上去了。他说他喜欢S姑娘，说她本色，说她是没有父母兄弟的孤人，说她是生在美国，她的父母都是死在美国的，说她是由日本领事馆派人送回国的，回日本时才三岁，由她叔母养大，从十五岁起便学做看护妇，已经做了二年了，说她常常说是肺尖不好，怕会得痨症而死……他还说许多话，听到后来我渐渐模糊，渐渐不能辨别了。

门司市北有座尖锐的高峰，名叫笔立山，一轮明月，正高高现在山头，好像倒打一个惊叹的符号（!）一样。我和S姑娘徐徐步上山去。俯瞰门司全市，鱼鳞般的屋瓦，反射着银灰色的光辉。赤间关海峡与昼夜繁凑的景像迥然改观，几只无烟的船舶，如像梦中的鸥鹭一般，浮在水上。灯火明迷的彦岛与下关海市也隐隐可见。山东北露出一片明镜般的海面来，那便是濑户内海的西端了。山头有森森的古木，有好事者树立的一道木牌，横写着“天下奇观在此”数字，有茶亭酒店供游人休息之所。

我和S姑娘登上山顶，在山后面着濑户内海的一座茶亭内坐下，对面坐下。卖茶的妈妈已经就了寝，山上一人也没有，除去四山林木萧萧之声，什么声息也没有。S姑娘的面庞，不知道是什么缘故，分外现出一种苍白的颜色。从山下登上山顶时，彼此始终无言，便是对坐在茶亭之中，也是互相默默。

最后她终耐不过岑寂，她把她花蕊般的嘴唇破了：“爱牟先生，你是学医的人，医治肺结核病，到底有什么好的方法没有?”说时声音微微有些震颤。

“你未必便有那种病症，你还要宽心些的好。”

“我一定是有的，我夜来每肯出盗汗，我身体渐渐消瘦，我时常无端地感觉倦怠，食欲又不进，并且每月的……”说到此处她忍着不说了，我揣想她必定是想说月经不调，但是我也不便追问。我听了她说的这些症候，都是肺结核初期所必有的，更加以她那腺病质的体格，她是得了这种难治的病症断然无疑，但是我也不忍断言，使她失望，我只得说道：

“怕是神经衰弱罢，你还该求个高明的医生替你诊察。”

“我的父母听说都是得的这种病症死的，是死在桑佛朗西司戈。我的父母死时，我才满三岁，父母的样子我不记得了，我只记得一些影子，记得我那时候住过的房屋，比日本的要宏壮得许多。这种病症的体质，听说是有遗传性的。我自然是不埋怨我的父母，我就得……早死，我也好……好少受些这人世的风波。”她说着说着，便掩泣起来，我也暗暗哀心，无法可以安慰她的哀切。沉默了半晌，她又说道：

“我们这人，真是有些难解，譬如佛家说：‘三界无安犹如火宅’，这个我们明明知道，但是我们对于生的执念，却是日深一日。就譬如我们嗑葡萄酒一样，明明知道醉后的苦楚，但是总不想停杯。……爱牟先生！你直说罢！你说，像我这样的废人，到底还有生存的价值没有呢？……”

“好姑娘，你不要过于感伤了。我不是对着你奉承，像你这样从幼小而来便能自食其力的，我们对于你，倒是惭愧无地呢！你就使有什么病症，总该请位高明的医生诊察的好，不要空自担忧，颠转有害身体呢！”

“那么，爱牟先生你就替我诊察一下怎么样？”

“我还是未成林的笋子呢（日本称庸医为竹薮）！”

“啊拉，你不要客气了！”说着便缓缓地袒出她的上半身来，走到我的身畔。她的肉体就好像大理石的雕像，她觯着的两肩，就好像一颗剥了壳的荔枝，胸上的两个乳房微微倾向上，就好像两朵未开苞的蔷薇花蕊。我忙立起身来让她坐，她坐下，把她一对双子星，圆睁着望着我。我擦暖我的两手，正要去诊打它的肺尖，白羊君气喘吁吁地跑来向我叫道：

“不好了！不好了！爱牟！爱牟！你还在这儿逗留！你的夫人把你两个孩儿杀了！”

我听了魂不附体地一溜烟便跑回我博多湾上的住家。我才跑到门首，一地都是幽静的月光，我看见门下倒睡着我的大儿，身上没有衣裳，全胸部都是鲜血。我浑身战栗着把他抱了起来。却又回头看见门前井边，倒睡着我第二的一个小儿，身上也是没有衣裳，全胸部也都是血液，只是四肢还微微有些蠕动。我又战栗着把他抱了起来。我抱着两个死儿，在月光之下，四处窜走。

“啊啊！啊啊！我纵使有罪，你杀我就是了，为什么要杀我这二个无辜的儿子？啊啊！啊啊！这种惨剧是人所能是受的吗？我为什么不疯了去！死了去呀！”

我一面跑，一面乱叫，最后我看见我的女人散着头发，披着白色寝衣跨在楼头的扶栏上向我骂道：

“你这等于零的人，你这零小数点以下的人！你把我们母子丢了，你把我们的两个儿子杀了，你还在假猩猩地作出慈悲的样子吗？你想死，你就死罢！上天叫我来诛除你这无赖之徒！”

说着，她便把手中血淋淋的短刀向我投来，我抱着我的二个儿子，一齐倒在地上。——

惊醒转来，我依然还在抽气，我浑身都是汗水。白羊君的鼾声，邻室人的鼾声，远远有汽笛和车轮的声响。我把白羊君枕畔的表来看时，已经四点三十分钟了。我睡着清理我的梦境，依然是明明显显地没有些儿模糊。啊！这简直是 Medea 的悲剧了！我再也不能久留，我明朝定要回去！定要回去！

（五）

旅舍门前横着一道与海相通的深广的石濠，濠水作深青色，几乎要与两岸齐平了。濠中有木船数艘，满载石炭，徐徐在水上来往。清冷的朝气还在市中荡漾。我和白羊用了早膳之后，要往病院里去。病院在濠之彼岸。我们沿着石濠走去，渡过濠上石桥时，遇着几位卖花的妈妈，我便买了几枝白色的花菖蒲和红蔷薇，白羊君卖了一束剪春罗。

走进病室的时候，贺君便向我致谢，从被中伸出一只手来，求我握手。他说，他早听见S在讲，知道我昨晚来了，很说了些对不起的话，我把白菖蒲交给他，他接着把玩了一阵，叫我把来插在一个玻璃药瓶内。白羊君把蔷薇和剪春罗，拿到邻室去了。

我问贺君的病状，他说已经完全脱体，只是四肢无力，再也不能起床。我看他的神气也很安闲，再不像有什么危险的症状了。

白羊君走过侧室去的时候，只听得S姑娘的声音，说道：

“哦，送来那么多的好花！等我摘朵蔷薇来簪在髻上罢！”

她不摘剪春罗，偏要摘取蔷薇，我心中隐隐感受着一种胜利的愉快。

他们都走过来了。S好像才梳好了头，她的髻上，果然簪着一朵红蔷薇。她向我道了早安，把三种花儿分插在两个玻璃瓶内，呈一种非常愉快的脸色。Medea的悲剧却始终在我心中来往，我不知道她昨晚上做的是什么梦。我看见贺君已经复元，此处已用不着我久于勾留，我也不敢久于勾留了。我便向白羊君说，说我要乘十点钟的火车回去。他们听了都好像出乎意外。

白羊君说：“你可多住一两天不妨罢。”

S姑娘说：“怎么才来便要走呢？”

我推诿着我学校有课，并且在六月底有试验，所以不能久留。他们总苦苦劝我再住一两天，倒是贺君替我解围，我终得脱身走了。

午前十点钟，白羊君送我上了火车，彼此诀别了。我总觉得遗留了什么东西在门司的一样，心里总有些依依难舍。但是我一心又早想回去看我的妻儿，火车行动中，我时时把手伸出窗外，在空气中作舟楫的运动，想替火车加些速度。好容易火车到了，我便飞也似地跑回家去，但是我的女人和两个儿子，都是安然无恙。我把昨夜的梦境告诉我女人听时，她笑着，说是我自家虚了心。她这个批评连我自己也不能否定。

回家后第三天上，白羊君写了一封信来，信里面还装着三片蔷薇花瓣。他说，自我走后，蔷薇花儿渐渐谢了，白菖蒲花也渐渐枯了，蔷薇花瓣，一片一片地落了下来，S姑娘教他送几片来，替我作最后的诀别。他又说，贺君已能行步，再隔一两日便要起身回国了，我们只好回国后再见。

我读了白羊君的来信，不觉起了一种伤感的情怀。我把蔷薇花片挟在我爱读的Shelley诗集中，我随手写了一张简单的明片寄往门司去：

谢了的蔷薇花儿，
一片，两片，三片，
我们别来才不过三两天。
你怎么便这般憔悴？——
啊，我愿那如花的人儿，
不也要这般的憔悴！

十一年四月一日脱稿

（原载《创造季刊》第1卷第2期，1922年8月25日出版）

陶晶孙

木犀

到底是乡间，一座古庙虽然宽敞，但只呆呆地立着；庙前已通电车，过往的行人颇也不少。

乡间也应有乡间的风味，而此处又多少兼带了些都会的要素，究竟乡不乡，市不市——乡则大俗，市则冷落了。

素威，乃此地大学生中的一位青年，也夹杂在行人之中经过。不知是从何处飘来的一阵香潮，愈渐浓烈了起来，才突然唤醒了他的意识：啊啊，木犀！

四望都是初秋的浓绿，几株苍苍的古树，在庙内日本式的庭园中繁茂着。

木犀的香潮——

这怕是什么人也闻到的了？

但是，各人总会有各人的感触——

马车马的生活！——这是素威自道；他这个感叹中，也有一种因缘在内。

他难忘的少年时代是在东京过活了的，他是无论如何想留在东京的了。即使不能的时候，也想往京都去，那儿是他所爱慕的一位先生的乡梓。连这一层希望也没有达到，凄凄凉凉地流到九州来，过着漫无目的的生活，这是何等悲惨的呢！

在下宿店中过难过的日子是最难熬煎的。虽然有愿为医生的打算，然又嫌厌与病院的空气相接触。藉此便入了校中的音乐会，把幼时所学习得的比牙琴，一天到晚，笼在练习室中弹奏——虽是受着邻室的助手们的厌嫌，迫害，他就这么开始了他的“马车马的生活”。

除吃饭和就寝而外他没有回去的时候，现刻他是要回下宿店去吃午饭的。偶然的这阵花香，把素威从无悲无喜的生活中解卸了下来。

就譬如那纽变黑了的红条，那系在那小得可怜的表上的，不怕就在人面前害着羞不肯拿出来，但因为是先生赠他的原故，他连那红条也不想改换的一样——

这阵木犀花的香潮——在此中有热烈欲燃的欢爱存在——

那是素威的幼时。

那是欢乐也还——只好说“还”——没有失掉，还在希望与目的中辉发着的时候的往事。

校服的短裤换成了长裤，往学校去时，说是不好意思坐电车，把他母亲苦了一阵，才坐起人力车去的时候，终竟迟了刻。

点名的时候的体操先生——名叫“老虎”的那体操先生！因为怕见他，便缩缩瑟瑟地，终久把脚移向了旧来走惯了的小学校门走去。

金辉灿烂的斜下的栏杆，阶段下有棕榈竹，那儿假如母亲携着我的手儿登上去的时候，会是怎样地美好呢！无端地正在空想，突然——

“哦，素威！”

叫了一声，从前面出来的才是女先生 Toshiko，她是小学校里的英文教习。

“啊，许久不见了呢，已经入了中学了，我每天都在想着素威君……

“哦呀，在发号了！已经上了课吗？你学校里是几点钟开课？”

“八点钟，”勉勉强强地素威答应了一声。

“那吗，你是迟了刻了。中学校迟了刻，听说是很麻烦的呢。——素威君，你来有什么事情?”

“先生，你看，今天洋服做好了。”

“唉，——?”

“唉，长裤脚——真不好意思呢。”

“哦，那吗——”

“我便坐了人力车来，所以迟了刻。”

“因此你现刻去，是不好去的吗?”

“没有什么不好，只是呢，我怕那‘老虎’，他要骂人呢。”

Toshiko先生便笑了起来，不再说话，把右手放在素威的肩上，便走起来。走到了的是有白色的花边窗帷，桌上有一瓶白菊花的房间——先生的居室。

“先生，但是我不去也不好。”

先生此时从腰带中把小表取出来看了一下。

“到开课还有五分钟呢。到那时候我同你一路去罢。你就在我房间里要罢。”

——在梭发上坐是坐了，先生也高兴地把手和衣袖放在素威的肩上，一同看了书橱，看了书檠，看了画额，看了圣母玛利的像，但是素威心中总忘不了迟刻的事情。——

不一阵，先生便和素威两人走到了中学部的——那“老虎”先生之前。

“先生，素威君是我把他留在我房间里了，所以迟了刻。”

这么说了的时候，老虎便恭敬地向Toshiko先生行了一举手礼。

茫然无措地，素威立在老虎之前。

好像从头部以下完全没有血的一样，实在是没有血液了，在害怕得发抖。

"呢，开课了，到教室去!"

听了这一句话，没有血的素威，如像云的一样，漫无目的地离开了那儿。

就在那天的晚上，素威靠在早晨登过的金色的栏杆上，在思索着不知道怎样的好。Toshiko 先生的房间是晓得了，先生也叫过他去耍，但是害羞得很，比今早晨的那件事情，短裤脚换成了长裤脚的还要害羞得不知道多少倍。

我要想钻进壁头里面去了！发明这句话的人，怕也是遇着了这类害羞的事情。——

金色的栏杆不倦地璀璨着。素威时而把嘴唇去亲它一下，时而又把面庞去挨它一下。

"怎么做呢?"他只是这么想。——应该要去谢谢先生——但是这是怎么害羞的一种道谢呢!

但是就这么回去，也很寂寞。他在金色的栏杆上用手指画写着"Toshiko""先生"等字。

最初先生到这学校里来的时候，

"我是 Toshiko——"

说了，随后才说出姓来，所以什么人都不叫她的姓的，细长而清爽，万事精明的——此外没有字来可以形容的美的 Toshiko 先生!

想了一阵，突然想到的是：虽是无聊，但是也要从远处把先生的房间的内容望一下。——这么一决心他便滑着栏杆从石阶走下来。刚走到最后一段，上面有人叫他：

"素威!"

这正是先生的声音。素威太吃惊了，发了一跳，竟至战颤起来。

两手被先生抱着，坐在房中的梭发上，还在发颤。

“我啊，我现刻又在管理寄宿舍的事情了，所以在校里寄宿。素威呀，你回去的时候，你时常到我这里来耍，无论什么时候都不要紧呢。”

素威已经欢喜得不可名状了。——晓得是这样的时候，我早跑来倒好了——

“先生，今朝你救了我，我以后不想那样受先生的援助了。”

“但是呢，我不想把我的素威被什么老虎呀狮子呀的人责遣呢，你不要介意呢，我们两人一同做了不好的事来……但是呢；素威，我援助你的恐只有这一次，今后怕该你援助我了呢，总有那个时候，你不得不援助我的罢。”

说了之后，Toshiko 先生现出一种忽然沉思了一下的样子——自从那天起，素威每天放学回去的时候，定要到邻接的初等科的寄宿舍去了。

把胸中的激动制伏着在先生的房门前扣门的时候，那时候的快乐，在一生之中怕是空前绝后的了。

每日素威所做的事情，除此而外什么也没有了。无论在家里或在学校里，只把“Toshiko 先生”——这音乐的响亮的单语反复着，想今天见面时该说什么话。

有一天晚上，大迟了，怕先生一定等着在的，他这么想着走去的时候，房门微微开着，先生靠在梭发上，穿着纯白的寝衣。

先生默默地立起来，立地拥抱着素威。

“啊啊，我等了你好一阵了呀！”

把房门闭了的时候，素威感觉着一股不知道是从什么地方来的香气。

“你晓得是什么香么？木犀呢！”

幽幽地亮着的电灯，古风的桌子的脚，软软地陷在坐褥中的先生——就好像在那小孩子时所想像的梦里的王国中徬徨着的一样。

美的那晚夕，素威是不能忘记的。

其后两三日内，素威便移住在只有一径相隔的中学的寄宿舍了。就此——过了许多美的晚夕。

赤砖砌成的坚固的校舍，校舍之后碧绿的美的小学寄宿舍——沿此寄宿舍之下，素威在草地与花坛之间行过时，先生每肯从上面，俯瞰下来。

…………

素威与 Toshiko 先生的情谊，什么人都知道了。

有一天，素威走着平时常走的道路，遇着在小学校时，寄宿舍的寮母的 Tanisan。

“素威君，是往 Toshiko 先生那里去的吗？——真是热心啦！——赶急得很？——是那吗——哦，每天你们做些怎么玩儿呢？——种种的谈话？——像很有趣啦！——啊——哦，素威君，你和 Toshiko 先生的事情，大家都在谈论呢。你还年轻，倒很泰然；但是先生和你不同呢，你晓得么？她无昼无夜都在挂念着你，在你看来，怕只当是先生待得你好；但是在我们旁人看来，我们是很明白的呢。女人想的事情，我们女人立地是晓得的，唉，你同 Toshiko 先生年龄要差十岁。但是年龄争差又有什么呢，恋爱到底还是恋爱。”

尽性地说了就走了。——也不恨那 Tanisan：她的面孔好像从古以来，不曾有过少女的美好的时代，美虽不美，但是素来是可信用的人。

但是听她那么说时——唉，那吗先生是怎么地比我更有意义的了。恋爱就恋爱——是那样的时候，当然是更幸福的了。——

因为听了 Tanisan 的一番话，他进了先生的房间，也不敢正面视她。像以前一样把手伸过先生的肩头去拿东西，或者坐在梭发上靠着她，更要求要接吻她的那种亲密的态度，更是不敢了。

那天先生的态度也更加不同了。回去的时候，先生的眼睛一面分外放出了种光辉，把雪一样白的颈子伸过金色的栏杆上来望送着。

其后隔了几天去访问先生的时候，先生不在，因此失望。但是照房中的样子看来，也不像是往远处去了。

那是月夜。想在庭中去散散步。走出中庭，木犀花，香得异常。

在草原中夜露凝积着的小径上稍稍走了一下，走到平时栽有雨兰的地点了。那儿有的是白漆的木凳，假如不注意时，那上面的白衣人……那是一点也不错，那正是Toshiko先生了。

“呀，素威！——我心里真快活。”

“先生，我在担心你呢。”

“对你不住。走到这样地方来，你怕吃了一惊罢。啊，我们回房间去罢。”

那么说了。立起来的Toshiko先生，狂了的一样把手搭在素威的肩上，在他颊上接连亲吻了好几下。

素威立着听凭先生亲他，他把手伸到先生胸里时，窒了息的心脏的鼓动使他吃了一惊。

“唉，我只想永远是个小孩子——”

“你也长大了呢。——长大起去，真是讨厌的呢。但是我们一同长大起去罢。”

“就长大了，我同先生也永远是朋友罢。”

素威的处女般的害羞心，使他把心里所想的事情战颤着只吐出了这一点。

“唉，朋友？啊，朋友呢，我们不是师生。”

那晚上，两人都默默地在月光之下，好像要冻结成一块的一样，缩小在那小小的木凳上。

“是运命呢，我们两人。”

…………

那是一天寒冷的晚上。素威走到先生那里去，Toshiko 先生倚着窗缘，低着头在。

素威就像猫儿走路一样，悄悄走进房去。——美丽的先生！天使一样的先生！——我有这位先生，是怎样的幸福哟！——在这么想着，同时，又好像起了一种害羞的心理：为什么想着这样的事情！

但是先生那美的心中所燃着的是什么呢？——现在就使一切破灭，——就使地球立地融解，只要我们能住在这房里的时候……发着这些奇想走近先生身旁——先生才在哭。——

但是先生立刻仰起来微笑，从浸着红绦的瓶中倒出有颜色的水来，在汽炉管上——房里都漩着香潮——木犀的香潮。

“啊哈，那天晚上——那月下的晚上，你记得么？”

“啊，快活得很了，那天夜晚！——”

“素威，你不要弃我？”

素威仰视先生——好像呈着凄凉的眼色——他不回答，只跳起抱着先生的颈项接吻。——同平时在家里和母亲的接吻——在素威心里想来，觉得有些不同——自从那晚浴在月光之中，在恋爱（?）中剧烈地战栗后以来。

“多谢你呢。”

素威额上，滴下了大珠银滴，滴了好几颗，好几颗。

“我是太不好了，我，我总有一天会来偿罪，等我那刻时候，等我到那刻时候。……”

以下的话，先生的眼泪把它说了。

…………

翌日的早晨素威处小使把先生的信送了来，说是回乡去了，一直要住到圣诞节（Christmas）。

“先生吗？”

“已经动了身了。详细的事情，说是信里写得有。”简单的先生的信中写的是：——

我因为是柔弱，怎么也不能向你明言。昨晚上多谢你了。我到圣诞节日再回来，请到我房里去等我。

木犀树下的那一晚，请你不要忘记。到了家时立地便要写信给你，请你等我。

我的抽屉里面有两样东西是送你的，表与像片。

请你相信运命呢！再见！

素威好像狂了一样了。

走到先生房里去，在梭发中哭了。

跑到木犀树下无意识地乱摇。

跑到寄宿舍去。把房中的物什蹴得零乱。

上床去咬着铁柱，蜷着身子在浑身中乱搔乱扭。——如此继续了两三天。

等到圣诞节还有两礼拜——

有一天素威欢喜地接到先生一封信：

我病了哟。

到圣诞节那天，我能不能回来，说不定。你将来到京都来的时候，请追念我罢！

我一生只有你一人是我真正的朋友。

我想我会痊愈，我想我是能够痊愈，因为有你要留我在这世上。只有今天我把日记中辍了。在最后一行，我写了你的名字和我的名字。又写了一句

Croire en destinée。

素威，你一定是明白的呢，那相别的晚上的……

请了，素威！

Toshiko

其后不久素威惊惶失措地接了一通电报——

先生没有等到圣诞节——死了。

读完电报之后，素威以为“解决”了。

那当然是一切的终结。

素威还是活着在——保持着先生的唯一的遗品，小表，和怪美的时候的回想，活在与自己太相悬隔的社会之中。

（附白） 我们在日本由几个朋友组织过一种小小的同人杂志，名叫《Green》；同人是郁达夫，何畏，徐祖正，刘偿兀，晶孙和我。晶孙这篇小说，便是《Green》第二期中的作品；原名本叫“Croire en destinée”（相信运命）。原文本是日本文，我因为爱读此篇，所以我怂恿他把它译成了中文，改题为《木犀》。一国的文字，有它特别地美妙的地方，不能由第二国的文字表现得出的。此篇译文比原文逊色多了，但他根本的美幸还不大损失。请读者细细玩味。

沫若

九月二十日福冈。

（原载《创造季刊》第1卷第3期，1922年11月25日出版）

音乐会小曲

1　春

他宽敞地对比牙琴坐下，独奏家坐在舞台中央，会场的视线都集向独奏家。

——伴奏暂在休止符里，他放双手在膝上，落视线在键盘上——这时候，台下的会众要映进他的眼睛里。

'Cello 的 Cadenza 好像小流瀑的摇飞——他的视界之中，比牙琴，独奏家以外，还看得着注意凝息于音乐的人们。

忽然他的眼睛里映着一个有记忆的像貌，他的心中动摇了：

"莫非要是她？"——

他跟在独奏家后面走出舞台之时还对她一瞥，不错的，是她！不——不过也不应该是她的！

为 Encore 又上坛的时候，他又给对这位姑娘一瞥，——白毛的帽，大的春外套。

Encore 完了，拍手响了。人们都立起来。

他匆忙地套他的大衣于夜服上，戴他的黑的旧帽，他从他的衣袋里摸出了一张今天的音乐单，他写上去：

我是你晓得的人，此刻我看错了当你为我以前的女朋友——你或者要是真的我的从前的女朋友——无论怎么，你和我从前的朋友是很相似的这话，此刻对你没应该有什么关系，不过你和我的从前的女朋友相似的事实倒也是真的，所以我想要和你谈一次话，我此刻把这话来作要和你谈话的理由，是太失礼了。不过，今天你有好意来听我们的音乐，也可以算你能够和我谈话一刻的理由。

他腰了纸片，走出门口，走出门口的人们已经不能看破他是今天的伴奏家了。他走出场外，男女们三四成群向街走，他速步走一段后，在薄暗之中，就觅着了她。

不过他不能走近她了，他心中感得有一种感触，他总没有把纸片给她的勇气了。

所以他慢步跟在她的后面。她是同一位年长姑娘同走的，她们倒是给了后面忧郁的他许多活泼的笑声。

她们走进 Café chat noire 了。他也跟进去。

这小都第一的咖啡店，倒有许多文士客，他本愿要坐在她们的旁边的，但却坐在了一张不被她们发见的她们背面的桌子上。

他噙着吸 Orange 水的细管，'cello 的旋律在耳鼓里反响，美丽的 Cadenza 流过去，她的轮画映在眼底，他的回想跳在心脏上。

你问我的女朋友么？是的，她同你真没有一点不像之处。啊，那个黑子她也有的！已经三年没有会她了。你问三年前么？三年前是在东京，东京是我的新故乡，我是在东京生长的，还是我在家乡时候因为我的家太大，母亲的心太小了，所以不放我出过门槛。到了东京，又是街市太密，人家太小，所以没有见过树木原野，你晓得我初到的原野是那儿呢？她初同我去的是东京西郊的原野，有一天她在我家玩，她将要回去的时候，她对跟他的仆人说："Kioya，你今天能够同我们再去么？"于是这女仆人就到我们两方的家庭去办好交涉，同我们到郊外，这时候我是十三岁。自来水路的土堤上生着蒲公英，苍空上告天子在落下来，她的白袜的足伸在青草里，她的手弄我的外衣角。

“你如能够同我在一个学校，是更好的呢。”

“我是中学，你不要忘记。”

“唔！”

“那么，你要到远处去的？”

“现在那里能够说定。”

“你这话真冷酷……”

我们讲过这样话。

你问以后的她么？后来我们也搬家，她们也搬家，她进了女中学后，她失去她的父亲，从此以后，她的性格也变为极冷静的人了。那时候我早晨总要多转一段路，在路上碰到她在上学去，她同我在俄国公使馆后门的写房前碰头的时候，我们便照呼，讲几句话，以外也没有什么交际了。

有一天，她的明信片说：“明朝做我们的最后的会面，我要往别处去了，会面时请来。”

我总不能解她的“会面时请来”——翌朝我仍走到平常必经的路上，看见她来了，我才了解她的话了。我跟她去，走到河岸电车的停车场，她买票子，是两张，电车里我同她一并排坐着，电车的动摇跳起 Cushion 时候，她问我：

“我问你 Baby 是叫什么？”

“叫‘小孩’。”

“唉，那么‘我的小孩’，我昨天请母亲要许你常常可以到我家来玩，我们是幼稚园以来的老朋友。”

我看她的瞳孔里映着我。

“不过，我的小孩，妈说不是有婚约的人不可以常常往来的……”

我说：

“我是支那人，你又是——”

“我也晓得，也有什么妨碍，若是有碍，我们早已不能天天见面了。我们不妨就说有婚约了，去报告妈，好常常来往。不过，明天我们要搬到海岸去住，我倒要天天乘火车来往东京，那镰苍海岸，夏天太杂沓了，春天的风光很多，我要请你每星期六到我们家里来，等到星期日下午你可以回去。”

我们什么都不讲了。“武藏野”的土堤上开着许多蒲公英，堤下自来水道水涓涓地流着。她的头发在耳朵旁边拂动，红色的帽子和红褐色的春外套，窄小的脚上登着黑的皮鞋，她在看水，我坐在草里接吻在她登着黑皮鞋的脚上，她那时候的脸子，——就是和你没有一些相差的。

啊，你问现在的她么？是的，后来两月后是暑假，她还在海岸，我却在日光。

东京有了大地震——那天，她是往东京去的，我即刻也跑回到东京，但是我终于不知道她的生死了。

他在凝视着她，他在这样独语，他太被回顾所苦了，他也晓得一个女朋友的死，总不过是一个运命之戏，虽然，虽然，——

他被忧郁牵下去，眼前的她，过去的她都忘去了。

他不意之间立起来，他沿着市中的河谷傍高岸缓缓地走。

不能给她的纸片仍留在他的衣袋里。

于是他的旧女朋友又回到他的胸中了。

2　秋

他接到一封信：

明天G氏的音乐会请你去，这里封一张门票。你一定要问给你这票的人，这是认识你的人给你的，所以请勿见怪。

他晓得今天音乐会是有个女学校的同学会叫白菊会的主催，他在这会里没有一个人认识。就算是这白菊会里的人寄他，他们的目的在开会募捐，没有送门票给他的道理。他又想到他的管弦乐的人们，他仍不能证明有人送票子给他的道理。

到了晚上，他就到音乐会去。

他苦心地找到"G38"的坐席了，那时候因为还是很早，场内还很空。他嵌帽子于席下。瘦躯上穿日本大衣的他坐下时候，柔软的 Cushion 像被一位肥胖女士坐下一样的弹动。

他举首看舞台上，中央是一座 Pleyel 的大比牙琴，左右有两盆棕榈竹，薄暗的电灯。他全身觉到今天的电车的上上下下，和银座咖啡店和街上来往时的疲劳一时袭来，他半醒半睡的坐着。

觉得有许多人们进来。

"啊啦！是 H 先生么?"

是音乐家 A 女士。

"呀！久违了！喉病已经好了没有?"

A 女士作娇态说：

"已经好了，谢谢!"

"今天是你一个人么?"

"不，同我的侄女同来，但是她的席号不同。"……

她看他的门票。

"啊啦，我的坐席正是你的一并排。"

"啊，那么，我可以同你的侄女士调的。"

"请不必！我半途要回去的。"

两人坐下而小声谈话：

"我马上要来问你了，今天送门票给我的莫非是你?"

"不——不，我没有。"

"是真的么?"

"没有送，为什么呢?"

"啊，没有什么，昨天有人送今天的票子给我，大概他忘记了，没有署名，……"

"呀，我看你女朋友太多了。"

"可是是男子的笔迹。"

"不过，仍是不可放心的，啊啦，我太多说话了，我们是三年的久违了，又是不期而会的坐在一并排。"

"做了女士的芳邻是很光荣的，也是 Probability 的把戏罢了。"

"不过我同你朋友的事实是没有变的。"

"三年间没有通过信还是好朋友么?"

"唉，你太严重了，我也是因为喉病，你也不写信给我呀!"

"写信给 Lady，不得回信的时候，还要连寄信去，是有关我的体面的。"

"呀！你同三年前大大的变了，三年前是——"

远处铃响了，人们坐席位的声音浓厚了起来。

"三年前呢?"

"海水浴时候，我向你拨水，你还要害羞……"

两人的话被拍手声截断。

G 氏走上舞台，弹着 Debussy。

许多洋琴曲弹出来了，他已经被 A 女士的香水的浓味兴奋了起来。她的嘴靠近他的耳边说：

"我平常总不能听太多的曲子，今天我仍要照我的习惯，半途要回去的。譬如管弦乐，我在后庭坐在草地上远远听着的时候，要比在会堂里听得更有趣。"

G 氏又弹起来了。

在二层阶上靠着池沼底栏干，有一个用手抱着池上 Muff 的妇人出神地望着阶下。她的眼光正看得见他同A女士在谈话的情形。

Muff夫人的傍边有她的丈夫坐着——送票给他的倒是这位Muff夫人。

Muff夫人从上面看下面。

"那位女士是他的夫人么？可是票是我寄给他的，他怎的这样凑巧，会弄到那接连的号码!?"

夫人注意着她傍边的丈夫，所以倚头在她丈夫的肩上，斜眼看着下面。

"我寄去的票子反弄到他们一同坐，真可算倒了运了。我真是——我要对A去说：'H是我从前的情人!'唉，这真倒运!"

Muff夫人强作镇定状。

"呀!"

她看见A女士把嘴放在H的耳边时，不意之中发起声音来了。

Muff夫人的丈夫也向下面看了。

"是H，你看!"

Muff夫人忽然现出极辉亮的娇态对她的丈夫说。因为她常常对她的赞美者——丈夫说H是热心爱恋着她的。

所以丈夫也把胜利者似的眼眸再看向下面。

"他的隔壁是谁？像两人的样子很怪呢。"

Muff夫人不出声音。

拍手了，休憩了。

Muff夫人在看下面立起来的两人。

"我引他出来不是为看他和A女士作什么游戏，是要看一看还做那种醉心于我的文章的他，而现在——"

她被丈夫催着立起来了。

美丽的A女士的侄女被介绍于H了。

送出A后，H同A侄女同饮着可可茶。两个人并坐着听音乐会的后半。

G氏一次也没有奏Encore，会就散了。

白菊会的小姐们立在门口，一面看着潇洒的青年们，一面做着耳语。终于不能发见送票主人的H，现在要送这位少女到她的家中去了，发见她的汽车夫后，跟他走一段时，有从后面过来两人，Muff夫人右手抱着夫君的手，左手轻轻碰着H的外套边而过去了。

“他又在送别个小姐了——但是我总没法子从他那里拿回前年我给他的信。他做的事体都是不管自己的名誉不名誉，他是说不定会把我的信去登在什么杂志上的。呀！我现在已作安定的生活了，还要有如此不快的过去事——他这样在日本人的乘汽车的阶级间交际，他一定会玩弄日本女人而且是极时髦的。”

市外电车里的Muff夫人这样想，在电车Cushion上摇动的她的眼前映着执电车皮条的夫君的粗短的颈部。

3 冬

“啊啦，先生!”

从后面叫的是女子的声音。

此刻是音乐会散会时候，唤他的是从他学比牙琴的一位女学生。

“冷得很呢!”

“——”

“你衣服不冷么?”

“有些冷，不过我们在走路，可以自然发点热。”

“今天先生的指挥格外的巧美。”

“甚么音乐，我都忘去了！”

“呀，先生今天有些不平常呢。”

“我没有什么不平常。”

“啊，先生在发脾气了，不是么，先生在发怒了？”

“——”

“今天先生能够送我到家里吗？”

“非但送到家里，我还有许多话要对你讲。”

“喂！”

她的很浓的眉下的黑眼睛在向上看他——他们视线互相作一个亲爱的招呼。

“啊，先生！先生此刻穿了礼服，比平常在家旁边散步的时候，要美丽得多。”

“无论那个，粉饰了都会美丽的。”

“呀，现在是无论那位美丽的人，都要粉饰的时代了！”

“那么，我的话太失礼了。”

“可是先生在家旁边时候也很可爱的。”

“那是客气话了。今天你为什么这样起劲？”

“闲话别说了。先生说有许多话要说，是什么呢？”

走到河上架着的一个板桥了，H 伸出了手。

“啊啦，先生要对不起别的女士了。”

“没有的事。要你跌到河里，然后我才下水捞你么？”

“…………”

两人过了桥。

“我要问先生，先生结婚是几时？”

“没有那样的事，我没有同那一个约婚过。”

“不过无论那一个都晓得先生要同她结婚。”

“没有那样的事，昨天我写给两位小姐的信后，我是恐怕两封信要被我封错，所以再开起来检查的。”

“——”

“一张是写给假设的人的，但是没有能够寄她的。”

“先生要把那种信给别人，被寄着的人要受累。”

“后来我要想把那封信给一个朋友，朋友的爱人倒是同我的假设人很像的，不过因为我觉得极轻的嫉妒了，我便说你果如能够同她结婚的时候，要等我恭敬地得接吻她手的光荣，不料他发怒而走去了，总之万事都是假设，事体一到现实就不美好，所说我的女士，也是——”

“也是什么？”

“你问作什么？——那么我问你，此刻假使我拼命的爱你了，而你不能有好意于我，若果对你有这样的人，你能够稍给一点同情于他么？”

“那是一个恋爱的苦恼——先生，你呢？”

“我呀？我总不能完全拒绝她，这种感情是男子的弱点。”

“那么先生要和她结婚的。”

“不过我另外有假定的爱人。”

“先生是没法子的先生了。”

“我要问了，你为什么今天这样起劲？”

“那是不能讲的……”

“我们在桥上握了手，我们是格外亲近了，你还要——”

“那么我说，不过我是不能说定的，从前Bazaar，我弹琴的时候，从二层阶上有一朵花飞下来，他就是——”

“你真算——你一面弹琴，一面还会看——”

“不要讲笑话。是穿大学制服的，头发很长，我不知几次想要问先生他是那位，却总没有机会——今天我带来我的蔷薇花，因为想或者他也可以来听，借他不在坐席时候可以把它放在他的帽子里去。”

“快说！说你怎么怎么爱了他，怎么怎么去——”

“我快说了，说话有次序的，不料我吃了一惊，他是先生的一位——懂了么？”

“不懂。”

“啊，我恨你了！是'Cello。”

“无论那个团体，弹'Cello的是会吊膀子的。”

“不不，他不会的。”

“是他么？懂了。”

“先生，是他了。”

“那么，你是拼命的爱他。”

“不过我在起心……”

“蔷薇给他了没有？”

“给了他的大外套了。”

“他记性太不好，他坐在咖啡店，醉了的时候，伸手摸烟，捉着了蔷薇刺，他要说：——”

“唉，不过我是同从前他给我的蔷薇一起放在他的外套里的，又是今天他弹'Cello时候，我们的视线也招呼过的，所以该没有那样的事，不过我有些不能心安……”

“先给他信才好。”

“哦——”

“明白了，他是住在寮里的，所以你不能多给他信，况且你是小姐，更不可以多接男人的恋爱信——我要问你，你今天为什么不请他送你回家呢？”

“我要同先生讲讲，要请先生帮帮忙。”

“呀，你有这个目的！那么我总会帮你忙，通信总是要紧的。”

“唉，先生，真的么？”

“哦——他必定也是恋恋于你的。”

“——”

“第一要通信，假如你们不便，我来做信差就好了，我要诚心帮你忙，我明早会同他讲的。”

“先生，我心里真快活。”

“你不要抱着我的手脚……啊，你在哭么？不对，前面就是家了。”

“只是先生要怎么才好……”

“不要说那些哀怜的话……”

“只是我不能心安。”

“说到那里我也——我是走去走来到处都没有家庭的放浪人，所以只会讲架空的恋爱，——那是诗，是诗，所以你也不必替我不心安。”

“只是先生说，先生要把架空的爱人的信交你的朋友，是那个朋友？”

“没有那样的事，——”

“我不相信。”

“——唔，那是——”

“我晓得了，我虽然还没有相信过有人会至多也抱同情于我，然而你的架空信，——”

“没，没有那话。”

“先生的话也颤起来了……”

——

走到她的家门前了。

“好，到了，请你作幸福人的梦罢。”

她沉默着。

他脱他的帽子，恭敬地作骑士对淑女的古礼，接吻于她的手上，她从他的大衣套里抽出他的 Batoon。

“请你原谅我要爱他，Batoon 请你给我，明天再会了。”

“是，今天我很感谢。”

忽然她抱着他的头，把她的嘴接到他的吻上了。

他披上他的礼服的外套，退回原路。

1925，12，6

（原载《创造月刊》第1卷第7期，1927年7月15日出版）

滕　固

石像的复活

（一）

宗老是一个基督徒，而且在N大学专攻神学的；他并不老，不过三十多岁罢。以前的经历，固然不知道；他到日本后的五六年来，撇开一切功名富贵妇人，只管研求道学。励行他所持的禁欲主义，他的朋友们因此都称呼他做“宗老”。

他虽然生活在都会里，白天到学校，晚上回到寓所；休假的时候，至多在寺院的庭前散步一歇。他的眼底，只留得看不见的“神”，看得见的几本旧书。其他的东西，是从不值他顾盼的。

难得，今天几个朋友硬要同他去美术展览会；这是他平时痛恨为装饰的虚空的东西，他无可如何地，跟朋友去了一次。奇怪！回来的时候，他竟买了一张裸体雕刻的影片；朋友们都笑他是“和尚开戒”了！他却说是为了“亚当”的像而买的。

他从不买这种画片，住的房子里，只挂着一帧基督的像。除书籍中的插画以外，再没有别的美术品了。今天他买了这张裸体雕刻的影片后，晚上睡觉的时候，还放在枕边鉴赏呢。

庄严灿烂的大庭中，白银的圆柱，反射出一道一道的洁光；每根圆柱的旁边，陈列着大理石的雕刻；望过去，正像有一种方锥形，包围着。几位看客，沉寂无声，都隐隐约约的若离若即。

宗老站在一处裸体雕刻的前面；凝眸的注视，她的地位，高不可攀；忽尔这座裸体的雕刻把一双紧靠在身的手腕，微微的举了起来；对着宗老沉重地点了一点头，宗老浑身的筋络，都紧张起来，嘴巴里的液沫，也流了出来；他忍不住歌诵她了。

"……你甚美丽，你甚美丽，你的眼在帕子内，好像鸽子眼。你的头发，如同山羊群卧在基列山旁。你的牙齿，如新剪毛的一群羊；洗净上来，个个都有双生，没有一只丧掉的。你的唇好像一条朱红线；你的嘴也秀美。你的二太阳在帕子内，如同一块石榴。你的颈项，好像大卫建造收藏军器的高台；其上悬一千盾牌，都是勇士的盾牌。你的两乳，好像百合花中吃草的一对小鹿；就是母鹿双生的。……（《雅歌》第四章）

"……你的大腿，圆润好像美玉；是巧匠的手作成的。你的肚脐如圆杯，不缺调和的酒。你的腰如一堆的麦子，周围有百合花。你的二乳好像一对小鹿，就是母亲双生的。你的颈项如象牙台。你的眼目，像希实本巴特拉并门旁的水池。你的鼻子，仿佛朝大马色的利巴嫩塔。……"（《雅歌》第七章）

他五二连编的背诵了几章圣经；察察亮的灯光，漫漫的变成黄绿了，又漫漫的变成青碧了，又漫漫的变成深蓝了。

一个裸体的美人，弯下她苗条的身子，托出手来，重重的抱住宗老；宗老也伸出两手，抱住她的颈项。顿然觉得有种重量，压在他胸次；他支持不牢了，砰磅地一声，这座裸体雕刻的大理石像，倒在地上粉碎了。灯光就此大放光明。

宗老吃了一次猛重的惊吓；开眼看时没有什么，睡在六张席铺的一间楼上；电灯没有熄，对面挂的基督像，正在对他笑。

他全身埋在被窝里，只露出一个头；眼儿乌累累的望见室中的周围，浑身是汗，加上不住的心悸，他再不能睡了。撑起身来，披了衣坐在褥子上；只见枕边还留着一张裸体雕刻的影片；他随手拿了这张影片，对她相了好久；便自言自语的说：

"好像是她哦！我懂得了，不能说话，就是她的长处。

“她只是不能说话，但是一切一切都蕴藏在无言的沉默里。”

第二天，他照常到学校里；一位教授，正在讲耶苏降生的事，——马利亚感受圣灵怀孕的，说了许多学者的证明。他把教授讲的话，一句一字的抄在笔记簿上。

他抄完了，又读了一遍；总对于将这些宝贵的光阴，消耗在虚空的，无谓的研究，未免怀疑了。别的功课，大多是这样的；他也有同样的怀疑。于是每到学校里，便每激动他一次厌恶的心情。

星期日，他混在众信徒里，听牧师说的信仰生活。他也觉得有点不自然，有点被束缚；仔细一想牧师的话，又觉得是武断的，专制的，愚弄人们的。他信仰的热度也低降了。

他回到寓里，翻看神学的书籍，也是无味极了。口里念着，心里不由得起了种种非难；到底抛去了才舒畅。

他渐渐的不欢喜保守向来的生活，简直要反抗起来了。

（二）

一天早上，宗老觉得有一件紧要的事情；洗盥完毕，早饭也来不及吃了。套了外衣，匆匆地出门；跑到一处离开他所住的地方，有四五里远的“雪川”；他找到桥边的一所屋子，推门进去：

“这里是中村夫人的贵宅吗?”他问道。

“这里不是中村夫人的!”里面走出一位妇人，答应他说。

“那末，中村夫人住在什么地方?”

“中村夫人么！她从这屋子里搬出去二年多了，她住的地方我们也不知道。”

“她临走的时候没有对你们说罢!”

“说是说了的，但是我们转去的信都退回来了。”

“那末请你把那个住址给我罢。”

“对不起，连那个住址也忘掉了；因为这些事也二年多了。”

宗老便也不再问下，告别了她出来。

他沿看“雪川”滨边的小路上回去；旁边大都是低小窄狭的贫民的草房，还停歇几辆粪车。在这恶浊的路上，他漫蹈蹈的踱过去，想起三年前的事了。

“三年前，我寄住在中村夫人的家里。

“她只有母女俩，她的女儿苔子，从来不说话；她不能说话的，但是她时时对我点点头对我笑笑呢！

“有一天晚上，——在六月里——我从外边回来，我踱上楼梯，梯的右面是露台，左面是我的房间；我眼儿一霎，她正是浴后，束了一条短裙，在台上乘凉。她的头部，她的颈项，她的胸，她的乳，她的两条腿，都闯入我的眼儿了。只是一霎，她便避去了。从此以后，她送饭来，送茶来，比平时殷勤得多。

“我呢！不知道为了什么？有时候我对她说话，她不能回答；只是呆呆的望我，我也没法。时间的进程过分慢了，有别种的潜力，硬使我憎厌她的愚蠢；憎厌她的冥顽不灵；我于是搬了出来。临别那一天，她还是对我点了点头，笑了一笑。

“现在我方才认识，那种无言的沉默里，包藏无数的一切一切。啊！可是来不及了。

“我踏上人生的半路了；有了这一点浪漫的机运又随便给他错过了；N大学的研究室，教会的礼拜堂，是我的坟墓；书本里随体佶倔的蛆虫，把我青春的血都吸尽了。我在世界上，只剩一个骷髅，等于零的骷髅了。

“我要鼓起我的勇力，举起一双僵了的手，在这坟墓里挖一个空洞，逃出来。我不甘心长埋在黑暗无生气的地穴里；我要见见太阳光，我要找我的爱人。

“我的好朋友们！我的恩人！你们引诱我到太阳光里，拜见了有生命的大理石，使我的爱人再现。我要去找她了。她在一处地方，我知道的，我定去找她。”

宗老这样自言自语的回到家里。

他变换了平时的态度，把房间里所有的书籍，一齐撕破了。把基督的像也撤去了。装上一张裸体雕刻的影片，镇天对着这张影片呆望；有时背诵《雅歌》里的话，有时一个人在房间里，好像有人在他的旁边；他说一大篇温和甜蜜的话，他说到高潮的时候，将室内任何的东西，搬到身边；和它接吻，挽着它并肩的绕行室内；甚至抱拥它，抚慰它，当它真是一个人，他刻意摹拟十年前在传奇小说里，读过的那种种的举动；委身供奉它。

他住的房间里稀少的什器，十分错乱；不像从前的整洁了。撕掉的书页上面写着浓厚真挚的情书，涂满了丝丝的破刚笔痕；这些书他从前是很宝贵的。

他又买一束美好的信封；把一页页的情书封好，上面写着“中村苔子亲展”，只写这六个字；投到邮筒里。隔了几天，又摹拟她的口吻，回信；也封好，写着自己的地址，自己的名字；投到邮筒里。邮差送来后，他拆开来轮流地朗诵。

N 大学的研究室，教会的礼拜堂，从前他准时必到，丝毫不敢疏忽的；现在他早忘掉了。

(三)

雪川的境内有一所盲哑学校，这是三年前中村苔子读书的地方。女子部的门前，横躺着一条康庄大路；两旁排列了法兰西梧桐；幽静而严整，是雪川境内独有的。

下午四时至五时，里边的学生，排一排二的出来，总看见一位三十多岁的人；身材很长，带点驼背的；瘦削的面庞，架上了一副近视眼镜；穿的是 N 大学半旧的制服，手里拿了二三封未寄的信。他站在校门前，向着一个个女学生痴望。

宗老每天在这里等候，差不多有二个月了。

女学生们，看他也面熟了；她们出门后，背着他，和几个同伴私下做出手势；用指头点到自己的面上，忽而胸上，忽而肩上，好像在讥笑他呢！但是他永不曾觉得。

天暗了，一个个女学生也走完了；他于是把信放在怀中，两手插入裤袋，耸起肩儿，一步一步的踱了回去。

过一天他又来这里，照常站在校门前。

阴沉严寒的一天，法兰西梧桐藏了他们的叶子，只露出几条枯枝，北风吹出沙沙呼呼的声响。宗老还站在门前，单薄的外衣的高领，围住颈项；两手交藏在袖子里，脸儿灰白，呼出几口热腾腾的蒸气。一群女学生，将走尽了；还不见中村苔子。最后有五六位女学生出来，他忍不住了！便郑重地对她们行了一个鞠躬礼，然后问她们：

"对不起，诸位！中村苔子还在贵校读书吗?"

她们不会说话的，只望着他，又对同伴做手势了。

宗老一肚子的热心，只换得失望和痛苦；滴下了几行眼泪。女学生们去得远了，他才没精采的回去。

此后他不到这地方了，在室内总是自言自语；或者写几封信，约他所思念的中村苔子，到他的寓所来。他投入邮筒后，回到寓所，一听外面阁阁咭咭的足音，他便说苔子来了！连忙出去接她。他不惮烦的，有过路人，总要开门去望望；而且屡次叮咛房主人说："有人访问我，我是在家。"

(四)

岛国的春天，充满了温暖的太和之气；青青的树叶，粉红的樱花；渲染这伪文明的都会，引诱人们到虚荣的市上去。

宗老也不能独守在孤室里，天天到热闹的地方；混迹在男男女女的一群中，攒进攒出，忙个不了；好像失掉了什么东西似的，在那边搜寻。

一天，他走到一家大公司的门前；他停住了。玻璃的壁厨里，装着一个女性的蜡人；和真的人一样，穿的很讲究的春衣；这是公司里表明有这种新造的服装。他注视好久，蜡人也无言无语的望着他。

一忽儿，这蜡人竟对宗老点一点头，笑了一笑；他用手掌拍着玻璃，动也不动；他就在路旁拾起一块三角大石子，叮当叮当的敲击这片大玻璃；不多时候，这片大玻璃砰磅碎了！公司里的事务员，都出来查问；路人也围着看他。

一位警察扭住宗老，盘问他何故敲碎玻璃？他说：

“他们把我的爱人藏在这里，好费了我许多时候才找到，他们是强盗，夺去我的爱人；我自然要打碎这片东西，领她回去。”

四围的观众都哄哄地大笑，愈聚愈多了。

警察便拘住他，扭到警署里去；一群好事者，也连一连二的跟着警察去，看我们的宗老了。

不久，听说宗老被锁在疯人院；朋友们去慰问他，也不相识了。

一九二二，一一，二六夜，初稿。

（原载《创造季刊》第1卷第4期，1923年2月1日出版）

二人之间

上

海边小小的一个市镇，也有二三百家的人口；低小的房屋接连着排成一个世字形。一所宏厂的庙宇耸在市镇的后面，最算壮人观瞻的了。十年前公家把这所庙宇改做了小学校；这乡村里上镇的人们就有了他们的“洋学堂”了。

那是一年的新秋，小学校开学了；庭前四五株木犀，黄金般的发了花，周围充满了香雾，天气还是很热，七八个孩子在那边玩笑。他们围住了一个胸膛上带红肚兜的孩子发笑着。

“吴明，你今天为什么带这红的肚兜呢？那是女孩儿带的罢。”一个孩子问他。

“可不是么！我的妈妈说：那边外国人造了一座高塔。……”吴明说了指点东北的方向；他们一望真有个塔尖挺在云霄里。

“妈妈说：要有关碍的，所以带这红肚兜避去灾难。”吴明接着说了。

“有什么关碍呢?”站在傍边一个孩子问他。

“要死的!”吴明振起了勇气，点一点头说。

“王彦，你回去教你母亲也做一个带带。”他们对着刚才发问的那个孩子，同声的鄙夷地说。王彦低倒头没有回话，只把他的指头咬在嘴吧里。

都会的文明闯进这小市镇来了。离市镇不远，新造了一所海底电线局，一座高塔就在这里。这种神工鬼斧的建筑，忽然飞到这荒僻的市镇来；不要说村里的人们，就是市民也大惊小怪，早有许多谣言传播的了。王彦听了吴明的话，怀着一层稀薄的恐怖；回到家里告诉了他母亲。第二天他上学，便也带了一个红的肚兜，羞涩地跨进了校门。几个孩子正在庭前指天划地的讲话。

“啊，真的王彦也带了红肚兜了!”吴明拍着一双小手，提高了声音喊了；别的孩子们一齐都注目王彦，他只闷声不发地站在傍边。

吴明向着孩子们把嘴吧崛了一崛，又做了一个眼角；他们一个个的跑到王彦的前面，将他带的红肚兜扯了一下；他愤愤地说道：

“别胡闹罢!”

“油瓶[1]! 谁同你胡闹呢。”他们同声的骂他，他又没有话了。

静默了一回，吴明钉了他一眼；装做正经地向着孩子们说：

“我们唱歌罢，……一……二……三。”吴明又做了手势。

“油瓶碎!”孩子们趾高气扬地应了吴明的记号喊了；这样喊了四五次，王彦低倒头知道是说他，虽然暗里恨吴明，但是不敢放在面上。

“有一个孩子，他有两位爹爹；呀！呀！呀!”吴明抬起头向天喊了，又把他自己的眼儿掩住。

“呀！呀！呀！两位爹爹。”孩子们又同声唱了，向着王彦做摊眼皮；王彦还是低倒头忍耐着。

“王彦的爹是吃耶苏教的。”一个孩子突然提出来告诉吴明这样说。

“呸！耶苏教里的人捉了小孩子，杀掉了煎药的。”吴明咬住齿儿慌张地说了；孩子们听了都有点抖颤。

---

① 寡妇再嫁时带前夫所生的儿子到后夫家去就叫做油瓶。

“这还了得！王彦的爹爹也杀小孩子吗?”一个孩子问道。

“那会不杀呢，王彦的爹爹早晚要给官捉去哩！那时王颜也要给官杀掉了。”吴明偷看着王彦，故意这样说；王彦忍不住了，便号啕大哭；走出校门一路回去。吴明和孩子们望着他，还拾起小的瓦砾掷他。

过了一星期逢到作文课了，王彦从抽屉里翻出一本作文簿来；没有誊写的几页上，都涂着“油瓶”二个字。他认了笔迹料定是吴明写的；一肚子的怨气，把他小小的心核涨了起来；脸儿飞红了。他想告诉先生。先生把题目写出了；在课桌的周转踱来踱去，他的眼儿，便跟着先生的方向也来来去去个不住；他想立起来告诉，但是他的一双足沉重地好像有谁拌住他；他打量了一回，觉得告诉了后，吴明总是同伴多，便要报复的，反而不合算；一鼓勇气终于打消了。时间到了，先生在教坛上数卷子呢。

“王彦，你的卷子为什么不缴来?”先生问他说，他立刻想把真情告诉出来；但是吴明和别的孩子们都望着他，喃喃地私语；他的脸儿红涨得更利害了，一句话也说不出来。

“你做不出来吗？你这不用功的孩子！”先生又对他说，他心儿上勃勃地跳着，不由滚下了几点眼泪；吴明更得意的望着他又对同伴做眼角。

“下次不能这样了，这回恕你，快去用功罢！”先生看他可怜泪人儿似的，宽恕了他。铃声响了，先生退出教室；他才举起右手用衣袖拭他的眼泪；益发忍不住了。呼吸也急促起来，几乎要伏在地上了。吴明和他的同伴早已逃到休息室去。

有一天清早，吴明和两三个孩子到学校里，先生还没有到；教员室紧锁着两扇黑漆的门。吴明颠起足根，撑在玻璃窗上探了一探；别个孩子在门上推了一推。

“啊，今天有数学的。”推门的孩子惊惶地说了。

“我还是算不出来，最讨厌是李先生的数学课。”吴明接着说了，独自走到教室里，在教坛上寻到半枝粉笔，又回到教员室的门前，他用了粉笔在黑漆的门上写了“李先生吃粪”五个字。

“我们去罢，大家不要说穿。”吴明拉了同伴说了几遍，便一同走出校门去了。

过了一歇，吴明又同几个孩子到校里；王彦一个人靠在教室的走廊里。他们在庭前拾了些碗片，在那里括木犀树的皮儿；忽然听得皮鞋的声音，在走廊里来了；他们吃了一惊，把碗片望衣袋里一塞。

“李先生来了！”吴明低低的说，果然李先生经过了走廊，沿着教室前的阶石，向教员室去了。

“你们都进到这里来，我有话问你们。”李先生回到庭前，向孩子们说了；孩子们跟他到教员室的前面。

“这是谁写的？”李先生指着门上几个白字盘问他们。

“我们不知道。”孩子们同声回答了，李先生睁出猛狠狠的眼睛，望着他们一个一个。

“今天最先到的是谁？”李先生又问道。

“我来的时候，王彦已到了。”吴明这样说，别的孩子也一个个的照样说了。王彦知道祸根迁到他的身上了，在抖颤着；一声也没回答。

“是你写的罢！”李先生向王彦点点头说。

“不……不是我……写的。”王彦连舌子都颤了，勉强回答；别的孩子们都发笑着。李先生从怀里摸出钥匙，开了门锁，拉着王彦推了进去。王彦面色青灰，毫无气力的站在先生的傍边。李先生拿了戒尺，把他的左手打了十板，又把他的右手打了十板。吴明和别的孩子都在玻璃窗外偷望着；吴明尤其显出得意的神气来。

王彦回到家里，好像患了重病，肢体不由得痉挛起来；他想到学校里的先生同学们，好像都是些夜叉，张开着嘴吧简直要把他吞下。父亲教他上学时，他扭紧了身子比寻死还要害怕了。后来他将一切的情由，告诉了他父亲。他的父亲是一个糖果的小贩，现下发了些小财；社会上因他操业低贱，所以都要欺侮他的。他早已信了基督教，此刻他也没有别的法子，便和一位牧师商量了一下；把王彦送到上海教会办的一个学校去读书了。

不久，吴明也转到城里的县立高等小学校去了。

下

吴明在上海英国人的一个公会里，当文牍员半年多了。这里正文牍长是英国人，副文牍长是吴明的中学校的老同学；所以办事也很称心。近来吴明的老同学，英国人很信用他，不久就要升迁到别处去办事了。他临走的时候，曾经对正文牍长说过，将吴明的位置维持下去。

一天的下午，吴明听得新任的副文牍长到会了；吴明便整了衣冠，到办公室去见他。推进门去一看时，他才是十年前小学校里的同学王彦。吴明立刻想退出来，但是已跨了进去，只得不安地向他行了一礼。

"啊密司忒吴！你在这里办事，那很好，我们不会寂寞了。"王彦态度从容，又穿了新的洋服，俨照英国绅士式的气度了。他握住吴明的手，这样亲昵地说。

"密司忒王，以后总得你指教才是！"吴明审慎了许久，回答了这句话；脸儿微微的红涨了，心里刺刺似的不好意思。

"那里的话！我们是老同学。"王彦更亲切的说，可是吴明总觉得他的话虽是温柔，而带着许多锋芒似的；益发不安了。以后他们俩谈了些别的话，各归办事室去了。

办了两个多月事，吴明觉得王彦虽是对他亲昵而和善；他自己当着王彦的面，总像一个死了的河豚，也找不出应酬的话来敷衍。他并不恨他，也并不感激他；只是对着他，心里便发出一种不可思议的气韵，把自己的感官都失掉了。

一个晚上，他在寝室里正是纳闷；王彦推进门来，拿着他白天里所拟的一张公文稿，对他说：

"密司忒吴！你这里用的一个 Cost 差了；应该用 Expense 的。这二个字好像同意义的，其实也有分别的呢！你以为怎样？"

"那我重复看一遍后再说。"

"请你改正后，我便交给正文牍长去。"王彦说着去了，他将所拟的公文稿读了几遍，并没什么坏。他虽是晓得王彦是教会学校里出身的，英文比他强，就想照他的话改正；但是他又读了几遍也觉得没有什么重大的关系；这些小地方他还疾心王彦有意吹毛求疵。就算差了，宁使差去；他心里不愿意王彦来指出他的差处，更不愿意照王彦的话改去；于是他仍然把原稿交给了王彦。

王彦得到这张原稿后，又读了一遍，那一个 Cost 没有改正；他想自己看差了，再读过一遍，总觉得不很妥当；就此交给正文牍长未免有点不郑重；他想大约吴明还没看出差处，没有改的；终于他把这个字改正，又为吴明重誊过一遍，交给正文牍长去了。

过了几天吴明患了病了，王彦时时去望他；最后王彦劝他进医院，他不信任王彦的话依旧耐着病体去办事。王彦又劝他休息，他更恨了！以为王彦或者因的他病而故意教他荒废职业；乘此可以告诉正文牍长吴明不忠于职务的话；但病一天重一天了，办事都勉强不来。王彦看他可怜，终于为了他雇了一辆马车，送他到王彦的朋友任院长的一个医院里。他心里果然不愿意去，但也没法；临去的时候他还托王彦，提出他所管一部分公文，每天教人送到医院去。

王彦看他这样热心职务，病里还要办事情，更是同情了。每天所有的事情，王彦抽出时间代他办完结了，不使人拿去扰他的病体。他进医院有一星期了。一天王彦去看他；王彦推进病室，看他那般枯憔的神气，料不会立刻起床；暗暗地为他忧虑。

“密司忒王！我请你把我所管的公文教仆人送来；你为甚不应许呢?”吴明开头便问。

“啊！你须静养，不必挂念职务上的事情；你名下所办的事，我已为你代办了；你安心静养罢。”

“不，我自己要办的；无论如何你教人送来才是。”

“何必呢！密司忒吴，我还有空闲的时间，为你办了可不是一样的吗？你尽管放心罢。”

“我所办的事总须自己经手的；所以你要应许我呢!”他似乎更坚决了，王彦以为他的性情固执；百般的婉劝他也不中用，后来胡乱应许了，便辞了回去。

吴明很不自然的射出一线愤郁的眼光，送了王彦出去；他益痛恨王彦，以为王彦有意骗他；纵或恐怕把他的公事搁起了，为他代干，免不得要故意弄差使，正文牍长因此把他的职务辞掉了！他靠在病床上，两眼看着雪白的帐子；愈想愈难受，好像有数十枝针，密密的刺在他的心窠里。他恨不得立刻到办公室，把几天的公事去办好；即使王彦为他代办了，他也恨不得立刻去审查一下。这样想去，他埋在被窝里半身，转侧地乱翻，几乎把一架铁床要扭倒了。

静了一回，他又想到前次为了 Cost 与 Expense 一个字，没有改正交去的，如今正文牍长也没有话。这是显然王彦处处怀着鬼胎似的寻他的短处。他更想到王彦位置比他高，薪俸比他厚，觉得自己在别人家的指导之下，不由得悲感重重的压在他的胸上；呼吸万分的急促了。

“吴先生，请你尝药!”一个看护妇拿了一瓶药水，推进门来站在他的床前说。

“什么药?”他吞吐地说。

“这是昨天院长给你诊过后，照他方纸上配的药。”看护妇站在桌子的傍边，一头斟出药水一头说。

“你尝呢，吴先生！”看护妇端了杯子给他。

“我不要尝这种药。”他摇摇手说。

“那末你要尝什么药？”

“什么都不要。”

“吴先生那是不行的，你尝过这些药，你的病就会好呢！”

“不但不会好，我尝了这种药要死的！”他说到此地，看护妇暗里发笑，以为他神经昏乱，便把药杯放在桌上开门去了。

吴明伸出手来，拿了药看了一下；又望桌上一顿。他自言自语地说：“院长的药这决不是好东西！我不要尝，我什么都明白的。院长和王彦是朋友，所以王彦要教我到这里来；哼！真料不到王彦这个人，他要杀我！他一定和院长商量过，用猛烈的药来杀我。用这样法子来杀我，他不会有罪名了；他多么利害！我决不会中他的毒计。”

他愈想愈奇了，此后看护妇端上来的牛乳，牛肉，水果等类，也不敢尝了；无论一点小东西，好像都藏有杀人的能力。意外的恐怖，包围着他，他的病不见得好，住在这个医院更不安了。后来他写了一封信给他的朋友，转了别的一个医院，他才稍稍称心了。

不久吴明的病好了，仍然到公会里办事；他差不多有一个月不到会了，一切的事情，都是王彦为他代理。这一个月的俸给，王彦依旧送了给他；他把这笔款项分偿医院去，先前的医院因为是王彦介绍的，院长免了他的费；仍把这些费用送还了他。

近来他的病虽是好了，可是神经还不很清楚，办事往往有差误的地方；王彦总是帮助他，他总不愿意王彦的帮助。有一天他失去了一张一千元的银行汇票；他记得没有交给会计部；在办事室中找了一下，又在寝室中找了一下；无论如何小的地方也找过终没有得到，又问了会计部，也说没有交来；他更加着急了，办事室与寝室中，把一切东西都翻倒了，仍然不见。过了二天，毫无影迹；王彦听得这个消息，到他的寝室去望他；他正是坐在床口上呜咽地啜泣。

“密司忒吴！你不要这样，慢慢地总会寻到的。”王彦安慰他说。

“这还了得，明天就交付的。”

“你还仔细寻一下才是！”

“我什么地方也翻过了！”他更哭得利害了。

“不妨事的，明天我到正文牍长处为你担保；你寻得后交出，寻不出来再想法子；此刻虽是着急也没有用的。”

吴明默不发声，只是哭泣；王彦又譬解了一番。

第二天到了，他也不请王彦去担保；恐怕王彦在正文牍长前说了坏话，反把这事弄糟。他没有法子了，便独自去告诉了正文牍长。正文牍长是一位板方的外国人，听得他的话便不信任他；说他不细心！定要他赔偿，否则也要削去他的职务；他百般的求他，他终是不应许他；没有商量的余地了，他才退了出来。

他气闷闷地回到寝室，想到那两个条件；那有一千元去赔偿，他想只好休了职务罢。这时王彦从正文牍长处也听得了，忙的赶到吴明的寝室，他正在整理他的行李。

“密司忒吴，我对你说我可以担保的！你一个人去说，那便糟了。”王彦真诚地对他说。

“事情横竖到这样田地了，我不愿人家担保。”

“但是还有挽回的可能！我这里尚有一千元，可以借给你；你去赔偿罢！我这笔款你将来余裕后还我也好。”王彦说了，从衣袋里摸出一把钞票递给他。

“不必！不必！这笔款你自己收好罢；我本来不愿在此地办事，我决计不要你帮助。”他摇摇手也不接受他的钞票，一口拒绝了他；王彦以为他的脾气古怪，也就罢了。

过了一天，吴明的东西都搬出了；只有一辆黄包车等着吴明坐上；王彦一路送出吴明，顺便问他：

“密司忒吴，那末你前途有了事情吗？”

“没有地方去，只好饿死！”他像带着讥讽的神气说。

“这样我可以介绍你到工部局去办事，你愿意吗？”

“我不愿意去，并且不愿意你来介绍我；我情愿饿死的，其实你不必亲近我顾恤我；我不欢喜你的亲近，你的顾恤！你尽量的报复，我是早已预备你报复的。”

“我不懂你的意思，密司忒吴！你对我有什么仇怨吗？以前的一切我都忘了。”

“我还没忘记，你怎会忘却的？不必说了，再见罢！”到了大门的阶段前了，吴明坚决地说后，坐上黄包车去了。

王彦怅惘地望他的车，出了甬道，便也没精打采地回到自己的室中。他靠在沙发上闭了眼儿，用全副的精神，想去解释这场疑剧；但他总想不出什么来，只隐隐地觉得有一层不透明的物体，介在他们二人之间。

十二年一月二十二日初稿于白山

（原载《创造季刊》第2卷第1期，1923年5月1日出版）

张资平

双曲线与渐近线

(Hyperbola and Asymptote)

壹

今晚上，他许久不流的热泪终流出来了！

她的像片，她的笔迹，她替他做的两条白领带，她送他的一件贴身衬衣，她替他缝补过的洋裤，她买给他的衣架，她买给他的一礴发油，没有一件不会催他流泪的。

“世界是为有利己的一班人们而后存在的，你是此世界中一个人，所以你只管向你自己应进的那方面进行。……不过我有一句话告诉你，我今有勇气说我发誓不再为均松流泪了。……”她今晚来的信是用这样的口气说的，算是她对他的最后的怨语了。他心里虽然喜欢他可以脱离一种不能告诉人的苦恼，但一面也有点恨她太快灰心了。他希望梅茵有更愤妒的，热烈的，信寄给他！

郑均松每天晚上定在他的书房里伏案两三个时辰，准备他第二天要授给学生的功课，准备完了，才去休息。今晚上他没有心绪去理他的功课了，因为吃过晚饭，操有定人的悲欢离合之权的邮差送了两封信给他，一封是梅茵由P埠寄来的，一封是他的母亲由家里寄来的，催他今年之内定要和他的未婚妻成婚。

“今年内就要成婚，何以对梅茵？然而梅茵像蛇一般的智慧，也像蛇一般的固执，我不成婚，不能死她的心！我还是回去。”理性战胜了，它终把他的心引向了故乡去。

南支那（South China）的东南隅，有一个商埠叫做S埠，这S埠要算东海岸线和南海岸线的交点。由这S埠溯江而上，北行四五百里，可以发见一个繁盛的县城。这县的市场外观虽然繁盛，其实没有一点所长——由设施的政治，实业，教育，和固有的人情，风俗，习惯等各方面观察，都一无所长。据他们的省教育机关——受军阀支配的教育机关，美其名曰会议制，其实是行独夫主义的教育机关的报告说这县的教育甲于全省。我后来查得教育机关所下的“甲”字是根据没有中学师资的查学员的报告和该县的学生和教师的多数。我想作算是“甲”也不过是猴儿在没有狮象的山中称帝称王罢了！县中的教育家们哟！又何必睥睨一世，顾盼自雄呢？

这县的教育既然这么发达，所以女学校也有几间，不是把寺庙来改筑，就把旧日秀才举子们念书的书院来充校舍。有几个靠女子教育吃饭的人，看见寺庙没有了，书院又给人占完了，大成殿给一位在省会念了三年高等师范讲义的土教育家占去做县立第一学校了，试院又给一位手工学校电机科肄过业的洋教育家占去办劝学所了，还有一二所公家的建筑物又有政府保管着说只准住军人，不准住学生；他们就把县里的育婴堂也截取了一半来开办女学！弟弟妹妹们！你不要哭得这么悲惨！姊姊们没地方念书，所以委屈了你们，累及你们！你们还在哀哭么？姊姊们的书如何念得下去？

郑均松是县立女子师范传习所的教员，会教历史，也会教地理，会教算术，也会教唱歌，算是一个多材多艺的教员。“县立”两个字是学校里要吃饭的人冠上去的，向县知事和县人讨钱的时候名目好听些。

县立女子师范传习所的唱歌，游戏体操——戏旦式的跳舞，和织绣的成绩是很好的，学校当局也把全副精神注重在此三科上头，因为女学生学好了这三科很能代学校挣几个钱。中国现代最光荣的人物——有绝对的权威的，有最多金钱的，公认的强盗到来，学校当局就叫她们把这些技术演给这种新式伟人看，博他们多捐题些和缠头差不多的东西。

郑均松是县立女子师范传习所的唱歌教员，不消说是校中的中坚人物。梅茵初认得均松时，是在附设的高等小学部最高级肄业。

梅茵最初能引动均松的注意，是她的清脆高亮的歌声！其次是轮廓很明了的，富有曲线美的血红色的口唇！其次是按风琴时候伸出来的一对像春笋尖一般的玉手！到了后来梅茵身上的一丝一发和她的一举一动一言一笑都能使他的心房怦怦的动跃了！均松到这时候才明白过来自己给一种不容易解除的情丝缚着了。

贰

梅茵的父亲梅翁从小就在南洋经商，初去的时候是替人家看守店面，十余年来辛苦经营，到近年他竟能自张门面，在P埠开了一间小杂货店。听说他的贮蓄，要累积上万了。同县有一位秦商，也在P埠做了十余年的生意，梅茵的父亲，开那间小杂货店，得秦商的助力不少；所以梅茵做了一种酬谢品，七岁那年，由她的父亲作主，定给秦商做媳妇了。

秦葆初——梅茵的未婚夫——和均松是同学，同一年进了教会办的中学校。葆初只读了两年，没有毕业，他父亲就催他到南洋P埠去实地练习商学了。均松只听人说葆初的未婚妻，叫做梅茵，却没会过，到当教员的时候，未免特别注意，特别关心，这也许是均松，对梅茵生恋的一个导火线。

残秋又要尽了，起伏得很缓慢的老年山波，渐呈苍黄之色，山麓的林丛里，散着无数像枯骨一般的，灰色的树枝，景象异常荒寞，幸得还有几丛白色山茶花，和深红色的枫叶，点缀其间，添些色彩。

“先生！我们夜间补习英文的事，学校里的人都晓得了。”梅茵跟着均松，行到山溪的桥边来了。今天是女子师范学校修学旅行，梅茵请了病假；约了均松，到离城十多里的地方，来看最有名的雌雄瀑，——两条像银带一般的，从花岗岩山顶的松林里，直泻下来的瀑布。

“真的么？给她们晓得了么？”均松脸上显出狼狈的样子，翻转身来望着梅茵。

“可笑，你们男人！做错了什么事，要害怕到这个样子！”梅茵红着脸笑望他。

“不是害怕什么，怕她们误解了我们，外边听见不雅。”

“怕什么？单我一个上夜学么？”

两个月前的一晚上，均松吃过了晚饭，打算出寓，访访朋友，刚踏出门，恰遇三个女生来找他。借琴谱呀，问算术题呀，三三五五常有女生来找他，只没有单一个人来访他的。

“我们来得不凑巧，先生有事要出去呢！”当头来的，就是均松没有一刻不思念的梅茵，她翻转头来苦笑着，对后来的两个说。

“没有什么要事，散散步罢了，请进来坐。”三个女生，跟了她们的教师进去了。

“又要借琴谱么？所有的，不是都给你们拿去了么？”坐定后，均松笑问她们。

“不是的，不是要借琴谱。”梅茵脸上泛了薄桃色，低着首笑，随即又抬起来，望着她两个同学痴笑，两个同学也笑了。

“说吗！快对先生说吗！”同来的一位姓林的半恼的笑着催梅茵。

“你自己不会说么?”梅茵又笑了。

“什么事！什么事!”先生方面也催着梅茵说。

到后来她们告诉他，她们嫌学校的英文功课太迟缓，她们又告诉他，她们想利用夜间的余暇，补习些英文。她们又告诉他，她们想隔一晚上，便同来他寓里习英文，最后她们问他，可能答应?

除地点的问题外，他都可以同意。替女生开一个英文补习班，不算什么希奇的事，但均松总以为自己同意的动机，有点不很纯正似的。梅茵不在这三人里面，均松或不许她们到他寓里来，不是的，他或竟至全然拒绝，不愿担任。

他们四个商议了一刻，决意把梅茵家里的外书房，借来做补习英文的教室了。梅茵的母亲，是第一个赞成的，她说由均松的寓所，回她的住宅，要经过一条很黑暗的街道，她很不放心梅茵夜间在那条街上走。

同学的两个女生，距她们的家近，也很乐意，隔一晚就到梅茵家里来。课完之后，梅茵或同时送一个先生和两个同学回去或先送两位同学回去。

“我想问你一件事，但是问你之先，你要发个誓不把我问的告诉第二个，——不管我问的有错没错。”姓殷的女生，在归途中，问姓林的女生。

“我早猜着了你想问的事是什么，”林生停着脚，凑近殷生的耳朵低声的，“你不是问他们两人近来的态度么?”

“什么态度，我不懂!”殷生摇着头笑。

“你这刻薄鬼！又在装做不知了！我且问你，你从那点看见他们的态度不寻常?”

“我不该偷看茵姊的原稿簿的！今晚我到得早，先生还没来，她也还在里头吃晚饭。她的书包解开着在她的小书台上，里头一本原稿簿挑动了我的好奇心。里面有写给先生的英文信稿呀！先生还代她改了许多，先生的笔迹，我们是认得的。什么‘Heart bounds to heart.’什么‘Be a man and fold me with thine arms.’什么‘Love’s eyes are very blind.’什么‘Yes，I love you truly，and must always lore you!’真多好文章，我记不得许多了！”殷生且笑且说的走。

“我前星期，碰见他们俩在接吻呢！我忙轻轻的退出来，然后打响声进去。”林生低声的说。

叁

由K县至P埠的路程，要先由K县乘船到N市，再由N市乘火车到S埠，由S埠再乘汽船开往P埠。

车窗外的青色麦苗，不时在空气中振荡。跟着麦苗，不时还见有黄色的菜花过去，近铁道的草场像受足了日光的薰育，长了些淡黄色的嫩芽，日光的力很强，坐在车内，觉得双颊发暖。

一辆二等车室内，有两张相对向的椅子，向火车进行方向坐的是一个西装少年，向反对方面坐的是一个年约二十二三的女人。靠车窗，和西装少年并坐的，是一个三四岁的很可爱的女孩儿。靠着车壁，在她母亲的身傍睡着的是个才周年的小孩儿。此外车室中，再没有别的旅客。

“均松叔！鹅！一群鹅在叫！”女孩儿指着车窗外叫均松看。均松在和她的母亲说话，没有理那小女孩，鹅早不见了。均松随口答那小女儿，

“是的！他们都是鹅！都是一群鹅！”

“一群鹅——不能理解我们的鹅！”这个女人，不消再加注释，她是梅茵了。她苦笑着看均松，均松脸红红的，把头低了下去。

“能够做鹅，不知减少多少烦恼！”均松随着又叹了一口气。

“先生！不，我不叫你先生了。我从今后叫你均松了！你许我么？均松！我把我别后几年的经过，都告诉你了！你也应该把你的经过告诉我。我们一别五年，虽不能说是相思辛苦，但我们这回碰着，我真说不尽我的欢喜和悲痛！五年前那晚上，你对我说，我们的关系，接吻为止。到第二天我到学校去，我才知道你辞了职。你不来别我，也不来封信通知我；那时候你那里知道我如何的恨你！后来我打算退学，——打算出南洋去和他们的爸爸结婚时，很望你一见，诉我的心曲，可是谁能把你的行踪告诉我！我结了婚后，常梦见你在骂我，骂我薄情。我又梦见你退出了教会，拚命的吃酒。先生！均松！你为什么不把你五年来的过去告诉我？均松！我虽然代他人生了两个孩子，但恋你的热情，从没有熄，不过这五年间是潜伏期罢了！我今遇见你了，我的恋爱的火重新炽热起来了，我想把我从前没有燃烧着的你，重新再烧燃，均松！先生！你许我么？我虽然生了两个儿子，但我这四五年来的生活，算不得是生活，我想你一定会领略我所说的！先生！均松！I love you only；My heart is true！这不是你教过了我的么？这两个小的，假使能够叫你爸爸，那就是我的幸福了！”她的神经，像很兴奋似的，她又在他面前流泪。

“梅茵！过去的事，不必重提了！Love is blind！我不是早告诉了你么？把我们在这五年所作的成绩比较起来，你才是幸福的。我么？你看；还是孑然一身，那里赶得上你们有家庭的！梅茵！我很可以由他们手中把你夺过来，——不是的，按理，你是应归给我的！不过恋爱可以结合我们俩的关系，不能保护我们在社会上的存在。我何常不想把你带到没有人离间我们俩的恋爱的地方去！但是我有母亲！我失了你之后，还不是和你一样？思念你的热情跟着时期一样的增进；情感发达，义理退让的时候，就后悔不该不把你从他们手中夺过来，不过我想——头脑冷静时，深想一回，又觉得占有了你不是能使我们中间的爱永久存在，使我们中间的爱永久存在唯一的方法，是我应在这五年内，做些成绩给你看，梅茵！我这五年来的经过，只好说是失败，说什么成绩？梅茵！你看！我还是一个中学教师呀！”均松说到这里，右手抚摸着坐在旁边的小女儿。“像这两个，就是你的成绩品，——最优良的成绩品！……”

“均松！我忘记问你了。你曾有和女人接触的经验！”梅茵的黑裙包着均松的左膝，两人均感着一股热气在接触部热发。

“梅茵！我求你——我诚恳的求你，勿再逼我了！我们坚持到了今日，这个‘晚节’终得保存着！”没有性的经验的均松，在梅茵面前，像乞怜的羔羊。

“义理之前无真爱！你是重义理的人，你何曾爱我！但是你不爱我，你就不应该要求我……要求我……要求我和你亲吻！均松！一吻之罪！均松！你太把接吻看便宜了！不……便算干净么？便算能保持晚节么？便算能全你自己所意拟的义理么？均松！你只比我太多一岁，怎么你的思想这般苍老？你怕是中了圣经的毒！均松！起来！快睁开你的眼睛！你要把你的热烈的火煽出来燃烧地球，焚毁天体！”她惨笑了一刻，随着再滚出了两行热泪。

满月一般的脸儿，丰腴的带桃色的双颊，黑漆的头发，明星般的眼睛，和鲜红的舌尖，挟在朱唇中间，凑近来了！比学生时代丰腴得多，华丽得多了！均松身体像受了高热，不住的膨涨。均松不由自主的快要无条件的降伏了！

——满月般的脸儿，失去了从前所有的，半透明的白玉色，换上了一重铅华的薄膜！桃色的双颊，虽是丰腴，但健康的蔷薇色，早褪尽了！黑漆似的发，梳上一个很时髦的髻儿，不编从前的单根辫子了！明星般的眼睛，周围加上一对薄灰色的圈带了！鲜红的舌！鲜红的唇！曾经我接吻的舌和唇！你们也不是从前的了！梅茵！你自己果然是幸福！可是由我均松眼里映出来的梅

茵，决不是幸福！梅茵！我问你，你的处女美那里去了！——均松像醒了过来，

“不，梅茵，不！我再没有权利和你亲嘴了！你看，你有两个儿子在你身边！我告诉你，梅茵，我有未婚妻了！”均松双手按着梅茵的双肩，站了起来。“梅茵！我爱你，我真心的爱你；我不足惜，但我不能因爱你而使你沉沦！”均松再抚着梅茵的背坐下去，慢慢的说。梅茵伏在均松膝上，呜咽着像没有听见。两个小孩儿也跟着他们的母亲哭。

检票的走进来报告，他们知道S埠快要到了。

肆

S埠的码头上挤满了一大堆人。在码头前横着的，大躯体的轮船，渐渐的蠕动起来。轮船和码头渐给海水隔着了，联络他们的只有在空中欣舞的无数的纸带（Tape)，有红的，有黄的，有蓝的，有白的，有青的，甲板上被送的人，掷给码头上送行的人，码头上送行的人，掷给甲板上被送的人。只有二等室的舱面上，有一个一手牵着一个三四岁的女孩儿，一手抱着一个才周岁的婴儿的女人，没有人理她，没有人掷纸带给她，她也不掷纸带给那一个。

梅茵第二次赴南洋P埠所搭的轮船，于正午十二点钟，由S埠开行。均松送她至S埠，决然和她作了最后的诀别了。

均松自梅茵去后，仍在S埠的中学校，度他的黑板和粉笔的生涯。他像留声机和打字机，每天在念教科书和写黑板。他的生活像无意识的。下课之后，便痴坐案前，像沉思什么似的；又像失了一件什么贵重品似的。

“上帝呵！赐给我力！赐给我战胜她的力！上帝啊！我恳求你！我恳求你把我的心和灵魂赐回给我！由她那边把我的心和灵

魂取回来交还我!”他烦闷的时候，是这么样的向天祈祷，也常常翻读《致哥林多人前书》第七章来自己安慰。

今晚上，她安抵了P埠的信到来了。她信里说她自别他之后，在海上无时无刻不思念他，也无时无刻不在追忆他们从前的恋爱史的一段。她信里，又说她此次的航海，风浪很平静，能够常出来舱面上望月。她信里，又说她望着海面的月，便回想到七年前，在她家里习完英文，殷林两女友先回去了，她趁着月色远送了他到K市公园，同坐在假石山下玩月时的情景。她信里又说，前一晚上，二等休憩室里，来了一个伋堂（Cape Town）的黑奴，抱着一个大胡琴，唱着英国下流社会唱的爱情歌，唱完之后，要搭客赏酒给他吃。她信里又说黑奴唱的歌虽然浅俗，但也有很感动人的地方。她信里又说，她听了，“……When you and I were sweet hearts，……I am dreaming，……down by the Old Mill stream where I first met you.”几句，她不禁掉下泪来了。她信里又说她下泪的原因，并不是为黑奴的声调唱得悲切，也不是歌的文句能感动人。她信里又说她是因为回想到访雌雄瀑布那一天，他和她在山溪小桥附近徘徊的情景。她信里又说二等客室中有一个很像他的，每次进餐室的时候能使她的心房怦怦的跃动的搭客。她信里又说她今后又要再开始她的烦恼生活了——要和她所厌恶的，每日口不离金钱银票几个字，手不离称杆算盘的一班人，共同生活了。她最后告诉他，她再见他的时候，她恐怕早做了三个人，四个人的母亲了。

他也随俗的结了婚。他的家庭，也算是幸福家庭的一个。不知是岁月把他忘了，还是他忘了岁月，他像她无意识的做了人的母亲一般，也无意识的做了人的父亲了。梅茵的像片给他的老婆投进火炉里去了，他只跕在傍边笑着看。梅茵的信稿，也给他的小孩子丢在敬惜字纸的竹篓里去了。他再不穿反领的西装了，她做给他的两条白领带早不知去向了。她送他的衬衣早拆来给他的小孩子做防尿布了。

不知过了多少年，她忽然来了一封信。

先生！我现在是七个小孩子的母亲了！我的家庭，很平和而且幸福。我有今日，都出先生之赐。从前一切罪戾，均望先生宽恕。我从去年始，跟葆初进此间圣公会礼拜堂。未进之前，恐上帝未必能恕我从前的罪；进了之后，竟蒙赦免了！先生！吾将旧日一切，白之吾夫矣。葆初也和上帝一样的赦了我从前的罪过！我之改过，不能说不是受先生的感化！先生不是常教我念《哥林多前书》，第七章第十节，第十一节两节么？吾幸有以对吾夫，……略报近状，并恳求上帝赐先生一家福祉。

茵顿首

他读过了她的信，口唇微动的默诵“……至于那已经嫁娶的，我吩咐他们——不是我吩咐乃是主吩咐；——妻子不可离开丈夫。若是离开了，不可再嫁。……”

“她也在读圣经了么？我要到学校会计那边领月薪去了。闲事管不得许多。”他微笑着对自己说。

一九二二，一一，二五夜十时，稿于广东羊子山矿厂。

（原载《创造季刊》第2卷第1期，1923年5月1日出版）

回归线上

(On the Tropic)

(一)

G由T市回故国来快满一周年了。这一年间没有一天不思念T市——他的第二故乡。他尤不能忘怀的是T市的郊外电车。坐在电车里，在他眼前画一个长弧形飞过去的郊外景色，应着四季，变化虽多；但那一种美映在他的网膜上是始终同程度的，他不知道拿什么东西来形容其美，他只能把做小孩子的时候最喜欢看的，最以为美丽的天空中悬着的五彩的弧形虹来譬喻它。

有一天的下午，看不见太阳，太空中云不像云，蒸气不像蒸气的结成一重灰白色的厚膜把深蓝色的苍穹遮住了。北风渐次吹得强烈，像在准备下雪。

他在M车站把头埋进衣领里面，双手插进裤袋里，书包挟在胁窝下呆呆的痴站了一刻，在铁轨上叱喳叱喳的轮转的电车早跑到他面前来了。他让降车的人下来了后，忙跳进车去，他在车里还没找到容身的位置，车又开行了。

车的窗户都紧紧闭着，才打开车门，便有一种油垢和香粉混合构成的暖气扑鼻而来。刚刚侧身挤入车辆里，车掌很粗暴无礼的按着他的肩膀一推，又把车门紧紧的闭上。

“啊呀！痛！没眼睛的……！顾着你的靴子，便不怕踏断人家的脚！”车辆的前半部满挤着一群女学生，像一群小鸟儿咽咽唧唧的。只顾在人丛里钻，想到车的后部找个空位站站，不提防误踏了一个女学生的脚。

“对不住！真的对不住了！对不住了！”他忙向着那个女学生谢过。近旁的女学生们倒让出了一个空位，他忙弯着腰低下头去，从衣袋里取出一条雪白的手巾来替那女学生把靴面上的泥垢拭了去。近旁的女学生们都掩着口嗤的笑了。他和她更双颊绯红的。

“算了！谁要你……”她也脸红红的嗤的笑了。

他才把头抬起来。只在这一瞬间，她和他都拚命的互相望了一望。真的一瞬间，他和她都怀着要观察对手方的全部——一个整数的全部的希望。他给她一望，逃往车后部去了，她也低了头。

“这个女学生好生面善！”他站在车后部一个在默想。

“那个青年我好像在什么地方见过他的。可惜我没注意他的制帽上的徽章了。”她也在车前部一个人在默想。

“E车站！E车站！”车站的驿夫在车外高叫。

男男女女，老老幼幼的一群人在E车站下了车。他让挤拥着的一群人先行，他一个人从容不迫的，横渡了驿桥，下到检票口来了。还剩几个人没有检完。

“她！她也在这个停车场下车么？她还在这里！”他望见检票口侧一个抱着书包的女学生背着他站着。她像晓得他的足音，忙翻过头来，少不得脸泛微红，向他鞠一鞠躬。

出了检票口，要走一箭多路的街道，从街左的横巷穿过去就是乡间的景色了。他跟着她，相距只丈多的距离，都默默无言的向前走。行尽了一条草堤，一个旷原在他们面前展开。左右的人家都怕北风吹进去，把窗户都紧紧的关闭着。她放慢脚步，像有意等他赶上来。但他心中很怯的也放慢了脚步。等到她翻转头来向他一笑之后，他才放胆赶上去。他不提防她的胆量真好，先开口问他。

“先生住的地方还有多远？”

“我住 F 原。你呢？”

“就快到了，就在前面。那边不是一座洋房子么？从洋房子右手的小巷进去，左手第三家就是我的家——不，是我哥哥的家。回到 F 原还有三里多路，先生不赶快些，怕要黑下来了。”

“天天走惯了的，我不怕黑。”

“先生不是 I 大学么？”

“是的。你进的是那间学校？”

“K 女校。”到 K 女校要在 M 车站和 E 车站中间的一个 U 车站下车。

“再过三天就是基督圣诞节了。K 女校是教会办的，还没放假么？”

“早放了假。我们到学校去是准备圣诞节的设备。”

他和她行近洋房子下来了。她向他行了一个鞠躬礼和他告别。他停住脚像还有什么话要对她说似的。她看见他不动身的也停着脚不动。

“我忘记请教你的姓名了。你可以教诉我么？我有空时可以到你那边去望望你么？”

她把名字告知他，他也把他的告知她了，她随后又说：

“我哥哥家里怕你不便来，我们图再会的机会罢。”她再鞠了一躬，不敢再停滞的跑进小巷里去了。

（二）

I 大学虽然放了假，但他还每天到学校图书馆去念书，因为图书馆到十二月廿八那天才闭馆。事不凑巧，一连三天他在学校的往返途中和车上都没碰见她。看看耶稣圣诞节过了，他知道她再不上学了。他只希望过了年正月开学后再来碰她。

过了年快到正月八日了。各学校都开学了。他由F原出E车站，一路望着那家洋房子进行，一路很留心的，在车里尤为注意，一连几个礼拜都遇不见她的影子。

“她纵不上学，但早晚总会出门前屋后来耍的!”他最初一个月遇不着她，很失望的闷闷不乐。再过几个月，在他脑中的她的印象也逐渐淡了。

第二年的暑假，他刚考完了暑期的试验，接到友人H从海滨病院来的一封信。他的友人H信里说海滨的风景很美丽要他到海滨去度这酷热的暑期，也得和他时常相聚。

由T市赴海滨病院，先搭火车到Y港，由Y港乘汽车到Q村，再由Q村换乘马车到海滨。因为这海滨是一个土股，T市恰站在大陆和土股的界线上的中点。土股的北岸是一条很长的山脉，南岸便是平原和洼地。沿土股南岸虽有二三个小市镇，但贸易还不算十分发达，还没达到修筑铁路的程度。

他早上出门的时候，觉得天气很蒸郁的，到了Y港时，微微濛濛的下起丝雨来了。同车的搭客多半是要回Q村去的，火车每次到来便有二三辆汽车来接客，不论晴雨的驶向Q村去。

到了Q村雨下得更大了。同车的搭客像达到了他们的最后目的地，匆匆忙忙的星散了。只剩下他一个人提着皮箧跑到赴海滨的马车驿来。什么马车驿？不过是一家卖冰和荷兰水的小店，做清凉饮料的生意外替马车夫招待搭客罢了。

“今天客少，怕不开车。”小店主人是老夫妻两个，给他一个失望。

“多加些车费给他不行么?”他想一个人驾一辆车出海滨去，因为马车可以容得下六个人，至少也要有四个客才开车。

“你能出四块钱么？还是在旅馆里歇宵罢。明天准定有车开的。旅馆的费用要不到一块五角钱。况且这么泞泥的道路，怕出四块钱还不答应开车呢!”

“这真糟了！钱不要紧，要在这么脏的旅馆里歇宵，莫说一晚上，半点钟也难过啊！”把皮箧寄放在小店里，他跑到一家面馆里去吃了两碗面，充了饥后，走到一家人力车店里去，想乘人力车，出海边去。

“今天有马车出海滨的！他们想敲你的竹杠，说没有车开！你莫给他们骗了！这么远的路人力车是走不得的。”他才恍然大悟。

“今天还有两次汽车由Y港来，一定有客到海滨去的，再等一二点钟就会到了。”

他回到小店里把人力车夫的话对店主人说了。

“凭你的运气等罢。雨此刻晴了些，有客也未可定。”

他在店里的小榻上打听了一会，恍惚听见有好几客来了，说要到海滨去的。他忙爬起来走出去看。

“啊！G先生！你也在这里么？你是不要到海滨去？”来了六七个客，里面有一个年轻的女客，穿着看护妇的服装。他差不多不认识她了。

“啊！碧松姑娘！梦想不到我会在这里遇见你！到海滨去么？我们有伴了！”他真在梦中了，只顾着向她说话，没留神倒有一个西装反领的，嘴上有两撇黑胡子的绅士站在他们旁边注视他们。

“我回病院去的。昨天我跟这位M先生到T市去看一个病人。”她手指着站在旁边的绅士，介绍给G。G不得已向M点了点首。碧松对着G又说了些谎，什么G是她哥哥的好友，什么G从前在她们家里寄寓过。他不过点一点首，没有十分留意似的。

马车夫把车驶到小店前来了。围着车身的布帘上面写了许多海岸旅馆的招牌名，下面还添些招赉生意的广告文，什么“招待周到”，什么“宿费格外从廉”，什么“房舍清洁”，什么“风景宜人”。

在马车里，碧松坐在G的正对面，但G是很快快不乐的，因为碧松紧坐在M医生的肩下。有了M医生的监视，碧松也不便多和G交谈。马车颠倒的走了一程。

“你认得C城的H君么?”碧松的双颊带着薄桃色问G。

“他是我的朋友，我就是为看他来的。”碧松听见了，像给蜂螯刺了一刺，坐在车里很不安似的。

(三)

碧松是A岛生长的，所以G曾笑问她，

“听说A岛的女子都先出来做一番世界，赚点钱之后才回去结婚成家的，是不是?”

“G先生，你吃鸦片不吃鸦片?”碧松的聪明和辩才大概是这个样子。

碧松的父亲是A岛上一个老农，他的前妻只生碧松和她的哥哥L。碧松十五岁那年她的生母死了，到了次年——她在A岛的高等小学毕业那年——她的父亲续娶了一个后母回来。碧松毕业后就在家里帮助她的后母理家，但她总觉得这位后母对于她完全是个在陌路上遇见的妇人，因此便一天一天的和她的后母疏隔。后母来后一年一胎的，到了碧松十八岁那年，她有了一个异母妹和异母弟了，有了小妹妹和小弟弟后，碧松觉得她的父亲也和她一天一天的疏隔了。她的父亲为她的婚事很操心的，说她年纪大了，想把她草草的嫁出去，但她是执意不肯，所以她和她父亲间的感情愈见疏隔。

碧松的哥哥L前两年在T市商业专门学校毕业后，就在T市的某银行里觅了一个差事，月薪有几十块钱很过得去。他的后母来的那年他也在T市结了婚，现在是一个两岁的小孩子的爸爸了。

碧松十八岁那年冬，L一个人由T市回来A岛省亲。L到家后，他的父亲的第一个诉苦就是碧松的婚事问题。L一个人到碧松房里来看她的时候，她接着哥哥又禁不住悲泣了半个时辰，说她宁可独身求活，不愿和A岛上的人结婚；她还想再求一番专门的技术，日后才能自活。L看见妹子在父亲家里的苦状，结局答应了带她到T市去送她再进学校。

“那吗，关于你妹子一身的事，我是全权交托你了。”一天的晚饭桌前，L的父亲像放下了一个很重的担负似的对L说。

“我是以人材为本位的。你老人家以后不能以家计不好，门第不高来相干涉的哟。”

“那是由你作主，我不管了。”

“人材本位”四个字像在碧松心里发了一道光明。

碧松跟他的哥哥出T市来了，L虽结了婚快满三周年了，但碧松此次见L的女人彩云算是初回的会面。三十岁前后，面部稍瘦削，微带苍白色，一见就知道是个神经质很强烈的妇人。初会碧松没有一点儿欢迎的表示。初到那天的晚上，吃晚饭时候，

“家里有小孩子了，所以雇用了一个老妈子。前两个礼拜你哥哥写了信来说你要出T来市。前礼拜才把老妈子辞掉了。年轻的女人初出来该把家政实地的习习，于自己将来是很有利益的。”这是嫂嫂对小姑的初会面时的会话，比母亲对女儿，家婆对媳妇还要严格的有威气的说。

彩云给碧松的警醒钟（Alarm—clock）每天早上五点钟就噪得很利害的叫她起身。碧松起身后先把头髻梳好，次把厨房下用的白套衣加上，在灶里生了火。水热了之后，自己先洗脸漱口，随后把哥哥嫂嫂和侄儿——这时候他们还在床枕上转过一个方向重新入梦——的洗脸水盛进一个大铜壶里去，放在另外一个大炉

子上；然后在大灶锅里放米进去煮饭。

六点半钟彩云先起来，洗脸之后，碧松的饭也弄好了。彩云就在厨房里整朝食的菜，这半点钟内碧松就出来外间厅里和L的书房里扫地。到了七点钟前后L也起来了，大家就围一个小台子吃早饭。吃了早饭碧松就急急的换衣服，包好书包和点心盒，匆匆的上学去。早饭后的碗筷是不能不归彩云的收拾和洗涤。

晚饭还是要待碧松回来才举火。若回来迟了些，她就免不了要给嫂嫂零零星星的似训非训，似骂非骂的说几句。吃过晚饭后要一点多钟才把厨房里的一切洗刷得清楚。洗刷完了后又要把明天早上弄饭的米浸下去。做得完时早响了八点钟了。L的小孩子早睡了还可以；若日间睡了觉，夜间睡不着时就要找碧松淘气，不喜欢的时候还要用小掌儿在碧松头上捉拍捉拍的乱打一顿。所以碧松常常等他们静睡了后，才得温习她的校课。她每晚上要十一二点钟才就寝。

“没有这个淘气的小侄儿，哥哥嫂嫂又出去了，让我一个人在家里自由的读读书，睡睡觉，不知如何的舒服!”碧松常一个人叹息着空想。

彩云的虚荣心很重，每遇礼拜日就要和L出去逛公园，入剧场，或同去访问银行同事的家庭；家事和淘气的小孩子便交给碧松看管。

对妹子的婚事主张人材本位的L到后来也全无把握了——不是全无把握，他有些后悔不该代他的父亲肩任了这种重大的责任了。

（四）

抱绝大希望到哥哥家里来的碧松，过了一年也觉得她的生活还是和在A岛父亲家里时一样的平凡而且厌倦。宿静时一个人卧在枕上常把嫂嫂来和自己比较。究竟嫂嫂能胜自己几何？不论就人材，就智识。就德性的诸方面比较，自己都决不让嫂嫂在前的。但事实还是事实，嫂嫂的生活毕竟比自己的安定。嫂嫂像根深蒂固的大树，自己还是根飘泊无定的浮萍。

“到底非发见一个人不可！非有一个专属自己的人不可！父亲不是我专有的！哥哥更不是我专有的！我该快些发见专属我的那个人！”碧松像发见了什么重大的原理似的。

有一晚上，碧松无意中听见了兄嫂间的一段会话。

“你问她么？”

“她近来，我看她是精神很恍惚的，我有些担心。”

“有合适的人家还是把她早些安置了的好。再不然就打发她回A岛去。”

“真是有点不容易处置！她比在A岛时大不相同的了。我们不得她的同意，怕不容易武断的处置她一身的问题。”

“我叫你不要送她进学校，你偏不听。习产婆，习保姆由她去罢！”

“走出去了，怕同事友人间听见了，于我的声名有碍。他们会说我帮着老婆逼走了妹子。”

碧松那晚上整整的暗哭了一夜。她自寻独立的生活的计划也是这晚上决定的。但她总觉得找不着专属她的那个人，她的生活是很难从新全部的改造！

“那天下午车上遇见的大学生——住在F原的大学生，看他是个很多情而诚挚的青年！他对女性何等的诚敬而恳切！他虽不一定是专属我的人，但专属我的人要像他那样的才可。”碧松在暗中自觉着双颊发热。

过了新年，T市的各看护妇传习所，产婆传习所，保姆传习所都在新闻纸上大登广告，募集新生。碧松得了她哥哥的许可，最初六个月的在学期内每月给她八元的补助；遂了嫂嫂的心愿离了樊笼一般的L的家庭学习看护妇去了。

G在海滨的渔家租了一个房子住下，天天到病院里来看H。由G看来，H像没有什么病状。不过每天傍晚时分像循着周期律一般的发热。碧松私下告诉G，H患的是肺病，医生说怕不容易完全的恢复健康的状态。

有一天吃过早饭，G循例来病院看H。G穿的是轻便海水浴衣，戴的是一顶草笠，准备由病院出来就到沙汀去洗海水澡的。G走到H的病房门首，待要敲门进去，忽然听见房里有碧松的笑声：

“快不要这样！不要这样摸摸索索的！你看你的热度又更加高了，昨晚上总不听我的话……”

“你近来变了心了！”H有气无力的低声的哀求。

G打了一个寒噤，轻手轻足的退到客厅上来。

“来看H先生么？不要紧，请进房里坐。碧松姊姊在替他检温。”一个年轻的随习看护妇高声的说。“H先生，G先生来了。”她再跑近H的病房门首叫。

碧松忙从房里跑出来，笑着向G鞠躬。G不知今天为什么缘故总不能够像从前一样的高兴和碧松相见。

H靠在病床上，面呈灰黑色，双睛陷进眶里去了，双颊上的窝儿可以容得下一对小拳头进去，须梗很粗的有三四分长还没有剃。

“可怜的H看看要死在那个女人——那个狐狸精手里去了！”G的内心叹息着对自己说。

H的病容本来就难看，看见G来了他的病容更难看的不高兴起来。他近这一星期来像不很愿意G到他房里。

“今天的热度怎么样？减了些么？”G刚才明明听见碧松说热度增高了好些，但他不能不从反比例的问。

"唉——"H把眼睛闭了。

"早饭吃过了么?"G很无聊的再敷衍一句。

"唉——"H还是取一样的态度。

"早晨吃了一盅牛乳，早饭还没吃过。昨晚下半夜热度陡然高起来，很昏昏沉沉的不知人事。今早上意识虽恢复了，但热度还不算低减!"碧松在旁边一伍一什的替H背给G听。G看了碧松一眼，觉得她不是从前电车上的人了。

"A岛生长的还是A岛生长的!"G望着碧松默想，"她莫非也先想做一番世界，才结婚成家么?"

G坐了一刻向H告辞。

"唉——"

"我此刻没有什么事了，我送你到海水浴场去。"碧松把G的草笠抢在手中。"H先生！你静一静神，我即刻回来看你。"她望着H再说。

"看我死了，你还出去不出去!"H几乎从病床上跳起来。

"啊呀！啊呀！发谁的脾气！谁又不是谁的什么，也值得在这里生气?"碧松冷笑了一会，头也不回的要出病房外去了。

"你在病院当看护妇就有看护病人的责任!"G把碧松喝了回来。碧松像给G的一种不可思议的力压住了，坐在H榻旁垂泪。

"G君，你……你回去罢!"H也垂着眼泪像在后悔不该疑自己的好友。

G出了病院，戴上草笠，在烈日之下的草堤上慢慢的走，他恍惚H和碧松两个人都垂着眼泪跟着他，忏悔他们的罪过。

一九二三，六，一五于蕉岭山中

(原载《创造季刊》第2卷第2期，1924年2月28日出版)

寒　流

Cold Current

（一）

C利用时局不静和学校无薪可领的两个口实就把他的夫人和两个小孩子——一个才满两周年的男孩子，一个才满七个月的女孩儿——送回岭南的乡下去了。

C夫人心里是不大愿意离开她的丈夫，自己一个人带儿女由海道南下，回远距数千里的故乡去。她也知道丈夫的经济状态近来是很拮据的，不过她信赖C就像诚实的教徒信赖上帝般的，她想无论如何贫困，她的丈夫总有方法每月弄几十元来维持她们母子的生活的。C要求她回故乡去，有好几回了，但C终没有把他的夫人说服。因为C平时要求她回故乡去的理由是说她们在这边一同住起不单没有时间研究学问，并且每月所收入的就一个一个的支出去，不能积蓄一两个钱，怕日后没有职业时就连稀饭也吃不成了。但这些口实，C夫人终不承认它是正当。C愈要求她，她对C愈抱了一种怀疑的态度。

这回C要求C夫人回故乡去的决心是很坚决的了。把时局不静的话告诉了她后，还说些战乱和兵变一类的话去恐吓她。C还没有把话说完，她的两流清泪早掉下来了。

“哭什么？”

“没有法子。回去吧！在这边和在故乡是一样可怜的！乡下比这里可以少受些惊恐。回去吧。”C夫人说了后望着脚对脚的睡着的两个小孩子再流了几行清泪。

C夫人的泪痕引起了C的良心的痛苦，但利己主义者的他到了这时候就像恶兽般的残忍。恶兽虽残忍决不以自己的妻子为牺牲以图自己的安逸。他只背过脸去不敢望她。

“你最少也得送我们到上海去。”C夫人一面清理行装一面收了她的眼泪。

“我走不动哟。学校里还要上课。有R先生的一家同伴，你尽可以放心了。我已经拜托了R先生。他的太太和姨太太都很喜你和她们一路回去。这回真是难得的机会。”C说了后还在勉强的笑了一笑。

C夫人听见C连到上海这一程都不能送她们去，重新流下泪来。

“不会向学堂请假么？你太忍心了吧！”

“……”C只低着头。

C夫人翻了一箱，再检查一笼的不想休息。

“你歇息吧。后天才动身呢。还有一天尽够时候打叠你的行李。”

“明天小孩子们起来了时，这个要吃奶，那个要人抱，还有工夫清理行李？”

利己主义者的C早就想睡了，但到这时候免不得有点良心发现，只得呆呆的坐在一张椅子上不敢先睡，他觉得他的夫人今晚上的严冷的脸色异常的可怕。

“你这件棉袄子破了缝，早就想替你缝回去。日间小孩子闹着没有一点空，晚上太困倦了就睡着了，终没有替你缝成功。”C夫人翻出了一件浅蓝色人字羽的棉袄儿提在手里，说了后叹了一口气。

“我管不得许多了。我走了后，你请人替你缝回去吧，天气冷时穿在里面也……”C夫人的声音咽住，说不下去了。

C夫人在忍着别离的痛苦，C也想像得几分出来，不过周身流着残忍的血液的他到了这时候还淌不出半点眼泪来，只低着头一声不响的。

“爸爸！爸爸！”睡在床里面的大的儿子从梦中惊醒过来哭叫爸爸。

“啊！妈妈在这里！儿不怕的！”

“捉人人的！捉人人的来了！捉S的！”S儿——C的大的儿子叫S儿——看见讨饭吃的叫化子就惊哭着说是来捉他的。大概他此刻是梦见叫化子了。

C夫人忙把手中的衣服放在一边跑进床里面去抱着她的儿子，拍着他的背，哄他睡，S儿再睡下去了后，C夫人再起来清理她们母子的衣服。

顶值价钱的是红色的小毛织衬衣两件，但背上和袖口上也破了好几个穿孔了。C夫人异常珍重的把她叠进一个包袱里。这两件小衬衣是去年冬来W市时在上海买的，那时候小的女儿还没有生下来，是专为S儿买的，买了两件准备交换着穿的。到了今年冬，第二的小女儿也满了七八个月了，虽然宽些但总比没有好，所以她向她的哥哥分了一件来穿了。

“叫你少买几本无聊的书，多买一两件防寒的衣服给小孩子！你总不听人说的话。把书买了来自己又不念，就给人家拿了去。像你这个人真气死人！”

“莫再唠唠叨叨了。明天过江买船票去时，买一件新的回来好吗！”

“要问你自己！多用了你一吊钱——一张破毛票，给你骂了两晚一天的。”C夫人说了后再叹着气。

（二）

在C夫人看来，C是家庭里的一个暴君！

C夫人来W市早满一年了，但W市的名胜H楼在那一个方角，她还不知道。只有学校傍的P公园，今年暑假期内带小孩子们去照相，去了一趟。此外什么地方都没有去过。来W市一年间只死守在一间又黑又脏的小房子里替C看两个小孩子。

C夫人在W市一年间——不，可以说是自结缡至今——除了受丈夫的精神的和肉体的双方虐待以外，绝无幸福可言。可怜她和她丈夫同栖以来还仅满三周年呢。

由C夫人看来——不，她深信C是变了心了。尤其是自到W市半年后愈看得出她的丈夫待她不如从前了。不错，C和他的夫人间早没有爱了。仅仅能够维系他们俩间的一缕的感情——不至于破裂到宣言离婚的感情——是他们俩间的两个结晶体——S儿和T儿（女孩儿的名）——和C夫人的温柔的性质和对丈夫的信赖。C对他的夫人所抱的不满或者就是她的性质过于温柔，神经锐敏——病的神经的锐敏的C不能由她得强烈的安慰和快感。

C也曾和他的夫人说笑过来，要和她离婚。

“巴不得！有比我更有学识，更年轻的，更美貌的女学生爱你时，你就再娶一个吧。只要你答应我负担小孩子们的以后的衣食和教育费，我可以带他们回我的母亲家里去住。”C夫人不知从什么时候起发生了这一类的悲观的自暴的调子了。

“那末，你为什么又不情愿回岭南去呢？你为什么又死不肯离开我呢？”C还在残酷的狞笑。

“你上学去了后，S儿一天到晚，‘爸爸’，‘爸爸’唱歌般的找你。你知道吗？”C夫人说到这里就淌了几点清泪。

C赶着要编讲义，S儿就跑到他的膝前来哭着要他抱。他气恼时在他的小屁股上打一掌。小孩子挨了打后就哭着跑回他的母亲那边去。C夫人看见这样的情形，知道再无可以感化残忍的C的方法了，她也就决意和他的丈夫诀别。

到了动身的那一天了。C夫人昨晚上差不多没有合眼。她清理了一会行装后望望熟睡在床里的，不知人世间有辛苦事的两个小灵魂，差不多就要掉下泪来了。她再翻转头来望望在这边床上熟睡着的神经麻木的丈夫，她终敌不住一阵酸悲的袭击，伏在椅栏上呜咽起来。

“哭什么？不情愿走就算了。”C像怨他的夫人的哭音惊破了他的好梦。

“谁说不情愿走！”她忙拭干眼泪，站了起来。

神经迟钝的C把身体朝里面一翻又睡着了。等到他听见小女儿的哭声惊醒来时，枕畔的时表告知他快要响九点了。他急急的洗漱了后，吃了饭，先押送了两担行李——铺盖和衣箱——过江去。

一早起来，天气就不很好，等到他出门时，就丝丝的下起微雨来了。加上几阵冷风，本是秋尽冬初的时节倒有点像初春严寒的气候了。C夫人望着这样的天色，愁眉不展的。她怕今天她的小女儿抱出去受了冷风要伤寒。

（三）

午后四点半钟的时分，C抱着大儿子，C夫人抱着小女儿，各坐着一台人力车跟着R君的一家人赶到往上海的轮船码头上来了。

这次的船票C特别替他的夫人买了官舱票。因为R君的家人都是住官舱的房子，所以C也变更了他的预算案，取消他的买房舱的计划。

行李都搬进房里来了，安顿下去了。C替他的夫人把铺盖打开。和C夫人同一个舱房的是R君的如夫人和她的一个五岁多的小女儿。S儿望着舱房中的陈设很觉新奇的不住的在欢呼。

“爸爸，抱S看那个！”S儿指着电灯，要伸手去摸摸它。

“爸爸，S要橘子吃。”S儿望见舱房门首走来走去的小贩篮中的橘子又指着要。C望见这些小贩心里感触了一件事，忙向着他的夫人说，

“到了九江，芜湖，南京这些码头时很多小贩跑进舱里来。那时候你千万要留心小孩子不要让他跑出去，免得有意外的事，最好是把房门关紧，等船开行了后再打开来吧。一停船时，小窃也多呢。……很多事情要叮嘱你的，但此刻也来不及了。你有什么事情只管向R先生请教就是了。”

“叫你送我们到上海去，你又不情愿。你既然这样担心，何不送你的儿女到上海去！?”C夫人气愤愤的说，说了后翻过头去望窗外的烟雨朦胧中的一明一灭的江岸上的一列灯光。一个一个的灯光在她眼前都给放射状的淡红色的光晕包裹着。

“最要紧的是要留心S儿，不要让他跑出船舷上去。”C说了后望着他的夫人的背影。她只手抱着小女儿，只手向衣袋里取了一条白手巾出来。

“……”C夫人再不理他了。R的如夫人忙带了她的五岁的女儿跑过隔壁房去了。她当C还有什么特别的不能给外人听见的话要向C夫人说，所以很自重的避到隔壁舱房里去了。

“不要仅管哭了。看了叫人难过。年假我一定回来看你们。”

“不回来也罢了。”才干了的C夫人的泪珠再扑扑簌簌的掉下来。

江岸上的汽车前面的两道白光中雨丝很明了的映进C的眼里来。外面的雨像更下得厉害了。

“无论如何忙，到上海要写封信来。到汕头也要写封信来。平安到了家后更要快点写封信来！”身体中满流着残忍的血的C也出人意外的掉了几点眼泪。C夫人望见C的流泪，她反不哭了。

S儿伏在C的肩上呼呼的睡着了。C才把S儿安置在铺里面，茶房就来下快要展轮的警告了。

“我要去了!”C忙把手巾搁在眼上。C夫人靠近他的身边来了。

T儿的两颗黑水晶般的眼睛不住地流转着望着她的爸爸和妈妈亲吻。

“这大概不算是最后的接吻吧!”C夫人重新流下泪来。C才踏出舱房，又忙踏进来。

“险些儿误了大事！船票还没有把给你。”C从马褂袋里把船票取出来交给了C夫人。C夫人接过来向衣袋里一塞。

“你快点上岸去吧！船动了身不得了。”

“开了船就送你到上海去。”C苦笑着说。

“还说得出口!”C夫人也惨笑着。

“那末你自己要小心哟!”C一面说，一面走。

“明早S儿醒来时，不知怎样的哭着找爸爸呢。多残忍的爸爸!”

最后一句，C听不清白了。他才跳上码头上，船身就渐渐的蠕动起来。他不管从头上淋下来的雨水，手中的洋伞也忘记打开了。他只凝望着他的夫人住的那个舱房的窗口。但他望不见什么，只望着由窗口发出来的淡淡的电灯光。

轮船转了身，C连他的夫人所住的舱房的窗口也望不见了。轮船上的灯火渐渐在浓厚的烟雨中消灭了，他才发见他还站在码头上浴在冷雨中。不单码头上没有一个人，就连马路上也没有行人了，除了几个车夫和苦力之外没有行人了。

(四)

C夫人去后，C把住家解散了，所有的家具也叫一个杂役替他拿出去拍卖了。他自己就搬到学校里来。他在学校里住的房子是在三层楼上，从前他的一个友人住过来的，是个很幽静的房子。他想现在没有夫人在他的眼前讨厌了，也没有小孩子们来吵闹他了，此后可以多做点作品，多研究些学问了，夜间也可以多饱睡几觉了，但事实完全和他的理想相反，他每晚上一个人睡在床上就听见S儿和T儿的哭声，像在向东驶去的那晚上的轮船里面的S儿和T儿的哭声给东风吹送到他的耳边来。他每次才闭上眼睛就看见C夫人伏在舱房的窗口痛哭，又像看见S儿掉在长江里面去了。C夫人母子三个人去后，C儿晚上都睡不着。

C夫人去后的第五天下午他接到C夫人由南京寄来的一封信。

“……在船中母子均安，望宽远念。今天下午船泊南京码头，闻须停留半日之久。幸喜S，T两儿均在午睡中，抽暇写此信寄你略报平安。

“君嘱我到上海后须来信，我亦擬到上海后始写信寄君。但别仅二日，我乃寂寞不能耐，不能再待至上海后始作信矣。

“昨夜因船震动故，S儿连醒三次。每醒必呼‘爸爸’。并惊呼‘捉人人的来了!’，一如在W市时也。日间与其他小孩戏，尚不十分思念爸爸。但至薄暮及就寝时必狂哭觅爸爸，令我无法慰之，唯有对其流泪耳。

“去年吾侪来W市时，船过南京，买石榴事，想君尚能忆之。今亦多小贩来呼卖柘榴而君不在此。触景伤情，不禁为之泫然。

“R先生买柘榴数十颗。我亦购数颗，留以慰S儿。恐其醒时哭呼爸爸无法以止其哭也。

“T儿醒矣，我不能再写矣。余俟至上海后。”

C读了C夫人送封信后，揩了几次眼泪。把眼泪揩干了后，就紧握着拳向自己的脑袋上击了几次。

再过了三天，C接到C夫人由上海寄来的信了。

"……船抵上海时是夜中十句钟前后，客栈伙伴在舱内奔走叫嚣，听之令人心乱。两儿均由熟睡中惊醒狂哭。

"我须整理行装，而S，T两儿均痛哭呼妈妈。'一始扶行一始坐，坐啼行哭牵人衣'，真是为我此时之情况而写者也。幸赖R先生众人之助，得上岸。至客栈时近中夜十二句钟矣。

"赴客栈时，R先生为我抱S儿坐人力车先行，我所乘之车在后面，S儿望不见我，一路狂哭。因夜深风冷难怪其受惊也。至客栈S儿紧捉我之衣角不放，而T儿复狂哭不愿眠。此时，君若在此，则S儿当睲就君，我亦不至疲困至此！吾作此信时，思君复恨君也。

"近数日来，上海天气至恶，朔风甚厉。闻海道不易走。平时由沪赴汕三四日航期者，近竟拖延至六七日。思及来时海行之苦，真不愿南下，欲奔回W市就君。

"逆旅主人谓明日下午将有船赴汕。旅费无多，不敢在沪上多挨时日。风浪虽恶，亦唯有冒险南下耳。我善晕船，君所知也。T儿尚幼，或无惧。所恐者若S儿晕船狂哭一如去年，则我真不知以何法处之。

"此信达君左右时，我与两儿恐尚在海上也。君接我信后须为我母子三人祝平安。

"君近数日来想甚安适。我等已去，再无累君之人。想君不致再因创作及睡眠之时间而生懊恼矣。

"本日下午伴R夫人等赴S公司。至S公司后始后悔不该与彼等同来。R夫人等来S公司为其儿女购置衣履也。S儿似知其母穷，看R夫人为其儿女购新皮鞋，并不羡妒而要求我必买。但至玩具部则举手欢呼，欲我购一架铁制之汽车。汽车价贵，索二元，我无力买此，仅购一橡皮人儿与之，S儿衣服太褴褛，甚欲购一套绒布制水兵式西装与之。试询其价，索七元，我为之赧然者久之。

“在S公司陪R夫人等费半日之久，仅购饼干一箱，牛乳两罐，为备海船中两儿之食品也。

“××，‘诚知此恨人人有……’，吾书至此，吾泪益多。夜深矣，其余俟平安抵汕后再报。”

C读了这封信后，再流着泪，紧握着拳向自己头上痛击了几次。痛击了后就伏在书案上狂哭。大概他是敌不住良心的苛责。

他像看见C夫人脸色苍白的睡在由上海开往汕头的统舱——又脏又臭的统舱的一隅。她的左边睡着一个脸黄瘦弱的小女儿，像哭得没有气力了，奄奄一息的。她的右边蜷伏着一个二三岁的男孩子虽在呜呜咽咽的哭着，但也早力竭声嘶了。她呢？她跟着轮船在惊涛骇浪中一掀一跌的也一呼一吸的在急喘着。她呕吐得太厉害了，再无气力理她的儿女了。

C每天看见的幻影——不接到C夫人平安抵汕头的信，决不会消灭的幻影——都是掀跌在山岳般大的一起一伏的白浪中的小轮船和轮船里面呻吟着在半生半死的状态中的C夫人母子三人！

他焦望了一星期，两星期，三星期……还不见C夫人有信寄来。

一九二五，十一，十五夜十时半脱稿于武大。

（原载《创造月刊》第1卷第2期，1926年4月16日出版）

倪贻德

花影

——如看悲剧一样，
虽然是要下泪的，
但这泪珠儿终是甜蜜而可爱的啊！

最可怕的是夜雨秋风，
但同时也是最可深长玩味。

游丝般的，
轻烟般的，
深深地缭绕在我的梦魂里，

无意中，
姗姗地来了；
待要搂抱住，
却又忸忸怩怩地逃去了。——

(一)

院子里的小的花草，经过一阵秋风，已现出那寂寞萧条的神情来，墙根下秋虫的鸣声，一天响似一天了。苍碧的天空上，也有几条薄薄的云彩浮荡着。在日午时的阳光，虽然是一样的强烈可畏，但一到了晒上东面墙角上的时候，也渐渐觉得娇艳可爱起来了。

P家后天井的石阶上，这时正有一对异性的少年，坐在那里谈天，那男的穿着一件乡下小学生的竹布长衫，红黑的脸，精壮而短小的身体，都可以证明他是一个健康而活泼的少年，然而从他那面貌与动作上看来，终似乎有些不如意的事情蕴藏着，他的眼睛虽是乌黑而有力，但总觉得包含着些泪珠；他的眉毛虽然清秀而细长，但也总觉得有些微戚。他时时昂着首，向青碧的苍空作呆呆的痴望。坐在他旁边的是一个十三四岁的女孩，他们的年纪虽然相仿，但她却比较他要瘦长些；她那疏松的胸部，浓黑的头发，圆白的小脸，下垂的眼睛，在在都可以表现我们这位女公主的温柔的女性美。他们谈话的声音极细，极轻，几乎轻到辨别不清楚：

“三哥，你来了已经两三天了，为什么老是一响也不响，像一个哑子样的，你可是怕羞吗?”(女)

“我是怕羞，我家里住惯了，到了陌生地方总觉得一句话也说不出。”(男)

“你又要讲了！此地也不是第一次来。前年——噢，大前年——我祖母做寿的时候，你不是跟着姑母一同来的？那时我看见你还没有这样大，穿了一件黄袍子，跳进跳出真高兴，现在却故意做得这样规矩了。”(女)

“那时我也看见你没有这样大，你不是穿着一身花花绿绿的衣裳，像一只蝴蝶，仅欢喜来同我玩的吗？有一次——你记不记得？——我们两个人因夺一件东西闹了起来，我打了你一下，你就哭得不息，害得我被母亲一顿大打……”(男)

“你现在还要打我吗?”(女)

“现在我那里还会打你，那时年纪小，现在我们都大了——

啊！我常常听见母亲叹道：‘日子过得真快呵！’日子真是这样快的！你看我不知不觉高小也毕业了……”他说到此地，心里好像感触着了什么，再也不能讲下去，只向着西面的天空，痴痴的望了半息。

她却对他痴痴的望着。

“三哥！我看你今天心里总有些不快活，你可是在想家吗?”

“我并不想家，你们待我很好，同家里一样……”他勉强说到此地，两包眼泪再也忍留不住的直滚出来，竟背转她的面，呜呜咽咽地哭起来了，哭声里似乎说：

“昨晚上舅父回来不是说的？说我来得太迟了，省城里的几个中学校都已经招考过，而且在开始上课了，所剩的只有一个师范学校，然而那边，年龄须在十六岁以上的，才有入学的资格，我现在只有十四岁，人又生得小，唉！我总怪我的爹爹性子太慢，我同妈妈这么催他，他总是说：‘待天气凉凉，待天气凉凉，这般炎热的天气怎么可去！去得早又赶什么呢?’啊啊！现在却又太迟了！你想怎么好呢?”

她年纪虽然还小，却很能体贴他的心情，一边连忙将一块柔软的手帕替他揩拭眼泪，一边又柔声的慰劝他道：

“三哥！你不要哭了！哭有什么用呢？你再哭下去我也要哭了。……三哥！你听我的话吧！性子放宽些，爹爹总会同你想法子的。今天朝晨我听见他同妈妈说过，他同F中学的国文教员很要好的，今天和他去商量，一定可以破格许你入学，你还要哭什么呢?”

但是她越劝得殷勤，他也越哭得起劲。他觉得哭的时候，耳边能够听到这样婉啭的声音，颊上能够感到这样温软的触觉，是最愉适不过的，所以索兴尽量的大哭起来。

她想尽了种种方法，仍旧丝毫不能够使他的哭泣停止，她真没法了。后来忽然想到了几个故事，她想讲给他听或者有些效验。

“三哥！我讲几个故事与你听听，要不要？从前有一个渔夫，年纪很老了，但是身体很强健，雪白的头发，血红的面色，他又欢喜喝酒，有一天黄昏，他在湖边钓鱼，忽然来了一个……”

“我听见过的，我听见过的。”

“那末我再换一个，从前有一个国王，他有两个儿子，都勇敢而有力，有一天，他们出去打猎……”

“这个我也听见过的，你只会讲这些老套，我不要听了！”他哭得益发利害。

她可没法了，踌躇了半息，又忆起前几天在一本小说杂志上看见的一段情节：“噢噢！有了！这个你总没有听见过的。有一个姓章的名叫继贤，在外游宦了多年，后来回到乡下，造了一所精巧的居舍，优游余年，他膝下有一个女儿，长得花玉一般的美，而且又聪明，会做诗，又会画画，她还有两个小兄弟，请了一位先生在家里上学，这位年轻的先生是多才而貌美的，日子过得长久了，便和那位小姐书信传递，竟结了不解的缘，后来……”

他觉听得有味起来，哭声也减少了，带着吃吃的因声问道：“后来怎样呢？”

“后来她的父母把她许给城里一个富豪的儿子，她晓得了，便和那位先生在花园里两个人痛哭了半天……”她讲到这里，又故意的停了一会。

他急忙催促道：“快讲！快讲！后来究竟怎样？”

“后来那位美丽的小姐嫁了，那位年青的先生也怅惘地走了。”

他听到此地，不知什么原故，重新哭得更凄切更悲哀起来，哭声里似乎问她道：“你想他们两个人的结局苦不苦？”

“我觉得他们很苦！”我们这位多情而早熟的女公主说到此

地，也禁不住的眼泪直泻出来，倒在他的肩上哭了。

他们两个人足足哭了半个时辰，她的衣襟上湿透了他的眼泪，他的衣襟上也湿透了她的眼泪。

（二）

秋光渐渐的老了，树枝上的叶子，也都由青绿而变成衰黄，由衰黄而纷纷飞落，铺在地上，成了一片憔悴可怜之色。夕阳中蝉鸣的声音，也一声声衰歇下去。更经过几番潇潇的秋雨，益觉得凉意深重起来了。

一向在家庭里娇养惯了的他，骤然来到一个素来不曾见过的学校，骤然遇到这三百多个素来未曾相识的同学，可怜他那弱小的心，早感到孤苦寂寞的悲哀了。他每每在冷峻的教室里，在庄严的教员发着尖利而单调的声音的时候，他的形式虽然在端坐谛听，他的心儿却早已飞到了故乡——飞到已往时代的故乡了。

他想到了当那九月澄明的下午，散学归来，祖母正在念佛，母亲正在缝衣……全屋子里满布着寂静与和平的空气。便独自一人，走到西边的书房里坐下，摊开了白纸，濡软了毛笔，调和了颜色，画红的花，画黄的花，画绿的叶，画美貌的仕女，画江上点点的归帆，一张，一张，尽画去……也没有人来惊扰，也没有人来欺弄……

他又想到了在风雨晦明的时候，有远方之客，飘然而来，家人都笑逐颜开，欣然相迎，杀鸡沽酒，欢叙离情，那客人又是何等的和霭可亲，唏开了嘴，摸摸他的头颅，赞美他道："好孩子！这是我们唯一的希望……"

他又想到了当那可爱的和暖的春天，和三五小友，相约到湖边垂钓……那时，小鸭在水面浮游，群鸟在树枝歌奏，风过处一泓碧水，也微微生皱，浮子在水波上轻轻移动，钓鱼的小友都默默无语……这又是何等清闲而幽静的景地？……

这种初年时代的经过，如梦一般的，如云一般的，飘浮在他的脑海里，使他心醉，使他神迷，使他更感到现在的痛苦。

全校的同学，大约有三百五十多人，其中从江以东来的青年也有，从江以西来的青年也有；生性粗卤，勇敢好斗的青年也有，文弱风雅，好事修饰的青年也有；勤学耐苦，律守规则的青年固然有，而那些怠惰无聊，终朝嬉戏的青年也不少；这许多形形色色不同的青年，相聚在一个地方，有各以乡土相同而结合的，也有各以性格相同而结合的，研究，讨论，谈笑，亲狎，争执……自晨钟响了以后，直到夜火息灭以前，没有一刻不在活动，变化，攘攘的状态之下。然而他处在这种环境里面，却愈觉其畸零，愈觉其弱小，只是无声无臭地度那孤苦寂寞的生活。

从这许多学生里面，若要找出一个体格最长最大的，自然是要推三年级里 W 君；但若要寻一个最小最矮的呢，那末他是再也逃不出的了。不错，他确是全校最小的一个学生，每逢上体操或团体排队出发的时候，无论如何，他的位置，总只能占在末尾。立在许多又高又大的伙伴旁边，相形之下，他自己也愈觉自己的渺小，怯弱。他又觉得环绕着他的眼睛，都在灼灼可畏地注意他，并且在互相讥笑他，从那笑声里，似乎听得出来：

“豆儿哥！这可怜的豆儿哥！”

上算学科的时候，一位冷冰的阴刻的先生，常常欢喜叫学生一个个到黑板上去当场演算，这于他也是一件很不利的事，因为那黑板的面积既大，挂得又高，每逢他上去演算的时候，他无论怎样垫起了脚跟，伸长了手臂，还不能达到黑板上二分之一的地位，以至于每每一个算式还没有完全的时候，而能够给他写下去的空地却没有了，于是他又处在窘迫的绝地了，他觉得下面排列着的眼睛，都在灼灼可畏地注意他，并且在互相讥笑他，从那笑声里，又可以听得：

"豆儿哥！这可怜的豆儿哥！"

这声音于他是何等的羞辱而难堪！他只是红着脸，包着眼泪，再也不敢抬起头来向人家看一看。

他日间受着这种无端的苦痛和烦恼，到夜间睡在床上的时候，一个人在帐子里，想想被人侮辱的苦楚，在异乡飘零的悲哀，不免又要暗暗地下几行眼泪在枕上。他又想到了倘若这时可爱的蕙妹在我身旁，又要怎样的可怜他，温存地安慰他呢！他自己对自己说道：

"世界上只有她——只有她能够怜悯我，体谅我的。"

（三）

星期六的下午，和爱的阳光，平铺在万物之上，光明而静寂。蔚蓝的天空，也好像在俯视下界，开颜微笑。许多学生们的脸上，也都浮上了一层愉快乐观的色彩，精神也比平时更见活泼了；他们也有访亲戚朋友去的；也有兴高采烈，到操场上运动去的；也有徜徉湖畔，呼吸新鲜空气去的。他在这时候，也换换衣服，整整头足，欣欣然走到她的家里。

她这时正伏在书案上低下了头，垂下了眼，那双白嫩而纤小的手，一只平摊在纸上，一只握着枝细干的描花笔，静悄悄地不知在描些什么，看见他来了，她总是慌慌忙忙将两手按住了那张纸，或把那张纸团皱在手里，死也不肯给他看。他却做意做出要去抢的样子，微微地笑着说：

"你又要这样小气了！想怕我学了你去吗？"

"我不把你看！我不把你看！你一定要笑我的。"她那种娇憨的女孩儿的态度，使什么人看见了都觉得可爱。

"……"

两人争执了许多时候，终于她红了脸，娇羞似的递给他。

“我画得不好，你不要笑我！”

“好极了！好极了！蕙妹！你送与我，肯不肯？”

她听了几乎羞得要哭出来，顿着脚，娇羞埋怨道……“姆…… 姆……！你又在笑我，下次我一定不给你看，不给你看！”

害得在前房的她的母亲，提高了的喉音“蕙儿！你又在吵些什么？三哥要看就给他看罢了”的喊了起来。

他每逢在星期六的下午来，一直到星期日的午后四五点钟回去，在这足足的一周时的光阴里，他们两个人，日里同在一处看书，画图，谈笑，游玩……夜里也同在一间房里睡觉。原来她还有一个十岁的兄弟，她们姊弟两人，同住在一后房，两张床铺的距离是相连接的。他来住的时候，常和她的弟弟同睡一床。她那天真烂漫的弟弟，一上床就睡着了。他们两人，却趁着这个机会，呢呢喃喃地谈得不休，每到全家都已静寂无声的时候，他们还在切切私语：

“…………”

“啊！三哥！我这几天心里觉得很难过。”

“你为什么难过呢？”

“我在想人。”

“你在想谁？”

“你猜猜看，我想谁！”

“噢！我晓得了！我晓得了！你在想隔壁的陈哥哥？”

“啊！你说出这种话来！你睡！你睡！我不同你讲话了！”她似乎有些怒意。

“那末你究竟想谁？”

“我……我不说了！”

“你可是在想……我吗？”他把一个我字说得特别的低。

“姆……姆……我是想你……”她那天生成忸忸怩怩的女性，

完全流露了出来。

他那感激的声音无限愉快的声音，也模糊而发颤了："你晓不晓得？我也在天天想你呢！"而且不自觉的将一只手从帐子下伸过去一直摸到她那柔嫩而带粘性的小嘴边。她也不自觉的将一只手捏住他的手深地在口边吸吸，另一只手，也从帐子下伸过来送给他。

(四)

光阴过得真快，早已春去夏来的转移了几个寒暑。这一年的夏天，正是霉雨恼人的时候，全国学生，因为外交失败，奸人卖国的原故，都丢掉了书本子，狂热地举行爱国事业，闹成了一个轰轰烈烈的五四运动。H省城里的中小学校，当然也不肯示弱，立即和各省响应起来，举行露天演讲啦，分发警告国民的传单啦，查调商店啦，焚烧日货啦，整天整夜的忙得不休。他在这个时机里，却也不可说是十分无用的，因为他于绘画和写字两门，在全校颇负点盛名，所以就被举为编辑部里的干事，在印刷事业一方面，也着实尽了一番力。

后来学潮越闹越大了，省城里的学校，都一致实行罢课起来，作最后的抵制。行政的当道，却趁此率兴将暑假提前早放，使一班团结巩固的热血青年，四分五离，回到家乡，再不至于闹出意外的事情来。

可怜他在这五风十雨的时候，竟糊里糊涂的在中学里毕业了。

在他回到故乡去的后几天，从T地写了一书信，给他蕙妹寄去：

……我们最后相别的那一刻，我好像有千言万语对你倾吐，但却梗住在喉边，不知要说那一句好。我看你也像有无限的离情郁积在心里而无从想出一二句话形容出来。我们终于沉默无言地别了。其实这沉默无言的一刹那，真可道尽我们别离时悲哀的情绪呢！

还乡以来，又忽忽数日了，独坐书斋，闷闷无聊！偏又是连番风雨，在窗外悽悽切切地吹打不休。今晨虽有晴意，而几阵凉温的南风吹来，更使人有无限悲凉之感。啊！光阴一去不复返了！过去的欢乐也只得向梦里找了！回想到四年来我们梦一般的欢情又不觉悠然神往，潸然涕下呢！啊啊！吾妹！你还记得吗？那秋日庭院中的相与泣诉。你还记得吗？那夜深人静时的喁喁私语。你还记得吗？那辉煌电灯光下的拥抱接吻。你还记得吗？……唉！不愿多说了，不愿多说了，多说了反要摧残了我的心，或者也要摧残你的心呢！

从外祖母的谈话里，知道你已经在今春订婚于汝南氏，听说那家是吴郡望族，资产丰厚；听说你的郎君是温文多才，不愧为一个江南倜傥风流的公子，这于你的将来，是何等的幸福，何等地安乐呢！我在此，当敬祝你的前途无量……

我呢，虽然已经从中学毕业，但总还想继续研究些专门的学识，作立身之预备。我自己晓得我的性质是近于美术的，所以我近来有投考S埠美术学校的志望，可是那边每年的费用实在不轻，要达到目的，总要经过一番周折。我父亲的意思，是要命我学习邮电或银行的事业，但这于我是很不相合，我十分不愿意。总之，无论如何，过了这夏天以后，我必定要上S埠去了。省城里一时不能重来，唉唉！从此两地相隔，不晓得何日再能重见一面？你倘若不忘记我，请你时常报我些消息哟！

天渐渐的热了，望你珍重！后园的紫藤想已攀高了些，黑桃已生出小猫否？这些多是我时常记念着的……

后数日，他也接到了一封从H城里寄来的信，那书信上说：

自君去后，我就觉得怅惘无聊，不知怎样才好，无论做什么事情，都不感趣味。今天接你来信，更使我无限感激，使我涕下，使我忆到旧日的欢情……我竟昏昏迷迷地倒在床里了！啊啊！三哥！我在这一生一世里，总永远不会忘你的，我无论到什么地方，我的心里总只有你一个人——你也不会忘记我吗？……

那书信上又说：

我的亲事确在今春定了。我那时恐怕伤了你的心，所以始终未曾提及。你既知道了，也是没法，可是那家的家世怎样？那……那个鬼是怎样？我却全然没有知道。我当时也想反抗，然而我这柔弱无能的人，又怎有力量来反抗呢？我只有随着命运走去吧！这件事请你也不要怪我，我们只得怪自己的命运了！……

那书信上最后又说：

你有进美术学校的志望，我很替你欣幸，我深晓得你有美术的天才，将来的希望，必定无限，我的性情也极欢喜美术，因此我也更钦慕你了。哎哎！我深恨我不能同你做一家的人呢！在和爱而幽静的家庭里，我同你在一同作画，一同读书，这是何等清闲幸福！可是现在，哎！这种希望早已等于水中的月镜中的花了……

眼睛渐渐朦胧了，字迹渐渐模糊了，他再也没有勇气看下去。

（五）

又是四年后的一个春天，美丽的清明节也过了，嫩红的桃花也谢落了，树枝上的嫩芽，也渐渐长大起来，变成叶子，望过去，一片的弥漫新绿。无情的东风，又送了些点点滴滴的春雨过来——便组成了一幅迷离渺茫的江南春景。

在那条接近乡村的大道旁边，有一所住宅的洋台上，这时正有一个青年，凭栏远眺；他那面容是苍白的，他那头发是蓬松的，他那双晶莹的眼睛，无意地注意到墙外的一棵碧桃树上，那碧桃花的花瓣，片片地落下来，落了满地，被那无情的雨丝；频频侵打，更觉得有飘零沦落之态，他叹了一口气道：

“碧桃啊碧桃！我的命运也正和你一样的可怜……啊啊！可怜我欢乐的青春时代到那里去了？可怜我青春时代的那朵花儿到那里去了？……”

叹息一回，他又不觉想起几年前的一桩极可恋念的事：

“也是这样可爱的一个春天，是星期日的上午，窗外的雨声正萧萧着。从玻璃窗外望出去，绿绿的叶随着风东西南北地飘摇，片片的花只剩了几朵残瓣在枝头上。玻璃窗内的她呢，正在那儿梳她的那光滑松软的发。她梳好了辫，洗好了脸，又轻轻把粉扑上，对着镜子，微微的笑，又笑笑对着旁边坐着的我。她无意中看见我颈上的那颗长衫上的纽扣已经脱线了。

‘三哥，你住在外边真苦，衣服破了也没有人给你缝，要是把你母亲看见了，不晓得要怎样的心痛呢？……让我给你缝缝罢。’她一边说着，一边走到树旁将针线拿了出来。

‘谢谢我的妹妹！我把衣服脱下来罢。’我立了起来说。

‘衣服不要脱的，我这样也可以缝——呵呀，不过……把人家看见……’她的脸上又涨红了。但是又接着说：

‘我喜欢这样给你缝，你如果脱下来，我不愿意给你缝了。’

于是她就开始给我缝起来。我们的脸儿是对面对着，起初还是远远的，不知什么原故？把我们当中的一股热气吸引了拢来，渐渐移近了，渐渐依偎着了。她的眼睛闭成一条弯弯的曲线，再也注意不到纽扣上；她的手也微颤得厉害，再也没有力气缝下去。我还觉得那时的感觉，是那么样的和暖，那么样的温软，而且又那么样的香甜。

可恨那不知趣的王妈，不知为了什么事情，推进门来，呀的一声，竟把我们紧紧的拥抱，骤然分散了。”

“啊啊！自从我到此地来求学以后，再没有机会看见过她一次，以后恐怕也永远不会看见了！记得前年有一天晚上，校役送进一书信来，那信书上娟秀而细小的字，我一望面知是她写的了，我惊喜若狂，撤开来看时，里面只有几句话道：‘别来半载，想兄近况至佳。弟独居寡欢，思念之情，时萦寤寐，兄亦有此同感否？……好风有便，惠我佳音。’

不知道她只写了短短的这几句是什么意思？不知道她自己称弟是什么意思？……她莫非有意思绝了我吗？然而这短短几句话里面，却又为什么这样婉转沉痛呢？”

“啊啊！自从那书信来之后，再不曾报我些消息了！我的思念，也渐渐淡薄下来，也想希望有别个女子来和我相爱，虽然到如今还是这么孤独着的，然而我这种念头，到底是对她不住呢。”

“后来有一次母亲的来信，曾经提着过一笔道：‘昨得P处来信，知汝蕙妹已定于某日出阁……’啊啊！母亲，你是没有晓得我心里的隐衷的，你如晓得了，也不致于会再把这种消息来告诉我。”

他想到这里，不知不觉哀婉地，反复地唱着一首别离的歌调，那歌的词谱，便是一位多情的亡国君主作的《浪淘沙》词：

帘外雨潺潺，
春意阑珊，
罗衾不耐五更寒，
梦里不知身是客，
一晌贪欢。

独自莫凭栏！
无限江山，
别时容易见时难。
流水落花春去也，
天上？人间？

一九二三，暮春时节在东方艺术研究会

（原载《创造季刊》第2卷第2期，1924年2月28日出版）

下 弦 月

他一觉从睡梦中惊醒过来，看见窗外的烟囱上已经在那里发着淡淡的微光，以为是黎明时候了，然而再仔细朝天密看去，仍旧只见许多银光闪烁的星斗，衬在深蓝色的背景上，这分明还在一点多钟的夜半，着实可以再睡几个钟头呢，然而这时候围绕他四周的蚊虫，正在那儿兴高彩烈地合奏着交响乐，以表示它们胜利的凯旋，那里还能使他好好的睡熟去？面孔上只是发着奇痒，用手指去抓抓，又觉得有些麻木不仁的感觉，而且一处发觉了，他处都随着同时发觉出来，他将手掌在大腿上一拍，那晓得小腿上又受了一次深痛的攻击，他又将手掌向小腿上拍去，不提防背脊上又受了一次深痛的攻击，他那两手的防御真不胜其繁了。

“唉唉！我倘使去年冬天不将那床洋纱帐子当在典铺里，现在也何至于受这种苦呢？被它们咬咬还是小事，即使晚上睡不着，日间也可偷闲睡午觉的。只是秋天害起疟疾来又将如何呢？又没有人来服侍我，又没有钱来吃药……啊啊！我错了，我错了，我千不该万不该把那顶帐子当了的！”

自己悔恨了一息，心里忽然起了一个决心，不要再睡了，睡了反被它们欺侮，还是到外边去乘乘凉罢！于是就爬起身来，出了房门，慢慢的走到洋台上去。

半规下弦的月亮，高挂在天心，没有一片浮云遮住，皎洁的青光，遍照到下界来，园子里繁密的林木，远近人家的屋宇，都显出了许多模糊的轮廓，数点明亮的灯光，从几家窗洞里透露出来，点缀在这幅朦胧的夜景里，便添了几分生动的意味。声声的鸣蝉，大概在日里已经工作得疲劳了，这时候正躲在树叶子里寻它们的幽梦去了，虫鸣的时候是还没有到，所以四围只是一片寂静。

他倚在洋台的栏杆上，看看这幅月夜幽静的景色，受着凉爽的晚风，便觉得日间一切的烦虑俗念，都随着幽化静化了，兴会到来，口里不禁轻轻念了几句他平生所最敬慕的南唐李后主的词：

深院静，小庭空，断续寒砧断续风，无奈夜长人不寐，数声和月到帘栊。

然而在这繁华的都市里，四周所有的，不过是些笼箱似的房屋，屹立的电杆木，与格子块的天井，至多也不过些经过人工制作不自然的花木，所以这日夜悠凉的情调，终究难以充分地显露出来，他心里又不免感到了许多不满意的地方：

“唉唉！此地可惜缺少了一湖碧水，几行疏柳！倘使我此刻坐在湖边上呢，一定可以看见月儿在波心微微的荡漾，可以看见垂柳在水面上静默的倒影，可以看见夜乌扑剌剌的掠水飞过，或者竟还可以看见童话中所叙述的美丽的妖精坐在莲花上对月流泪的神情——那是何等幽缈神秘的遭际呢！

唉唉！此时可惜又缺少了一个吹箫的朋友，倘若我的旧友烟影君在此地呢，他一定要吹起那支洞箫，那种清幽出世的音波，抑扬在这样的静默的空气里，这又是何等风雅的韵事！

唉唉！我倘使能够在这样有诗意的夜里，偕着素心人，泛一叶之扁舟，在那湖面上的芦苇深处，任它自己浮到东也好，浮到西也好；伊吹着一支小小的横笛，吹的是《西江月》，我依声和她，嫋嫋的余音，缭绕在荻花间；伊又和我共赏文艺的胜事，象牙塔里的乐趣，谈到得意处，我们乐不可支了，便双双的拥抱着，我的嘴儿深深地吻着伊的嘴儿，我的心儿，触到伊的酥胸处，那又是何等温柔欢乐的境地呢！……”

他想到这个地方，把头枕在一只靠着栏杆的臂膀上，眼睛也眯到了只剩一条缝，身子也懒洋洋的像没有骨头的样子，倒在一张籐椅子上，只是默默地在领略那种幻想的情味，忽地又猛的将身子耸了一耸，将拳头在栏杆上狠狠的敲了几拳，口里自言自语的怨恨道：

“呸呸！你完全在那里做梦，真是癞虾蟆想吃天鹅肉！她们到是要同你这种穷光蛋发生恋爱呢？你也没有丰厚的财产，没有美丽的服装，没有如花的美貌，也没有留学的头衔；一肚草包，半点学识也没有的人，想同那些高贵多才的小姐们去寻欢，亏你怎样梦想得到的！丑态！丑态！这不是丑态是什么？”

他面上有些发起烧来，胸口好像有一股怨气吐不出来的样子，眼睛里不知不觉滚下两行热泪出来，但这时他的眼泪，并不完全是为愤恨而下的。

一个人到了感激得无可用言辞来形容的时候，每至于不自觉的落下眼泪来，这种眼泪实在可说是最有意味而且最有价值的了，他这时的眼泪，也就是因为愤恨别个知识阶级的女子而联想到他现在初恋着的那个纯朴天真的S姑娘而下的。

“唉唉！可怜我活到如今，已经二十一岁了，但是从来没有一个女子真心真意的爱我过，她们不是报我两只白眼，就是赐我些轻蔑的讥笑，我对于这种侮辱是尝够的了，不料现在偏偏有这样一个乡村里的无知无识的女子，独独垂青于我，啊啊！她真是我一生难得的知己，我真感谢她，我感谢她那付对我这样真实的心肠！”

这样感激起来，他平时惯发的一种神经病，到此又发作起来了，何况他这一向感受着的事情也不好说不复杂了，心里也经过了不知几次的创伤。他每经过一次创伤之后，总不肯把它轻轻放过，不论做不好做得好总要做篇东西出来，描写描写所经过的段片，心里才觉得有些舒畅的。因此他现在又想把这几天来所经过的事情，连贯起来，编一本剧本，把自己做了悲剧中的主人公，把S姑娘做了女主人公，把他的朋友C君做了衬角，于是就在这静默的月夜下，在肚里打起稿子来了。

最先要取好题目！《画家与其模特儿》这是再适合不过的了。

其次是舞台上的背景："一间穷画家的卧室，左边角上放了一张床，设有帐子，床上只有一条席子，一条破被，靠床有一写字台，上面散乱了许多纸张书籍，桌旁有椅凳两三，靠右角有一画架，上面搁着一幅未完成的裸体画，地板上散乱了许多画笔，油色之类，显出极浪漫的情景，壁间参差地挂着许多作品，正面有一窗，望出去是对面洋房的高墙，右壁有门，通外廊。"

幕开时画家T斜坐在椅上沉思，若有所待，约半分钟，其友C推门入。

C　老T！你一个人坐在这里又在想什么心事了？

T　无聊的坐坐，有什么心事可想？

C　哼！你不要假痴假呆了！你这点心事，莫非我不晓得！——是为着蜜司模特儿这几天不来的原故，哈哈！一定是的！一定是的。

T　哦！你到真能够摸着我的心，她约我今天下午来的，我正在这里等她。

C　哼哼！你不要这样发昏了！你晓得人家在那里骂你吗？

T　他们有什么可骂我的地方？

T　他们骂你是艺术界的蟊贼！廉耻丧尽，人格扫地的青年！……

C　还有么？

T　还有，正多着哩！有人责备你不应该同一个有夫之妇发生恋爱，在妇女问题上是讲不过去的，有人说你做出那种肉麻的小说来，使人作三日呕。

C　尽于此了吗？

T　尽于此了。

C　我当是什么天大了不得的事，原来是这点小事情！他们骂，让他们去骂好了，我仍旧是做我的，本来一个艺术家并不要求人家的了解，艺术家的思想，至少要超出时代五十年！

C　（冷笑）呵呵！你到开口就说大话！阿要面皮！

T　这不是说大话，这是自尊，是我们青年应该有的态度！

C　放你的屁！同一个模特儿发生发生恋爱，就算超出时代了吗？老实对你说你这回事，我个人头一个不赞成！

T　你到说说为什么原故！

C　第一她是有夫之妇，将来于你的名誉上很有妨害的，说得不好，还要请你吃官司，定你一个和诱的罪！第二，她是一个无知无识的女子，讲得稍为文雅一点的话就听不懂，你同她恋爱有什么趣味？像你这种人，慢慢的等机会，将来一定可以得着一个好好的女学生，何苦同这种下贱的女子去胡闹呢？

T　呸！你的话完全胡说！有夫之妇莫非不准她再和别个男子发生恋爱吗？有知识的女子是人，没有知识的女子莫非不是人吗？像你这样真是看轻女子的人格了！只要两个人互相爱慕，知识不知识实在不成问题的，况且我平生所最恨的是现在的一班知识阶级的女子，她们看不起人，她们喜欢装阔绰，她们惯会造作虚伪，……

（说到这里，S姑娘推门而入）

S　啊哟！两位先生又在那儿高谈阔论些什么？我听也听不懂，什么造作，虚伪？

T　我们是乱谈谈的。

S　（对C）哦！C先生！现在已经放暑假了，为什么还不回府去？

C 我不愿意回去就不回去，有什么为什么呢？——啊！我明白了！我出去，我出去，让你们去谈谈心曲吧！（一边笑着，一边跑出去）

T 啊！你隔了这许多天才来，我等得你好苦呀！

S T先生！我实在不敢常来，此地人多，他们一定要说闲话的。嗳哟！我在那边天天听见许多难听的话，不晓得什么原故？我同你说的话他们都会晓得的。

T 他们怎样说你？

S 你还要问我！都是你不好，做出东西来告诉告诉人家，害我不好意思见人。

T （低头半晌）你恨我吗？

S 唉！我那里会恨你，你千万不要多心哟！

T 你不恨我，我倒觉得对你不起。

S 唉，我们不要去讲这些了！哦！先生！你为什么这样的热天不挂帐子，不怕蚊虫咬吗？

T 我是讲究卫生，挂了帐子要害肺病的呢，所以我宁可把他放在箱子里。

S 你又要骗我了，挂帐子的人多得很，那一个生起肺病来？不挂倒要被蚊子咬出病来呢？

T 啊！你既然这样关心我，我也不瞒你了，老实告诉你，我的帐子早已断送在典当里！现在也没有钱来再买，……

（S听到这里，眼眶渐渐有些泛红，伸手向衣袋里摸出一张五元的钞票送到T的手里）

T 啊！这算什么样子呢！我决没有受你的道理？

S 你不要客气了！等一息去买一床帐子来罢！

T 那末就算借给了我吧，等我有了钱再还你！

S　啊！你又要来讲这种话了！我现在同你还有什么分别，你的就是我的，我的就是你的，有什么还不还呢？

T　（呜呜咽咽的哭起来）我真惭愧！可怜我一个男子自己不会赚钱，倒要用你辛辛苦苦得来的几块工银，……唉唉！你这样待我好，我将怎样报答你呢？

S　（将身子挨近过去，一面替他揩泪，一面自己也禁不住的哭了起来）唉唉！有什么报答不报答？我的全身心的一切，也都归你有了！

T　（哭得更利害）唉唉！我的全身心的一切，也都属于你了！我为你死也情愿的。……

（两人互抱而泣）

他做到此地，眼睛里的清泪，同潮水一样的涌了出来，把一件洋纱衬衫湿透了一大块。他想把剧本再继续做下去，但是再也想不起什么来，他又想想，横竖是不想发表出去的，不完成就不完成，将来如果有机会，再可以继续下去的。于是就把他暂时丢弃在一旁，从新把精神再振作了一振作，眼前的景色，又渐渐能够注意出来。

满天的星斗渐渐稀少了，月光也淡了下去，东边天际，已经现出一层鱼白的色彩，窗洞里漏出来的灯光，也在灰白色的空气里淡灭下去，马路上也听得有几声辘辘的车声送过来。……

忽然有一阵清冷的晓风，从洋台旁边掠过去，他忍不住的打了几个寒噤。

一九二三，八，三在上海

（原载《创造周报》第14号，1923年8月12日出版）

玄武湖之秋

（一个画家的日记）

三秋的节季，是这般容易过去的，我总觉得夏天还在眼前呢，那知道一瞥之间，中秋过了，重阳节也过了，篱边的黄菊，已微露凋残之意，秋雨秋风，早把这石头城四郊的山野吹成了一片残秋的景色。这时倘若策驴到灵谷寺前，定能够看得见一带枫林红叶，掩映在悠碧的苍空之下；踯躅于明故宫中，也可以对着那断碣残碑，斜阳衰草的废墟唏嘘凭吊呢！啊，在如此荒凉落寞的故都之中，又逢着残秋天气，怎样不要使人伤心堕泪，感慨生世的沦落呢？

丰润门外的玄武湖畔，听说当桃李开得艳丽的时候，当樱实结得鲜红的时候，原是有许多青年男女，到那边去欢度良晨的。但是我今天来到此地，只看见几片残荷，一堤疏柳，默默的在那里表现出一种颓废的诗美，除开数丛白头的芦花随风飘摇之外，这荒广的湖面上，更没有半点儿动静，大约自从秋风吹过江南以来，她的青春时代的荣华，也都随着四周的草木，一样的消衰下去了。

不知什么原故，我的孤僻的性格，老是不肯改的。这一班狂热的青年，每到了一个新鲜的地方，兴致总是这么高，不是纵情的欢笑，就是放声地高歌，这种扰乱的情形，我遇到了真是害怕，我只得避开他们，一个人雇了一只小船，在湖面上慢慢的簸荡着去。

湖水被芦苇隔住了，添了许多的曲折。舟子把我撑到湖的深处。平静的水波上浮着一层淡烟；萧萧芦荻之外，夕阳中一带远山，映出无限悠远的情景。

我正出神的在欣赏这晚秋湖面的佳景，无意中听到远远有一种清幽的歌声传来，歌声起处，有一叶轻舟迎面而至，那船上坐着的是谁家的女郎，她们也有这样的清兴呢？

船慢慢的靠近了，我才晓得原来就是她们。彼此相对着都是微微的一笑，她们之中的一个遥遥的向我问道：

“E先生！你一个人坐在船上觉得厌气吗？”

我听了这句话，又是诧异，又是愉快，一时倒想不出一句话来回答，我只好另外换一句话回她们：

“哦！你们倒也有这样的雅兴，到这幽静的湖上来玩的。”

“我们已经游了半天了，真是好玩！”

“你们觉得此地的风景好不好？”

“好是好，不过……”

“不过我们不会画，明天要请E先生同我们去画的。”

这自然是我所乐于承认而求之不得的，我就笑声回答她们说：

“好的，好的，我明天早晨一定同你们去！”

“一定的，一定要同我们去的！”

“自然一定的……哦！你们为什么看见我歌儿也不唱了？”

“我们不会唱，你那里听见我们唱过？”

“唱唱！不要怕难为情！”

“…………”

船又慢慢的背着方向离远了，她们又隐没到芦苇的深处去，悠悠的歌声又隐约的传过来。在漂渺的暮霭里，我还痴痴的朝着水的那边怅望。

昨晚上飘了一夜秋雨。今早虽然停住了，但在高处一望，四围依旧是迷濛濛的，远山更隐约如在薄纱中。这显然是将雨的预兆。我虽然不愿意出去，但是为她们的兴致所鼓舞，使我的脚步不自觉的踏上了泥滑滑的乡间小道。

真的，洲上的小道，两面夹了些败芦与桑麻，狭小而又崎岖，本来是不便行走的；昨晚雨过，更是泥泞得不堪。她们虽是天足，但总还带着些怯弱的女性的遗传，一滑一溜真是不胜其苦，我虽然要想去扶持她们，但是一则因为她们是三个人，我不知扶了那一个好，二则设或被她们的同学们看见了成什么话，所以我终于没有轻易做这个小小的尝试。然而我在别一方面却仍旧献了我的殷勤。因为我虽然不能接触她们的肉体，但她们肉体上所携带的所有物，我却可以助一臂之力的，我于是为她们负上了笨重的画具了。啊，说起来真是好笑，我今朝做了她们的先生而兼仆役了。啊啊，我情愿永远做她们的训仆！我情愿永远做她们的忠臣！

一路的行来，终寻不到一处适当的材料，又怕下起雨来，一时躲避不及，所以总想找到一处避雨的地方。我于是对她们提议说：

“我们到C寺去吧！那边风景又好，又可以避雨。”

“好的，好的，我们很欢喜到那边去。”

“不过到C寺的路很远呢！你们走不走得动？”

“这点点路怕走不动吗？不过这样倒是累你先生了，我们心里实在过意不去。”

“你们又要讲出这样的话，我听了反而不快活起来呢。”

横过了铁道，不知不觉已经行到了C寺之下。C寺是位在一处小山的半腰，从山下走上去，倒也有几百坡的山道，可怜她们走了这么许多路，已经是呼吸急促得不堪，然而为着热烈的画兴，仍旧是气喘喘的跟着我奋勇而登。行到一处，山坡已经坏了两层，要上去非得用力的向上一跨不行。我一个人在先跨上了，回转头来看看她们，却仍在下面踟蹰着。

“E先生，我们回去，我们回去，我们不愿意走上来了。”

“上来，上来，你们那一个要先上来，快把手伸给我！”我一边伸出了手，一边笑着请求她们。我还没有说完，F已经伸出手来了，我用力一把将她携上，随手又将S和T携上。我感觉着她们各人柔嫩的手掌中，都热得怪烫的；她们脸上也都涨得通红，向我羞涩地一笑，啊，这羞涩的一笑！

登上了C寺俯首向四野里一望，只见城廓山河，屋宇田畴，都静静的浮沉在阴湿的秋空之下，带着一种空灵幽渺的幻影一般的美，我忽而望着一处的远山，指着向她们说：

“你们看，这一方的远山，山下的丛树，那衰黄色的平畴，那一曲的清河，河中的倒影，这是极好的一幅画景，你们画，你们就可以看着那些画！”

“E先生，你老是欢喜画远景，远景的好处究竟在什么地方？”

“E先生，这许多糊里糊涂的远景，我们实在画不来。”

我晓得她们又在那里故意想和我开起玩笑来，也就笑着答她们说：

“远景的美处，是在于若有若无，悠悠不尽之间，这正如那盈盈隔水的少女，愈看愈觉得有一种无尽的美含蕴着的一般。”

这两句话说得她们又是面红，又是禁不住的抿着嘴笑。

“E先生，你总爱欢喜讲这些有趣的话！”

“好，我不讲了，我不讲了，我们还是赶快画吧！”

过了一息，天半的西风，渐渐的在高空中盘旋，继而愈吹愈狂了，山腰的大树，都在东倒西歪的怒吼起来，山下的行人，也都看不见了。大地顿起了恐怖之象。她们都惊得呆住了，你朝我看看，我朝她看看，只是不敢发言。我在旁边真是看不过了，便走近去低声的问她们：

“你们怕吗？”

“我们不怕！我们不怕！E先生，风为什么吹得这样大？”

“风吹得大有什么怕！不要怕，有我在这里你们不要怕！——你们冷吗？”

“我们……我们有点冷。”

“我们衣服穿得太少了。”

“那是不行的！吹出病来不是小事，我们快回去吧！”

她们都同声的答应道：“好的，我们回去，我们跟着E先生回去。”

狂风吹过之后，湿云渐渐的推开了。昨晚上满天的明星，今朝果然是大晴。她们自然比昨天更高兴了，但是好事偏偏多磨折，她们正要跟我出去的时候，恰恰有几个男学生拉住我在那里谈天。她们既然不好意思招呼我，我也不好意思即刻丢开这些男学生就跟她们去，所以故意做出一种没有看见她们的样子，仍旧很起劲的在谈话。她们只得自管自的走出去了。我的心里微微的感到了一种失望。但是等我谈话终结之后，无意中走到门口去望望，啊，真出于我意想之外！谁知她们竟呆呆的站着在那里等我，我见她们那种依依不舍的表情，眼里的热泪几乎淌了出来。啊，可爱的学生，我真感谢你们，我感谢你们能够这样体谅我的苦衷！我更感谢你们能够猜度到我的心里对于你们这样的亲密而诚恳！

晚秋午后的光景，常是很寂寞的，何况又是在乡间！道旁的白杨，在一两月之前，恐怕还贮满了秋蝉的哀声；现在却默默的苟延残喘在秋空之下，一声也不响了，野中有无数的荒坟，使人顿起人生空幻之感；更兼是墓草已经衰黄，枝头正在落叶，这是何等荒凉颓废之境！然而我今天却丝毫不感到寂寥与悲哀，我只觉得我的心好像一个小孩子在春天的绿草地上跳跃的样子，这是什么原故？我自己也不知道。

我们一路闲看着晚秋的佳景，一路慢慢的前行，行到一处农家的前面，背负青山，前临溪水，三五白鹅，游漾水际，垂首自叹的残柳，黄金般的稻堆，以及屋前的板橙竹椅，都默默的躺在午后的秋光之下，成了极显著的强烈的对照，这是一处极妙的田园风景，这也是一幅天然生就的艺术。

村狗真是可恶，见了我们总是不肯放松的。我们刚想坐下来描绘的时候，它们偏偏和我们为起难来，苦苦的来相逼迫，可怜怯弱无能的她们，怎经得住这一阵的威吓，早已急得面色变成纸灰一般。

“E先生！E先生！我们走吧！我们再到别处去画吧！”

“不要怕！有我在这里你们不要怕！”

其实我平生最怕的是狗，所以口上虽然和昨天一样的安慰她们，心里却怦怦的跳个不住，我生怕这几只恶狗逞着它们的威势来咬我们。幸亏后来那茅屋里的白布包头的主妇跑出来将它们赶开，我们才得安心乐意的坐在水边上作画。

讨厌的事情正多着呢！不多一刻，有几个男学生偏偏不知趣的挨近到我们旁边来画，还要重三遍四的问我，啊！谁愿意和这些傻子们多缠呢？人家好生生的觅到了这一块安乐地，正想借此可以清谈清谈的，那知道又无端的被他们扰乱。F低声的向我说：

“这几个鬼相的人，我顶讨厌他们。”

“你看他们那种嬉皮笑脸的样子！”

“他们还想和我们谈天呢！”

“理也不要去理他们！”

“但是，E先生，你也应得去敷衍敷衍他们，不怕他们将来讲闲话吗？”

“他们敢讲吗？他们有什么可讲？”

“他们怎么不要讲？前几天你因为多同我们谈了几句话，就有人讲我们的闲话了，我们的耳朵里听了真是难受。”

“啊啊，有这等的事，他们讲些什么？”

“总是那些不好听的话，我们也不好意思告诉你先生。”

我听了她们这句话，非但不觉愤恨，反而很欢喜的。啊啊！惯会说人闲话的人们！我要深深的感谢你们！我要多多的赞美你们！你们的心肠比释迦耶稣还要慈爱！你们的使命是和天上带着金箭的爱的使者一样的伟大！

两三年之前，我住在故乡的时候，每当春秋佳日，风光明媚的朝暮，常常欢喜一个人徘徊在湖边上，看看那湖光山色无尽的变幻，藉此来消我心中的傀儡。谁知旧恨还没有消去，新愁到叠叠的生出来了。唉！在绿波微绉的湖面上簸荡着的轻舟里面，并肩坐在那里的双双的青年男女，她们那种温文的体态，柔媚的举止，别样风情的谈笑，谁看了不要欣羡？我每接触了这种情形之后，总好像无端的受着了许多委曲似的，常常带着一种不可思议的疑问，颓然败兴而归。以后我虽离开了故乡，但每当花朝月夜的时分，总常因着过去的悲哀而引起一种无病的呻吟来：

“唉！我倘若有一日能够和素心人驾一叶之扁舟，在幽静的湖面上作一夕之清谈，就是立刻把我葬身到湖底里去，也是情愿的。”

但是这一种希望终究是极渺茫而不可捉摸的啊！

如今居然遇到这个良机，我那可当面错过，所以我今天就约她们到船上去绘水景。她们当然是乐于同意的。我们就雇了一只小船，船身的大小与构造，比起我们故乡湖中的游艇要差得多。我们面对面的坐着，彼此相差的距离很近。

——修长的眉；额上疏疏的青丝发；尖鼻，长颈；嫩颊上总常常带些笑涡，笑涡里似乎蕴藏着不尽的深味；蓝色绒线的外衣；极自然的曲线，隐隐中有些高耸起的，也有顺适地向内弯曲进去的；白皙肥胖和杨妃一般的肉色；水一般的眼珠里，好像包含了许多说不出来的情怀似的……

这样细细地发现出许多以前不甚注意到的美点来，我竟出神地坐在那里一动也没有动，好像神经病发作了的一般，她们被我看得面上一阵阵的发起红来，只是低头不语，后来年纪最幼的S终究忍不住了，便似怒似笑的向我骂道：

"痴子！有什么看头？我们面上也没有花的！"

"咦！你不看我，怎样会晓得我看你的呢？"

她又被我难住了，一时回答不出什么，只好涨红了脸，和我赌气的说：

"好好，总算E先生会讲话，我们不同你多说了！"

说得大家又哈哈的笑了起来。

慢慢的撑到湖心中，我们吩咐船家不要再撑，还是让它自己去浮荡着的好；那时将近正午，太阳光正中的射下来，使人觉得好像在和蔼的冬日之下。芦荻都寂静无声，远山也懒洋洋的在睡着，只一声声的午鸡，从远村中悠悠地传过来，破了四周的寂寞。

"啊，这和平的秋光！这静寂的湖面！我愿意一辈子的在此地安安乐乐的过去。"

"但是长久住在此地，岂不是要和外界隔绝了吗？"

"谁愿意再和外界去周旋？我们在这世外的桃源，正可以避去世上一切无谓的纠缠和痛苦。——唉！我再不愿意回到扰攘的人世间去，我宁可一个人孤独地在此享这和平的清福的！"

"这样好是好，不过一个人总觉得不便，譬如你没有衣服穿了，那个替你做，你的饭那个替你烧？"

"你们替我烧，替我做，肯不肯呢？"

"E先生要我们怎样我们就怎样好了。"

"那是好极了！我看我们这样吧，我们几个人将来到此地来造一间房子，那房子要造得很精雅的，我们就一天到晚住在那里，你们看好不好?”

“好是好，不过只好嘴里说说，做是做不到的。”

“只要你们情愿，那里有做不到的事情。”

究竟叫我怎样称呼她们好呢？称她们某某女士吧，觉得太客气，不能表示我们的亲热；某某君呢，也太疏远淡漠了，亦是不妥当的；姊姊，妹妹，我亲爱的人儿，也似乎时候还早哩，写出来不免过于造次……啊啊，究竟叫我称她们什么好呢？

不要噜哩噜苏写什么称呼，还是直接了当的单写她们的名字，倒比较的雅洁而简单些。

T. S. F.

时间总是这般快的，数天的光阴，又这般匆匆的过去了！回想到我们旅居在玄武湖畔的时候，是何等快乐而甜蜜的情景？晚秋的郊野是那么样的娇艳！晚秋的天空又是那么样的深远！在那可爱的秋空之下，在那高旷的大自然之中，我也曾教过你们怎样的把美好的风景来画，怎样的把鲜明的色彩来调，也曾和你们同舟共话，也曾和你们登高望远，……啊啊，至今孤灯独坐，回思往事，又频使我生起一层无名的惆怅呢！

可是自从回来之后，我的精神上受了一种很大的刺激，此地的男学生，都在窃窃地议论我，说我年纪青不配来做先生，说我对于学生一点也不公平，一天到晚只知道跟着几个美貌的女学生走走，……然而这些对于我倒也没有什么，人家的嘲骂，我是受惯了的，已经不足为奇了。至于你们那边，我也早已料想到，她们一定在切齿地恨我，愤愤地妒嫉你们。然而我总料不到她们会这样苛刻对待我的。你们总当看见的吧，我今早来上课的时候，同她们讲讲话，她们也不理我，想替她们改正改正画稿，她们也不要我改；我那时怪不好意思的，走出去吧，失了我先生的体面；要向她们责骂几句吧，可怜柔弱不过的我，怎骂得出一句话？我只是涨红了脸，一声也不敢响。

后来那位有胡子的校长先生也来了。平常我在上课的时候，他是从来不来的。今天突然的来，一定有别种原故吧？啊，我知道了，这一定是她们在他面前告诉了些什么话，所以他今天特地亲自来调查我的举动的。你们想，我那时要不要生气？我不过为着了这几十块钱的原故，我的自由，我的尊严，就完全为他们所剥夺了去！所以我在下课之后，就立刻想收拾行装，飘然远去。但是被几个同事劝住了，我自己过后再仔细想想，走，你走到那里去？天南地北，何处是你的安乐土？在此地虽则受了许多委曲，但总还可以得一个温饱，所以我终于含羞忍辱地止住了。但是寒假的时候，我即使自己不辞职，我预料学校里一定先要辞我职的。唉唉！我悲苦流离的生活，又将预备开始了呢？

我是如何样的一个人，恐怕你们还不能十分明了罢！你们总以为我是一个乐天生活的人呢，其实我的心怀是再抑郁不过的。唉唉，境遇的困苦，生世的孤零，社会的仇视，便把我这美好的青春时代，完全沦落在愁云惨雾的里面而不能自振，我每在清夜梦醒的时候，想到这种情形，常常禁不住要哭的，——唉唉！我总觉得有万千的哀怨，要想同你们说而说不出来的样子！

我们的相逢如故，也不是偶然的事，我希望我们以后不要从此冷淡下去，人家的嘲骂和嫉妒，非但不能破坏我们的感情，反而能使我们的感情更加亲密起来，将来的志愿，我们终当有一日的实现。我现在只愿你们不息的努力！只愿你们永远的保持着你们处女时代的美好！”

——这封信明天早晨发出去，计算起来下午就可接到，她们如果即刻覆我呢，那我后天早晨就可以接到回信了——但决不至于如此快吧，她们也许再商量商量，思虑思虑，再慢慢写给我的，……不过无论如何再隔两天总该有信给我了。如果再隔两天还没有收到她们的覆信，那就有些危险了，如果到下星期一再没有收到她们的信，叫我如何有面目再去上她们的课呢？——她们怕不至于没有覆信给我吧？然而事情未可以逆料，她们那时的和我这般亲密，这般依恋，许是为着要使自己的学术进步而故意做作出来的媚态吧？许是他们和别个男子相处也是如此放荡不羁的吧？我完全是神经过敏！我完全是神经过敏！她们得了那封覆信一定不会理我的。不但不理我，而且要继之以愤恨，唾骂；我那时这边也不讨好，那边也不讨好，不是四面楚歌，还有趣味干下去吗？——然而不理到也罢了，她们或者会将我那封信，公开到通告处，使全校人的都知道，故意来出我的丑呢！——不记得去年秋天在F校里的那回事吗？女同学公开了男同学的情书，全校的人都看了拍掌大笑。然而在学生时代到还不要紧，至多也只要躲避几天就可以无事的；我现在是什么地位？先生！先生是何等尊严的人物！岂可以受此大辱？到那时我即使不谋自杀，至少也得立刻卷起铺盖就逃。逃，逃到那里去？故乡吗？故乡已经没有我认识的人了！不是没有，不过等于没有了——家里吗？家里还要靠我养的，回去了只有全家饿死的一条路；S埠吗？S埠已经站满了比我先进，比我特出的人材，那里还有我立脚的地方；我少不得就要流落在那边，被几位资本化政客化的艺术家瞟几次白眼，骂几句废话；或者被几位报馆里的主笔，书馆里的编辑去冷言的拒绝，大声的摈斥；这是何等难以忍受的遭遇！啊！我上半年是受够的了，我决不愿意再受这样的磨折了！……

一九二三，十二，二于白鹭洲。

（原载《创造周报》第31、32号，1923年12月9日、16日出版）

冯沅君

隔 绝

青霭！再想不到我们计划得那样周密竟被我们的反动的势力战败了。固然我们的精神是绝对融洽的，然形式上竟被隔绝了。这是何等的厄运，对于我们的神圣的爱情！你现在也许悲悲切切的为我们的不幸的命运痛哭，也许在筹画救我出去的方法。如果你是个有为的青年你就走第二条路。

从车站回来就被幽禁在这间小屋内。这间屋内有床，有桌，有茶机，有椅子，及茶碗面盆之类都也粗备。只是连张破纸一枝秃头笔都寻不到。若不是昨晚我求我的表妹给我偷偷的送来几张纸和枝自来水钢笔，恐怕我真要寂寞死了。死了你还不知道我是怎样死的！

今天已是我被幽禁的第二天！我在这小屋内已经孤另另的过了一夜。我的哥哥姐姐们虽然很和我表同情，屡次谏我的母亲不要这般执忸，可是都失败了。她说我们这种行为直同姘识一样，我不但已经丢尽她的面子，并且使祖宗在九泉下为我气愤，为我含羞。假如她们要再帮我，她就不活了。青霭阿！怎的爱情在我们看来是神圣的，高尚的，纯洁的，而他们却看得这样卑鄙污浊！

身命可以牺牲，意志自由不可以牺牲，不得自由我宁死。人们要不知道争恋爱自由，则所有的一切都不必提了。这是我的宣言，也是你常常听见的。我又屡次说道：我们的爱情是绝对的，无限的，万一我们不能抵抗外来的阻力时，我们就同走去看海去。你现在看我已到了这样境地，还是这样偷安苟活着，或者以为我背前约了。唉，若然，你是完全错误了。

世界原是个大牢狱，人生的途中又偏生许多荆棘，我们还留恋些什么。况且万一有了什么意外的变动，你是必殉情的，那末我怎能独生！我所以不在我母亲捉我回来的时候，就往火车轨道中一跳，只待车轮子一动我就和这个恶浊世界长别的原因，就是这样。此刻离那可怕的日子（逼我做刘家的媳妇的一天）还有三天，慕汉现尚未到家，我现在方运动我的表妹和姐姐设法救我出去。假如爱神怜我们的至诚，保佑我们成功，则我们日后或逃往这个世界的别个空间，或径往别个世界去，仍然是相互搀扶着。不然，我怕我现在纵然消灭了，我的母亲或许仍把我这付皮囊送葬在刘家坟内，那是多么可耻的事。

我的姊姊责备我，说我不该回此地来看母亲，不然则鸿飞冥冥弋人何慕？我虽不曾同她深辩，我原谅她为我计画的苦心。可是，青霭！我承认她是错了，我爱你，我也爱我的妈妈，世界上的爱情，都是神圣的，无论是男女之爱，母子之爱。试想：六十多岁的老母六七年不得见面了，现在有了可以亲近她老人家的机会，而还是一点归志没有，这算人吗？我此次冒险归来的目的是要使爱情在各方面的都满足。不想爱情的根本是只一个，但因为表现出来的方面不同就矛盾得不能两立了。

当我刚被送进这间小屋子的时候，我曾为我不幸的命运痛哭，哭得我的泪也枯了，嗓也哑了。我的母亲向来是何等慈善的性质，此刻不知怎样变得这样惨酷，不但不来安慰我，还在隔壁对我的哥哥数我的罪状，说我们的爱情是大逆不道的。我听了更气，气了更哭，哭得倦了，呵！青霭呵！真奇怪，我不知几时室内的一切都变了，都变得和我们在京时一样！仿佛是热天，河中的荷叶密密的将水面盖了起来，好像一面翠色的毯子。红的花儿红得像我的双面，白的更是清妍。在微波清浅的地方可以看得见游鱼唼喋萍藻，垂柳的条儿因风结了许多不同样的结子，风过处远远的送来阵阵清香大概是栀子之类。又似乎是早上，荷叶，荷花，柳枝，道旁的小草，都满带着瀼瀼的零露。天边残月的光辉映得白色的荷花更显清丽绝伦。我们都穿着极薄的白色衣服，因晨风过凉，相互拥抱着，坐在个石矶上边。你伸手折了个荷叶，当顶帽子往我头上戴。我登时抓了下来放在你的头上时，你夺去丢在一边。我生气了，你来陪罪，把我手紧紧握着，对我微笑。我也就顺势倚在你的怀里，一切自然的美景顷刻都已忘了，只觉笑的甜蜜神妙。天边起块黑云渐渐的长大起来，接着就落下青铜钱大的雨点子，更加着雷声隆隆，电光闪灼。忽然间你失了踪迹，我急得仰天大叫我的爱人那去了？……一急醒来，方知我是方才哭得太很了，精神虚弱，因有此似梦非梦的幻觉。青霭！过去的一段玫瑰路上的光景比这好的多呢，世间的一切都是梦，也都是真。幻与真究有什么分别，我们暂且多作几个好梦吧！

晚上没有月，星是极稠密的。十一点钟后人都睡了，四围真寂静呵，恐怕个绣花针儿落在地上也可以听得出声音。黑洞的天空中点缀着的繁星，其间有堆不知叫作什么名字，手扯手作成了个大圆圈，看去同项圈上嵌的一颗一颗的明珠宝石相仿佛。我此刻真不能睡了，我披衣下床来到窗前呆呆的对天空望着，历乱的星光，沉寂的夜景，假如加上个如眉的新月，不和去年冬天我们游中央公园那夜的景色一般吗？

就在这样的夜里，
月瘦如眉，
星光历乱，
一切喧嚣的声音，
都被摒在别个世界了。

就在这样的夜里，
我们相搀扶着，
一会伫立在社稷壇的西侧，
一会散步在小河边的老柏树下，
踏碎了柏子，
惊醒了宿鸦，
听得河冰夜裂的声音。

就在这样的夜里，
我们相拥抱着，
说了平日含羞不敢说的话，
拌了嘴，
又陪了罪，
更深深的了解了彼此的心际。

就在这样的夜里，
我们回想到初次见面的情况，
说着想着，
最后是相视而笑了。
爱的神秘，
夜的神秘
这时节并在一起！

青霭！这不是我们去年的履迹吗？这不是你所称为极好的写实诗吗？朋友们读了这首诗不是都很羡慕我们的甜蜜的生活吗？当我望着黑而无际的天空，低低的含泪念着的时候，我觉得那天晚上的情景都在我的眼前再现了。但是……但是情形的再现终究和真的差得远，他来得越甜蜜，我的心越觉得酸苦，越觉得痛楚，现在想使我得安慰，除非你把我拥抱在你的怀里，然而事实上怎样能够哟！

青霭！记得吗？在会馆我们初次见面的时候，你从人缝中钻了出来，什么话都不说，先问别人那位是维乃华女士？你记得吗？初秋天气，一个很清爽的早晨，我们趁着“鬼东西”在考试，去游三贝子花园，刚进动物园门，阵阵凉风吹来，树林间都发出一种沙刺的声音，我那时因为穿得过少，支持不了这凉风的势力，就紧紧的靠着你走。你开始敢于握我的手，待走到了畅观楼旁绿树丛里，你左手抱着我的右肩，右手拉着我的右手，在那里踱来踱去，几次，试着要接吻我终归不敢。现在老实告诉你吧，青霭！那时我的心神也已经不能自持了，同“维特”的脚和“绿蒂”的脚接触时所感受的一样。你记得吗？因为在你室里你抱了我，把脸紧紧贴着我的右腮，我生气了回去写信骂你，你约我在东便门外河沿上道歉，刚相逢的时候两人都是默默无言，虽肚里装了千言万语，眼里充满了热泪。后来还是你勉强嗫嚅的说：“我明知道对于异性的爱恋的本能不应该在你身发展，你的问题是能解决的，我的问题是不能解决的，……但是我不明白为什么对于我不爱的人非教我亲近不可，而对于我的爱人略亲近点，他们就视为大逆不道？……”那时我虽然有些害怕，很诧异你怎的为爱情迷到这步田地，怕我们这段爱史得不着幸福的归结，但是听了你的“假如你承认这种举动对于你是失礼的地方，我只有自沉在这小河里；只要我们能永久这样，以后我听信你的话，好好读书”教我心软了，我牺牲自己完成别人的情感，春草似的生遍了我的心田。我仿佛受了什么尊严的天命立刻就允许了你的要求，你记得吗？在这桩事发生后，不久我们又去逛二闸，踏遍了秋郊，寻不到个人们的眼光注射不到的地方。后来还是你借事支开了舟子，躲在芦花深处拥抱了一会，kiss了几下，那时太阳已快要落了，红光与远山的黛色相映，渲染出片紫色的晚霞来。林头水边也还有他的余光依恋着。满目秋色显出一片无限的萧瑟和悲壮的美，更亲得我们的行为的艺术化了。无何苍茫的暮色自远而来，水上的波纹也辨不清悉，雪白的鸭儿更早已被人家唤了回去，我们不得不舍陆登舟，重寻来时的途径。我们并肩坐在船板上，我半身都靠在你的怀里，小舟过处，桨儿拨水的声音和芦荻的叶子发出的声音相和，宛如人们叹息的声气，但是我们心中的愉快，并不为外物所移。我们偎倚得更紧些，有时我想到前途的艰难，我几乎要倒在你怀里哭，你说我们的爱情是这样神圣纯洁，你还难受吗？……我们立志要实现易卜生托尔斯泰所不敢实现的……你记得吗？就在那年冬天，万牲园内宴春园茶楼上，你在我的面前哭着，说除我而外你什么都不信仰……我就是你的上帝。……实行……的请求。我回答你：自此而后我除了你而外不再爱任何一个人，我们永久是这样。待有了相当时机我们再……。你的目的达到了，温柔的微笑登时在你那还含着余泪的眼上涌现出来，你先用手按着我的双肩，低低的叫我声姐姐。并说我们是……。后来你拉我坐在你的怀里。我手摸着你的颈子，你的头部低低垂着，恰恰当我的胸前。你哭诉了你在这个世界上所经历的，所遭逢的，最末一句是"我自略知人事以来，没有碰到一桩满意的事，只有在我的爱人跟前，不曾受过一次委曲……"往事怎堪回首呵！爱的种子何啻痛苦烦恼的源泉，在人们未生之前，造物主已把甜蜜的花和痛苦的刺调得均均匀匀的散布在人生的路上。造物主在造爱的糖果的时候，已将其中掺了痛苦的汁儿啊。不说了吧……。我们的甜蜜生活岂是述叙得尽的，这种情景的回忆，已经将我的心撕碎了，怎忍再教他们撕你的心呢？……爱的人儿啊！……。

青霭！我的唯一的爱人！不要为我伤心！Hamlet 说只要我的躯壳属我的时候，我终是你的。我可以对你说，只要我的灵魂还有一星半点儿知觉，我说不负你。

糊涅糊涂地昨天给你写了两大张，此后无论我的精神怎样错乱，我总努力将我每天在这小屋内发生的感想写出来，这种办法我认为是于人无损于我却有莫大的利益的。因为万一我今生不出这个樊笼，就到别个世界去了，你也可以由此得略知我被拘后的生活情况。我的表妹已自矢奋勇说将来无论如何总使你看到我这点血泪。唉，我的泪又流了，世间最惨的事，还有过于一个连死在那里的自由都被剥夺了的吗？我现在还不及个已判决死刑而又将就法场的囚徒。因为他可以预先知道在什么时候什么地方死，好教他的亲人看他咽临终一口气。我呢，也许当我咽这口气的时候，在我跟前的是我的不共戴天的仇人。

昨晚从给你写了那几句话后，我就勉强躺在床上，打算平心静气的想法儿逃走，谁知我们的过去的生活——甜蜜的生活，好像水被地心的吸力吸得不能不就下似的，在我心中涌出来了。呵，可惜人类的心太污浊了，最爱拿他们那卑鄙不堪的心，来推测别人。不然我怕没有一个人，只要他们曾听见我们这回事，不相信并且羡慕我们的爱情的纯洁神圣的。试想以两个爱到生命可以为他们的爱情牺牲的男女青年，相处十几天而除了拥抱和接吻密谈外，没有丝毫其他的关系，算不算古今中外爱史中所仅见的。爱的人儿，我愿我们永久别忘了郑州旅馆中的最神圣的一夜哟！我们俩第一次上最甜蜜的爱的功课的一夜。啊，它的神秘和美妙！我含羞的默默的挨坐在床沿上不肯去睡，你来给我解衣服解到最里的一层，你代我把已解开的衣服掩了起来，低低的说道，请你自己解吧……说罢就远远的站在一边像有什么尊严的什么监督着似的……。当你抱我在你的怀里的时候，我虽说曾想到将来家庭会用再强横没有的手段压迫我们，破坏我们，社会上会怎样非难我们，伏在你怀里哭，可是我真觉得置身在个四无人烟，荆棘塞路，豺虎咆哮的山谷中一样，只有你是可依托的，你真爱我，能救我。……由此我深的永久的承认人们的灵魂的确是纯洁的。这种纯洁只在绝对的无限的实用时方才表现出来。人之所以能为人也就在这点灵魂的纯洁。

当我这样想时天忽然下了雨了，淅淅沥沥打在窗外的芭蕉叶上，如怨如慕，如泣如诉。我曾竭诚默默的祝道，快下吧，雨呀，下大了把被人类踏践脏了的地面，好好洗净，从新播自由，高尚，纯洁的爱的种子。

我的一生可说为爱情播弄够了。因为母亲的爱，所以不敢毅然解除和刘家的婚约，所以冒险回来看她老人家。因为情人的爱，所以宁愿牺牲社会上的名誉，天伦的乐趣。这幕惨剧的作者是爱情，扮演给大家看的是我。我真要对上帝起交涉了。以后假如他不能使爱情在各方面都是调和的，我誓要他种一颗爱子，我拔一颗爱苗，决不让爱字在这个世界再发现一次。率性让他们残酷得同野兽一样，你食我的肉，我寝你的皮，倒也痛快。

两天不自由的生活使我对于人间的一切明白了解了许多。我发现人类是自私的，纵然物质上可以牺牲自己以为别人，而精神上不妨因为要实现自己由历史环境得来的成见，置别人于不顾。母女可算世间最亲爱的了，然而她们也不能逃出这个公例。其他更不用说了。又发现人间的关系无论是谁，你受他的栽培，就要受他的裁制。你说对吗?

今晨天忽晴了，阳光射在我的床上，屋内的一切似乎也都添了些生意。可是我的表妹同我的嫂嫂来看我时都很惊异的说我比昨天憔悴得更多了。我的表妹的大而有光的眼里，更装满了清泪，这也是不足为怪的。好生原是人类的本能，人生的经途中也不尽是毒蛇猛兽，我们这样轻生的心理，原是变态的。

她们因为慰藉我的无聊起见，送了一瓶花来，嫣红姹紫，清香扑鼻，不过我心中的难受由此更加几倍。我想到你送我的海棠花映着灯光娇艳的样儿，想到你在你的小花园内海棠树下读书的情形。花原是爱的象征，你送我的花我都用从心坎上流出来的津液浸润着。当你在花下读书的时候，我曾用我的灵魂拥护你。现在呢，送花的人，爱花的人，都为造化小儿播弄到这步田地，眼看爱的花已经快枯萎了，还说什么慰藉呢？

下午我又听见我的母亲在对我姐姐谈我们去年春天规定的计画并且痛痛的骂我们……。青霭呵，伊尔文说每种关于爱情的计画都是可以原谅的，他们的见解怎的却和伊氏相反呢？……

谢天谢地！我的表妹把我们的消息传通了，不然，我怕我们连死在一处的希望也没有了。可是再告你个怕人的消息：就是刘家的儿子今晚十二点就到家了（我的表妹说的）。我若不于今晚设法脱离此地，一定要像我说的看我咽最后一口气的人就是我的不共戴天之仇的人。但是事实上……不写明白，你总可猜得住。

青霭，虽然我们相见的希望还有一丝存在，但是我觉得穿黑衣的神已来我身旁了，我们的爱史的末一叶怕就翻到了。我们统共都只活了念四五年，学问上不能对于社会有所贡献，但是我们的历史确是我们自己应该珍重的。我们的精神我们自己应该佩服的。无论如何我们总未问过我们良心上所不信任的势力乞怜。我们开了为要求心爱自由而死的血路。我们应将此路的情形指示给青年们，希望他们成功。不遭人忌是庸才，我也不必难受了。我能跑出去同你搬家到大海中住，听悲壮的涛声，看神秘的月色更好，万一不幸我是死了，你千万不要短气，你可以将我们的爱史的前前后后详详细细写出。六百封信，也将他整好发表。……

我的表妹来了，她愿将此信送给你，并告诉我这间房的窗子只隔道墙就是一条僻巷。很可以逾越。今晚十二时你可在墙外候我。

（原载《创造季刊》第 2 卷第 2 期，1924 年 2 月 28 日出版，署名淦女士）

周全平

林　中

林　中

伫立在白石筑成的船埠底台阶上，一片白茫茫的大湖展显在渺小的人类底目前了。汹汹的波涛在湖面上忽起忽伏地推着，涌着，从不知什么地方飘来，散碎在近身底砂滩上了。湖水浩浩的，荡荡的，一直向前，向前……与天相接，远不见他底边岸。无边的，神秘的伟大啊！

湖水在天高气爽，风平浪静的时候，也未常不和蔼可亲：明亮的深蓝的秋天把湖水映成一片浓碧，世界浸在碧色的水晶瓶里了。光芒四射的旭日，把自己底影子投在湖中；湖面起着涟漪，每一片波纹上反映着一些日光，漾漾地，闪闪地，像万条银色的玉龙在碧琉璃中游戏。

我们把浅短的目光看到湖底对面时，啊！只有茫茫的碧水，遥遥的青天，在无尽的远处，连成一线；更不晓得这一线是怎样一个地方。而且这遥远的，寥廓的碧色世界中，除了浮在水上底几叶棕色的孤帆，和飘在天上底几片白色的浮云外，只有几只银色的水鸟，沐着日光，在湖面低回，飞翔；而湖里唯一的乐音，就是昼夜不息的波浪所吐出底幽抑，呜咽的涛声了。

倘使我们泛舟湖心，于是我们可以在烟波尽处，看见一抹淡蓝色的远岸，浮在彼方；好像一弯眉黛娇卧在美人底粉面上一样。而天气十分晴朗的时候，更可以在远岸底更远处，蔚蓝的昊天之下，看见一带淡青色的远山，像一片青纱笼着一个仙女。

小舟渐渐向前，一弯眉黛的远岸，渐渐随着东流的湖水浮到面前来了。隐约的远山也渐渐明显起来：淡淡的青色，渐渐加浓色彩，而浅蓝，而深碧，而翠绿。它们静静地浮在湖上，自身底浓影投在明净的湖中，于是湖中也渐渐沉郁起来。

我们更向前摇，摇到大湖尽在艄后，于是我们底故乡也消失在青天碧水中而不复有一些痕迹；同时一带浓绿而幽深的密林，和连绵而崔巍的丛山，已如屏障般矗立目前。——我们又到了另一个新鲜的境地了。

幽邃的树林，有针叶树，也有阔叶树，遮蔽了湖滨，更从湖滨一直曼衍到远处的山上；远看时：一片浓绿，有几处红叶，金果点缀其间，稍远处，尖锐的屋顶微微透出树梢。林下砂滩，横卧水上；阳光射着时，蚌壳、砂石，都在闪闪放光。一段山石砌成的堤岸，镶嵌在砂滩中，岸底一侧有一个野朴的石埠。从石埠对直看去，有一条山石铺成的大道，分开密林，直向山顶。石道渐远渐细，细到像一条白线挂在绿色的幕上，最后，白线也消灭于林底黑暗中而不可复见。

我们傍舟石埠，步上大道。荫蓊的老林树立两旁，林中十分黝黑。日光偷偷地从密集的树叶底隙缝中射到地上，斑斑的像零碎的金子。走不多时，大道岔为三途，二条较宽的是往山村底山顶底路，在左手较狭的一条，是入林采伐底樵路。倘使我们循着这樵路前进，不多时，小径渐渐弯曲，而且崎岖起来，分岐便更多了；日光只在树梢上摇滉，森林底黑暗渐渐加增，于是我们真在森林底腹中了。

无数圆的树干，有粗有细，裹着斑剥的鳞片，僵僵的立在黄土上，错杂而整齐，从近处直排到远处，更远处；目力不及了，便渐模糊而变成一片黝黑。拳曲的，挺直的树，有的向上伸，有的向下曲，造就了各种形式。各种颜色的树叶，织成一个杂色的天幔，把阳光几乎隔绝了。地上铺着新鲜的和陈宿的落叶，踏上去，像履着土耳其绒毯一样轻软。间或也有许多羊齿类动物崭立在针叶树底旁边；阳光透入稍多之地，更发生着淡竹，覆盆子，踯躅之类的小灌木。有些老木已经摧折了，枯干仍兀然挺立着，身上长满了苔藓和一些有蔓植物。伞状的圆菌有红的，白的，紫的，蓝的，散布在树根上，树干上。远处草丛里底小小的黄獐，听见人声，便嗖地跳去。小松鼠活泼地在树岭跳来跳去，不断地发出窣窸的声音。看不见的山鸟，躲在林底深处，格喋地鸣着。并没有风，树叶也在萧萧地响。寂寥呵，凄凉呵！这森林底中腹。

我们又另觅了一条小径，再走几时，又可以从林隙中窥观见茫茫的湖水，——原来已渐近湖滨了。林中渐渐明爽，不一会，离开湖滨不远处，豁然开朗，一片广大的草地展开在古树林底中央。

这片草地可以算是林中底胜地了。参天的银杏树，拱在草地底四围，把天都范成一个圆形。嫩绿的小圆叶裹夹着星星的白果，老木也娇媚了。细软的草，已有一些枯黄，倒伏在平坦的黄土上。有几处灌木丛散生在草地底四边，浓绿的硬叶中，倒垂着一簇簇的红色小果。草地底一面是黝黑的山，兀立着像一架大屏风。一面是明爽的湖，阵阵的湖上的和风从林隙里透进来，夹着野草底芬芳和森林底幽香。有时拍拍地一响，一只五彩斑斓的野雉，从草丛里飞出直向山上去。无数的秋虫底鸣声从四围林中叫出，恰如夏日急雨。——可留恋的林中的草地啊！

现在我们又离去草地，穿过几处更幽密的树林，走上上山底大道。山道不是直线的，因为便于登临底缘故，筑成有规则的曲线。我们觉得渐渐向上了，我们底背自然地曲起来了，肺部也觉得紧迫了。巍然的山峰，障立面前，它底庄严，它底伟大，使我们心里怀着尊敬，也许有一些恐怖。回头看时，方才阴暗的树林已在脚下。而浩瀚的明湖，展开在树林底彼端。点点帆樯，历历可见。

树林渐渐矮小，渐渐疏朗，山顶已可看见了。最后又突然明亮起来，眼前一望，寥阔无涯；我们已脱离幽暗的森林而高踞山顶了。

山顶全是砂砾，岩石；大树绝无一株，只有寥寥几株臃肿拳曲的矮小松树，嵌在岩石底缝里。森林完全留在足下，漫漫的树梢，摇动，起伏，像大海中不断的波涛。几处村庄完全看见了。白的粉墙，黑的瓦屋，沉浸于绿波之中。袅袅的炊烟，似乎把人间的喧声也传到空中。村中底狂犬，正在声声咆哮着。远处，茫茫的大湖，包在山底四围与天相接，幽杳不见边涯。湖水滔滔流出，永永不止。有时突然湖中激起一片急涛，接着一阵狂飙挟着涛声向山顶吹来，经过树林时，沉寂如死的林木，也奔湃呼号如夏夜骤雨，凄怆的籁声，与湖中底呜咽的涛声相和。

薄暮

一日薄暮，夕阳已向山后坠落，只从黝黑的山峰上透出一些黄色的微光。天半有几片浓紫色的浮云，抹在昏黄的天上。茫茫的大湖中，景色十分惨淡。水鸟都已归巢，游帆也都归去了。一片烟波，更无一些生趣；只有汩汩的水浪冲激湖滨底砂滩，哗哗作响。

林中已昏暗到不可辨认一物，除了森林中天然的萧萧的籁声外，就只听得枯枝摧折发出干脆的裂声，和凄清的尖锐的虫鸣，在寥廓而渺茫的森林中，侵入愁人底耳官，使感着异常的凄怆。偶然也有从村庄里来底喧声，可以隐隐听到；但若断若续，不一刻便又消失在无边的寂寥中而不可复闻了。

只有湖滨林中底草地上还略有一点昏暗的晦光。四围底老树，矗立着，黑黑的像死的神像。枯黄的草覆在地上像一重灰色的地毯。草地底一隅，一株最大的银杏树旁，有一个十分简陋的坟墓。墓上长满了野草，但现在已经枯萎了。小小的墓碑，攲斜地上，上面已长满了苔藓。墓底不远处有一块小小的山石，一个老态隆钟的老人，踞坐石上。他底枯秃的头，被两只干瘪的手捧住，看不见一些面庞。夜色渐渐浓了，他手捧着头，一动也不动。

林底深处，有怪声的鸟在格格地鸣着，萧瑟的秋风在林中呼号，经霜的老叶，受不住寒气的凌夷，无可奈何地别离了栖身底故枝而飘落于默默无声的地上——他已有许多同伴在地上堆积了一个很厚的坟墓，他现在也加入了。未来的许多小生命，也正不断地在步着他底后尘，预备好增加坟墓底体积。湖水底呜咽，也随着晚风吹入林中，——黑暗中，分外凄凉了。

那老人慢慢地抬起头来，他底晦败而抑郁的面容在苍茫的暮色中看去，好像一枚击落欢乐果子的金坠子。他底新鲜活泼的青年时代的精神，已如经霜的老叶，离开了他而掉在“过去”底坟墓中了。他现在是一个贫病交迫的老人：向来十分丰腴的面部，却布满了灰黑青暗的皱纹；稀疏的白发，挂在颏下，告诉他终了的时期将到；失神的眼睛，全干枯了，一无光芒留在。

他底热烈的青年的心，也全干枯了，更没有一些知觉。凄凉的秋夜，足以使多感的少年下泪，但毫不足以振动他底心曲了。他已一无所有了，也毫无留恋了。他所有底一切：荣誉，财产，学问……都已在许多许多时候以前被埋在离他不远处底坟墓中了。这坟墓，或者可以算是他唯一的所有物吧？或者是可以使他念念不忘底唯一的残痕吧？

那时他底失神的目光，渐渐射到那荒凉的坟墓上。忽然，干枯的眼眶里放出一缕垂灭的回光。他似乎直看到坟墓底里面了。

一刹那间，久已干枯的心又湿润起来；青年底回忆在枯干的脑子里抽芽出来，垂绝的目光，也光明起来。一场美丽的多趣的命运底游戏，便在惨淡，悲凉的秋夜的森林中开展出来了。

童　时

一个宽阔的大院落，三面都是矮墙，地上铺着整齐平滑的大石板，显得十分清爽。院子底东隅，放着两缸满开了红莲的荷花，和院子西边底一带大槐柳遥遥相对。夕阳挂在绿荫中，晚风从树阴里透出来，荷叶也在摇动。院子里充满了晚来的凉意。

仙舟底母亲陪着露萍底母亲并坐在树阴下底大籐榻上乘凉。

——凉爽啊！你们这一个院子我真爱！比到我家那个不足方丈，四面高墙的小天井要好得万倍了。露萍底母亲斜靠在榻背上，眼望着天上片片的浮云，嘴里不住称赞。

——还好。不过城里好煞，总还不及乡下。去年夏天我到我家二姑娘家去了一趟。她那个地方真好啊！四面都是不知多少大的大森林。林里凉爽极了！无论外面怎样热里面总像秋天一样。真好啊！仙舟底母亲也不住赞叹。

露萍底母亲点点头：是啊！她那地方我也曾去过一次。这话已多年了，那时萍儿还不过五岁呢。我住在一家姓李的亲戚家里，也常常到你二姑娘家里去。二姑娘真有趣，她见了我家露萍，爱得什么似的，后来硬认做了干女儿。我们也非常投机。可惜自从那年冬里出来，整整七年了，不曾再去过一趟，不晓得近来怎样了？

——她近来是更加福气了。虽然姑夫已去世两年，然而一子一女都已长成，总算有了依靠了。而且产业又多，不愁吃，不愁穿，我去年去时，她整天都是欢笑。她底儿子启明在家里读书，很聪明；女儿启英，今年也有十岁了，长得真好看；同露小姐一比，倒像是一对姊妹呢。

——罢呀！萍儿又有什么好看呢，把她来比？

——露小姐还不好看么？况且又聪明，又孝顺。我能有这样一个女儿，我儿子都好不要了。

——你爱她，就送给你做媳妇吧！好不好？露萍底母亲说着，一面笑嘻嘻地。

仙舟底母亲也笑起来，说：那好极了！不过我家仙舟太比不上露小姐了，你将来不要后悔啊！

——这又有什么后悔呢！有了你这样的婆婆，我还不放心么？而且，他们两个小孩子天天聚着，已经亲热得像一对小夫妻了。你看，他们多么要好。露萍底母亲笑嘻嘻地指着在荷缸旁边玩耍的二个小孩子。

那两个小孩子并没听见他们底母亲说些什么，他们正静静地在玩耍呢。露萍已十岁了，穿着一身粉红条子的纱服，头上散着乌黑的头发，深澄的眼睛，桃红的面颊，十分可爱。仙舟比她小一岁，身体倒比她高一些；也穿着红条子纱服；天真的小脸，略带几分沉默的神气。他正在央她替他折纸猴纸船呢。

忽然，仙舟想起了一件事情，他便呆呆地望着露萍底脸问道：露姊姊，真的有吗？野人真的有吗？

——怎么没有？多呢！它们住在深山里，夜里也许到我们家里来。露萍正经地回答。

——那么，我们不也要被它吃掉么？仙舟很慌急地问。

——不要紧！我们有妈妈保护呢？妈妈保护我们，野人便不敢来了。露萍这样安慰他。但是仙舟还不很放心，他说：假使妈妈有时不在家呢！

——那么想个法子躲着。

——躲着！——躲在箱子里，还是橱里？

——都好！随你底便！露萍忍着笑说。

——躲着总不妥，总要想法把野人去掉才好呢！仙舟独自咕哝着。

露萍笑着推他道：你有胆量，你就去把野人杀掉，不好么？

——你同我去。

——不！我没有这种本事。还是你一人去吧！露萍笑得更厉害了。然而仙舟并不笑，他仍旧咕哝着说：好！你不同我去，我大了就一个人去杀野人。但是将来野人要吃你，我也不来帮你了啊！他似乎有些郁郁了，稍把头扭着。

不一会，他又忍不住了。他回头央着露萍：露姊姊！你为什么不再替我折几只纸船呢？总不成，七个猴子坐三只船！

——不！你不肯帮我啊！我也不替你折了。露萍假意动怒，也鼓着嘴。

仙舟有些慌了，他连忙说：好姊姊，我说笑话呢！我一定帮你，你再替我折两只纸船吧。——露萍不理他——好姊姊，不要动气！我说一定帮你啊！无论什么时候我总帮你。——露萍还不理她。他更慌了。他忽地想出了一个计策，于是他又说：这样吧，露姊姊，我们来拍花手巾，谁输罚谁折。

——好！我输了我替你折纸船，你输了让我抓肢窝。

——哦呀！你晓得我怕痒，就专喜欢抓肢窝。我不来。仙舟说着，已经有些发笑了。

——不来就不来！露萍似乎又动气了。

仙舟慌了。——好姊姊！来呢！我不怕抓肢窝。他说着，不由得格格地笑起来了。

于是他们嘴里唱着：

一抹金，
二抹银，
三抹一条花手巾！

四只白玉似的小手对拍起来了。

照例，拍到第二条花手巾仙舟便已输了。他看见露萍把手放在嘴边呵气，他已经笑得合不拢嘴了。他一面把手臂紧紧地夹住，一面说：露姊姊！饶这一次吧。

——谁来饶你！露萍说着，嘴里还呵着气，二只手已伸到仙舟底胸旁了。他底皮肤被露萍底指尖触着，似乎遍身都在发痒了。他不由得带笑带嚷，两手紧抱着肩，左右乱闪。后来，实在笑得太厉害了，似乎气都喘不过来，而且眼泪都笑出来了。他觉得他底心都在发痒了，他再也忍不住了，他便用力洒开露萍底手跑开了。

——仙弟弟，说的不赖啊！又逃了。我看你逃到天边去。露萍说着，便追仙舟。

仙舟才过荷花缸，便一直跑到树阴底下。他一把揪着露萍底母亲底肩背，带笑地说：姨母，露姊姊要抓我呢。

——母亲，仙弟弟输了赖皮。露萍也立在她母亲身旁笑喘着告诉。

——啊呀！你们这种闹法，也不怕热。你看，头上多是汗了。露萍底母亲用手巾替仙舟揩着额上底汗。

仙舟底母亲也拉着露萍底手，笑着说：好了！好了！不打不成相识，打了才像是一对夫妻呢。

什么是夫妻？在这两个小孩子是完全不曾懂得，然而现在听见了，两人心里都感着一种异常的难为情。他们脸上绯红了，各人把那羞红的脸紧紧埋在自己母亲底怀里。

两个母亲都微笑着。

姑　母　家

快活充满了他俩幼稚的纯洁的灵魂：他俩一同在家塾中读

书，他俩一同在院子里游戏；无忧无虑，形影不离地，已忽忽过去二年了。这年露萍已十二岁，她底父亲得了漠河金矿的差使，于是全家都到了黑龙江省去。这时，仙舟那小小的快活的心中，才初次感到了别离的悲哀；并且路途迢遥，音信杳然，相思的况味，也已饱尝了。

光阴匆匆过去，天真烂漫的孩童仙舟，已变成了一个沉默抑郁的青年。他今年十八岁了，已在府中学堂毕业，预备进京师大学堂去。暑假初放的时候，母亲叫他趁此机会到乡下的姑母家中去消夏：一则可以在那种自然的山野中养养身体，因为他近年来的身体太坏了；二则姑母已有多年不见，也应去问候问候。他也本来早想到山野中去生活一时，凭那大自然底灵感，或者可以稍解心中底抑郁；并且他那姑母，听母亲说是十分可亲的；因之他毫不思索地答应了。

一日下午，湖滨底船埠傍着一只小小的船儿。舱中很沉寂，只是船头上有两个舟子在闲谈。他们一面谈着，一面频频向岸上底大道眺望。从他们焦急的目光，便知他们正在守候一件事情来到。这样过了许久，舟子中底一个才似乎有所见而立起来了。他伸了伸腰，打个呵欠，便懒懒地跨上船埠来。

——少爷，姑太太家已找着了么？远不远？他迎着正在匆匆走来的一个青年说。

——不远，不远，走过去第一个村庄里底一所大房子就是。时光已不早，你赶快挑了行李同我去吧！青年说着，同舟子走进船舱，草草地把行李齐好，便叫他挑着，跨上埠头，走向林中底大道上去。

那青年穿着雪青色的纺绸衫，草帽，革履；年纪不过十七八岁左右；硕长的身躯，十分轩昂。他默默地随着舟子走，整齐而迅速的步伐，足以证明他心里也十分高兴。午后的烈日从侧面林阴里透出来，射在他底面庞上，他底面庞也现着微微的笑容。鲜绿的植物，洁白的石道，前面底山，后面底湖，在他眼中都是新鲜活泼而有趣；比他故乡中底污浊呆板的样子，直要好过几千万倍。而且他底居停，就是他底姑母，已经见过，是一个十分和蔼而又诚恳的直爽人；因此，他觉得格外快活。

道路往右转弯，林阴更加深密；不一会，一片大杉林现在面前。

——到了！青年轻轻喊着，便抢在前面，引着舟子走进了杉林中底一条小路。穿过杉林，是一带常绿的女贞矮篱，篱外有广场一片。姑母底房子便面着广场，后面倚着阴沉崔巍的高山。房子底南侧又有一带竹林，林旁有一条小溪流着。

姑母已在厅里候着多时，她看见青年进来，满面堆着笑容立起来，嘴里说道：啊！仙舟，你走乏了吧？快坐下来息息！李嫂，倒茶来！再去叫老王把侄少爷底行李搬到楼上南首底厢房里去。——一个青年仆妇答应着，正待走去。——慢慢！你再去叫小王到李先生家去叫小姐少爷们早些回来。说有远客在家里。姑母兴冲冲地交代着，仙舟心里忽然有些局促起来。——他底脾气是如此的：他最怕见生客，尤其是女客，年青的女客。他微红着脸问道：——姑母，去叫的就是表姊们么？

——是的，表姊和表弟，还有一位张女士。

——表姊我还有些记得她底面容，表弟恐怕和从前大不同了。姑母，还有一位张女士是谁呢？

——这张女士是我底干女儿，你也认得的。是你底好朋友。姑母微笑着说。

——我也认得？而且是我底好朋友？是谁呢？姑母！她叫什么，你可以告诉我么？仙舟十分怀疑地问。

——我等会儿告诉你吧，你先猜猜看；反正停一刻会见了就晓得咧。姑母仍微笑着。

——我——我怎能猜着呢？仙舟心里稀奇。但是姑母又接着说了。

——猜是一定猜着的，但是慢慢猜吧！快喝了茶，让我陪你去认一认你自己底卧室；并且再躺着息息，回来我还有许多话要问呢！姑母说完，她也不俟仙舟再说，便催他喝完茶，领他向楼上走去。

仙舟看姑母替他预备底房子，是一间很精致的厢房，虽然不是十分宽大，然而一个人住已觉很宽畅了。靠南窗是一张小小的书台，——窗外便是潇洒的竹林，——台侧有一个玲珑可爱的小书架。一张红木单床，悬着雪白的蚊帐，靠住北墙，床侧是梳洗架子。此外有几只小巧的椅子。家具虽不多，然多是精致而适用。他忽然想到家中底情形——凌乱衰败，比到姑母家底生活，便显得是太贫陋了。他想：姑丈虽已死去多年，然而姑母一人竭力支撑，家业反比从前兴盛。自己呢？自祖父死后，家业便一天天地凋落下来；虽说是天运，但也由人事未尽所致啊！——他心里感慨良久，忽又想起姑母底话来：什么？张女士我认得么？我今天还是第一天到，何从而认得她呢？而且又是我底好朋友。我真猜不出她是谁。——他闷极了。——不想吧，停会总要看见的。他于是把行李打开，一件件取出来整理。

仆妇李嫂走进来说：晚膳快了。小姐们都来了，太太请少爷下去呢。

他正把一封信写好待封，听得“小姐们都来了”一语，忽地他那稚弱的心勃勃地跳起来，而且面上也如烘着炉火，微微发热。他怕李嫂看见，便连忙把头低下，用口湿着信封底胶水；一面说：你先去吧，我就下来。

他趑趄着走下楼来，在扶梯上，听闻厅里有许多欢笑的声音——姑母底爽快的声气夹在尖锐的娇柔的少女声中。他足步底移动更缓慢了，走到厅门口时，面上更如火烙般热；他无可奈何，只得低着头走进门去。

——不要吵吧——客人来了。姑母说着，果然室内顿时寂静；这使他更觉难为情了。他走进室中，明亮的灯光下面，他抬头看见：除姑母外，有二个青年女郎和一个较自己稍为年幼的少年。

他知道那少年一定是表弟启明，那坐在姑母身边底一位较为年轻的女郎，面貌十分和姑母相像，一定是表姊启英了。还有一位女郎，想就是姑母所说的张女士。这张女士，确是十分面熟；然而究竟是谁呢？——他脑子里苦苦追忆着……哦！是了！他不是姨母家底露姊姊么？……是的！是我底露姊姊啊！……立刻，童时的友爱又历历涌在目前了。他眼前见的虽是身材袅娜，神彩富丽的张女士，而他底脑中却在恍惚着：头挽双髻，娇憨玲珑的好姊姊。他底血管膨涨了，他底呼吸急促了，他底抑郁的心中似乎有一种不可捉摸的异样的狂炎在冲荡着。

——大家是亲戚，不用客气了。我来替你们介绍。哪，这位便是我常常说起的舅家底仙舟表兄。这位是你底启英表姊，这位是启明表弟，这位便是我说的张女士，就是你姨母家底露萍姊姊，你不见得不认得吧？姑母笑嘻嘻地说。

——认得！不过起初我不曾想到露姊姊也会在这里，所以猜不着了。

——便是我，也何曾想到仙弟弟会到此地来呢？

——这样说，你们今天算是意外的巧遇了。你们小时不是同住在一起四五年么？今天又遇见了；真是好朋友，所以会这样凑巧！现在，露小姐不见得再要说没有淘伴了吧？不见得再嚷着太寂寞了吧？姑母兴冲冲地说，露萍和仙舟都觉有些不好意思：一片红晕染上了她底双颊，同时他也把头转向他处。

欢宴开始了，善于谈笑的姑母把她底豪气慑伏了这两对少年少女初觌面时的客气。大家在姑母底怀旧的谈话中追忆着儿时底乐趣，微笑着，薄羞着。如是，一个欢乐的晚膳在家族的，友谊的，欢乐的谈话中很快地过去了。她们在这个欢乐的谈话中已除去了许多忸怩，许多客套。新加入的远客仙舟，已成了原来的家族中底一员。

但在这意外的欢乐底谈话中，他另感着了几分不快：第一，亲爱的露姊姊和他似乎有些生疏，没有童时那么亲密了；第二，从姑母底谈话中，晓得姨母已于去年冬天逝世，续娶的姨母，对她并不和睦；第三，表姊启英告诉他，露萍现在的舅家有一位表兄叫李光韵，很得他姑母——就是露萍底后母——底欢心。

这晚上：晶莹的半圆的上弦月，斜挂在暗蓝色天幔底西南方，大地如浸在水里一样。仙舟底卧室里，也有一缕清光从南窗斜射进来，夹着几片竹影，满房更觉清寂。他悄坐在书台旁底靠椅上，眼望着窗外幽凉的夏夜的月色；他一面咀嚼着今天底意外底巧遇，一面追忆着过去底童时的欢娱；但他再一想到那虚无飘渺的未来啊——无限怅惘，无限凄怆，缕缕的愁丝，又把多感的心儿纠缠住了。

湖　畔

从那一日起，仙舟便很愉快地在姑母家中消磨那炎热的长夏。这确是应当愉快的。风景底清凉幽雅，且不必说，只是这几个新朋老友，已足令他忘去了尘世底炎热。表弟启明是一个英爽果毅的青年，表姊启英是一个和婉敏颖的少女，在仅少的几次聚谈中，大家已成为莫逆了。——尤其是启英表姊更对他有婉恋的深情。

但是愉快的环境，并不能斩绝他精神上底抑郁。他一面十分畏缩地接受新生的可感的热情，一面又十分迷恋地追慕已往的甜蜜的友爱；抑郁的心儿，好像彷徨在杳无涯际的愁海。

他觉得：久别后的老友，重遇了，固然是意外的快慰；然而伴着这快慰而来的，也正有相等的愁与恨在。他觉得：露萍和他，无论如何总没有从前那么亲爱了；在二人底中间，似乎有一重无形的幕在间隔着。他觉得：快活的露萍，久别后也变成多愁的少女了；她常常在欢笑中忽然叹息，深谈底时候，又往往默默不语。

这是一个哑谜，他猜解不出。他底面容因之更加沉默了，他底心儿因之更加抑郁了。他也常常在欢笑中忽然叹息，谈话时忽然沉思了；甚至有时会呆呆地静坐着，无缘无故地流下泪来。

一日午后，天气异常闷热，虽把房子底门窗一齐打开，然而仍不能减少室中底一丝热气。所以姑母便招呼李嫂把晚膳移到厅外广场上去吃。

其时，西斜的太阳已被屋后底高山遮去，透出一片金黄色的晚霞，在山顶林梢上闪耀。余热从地面上缓缓蒸散，然而并不觉得炎热了。有轻微的山风从山上泻下，把屋旁稀疏的青翠的竹林吹得萧萧地响，同时身上也感着凉爽。

仙舟从浴室里走出来，换了纱衣，趿着拖鞋，便跑到广场上。桌椅早已摆好了。表弟启明拿一本诗在曼声吟哦。启英表姊也在他椅旁立着同看。姑母还未出来。露萍独自背立在竹林下的小溪旁。

——今天真热啊！这种天气山上有好几年没有遇着了。不晓得城里怎样？可能清凉些？启英抬起头来，望着仙舟笑问。

——城里那种地方！哼！差不多一个夏天，天天这样热，有时只会更热。而且又没有好风。仙舟双手扶着椅背，眼望着杉林中，在回答启英：好风都被那囚笼式的城墙遮住了。像乡下就好：白天无论怎样热，一到炎日斜西便觉清凉。可惜今天风小，还觉得有些蒸闷。

——今天风是不小，不过是西南风，被房子和竹林阻住了，所以场上不大觉得。你看，那面底风多好！启明放下了书，手指着小溪旁边：——露姊姊底头发都被风吹得飞起来了。而且，竹林里分外有一阵清凉之气，所以我在白天太阳旺时，也喜欢躲在里面读书。

——真的，她那边底风要大一些。你何不也去吹吹风呢？母亲要再等一刻才能出来呢。启英婉婉地说，眼望着仙舟一笑，又低下头在读诗了。

仙舟真的缓缓地走向溪旁。他走近，他才看见露萍一手按着自己底头发，一手扶着一株瘦弱的竹竿，凄然望着溪中，似乎在流眼泪。

——露姊姊，你在此地看些什么？这样立着不觉得脚酸么？

仙舟走近她的身旁，作如此问。她似乎出于意外，突然旋转身来。

——啊，仙弟弟，你险不把我吓了一跳。

——要吃晚饭了，所以我来叫你一声。

——早咧，我们还好等一会儿再去。

于是他俩便在林下溪旁的石栏上并肩坐下。

小溪底源流在竹林深处底山上，清冽的涧水，从疏朗的林中曲折迂回地流出。溪底错列着大小方圆各种颜色的石砾，历历可睹。水上起着涟漪。微风吹落竹叶数片，飘浮水上，不一刻，便随着汩汩的流水，流到篱外，更不见一些踪影。

他缓缓地把目光看到她底身上，再看到她底面上，他看见她底苗条的躯体，微微起伏着的胸部，他看见她底甜美的面容，他看见她红晕的眼睛，和颊上底泪痕；他底心里微微一跳，接着又觉得心底深处有些酸楚。

她底目光也渐渐从水面移到他底身上。她抬头平视底时候，看见他呆呆看着自己，便凄然一笑又把头俯下，手摘着石栏旁的野花。

他好像有一句要紧的话要讲，然而他终竟没有讲出。他也把头俯下了。

静默中，两人只有呼吸和心跳的声音。但是淙淙的流水，似乎已把她俩底心弦合成协和的音调，在大自然中弹弄。

——这无尽的流水，滚滚地日夜东流，不知到什么时候才能休止？不知到什么地方才是他底归宿？仙舟呆望着溪中，突然微喟着说。

——还有这无力而不能自主，飘浮水上底一片小小的竹叶呢！啊，这飘浮于水上底小小一片竹叶！露萍凄然地说。

眼望着如此清幽的晚景，这多感的二人，又想着未来底飘浮的命运，不禁深深地慨叹了。

晚膳毕后，已是黄昏，林梢霞光，渐渐暗淡，微缺的圆月，浮在对面昏暗的树海上，色如白银，尚无一些光芒。地上阳热已完全散尽，然而晚风忽静，大家又感着热闷。

姑母最是怕热，她不停地摇着蒲扇，然而额上还不住渗出汗来。

——啊！今天这种天气，真是少有！晚饭后还这样热。我看，今夜大家到湖畔去赏月乘凉吧。姑母如此提议。

——啊！好啊！我首先赞成。而且说去就去，迟了，回来时月亮沉下，不好认路。仙舟从皮靠椅上立起来，很起劲地说。

——那么你们先走，我还要和母亲料理一些琐事再赶上来。

——好，好！露姊姊，启明弟，我们先走。

——不，我还要去拿几样东西呢。你们先走吧。启明说着，立起来跑到房里去了。

——你们要慢走，我可等不及了。露姊姊，我们先走，在湖畔去等她们。

仙舟匆匆地换好了鞋袜，同露萍走出矮篱，穿过杉林，直向湖畔走去。

启英直看到她俩走进杉林，只余着两个黑影在林隙中掩映。她微微吁一口气，缓缓回过头来。

——这桩事情要给仙弟弟晓得了，他心里真的不知要怎样难受哩？启英呆望着她母亲，悄然地说。

姑母也正望着林中底人影，颦蹙着在沉思。她听见启英如此说，不禁也微微叹息：

——露小姐真可怜啊！要是她生母不过世，那会有这样事情呢。但是，英儿，你当心这消息不要给她们晓得，因为她家里还瞒着她，要到行盘那天才告诉她哩。

——不过，近来她们或者也有些晓得了。母亲，你不看见她们日来底郁郁么？我真替他们底将来担忧。

——露小姐底为人，是最纯良不过了，将来不怕会有什么乱子。仙舟那个孩子，脾气太执，我真不敢预料他要有什么花样。否则，英儿，你莫害羞，我久想把你们合在一起呢。

启英静静地听到此地，沉默的面庞，忽然涨红了；并且娇羞中，交织着几分欣慰的彩色。

湖畔的晚景是值得留恋的，何况今夜底月色格外清明！他俩走出幽黑的林荫底时候，晶莹的明月已吐出银色的光辉，洒落在平如明镜的湖面上。黑暗的湖里，翻映着万千点碎散的银星，在皙皙地波动。波中也有一轮明月，微微摇漾。蜿蜒僵卧的砂滩，沐浴在银白色的月光中。有许多小湖蟹，爬上砂滩，发出沙沙的声响。稍远处，有一丛芦苇矗立湖中，月光浮在叶梢上。夜之沉默充塞地上。湖中并无片帆。

仙舟在砂滩上拣着一块残毁的碑石，他便叫露萍坐下。他自己坐在碑石旁边底一堆砂丘上。

大地完全静默，清幽，十分寂寥，十分恬淡。

他踞坐砂丘上，两手托着下腮，在迷迷地冥想。他周围是难于描写的夜景，他眼前是如此美丽的一尊女神。——啊！月色中，她的确像仙阙中底一尊女神。他青年的情火，在胸腔中烈烈地燃烧起来了，有一种欲望在意识中冲荡着；然而礼教底纲幕范住他的体躯，范住他底灵魂，他终于把这甜蜜的冥想遏住。

——此地虽然没有风，然而热闷是一些也不觉了。并且有如此佳丽的月景，真不负此一游啊！

——本来我最爱这种幽静的境地。能永远如今夜而度此一生，我也别无企求了。然而命运是不能许你的。仙舟又在感慨了。

——仙弟弟，我看你近来过于忧郁了。向来说：忧能伤人。你这样恬淡的人，为何常常看不破呢？露萍面着仙舟，十分诚挚地劝说。

仙舟颦着双眉，默然片时，终于一声苦笑：我并不是看不破，我是忍不住啊。露姊姊，别人也许不明白，然而你总应该晓得，——我为什么要忧郁呢？

——我明白又有何用！仙弟弟，我不过是一枚飘零于大海中底浮萍啊。

她把面转向湖中；然而仙舟看见有一滴清泪，从幽怨的眼波中落在她底袖管上。他忍不住了，酸楚的泉水，也在心泉中不断地涌到眼眶中来。

湖上的凉气丝丝透入肌肤，有怪枭鸣声从林中叫出。天半有一片灰色的云在月面浮过，景色便渐渐暗淡。

两人含泪悄然望着幽黑的湖中，默默无语。

——在十年前的现在，——仙舟说，——我们正同在荷花缸畔，白石地上，毫无拘束地嬉戏。在那时，何曾晓得人生是这样苦痛呢？一瞬间，欢娱的幼时便同我们隔开了。现在所余的，不过是一些强笑和流泪的生活。追想那可恋的往时，已如夏夜的幻梦，渺茫而不可捉摸了。仙舟略停一停，立起来在砂滩上来回步着。

——本来人是不能自主的：社会底势力，家庭底权威，那一个人敢和它反抗呢？他突然立住，伸着两手，似乎在求露萍底回答。

——那一个敢和他反抗呢？他这样追问一句。

露萍底泪，更如泉般在眼中涌出。最后，她把面庞深深埋在双手中，呜咽抽噎起来。

在惨淡的月色下，这可咒诅的一幕，把他底心儿揉碎了。他迷惘地俯下身躯，斜坐在她身旁，把这幽泣的少女，紧紧抱住。

云隙里有一缕月光，照射在这一对倚偎着的青年身上。

林中远处隐隐有笑语透出。她把仙舟略略推开，面对望着，大家凄然一笑。

秋　　雨

湖山都沐浴在濛濛的秋雨中。本来晴明的景色，现在罩上一层阴沉的烟雾。秋风挟着雨丝，颤战空中；穿了罗衫，仍觉得寒气在袭人肌肤。虫鸟也不肯歌唱，山中十分静寂；只有轻微的繁喧的雨声，和急促的单调的檐溜，在沉闷的空气中，永永不断地响着，声声滴入愁人底心窝。啊！这秋雨，是何等地凄凉！

在姑母家中底厢房中，露萍和启英对坐着在调制一种点心，——是面粉和糖调成的点心，是预备仙舟在途中充饥的点心。仙舟也坐在二人底旁边，静静瞧望。有时也相帮把印好的点心，放入一只精致的纸盒内。别绪充塞于潮湿的空气中，大家悄然无语，似乎是室外底阴昏把室内也变成十分沉默了。

——仙弟弟，明天一定要走么？这种天气，为什么不再耽搁两天呢？

在久长的静默之后，启英黯然地这样问着。仙舟底双手正拿着一块双鱼——点心中底一种式子——在剥落那凸起的鳞甲；点点粉屑，飞散在台面底四处。

——不能了！日期已经很急促了！五天后，校中便要开学，我何能再迟延呢？仙舟手按着那片遍体疮痍的双鱼，目光俯视地上，缓缓地说。

——这真不巧！明天不是母亲要替李先生家底世兄接风么？那知明天仙弟弟便要走了。能再迟一天，便好大家欢叙一次：一面接风，一面饯行，也是乐事啊。启英说着，抬头望着仙舟。

——唔！乐事！我能早三日去，才是我底乐事呢！现在，那新来的，李先生家底世兄，已把我底幻梦刺破。是的，我底幻梦已经破灭了。煊赫的豪富的贵公子在礼教底假面下夺去了我底所有。啊！残酷的礼教夺去我底所有。仙舟心里暗暗愤恨，幽怨的目光，直射到露萍底面上；她默默地低了头。

室中又暂时沉默，各人底心中都有不可描摹的情绪在辗转着，——是别绪底缠绵？是愤慨底燃烧？是幽怨底哀诉？

这枚酥松的双鱼，禁不住仙舟底剥弄，在中腰折为两片。左面的一片，落在台上，震得粉碎了。右面的一片，留在仙舟手中，还十分完整，很像一尾鱼儿。

——啊！这双鱼，现在变成单鱼了。他强笑一笑，便把这片破碎的双鱼也放到盒子里去。

——做什么还要这块破碎了的呢？让我把它重放到模子里去吊印一个吧。露萍把台上底残屑捏成一团，放在模子里，用手指揿着。流丽的目光，紧瞅着仙舟底双眼。

这美丽的热烈的诱惑的一瞥，仙舟胸中底希望又在勃勃跳跃。但是在一秒钟后，他觉得这不过是幻景底最后一幕，——是使人格外惆怅的一幕。他不禁又微微嗟吁：无论如何，重印的总不是原来的了。何况重印的也许仍要破碎呢？为省事起见，我还是留着这一片破了的吧。仙舟颤声这样地说。

在露萍把目光渐渐移到窗外底时候，有一滴晶莹的泪从她底颊上坠落于她面前底粉屑中。

——从明日起，我底快乐的醉迷的幻梦觉醒了。是的，这一个暑假底意外的可恋的生活，在今日，只觉是一个甜蜜的虚幻的春梦啊！现在梦醒了，以后恐怕永远不能再梦了。但是我也不希望再梦了。仙舟心里充满了悲伤，他长长地一声叹息，慢慢立起身来，走到楼上去。

露萍目送着他底背影，直到被墙遮住，看不见了，觉得有一股辛酸之味从愁恨的心中涌起。热泪在满含哀怨的眼中滴落下来。最后，她俯伏台上，吞声暗泣。

——露妹妹，露妹妹，你这是为了什么呢？为什么要这般伤心呢？悲剧中底一员，也满脸怀着酸楚的启英十分惊讶地问了。

在长时间的幽泣之后，她才慢慢把头抬起。微肿的眼睛，有浅淡的红晕圈着，满面泪痕。她抽噎良久，默视着启英。这种凄惶的样子！啊！这种凄惶的样子，把人底心儿都咒得在紧紧地收缩起来了。

——英姐，你问我是为什么？真的，我是为了什么呢？你是明白的人，你想，我到底有什么办法？在远方底父亲，在身旁底庶母，都恶狠狠地在逼迫我。没有人肯帮我说一句话。你底母亲不是也和着他们劝我么？英姐，以我这样一个无告的弱女子，有什么力量能反抗他们呢？

并且，只苦了我一人，也就算了。然而还有他呢！英姐，你看，他刚才那种样子。唉！我不为自己苦死，也得为他愁死。

英姐，除了你，我现在没有可以讲话的人了。

以前只有我自己底母亲，她才是真心爱我的人。母亲死了，我胸中底光明也随着母亲深深埋入土中。

今夏，我总算又感着一些欢乐的滋味，然而一些欢乐，终于也要离去。

哦！英姐，狂风骤雨中的飘蓬，惊涛骇浪中的浮萍，恐怕还比不上我底一颗渺茫无主的心底飘浮啊！

她凄然说着，清泪又如断线的珠儿，滚滚堕地。

启英也黯然流泪了。她一半在悲悼露萍底遭遇，一半在忧愁自己底将来。

在二人底对泣中，十分凄怆的对泣中，室外底风雨，更加猖狂。急雨射在窗纸上，拍拍的响声，似乎要把愁人底心儿炸碎。寒风从窗隙迸入，满房都是秋意了。

这晚上，风雨未止，星月全无，整块的黑暗紧压在大地上，窗外绝无一些光亮。仙舟呆坐在卧室中底靠椅中，凝视着一无所见的黑暗的窗外。有一万种的愁思，在空虚的心中循环起伏。

台上有一盏油灯亮着，昏暗的灯光，从纸罩上檐下透出，向四面底黑暗中射去。光线这样微弱，所以投在四面栗色板壁上底光芒，完全不能反射了，这小小的一间卧室便也觉得十分寥廓。有一圈较强烈的灯光照在台上，圈外便更显得暗黑。硕大而模糊的身影，斜倚在书架旁边底板壁上，也默然无语。

楼上厅中底时钟，铛铛地打了十二下。他心中微微一噤。凝视着窗外底目光又回到这小小室中。他顺着灯光缓缓向四面看去。每一种的器物，都浸沉在昏黄的火光中，十分惨淡。他带来底书籍杂物，已都收拾在两个箱子和一只网篮里，——啊！这网篮上底新结的网，还是露萍底成绩。于是他重复立起身来，细细把物品一一检视，——完全无缺了，他们两人所制底一盒点心，也已妥放在箱子中了。然而，他空虚的心中惘然如有所失。这失去底是什么呢？他沉思良久，微微呼一口气，颓然坐在椅上。目光在再向四面一看之后，又注视到一无所见的黑暗的窗外。

黑暗似乎更甚了。远处的浓厚的黑暗，似乎也挤入室内，在他底周围，结成一块大而且黑的东西。这可怕的黑的东西，是如此地大，如此地重，紧压在他底周围，而且在密密地收缩。他觉得十分苦闷，几乎气也透不过来。于是他竭力挣扎着，挣扎着，那黑的东西又跑到窗外去了。烛光十分刺目地射到他底面上。

他把灯火旋得极小，小到快要熄灭了，仅有如豆大的一点火，在暗中闪闪发亮。室内更加阴森了。

在阴森和黑暗交织而成的寂寥中，他忘去了一切思虑。他只觉得心中空虚缥缈，百无聊赖。

风雨在窗外底竹林里颤战：沙沙的雨声，嘘嘘的风声，萧萧的竹叶声，奏出可以流泪的悲切的音调。山中底一切，似乎都被这音调把灵魂咒死了，不发一些声响。于是在这无边的静寂中，悲切的音调，格外悲切了。

目注着窗外无尽的黑暗，耳听着林中断续的悲调，那心儿已经被忧恨打碎的仙舟，失去了他全部的感觉。

纸窗上有十分灰淡的晨光在偷觑着，黑夜已成过去。风雨并未休止，仍在嘘嘘萧萧地响。勤劳的鸟儿开始冒雨在巢外工作了，有新鲜的动听的啾啾唧唧的鸣声透入纸窗。

似乎从梦中惊醒底他，惘然地立起，伸一伸腰，深深呼一口气，便把窗子推开。濛濛的雨丝随着凉爽的晨风拂到面上，洗去了一夜底萎悴。四面底树林，隐隐在晓雾中显出。屋后底高山，像一个狰狞的巨大的恶兽底黑影，矗立雨中。远处湖中底涛声，也略略可以听出了。

他最后溜览了卧室底四周，重复检点一次行装，便走下楼来。

大家十分黯然地把早膳用完，舟子已经来了。他和姑母，启英，启明，露萍一一话别，——无序的颠倒的叮嘱，证明大家心中都怀着临别的悲怆。一刻后，二人已隐入林中，只有淡淡的模糊的影儿在远处树阴中掩映。在影儿完全隐没之后，露萍悄立门外，还呆呆望着。

秋雨依然濛濛，湖山都笼罩在阴沉的烟雾中。

他　乡

连日细雨，大气中阴沉沉地使人不欢，路上十分泥泞。满心快活，满脸笑容的人们，欢迎这新年来到的人们，被这恶劣的天气减去了不少兴致。尤其是奔走衣食，作客他乡的流浪的青年，举目无亲地，被凄凉的风雨拘束于生趣寂然的寓所里，新年应有的令人兴奋的喧声，——大人小儿的谈笑声，续续不断的爆竹声，忽抑忽扬的锣鼓声，在他底耳膜上鼓动；这被命运欺侮了的失意人便格外感着他底旅途底寂寞而回忆到儿时底新年。啊！不堪回首！

——新年又将要结束了。又是一年！去年的经过，已成泡影；今年的悲哀又要从空虚中掏摸出来。可笑哟可笑！渺然的微物，偏不自量而要在不可思议的命运底广场上徘徊，结果呢，满载着与希望相反底事实而回……

一间朴陋的房子里，一位流浪的青年枯坐着，瞪着双目，凝视着对面壁上底一挂去年的日历，不住地悲伤。他想到这两年来在人世上所遭遇着底否运，这几年来的生活底乏味，这几年来亲友对他底讥刺，他底久郁着的心感着孤独的苦楚，鼻根一酸，流惯了的眼泪又滴落在衣上。

——先生，这里有你底信，请自己来拿吧。那时寓所里底佣妇在客厅里喊了起来。

青年这才收了泪，缓缓地推开房门，从佣妇底手里接了一封很厚的信。哦，他怎能晓得我在此地呢？——青年且走且看地心里在疑讶。

房里底光线很微弱，但因为窗外底寒风在吼，便也不想开窗。他依旧坐在桌旁，就着从半透明的厚蒙着灰尘的玻窗上通过来底惨白的阳光，读这封意外的来信。

信是表弟启明写来的，他默念着：

仙舟表兄：

自从前年秋天，草木凋零的秋天，那日，风雨飘摇的那日，话别以来，始终没有接到你一封信。几次写信到京师大学去，都是石沉大海，绝无回响。写信到你底老家里，又是原封不动地退了回来。终于我是找不到你底一些消息，也不知道你究在何方，你的生活怎样？久郁在心里底别后的惆怅，没由宣泄，这是何等令人烦闷底不快啊！直到去年冬初，李家底光韵回来，——我知道你不喜提及他底名字，然而他却把你底近况带到山里来了。而且，仙舟，你底不幸的消息底传来，把我们底一个新年格外变得惨淡了。

我底母亲因为知道了舅母大人去世，常常在悲伤，常常在提起她底为人是怎样地能干，怎样地慈蔼，讲得过分时常常要流下泪来，因之，新年的兴致是完全打不起了。我呢，更因为你受了经济的欺凌，不得不牺牲读书的快乐而投身社会为衣食奔走，便刻刻为你愤慨，为你烦恼。啊！不知你底消息底时候，心里是虚悬着焦燥的失望；待明白了你底飘浮的近况，心里更充塞了实在的感伤了。

而且更不幸当我知道了你底不幸的消息之后，非特不能从今天的这封信上写一些愉快的说话来安慰你底痛苦，反而要把两件你不愿闻的恶耗来刺伤你底心。是的，这两件事一定会刺伤你底心，然而我不能把它瞒起。

第一件，露萍姐姐于去年年底，十二月初七，和李家底光韵结婚了。露萍底继母非常高兴，一天两三趟地跑到我家来，一会和我底母亲谈起她替露萍预备底嫁妆是如何精致，一会又和我们说起她底女婿是如何漂亮。她简直喜欢得要发疯了。然而露姊姊——本来就不大能在她底脸上找出几丝笑容的，自从你走后，——在成礼底前几日简直是冷冷地比到山凹里的冰潭还要令人感着寒意。婚后我只见了她一面，虽然艳妆着，但依旧把双眉紧锁。这是一出希奇的戏文！仙舟，我不知道你现在，就是读我底信到此地时，你底情绪将有怎样的一个变动？

第二件，嗳，第二件是什么呢？是屋后底危山倒了，不是。是林下底浅溪塞了，也不是。嗳，这是你一定猜不着的。我可以起誓，这是谁都猜不着的，便是我，在写此信时也觉得是在梦中似的，非常的恍惚。啊！但愿是在梦中！然而我明明是执着笔在写：去年除夕底前三日夜里，就是露萍姊婚后底第二十日，我底姊姊启英死了。仙舟，你相信你现在是醒着么？你能在接着这件意外的不幸消息后不骇怪得跳叫起来么？嗳！仙舟，在那时那一个不惊骇呢？到现在我还在奇怪，这么快的病，而且来得如此之凶，从午后七时起病，到九时便已死了。医生也没有来得及诊断，也未曾吃药。这是什么病呢？谁知道？啊！自她死后，家里大大地变了。满屋子都是阴惨惨的，冷凄凄的，说不出的凄凉。啊！今年底一个新年便是在如此的苦雨凄风中飘过去了，不曾感得一丝温暖的春意。

连续的无聊与悲哀：露萍姊姊嫁了，英姊又死了，再加上你底不幸的近况，几日来我像被打伤了似的，只觉得苦痛与疲乏。我底母亲责我不该如此颓唐，然而我底振作的勇气呢？

风景还如往日，但我觉得枯秃的冬日的山，格外萎悴而沉默了；冷静的冬日的湖，格外凄凉而呜咽了。太阳像终日躲在云衣里似的，满山都觉有一片阴郁之气笼罩着。现在我独坐书室，呼呼的风，萧萧的树，在室外喧阗，越显出我周围底空廓。我忽然想到前年暑假底热闹，又想到那年别时底惨淡的景色，热闹已成往事，只有那惨淡景色，近来却大大在山中点缀着。

一抹惨白的阳光从书桌一边直落在地上，静静地我底心，忽然麻痹起来。不多写了，仙舟，盼望你能给我一回信；并且希望你能到山里来，母亲也在望着你哩。有一句话忘了告诉你，李家底光韵已于昨天早晨同着新夫人离山了，大概是算去度蜜月的吧。

启明　正月十二

白的太阳光从蒙着灰尘的玻片上射进来，涂在褪了漆的书桌上，涂在薰了烟的板壁上，惨淡淡的几乎看不出来，一点不会引起人心里底温暖之感。——晦暗的房里底一切都像死去了似的。

青年坐在书桌旁，呆呆地执着这几张信纸；点点的泪，湿透了信纸底几处。那一天，离别前她俩替他做点心底一天；那一夜，湖畔赏月伴着她底一夜。啊！如火花般，一闪便已消沉了；如春梦般，一瞬便已渺茫了，——这便是人生底意味，幸福底实际……

室内阴沉的死气，室外愉快的喧声，他都感不着了。他似乎又像在姑母家底最后的夜中，四周充塞着无涯的黑暗，在黑暗底远处，他看见一枚竹叶，从最高的一枝上无力地脱下，飘飘地直往下翻……

邻家底爆竹声把他已失底灵魂唤了回来。他想：今天已是元宵了。他怃然地把信纸折叠起来，呆呆地望着窗孔。灰色的云不住地在空中推动，可怜的太阳一亮一暗在云隙里偷觑地上。一阵急风把屋侧底一株秃了头的白杨底枯枝送入他底眼帘，风过时便又看不见了。有时寒鸦在空中十分起劲地喧噪，渐渐又飞过了。他把信纸折至无可再折了。他自己痴笑起来，慢慢把折成一小方底纸块放在抽屉中底一只信夹里去。

佳　节

仙舟同着他底友人从寓里出来底时候，太阳已被西方地平线上底一堆浓云裹住，夜色开始展显出来。玉盘似的圆月，淡淡地映掩在东方底一带树丛里。暗空中底灰色层云阵阵地向天底西边涌去，云隙中时时露出几点极淡的白色小星。晚风微微吹着，两人都感着新鲜而又刺人的寒意。

他俩正要到市外底俱乐部——是当地唯一的消遣娱乐的机关——裹去参加元宵底灯会。他耐不住寓所底寂寞和友人底劝诱，才预备去在那里度一个愉快的节日的夜。

俱乐部底房子是一座折衷式的建筑，矗立在离市不远底榆树林旁底草地中央。他们走到底时候，天色已十分昏暗了；幸而月光也渐渐皎洁起来，在地上可以看出自己底影子。归巢的寒鸦，都静静地躲在榆林中，不再飞翔喧噪。枯枝被晚风拂着，不住地摇摆，同时互相击撞，发出一片坚涩而严肃的声音，散布于田野底上面。

那建筑——俱乐部——静静地被月光抚摩着，坐在地上。每个窗孔里都透出明亮的而且似乎热闹的灯光，有人影憧憧往来。而且似乎有热烈的得意的哗笑从门窗底缝里透漏到这凄凉的寒夜中来，和着那悲切的枯榆林底声音，合成一阕令人悄然底神曲。仙舟的心被这神秘的曲调扰乱了。像干枯了的朽木又被烈日灼射着一般，收缩了的残躯迸出长短的裂缝来。当他走过门旁底时候，他便忽然停住了脚，他觉得他到此地是太不相宜了，太奚落自己了！孤独的流浪的青年，被幸福逐出了乐园，只能在悲苦中挣扎着的自己，怎能羼入那在愉快和骄侈的空气中呼吸着的幸福的人群呢？恐怕不仅鼓不起欢快而使自己没趣，也许自己底颓唐的神情，会把别人底兴味减少的吧？虽然是佳节，但在伤心的人看来，只徒然增加了许多感喟的吧。……他沉思了一会，他来时底兴味，被友人所诱起底兴味，都片片地碎在怨愤中了；但到底还是被他底友人引了进去。

显露于目前底是一间宽大的厅堂，布置得十分华丽，十分热闹，仿佛格子椅子也都在欢笑。室中十分明亮；因为是灯节，所以各式的纱灯特别多，四壁都是灯光，把影子也照成很模糊的了。堂底中央是一座小小的鳌山，观音大士立在鳌背上，袒着左肩，右手执着柳枝，把甘露水滴到鳌鱼底嘴里；合掌的红孩儿立在她底身边，向他仰求着什么。厅底四隅有四条硕大的鲤鱼灯悬空吊着，鱼嘴上底软须不住地颤动。悬在中央，正对着下面底观音大士底头的是一盏含有滑稽故事的走马灯：有小胡子的男子被一个涂着脂粉的时装美女鞭打着去追一个金色的铜钱，可是铜钱永远在他底前面，追不到，而且也不能逃去女子底鞭打，……另外还有许多大大小小的色灯，点缀于厅堂底各处，辉煌的光芒照在四壁底字画上，洒在地面底桌椅上，射在衣冠楚楚，情绪兴奋的人身上，全厅中都是满面高兴的人，不住地忙碌：壁上，地上，器具上，都是很模糊的人影在交错地移动。

满厅都是无节制底欢笑，高声底谈话，丝竹和歌唱底乐音不断地在空气中振荡。

总之，厅中又是奢侈，又是愉快，又是骄傲，又是满足，无论何人都异常地兴奋，放声谈笑。但是这种如狂如醉地的欢乐，反而伤害了仙舟底久郁的心；他把自己底孤独和苦闷和他们相比，他更引起了无穷底嫌恶，是由嫉妒与失望混合而生底自私的嫌恶。

——仙舟，你瞧，这里底精神多活泼！多快乐！我想，你能常来玩玩，散散心，一定可以减少你底异乡的寂寞。友人高声地说着，也随意地大笑起来。

仙舟正望着一个正在曼声歌唱的一个歌娘底身上，并没回答他。

那歌娘不过十六七岁的样子。漆黑的头发，梳着时行的松髻，覆在白而透红的微长的圆脸上。漆黑的眼珠，嵌在一对深湛的长着长睫毛的眼眶里，像一对白绫盒托着两颗流丽的黑宝石。启口时，露出一排齐整的白齿和颊上底两点笑靥……啊啊！这可爱的美的脸儿，不是姑母家底启英么？

他仔细地再一看她：静底神气，动底姿态，……啊啊！这不是可爱的启英么？在姑母家两月来所受的她底照拂，长姊似的慈爱，都倏地涌上心头；他忽然一阵心酸，便把目光转向他处；但是清婉而含着悲怨的歌声，超越一切尘俗的乐音而激动他底神经。他底灵魂被歌声所引起底记忆击碎了。他惘然地注视着一条鱼形灯底一球火光。

——喂，仙舟，好不好，这唱歌的女人？要不要叫她来唱两曲小调？他底友人似乎窥破了他底心事，如是地轻笑着说。

仙舟还是怅望着灯光淡然道：我并没有这种意思，而且也不忍有这种思想。

——哈，为什么要这样地假道学呢？友人嗤地一笑。

仙舟依然怅望着灯光，也嗤地一笑，接着又双眉颦蹙起来。鱼形的灯光一圈圈地只在眼前荡漾，显出一幅幻景——连离的双鱼从他底手中断下一半，堕在桌上，粉碎了……——粉碎了！他微微一叹，目光离开灯光，幻景从目前隐去，前面又见那卖歌的姑娘。

——那姑娘真苦楚啊！友人也望着歌娘，絮絮地和仙舟诉说：天天跑来跑去，高歌低吟底肉体劳碌不算，坐在家中要受鸨母底责骂在外面时又受那班色情狂的臭男子底侮辱。真是可怜的女人！这两天听说有一个叫什么李光韵底，想着她，天天来纠缠她；鸨母贪他有钱，也逼她去奉承。所以她格外苦了。你听！她底歌调多悲惨！唉，薄命的红妆哟！唉！友人说着，也喟然叹息起来。

李光韵！仙舟底神经忽然颤抖了一下。——李光韵！仙舟把友人底说话复一思索之后，心底底悲哀，怨恨，一齐泛滥起来，淹没了他底全身。

——仙舟，你看那华服的少年便是李光韵了。友人悄声说着，用手指着一个年可二十四五的美貌青年。

那青年是长长的身材，丰满的脸；态度十分轩昂，满面都是得意的神气；两目左右顾盼着，从人丛中直走到那歌娘底身旁，一只手向她底肩上随意地一拍，便涎脸地坐了下来。

好像自己受了一种不可抵抗的侮辱一般，仙舟觉得遍身都不自在起来。

那青年贴坐在歌娘底身旁，带着骄傲的笑容底脸便紧靠着她底左鬓，他底两只露出色情的小眼紧瞅着她底面颊，他底双手拖着她底一只左手放在自己底腿胯间不住地反复搓捏。那歌娘低着涨红了的脸，无可奈何似地把身体只往右边挪。

愤慨底火在仙舟底不自在的胸中炎炽着，嫉妒底流在仙舟底沸腾了的血中激荡着，但是社会底礼制和人类底习惯束缚了他底自由，他只得苦苦地把自己底感情抑制。

那青年只是把身体向她靠贴，而且紧拉了她底手，渐渐地把自己底带笑的脸移到她底鬓前去。她尽是挣扎着，闪避着，后来她突然一缩手，扭转身体，把头微微一仰，仙舟看见她底眼角有两点晶莹的泪花被灯光映出光芒。

那青年似乎是毫不在意，伸出右手，环住她底腰，用力地把自己底脸凑到她底脸上去，但终于被她挣了出去。不知为了什么，她推开了他，倏地立了起来，脸上露着愤怒的神气。那青年似乎懊丧了，但又跳立起来，拍地打了她一掌在她底带泪的面颊上，嘴里高声骂着不堪的俚语，那歌娘头俯着，滴滴的泪珠，耀着灯光，闪闪地滴在衣上。一位中年的妇人匆匆跑过来，笑着向青年陪罪似地说了几句，便也冰着脸，大声骂着她，并且用手批她底颊。青年冷酷的微笑的笑，歌娘隐隐的忍住似地的啜泣。一股难忍的敌忾从仙舟底心底泛出来，同情的眼泪涂在他底眼珠上。抑制住底感情被新恨旧怨煎沸了，他猛地用手向桌上一拍，立了起来。

摆在桌上底茶具被这猛力的一拍震翻了，茶水从桌缝中桌边上流滴下，仙舟底友人赶紧提了衣服也立了起来。他正要问仙舟，但是仙舟底大声的喝说已把全厅底人们都引注意了。

——没有廉耻的东西！欺凌孤女的恶汉！淫暴的下流！我要惩戒你！仙舟没有顾忌地大声喝着，眼含着泪，脸青着，全身都在颤战。

全厅底人都把惊讶的目光向他投视，而且渐渐有许多人走近他底周围；那歌娘似乎是出乎意外，也止了哭泣；那鸨妇呆望着他；那青年也呆望着他，显出又恇怯又奸毒的神气。他矗立在众人的目光中，他觉出自己底责任，他底青年的侠气煽着他底意识，他毫不思索地又走前两步。凛然地临着他：我要惩戒你，你这无耻的淫暴东西！……

他底友人明白了他底愤怒，不禁在笑他底迂腐了。他怕真的吵出祸来，因之当他还要把拳伸出去时，便上前用力把他拖回。

——这样的事动什么真气呢？真是太迂了！当众人把争端解开了以后，友人讽嘲似地向仙舟说。——仅是这里便差不多常常每天有这种事发生，这种歌娘本来不过是供人娱乐的啊！今天总算那个李光韵倒霉，逢着你这个迂夫子，挨了骂，还要挨打。看不出你瘦鬼似的，发火起来底力气倒大得可以。但是姓李的也该打，听说他刚娶了一位美丽可爱的妻，而且十分亲昵，为何还要这样贪色呢？

——十分亲昵而又美丽可爱的妻！仙舟心里想着时，似乎是一柄毒刃插入他那已经受了伤的灵魂底创口中，重重地捩了一下，先是说不出的痛，继而又麻木起来。意识回复底时候，刚才底如狂的敌忾都如烟地飞散了，不可排解的悲哀重复浸渍着他底灰色的心，嫉妒与怨愤也依旧在刺激着他。他忍不住了，他也不照呼那友人，便立起来向门外跑去。歌娘底泪痕与愁容，还清楚地留在心上。

月　夜

门外是一个冷悄的美的月夜。天无片云，洁白明亮的玉盘已高高挂在半天。暗蓝色的沉静的天幔，烘染于她底周围，越显出她底晶莹，她底光芒，她底令人悄然的风度。她附近底天空似乎被她底丰彩溶化了，有一层银色的雾光笼罩着。

沉默而伟大的天幔上，还嵌着寥寥的几颗小星，似乎是怕羞，都敛了她们底微光；她们是忽隐忽现的，引不起人底注意。

月光洒在大地上，色如烂银。黑黑的丛树矗立于冷悄的银光中，地上横着参次的巨影，森然可惧。

晚风吹来，树摇影移，同时四面都呜咽着飒飒的幽音，把这残冬的月夜，点缀得十分凄凉惨淡。

仙舟怀着无可排遣的怆悒从灯光灿然，笑语满室的俱乐部里走出踏入这冷悄的夜景里来，夜的凄凉灭熄了他胸中底愤火，悲哀也渐渐被遗忘了。夜气袭人，只觉得寒丝丝地，皮肤起栗。他微微耸着肩，两手笼在袖管里，俯视着自己底瘦长的影子，循着大路，缓缓向西南走去。

从俱乐部到他底寓所，要经过一片田野；田野底一面是俱乐部底所在，也便是一带年老的老榆林；另一面便是市集，便是他寓所底所在了。

他离了那榆林，前面市集中底灯火已隐隐可以看见，而且似乎也有笑语的声音从荒凉的田野面上浮过来。回头看时，充塞着青年的愉快底俱乐部已掩映于树丛中，但是摇滉于火光前底人影还可以看出。

他长嘘一声，冲破了自己底沉默。

年可十六七的歌娘，面貌和启英一般的歌娘，她底哀婉的歌声，她底忧怨的目光，她底悲惨的遭遇……

易感的仙舟，本已怀着悲感的仙舟，在如此凄凉的月夜，想着自己所遭遇底意外的憾事，不由自主地心中一阵阵地凄惨。

——冷酷的运命，故意叫那些柔嫩的人们来步那崎岖的世路，人们倾跌了，他自己躲在道旁暗笑。

他凄然想着，从前底一切都浮上心头：偶然的合，突然的离，无意的生，不意的死，啊啊！在命运之魔底掌握中辗转着底弱的人生哟！

他缓缓已走到田野底中央了。

市集底喧声已可听得清楚，因为是元宵，所以令人兴奋的锣鼓声，也悠扬地在耳畔宛转，然而在作客他乡的仙舟听来，无非都是一些增加惆怅底资料。

一支焰火从前面底地平线上直窜到暗蓝色的天空中，像一条明亮的红色的彩带。星星的火花在周围飞舞着，但立刻都像沉到无限的暗空中似地的而熄灭了。接着又是一支，亮着再灭着；又是一支，亮着；又是一支，一支……暗空中交织着明亮的彩带，纷飞着星星的火花。

——啊！快乐！快乐的节日哟！目前底美丽的图画，勾起了仙舟底回忆。

那时仙舟是十岁，也是元宵佳节，也是月明如昼。他家中底厅上挂了许多祖宗的神像，灯烛辉煌的，笑语中另有一种严肃的神气。

是晚餐以后，全家都散坐着。仙舟同着他底露姊姊并坐在神像供桌前底罩了大红毡毯的木拜垫上，前面地上高堆着一大堆的花炮。

——这一个是九龙，这种是穿星，这种小的是月炮，放起来有一个小亮月的。露姊姊，你喜欢那一种呢？仙舟左手一个个地拿起，右手指着，详细地讲给露萍听。

——我都不喜欢！你说底我都不喜欢，我顶喜欢银盆旋。露萍指着一种两头有药线的花炮说。

——银盆旋有什么好呢？虽然它底火花多，又会苏苏地旋，但旋杀也只在一根麻线上，有什么好看呢？依我说：九龙就好，穿星也不差，一点着，就嗤地直窜到半空里，真像要穿到星里似的，真有趣！仙舟细细地和她剖辨。

——就算！不要多讲了，快去放罢。抢了要自己放，又只是空说。她们等着看呢。露萍说着便立了起来，仙舟也捧了花炮立起来，大家都走到窗外底檐下。

——先放两个月炮亮亮罢。仙舟说时把捧着底花炮捧在地上，随手检起两个月炮，又讨了一根燃着的香，走到院子底中央，立定了。

——你还是放花筒罢。露萍底母亲关切地喊着仙舟。那个大花筒放出来是很有趣的。放月炮仔细会烫了手。

——不会，不会，你们看我放啊！仙舟一面笑着说，一面便用香去燃点捏在两个手指中底颤动着的月炮底药线。到底心里有些害怕，便把手伸得远远远远地。药线射着火星，苏苏地响，接着拍地一声，他底手一斜，月炮便直射向露萍底身上，闪电似地作一个大光亮。

——呀！露萍锐声地喊了一声，出其不意的惊惶似的，忍耐不住的痛楚似的。仙舟慌了，抛了手里底香和花炮，跑到她底身旁。

露姊姊，你烫痛那里了吧。

——没有，仙弟弟，一些痛都没有，你再去放，不要紧的。被仙舟底母亲搂抱着的露萍用手揉着烫伤底地方，忍住要流出底痛泪而安慰他。

——不，不放了，让他们去放吧。他说着，十分后悔起来。

母亲在放花炮了。他紧倚着露萍，并坐在户槛上，仰面向天空凝视。一支九龙拖着长尾飞上天了，一支穿星又迅疾地追了上去，又是一支九龙，再是月炮，穿星，九龙……后来点起两只银盆旋，两圈火环，比月华还要灿烂的火环，在两根缚紧了的线上往回旋舞，满院子都飞着亮的银白色的火花。

好不好？银盆旋好不好？露萍得意地微笑着，头发擦着仙舟底头发，骄傲似地问他。

他也奇怪，今年底银盆旋似乎确比往年底好看多了。他便连连点头道：好，好！……

一阵凉风迎面吹来，他如大梦初觉一般，四面一看，只是荒凉的田野，凄凉的月色，那有他底母亲？那有他底露姊姊？

眼泪又来在他底眼角。

——李光韵，青年，美貌，……不，他是有钱，有凭藉，所以他是有福了。……哦，他是有福了，露萍竟嫁给他了。露萍竟嫁给他了！这真像是注定了似的，从前底景象，细看起来都成了谶语。……灿烂的银盆旋，永被一根麻线拘束了而旋舞的银盆旋，不是美丽的人生底象征吗？但是……

仙舟不愿再往下想，然而这一个难于忍受的记忆，偏辗转于他底胸中；他底呼吸几乎窒住了，似乎是有一只沙囊紧压胸上，胸中十分涨闷；他捏紧了手，咬紧了牙，眼泪滴滴落在地上。

一只野犬底惨利的延长的嗥声，叫破了寒夜的沉寂。时候已不早了。地上底人影渐渐短缩，圆月缓缓移到当空。市集中底灯火已渐熄灭。夜色更凉，晚风发出轻微的吼声。他默默地在野路上走着。

再跨过一条桥便是市口了。

忽然一片不十分和谐的胡琴的声音从远处奏起，低徐而哀怨，好似深夜时湖上底呜咽，又似黑昏时孤雁底悲鸣，虽然不能算是动听的音乐，但在这沉寂的寒夜，这心上深刻了愁痕的青年听来，便分外感着漂泊底寂寞的悲哀。

他飘飘然似乎失去了自己了。颤动于空中底琴音，浸没了他全部的意识；他底心灵随着琴音浮到茫无所见的天上，忽又堕入深不可测的渊下；琴音缓弛而曳摇底时候，他全身底筋肉也都似在松弛而欲碎为屑粉随着琴音飞去。他底心灵好似被春风卷舞着的一枚柳絮。

他全身充塞着一种凄凉的快味，虽然不能算是欢乐，然而一颗心好似已有了着落而暂时忘去了一切愁楚。

他茫然地踏进市口，琴音格外清晰了；忽然又有一个尖锐而又枯涩的歌声唱起，歌声底尖锐可以听出是从年轻的女孩口中唱出，然而有时又枯涩到像老人底嘶声。这不调和的歌声与琴音参次谐和着，深夜中感着说不出的凄怆。

他走在街上，无意识地想搜觅那琴歌底来源。

街上很寂静，人家都已关了门，只几家店铺底板缝中漏出几丝灯光，还夹着隐隐的笑语，满地布着燃余了的花炮底纸屑，鼻中似还嗅得着火药底臭气。琴歌忽止。

在一条侧巷底转角，一盏黯淡的路灯底下，他发见了琴歌底来源。

是一对衣衫褴褛的卖歌者，像是父和女。男的大约有三十多岁，灰败多皱的枯脸上，紧罩上一层愁容，映在昏黯的灯光里，越觉出颓唐衰老。眼已瞎了。胡琴挟在胁下，耸着肩，不住地咳嗽。一个年可十二三的小女孩用绳牵着他。女孩底身材很矮小，玲珑的小脸十分可爱，但是太黄瘦，太憔悴了。

他们同仙舟挨肩擦过，那女孩底流丽的目光向他一望，操着北方底口音轻轻地说：

——先生，你要不要唱一只小调？只要四枚铜子。

那时他眼见这一对沦落异乡底漂泊者，他想到那男子底终局，他想到那女子底前途，他底心像有一只手力拧着，由痛而渐渐麻痹了。他不曾想到要开口回答。

——你要不唱么？小女孩凄然地十分失望地又问了一声，便牵引男子步着那没有灯光照耀的暗黑的前途。

月光依然躺在街底一侧。两个人影在光中移动，又转到前面底一条侧巷里去。

仙舟怆立街中。

不和谐的琴音又哀哀地奏起，他心里越觉凄惨了。他屏息听着：

人无呀……千日……好……

花无……百日……红……

做一日和尚……撞一日钟……

钟钟撞虚空……

…………

小女孩底尖税而嘶哑的声音在唱一只时行的小调。

一时千万愁绪，都辗转心底，人无千日好，不差！黄金般的青春已不觉地偷渡过去了，那有几日光华？……人已老了，心也可以死了。……死了，嫁了，……花无百日红，一切都休了，只有颓唐到好似野寺中底老衲的我，还一无希冀地盲目地在撞击那虚空的人生的钟……

他这样沉思底时候，他觉得他自己正飘然地在渐渐溶化到裹在四周围底黑暗中去，渐渐地他便失去了他底全部的意识。

突然清醒转来底时候，琴歌声已寂而不可复闻。他忽然如有所失地异常地寂寞起来。不可捉摸的空虚擒住了他底心。他实在想永远浸沉于这悲哀的琴歌声中而忘了他所忆着底一切，但歌声既绝，静默又把他驱回现实中来。他孤独地伫立着，满街都静悄悄地，除了心头底潮涌似的旧梦底起伏，伴着他底只有洁白的月色在灰败剥落的粉墙上所照出底他自己底瘦长的影子。

姑母家

时光过得这般快，荏苒间又是数年。湖山底风景如昨，只有姑母家底大杉林格外的浓郁苍老。夏日午后底夕阳斜过西面山头底时候，天半映着灿烂的美丽的彩霞，但是杉林中因为上面密覆了细碎的浓叶，隔住了斜阳底余晖，便黑魆魆地几乎像是黄昏了。

微风从林外轻轻吹入，郁积于林腹中底蒸热渐渐地在发散。林中底一切似乎都懒懒地在新来的凉爽中休息，唯一的动的生物只有在林中底一条狭路上独自踽踽徘徊着的一位神情衰颓的青年。

狭的林路是几乎被茂密的野草长满了，新鲜的羽毛似的杉叶和灰褐色的长短的枯枝堆积在草丛和路的湿泥上，虽在燠热的炎夏，也仍显出荒凉衰颓的情况。在路上徘徊着的青年像是久苦于旅途底奔波者了：十分萎顿，十分颓唐，披着底污旧的夏布衫也沾满了灰泥和草汁，越显出他底憔悴的神情。要不是那失神似的目光还留下一些坚毅的英气时，他那花白了的头发，织满了皱纹的前额，和十分迂缓的举动，竟完全看不出他还是一个未婚的青年。

夕阳渐渐暗淡了，山头底红霞渐转成青灰；林中底夜色也愈益深浓，四围底景物渐都披上了朦胧的灰色的雾；凉风沁着心肺，全林都萧萧地轻奏起白日底葬歌。山鸟也噪着归巢了，那青年还只是惘然地在林中徘徊，像是在觅一件失落了的东西似的，时进时退地循着那狭的林路。

青年在林中已徘徊了半天了。他原是从湖畔归来要向前走去底，但进入这杉林时，便觉有什么在阻住他底前进一般，他只是在一个地方趑趄着。他为什么要走向前面呢？到了前面他又将怎样呢？梦似的幻觉使他迷惘地忘去了现实的地位，他觉得他应当是永远在昏暗的林中徘徊。但他毕竟走向前了，一带女贞矮篱已清楚地在苍茫的暮色中显露于他底目前了，他突然地吃惊似的呆立着，像发现了预期着的怪物一般，情绪顿然紧涨起来，心头怦怦地跳动。待情绪慢慢平静下来，意识也渐渐明清起来时，他猛然觉得天已将夜，不宜再在林中逗留了。禽鸟都已归巢，他也该找他底归宿了。然而何处是他底归宿呢？

——何处是我底归宿呢？

青年想着时，不自主地凄惶起来了。他觉得他好似在荒漠中独行底旅客。四顾多是惨惨的黄沙，炎炎的烈日。饥渴委顿，找不着一滴水，一粒食。空中飞翔着饮人血的大鸟，脚下平铺着埋人骨的黄沙，只有遥遥的远处，朦胧地看出有一丛翠树，在风沙中隐现。这是他底希望，永不能实现的希望。那饥渴的旅客便怀着这梦似的幻象直至于死。死，才是他底真正的归宿吧？……

他凝视一会，一对泪珠落在颊上，他用衫袖轻轻拭去了，这才缓缓地循着矮篱，走过广场，走进那壁粉已经剥落的大墙门中去。

一盏油灯燃着，坐在厅西底方桌上，放出昏黄的弱光。晚饭已经摆好了。已苍老好些的姑母坐在桌旁，轻摇着葵扇，窗口底藤椅上躺着少年的启明，忧郁似的，两手抱着头，口里哼哼地似在吟讴。

仙舟从凉爽的林地上走入燠热的厅中，在昏黄的灯光中感着十分热闷，他缓走到姑母身旁，随手也拿起一把葵扇。

——姑母，今天为什么不在天井中用饭呢？摇着葵扇的仙舟这样问，便懒懒地坐到预备吃饭底椅子上去。

——今天并不热啊。你才从外面进来，所以心里觉得燥热了，坐定了便会不热的。吃饭吧。姑母说着，放下葵扇，从桌上取起筷子，又问道：你到了那里去了呢，这一大半天？

仙舟还未及回答，抱着头的启明突地放下双手，微笑地抢着说：想来又是在林子里，或者在湖边上发呆了吧！好笑！整日在外面发呆，谁知喜信倒传到家里来了。哈！仙舟哥，你知道你底喜事来了吗？启明带笑地说着，一面把坐着底藤椅拖到桌旁。

——什么喜事啊，总是开玩笑！仙舟也微笑地说。

——道是我骗你吧！哼，你问母亲，母亲总不至骗你了呢。启明装着认真的脸，忍笑地说。

——信你呢！仙舟笑斥着启明，但不禁也怀疑起来，便回头望着正蹙着双眉的姑母。

——也不好算什么喜信，你不要理他底胡说。姑母宽放了双眉，黯然地向仙舟说：你在外面没听说么？李家底露小姐回到山里来了。

——啊！仙舟吃惊地喊了起来。

——喜信吧，喜信吧，欢喜得叫起来了呢。启明依旧带笑地说。仙舟也不理他，只是急急地问姑母道：

——为什么回来呢？光韵也回来了么？

——你问我，我也知道的，启明插嘴说。光韵并没回来，而且是永不会回来的了。回来的是露萍和她底周岁的小儿子。因为光韵有了外遇，不能再和她相处；吵了几场，光韵便把她休弃了。仙舟哥，这在她诚然是一个刻骨的创伤，但在你，这大概可以算是一个喜信吧？母亲已差李嫂去接了，今晚上便要到我家来的，仙舟哥，可以大大地发一发呆了啊！

——姑母，真的么，真的是露姊姊被弃了么？仙舟连声地追问着，心里突然地潮湧着无限的同情与莫明其妙的希冀。

——大概是这样，但并不能算是休弃，不过时常反目，露小姐气坏了，所以回来休养休养。在母家终究是可以较为愉快的，亲友也多，但可惜英儿早没了，露小姐少了一个好朋友了。……姑母说到那里时，眼圈便红了起来，灯光耀着眼角底泪珠。

启明也默然了，闷着头吃饭。仙舟呢，心里浮泛着纷乱的恍惚的回忆。露萍底回来或是他所希冀的，但一想到他从前所失去底一株满含着芳香的蓓蕾底玫瑰，现在已饱受了风雪，憔悴地被弃了底事，是怎样地使他懊恨，惋惜，悲伤啊！

晚饭完了已后，大家把椅子搬到天井里，一面乘凉，一面候着露萍。仙舟摇着葵扇，屡次地走到门外，焦急地等着那突然来袭的希望。这将要袭来底意外的希望，与仙舟以巨大的不安。他完全失了常态，忘去了一切悲欢，只惴惴地在默测那将到来底会晤；在久怀着怨恨与悲伤底心底，重复燃起了淡淡的情火。

梳形的银月斜插在屋侧底树梢上，清楚地照出了参次的树梢，淡淡的光芒，在一切的景物上洒上了朦胧的银色的雾光。微风摇着树梢，路上场上都摆动着凌乱的树影，夏热是一毫也感不着了。

仙舟在门外伫立一会，银梳已浮上了树梢，但前面底杉林中底路上还是黑黑地看不出什么。

——不要今夜不得来啊。焦燥的仙舟从门外回到天井里，心神不宁地来回羼走，不住地喃喃自语。

——不！一定来的，老王说一定来的。启明决然地说。

——怎样还不见来呢？

——也许就要来了，我们同出去看。

启明同了仙舟又走到门外。没一刻，果然，路上远远有人影在蠕动了。

——来了，来了！启明轻轻喊着。突然，仙舟遍身底肌肉都好似痉挛起来似地颤战着，一颗心也几乎要突破胸脯似地狂跳着，两只眼是注视到裂开似地涨痛了。

人影渐渐清楚了：前面是老王，并着底是露萍底后母；后面底两个，显然是露萍和抱了小官官的李嫂。

随着这一步清楚一步的人影，仙舟底骤然紧张的情绪也逐渐地松弛起来，慢慢地又似待决的死囚似地屏息到呼吸都要停住底样子，便在这一瞬间，过去底一切，闪电似地在他底脑中明灭，细看时，被淡淡的银光淋洗着底露萍已微笑地立在他底身旁了。

——啊啊！露姊姊，想不到今天……仙舟高声地照呼着，茫然地伸出了两手。在他底半意识中所看出底还是从前在姑母家中猝然遇着底可以尽量亲近底露姊姊，曾经拥抱过她的两手又不自主地伸着向前。但当露萍底后母在旁边叫他是仙舟少爷底时候，他目前底幻象全被震碎了。

——这里是一位端庄的夫人呢！

被热情压住底理知在呻吟底时候，他突然苦痛起来，像是四肢缚着坚索而挣扎不出的窒息似的苦痛。他颓然地落下了无力的两手。

在愉快的寒暄后，大家都散坐在天井中底凉椅上了。李嫂捧上了去皮的红瓤甜瓜，姑母抱着小官官和露萍底后母在絮絮地话着家常，露萍启明也微笑着问答。默坐不语底只有忧郁似地的仙舟在搏弄一枚小圆的瓜，时时向露萍注视。她似乎是被他看得不好意思，而且觉得他太静默了，便笑问道：

——仙弟弟已来了多时了吧？

——也不多，才二个月……

仙舟简短地回答，又依然是忧郁似地静默着，注视着露萍。渐渐地她底颊上染上了夕霞似的红。

——美的女神哟！

仙舟忽然又忘了现实的境地而梦似的恍惚的幻想起来。那娇媚的脸，红艳的唇，丰满的胸脯，微削的双肩，还有那音乐似的声调，……春云似的柔情啊！美的女神哟！处女时代的美哟！仙舟梦似的恍惚的想，依旧注视着露萍。

抱在姑母手中底小官官呱呱啼哭起来，露萍慌忙地接抱在自己底怀中，偎倚着，温柔地抚拍着。

——美丽而慈爱的母亲啊！仙舟心里把捉不住地的想。

——姑母赞叹似地说道：这小官官长得真有趣呢！

——正是呢，大家都说像他底父亲呢。露萍底后母骄傲似地笑着说，大家自然地都回首望着那有趣的小官官。

——像他底父亲呢，仙舟底耳朵听着时，像是暮春底暴雷，劈散了他最后的幻梦。他凝神地一看在他身旁不远底正在娇啼的小官官，再一看那偎倚着爱儿底小官官的母亲，他底幻灭的悲哀隐藏了，嫉妒和怨恨煎沸着他底心血。

——啊！他是有福了！

愤然的心里想到这些时，他再也不会忍耐地坐着，便起身告了罪，缓缓地走到厅里去。

露萍凝视着仙舟底背影一直到被屏门遮住后，才缓缓转过目光，讶然地问：——仙舟弟底脾气好似更加消沉了，一向是这样的么？

——正是啊，我们劝导他也没用，从上月初来到如今，还没看见他放声笑过一次呢。我起初以为他到山里来或者可以散一散心的，谁知倒格外的忧郁了。启明黯然地回答。

——听说仙舟少爷还没有娶亲，真的吗？其实年纪也已不小了吧？露萍底后母恍然似地问着启明底母亲。

——年纪是已不小了，但还是害羞似的，老不肯提起婚事。他底母亲又没了，我又作不得他底主，也只得由他去了。姑母慨叹地说。

微风挟着夏夜底呼声从天井上拂过，送下爽快的凉意。在凉爽中睡熟了底小官官底娇小的脸上，注视着年轻的母亲底哀怨的双目：强忍着盈眶的泪珠。

微　笑

炎夏已快过去了，忽然有一种忧疑的空气随着初秋的新凉散布在姑母底家中。在一个晴爽的早晨，仙舟还未离开卧室的时候，姑母和启明开始在厅中闲谈着这新近袭来底不安了。

——这样地模糊过去总不是好现象吧！外面已经谣着不很好听的批评了，不要真的闹出不可收拾底把戏来？姑母轻声地说，忧愁地颦蹙着双眉。

启明正背着手在窗口来回地踱着，此时突地立住，旋正了身体，说：那是不会的，一定不会的！他们都是知礼底人，他们一定不会闹什么乱子的。只是那班闲人可恶，专喜造出些颠倒是非底谣言。理他呢！……

——明儿，话虽不差，但理上终说不过去啊！一个是有夫的少妇，一个是未婚的青年，谁敢保得住呢？而且他们又有从前……

姑母底话还未说完，启明便抢着问道：

——正是呢，我久要问，他俩为什么不配合起来呢？从前且不去说它，现在呢：光韵已有了外室了，露萍姊也回了母家了，仙舟哥还未成婚：这不是凑巧的美事么？

——不要胡说！姑母嗔恨地申斥着。你年纪也不小了，说话终是颠三倒四的，这种被人笑死底下作话也可以随意说么。

被申斥了底启明又默默地在窗口来回地踱起来了。

静默一刻之后，姑母又婉婉地说了：明儿，这样下去终究难免要被人讪笑的，你得空要劝劝仙舟才好。

——我不会劝！好容易这几天他底精神稍为活泼一些，稍为愉快一些了，颠倒又把冷水冲上去？

——不是这么说啊！凡事……

姑母听得屏门后面底履声在响，便停住了未完底议论。回首时，正看见微笑着的仙舟转出屏门。

大家照例照呼过后，默然了。启明依旧在窗口来回踱着，时时用含愁的眼光望着仙舟底浮着微笑的脸。姑母缓缓地走到后面料理早饭去了，仙舟无意中注意到姑母脸上显出底不豫的神情。

——仙舟哥，启明突地立住了喊着，但立即又默着踱起来了。

——什么？仙舟待了一刻之后，微笑地问。

——唔，那……哦，仙舟哥，你今天早晨要出去么？启明忸怩似地吞吐地说着。

——要出去的，那天露姊姊约我今天早晨到林那面去散步呢。

——哦，……听说……唔，……

——什么，听说什么？仙舟怀疑起来。

——听说……唔，没有什么。这两天你身体好么？启明惶急地说。

——哦，好的。仙舟更怀疑起来了，但也不再问下去。

早膳过后，仙舟喜冲冲地出去了，虽然还怀着晨间底疑讶。姑母目送着他底飘然的身影闪出了大门，无可奈何似地长叹一声。在把耳挖剔着牙缝的启明怅视着天井上底一角青天，不经意地说道：

——真的没有使他们如愿底法子吗？

——难了，难了！姑母缓缓地摇着头。……

太阳底温热渐渐强烈起来，待仙舟穿过杉林立在湖畔时，遍山都已照在明亮的阳光里。砂滩上清楚地倒着自己底影。湧着微波的湖面送来了习习的凉风，吹去了仙舟在路上走着时所得底热汗。他用手帕拭着颜面，来回地在砂滩上轻走着，微笑似的频向林中眺望。四围底景物都似染上了过浓的色彩似的，衬着微碧的湖水，显出异常的鲜明。被阳光照得发亮的柔软的白云在明蓝的天上推动着，湖中也反映着清丽的云影。已将过时的鸣蝉在身旁底高大的银杏树梢上萧条地嘶声地唱，露着淡黄色肚腹的红嘴小鸟儿在湖面低徊哀鸣；高空中盘旋着成群的驯鸽，时轻时重地随着风势激起了悠长的鸽哨声；这些秋晨底美景似乎都引不起仙舟底注意。因为他底满含着希望的双目是被在林底深处隐现着底一个青色的苗条的纤影吸住了。

人影渐渐近了，他缓步迎了上去：啊，你来迟了，我已等了好久了呢。小丫头没跟来吗？仙舟愉快地说着。但到他俩对面地立着时，立刻涌起了一层灰色的雾，把他底高兴裹住了，他注视了露萍底满是愤恨的脸，疑讶地问道：

——露姊姊，你和谁生气了吧？

露萍是默然地没有回答，注视着仙舟底脸。良久，在她底眼里簌簌地掉下了好几颗大大的泪。

——这是为什么呢？露姊姊。仙舟慌忙地问着。

——没有什么，我们原是到林子里去坐吧。露萍哽咽着说，凄然地执着仙舟底手，穿过老大的银杏树。

莫大的疑团在仙舟底意识中辗转：这突然底泪，这意外底执手，这小丫头底没有同来；同时又想到早晨在姑母家时所遇着底不安。他惶惑了，无意识地紧紧地握了露萍底微微抖着的手。

环拱在草地四围底银杏树更加茂密了，鲜绿的小圆叶层层地堆叠在半空。阳光从林后底山峰上反射下来，越显出林中的光明和安静。茸茸的草地像洒了香油似的异常滑润，他俩便面对面地弯膝坐着，依旧互执着手。

——仙弟，我们是这样地缘悭，才能有聚首底机会，便又要生生的离散了。露萍似怨似愤地说着，还饱含着泪的眼凝视了出神似的仙舟。

——呀，又要走了么？仙舟惊得几乎跳起来，但勉强遏抑着。

——不是走，是不能再和你见面了。昨天母亲和我说，外面人对于我们底会晤谣着不少的蜚语，尤其是对于你，特别地生出了不堪的谣言。母亲叫我以后不要再和你晤面了，除非是在家里。仙弟弟，这不是飞来的横祸么？我也明知人言是不足畏的，不过，在现在的情形中，我是没有能力反抗了啊！而且你还是在有为的时候，虽然你常常说人生是爱情底火焰，但是故去底寄母总在盼望着你吧。所以，我今天遣去了小丫头，偷偷地来和你作最后的会晤。仙弟，你明白我底心么？

露萍含泪滔滔地说着，愤慨的语调中带着坚决的神气。但一月来经了三次愉快的会晤而渐渐修复好的仙舟心中底创伤，在这一刻中一齐迸裂了。他毫无抵抗地让残酷的礼教吮啜着他底创痕中流出底鲜血。

——啊，怪不得早上明弟那么吞吐地说。但是，我们真没有反抗的力量么？露姊姊！在十分苦痛中底仙舟鼓着万一的希冀。

——反抗也没有什么道理啊！仙弟，我自知我也不久于人世了，我底身体已衰弱到无可收拾了，但我并不觉得悲哀。这完全错误底躯体我是毫不珍惜的，我对于它底将要毁坏是一无伤感。请你也不用悲伤了。我底宝贵的是我底一颗心，现在它是永属于你的了。仙弟，信么？你失去底只是人间的血肉，但是永久底爱底心是永远被你取得了呢！

露萍含泪微笑着，跪起了身体，像慈母抚着爱子似地，轻摩着仙舟底乱发，缓缓地投下神秘的眼波。

被突然的苦痛和欣喜煎熬着的仙舟昏昏地似在梦中一般。待清醒地立起来时，露萍已走远了。他怆视着，只见将被林荫遮住的露萍又回首微微一笑，随后便消失在浓密的林荫中了。

悠长的鸽哨声还隐隐在远空中缭绕。林荫中清楚地传来了山农底质朴的歌声：

鸽子驼铃飞过山，
　树头结果心里馋。
　郎呀！心里馋来赶快用手采，
　　勿要等别人采完，自家捆茅柴。

鸽子驼铃响悠悠，
　姐妮洗衣滩边头。
　郎呀！你做甚隔河立定长叹气？
　　你要采鲜花，小妹等在树背后。

鸽子驼铃飞得高，
　等郎等得好心焦。
　郎呀！你今天有福今天勿会享，

到了明朝，你小妹已经走远了。

鸽子驼铃飞过江，
姐妮写信寄情郎：
郎呀！你从前畏首畏尾呆呆地等，
到如今，牛郎织女隔河两心伤。

薄　暮

夜色充塞在他底周围。落日底余晖已归去了。天上底浮云，由浓紫而灰黑，而深黑，与黝黑的山峰凝成一片。仅有三数小星，在无边的漆黑的天上，若隐若现地闪闪地发出微弱的幽光。林中完全黑暗，不可复辨一物。山鸟也都安眠了。只有秋虫底尖锐的鸣声，如雨地洒遍了他周围底空间。夜风渐渐猛烈。湖水底呜咽变为汹涌的涛声。树头底残枝枯叶也都在凄凉的黑暗中，随着夜风底吹拂，发出抑郁的泣声。……无可想像的秋夜的林中底惨淡啊！是完全黑暗，是十分岑寂，虫声，风声，涛声，树声，似正在合奏着生命底葬曲。

老人缓缓从石上立起，凝视着前面底一片黑暗，黑暗中底一座荒冢。把久蕴心中底青年的情焰燃着了。不知是恨是悔是怨是幸，心里一阵酸楚，两颗大大的眼泪经过枯皱的面颊而落在草地上。

——露萍，亲爱的露萍！现在你是，你是永属于我底了吧？

老人轻轻地在心里喊着，好像临别时底年轻的露萍在黑暗中显出而向他微笑，他也十分骄傲地满足地微微一笑。

他傲然地眯着老眼向四面观望，微笑着；但四面都是黑沉沉地，黑暗中似乎有许多不可名状的狰狞的鬼脸向他冷笑。他凛然地收敛了笑容，依旧把忧郁罩在脸上。

一阵急激的风吹在老人底身上，他一个寒战；他觉得不宜再留了，长嘘一声，循着那走熟了底林路——熟到不看也不会走错底林路走回已十分残败零落的姑母家去。

一九二五，四，二六夜，作毕。

（选自《梦里的微笑》，光华书局 1925 年初版）

老人们的沉默

——喂！静些！静些，小子们，静些！我们要沉默，要镇静。

古老的堡垒里，一群年轻的毛头小伙子在鼓噪着，叫嚣着，慌忙着，碌乱着，在想法子抵抗一群突然来袭的恶强盗的时候，他们的领袖，经验丰富，识见高超的老人们这样高声的威吓着。青年们真的渐渐静寂下去了。全堡垒里死一般的沉默。老人们雍容地照常喝着生命之杯里的醇酒，青年们惴惴的等候着领袖的号令。

屋外强盗的攻击渐见猛烈了。老旧的堡垒岌岌在动摇了。年轻的毛头小伙子们又在鼓噪着，叫嚣着，慌忙着，碌乱着，在想法子抵御了，有经验，有识见的老人们又竭力的这样喊起来：

——喂！静些！静些，小子们，静些！我们要沉默，要镇静。我们要在沉默中蕴酿我们的勇气。我们要在镇静中考虑我们的方针。

全堡垒里又死一般的沉默下去了。青年们惴惴的看定了他们的领袖，脸色泛了青白；老人们泰然的捧着酒杯，从杯里吸出了醇厚的生命滋味。

屋外强徒的攻击愈来愈盛了，从倒塌了的墙壁中看出了冒着黑烟的火把，蛇舌一般的火焰在暗空中卷舒，耀着火光的刀矛，如潮的喊声里滚涌着狰狞的头颅。

在静静地守候着的青年们发出了最后的愤怒，火山爆发一般的呼号，大海怒潮一般的扰动，老人们的酒杯被震落了。老人们战战的喊着：

——喂！静些！静些，小子们，静些！我们要最后的沉默，我们要最后的镇静。喧哗骚扰是徒然使人吃惊，使人心慌。我们要真正的沉默，真正的镇静。沉默与镇静是战士最要的武器。喧哗骚扰徒然乱了战阵的步调。

年轻的毛头小伙子们勉强的依着老例，服从了领袖们的命令静寂下去时，屋外的强盗已把堡垒完全推倒了。血一般殷红的火光中，麻林一般密的刀矛姿意的杀戮着还未曾喝过一滴生命之酒的青年们。老人们泰然地喝干了最后的一滴醇酒，颓唐的立起来，无力的喊道：

——喂！静些！静些，小子们，静些！我们要预备战争了。请沉默地预备起刀矛来吧！请镇静地排列起阵伍来吧！我……

强盗去了。银白的月光惨默默地涂在涂满了紫血的瓦砾堆上。全堡垒的人现在是真正沉默了，真正镇静了。最后的，也就是永远的静默，随着这漫漫长夜，掩覆住地上的一切。

一九二五，六，一六，上海。

（原载《洪水》第1卷第8期，1926年1月1日出版，署名全平）

白 采

病 狂 者

当那个不甚寒冷的冬天，我们一些邻居的朋友，也还是按着往年的老例，邀在一处小寺里，天天烤火。有一天，尤其是一点都不觉寒冷的那个日子，大家便纷纷的议论着，或说是春意来了；或说是春意还没有来。但多数的意见，总承认在长久的严冬里，只要露出一点春意，便会把各人萧瑟枯淡的情绪，都转变补救过来了。

接着便有一位邻居，开始讲述一件故事，这是我们唯一消遣的方法，那邻居对我们说道——

“你们该知从前这近村有一位叫做病狂者的了。这病狂者三个字，本是人家诨号他的，他自己却把来当做别号用了。

病狂者那时已过四十五六岁的人，因他清癯苍白的面孔，看去像有五十多岁，他的头发有几丝已变白了。他住在这近村里，交游极少；尤其不喜和女子交际。他对人除了轻蔑傲岸的态度，再没有什么表示了。他的妻比他小一二岁，便是那村里都唤做长悲婆婆的。他却并未减掉她那天然的风韵，并常在那些年轻的同伴一处走动。这是病狂者唯一的老伴，人家都说他们差不多像糖拌蜜一般的甜蜜呢。

他们常怜悯一个朋友叫做方伟的，那是鳏居了很久的人。他们时时同着这样叹息：以为方伟才不过三十岁的人，便抱着独居终身的念头，无论独居是究竟不算相宜的事，实在也未免太早呢。他们并疼念方伟的一个女儿嬉平，那是一个十四岁的女孩子。有时方伟对他们露出感伤的话，他们也只有随着悲欢。但若见嬉平跳着来了，他们便争嚷着：‘春来了！春来了！’这是他们的隐语，意思是说：只有年小的嬉平，才能驱散他们中间郁结不散的阴霾。有时病狂者竟笑着对长悲说：‘我们也是中年了，自己还没有孩子，她就算两家的女孩子吧。’方伟和他的女儿嬉平也高兴的承诺了。

长悲却是天性上沉郁拘涩的人，她虽和同伴接近，并未改变自己的脾气。她和病狂者其实是根本上性质不同，后来亏他们用了自己努力造成的爱，彼此却异常亲密。他们自己都诧异这可惊的成绩，常愿便这般安稳下去。

病狂者是外舒徐而内卞急的人，他的跌宕浪漫的行为，和长悲的拘滞不化，是恰恰相反，本有格格不相容之势。总是长悲先退让着，便像无事一般的过去了。但他们各人心里都知道这实是莫大的痛苦，假使费这样的力气，要刻刻容忍才得相安，那么，人群相处的意义，究竟是有限而不全了。所以他们见面，都极力贬损自己，各自心里忏除，警惕，提防；惟恐有一毫引起不安的现象。

病狂者既和方伟要好，往还日密；长悲也和嬉平格外亲昵，竟忘了约定的母女之分，变作朋友对待了。嬉平却体察方伟的态度，总是对他们夫妇都循循尽礼。

渐渐方伟觉出长悲一举一动，都含有超越的美，他觉她的清丽，她的丰润，她的庄雅，都是一切女子所难学的。当着病狂者每次携她同来家里时，他常不免怀着妒意。当他们三人谈论的时候，病狂者和长悲总有些见解上的辩论哗笑，争至面红耳赤，故意不相下。每回都是方伟出来任调停之责，说病狂者的见解如何是对，长悲的见解如何是不对；但他心里却恨不得袒护长悲才是。长悲虽表明不服他的判断，却仍是对他一笑而罢。

那时嬉平也常跕在边旁，因为年小，不知他们说笑什么，只是自己咬着指头，不声不响的望着。病狂者争论过后，总是拉着她的小手说道：‘还是像她天真烂漫，不识不知的好多了。’便轻轻更加她一个徽号：‘呆子！’并带笑吻着她的小手。

后来病狂者被一个女学校延聘去充当教席，那是离自己家里很远，但又是办理很有名的女学校，所以病狂者也并不推辞了。当他将去的时候，方伟想着自己女儿的年纪，也可以上学了，便托了病狂者带去。病狂者也很欢喜有这样伶俐的一个女学生，又是朋友的孤女，便郑重的答应了。

过不多久，长悲偶然患了病。自然是方伟常来看顾着，病也便霍然好了。可是自那时起，长悲不知怎样，发现了自己实爱着方伟了。这很使长悲惊骇失神，心里不住的颤抖。他晓得自己是有夫之妇，又是已过了中年的人。对于青年的方伟，万不宜存轻浮的心，但她却无力自己克制了。她看待方伟，本同弱弟一般，但自从那回病了过后，她每见方伟来家的时候，便觉很费踌躇了。她感着怅惘，辛酸，并央告方伟说：‘自己对一切都厌烦极了，请不要常来吧。’

后来不知怎样，她和方伟还是异常融洽起来。当她第一次窥破方伟也爱着了自己，而且出自诚敬的时候，她是充满了自喜和矜满，简直骄傲到藐视一切。她和他都晓得这是不可反抗的命运了。

自从他们要好起来，便都想着这是不宜长瞒着病狂者的事。但他们却时时计虑病狂者将来郁抑惨苦的生活，便想着要是嬉平能够安慰病狂者，那么，可怜的病狂者也可以不至太觉寂寞了。有一回，长悲便大着胆子在她的信里吞吞吐吐的提着说：‘我们的安宁，怕要激起什么变动了。’‘我们若是这般相安下去，实是对自己的不道德。’‘像我们既然相爱相谅，倘使含有一丝矫饰虚伪的周旋，就算是毁损了彼此自己的人格。’‘爱情不是到了可以死的时候，我们是该继续让他生长的。’她对于这样重大的冒险的试探，委实有几夜不敢合眼。料不到病狂者竟有很爽决的信答复她，这完全出乎她的意外。

原来病狂者把嬉平带到学校以后，添了一层师生的关系，使她的信仰更专。又兼知识渐开，反能看出病狂者是平易近人的，益发依恋着。因他们本有世谊，又年龄悬殊；所以旁人不去怀疑，嬉平更无顾忌。每日课后，便同着病狂者在一处说说笑笑惯了，差不多像变成了一对小孩子一般。于是病狂者以父执而兼先生的地位，几次便不免有些要摇动了。

病狂者既和嬉平彼此都似惝惝会意，便常想起先要怎样安顿长悲。一方面嬉平的知识愈进，爱戴病狂者也愈甚。她的小心房里却常这样想着：‘要是自己能和先生永远同在一处，又都不回家去，便让父亲常去照顾先生的家里，各人做一伙儿，岂不很好？’有一天她靠在病狂者怀里的时候，便不觉冲口说出这个意见。病狂者听了，反吓一跳，他很诧异年小的嬉平，怎有这般武断恣睢的思想。但自己心里却想着：‘若果长悲还能顾恤方伟的鳏居，肯加以格外的温存，倒是再好没有的呢。’所以他对于嬉平的提议，一面虽嫌其燥妄，一面却十二分的赞成。但他们又都不好先向长悲和方伟说明此意，陡然接着长悲竟有了这样的来信，他们反不免相顾愕然。信中措词虽极隐约，但他们已猜中八九了。于是病狂者便直向方伟长悲说明自己和嬉平近来的态度；并希望方伟长悲也能找到真正的幸福。

从此以后，病狂者的名号，越被人传播了。有的说他爱着朋友的女儿，却抛弃妻子，有的是说假女爱上了干老子。但社会上最不堪入耳的一句话，便是‘女学校胡子先生娶女学生。’其实病狂者那时的胡子，早已薙光了。”

这位邻居把这件故事，顿然说住了。大家听到末后一句，都忍不住哄笑起来。有些正派的人，早已掩耳走了。还有些人便疑感到方伟怕就是这位邻居自己的假名。室内这时本就不觉寒冷，大家便陆续散开了。

一九二三，十二，二九。

（原载《创造周报》第 39 号，1924 年 1 月 20 日出版）

敬隐渔

苍茫的烦恼

我倦卧了半天，才撑起来，伸一个懒腰，揉揉眼睛。已是落日满山，岗峦蒙上一层紫罗了。我的影子倒在坡下怪伟大的；和我的身子比较，显出我小得可笑又可怜。将歇的蝉声越噪得刮耳。我受了这种暗示，陡觉渴得利害；因渴又感到饿乏。急忙跑下山径，身轻绝不似在走，似在清气中飞腾。

转过杉树峰，听见水声滂濞。悬崖上吊着雪白的瀑布，从峻峭的青苔石上蜒蜿滚下去，打在几十丈下的一个碧潭中，溅起一片片白的水花恰像天鹅在沐羽。崖上的树叶葱茏，遮了斜阳，只有一缕缕的金线从缝中射过来。我到此时此地再也不想走了，却又不能达到那渴慕的泉流：青石又陡又滑，向下一眺令人寒栗。我呆坐在一块青石上，凝视那天鹅沐羽的壮观，静听那噜呟幽扬的水声。转瞬之间，我被伟大的大自然融化去了。我暂且忘记了世间的一切。我与一切合而为一了。忽而吹起了一阵凉风，紫罗兰香沁入我的鼻孔。我觉得恍惚有一只纤嫩的手抚着我的头发，渐次抚到我的肩膀便抱着我的颈项，她的发尖拂着我的右颊。我看她的侧面好像是我的真如，我喜出望外，拉着她的手，惊问她如何到这里来的。她只向我呆呆地微笑。我见了她嘴角边浅红色的笑涡儿，情不自禁；搂着她接了一个吻。她避我不及，使力一推，我顿时失足，箭一般的向万丈的深渊坠落下去了。

我心头一跳，忽然惊醒转来。紫萝兰香还继续地在逐凉风送到我身边。我狂饮着花的清香，好像还是在吻着少女的芳颊。

真如是我家一门远亲的女子，去年我到山中养病的时候，我俩才初次见面。她那时只有十五岁。她虽然不是十分美丽，但是她那细袅的身材的曲线，泛常似忧似喜的容貌，温柔的声音与幽静的态度，若有情若无情地，令人要跪地倒拜，亲她的脚背，求她一盼。我觉得她是冰心玉骨，没有感情的；我觉得她不像是一个人。我叹惜造物者造了这样美的物质，为何不赋与她一个更灵感的心儿。——她方才在乡间的女子高小学校卒了业，她一天到晚只一个人关在小书房里温习功课。那小书房的一垛下临草坪的绿窗不知吸蓄了我多少怅惘的顾盼啊！我每晨起来，在那草坪中踱来踱去，望见那闭着的窗子，心头便感到一种形容不出的焦急。等到她的窗子开了，看见她桌上的水仙花，听见她吟哦的娇嫩的声音，我便身不自主地被吸引到她的书房里去了。然而见了她却又没有话说。陪她静坐一两点钟，又惆怅地走出来，不辨方向，只在荒郊里乱窜，直迨饿乏了，才走回寓所。

有一次我遇着她一个人在草坪中游玩，我急忙跑到她身边，很亲热地称呼她（我自己也觉得我声气变成女性的了）。她却只从鼻子里放出蜜蜂的声音答应我。我对她说：

——你为什么不理我呢?

——本得要理你又怕你疯疯颠颠地说些无益的话难得应酬。

——总该怪你的美丽惹得人不能不疯颠哩。

她忙把脸儿转了过去，似乎要藏她的怒容，只说道：——我们回去了罢！

第二天我在家中不曾理她，她却也不和我赌气，如没有事一样，到了第三天上，我的忿怒的勇气衰了，又感到寂寞的时间太长，一种不可违抗的魔力又把我捉到她的书房里去了。她正凭桌着边在注视一个玻璃瓶子。瓶内有一个蜘蛛。她瞧了我一下，好像没有看见，依旧注视她的瓶子。我很想说她像一个小孩子，但又不敢说出口。我们俩如此静对着不知过了几久。后来毕竟是我搭赸着给她认了错。她说我没有什么错处，但是她不喜欢多说话，更不喜欢说抽象的话……

她经我一次赌气，才宽放了一点。有一天她竟至允许了我和她同上山去游逛。我俩肩并肩地走到瀑布谷；她疲乏极了，我扶她坐在一块青石上。遍谷的紫萝兰在发香。我轻轻把一只手腕放在她的肩儿上，她也不甚推却。我顺手撷了一朵紫萝兰，插在她的头发上。她皱起眉儿低下头儿的样子，实在令我难受。我不善观气色，又说道：

——你看，香而不艳的紫萝兰，恰似你幽静的美！

她立刻把我放在她肩儿上的手，轻轻取了下来，转身向那边去了。我的手上滴下了一颗眼泪。我弯了身，假装又要撷一朵紫花，免得她笑我的懦弱。她却佯为不知，走了几步又回身转来唤我道：——回去了罢！

此后不多久她就到成都进女学校去了。她也很愿意和我通信可是都不过是些普通印版式的明信片！

我这没志气的男子！为什么被一位并不美貌又不爱我的女子征服到这样光景？我想到这里，只觉得悬崖下的碧潭正在勾引我，同时下意识作用，却使我退走了几步。落日已挂在杉树峰的树丛边上，好像一个红玉的圆盘，灰色的幕纱渐渐织下悬崖来；回头一瞰，不胜悚骇。

饥渴的火焰复在烧着我的身体。这种渺茫的回忆是不济事的……走了一会，天上的垂云好像小学生染污了的课本；笼罩满山的灰暗而有韧性的暮蔼被一颗闪闪的灯光点破。那灯光之下有一座很整齐的日字形的瓦房，已看不清楚，只听见狗吠。我探到柴门边，叩了两下。一个白净的小女儿给我打开，请我进去。当中是礼堂代作餐室，桌上杯筷都摆齐了，中壁上挂着“天地君亲师”的金字牌，侧边有两幅对子。此外是粉白的石灰壁上点缀了些大大小小，异样奇色的死蝶。小女儿把我引到尊位上坐着说道：“先生，你坐一会儿，等我去请爹爹出来。”她的长毛褡仿佛金鱼鼓浪一般在她背上跳荡了一下，她早已跑进去了。

我注视着蝴蝶，我想这定是一种奇怪的迷信。于是我的心头陡然不安起来……小女儿递了一杯热茶给我。我嗑了一口茶，却把刚才的印象都忘记了。随后出来了一位五十岁来往的很矮的老人。我见了他的女儿的白净万不料他的头那么长，脸那么黑。我站起来同他行了一礼，他很谦恭地请我坐下，同他们消夜。他说话的声音非常和蔼，但是他那又厚又大的嘴唇翻动起来似不便利。听他的腔音知道他是云南人，（川人所称为滇娃）。我有多少话想问他，但见他动唇艰难，我也住了口。我逆料他总是罗佩金带入川的军人，怕川人捉拿他，才避到这深山里来消受清贫的。果然，他也向我缕述四川兵灾匪祸，欷歔连声。他说到这山中虽然清苦，总可免心惊胆战。

一位大脚黄面的妇人把酒菜捧上桌来。老丈把我和一位四十来往岁的病弱的文人，王先生，介绍了，请我坐了上位。王先生是老丈的两个孩子和一个女儿的老师。他说的话是成都的轻浮的腔调；但是他的精神委靡，几乎没有气力和我周旋？一会儿老丈起身说道：——失陪，我进去喂蚕子去，王先生也是读书人，你可以同他讲话。

老丈去后，王先生对我说：老丈有新种养蚕的瘾癖，每年他要放弃三分之二的茧子，让蚕蛹攒出来变成蝴蝶。他发明了多少新法，养出了一些动物学标本中所未见的异类。他每日耕种回来，只是呆看他的蝴蝶，好像他没有儿子，没有女人，什么都没有一样。

我问他那老人是研究动物学的么。

——动物学！王先生惊叹了一声，似乎连他也不十分明白什么是动物学……

天上飞了一阵细雨。那黄脸妇人把伏在桌上打盹的女儿打发去睡了，王先生约我和他连榻。他的房间里面，四壁秃然，照着惨淡的青油灯，恰似一所西式的牢狱。他吸着水烟，慢慢对我叙他的身世：

——我生长在成都，从前在某街有一所公馆……城内打仗……母亲死了……未婚妻……流落到深山里来……火烧……打仗……火烧……

霎时间红的火焰，黑的蝴蝶在我眼前翻飞，我饱了的肚子，乏了的肢体渐次失了知觉。

第二天，山鸟的噪声把我唤醒了。枕头上清澄的脑筋忽又想起了昨天的烦闷——我自今年暑假再来山中养病，一个人非常苦寂，真如长住在成都女校，她家中只有几位老人。我的同学自然没一个和我通信。我的书只带来了一本 Descarters。Descartes 的数学式的哲学精密有力，能强服我，但不能使我悦服。他把人身看成了一个机械，我的直觉总不肯相信的。真如的信札上虽然没有 Descartes 的定理，但是神髓却毕肖他的人生观。她的信上都是很简短的几句话，说她身体平安，学期试验的分数有多少……（我查得她的数学分数最多）……因为我要求她写一封长信，昨天果然得到了她一封很长的信：她很耐烦地给我抄了一张功课表，她的同学，同居的名字，详述了学校的历史，……她竟忘记了她有一个灵魂，她忘记了她是有忧喜憎爱的本能的！……

我看了信，先笑了，继着又哭了……我疑她受了 Descartes 的影响，立刻把这本书扯得粉碎。扯了过后，我又失悔，因为我记得她从不爱看什么哲学书的。

我好像一个失望的婴儿，乘早饭以前的空时间，把我和她的历史都合盘告诉了王先生，王先生喜欢和我谈天，他饱经了忧患，好像世事都看穿了。他的说话都是由他是经验和感情中发出来的，最能感动我。他说：

要享世俗的幸福，必须割绝心的一部分。

他一时高兴，竟把他的议论发挥到题外了。他继续说道：

——雪江，你不知稼穑艰难，谋生不易，你在人间终是一个爱狂的小孩子。人间的痛苦和罪恶，都是由无节制的爱发生的……如今的军阀岂不是爱金钱势力过甚，才惹出连年兵祸吗？……不要责备他人，我也是一过犯，如今正在受罚啊！名誉，金钱，美人，以及艺术，我何尝不爱呢？但在这中年时代我的精力早已衰了，爱泉早已干了，我是生存竞争的战败者啊！

他说他自小多病，他的父母迷信耶教，因为爱他过甚，在教堂中许了一个愿：倘若儿子的病好了，愿把他献与教会。到十四岁，他的病果然好了。他的父母便把他关到一个乡下的教堂里面，使他隔绝了红尘，终年看不见一个十岁以上的女子。他的衣食住都甚优美，但因为饱暖空闲，更觉得时间又长又重。经书的艺术虽可以缩短他的时间，却不能满足他的爱欲。他此时见了伶俐的儿童，也加要以对于女性的爱。他想起他公馆对面的一个女子，曾经无数回贪了非法的不卫生的快乐。几年之后，他枯瘦得不堪，终于害了弱症。教士查觉了这件事情，立刻就把他逐出来了。那时他的父亲早死了，他还不曾知道。他的母亲把对门的女子给他订了婚，他在教堂中看见了他的未婚妻的活泼的天性，她身上丰富的曲线美，他反自己惭愧起来；因为他家中有钱，她的父母和媒人都催他早日结婚。但那年的战争以后，他的未婚妻便失了音信。他的房子被大炮毁坏了，他的蓄银被军人抢尽了；他的母亲悲伤致疾，不久也死了，剩下他赤条条一个人。可怜他在潦倒的时候，还未改掉那非法的不卫生的恶习……到如今百无一能，什么他都没有能力爱了，只觉得时间无穷的重量压在他的头上！

我无端听了他这一番话，不觉心中更起了一种不可遏的伤感；我怜惜他这活着的尸体，倒觉得我的爱情的烦恼是富于生趣的。

吃了早饭，王先生把我送出柴门，嘱我珍重。老丈的女儿随后跑出来拉着我的手，脸上笑出两个涡儿来说道：先生，请天天到我家里来玩罢！她把我送到三岔路口，指示了下山的路，方才跳着跑了回去。

朝阳还未东升；但是玫瑰色的光芒已浸遍了高山。无人采撷的粗大的野花，顶着五采璀灿的露珠，有一种可怜而可敬的美。清凉的晨风把七里香的香气送到我身边来；回望瀑布谷的绝崖，还披着颀长浓厚的影子。

一九二四，四，二七。

（原载《创造周报》第51号，1924年4月27日出版）

玛　丽

我最亲爱的玛丽，

我曾经多回想给你写信，然而我不曾有这番勇气。今天是阴历的年终，或许也是我可怜的生命最后的一日，我不能不写信给你祝一个美满的新年，同时又作为我俩永别的纪念。或者我这一封信不能达到你的面前；但惟愿上帝见怜我的悲哀，打发他的 Gabriel 天神为我的信使！呀！玛丽，若是你知道我的惨况，我从前对待你种种薄悻，你都要宽恕了，你会要替我恸哭！

你试想在繁华的上海的闸北荒弃的一隅，一个厕所似的陋巷中一间四面通风的过街楼，龌龊凹凸的楼板上拖着那两条黑而臭的破被，已给邻妇洗衣的浊水，从土墙的裂洞溅进来打湿几大团了；一位颓丧的少年蹲在地下，把一双枯手伸到一张歪斜的竹凳上，对着右邻的皮匠敬神的摇曳的烛光，用铅笔蘸着眼泪在给你写信啊！今夜我的左右邻居，和我同住的一位平常死尸一般倒在地下吸鸦片烟的褛褴的老者，他们都出去烧香去了。这荒墓似的破楼之中，只剩下我一个恨人对着满夜的岑寂。我好像是从坟墓中遥遥地和你对谈。哟！玛丽，我俩从前偎傍谈心的时候，如今相隔天渊了啊！……你不要诧异我的字迹劣拙如蚯蚓一样：我的手冷得成冰了哩！悲号的雪风从窗缝里和土墙的破洞中溃进来，吹得我浑身打战。我那温热的竹炉只能烤着湿了的被盖……我又渴又冷啊！我今天自早至晚，口中不曾沾一粒饭。我到上海跑了一天，未能够寻出一个钱，未遇着一位相识；他们都逛游戏场，或是进餐馆去了。

我刚才走红庙经过，只见香烟如缕，围绕着辉煌的电光，流水般的汽车塞满了街头，云裳花容的妇女们拂过我身边，Violette的芬芳！温柔的接触！……可怜的沦落者！……躲不开的烦恼！按不住的嫉妒！……

我避到跑马厅侧边去，向在黑暗的空中栩栩欲动的鬼物哭诉我的悲哀……忽然一股鸡肉的香味吹入了我的鼻孔，继着有烧牛肉的香，炒蛋……白兰地……我打着呵欠，伸着懒腰，颓然倒在地下，只呆呆地望着对面热汽氤氲的一品香菜馆，……那些可怜的阔人又在猜拳啊！又在碰杯啊！……嗳！何苦来！何苦来！……我忍不住痛苦，才亡命地奔回我的荒坟，在路上险些儿被汽车轧死……

这陋巷里也有许多爆竹声呢……上海的爆竹声虽然不比得四川令人惊恐的枪声，但是我情愿处身在四川激烈的战场中间：那里受苦的人多着哩，至于此地我一个潦倒在琉璃世界之中，这是太难堪了！……

去年今夜，我正在家乡。我的朋友们在县署给我饯行，我和知事坐在上位；一个美好年轻的戏子给我斟酒；我面红耳热，多么高兴呵！忽然勤务兵递给我一封信；我认识是你的娟秀柔弱的字迹，忙推故离席，一个人偷到知事文案上去拆看。你信上说我不辞而别的缘故虽不曾告诉你，你自己也猜着了几分……你说童姑有点气忿我……你说你依旧爱我……你祝我将来娶一个比你美丽千倍的妇人……起初我还流了一腔热泪，但是不久我的乘长风破万里浪的野心就胜过了我的感情……我总怪童姑：因为她赌气，我才把法文专门学校的教职辞了的。几位政界的朋友见我十八岁就任了专门学校的教授，都称赞我少年英俊，都鼓励我到法国去学机械，他们供给我的学费，又许我回国来当兵工厂的厂长……你知道我那时是极好名誉的……我想振兴全川的工业，我还想在我俩从前携手同游的公园坝中，给我建立一座伟大的铜像……我将来的妇人，总不少一个督军省长的女儿……玛丽呀，于是我就把你忘记了！……

第二天他们在戏园里请我点戏；第三天他们相和照像……过了新年，便有一个护兵陪我坐一叶扁舟，流下重庆。

在重庆也有朋友接风；我和一位阔朋友同住在一个大旅馆中间，我天天到某军部里去叉麻雀；来往的都是显贵。然而这种生活不久就使我怪厌烦了……

玛丽，你知道我有一个春哥，他自从母亲死后，便搬到重庆来行儒医。他住在下半城的一个平民窟中，比我现在住的破屋好不得多少。他那里有些瞎子，癞子，跛子，呻吟不断的褛褴的穷人，好像是下流社会秽滓汇集的渊渚。我虽然见了要发呕，但只为爱我的哥，我天天还是微服去看他。我要微服走去，免得认识我的阔人瞧见，又免得春哥处的贫民惊诧。我在街上看见高轿或肥马，都要转身躲避。自然和血统联合了的人们社会的阶级却把他们隔开了！我天天如此趑趄地由上半城跑到下半城，非常吃苦；渐渐我查觉了我的路上有一条万丈的深坑；那边是军人，政客，学阀，奸商……一天到晚吃大菜，拥妓女，吸鸦片，贩鸦片，赌博，欺诈，苛索，或是派护兵到僻街上去抢劫，无恶不作的，他们是英雄，伟人，幸福的，高尚的社会；这边是飘零无靠的寡妇孤人，常与饥寒为友，以牢狱为家，与蛆鼠同朽的无辜的牺牲，不敢违法，谨守天主十诫的好人们，这些是卑贱的下等的社会……玛丽呀！你试想我发见了这个深坑以后的日子！……我是好人的后裔，为什么要费尽九牛二虎之力跳过坑那边去为恶人的走狗？我只为这无知的虚荣的蒙被，竟把爱我的你抛弃了，糊涂的我啊！……从此与我往来的阔人，我都轻视了。我把我交际应酬的功夫都消灭了。我清晨早起，枉自对镜学习着启唇展眉，把颊儿做出两个笑涡，显出一番和霭的神色，一见了他们，不觉得，我的脸色早黯了，眉儿早绉了，嘴唇早闭得清榫严缝……我每天只避到僻静的地方，回忆我俩从前同享的幸福，不知流了多少眼泪！……于是他们也和我疏远了。

扬子江泛涨春水的时候，只有我同住的朋友和我的春哥把我送上轮船。他们俩因为阶级悬殊，只是面面相觑！我却专想到你也是伤心不语。我们三人静默地相对了不知几久；后来他们走了，船开以后我还呆呆地坐在船头，风长，雨细，浪的哨声都助我的凄凉……我只想对舟子喝道：快把船头，转回上流，溯上成都，去见我的爱友！……

黄昏时分，船到了巫峡。斜阳挂在秃壁一般嶒崚矗立的巫山顶上，船头翻开红浪，渐渐插入山影。山眉间的栈道小得和山石参差的曲线相紊……左峰岭上吐出一弯新月还没有光辉……我愿变成那高峰上迅过的燕子飞回你身边……呀！玛丽！除了你以外，世间是多少空虚啊！我悔不该背了你，追逐这虚誉的浪影！……什么是名誉？岂不是恶人的同情吗？……我亲爱的玛丽，或者你到现在还不知道我不辞而别的缘故。你记得我俩在草堂寺最后一次见面的光景么？我坐在一个僻静处的栏杆上，你凭在我身边，轻言细语地筹算我俩的经济……夕阳照着檐下藤上的月月红，映着你那花缎的夹衫，浅黑的短毛褡，蛋形的头部，越显出你那洁白细腻的颈项，嫩红欲滴的颊儿，你忽然停了说话，叫我不要看得那么痴，我疲乏了，我的左腕衬在你的肩儿上，我的唇恰亲着你的头发。我又把我家庭的分散，我母亲的死，我被匪人拉去的惨况给你重叙了一遍，你的颊上也流了一串眼泪。我替你拭了泪……我问到你的往事，你却仍是低头不语……我俩携手回去的时候地下已隐约速写着新月的影子……分手以后，我进了城，就遇着你的一位同乡，黑娃。我拉他上茶楼去嗑茶。我问起童姑，他就说她是个妖精——妖精！……——究竟啊，童姑的干涩的面容，悭吝的习惯不会使人家满意……但是我自己却经验得在她这冷静外表之中藏着一个慈爱的心。她曾借了些爱情小说与我看，……有几回，她把我扶坐在她的床上，温柔地对我说过：“雪江，你要爱我啊。我把玛丽……”……她岂不是曾效法耶稣，亲过我的脚背？……——但是那可怜的黑娃还劳叨不休。童姑的容貌虽然老皱了，但详察她的曲线，可猜出她的青春是美丽的；细视她那紧闭着的富于表现力的嘴唇，可想见她在生命的路上遇了的是刺多花少……我又请了黑娃嗑酒，他醉了，我把他扶到我的床上睡下。他半醒半眠还继续在呐呐和我对谈……他说……童姑青年时代是很美貌的，又是很冷静的；她把热烈地崇拜她的少年们都委婉拒绝了。她抱独身主义到三十余岁，被情欲战败，竟爱了一个乡愚。后来乡愚怕惹出是非，便各自逃走了，只留下一个女儿……他说童姑就是你的母亲！……我耐不过了，把他打了一掌。殊不知那个贱类打也打不醒了，仍继续说下去。他说你小的时候也爱了一个乡下儿童！……——太不堪了！我急踉跄逃出，踏着月影，跑上城墙：险些儿跳下城去……——那城濠中的一弯新月恰似又在巫峡的江心跳荡，引出万条金蛇。巫山的奇形的曲线恰像 Raphael 画中的 Satan（鬼魔）伸开了他们的劲健的赤膊，似要攫着我，抛下江去……玛丽，倘使我当时顺了这种暗示，跳下江去，倒也干净！谁知，懦弱的少年，流尽了泪泉中所有的眼泪，竟致昏沉地睡了，直睡到第二天下午船到了宜昌，才惺忪地苏醒转来……

我不给你赘述。我在宜昌换了三等舱，我的床在最高一层，下面睡着两三个平民在吸鸦片，说些我不懂得的方言……我怕见得江面，沿途的风景一点也不曾玩览，只死尸般躺在铁架上，直到有一天下午舟子嘈道：黄浦……上海到了……我在绵雨凄风中望见江边隐约耸立的建筑物的黑影，犹恍惚是在巫峡。

我初见的上海在绵雨凄风之中好像是野兽的崖窟。野兽的崖窟的上海呀！我当时就应该回避你啊！——黄浦岸上几部汽车，电车如虎狼般凶猛，猿猴般哀鸣，驱逐着在泥浆中蠕动的无数的苦力车夫……我住在惠中旅馆，我也到戏园，游戏场等处玩了几天。起初还觉得有兴；渐渐看惯了，就怪讨厌了。呀！我梦想中的物质文明却不过是粉白的墓坟，在它的炫华璀灿的外表之中埋藏着多少吓人的罪恶，平民的血泪和阔人的烦闷！引人嫉妒的奢侈的洋货店遮尽了大自然的美……我闷到极点时，就在法租界一条偏僻的街上租了一间三层楼上的亭子间，关了门，不分昼夜，昏沉沉地睡了一个多月；直睡得腰肢胀痛，旅费也用尽了，才问出路径，一个人穿着褶绉不堪的西装，走到法国公园里去，坐在池边一株柳树底下，避开了喇叭的吼声和人的喧哗，暂觉得减了些烦闷。从此我天天带一两个面包，一早就到那里面去，呆坐到半夜……

我的邻居的皮匠烧香回来了。玛丽呀！他们这些穷鬼都是很快活的。什么使我这样烦闷呢？为贵族专有品的学问不该被我这平民攫得！义务教育和我自己的用功都害了我啊！我恨这些出风头的校长，我们把他们崇为神圣，究竟他们有什么功绩。不过多造了些游民的青年罢了！设使我把这十几年读书的功夫用来作恶，如今也不致如此颓丧啊！……我的旅费用完了，正在进退狼狈的时候，有一位文先生请我到平民女学校去教法文。这些好奇的穿红着绿的女子不像是平民，我还不甚愿意受聘；过几天，她们倒嫌我的声望不够；我的衣食于是无着，我又非常怅惘……文先生却是很慈悲的：他把我看为他的被保护者，叫我到他家中去。他知道 Plato，Cicero，及四川的风景，我母亲的家谱都比我更清楚。他把他的创作和翻译的小说都指给我看。他说因为他曾到美国留学，又是某学会的会员，他写的每千字要值十元……我想这种不通的创作和自哄哄人的翻译，我一天可以写好几万字；倘若我努力一个月，就可以回成都，我俩一生的衣食住都够了……我回去译了一段小说：满怀希望走去送到他手上，他吸燃了香烟，却顺便把我的稿子烧了……有一天他正在给我吟他的新诗，忽然进来了一位阔人。文先生很谦恭地接了他的手杖，转身向我介绍道：这是你的同乡，王君，×军长的代表，你认识么？……——我认识么！……那年放寒假，我回家去祭坟在D城被匪徒拉去的时候，在城外枪林弹雨之中，微白的曙光照着，点绑票的名数的苍茫的王大爷……我认识么？他那苍茫的容颜如今盖上了一层最讨厌的官场的假面具了！……我的头昏了……我当时告辞出去，从此怕见得人。Quoties inter homines fui, toties miuor homo redii！（我每次走入群中回来，总觉得我的人格愈低降了！）

我又关门沉睡；腰睡痛了，又到法国公园，呆坐在池边，看那皓月朗星，等到天明，……我生恨上海，我更不愿到巴黎，我到想脱离这万恶的世界……倘若我要学医，我将要发明一种猛性的毒药，掷到海水中，毒尽一切众生……倒不如仍学机械，造一颗绝大的炸弹，把地球一下炸毁……只存着你啊，玛丽，世上只有你是纯洁的……但在未死以前，我应回来看你，我应回四川来，倒拜在你脚下，求你饶恕我！……现在我却要归，也归不得哟！谁赐给我的旅费！……

渐渐秋满了公园，璧绿的草坪铺上了金毯：我的黑西装也变成了污黄色。凋叶逐悲号的秋风飘荡：我的枯瘦的影儿也在秋水里战栗。红鱼儿一对对游泳到我影边，吹碎着日光，在笑我的孤独。

呀！孤独！母亲已死！……隔绝了爱人！茫茫世界，谁是我的知己？玛丽，你曾祝我将来娶一个比你好千倍的妇人！……噫！纵然使我有了作恶的勇敢，成就了伟人，也不过可以配得一个只是容貌如你的，而不爱我，只爱我的金钱势力的女子；倘若我忠守我的志愿，至死当一个平民，定没有一个女佣肯顾盼我的……恍惚是我俩在T园初遇的时候，你的乳母常把你引到那荷花池畔游玩。我因为怕上街去见了陌生人脸要发红，每星期或放假日，改完了功课，便独自挟一本古代文学史到T园的见山亭上，坐着石凳，明声朗诵。有一天你的乳母走了，你爬上假山来撷花，突然遇着了我。你肯和我坐在一块儿，品评了一阵古文。你称赞我很有文学的天才。渐渐你问到我的历史，我便详细对你述了一遍。我自三岁死了父亲，自八岁出外读书，隔绝了十年母亲的爱……那年暑假回家，满街的景物大变；我正在问燕子的旧巢，寻我的故居，忽然，在一间小药铺面前，一位 mater dolorosa（痛苦的圣母）的活像，吸住了我的眼光。我被一种不可思议的能力吸到她身边，问她可认识K老先生娘么，她停了针线取下阔边眼镜，眼角边现出两条泪痕：“你问她！你是谁？……呀！我的儿！……”我们俩抱头痛哭。……梁上的燕子也在呢呢喃喃地嗟呀……母亲流尽了眼泪才欷歔着给我背了一遍凶耗：自反正以后，家务败了，大哥也死了，二哥也死了，什么都死了！……一家人的养粮都只靠春哥的医运！……我不得已，又离了衰迈可怜的她，才受了成都法文专门学校的聘……她把我送出城门！皱唇边泪流成沟，更显出是痛苦的圣母！……可怜！我从此便不能再见她了，……有一天我正坐在讲堂的教台上，闷对着几十个比我年长得多而欺负我的学生，忽接得春哥一封信：家乡城内打仗，母亲睡在床上，中了一颗流弹……Illa meos prima qui sibi amores abtulit, Illa habeat secum serveique sepulcro! ……（首先获了我的爱情的她，惟愿她留在心窝，而且保存在坟墓!!!! ……)!!!!!!!!!!!!!!!! ……

呀！信笺浸湿了，我的眼睛昏了……邻居的烛光不知几时灭了！天还未亮，欲雪的寒空凝着惨淡的白光……我忘记了写到了什么地方……——我刚才在对你说到我的母亲！……嗳！往事不堪回首了！……幸福逐了东流去，永不复返了！……——自从法国公园的巡捕见我的西装破败，不准我进去那一天，我就不辨路径，只寻流水边彳亍，追逐着永沉了的幸福。Stoiciens 派哲学枉是博论痛苦是虚假，他们却不敢承认在 Phalaris 的铜牛腹内有幸福存在。何况我的痛苦远胜过 intraPhalaridis thaurum？……几何派的哲学家枉然对我说：你认识真理，即有幸福。我如今认识了万恶的社会把我俩隔绝，认识了残暴的流弹杀了我的母亲，比“二直线只相交于一点”，比 cogito ergo sum（我在思想，所以有我存在）的定理还真了又真，然而我的幸福在那里？……耶教枉是对我说：你在世间受苦，你死后在天堂上享福。我却只见下地狱的尽是受苦的平民。这热闹的黄浦也淹没了多少自杀的平民呢！……我身不自主，走近了黄浦江边……但是谨防啊！地狱！……

怒号的北风送来了冬寒：黄浦江边也不容我遨游了。我的斗室里面也不容我长眠了：行李都当尽了，欠了几月的房租和饭费时时来摧命……有一天房主人恐吓我要拉到巡捕房里去，我不敢回屋，只遍街乱走。白云垂至房顶。马路上的雪风卷起黄尘。我避到春暖的先施商场里面去，假装买东西。围狐氅，穿红缎大衣的妇女们的眼光，玛丽呀，好像都聚集在我的身上。我埋头走过去了，还觉得她们的诧异的眼光在我的背上燃烧……捱到六七点钟，我受不过这种奇刑，就率性跑出来，不辨方向，好像是赤裸裸地在风雪浪花中飘荡。行人稀了，雪色满了街头。我走一间小茶馆门口经过，看见许多平民战栗栗地堆集在里面，准备在那里度夜。我犹豫了几次，想推门进去，但终于没有这番勇气……刚才熙熙攘攘的上海此时都沉睡在寂寞中了；只听见北风悲鸣，雪点飒飒，和踽踽的我踏破积雪的干碎的响声。我走到一条桥上，忽然一股大风刺透了我的骨髓，搅昏了我的脑筋，我歪到栏杆边，不见水流，只见雪花在水面瞭我。忽听得一声“下去”，我陡觉腰软身轻，顿时失了知觉……——第二天下午，喋嗹开眼睛，就看见我躺在如今这一间破屋的龌龊的楼板上，对面睡着一个恹恹待毙的吸鸦片的老臾。他说我昨夜跌在垃圾桥下的水中，被巡捕救起来，今天早晨有一位相识把我送到这里来，给我租了一床被盖，又留下四角洋钱……他的话还未说完，他就入催眠状态了……我才觉得我的头似火炙般发烧，我的声音嘶了，我的四肢无力动弹，只呆呆地望着在尘垢中发亮的四角银洋……我记得在T园里，与你初遇不久就放了寒假，我害了一场大病：因为我平时在T园中读书，受了湿气。学生都回去了。你私自走到学堂里来，看见我昏倒在花园门边，你把我扶到椅子上，你回去用饼儿包了一撮 Quinine，又煮了一碗捞糟给我送来！……有一次你坐在我床边给我递药，你掀开我的被盖，看见上面有血，你把我抱起来，把被盖换了……有一次你来敲门，我却无力起来给你打开……呀！玛丽，我悔我那时对你太拘束了！……如今倘若你来在这间我病卧的破屋中！……

天要亮了。惨白的曙光爬进了土墙的破洞，寒气侵到了我的腮边！……我恍惚还是被匪拉去，在鳖口沱崎岖的山寨上，绑着手躺在一个破庙中的颓废的古佛殿前，被晓风吹得战栗。几十个受苦的同伴都坐靠着壁头昏沉地睡了。一个赤脚的褛褴的少年匪徒，擎着一枝枪，也睡昏昏地把守着门口。殿外的灰白的曙光还把一线希望射进我的愁怀……如今啊，日光比黑暗更使人愁！……我在山寨上只过了几天就有春哥把我救出来，有你写信来安慰我解劝我：Spe gaudentes，in tribu ati onopatientes（抱希望的乐观，在难中忍耐……）我回成都，你在东门外接我。我因为受了辛苦，才知道了爱情的滋味，才改了我从前的拘束。我俩走到你母亲园中去，你把我拉到柳荫底下……你摸遍了我一身，你问我受了伤么……你抱着我的颈项，你倒在我的肩儿上流泪。风细，花香，月影儿正浓……你紧紧地搂着我，你的温热的颊儿贴着我的颊……天地万物都融化了在我俩的接吻……

噫！我的竹炉倒了，我的破被烧了一个洞，臭烟满了破屋，萧条的北风吹不开愁去，却吹散了我的希望……月下，花中，最甜蜜的一吻！……最甜蜜的一吻！……呀，我好冷啊!!我好饿啊！……还有这无法可度的初一的今天！……凄凉的今天是我这可怜的生命的末日！……玛丽，你现在多管是手枕着头孤眠；或许你的梦魂——也飞到了我身边……玛丽，你不要眷恋着薄幸的苦命的我！……我去之后！……鸡鸣了！……我的手麻了，我的头昏了！……Adieu！……美满的新年！……玛丽，玛丽！……

（原载《创造周报》第52号，1924年5月19日出版）

段可情

查票员

今天是公共租界电车罢工的第十天了。街上的行人都感觉得不方便的痛苦，虽然可以坐公共汽车和人力车，但是时间和金钱，双方都受了预算以外的损失了。至於乘汽车和马车，到可以节省时间，然而一些平日坐惯电车的人，那里去找这笔闲钱来开消这意外的支出？这几天那些在行里办事的中等以下的职员，真是苦极了。一方面要比平时早起；一方面又要极力把日常生活的费用，在可能的范围内缩小，来弥补这增加预算的车钱。因为这一来，不知甚么时候，才能复工。犹其是那些买长期电车票的人们，真是弄得来叫苦连天，因为图省俭，反而蒙不愿意的损失。他们大家都埋怨电车工人之不知足，还要用罢工的手段，去要求加薪，恐怕又是共产党在捣鬼罢？不然那里会能坚持到这么久呢？他们设若交涉成功了，到是加薪，可是我们收入，就无形地变成减薪了。

冯仲仁就是这一次罢工期中，最受损失的一位。因为他每月的薪金，不过二三十元的光景，仅仅足以够一个六口人的家庭底费用。还要特别减省，才能出入相敷，有时出了特别事故，如疾病，灾害，等等的发生，就会使他去借贷，或典当，方能勉强生活下去。这一次的意外损失，真是出乎他意料之外的。因为他的住所，和他的行里，刚刚成了一个反对方向，非要把 A 号电车坐完后不能走到的。虽然他想把家搬到行里附近去住，但是他那里能去找这笔闲款，来作搬家之费？此犹其小焉者，也许能设法弄得着这一笔款子来，然而又不得不进一步去想，一来此地的房租便宜，且住了十几年，觉得什么事体都非常方便。尤其是孩子们，进那一个义务学校，恰恰在附近的地方，学费及车钱均可免掉。二来行里附近，都是有钱人住的地方，每一所房屋的租金，都是超过他收入的。并且即或能搬过去，又安知行里的事，能保得永久么？虽然他是这样的勤谨处事的。万一事情弄掉了，而所找的事，又在反对方面的地界，那不是又要搬家么？因此他就死心踏地住在那里。虽然要用许多车费，及半个钟头以上的时间，但也没有较善的方法，使他迁移。

他在月初，才买了一张本月份新的月票。但是才不过坐了三天，电车就罢了工了。

当他在电车罢工第一天底早晨，照例在七点钟吃过粥后，就提着他那一个十年前买的，现在是污旧不堪的皮包，走到电车站的时候，已经比平时迟了十分钟，他站在那里等着，希望A号电车，能在最近一两分钟开来，还能不误时刻。可是他心中虽是这样想着，然而电车好像故意和他开玩笑一样，一等也不来，二等也不来；就是电车的影子，也见不着，虽然他是这样心焦意乱的。其他号头的电车，也不见开过来一辆。平时也有在着急的时候，电车迟了些时刻才开来的，但是这不过是五分钟，再多也不过是十分钟的。为什么今天过了二十分钟，还不来，恐怕是发生出轨和其他的事件吗？所以他虽是着急，然而看在钱的份上，只好耐心地等着。因为坐旁的车是要另外花钱的，就是迟一点到行里去，也不过拚着挨一顿臭骂就完了。总是不使钱吃亏，才是要紧。因为一家生活的费用，那能在预算以外去浪费。等着，等着，心里还想着电车恐怕快要来了吗？但是后来看见对面钟表行的大钟，已竟是七点五十分了。这才使他有点恐慌起来。并且同时发现对面轨道上开去的电车，一辆也没有见过。他想这绝不仅仅是电车出了岔子，恐怕另外有别的原因吧？他心中虽然比先前更恐慌些，但是还希望在最近能有电车开来，眼看见同着一块儿等车的人们，渐渐地各自去乘其他的车走了。后来那个电车站口，只剩下他一个人了，还伸着脖子，向电车来处望着。结果听着一群人的谈话，才知道电车是罢工了。这才使他完全失望，只好忍痛取出钱来，去乘旁的车子。

仲仁今天在晚饭的时候，态度和往常不同了。他紧锁着两道愁眉，面上露出不快感的颜色来。把桌上的菜和饭，有意无意地尝了一点，就放下筷子不吃了，虽然桌上的菜肴，并不比平日坏些。他的女人依然是露着笑容，殷勤地劝他加餐，但是他为着要受罢工的损失，和今天经理的辱骂的原故，那里还有心肠吃饭。所以他只气闷闷地坐着发愁，他的女人看他这样，也只好埋着头吃饭。平时爱说爱笑的孩子们，看见他们的爸爸生气，也就像秋天的寒蝉一样，一句话也不敢多说，各自静静地吃着饭。所以在这晚餐席上，空气非常沉寂，莫有像往常一家人围着桌子吃饭，那样地嘻嘻哈哈，充满了和爱的光景了。

一连几天，复工的消息，仍然沉阒无闻。仲仁只好忍痛把家庭伙食开消的预算费，拿一部份来去坐价钱贵一倍以上的公共汽车，到行里去。并且每天早上，还要早起半个钟头，因为从他家到公共汽车站，还要走上二十分钟的路，才能搭得了车。自从仲仁招了这意外的损失后，家庭的伙食，俭省到最低的限度了。比平日坏得多的伙食，使孩子们吵闹异常，每天吃饭都半哄半骇地把孩子们压伏着。因为车费的开支，莫有别的方法，可以筹出，只好将伙食和家用，往可能的范围缩小。就是油灯也非在晚餐和睡觉的时候，是不燃的。甚至于往常在行里的午餐，也俭省起来了。现在也只好用几块馒头，和开水吃吃罢了。他的女人到没有什么，因为她是过惯了这样的生活的。只有四个孩子，才没有办法，天气渐渐冷了，新衣服的添加，固然说不上，就是买几块粗布，来补缀孩子们的破旧的棉服，都没有法子想。孩子们每天从学校回来，都说别人骂他们是乞丐儿，哭着要新棉衣穿，真使他有点难过了。然而没法，又不能不用车钱到行里去办事，若是有几次晏到，恐怕连饭碗都要牺牲，那才不合算，只好连打带骗地使孩子们安静下去。仲仁的家本是和煦不过的，平常小孩子也规矩得狠，只要是衣暖饭饱的时候。自从电车罢工破坏预算以来，家庭就变成不安宁的状况了，他也失了常态，天天都要骂女人，打孩子，扰乱家庭的和平，不得不怪那些捣乱的电车工人。至于有汽车包车的阔人们，那就丝毫不受影响。

仲仁今天从行里回来，在晚餐席上，又依然用骂人的腔调，来发泄自己肚内牢骚。他的女人，在初还絮絮叨叨地和他拌嘴，到后来看见他之反常，是因为受了电车罢工的损失而发生的。并且她也狠能原谅当家的苦衷。因之以后只默默地让他骂一阵，出出气就算了。在晚饭后，他也不到平时常去的那一家小茶馆去品茗了。一个人跑上楼去，气愤愤地，衣也不脱，就躺在床上发愁。室内的空气，异常沉默，虽有月光照进窗来，但对于他又有什么作用？他不过是一个狠平常的人，又没有诗人般的情怀，去吟诗作赋，来消遣这胸中的块垒。只有闷气无声地，在心中盘桓今后的善后问题。若是罢工的日子延长久了，甚至于一月以上，那又用什么方法来补救呢？他想去想来，总得不着狠好的方法。不一会儿，他的脑经也用疲倦了，仿佛是入了梦一样，好像身子已经坐在电车内了，真使他快活已极。又好像街上有许多电车工人，在用手枪，刀棍，在打电车。呼喊开电车的人，赶快开回车库去要求一致罢工一样。人声和枪声的喧闹的音响，把他吓醒了。额上分泌一些微汗出来。不知现在是什么时候，觉得外边的市声，已经是消沉了，只匹匹地听见弄堂内卖面人的木柝声，还在一声一声地响着。又不知在什么时候，他的女人把被头替他盖上了。现在只听得妻儿们，鼻息微微鼾声。他想这时一定是午夜了，又勉强合着眼睛去睡。但是翻来覆去，辗转了好几次，都不能使他狠宁贴地入睡。兼之听着风声把窗子震得怪响的，更使他害怕起来了，这一来更使他没有方法再可以睡去了。

自从他醒后，一重一重的事件，兜上心来了。更使他脑子里，不停息地如车轮般动着。四围静悄极了，只有桌上一架旧钟的机声，的答地响着，与他心中不安宁的怦跳，恰成了相合相答的调子。这时的风声，比以前更峭厉得多，把窗子也弄得更响，并且有时在呼呼的当中，还夹着一两声，尖厉哨声，好像荒野丛莽中的鬼声一样。这更使他害怕起来了，他狠想去把他妻子摇醒，使他恐怕的情怀减少。但是一想，他妻子一天的辛苦，也就够使她疲劳了，难道不让她休息一阵么？无法，只好蒙着头，静数着钟内的机声，虽数到一千次以上，还是睡不着，好像精神比初醒时更加清爽了许多。而无限的心事，和害怕的心情，更扰得他不能宁静了。想起身去把油灯点燃，来用看书引睡魔的方法，但一想到节省上面去，又不愿无意识地来花费这有用金钱，并且朝上又要早起，那能不赶快设法早睡呢？现在他真是苦闷极了，让自己睁着两只大眼，看着黑漆漆的帐顶。一会儿隔壁一阵上楼的踏梯声，把他的注意力吸引过来了。翻转身来，看见壁缝中，露出一线的光辉出来了。接着就听见一男一女说话的声音来，因此就引起他好奇的心情，静静地注意听着，来消遣他不宁贴而烦闷的情怀。

“今天的结果，到底怎么样了？为什么这样晚才回来？”妇人开始问话。

“和公司谈判的结果，依然没有解决的方法。因为双方的条件，相差太远了。”男子叹息的口气回答着。

“还没有弄妥当么？那吗，真是坑死人了！今天我们只吃了一顿饭，大人到还忍得过去，只有孩子们，真没有法子想，一到肚皮饿的时候，就喊妈妈要东西吃，你教我用什么去给他们呢？

况且房东又在催索房租，真要焦心死了。你到好，一天在外边不回家，到是眼不见，心不烦。只有我真是受尽磨折，嫁给你从没有过一好日子。”妇人絮絮叨叨地说了一大篇。

“那有什么法想！公司不容纳我们的条件，只好暂时受点苦罢了。”男子用很温和的口气说着。

“是的，苦头还没有吃够，不知魔难还要受到几时呢！我叫你不要跟着他们一块胡闹，你偏不信，现在害得我们饭都不能吃饱。你要知道，他们是一些光干，你是有家室的，就是现在一个月的薪水，也还勉强够支持，为什么还要罢工，去要求加薪？从前到有什么工会，在罢工期间来津贴，多少到还不致于饿饭。现在的工会，情形是两样了，他们只是偏向着工厂主人方面，不但不发津贴，还要来压迫你们，不许罢工。所以公司方面，当然不给你们加薪。因为他知道你们没有后援，是支持不久的，终归有软化屈伏那一天来的。那吗，你们还去和他闹些什么玩意？不是自己找苦头吃么？”妇人大声地，又说了一大篇。

“他们大家都要如此呢，我好说一个人要上工么？”男子还是用温和的口气说着。

“你不听我的话算了，将来会把饭碗要闹掉了的。再说凶一点，恐怕还要把你那条狗命，闹脱了才算甘心的。你不听见一般人都说，是共产党在从中作鬼么？”妇人奋恨恨地说着。

“我这样受苦，为的是那一个？你们还不明白我的心！”男子也有点生气的样子了。

“难道是你一个人受苦么？我和孩子们还要到什么地步，才算受苦。都是你这人，自己太老实。你不看对面的吴老二吗？他，他还比你后到电车公司去作工，先前不是和你一样也是当卖票的么？你看他才不过三四年的光景，就升到查票员的地位了。他的老婆，现在穿得华美极了，家里的娘姨，还把她喊着太太。两个小孩，也整整齐齐，惹人可爱了。我们怎么样冷的天气，还穿着薄薄的棉衣，屋内又莫有生火，一到晚来，在被内也睡不暖和。你教我怎么得了呢！”妇人在呜咽的哭声中说着。

“请你不要再提吴老二了，他不是人，简直和禽兽差不多。他是献媚外国人和资本家的。用种种毫无心肝的法子，到我们里面来作奸细，将我们种种对付公司的手段，通通去告诉过些外国禽兽，来压迫我们，破坏我们。因为他能殷勤献媚，才讨着外国人的欢心，把他提拔出来，当一个查票员。自从当了查票员后，更是仗着外国人的胆子，来欺负我们。就是有些朋友，偶然在卖票时间，揩一点油，也不算一回事。外国人吸我们中国人的血，赚来的钱，就是弄点玄虚，也不为过。可是他看见后，就毫不容情去报告在外国人当前，使那些朋友吃亏。这也无非是讨外国人的好，想多弄几个钱。所以他现在的薪水，也增加了许多。并且还听说他有升总查票员的消息。他就是升到总经理，我也不眼红，叫我去卖朋友，当洋奴，把我杀死，都不愿干这样没良心的事体。我们的罢工，是自己正当的要求，在百物腾贵的上海，拿现在的薪水来看，莫说还要养家，就是一个人拿来过活，也只勉强可以敷衍。我们不愿意用我们血汗挣来的金钱，只让他们资本家坐享现成。何况他们又是外国人？我们并没有别的奢愿，只希望他们觉悟，稍微退点步，让我们过着比较安宁的生活，也就罢了。这并不是我们最高的要求，不过是暂时处在这样年头的当中，工人又没有很大的势力，只好把我们最低限度的要求满足，就可以暂时告一段落了。但是他们那些洋鬼子，都是一些贪婪无厌的豹狼，就是一点残馀的骨头，都不给我们。那就不得不取最后的手段去对付，使他们受点损失，吃点亏，才知道我们是不好惹的。可是这般二等走狗，又来破坏我们的罢工，去向洋大人的面前讨好，实行他们的升位置添薪水的好梦。我想他们的梦终归是一个梦吧，因为我们这穷无立锥的人们，还没有死绝。有我们的一息存在，永远是奋斗到底的。吴老二，他不要臭得意，才有一天他要倒大霉的。”男子慷慨激昂地说了一大遍。

妇人也不出声了，好像能了解她丈夫的话一样。后来男子依然恢复从前那样温和的口气，向他的妇人，说了一些安慰的话语。他说：“我明天到朋友地方去借一点钱来，总要把你们安顿好，不致于受更苦的生活的。”男子话说完后，两口儿唧唧地说了一会儿密语，他一个字也听不出来了。只听见他们上床后，不好久就鼾息起来了。

仲仁也仿佛地睡了不多时候，就觉得窗上渐渐地在发白了。邻家埘中的鸡声，也叫了两遍，他的脑子好像空洞洞地在微痛一样。桌上的旧钟刚敲过五下，时间还早，他依然闭着眼睛养神，想再睡一会儿，去恢复昨晚过疲劳的精神，然而窗外淡灰色的晓光，却使他再也不能睡着了。昨夜隔壁两夫妇谈话的事件，又兜上心来。想起自己虽然受穷还勉强可以把目前的生活撑持过去。拿邻家的电车卖票人朱老三来比较比较，把他几日来，满肚皮牢骚，好像付之于东洋大海去了一样，再也不愿意愤疾地去骂那些罢工的人们，只觉得心中充满了同情的愤慨，替那些可怜被外国人剥削和压迫的电车工人作不平鸣了。一想到隔壁一家人的生活状况，觉得他前日所发的脾气的景象，自己惭愧起来了。为什么不去怨恨那些统治阶级的人们，反而去埋怨那些为图生存而奋斗的勇士？真是毫无心肝，毫无心肝！自己仰承外国人的鼻息过日子，不去反对那些残酷不仁的资本家，要求自己的生活改善，反而在家中向着驯羊般的妻儿发脾气，真可算是弱者的表现。仲仁一个人在这神回梦转的时分，脑子忽然清爽起来了。恐怕是侵晨的朝气，把他心中积蓄着的苦闷，完全洗去了的缘故，现在剩下的，只是一个坦白的胸怀，所以他竟自放心地睡去了。

一觉醒来的时候，已竟是六点三刻了。他赶快起床，盥洗，他的女人已经把稀粥熬好了。他很感激他从未享过幸福的女人，这样早就起身去预备早餐，待他走后，还要去经理四个小孩子起床的事，她整天的勤劳，已经辛苦不堪了。而他在回家后，还在她身上出气，他自己的心中充满了惭愧与感谢，在他听了昨夜邻家夫妇一番对话过后。吃早餐的时候，他用非常和悦的态度，去安慰他的女人，这是数月来没有的现象，从行里裁员与减薪的事件发生以后，他就和家中的人们闹着，总说是他们把他拖累着，不然一个人生活多么自由。接着电车罢工开始后，更使他感觉金钱缺乏的痛苦，所以他对家中的人们，更加闹得利害起来了。回家来对于他的女人和小孩，非打即骂，没有丝毫清静的时分，至于他的态度，老是板着一只死青的面孔，凶恶残厉，简直是个家庭的暴君了。他的女人今天忽然看见他这样的和悦的态度，不觉得诧异起来了，所以她依然兢兢业业地伏侍着她的丈夫，在早餐完后，仲仁提着他那十年相依的老伴，烂皮包，走了出来。他经过隔壁朱老三的门口的时候，又不期把他们的家庭底景象，赫然陈列在眼前了。是的，男子的失业，愤懑的情怀，……妇人蓬首而憔悴的面庞，……孩子们在这样冷的天气，还穿着单薄而破烂的夹衣……一天一天冷，……户外北风的劲烈，室内的炉火不温，……房租没着落，……等等。这些情景，都引起仲仁真挚的同情。是的，罢工，罢工！坚持到底！推翻这些压迫工人的万恶的资本家！我们这些寄生阶级的人们，损失算甚么！到底比他们那些用筋肉劳动的人们要好得多。我们要亲密地连合起来，去推倒这样不良的经济制度所组织的社会！他一个人在到公共汽车站的途中埋头沉思着，一阵叮呤哨唧的电车声，把他从沉思的世界里唤回来了。这一喜非同小可，他急忙放开脚步追去，可是稍为迟了一点，赶不上这正在开驰 A 号电车的第一次车了。只好在电车口痴立着等候第二次的电车开出来。

他喘息已定的时候把他刚才欢喜的心理打消了。心里只盘桓着地沉思，他们真屈伏了么？为什么不坚持到底，去博最后之胜利？可怜，可怜！究竟金钱的魔力是大，把这些饿着肚皮等饭吃的人们，征服了！他们资本家那会受损失，不过少赚几个钱就算了。他心中弥漫了同情的心怀，一方面虽然欢喜电车复工后，他的损失减少。究竟同情心战胜了自私心，一想自己些微的损失，算什么！拿他们一家人饿着肚皮，去争求增加薪水来改良自己的生活的状况来比较，那是好得多。何况罢工的人数又多，那得不得实惠而徒受损失，未必无条件竟自复了工么？或许是资本家接受了他们的条件，也未可知。但是资本家那能这样的快允许呢！必然是这些铁蹄之下的人们，受不了饥寒的压迫，终归屈伏了？他心中充满了愤懑的情怀，恨不得把那些只愿自己丰衣美食的人们打倒才痛快。眼前满布着凄惨的景象，想起他们今后依然过着最低限度的生活，真使他觉得在资本制度下生活的人们，如在地狱一样的黑暗。一个人想去想来，总是寻不到较好的方法，来解放一般奴隶似的劳工。但是一想到自己也是在作奴隶，他不禁又叹息起来了。待电车来后，他无精打彩地随着大众挤上电车去，满车的人都充满了欢快的谈话，只有他一个人，找着一个位置，垂首丧气地坐下。一会儿听着一个很熟的声音，喊着先生买票呀，他抬眼一看，很诧异起来了。这不是对面的吴老二么，怎么查票员卖起票来了？再定睛一看！不错，是着细呢大衣的吴老二。只见他笑着招呼仲仁，“是呀！冯先生是有月票的。”说着向旁人卖票去了。仲仁怔怔地发了一回呆，脑子里忽然记起吴老二，前天晚上在茶馆的一席话来了。

在前天仲仁吃过晚饭后，他心中充满了的不快活的情调，更加利害起来了。饭吃完后，也不离桌子，只皱着两道浓眉，不住地发愁。他的女人看他这样，恐怕停了食，会生出毛病来。所以她笑嘻嘻地劝仲仁到外边茶馆去坐谈一会散散心，到比家里闷坐好得多。他听过他女人说完后，就漫无精神地走了出来。天上满布着愁云，连一颗星子也看不见。窄小的街上，只有一盏昏暗微弱的街灯照着。街上静极了，只遥遥地听着小贩们，发出凄凉的叫卖声，来冲破这静寂的空气。他从小街转到大街来的时候，景象就完全不同了，街灯明亮透了，照着这坦平的马路，车子往来如梭，两傍大小店子的玻璃窗内，燃着灿灿的灯光。市声糟杂，更显得繁华热闹了。他孤另另地走到常去的雅光茶楼的楼上，选一个静僻的位置坐下，茶房把茶送来后，一个人就啜着茶味出神，楼上充满了烟的气味，糟杂的谈笑声塞满了耳鼓，但是一句话也送不到他的耳官来。因为他脑中，正在构思对于这一次意外损失的善后问题。虽然很想出来解愁，结果一个可以谈心的朋友都没有碰着，他们一般茶客欢乐的笑声，反引起他不快的心情，更加浓厚起来了。他很失悔不该出来，倒是一个人在家里蹬着还好些，虽是闷气，但还可以和女人儿女说说笑笑，或许会暂时忘去愁思，得着一些愉快，也未可知。他正在闷得恐慌的时候，心中却打算，再喝完一杯茶后，就回家去，忽然听着“冯先生吃晚饭了么”的一句话，使他赶把埋着的头抬起来，一看是对面电车公司做事体的那一个吴先生。急忙招呼让坐，心中充满了无限的希望，因为在他那里，可以打听出复工的消息。喊茶房再送一壶茶来，大家吸着烟，就攀谈起来了。

“吴先生，你这两天到闲得很，所以能在茶楼会着你。”仲仁满脸堆着笑纹，这是由他内心中所发出来的希望的表现，好像吴老二一动唇，复工的事体，就有办法一样。所以自然而然地把他刚才所忧心的事件，完全忘去了，而露出笑容来问话。

“是的，因为他们罢工，所以让我休息几天。可是你先生就吃亏不少，真是冤枉得很，是不是?”他的话刚说完，就哈哈地笑起来了，面上露出很得意的神气来。

“是吗，那些人真不知足，像他们每月的收入也就可以了。比在其他那些工厂做工的工人，就好得多，还不知足，恐怕又有共产党在暗中捣乱呀？不然，今年怎么到处都在闹罢工的玩意。

这两天我真焦心死了，吴先生，到底什么时候才会复工。”仲仁咕喽咕喽地说了一些生气的话，好像可以出出他几日来增加的怨气一样。

“还早，还早，恐怕总有个把月的担搁罢。因为大家都是不诚意地讲和，双方的条件相差得太远了。将来不过公司方面给他们一点小意思，就算了的。不怕他们现在的松香架子搭得高，熬不住几久，就要塌下来的。公司的资本多们雄厚，他还怕什么？少赚几文就完了。不过这些死猪，真可怜，不知受了那个的鼓吹，又来干这把戏，先前到有什么工会来帮助他们，现在不成功了，因为工会换了人，怕共产党捣乱，所以连罢工都禁止了。因之公司更加不怕了，开始几天不去睬他们，使他们受一点没有钱的痛苦。再来讲和，还怕他们不就范围吗？我是不管这些事情的，乐得多玩两天，在停工期间我是一样地拿得着薪水。对于我又丝毫不受损失，所以今天就多同谈一会天，也不要紧。他说完后，拿起茶杯啜着，脸上微笑的表情，把他得意的神情充分地现露出来了。

“旁的话不要讲，吴先生，到底在最近的将来，有没有复工的希望？”他发急地追问一句。

“复工吗？在最近两个礼拜内是说不上的。不过，……”他复行拿恃茶杯，故意停着不说，慢慢地把一杯茶喝完后，才继续讲下去。“不过公司现在有一个办法，或许明天，A 号电车有四班开出来，以应急需。因为各马路的商会，都来信要求公司设法复工，以便行人，而利商业。所以明后天或许有一个号码的电车开出来。但是只从早七点，到晚十点为止。”

“那是再好没有了。”仲仁好像释了重担一样地轻松快活。并且使他兴致勃勃地，同吴老二谈着。“吴先生，那吗，这四班车那里去找人来工作呢？”他不放心地再追问一句。

“有的，我们这些查票员，和厂里的工头，那一个不是从开车的和卖票的升上去的。那吗，开车还成什么问题呢？不过公司另外出一笔钱，给我们，要我们帮忙，那也无法，乐得多赚几文，去对付家里的人。前天我的内人，还向我要一件皮衫，正在没法去筹得，这倒是个好机会。恢复旧业，虽说比当查票员辛苦一点，但是为着家里的人要钱用，就辛苦也说不到了。因为女人们真不容易打发，动不动就生气打骂，为要保持家庭的和气起见，只好在女人的面前将就些罢。今天我的内人还在问冯太太，为什么有好久没有到我家来玩了？她正需要几个熟人，来打麻雀牌消遣呢。”他说到此地，更把得意的神情全盘露了出来了。接着他把他怀中的表掏出来一看，自言自语地说着：“时候不早了，快要到十点钟了，她恐怕在阿姨处打牌要回家去了吧！我也要回去了，冯先生还要坐一会儿吧？”他说着就嘻嘻地跑了。

仲仁正在埋首深思那一天的情景，忽然有人把他推了一下，抬起头来，又看见吴老二的笑容来了。“车到了终点，你还不下车么？在想什么事，冯先生？”他微笑地说着使他现出不自然的样子，慢步慢步地走下车来。一路想着“是的，自己的位置，……另外的收入……可爱的妻子……凡是有利的事，都要拿一副笑脸去对付的……卖朋友，当走狗……忘去了从前受压迫的时代，……人家饿肚皮，他自己寻快乐，……虽然见了人是满脸的笑容，但是这笑容是可恶的，是卑贱的，是谄媚的”。仲仁自从那一晚听了邻家夫妇的谈话后，总觉吴老二的笑容，是非常讨厌的。

一天工作的疲劳竟使他在八点钟就上了床，想早一点去睡觉，来恢复倦了的筋肉。但是这刺激神经的事体，又涌上心来了。当他今天下午从行里回来的时候，走过弄堂门口，看见吴老二的两个孩子。都是穿着温暖的棉衣，在弄着皮球玩。恰恰朱老三的几个孩子也在门口，他们则穿着单薄的夹衣，他们的手脸冻得红红的，两道鼻涕挂着。他们看见了吴老二的孩子在玩皮球，也想去参加，但是又怕，偶然其中的一个，用手去摩了一下吴老二的孩子，就将这衣服褴褛的孩子，连打带骂地凶了一顿。仲仁过路时只听见一两句最伤心的话就是“你这小杂种，也配玩皮球，你不看你那副讨口的样子，连你的爸爸也该我的爸爸管”。虽然是小孩子言出无心，但却使仲仁难过已极。所以他在床上，翻来覆去地想着世界上真是不平等极了。吴老二先前不是和朱老三一样的么？后来因为谄媚外国人，把位置升高了。经济一悬殊，好像他们中间就筑起一道坚如铁般的高墙了。不但大人如此，就是天真的小孩当中，也有贫富之见发生出来了。这是多们可悲的事体！吴老二在从前不是一样也随着大众罢工要求加薪的么？还记得他从前有一次罢工，曾受了重伤，向着我拼命地骂公司，和当走狗的查票员。现在他自己位置及薪水增高了，就把他本来面目忘掉了。究竟金钱的魔力大，使一个人有两样的面目和心肠。是的，那一个人不是贪婪无厌的豺狼？也不单怪吴老二，有了八百想一千，在现社会生存的人，都是抱的这个思想。若要消灭这种概念，除非是实行社会主义。仲仁在无穷的思想海中游泳着，使他一直到午夜都还没有阖限，后来实在因为疲倦筋肉，再不能撑住了，才能安然入梦。

朝霞映玻窗上面，射入他的眼帘的时候，甜蜜的睡梦惊破了。翻身起来，把每日照例的工作如盥洗，早餐，等等做完后，依然提着皮包走了出来。朝阳映在屋瓦的白霜上面，闪闪作光。数日来阴霾逼人的天气，今天放晴后的景物，更衬得活泼可亲了。他深深地呼几口清鲜的朝气，使他更精神焕发了。脚步也好像比往常健壮多了，几步走到电车站口，却扑个空，连电车的影子都没有，虽然应当是第二班开出的时候。他知道电车恐怕又是停驰了，心中非常坦然，反觉得比有电车还痛快。所以他自己乘着旁的车子，到行里去了。

电车依然停驰的原因，恐怕是杀了那个高丽人姓金的查票员吗？因为他手里拿着一份刚才买的日报，在本埠新闻栏内，明明载着姓金的查票员被杀消息。所以他的态度，反觉平静，倒替那些罢工的电车工人快活，心中常是这样想着，我们受一点损失算什么？到底还有薪水可支，比他们强得多了。所以他很安稳地到行里去做事。在午餐的时候，听着行里的同事说，因姓金的被害后，其他的查票员，及其他一些流氓工人，再也不敢去开车了。虽说金钱可贵，究竟性命要紧。所以他们要求公司方面，能担保他们生命的安全，才继续作下去。公司也无法来保障，让罢工延续下去罢了。只好再设法，和工人方面去谈判复工的条件。但是工人方面，对于破坏罢工的工贼，愤恨非常，听说他们要用激烈的手段，去对付这些图私利，讨好外国人的走狗，恐怕有第二次的暗杀事件发生，也未可料。大家都攒着眉毛，露着苦脸，叹息到底什么时候才能复工呢？仲仁的平淡而不紧张的态度，倒使他的同事们诧异起来了。因为他平常是痛心地厌恶那些罢工的人们的。现在坦白的样子，倒不得不使他的同事们集合在一块儿，来谈论这件不可思议的事件。

仲仁当天回家，也和往常一样，不过心中时时刻刻在替他对面那位吴老二担心。因为他做的事体，太对不住大家了。仲仁晚餐后，一个人上楼去，点着灯来看小说消遣，正在看着得意忘情的时候，忽然几声枪声响，把他惊住了，尖锐的音响，绝不是爆竹，恐怕是那车儿发作了。他急忙跑下楼来，他女人忙把他拦住，教他不要忙着出去，恐怕有中流弹的危险，他等外边人声沸腾的时候，知道凶手一定已经走了，看热闹的人和巡捕都来了。仲仁用力从人丛中挤了进去，但是巡捕不准他入门，他只站在门边，遥遥地看见地上躺着受伤甚重的吴老二。微弱的灯光，照着惨白的面庞。他心中想着，吴老二那副谄媚的笑容，恐怕永远不会出现于人群了！吴太太哭得泪人一般，他心中想到，这一下从工人血汗织成的皮衣，也穿不成了。两个小孩，恐怕皮球也玩不成了。虽然他心中如此这般样地想着，到底他把吴老二死后，与将来他们的生活问题，是如何凄惨地过活着，又把他同情心引起来了。等到巡捕把一切手续和病人送医院等等事件办完后，就跑进去，安慰吴太太一些好言语。当夜仲仁跑回家去睡觉，睡得甜适极了。一直到第二天早晨十点才醒。因为他是星期日，所以他也乐得偎在被内，把报纸拿起来看着。

报上的消息，是吴老二还没有到医院就死了。倒也是在仲仁意料之中的。因为身负十余枪，总是铁罗汉也打坏了。可是有一件事，又使他难受极了。就是报上载着，暗杀吴老二的当晚，捕获嫌疑犯二名，内中就有隔壁那位老三在内。一想到若是朱三真判了什么徒刑罪，不知道他们那一家人将要如何生活法，他倚着床栏，不住地摇头叹气。

1927，12，2 于上海寓所

（原载《创造月刊》第 1 卷第 10 期，1928 年 3 月 1 日出版）

冯乃超

为什么褒姒哈哈地大笑

——一篇木头戏脚本的草案

褒姒张开眼睛来，晓得自己的身边的确不是爹娘的乡土。想起来，她就忧郁了。

虽然拼命地向爹爹争执，情愿以后天天住在羊栏的傍边，或在猪群的黑暗的土窖里过活，和别的奴隶同例做苦工。但是，比铁锅还要顽固的老头子，总是石头一样不肯听人家半句人情话。无论你天翻地覆地哀哭，他只是没有事地踞坐在毛皮的上面，看着帐外衰残的草丛：心中想着远方的远方的事情。

为什么男人是这般残忍无情，她不能够理解。

妈妈们——除了生她的母亲之外——都来羡慕她要到文明的国度去。

——到那边可以住在安乐的城里，用不着随着气候的变迁，水草的多少，今天东方明天西方地奔走。(妈妈一说)

——到那边有滑腻的绢丝的衣裳穿，穿起来你要愈加美丽。我给你占了一卦，你到那边一定得皇帝的喜欢马上把你做皇后。(老年的巫婆说)

——那边有宽敞的坚固的房屋，不管风吹雨打，连天大的雪也不要担心。住上三天，保你干干净净忘了这边的事情。(妈妈二说)

——姑娘，你到了那边，有机会要送我一匹丝布。（妈妈三说）

——送我一个土烧的父乙樽。那是天朝的名产。（妈妈四说）

——听说那边的皇帝是很温柔很白皙的。（妈妈五说）

——…………

她们不晓得人家心中的苦楚，很快活地任情地各说各的话。

但是，她心中那有空闲做美丽的异邦的梦？她老大不愿意离开她的过惯了的生活，离开她的驯熟的羊群，可爱的马匹。而且要到人生地不熟的异国去，不打紧，而且又是服侍异国的皇帝去。她是老大地不愿意的。

妈妈们很热闹地替她收拾日常的什物，宝贵的铜镜，绢丝的腰带，衣裳，木履。她们都以为她们的姑娘做皇后去，快活不过地唱着单调的歌谣“送我们的姑娘去”。

毕竟，她受着一队骑兵的护卫，要向南方起程了。

临行的时候，犬戎的酋长向女儿说：“女儿，我虽然是不忍心打发你到敌人的国里去的，但是，没有法子，我们打败了仗，只得要你为我们牺牲一时，到明年的春天，我们要迎接你回来的。”这个时候，他的面上带上不能掩饰的哀痛，但是，褒姒的眼泪已经干涸了。

她望着原野的羊群，又看看放牧的强壮的青年和送行的部落的男男女女。不作声地俯首跨上马鞍上。

——别了，澄静的湖水，沉默的树林，我的灰色的绵羊，悠闲的鸡鸭。

虽然她的同族向着她的后尘扬手，她没有回过头，只是痴痴呆呆地顺着马匹的轻微的反动，规则地摇着身体。低微地还能辨出“送我们的姑娘去”的歌声。

南方去，南方去地马蹄响着，他们的一队横断荒废的平原，向着敌人的国度去。

黄昏的时候，她的故乡，她的部落已经沉没到地平线下去，她忧郁起来了。

第五天的日中，迢迢的远方隐约地认得周国的京城。城池的近旁密集着居民的屋宇，沿途的田圃种着苍绿的蔬菜。水田上面深深垂着禾穗的金发。

这五日间，她简直没有讲过话，卫兵们赞扬天朝的文物怎么好，风土怎么美，她好像哑子一样，噤口不答一句话。

他们的一队受着群众的，好奇的，鄙视的欢迎的眼光迎接入城内。

所谓“天朝的帝京”也是牛粪马粪满路的。卫队们把带来的羊皮，牛皮，别样的兽皮交换他们需用的东西，向民间的市墟去了。

褒姒和一个卫队长随着周国的大官到皇帝的宫殿去。他们跑到一所宽敞的房屋前面来，在这里他们下了马，徒步踱进屋内。屋宇的内外，许多禁兵持着斧头，方天戟，长矛及大刀守护着。卫队长觉得天朝的皇帝的胆子很小，要豢养这许多兵队来守护宫殿。

内堂的正面的上座坐着名叫幽王的皇帝，大官很卑贱地和虾蟆一样伏在地面。

——启上陛下，犬戎遣使乞和，并将女儿一口及国中珍宝献上陛下。伏望陛下裁夺。

堂上的皇帝涎着面，眼不打瞬地钉在褒姒身上，这老头子是很贪财的，同时又很好色，见着财宝和女人，他便嘻嘻地快乐起来，双眼缝成一条线，咕噜咕噜地在肚里说了几句话。黄门官大声呼喝道：

——王上要启金口，你们化外人跪下肃听纶音。

褒姒听不懂，卫队长要她跪下来，她忧郁不过了。

——免礼，免礼。你是很漂亮的姑娘，到我身边来。皇帝很快乐了，她的身体这样的富于肉感，她的容貌这样的均齐。但是褒姒听不懂他的话，不知所措地踌躇着。皇帝从交椅翻身下来，亲手拖她，和她并肩坐在交椅上。

——启上陛下，外邦使臣及金银宝贝，伏请御旨定夺。大官又取虾蟆的姿势上言。

——使臣打发他回去，吩咐他告诉犬戎王，他进贡的东西都领受了。

——外国使臣听悉，王上鸿恩，化及域外，你王既能悔过自新，免究前愆。以后年年勿忘按期纳贡，二等属国金银五十锭，羊皮三十张，牲畜五十头，珍奇宝贝，多多益善。果愆期欠贡，莫谓天兵斧钺，不留人情。大官挺着腰骨庄严地说。

卫队长才明白天兵要这么多的理由，三呼万岁，回犬戎国去了。

——启上陛下，金银珠宝，伏希圣旨发落。

——金银送到财政部收管。

大臣班中转出一个尯鼻子的秃头胪来，虾蟆式跪下听话。

——你好好把金银收管，不要肥私囊。不然要把你的屁股打出血。

——对了，陛下。

——宝贝拿到后面的货仓去。你们无事可滚蛋，不要阻朕的佳期。

黄门官宣报退朝。宰相，司徒，司空，尯鼻子的秃头胪……数不了的长袍大袖，影子不留地鸟兽散了。

堂上很闲静地只留下他们俩。

皇帝就不规矩起来了，弄手摩胸地。

——我的爱妃，你的双颊好像玫瑰花一样鲜红，你的手腕好像玉琢一样莹洁。

褒姒不懂皇帝说的什么话，不过这老头子的胡闹的纠缠，使她心里悒郁得难过。

皇帝弄过她的手，摩完她的身体，还要吻她的朱红的嘴唇，但是，她再忍不住这样的侮辱，把他的岌岌危乎的姿势一推，皇帝翻了一个筋斗，跌倒地上。

——我的爱妃，你很好气力。你有芙蓉的姿容，野……野……野牛的气魄呵。皇帝喘息地爬起来。

褒姒依然是痴呆地忧郁，好像骡马一样缄着口。

那天晚上，皇帝和褒姒省略了结婚式，也不要证婚人，进洞房点花烛去了。

“天朝”的岁月是无聊的，沉滞的。褒姒在这边过了几天了，这几天她觉得长过几十年。这样形式不同的生活，从她的喉咙夺去了她的歌声，从她的心脏夺去了她的欢乐，从她的手足夺去了她的自由的举动，她变成了一个傀儡戏的木偶。于是“不说话的美人”“不会笑的美人”“木偶美人”的风评兵车一样跑遍了全国。

皇帝很为她可惜。以她的丰满的面颊，惹她一笑，她的笑靥值得一国的财产。

皇帝费尽心机也博不得“美人木偶”的一笑。他食饭的时候，坐马桶的时候，都受着这个难问题的纠缠。

——堂堂万乘之尊，也博不得美人一笑，的确没有面目顶天立地了。皇帝很深刻地烦闷着。

有一天，皇帝的灵机剔动了。他张皇地跳起来，手舞足蹈地。这可以克服艳如桃李凛若冰霜的木偶美人了，他想。

他即时下令向民间征求一个犬戎国的老婆子。以重金买她的衣裳，又征她教授犬戎的跳舞。

翌日的晚上，皇帝的策略着着成熟了。

褒姒坐在房间，她以为坐在监狱里。

——这边没有森林，也没有涓涓的流水。这边没有嬉笑，也没有自然的人声，有的只是装腔做势的傀儡戏的科白及做作。褒姒这样想着，从新忧郁起来了。

——这边没有游戏的朋友，也没有谈心的同伴，有的只是那胡闹的老头子。说起皇帝来也就忧郁了。因为他以为做皇帝的是很得人民敬爱的，但是那胡闹的老头子，从头到脚只是一个滑稽的小丑。

——为什么大臣们要这样卑污地恭维他们的小丑大王呢？这一种鬼把戏，她很难理解。

皇帝的确是爱惜她，同一屋内不少美丽的妇人，她们都是苍白的，很斯文地举动，很娇羞地说话。但是，皇帝现在只宠爱她。皇帝百般地献殷勤，常常伴着她过日。皇帝又做许多诗赞颂她，但是，异邦的文字，她一点看不懂。皇帝怪有趣地又给她讲了许多笑话，可惜，异邦的言语，她听不懂。只是看着皇帝的婆娑老态，她忧郁地默坐着。

这所宽敞的房子，日间也是幽暗的，复杂地装饰着。中央放着雕上禽兽形状的桌子，几张鼍龙模样的椅子，墙上挂着精致的剑鞘，也是雕上蟠龙模样。房子一隅堆积着龟壳贝壳，墙下叠起刻着文字的竹片。这些东西有什么用途，她简直莫名其妙。

房子的别一隅，放着三个木制的大箱，放满了青玉，白玉制的酒樽，酒壶，青铜的镜子，饕餮纹的香炉，父乙纹的小鼎，珠玉钉满的王冠，坚石的小刀，黑铁的胃胄。毕竟是皇帝，三箱宝贝之外还有仓库，这是祖先代代传下来的，是由猡狁，犬戎及其他各彩地的诸侯们收敛来的，守护这个宝库是子孙的义务。这是皇帝给她说的，可是她听不懂。

褒姒故意回忆许多过去了的事情，一件一件地浮显头脑中，慰藉迟迟不去的空疏的光阴。

她想起部落中的巫女。这个婆子曾给她算过命，说她福气好，将来可以做皇后。实在这老婆子何曾能算命，她因为阅得世事多，晓得酋长们的女儿多数到异邦当人质去的，而且褒姒生长得特别美丽，无人不疼爱她。褒姒以为她的卜筮灵验，她觉得那老婆子愈加可亲近，愈加可敬爱。

但是，房门开了一扇，那个婆子粗笨地跳了进来。褒姒不敢相信自己的眼睛，然而，她验出不是在梦境。老婆子的衣裳是犬戎的装束，老婆子的跳舞是犬戎的风情。她回忆起家乡的事情，了不得地觉得老婆子的可爱。

——你跑来安慰我的么，慈爱的巫婆？但是婆子不作声，双脚如鸭脚的活动，滑稽地跳着。她冲动地跑到巫婆跳着的地方，紧紧抱着她。

但是，细看起来她不能不惊愕了。她看看婆子的白皙的皱皮的面颊，在口唇上发见了几根男人的白须。婆子大笑起来。除去头巾，意外的，她就是胡闹的皇帝。然而，褒姒心中不但不能笑，反觉得受欺了，愤懑冲上心来。皇帝还是笑个不止，她举起手掌尽力披他皱皮的面颊。皇帝扫兴地惊愕地看着她，他料不到为娱乐她的行为，会有这样的结果。她表示还要凶狠地掌他的面颊的形势，皇帝见势头不好，退后几步。幸么不幸么，他踏着自家的裙子，裂的一声裙子撕裂了，皇帝打一个筋斗，翻倒在地。

这可恼可笑的丑态，不由褒姒不笑出来了。皇帝倒在地上也大笑起来。

——胡闹的老笨货，以后不准你这样骗人。她见皇帝全身软弱地爬不起来，双手扶起他。皇帝以为自有生以来，未曾感过这样的光荣。站起来又故意跌下去，褒姒看破他心里的鬼，转过面不去理他。皇帝扫兴地只得爬起来。

这公式主义的皇帝，又来剔动灵机了。他跑到货仓里，托了几匹绢布来，一块一块撕裂起来。褒姒不明所以地惊愕着他的狂态。皇帝愈撕愈快，伴着裂裂的拍子，他快要变成疯子了。褒姒不由不笑起来。

——你喜欢听这样的声音，很好。皇帝说。

然而，以后撕了无虑几千匹绢布，皇帝终于不能看得她魅惑的笑靥。他又烦闷起来了，不论是食饭的时候，或坐马桶的时候。

皇帝为究明“怎样才能使褒姒笑起来”这个紧急问题，召集朝臣百官谘议。讨论了三点钟，大臣们只是抚着秃头，你看我我看你地，总没有一个贤明的办法。

——你们都是饭桶，咀米虫！你们晓得国家为什么要豢养你们？在这个重大的时期总没有一个合用的。皇帝轰轰地愤怒起来，百官诚惶诚恐地虾蟆式伏在地面。

那时候恰巧军机大臣有机密事启奏，跑上朝廷来，看着这个光景，莫明其妙地望望伫立玉座前的皇帝，也望望俯伏着的百官。

——军机大臣你来得很好，我欢迎你，你是我的智囊。皇帝雀跃地叫起来，百官如遇了救星，静静地爬起来，偷偷地走散了。

——这是什么事情，陛下？

——你没有明白，这种不中用的笨伯，一点也不能理解我的苦衷。皇帝很悲哀地告诉他。

——究竟为什么事情，陛下？

——你没有明白，我极痛爱褒姒，牺牲我的宝库，牺牲我的城池，牺牲我的国家，我也要爱她，我的一切，我的一根眉毛，一枚牙齿都属于她的。但是国中黎民都说她是“木偶美人”，教我很难过呀。而且她不是木偶，我觉得我们都是木偶，只有她不是木偶，皇天后土，我可以发誓，她不是木偶。

——陛下，不要这样兴愤呵。

——教我怎样办，她是这样美丽，她的笑靥这样的蛊惑。唉，我天天日夜烦恼着，怎样才能博得彼姝的一粲，可是那些蠢东西，故意与我为难，商量了半天，没有结论，教我怎能不发气。皇帝觉得天下没有比自己更可怜的，声泪俱下了。

——不要过哀，好皇帝。一笑倾人城，再笑倾人国，自古以来常有的。凡事可来问老夫。

——呀？你？我相信你能够搭救我的。快吧，快点教我吧。皇帝焦燥地恳求着。

——不要忙，而且事关机密，谨防隔墙有耳。军机大臣提着皇帝的耳朵，细声向他耳语数分钟。皇帝才又雀跃起来，比天国居民的小孩子还要快乐了。

——究竟是我的智囊，明天你去兼职左右丞相。皇帝感激不过，拥抱着他。

翌日，皇帝跼触不宁地，候着事变的发生。民间依然是太平的盛世，熙来攘往地营着日常的生活。

下午两点钟的时候，皇帝与褒姒驾着龙凤辇，卫队拥护着，喝道到城楼下。皇帝下了车，登上醮楼。同时四面警钟乱响，烽火的黑烟冲到半空。

——褒姒俯视军队的张皇的移动，国民的狼狈的东奔西走。百姓扶老携幼，负箱背囊，男男女女在城池里面循环地乱走。

养猪的姬老头儿，恨不得把全数的猪托在肩上走。但是，他选了最肥的两只，担在肩头，他就走不动了。他悲痛地和猪们一同哀啼。

——呵，上帝搭救我，搭救猪。

同时，宝玉商人的铺面被避难的乱民掠夺一空，犹太人一样的申老头儿眼看着一生涯的苦心，忽然化作了烟云消散。

——呵，我的财产，我的生命！他再没有生处人世的希望了。他的喜乐，他的幸福，就是一串一串的珠玉，一件一件的宝饰；它们都纷失了，他变成坏了的机器，失了正常的活动。

——为什么警钟乱响？

——你不见烽火冲天么？

——呵，半空受着黑烟遮蔽，好像敌人就在那里面跑来！

——或者是犬戎来报仇。

——呵，敌人到了，城池快要陷落了。

百姓们穿山甲一般乱窜，然而，何处有他们的安全，何处有他们的危险，他们怎能晓得。

只有坐在醮楼上，俯视地上的皇帝，他十分明白。他心里暗笑着。

过了一个钟头，远方一队兵士随着四架战车飞奔地跑来。同时东方，南方，西方，各地诸侯的车队，蝼蚁一般奔向皇帝的城池来。

他们接近城池来的时候，夜色低迷了。那个是敌人，那个是同志，他们怎晓得，在朦胧的幽光中，他们互相冲突起来。

矢尽弓折，接以白刃的时候。然而，毕竟敌人在那里？平时怀了鬼胎的诸侯们，互相猜疑起来。然而，究竟敌人是那个，他们怎能晓得。只有坐在醮楼高处的皇帝，就是他们的裁判官。

但是皇帝抱着脂肪的大肚，哈哈地笑个不止。

——愿王上万岁，万岁，万万岁。诸侯们争先恐后地跑上醮楼，一个一个都是虾蟆式的跪下，齐声三唱。

——臣等看见烽烟，马上兴师保驾，路远来迟，罪该万死。

——不审龙体曾受惊吓否？

——陛下，敌人在那里？

——哈哈哈哈……敌人就在你们和你们之间。皇帝这个警句吓得诸侯们面面相觑。

——陛下，若是我们里面有谋叛的，伏望指出，以正王法。

——不要性急，我说你们互相对敌，和我没有关系。打得很痛快呵，有劳卿等。这不过是临时阅兵式，事完了，卿等可回去。

——陛下，臣秉性愚鲁，不明陛下说的什么？诸侯一启奏。

——我说你们是愚蠢的奴才。回去，回去。

——陛下，我们里面确有包藏祸心，图谋不轨的。诸侯二启奏。

——那么，我的宝库，我的城池，我的年贡，都给它吧。

——陛下，这是什么话，臣等秉持赤子的忠诚，虽赴汤蹈火也不惜尽犬马之劳，决没有贰心的。

——好，算了吧，不论你们有一个心或有一百个心，你们都是忠臣，你们要什么酬劳，采地么？财宝么？但是，你们杀了几个敌人？敌人在那里？回去，回去！这是阅兵式，你们不明白么？

——以臣愚见，或者国中有人思乱，故将烽火点起，藉此搅乱民心。诸侯依然不能明白。

——烽火是我点的，因为你们狼狈的丑态可以博我的美人一笑。

——陛下，你来开笑么？臣等觉得此事很关重大，要严格调查的。诸侯们总不相信自己的皇帝是愚蠢的。

——哈哈哈哈……褒姒大笑起来。

然而，她不笑皇帝的胡闹，也不笑诸侯们的丑态，她觉得天朝的人们，上自皇帝下至百姓都是愚蠢不过的。她不觉大笑了。

以皇帝做主人公的英雄们活跃的一场傀儡戏，就此闭幕了。但是，褒姒的笑声依然是哈哈地在历史的空旷的舞台上回响着。

夜半 10，March，1928. 脱稿

（原载《创造月刊》第 1 卷第 11 期，1928 年 5 月 1 日出版）

潘怀素

波浪

一

以前，当庶屏每次想起自己孤独的心情，凄凉的环境与黑暗的前途的时候，他口中总是不断地叫“怎么好呢?”；有几回他在航海中，靠在上甲板的栏干上，想起了他的身世，只要他的视线一接触着水面，他便感觉得奔腾的海水要吸引他下去；又有几回登山，一到了山顶，他举目远眺的时候，想起了他的身世，他便感觉得自己的身体，轻如杨花，要飞到在空中飘荡着的白云那边去。

他现在却不然了。他把他的思虑上的纷纠，梳理了一下，至少他自己这样想。他时常在一个公式中追寻人生的意义与价值。这个公式是：

人生——经验——先天的身体×f（环境）

他以为父母给我们的身体，是个常数，莫可变更的，而环境是一个可变值，比较地容易由我们自己或取舍或创造的。所以他否定了以前那样的感伤的情绪，他现在时时处处存着一个逢事观照的心理。他想一个人顺遇着顺境，当时过眼也不外留下来一个可以追怀的想像，与因想像而引起一种美的或愉快的情绪，若是我们碰着逆境，何以不存一种尝试或赏鉴的态度呢？将来逆境也会给我们一个回想，也是人生的一部分。顺境，逆境，当时，以后都是我们的人生经验，都值得宝贵的！他如此推想之后，仿佛什么切身问题都已解决了一般。虽然他时常在这个式子里寻意义，求解释，但是有时，他的心头依然还没有充分的安稳。

庶屏昨天下午从南昌到了汉口，便在五族街一间旅馆住了下来。

陈设简单的二十三号客房是朝西南的。二月中无气力的太阳光，穿过红黄白三色的玻璃窗。一种沉闷的空气充满了房里。

庶屏独自坐在窗边，靠近桌子，两手托着脸盆，眼睛茫然地凝视悬在墙壁上的一张夏景的油画。他辨不清画有远远的青山，漩回的流水，绿荫苍翠欲滴，……，在他的眼中只是一片苍黄的色彩。因为他心中正在那里打算，如何可以解决这个问题，如何可以开始进行那个计划。他不知不觉又落在回想与追怀的深渊之中了。他想起了昨天晚上他的朋友劝告他的话："打算怎样呢？我看你还是干罢，有什么问题解决不了的？现在革命的人们都起来站在一边，你又何必自外于人呢？此地的朋友时常问到你，他们都怪你为什么走了这样一条消极的路。"

当他与他的朋友对话之间，他想表示一种与他们合作到底的态度，但是过去的关系与事实在心中又代他很含糊地劈开了。他以为在被人怀疑的气氛中做事，是怪难受的，很没味的。于是他觉得有暂时离开一切，与找新环境的必要了。

一意孤行的庶屏，他的心中又不免寂寞起来了。他叹了一口气，立刻跑出旅馆，不上十分钟，便走到了改为特区了的德国码头；这是汉口租界中最整齐的地方。沿江一带的黄金树上的新绿，别有生气，他就在这树荫之下一张公众靠椅上坐了下来。这时他的想象界，可以说完全被"离开一切"这个观念占据了。隔岸纱厂里放出几声散工的汽笛的回响，才把他的念头转移了过来。

阴沉的天色，长江的桃花水滚滚地流向东去。现在视野中最容易促人注意的，是停留在江中的二十几只帝国主义者掠夺他人的炮舰，它们不断地冒上黑烟，玷秽着不少的新鲜空气。大炮都卸了炮衣，炮口对着武昌城，炮身向上作十几度的仰角，多么威风！而傍晚的时候，一般逛河街的人们，——尤其是穿漂亮衣服的人们对于准备着要屠杀他们的穷凶极恶的工具，态度却是异常的冷淡，仅仅作为一种江上的陈列品看。但是庶屏见此光景，心中不得不有一些感慨；他觉得以前在旅馆里下了的决心有些不妥，他应该起来与帝国主义者决斗，不应该如此急遽地离开一切，还是要容忍，耐劳，振作，把以前的事情再来解释一下。于是他决心过江去，再与他的朋友商议。

庶屏匆匆地到海关码头乘武汉轮渡过江去。上船下船的客人周章狼狈的情形，和船内的臭气，使他的心头引起了不少的反感。革命军占领了武汉，不是已经四个多月了吗？何以对于武汉间惟一的交通——轮渡，也不加以一点的改良，——一件易办的事，反要增课渡钱至二十铜板之多？假使老百姓们在一天之内要过江两次，岂不是给了他们一种很重的负担吗？为民众谋利益，现在究竟谋了些什么利益？听说：武汉的大官阔老，去去来来，都坐差船，舒舒服服地，所以他们想不到武汉轮渡办得那样糟的。难道因为想不到看不见，便以为人民没有苦痛，没有怨言，不会愤恨吗？……

他这样追问之间，渡到了彼岸。他坐在黄包车，摇摇摆摆地，一直到了武昌城内粮道街一处政治机关，找见了仲荪。

“你来了很好，请你明天搬到这里住，如何？以后我们可以详细地谈谈罢。喂，庶屏，你的外国女孩子，近来可有信来吗？”仲荪微笑了一下，肥大的身体离开了座位，伸手拉庶屏坐在他旁边的一张床上；他又接着说：

“我们现在暂时不必谈正经的政治，还是谈妇女运动罢，你不可误会了，不是政治的社会运动，是恋爱运动呢！——武汉青年间最欢迎的一个口号！我看，你要打破你以前那样烦闷的难关，必定要参加这个运动，以前的束缚用非常的手段把它解决了。三十来岁的人，还只是踌躇着，彷徨于幻想里吗？你要晓得人生的价值在于现实，干一下罢！我们总要相当地解决了这个问题之后，才能起劲去革命，你以为怎样呢？”

庶屏正要开口回答他的时候，一个青年军人笑嬉嬉地，从门外走了进来，对仲荪点了一个头，望着仲荪前面的一张沙发椅上，慢慢地坐了下去。庶屏只把这客人的模样和态度打量了一下。

青年军人笑问仲荪说：

“密司B这两天到你这里来没有？听说，她吓（发音低而长）近来有些不自在，可是真的吗？”仲荪摇摇头，笑迷迷地回答说：

“不，——不晓得……”

他们谈了半点钟光景的话之后，庶屏才明白，这便是所谓妇女运动了！

她——青年军人要告辞的时候，仲荪立起来，拉着她的雪白柔软的右手，缓缓地抚摩了几下，在她的手背上，轻轻地敲了两掌说：

“再坐一回儿罢，还早呢——。”可是她毕竟匆匆地去了。

仲荪回到他原来的座位，很高兴地向庶屏说：

“这样才可以驱除我的寂寞与无聊，才可以振作我的精神，搬来罢，搬来罢！”

“哦，哦，但是……”

庶屏一方面嗒然地默认了仲荪的话，可是他一方面，心里又感觉得有一种不堪言状的悲哀。

二

庶屏在这两星期之内一连接到了三个电报，他不得不借名到庐山上养病，去南昌一趟。但是他所企图的政治上的希望，在他回到武汉之后没好久，便完全烟消云散了。于是他的紧张起来了的精神又缓弛了下去，他的要现实的理性也渐渐地成为浪漫的幻想。现在他要当真离开一切，他打算去探探蜀道之难；他的一个朋友也竭力赞助他，但是他们两个人的目的确是不一样的。

将要出发之前两天，他的计划又被人阻梗，不得实现了。这种打击在他本来不会发生什么问题，他很可以依照他的人生公式，一解释便完了，不过他以前几个月辛辛苦苦积下来的二三百块洋钱——智识阶级的人格保险费，已经花光了，因此他有些为难。他不得不接受大学的聘书，做了一个月领一百二十元的夫马费的教授。

三月初旬的一天，是湖北人所谓"脱了皮袍穿夹衫"的气候，很和暖，日光闪烁地从马路上的碎石中反射出来。庶屏是瘦而高的人，在今天他感觉到长肥了一点，身体发达也很平均，脸上也发了些热意，他很想在这个花不香，鸟不鸣的武汉找一片清静的地方去呼吸新鲜的空气。因为他想起假使他此时住在故乡，一定会看见后园的桃花与前门的棠棣开得如何的美丽呢。

他联想到十五年前在南京的这个时候，在杨花飞舞之中，自北极阁的山脚一直啜泣到复成桥，——他的小朋友失踪了。他几次发狂了，他那时是入伍生队的学生，与队长闹了一架之后，他不得不退学了。他离开南京的那一天，独自走到绿筠花圃，与一个使他永生不能忘记掉的地方作别。他在那里徘徊了几乎有大半天的光景。

他从满藏茉莉的温室里出来，踱到萍塘之东，在一个石鼓之上，坐了下来。他想把过去的欢乐与悲哀永远忘掉，他把日记本子烧了……

庶屏追想至此，感觉得有一种空虚的苦痛，心里是怪清冷的；同时他又觉得好笑。他不禁地自己问道：

"现在又怎样呢？不是与十五年前一样的心情吗？你不被运命欺侮了，愚弄了么？哦，何等刻薄，何等残酷！不，不，你自己是一个弱者，胆怯者，孤独者，啊，爱之无所寄托者！是不是呢？"

他记起了 Heine 的诗来：

Man glaub'dass ich mich grain'
Im bitteren Liebesleid,
Nun glaub'ich es selber,
So gut wie andere Leut'.

他不知不觉拍了一下桌子，以为仲荪那天所说的话，确是对症下药了。

星期六的晚上，庶屏特地去看《中央日报》的总编辑。但是他一进了客房，见在座的除了总编辑的太太而外，还有中央部长，执行委员，政治会议的书记长，政治教官……。假使他此刻可以抽身走的时，他一定马上一溜烟去了。他们正在那里讨论最近的政局，个个都很气愤似的，都说愿意牺牲一切，坚持到底，庶屏只是默默地躺在一张沙发椅上，大约是他的精神受了一些打击罢。

总编辑的客人去了。总编辑笑嬉嬉地对他的太太说：

"你是一位女生的指导员，想必可以替陈先生介绍一位女同志罢？可是你要注意条件。年龄要在二十岁的前后，性情要温和，面貌要端正，中等学校以上的智识，少谈政治，有艺术的趣味，最好会西洋音乐。"

他瞅了庶屏一眼，又接着说：

“大概如此罢？不错不错，还有一点，不要剪去头发的。”

他的太太接着他丈夫的话，很挖苦地说：

“总之要一个不革命的女子——一位理想上的良妻贤母，是不是的?”

她看了看他的丈夫，又继续滑稽地说：

“那末北京曹某的侄女，不是很合这些条件么？或者赵逊齐的第二个女儿，也还不差。”

这时庶屏的心中确是要哭了，外面却装着泰然的态度，苦笑着。

他辩护他自己，说他绝不反对女子谈政治，不过他屡次看见好些女子，身上穿着军装，而脚上还是露出雪白的丝袜，脸上仍旧搽粉，若是我们走到她们的跟前，马上嗅得到白玫瑰或紫罗兰的香气。这是他几回在仲荪那里的经验。听说她们也是很革命的。所以革命家也许不一定是有了很暴燥的性情，很丑陋的面孔，只晓得人生的一面就行了罢？那些未来的良妻贤母，也许会在白玫瑰和紫罗兰的香气中，在轻快的，活泼的旋律中，为革命而奋斗，为革命而牺牲呢！……

于是他们两夫妇同时以一种很怀疑的口气说：

“也许罢，也许罢。”

庶屏走出了中央日报馆，从后花楼拐了一个弯，沿河街笔直向前去了，他似乎有点着急，不知如何解释好；他明白了他自己陷在一条矛盾的夹道中。

静沉沉的春夜里，江流拍岸的声音一阵阵被东风送到行人的耳朵里来。庶屏大约走了十几分钟，也不知转过了几个弯，他经过一个人家的门口的时候，听见有人在楼上吟 Sweet Home。依吟者的声音判断起来该是一位女子罢。庶屏站住了足，听完了歌，他不知不觉落了几点泪。他感觉这歌者好像有意嘲笑他。他一面再继续向前走，一面记起他八九年前作的废诗——《一个零落了的青年》来。

他想不明白什么叫做 Home，对于 Sweet Home 当然更不能明了，但是他确实怀着一个很大的 Sehnsucht。他不能否认这首废诗是表示他的运命的。

三

庶屏在旅馆足足住了四十多天。他不得不搬到武昌昙华林街平林里 T 先生家里去，他住在一间厢房中。

这屋子立在昙华山的腰间，是向南的二楼三底。从大门口便望得见武汉的全景；黄色的长江，穷目力之所及，在平畴之间隐了他奔腾的来踪与去迹。山脚下便是文华大学，附近还有中学小学医院等公共建筑物，街道比较地也清洁一点。

他以为在此总可以暂住，可以过一短时期的安静。他取出要看的书，他想做一两篇文章。

但是惯于独居的庶屏，住不到四五天，他发觉了好些事情足以使他不安：例如小孩子们的哭声与叫喊声，娘姨们上楼下楼时笨重的脚音，下午或夜里打牌时的呼唤，……

因此他差不多每天要出去。不善于交游的庶屏，在两三天之内把可以去的，可以谈谈话的地方走遍了。他有些不好意思老是到这几处去，他怕妨碍他人的工作。

大学筹备了四五个月，依旧还是半开门的，所聘教授讲师，大半数无所事事，坐着领夫马费，他感觉得非常无聊。

几个老朋友劝庶屏到中央军事政治学校或中央农民运动讲习所去教书。

他本可以去的，只因他有许多话，要与他的朋友——学校的当局预先说明的，所以屡次踌躇着；但是总没有相当的机会，把他所要说的话说了。

朋友们都怪他太固执，其中对他不免有因他的固执而生怀疑，因怀疑而起敌视的。他很明白他的环境，他蒙了不白之冤；他烦闷着，他苦笑着。

星期日的下午，他在阅马厂附近唐先生家里，遇见好多面熟的人；两星期前在血花世界看俄国跳舞团表演时认识的沙小姐也在座。她们也是新近搬到唐家的。此外还有一位不曾见过面的男人，矮而胖，三十岁左右，鼻子上带着一副美国式的托力克玳瑁眼镜，穿一身很时髦的西装，打一个很惹人注意的领结。看他一来一往，全身都表现出他像煞是一个跳舞的能手。他们都以一种轻视的语气，称呼他为柳博士。

庶屏年来在许多人的集会之中不愿多谈话，老是冰冷地看看他人的行动，听听他人互相争执或互相讥刺的说话；这也许在庶屏是一种享乐。

在座的客人都要求柳博士说说他在法国的趣事，因为有人介绍柳博士有说笑话的天才。他见被迫不过，说了一段在里昂的所遇，他的初恋史。他说得有情有致，怎样阔绰，如何达到蜜甜的希望；他讽刺中国女子不活泼，不会享受人生的乐趣。他说时，不顾虑一切，他忘记了座中还有五位女客，这时候大家的视线都集中在他一人的身上，都面面相觑地，暗中讪笑他，但是他完全不觉得什么。

有一个客人插嘴说：

“那末柳博士最近的妇女运动到底如何呢？要继续进行的，或是……？”

唐先生说：

“他嘴里虽然声声说中国女子如何不活泼，如何如何的，他心中那里不想进行，他昨天晚上不是穿这件崭新的衣服去跳舞么？”

"照你的话说来，你们都是这个妇女运动大会的中坚人物了，因为我也穿这件衣服到这里来参加。"

他很得意地说了。

大家哄然一笑，庶屏也笑了，座中确实有些人因为他这一句话表示出不安的样子。

唐太太看了一看庶屏，笑微微地，嘴唇要动不动的有一二分钟光景；她终于说了：

"陈先生为什么不说话，你们大家可明白么？"

"可不是，他有所思兮在'洛阳'……"柳先生接着说，因为此时庶屏只是看他对面坐着的一位女客——年龄约在二十岁上下，看她的态度言论，确是有些地方使人可爱。

庶屏转过脸来看一看柳博士，慢慢地另转过一个方向说：

"可不是，可惜这里没有乐队，不然我们此刻可以开始跳舞了！"

"可不是，至少有五对舞。"唐先生有意地说。

柳博士听不得跳舞两个字，他一听了之后，不知不觉会手舞足蹈，口里 la la la 念起来。他现在真要跳舞了，他说今天晚上一定邀一位朋友到 The Parisien 去。

唐太太留庶屏与几个客人用晚饭。用了饭之后，他们决定不过江，因为外面风大了。他们坐下打牌，庶屏躺在有毡子盖了的竹床上。他想：她懂英文，会话也很流畅，这也难得。听说她是从教会学堂出身的，那末思想不免要落后一些，但是现在她既然跑到这条战线上来，至少她可以明白了解我们的见解罢。年龄大她十岁；还有那个问题没有解决，不错，用非常手段把它解决了，她也许可以原谅的，她会弹 Piano，若是我疲倦的时候，她为我弹一回 Griek 的 Morgenstimmung，若是我心中不快的时候，她为我弹一回 Pussini 的 Serenade，……。庶屏忽然想到政治问题上去了：

——在这朝不保夕的局面，终须抓破脸皮，非至血淋淋不止的局面之下，生活如何可以安定？今天在此，明天会被狂风刮到什么地方去也未可知，况且我们还活动！不行，不行，算了罢。

他又由她的明眸皓齿与窈窕的身材，想起了她的智慧决不下于他的小朋友，并且她的性情又与小朋友一样的温柔。他这样一想，仿佛精神上增加了一点力量，他觉得自己有勇气，能够打破一切的障碍。他不觉轻轻地笑起来了。

“庶屏，你笑些什么？”唐先生问。

“我笑——，我笑你们个个都不声不响在那里专心一志做清一色三飜呢。”

四

庶屏在武汉闲着过了雨个多月——在革命潮流非常之高的时候，什么政治运动，什么妇女运动，统统没有他的份。他心中刻刻在打算一条新出路，但总没有一个好机会叫他走。

他不吃烟，不喝酒，不喜欢打牌，又不能安心读书；虽然他有两三次与他的同乡到什么“三成”与“四分”那几条胡衕去，他回到家中，总觉得自己的人格要堕落下去的样子，心中很懊悔，格外没趣。他幸得近来遇见了两个朋友，一样闲着的朋友，不然他必定更加难过日子。

“终日饱食无所用心”，确是一件顶难的事，所以庶屏气闷得要死，但是一经反问“不如此气闷又如何呢”？也就觉得可以猫猫虎虎过去了。据他的解释：他要进行的那件事，因为他闲着没事干，所以不见得顺利。他们老是口头上答应替他介绍。替他写信，……，其实何曾替他出过一点力；想必因为他没有一个响亮的头衔，没汽车坐所以不好说话；此外也许因为庶屏还没有把以前婚姻上的束缚解决清楚的缘故，其实爱情的心应是一个不能托入转交的东西。

他明白在目前这个境遇之中，那些事情是谈不到的，休被人见笑罢；于是她的幻像——明眸皓齿与窈窕的身材也渐渐地从他的眼前消灭了。

这三四天内，不知什么原因，庶屏天天到唐家去，他心里确是很消极的，但是唐太太，沙小姐见了他来，总说许多开心话；他不与她们争辩，他陪她们谈笑一阵。

他知道消磨光阴顶好的方法是打牌，也许为这个原因，所以天天到唐家来。唐太太是顶喜欢打牌的。

今天庶屏打完了十二圈牌，已经是十点多钟了，他起身回平林里去。

他走上半节坡路，便看见有灯笼从自己房子里射出来，这是与平常不同的；大门口的灯也是点着；他想必定是主人有客未去，他想料不到在此会碰见一件稀奇的事情。

当他推开自己的房门时，模模糊糊地看见一个女人躺在他的床上！他知道，他正是要用非常手段去解决的人来了，不管三七二十一，马上向后转，飞也似的跑下坡去。后面大门口有人跌倒在地的声音，跟着这声音只听得一句话：

“有话同你说，庶屏！”

他不觉得街上黑，道路滑，打定即刻走罢的这个主意，苦笑着，摇摇头，“奇怪奇怪。”跑了十来分钟，叫了一辆手车到唐家去。唐太太，沙小姐，此外还有一个童先生，他们见他又来了，都觉得有点诧异。他向童先生借了二十块洋钱，马上又告辞了。

庶屏匆匆忙忙地化了一块洋钱雇一只夜渡过江。仍旧到五族街那间住过的旅馆，在后楼定了七十五号一间小房子，挂了个姓程的名字。他以为几天之内不至于有人会找到他的。

他又来应用他的人生公式了。

他想从前家庭给他的错误，也许是那个时候环境所生的必然的结果。她——庶屏的夫人——虽然认识几个字会写一封别字的信，可是无论如何，不能了解庶屏。她在旧道德上讲，也许还是一个贤妇人，可是她对庶屏的希望，是庶屏所不能容忍的。她是一个拘泥于礼教的女人，庶屏是自由浪漫的；智识上一个是落后的，一个是不绝地上进的，况且她还有身体上的缺点。

庶屏很表同情于她，但是他不愿因同情而牺牲自己的一切。他几次写信给她，说明不能维持夫妇的关系，他只能以友谊去待她，物质上的援助，当然是办得到的。然而庶屏总没有接到她的回信。因此庶屏与她决绝了。

庶屏对于这个意外的事情，一时想不出应付的方法来。他想来想去只想出了"着急"，"惭愧"，"讨厌"，"寂寞"，"空虚"等抽象的名词。他要哭了，同时又觉得好笑。

第二天的下午他的朋友 T 先生好容易才找到了庶屏。据他所说：庶屏的态度与平常似乎有点不同，他的办法是"走开"与"不管"；这当然不成其为办法。幸得 T 很耐烦地替庶屏说出一些方法：（一）先筹一笔款子给她，叫她马上回家去；（二）等她回到家之后，再用正式手续把这个问题解决。

这位程先生一个人整天躲在那间小房里，从不出去，除了来过一回的 T 先生之外，又没有人来看他。他的饮食很简单，每天午间十二点与晚上六点钟前后大家只听见后楼茶房喊：

"厨房里，七十五号蛋炒饭一碗，榨菜汤一个！"

他的行李只有昨天刚买来的牙粉，牙刷，脸巾，肥皂与几个金山的蜜橘。幸得这旅馆的账房认识他，不然他不免要做一个巡街的夜游神了。

庶屏要先看一两份报然后做事，这是他的习惯。他在此还是一样照行。可是他现在看报纸连广告的一字一行都看得清清楚楚，他觉得无聊。

第三天快晚的时候，他阴到武昌去，买了一部《删定止观》，

《大乘起信论科注》，《唯识论慧命经》，此外仿佛还有什么《梅花心法》……。他想玩玩他七年前玩过的老把戏，因为他曾领略过其中的乐趣。他不迷信，他仍旧用体验观照的方法。总之他想试一试个人的消遣法，忘掉他的“我”。

从七十五号房间的窗口望下去，对冲便是武昌女子第一中学假校舍中的一条路：听说这是由没收了的逆产改造的。女学生似乎不少。庶屏有时候也为她们的歌声或嬉笑声所牵引，走近窗门口，伸出头去瞻望瞻望。有一次他看见了他在血花世界看俄国女子跳舞团表演的时候，见过的女子，很爱娇地，很聪明地要庶屏捐助一点钱给她们的妇女协会，他心中想：

“她原来在这个学校读书，……”

有时候他的把戏玩不成，窗外有天真烂漫的叫喊声，勇敢的合唱《少年先锋歌》，《革命歌》，《国际歌》，伴着银笛嘹亮的乐音，铜鼓冬冬的击拍，逼迫他心中感觉得肃然怦恸而怆惶。

庶屏不觉在此猫猫虎虎过了六七天。两隔壁的客人，左边吸鸦片的老头子与右边靠“天然资本”生活的湖南堂客都以惊怪的眼光看他。

五

长江的交通一天比一天困难。

现在上下的轮船只有太古怡和与日清三个外国公司，在他们本国炮舰保护之下，还可以行驶，但是也不能照着一定的班期。

坐船的老百姓倒霉，要吃一个大竹杠，一张自汉口到上海的统舱票售价至三十块大洋，此外还要化十多块洋钱买一个铺位！

庶屏的夫人因为候着轮船，所以在T先生家里一连住了十来天还不能动身。听说她倒不觉得什么，他才着急呢。

庶屏在第九天的夜里，临睡的时候，突然听见有人叫门。他想不是宪兵查夜，必定是一个熟识的男朋友，所以他不穿外衣，赤着足去开门。一见面才知道是童先生，沙小姐之外，还有一位不曾见面的女客；这一下确实使他狼狈了。

“我们找了你三回，因为不知你姓甚名谁，所以把前楼两层的房间统统都问遍了。”童先生很高兴地握住庶屏的手说。

他很惭愧地道歉了。

据童先生介绍，同来的 Miss 胡是新从上海来的，她要认识认识“逃婚”——唐太太所给的戏名——的主人公，但是童沙两个人约她一块儿来，也许是另有一番用意的。

过了两天，柳博士在凡尔登番菜馆请 Miss 胡，童沙二人之外，庶屏也在座。照例他不多说话，他眼里看着，心中想着。

柳博士今天穿得怪齐整，崭新的衣，帽，靴，袜之外，颈项上还围着一条白丝巾；嘴里斜衔着一根四寸多长的烟管，烟斗上燃着一枝纸烟。他在谈话之间，吸了几口烟，看一下 Miss 胡，成为了一种有规则的运动；但她似乎不曾觉得。

Miss 胡曾受过一两年大学教育，年龄大约是二十三四岁；她的模样与打扮，若是在上海青年女界里，恐怕不出于“平平”这个阶级，但是在武汉就很容易令人注目的了。

席间柳博士要敬酒，第一个当然是 Miss 胡了。她赧然说，她到武汉以来，天天吃饭谈话忙，所以觉得有些不舒服，头也痛，不敢饮酒，也不能饮。

柳博士做事总是一刀见血很痛快的。他提出恋爱问题来讨论，他问在座的：

“在外国，一个男子心里喜欢某女子，在私下里他便可以对她说‘我爱你’，但是在中国就不行，你们看看怎样的好?”

依 Miss 胡的见解，最好不说。柳博士问庶屏的见解如何。

“柳博士，你这样子，总是要失败的!”

自此以后，来看庶屏的人虽然一天多过一天，Miss 胡也来过好几次，但是他心中刻刻要走的意志是不能改变的。

他的夫人还是没有走，他依然还没有找到相当的工作。武汉政府快要二次北伐了；朋友们忙得要命，他却闲着没事干。他想，如果朋友们以为他担不起清道夫的责任，何以也不叫他当一个园丁呢？“走，走，……”

四月廿八的那一天罢，庶屏的“走的目的”达到了，但这是很秘密的，是不得不走的。他的夫人也许还不知道，来送行的只有童，沙，胡三个人，他非常感谢他们。但是“瑞和”今天还不能开，要等到明天了。沙小姐童先生坐到下午五点钟要过江去。Miss 胡原来住在离五族街不远的一个朋友家里，不与他们同走。

晚上了，Miss 胡在普海春为庶屏饯行，并无别客，只有他们两个，初初是默然的。

“你为什么一定要走呢？找一点小事体干干也可以。”

“你知道，我有重要的任务，并且还有其他关系呢。”

“武汉实在住不惯，我也很想马上就走，若是我听不到许多对于我的闲话。”

“旅行是很辛苦的，还是歇息歇息罢，闲话是听不了那么许多的。”

“对你讲罢，局里的祝科长对我太好了，每天早晨总是准备一些好点心，叫当差的送来，谁愿意受用呢？”

“这也何妨……”庶屏笑了一笑。

“别笑罢，我真不愿意受人分外的款待。”

“我有时候却愿意受他人的分外的款待，如你那天在琴园送我两朵桃花，一红一白；你还把它插在我的衣襟上。”

Miss 胡低了头，忸怩了一回。

“我也很感谢你，我见了你使我感觉得一点人生的趣味。”

“这是你自己取舍环境的结果罢。”

他们沉默了几分钟。

“听说五月二号也有船开上海，可再住四天好么?”

“他们都知道我今天要走的，再迟不大好；并且一个人，在旅馆再住四天，确实是寂寞的呢!”

“我天天来陪你，一早就来，好么?”

“谢谢你，过了四天，我还是要去的；与其……”

“啊，是的，革命是要牺牲的!”

十点半钟了，旅馆里的茶房很慌张地来说：瑞和今晚十二点开，快走罢!

送行的只有Miss胡与茶房。Miss胡从手提包中取出一张自己的照片，送给庶屏，握着他的手。

“什么时候再见呢?”

“总有机会罢。”

船上汽笛叫了两声，她去了。庶屏觉得索然。他靠在上甲板的栏干上，望着漠口海关一带的灯光，仿佛做梦似的；他在黑夜里看见船头白色的水花，还感觉得有一种吸引他下去的魔力。

他心中想，这些都是可宝贵的经验，是自己任意取舍环境而得来的经验么？人生好像是长江上的波浪一样，重重叠叠，不知是从那里起，吹到那里止!

（原载《创造月刊》第1卷第11期，1928年5月1日出版）

华　汉

女　囚

（一）

亲爱的冰梅姊姊：

我心里想写这封信，不知有好几十百次了。无奈每次提起笔来，心里总要转念到我这个串演这幕悲剧的主人翁身世凄惨，我这滔滔不尽的泪泉，又要涔涔的落下。好几次我都曾竭力的抑制我自己的感情，但是抑制的结果，还是终于失败而昏然搁笔！今天在开头几句，总算把我这多感的心情暂时克服了，然而究能写得到若干行这却不是我因悲哀的刺激太深而起了心理变化的人，所能毅然的判断的啊！

我们一别已经年半有余，这个长时期中的遭遇，梅姊呀！你叫我将从何说起！？

在这最残酷的白色恐怖流毒遍天下的时候，我这个叛逆的囚徒究竟还是死是活这一个问题，恐怕在你的脑海中，时时刻刻都得起难平的激荡和洄漩的波动吧？

梅姊哟！你最亲爱的妹妹还苟活着在。只不过她已不是一年半前那末活泼娇痴的清白的处女之身。她已曾在悲痛中，受了暴力的欺压，去过过一时如娼似妓的羞愤生活。她纯洁无瑕的身心，更已曾被那批禽兽也似的恶徒，用无情的残酷的铁蹄蹂泥踏碎。而且她——梅姊哟！她而今已经成了一个狱里抚孤的青年孀妇去了!

回忆起来，怎的不令我柔肠寸断泪如泉涌呢!

我和锦成的关系，到后来竟由憎恶而达到热恋这个历程。我虽然自始至终未曾详细向你述明，零碎的事实想你也许多多少少的听见过我们的朋友告诉过你一些吧？梅姊哟！请你原恕我的浪漫与怠闲，到而今我那还敢默而不言，不向你倾诚一吐哟!

我还是索性向你直说吧！我还是索性把我们在别后我的运命中所汛起的波澜，向你从头至尾的详详细细的描述一遍吧！只不知我这狱中人的赤裸裸的血泪融成的自述，是否会被他们在检查函件时扣留，那是不可得而知的，不过我总是这样想：只要我的笔迹能够侥幸留在人间，我的姊姊该会有寓目之一日。万一就不幸而被暴力所焚毁，在读过我这篇悲惨的自述的人，他虽在残酷的统治者之前不敢扬言，然而背地里我这幕凄惨的悲剧，必将激动他的同情，至少他不能不当成一个伤心的故事，来向他的家人讲述，如此，辗转流传我的亲友迟早总有听到的时候，所以我还是提起精神鼓起勇气来痛痛快快的写下去。

梅姊！记得锦成，通化弟和我们四人同住的时候，我不是还有些讨厌他吗？不！就是在你和化弟去后的不久，我还是一样的对他有些憎恶啊！说一句心坎中的真诚话吧：他对我那么样无颜的要好，和热恋的野心，我真感到他有些卑污和渺小，简直是癞虾蟆想吃天鹅肉！在当时我半丝儿也没有爱慕他的心情。我觉得我理想中的情侣，不是他这样忠驯的人物。

你大概还不会忘记吧，我的梅姊哟！你那时见着我们这种情形，你不是还戏谑过我吗？记得你那时曾有几次写了一个锦成的名字，搓好成两个纸团，叫我随意去拣一个起来，好藉此以推断我与锦成有无成功的缘分。谁想几次我拣后的结果，都拣着一个“锦成”的纸团，一次也未曾拣到那个空白纸过，你在那时不是把我嘲笑得来不亦乐乎吗？我又不是每次都气得捶胸蹬脚狂吼狂叫吗？想不到当时无心的戏言，竟作了我们后日结合的预兆啊！

自你们去后，我曾几次打算搬家去同几个女朋友同住，当时我也想到若不早些离开他，将来难免不大家陷入矛盾的悲苦的境地。谁想几次才萌起这个念头，不多时便又被一种不可描述的力把我吸引着，使我不能不自动的打消下去。我在那时总爱自己否定自己的想：以为有了坚强的意志力便如筑起了重重的铁壁铜墙，任谁你什么精锐的武器都是攻不破的！我既这样的不喜欢他，我还怕什么呢？我还怕什么呢！这么样推想的结果，还是大胆的同他一块儿住。

同住以后他更比从前你们在此时还要殷勤好多。在从前他殷勤我的许多方法是你都晓得的，我不必说了，到后来竟连我那蒙尘了的皮鞋，他都来为我拭刷，旁的你更可推想而知了。有些时因他对我过于殷勤了的原故，倒反弄得我不好意思起来，我有几次曾诚恳的劝过他，要他不必如此过度的客气，他虽然羞红着双脸连连的应诺点头，可是他的脾气还是不改。有时竟因候我归来吃饭，一候便候了半夜还不想动箸。

他虽然是这么样开心剖腹的对我倾诚，我的心还是如金石般坚的不为他的诚恳忠实，和柔顺所击动，只不过我对于他的憎恶和厌恨的心理已经渐渐的渐渐的低降下来，几等于零了。

梅姊！就照这样异室同居的住下去，大概不会发生什么问题吧。我当时也是这么有把握的作想啊！

（二）

我还记得一个初秋的夕午，我同他一道去逛鹿山公园，高朗的晴空浮移着片片的明霞，园中的秋柳虽然带了几分薄薄的衰黄，魁梧的大树却还未能褪尽它盛夏时的郁茂，我们平排的在园中的半圆径上缓步轻尘的闲走，凉爽的秋风一阵阵的微微拂起了我的衣裙，我顿时间感到一种沦肌的清快，我们一边走一边谈，慢慢儿的便踏到那盘形似的小小池边来了。池边上倒覆着一口钟形似的大铁笼，池盘的中间有根洒着滴滴银珠的喷水管，管旁的假石山下站着一只高足长嘴的吸水鹭鹚，池中有对对的水鸭泅泳，我刚一靠近这小小的池旁，我的身心，一若竟为这幽静而又生动的景色所洁化。

——啊啊，你看那对美丽的鸳鸯，是多么的甜蜜呀！快看！快看！就在那假山边。

他右手向池中一指，带着轻快的微笑，爽口的叫了出来，陶然的目光中似充满了涎羡的妬意。我随着那手标望去，果然在假山右侧相偎相倚的浮息着一对鸳鸯。我心里不知受了什么的侵袭，竟起了一阵轻微的飘荡，待我和锦成的睛光相碰照时，他那眼中含蕴着那种深柔的神秘的媚力，一闪的吸刺到我的心的深处来，仿佛有一滴晶莹澄澈的清泉从我的头顶上一溜便直灌透到我的脚底一般，我凉快甜醉得来似乎已经失掉了我的存在，我飘飘然的几乎颓倒在这小池畔了。

啊啊，甜蜜的爱情的象征！你们这时双宿双栖的幸福的鸳鸯哟！

片时间我们都似相互沉默，在幻想的乐园中，凝然的眺着园中秋色不吐一语。

“我们看孔雀去吧！”

聪明的他用了一句话来打破我们间的沉默，我低着头跟着他在后面走，我刚一踏到孔雀的笼前，沙的一声这只瑞鸟耸动它全身霞光灿烂的翎毛，翡翠色的长尾，展张开来成了一把美丽绝伦的玲珑彩扇。它那小小的睛珠焕射出两道灵活的光波。钩形的小尖嘴似乎欢跃得来有些颤动，我顿时感到这自然的美的伟大，我赏鉴得来有些陶醉了，锦成却痴望着我轻微的一笑。他这一笑的表情，像含有无限的深意。

“笑什么?”我也含着笑容装出惊异的神色质问他，但我又似乎已经知道他要向我说些什么话。

“孔雀在嫉妒你呢！她要和你比一比美。”他柔和而又微小的音波带着一种诱人的吸力，轻佻的微笑浮上他的面庞，他好像悄悄的在我耳旁细语。

“又胡说!”他的话我已经听得有些陶醉了，不知怎的我偏又放下脸来半嗔半恼的责斥他一句，我看他听了并不怎样生气，大概我假装来的表情掩饰不了我心中的秘密吧。

我们慢慢的慢慢的走出了园外。

在暮色苍茫的归途中，我竟严肃而诚恳的苦劝他一番，我要他多多的读些社会科学的书，多多的注重理论的研究，我的一言一语，他都唯唯接受。我们在不知不觉中，我的右肩和他的左肩竟粘贴而行了。

归来的那晚，无聊，苦闷，焦燥，抑郁，……种种的情绪杂织在我心头，令我感到极度的不安，一个人倒在那空寂的床里，翻来覆去的横竖不能成寐，我陷入一种迷离恍惝的情态中去了，好像有个微小的蚂蚁跟着我的血循环在我的脉管里爬动一般，我感到一种怪酸痒的甜快，同时我又深深的觉得，我的身上像缺少了一种什么东西似的，因之，我又有些惆怅而轻愠。我恨不得几爪把那床薄绸被撕成碎片，来舒展我胸中这种无名的郁气，迷迷离离的我竟彻夜无眠，情思飘荡的一直到天明了我的眼还未曾舒适的合上。

梅姊啊！我的心灵深处，已经开始感到从未曾有的悲寂和空虚了!

(三)

自从那晚过后，我开始在锦成的身上发现出他的美点来，他那高高的身材，全身各部发达得很匀称很调和的体态，和他那时炯炯慑人的目光，都是男性中不可多得的英伟的美。

到了这个时候，我不惟不讨厌他憎恶他，反而对他还有些敬仰和爱慕了。如果我在工作之余归来还看不见他，我的心头便要顿添无涯的寂寞，眼前的景色都似冷冷的深向我嘲笑一般。静寥的空气笼满了我的四周，我心灵深处的空虚，便要浩荡荡的扩大起来化成了无边无际的汪洋，一若宇宙间任何物体都不能把这渺渺茫茫的空漠填塞得满。

亲爱的姊姊呀！爱苗已经在我的心田里胎动起来了。我于不知不觉间已经自己投入了情网中！

那时正到残秋，东南的风云突紧，民众的革命怒潮大有湮没一切反动的旧热力的残渣之势，H 埠的穷困的工农，不是曾有几次英勇壮烈的武装行动吗？

梅姊！你大概总可以想得到吧？英勇的出来指导这狂风暴雨般的行动的，是些什么人物。

谁也料不到对我那么柔和的锦成，竟也作了这几次的激烈行动中，站在民众最前头的特别英勇的战士！据他说来，一半是由他对于革命的忠实和热忱，一半还是受了我激将法的鼓舞和激动啊！

啊啊，我那英勇的锦成！我那忠实于革命的锦成！我一回想起他的音容笑貌来，我的眼泪又快要夺眶而出了！

梅姊呀！自此的以后，我爱他的热度顿然增加了起来，不仅我这金坚玉固般的心情和这铜墙铁壁也似的意志，被他那温柔无力的至诚轻轻的攻开，反而我这矜持傲慢和自负不凡的个性，也不知在何时竟被他那卑污渺小的庸俗的（我从前觉得他是如此的），性格所柔化！我对他反比他从前对我还要殷勤得多，有些时我倒反把他弄得来不好意思，我为什么竟会这样低首下心的变得来前居而后卑呢？至今连我自己也还莫名其妙。

我们就这样的陶醉在初恋的甜蜜中度过了两月的生活。

我不大十分记清楚了，仿佛是在一个十五的冬夜，皎洁的明月，透进我前楼的一排窗子来，银光四泻，照得半楼空明。那时我正坐在床前的炉边睡椅上，从斜侧方挪开了窗帷之处向外望去，层层的屋瓦早已薄薄的铺满了一层严霜，冷冷的星空中，反凝固着片片乳白色的冻云，远远的屋角上伸出来无数瘦而且老的枯枝，横画在一片迷茫茫的低空上，凛冽的北风一阵阵的打动窗帷，楼板上一摇一摆的漾动着疏落落的帷影，这时候我这寂寥的四周，正是澄澈空明，清寒静寞。

我喜欢这样的景色，电灯我也索性不开。

时间已到九点三刻了。

锦成还不见归来，不凑巧的北风偏又在窗外虎虎的吼得利害，我为他担心已极，心想这样刺骨的寒风不知会把他冻成什么样子，我连忙重添炉煤，静坐凝思的把他期待。

看看时间又到十点一刻了。

他还是不见归来，我只好仍在那睡椅上沉默的坐着，熊熊的炉火已高高的烧红了起来，焰影在月光之下投射到银色的楼面上来，隐隐约约的在那里活跃跃的跳动。窗外一切的景色，都渐渐的沉入半眠，我心中这时的悲凉空漠之感，几乎将我的热泪逼出。

一个人处在这样的境地，什么问题都乘机侵袭而来，我的心情陷入了极端纷紊的状态中。

梅姊哟！你想想看，一个青春期的女青年，在这样一个冷凄凄的寒宵，专诚的静待她那心爱的人儿迟迟不至，她那多愁善感的心情，将要感到如何的酸楚，你能体验得出这其中的滋味吗？

再看看时间又快到十一点钟了。

他是还无踪无影，我如期待他几万年一般，我委实有些难挨下去，没奈何，我只得将火炉拖近床前，用床毛毯来盖着我的上半身，脚踏在炉架上边，头枕着横叠好了的绸被，打算就这样半卧半坐的把他期待下去。

奇怪哟！今晚上我的心里，不知为了什么，特别觉得非常的空虚，自己好像失了生活的灵力一般，懒绵绵的身体，似乎飘飘渺渺的升上了极目无垠的太空，浑身飘荡得来简直失了自主的能力，心里仿佛迫切的需要一种什么东西的吸射，才能够振作精神恢复得起生命的活力似的，我迷离恍惚的不安极了！也不知怎的竟把他憎怨起来，憎怨了一阵，还是丝毫不能填塞我这无涯的空虚，迫切需要的东西反而更加了迫切需要的强度！望望床前凄冷冷愁默默的月光，我竟在无言中滴了两行清泪，昏昏迷迷的我似乎在半意识状态中睡去了。

仿佛又过了半个钟头的光景。

“为什么把电灯灭了呀？就睡了吗？”他上楼一阵脚步声把我惊醒转来，待我恢复意识以后，我顿如淘沙拣金者获得无价的至宝一般，心中顿觉有难于描述的甜快与欣悦。不过我还是佯作不知，紧紧的闭上眼睛假睡着。

“真的睡了吗？”他已经跨进门来了，似乎正把他颈项上的围巾取下。

我还是一声也不响，眼睛依然紧紧的闭着。

“啊啊这炉火好极了！”他已经几步挨进前来，坐在我的床边上来了，口里只不住唏唏的嘘气，他像冷得好很的样子。

我依然一声不响的紧闭着双睛，虽说我的心里已经忍不着快要笑了出来。

“为什么睬都不睬我？”我们左右膝关节骨相敲触着了，他似乎胸部也挺在炉心中，头像偏转来望着我，他大概已经发现我是在假睡。

我索性忍着我的暗笑偏不睬他。

“又为什么哭呢？”他似已觉察到我腮边上那两滴泪痕，带着惊诧而又温情的神色向我。

“谁在哭?！不管人家等不等，到现在才回来!”我的眼睛一张，恰如一个天真的小孩，正得向他那慈爱的母亲撒娇那个样子，往日的庄严自重，消逝不知到什么地方去了！我的心头一松，一片光明展开在我的前面。

“对不住得很！对不住得很！起来慢慢的说吧。”说着他伸手挽着我的肩，我顺势坐了起来。

“电灯开了好么?”他打破了我刚才给他吃的闷葫芦，表现出欣然的喜色。

“何必呢，这样幽静的月光多么好！你今晚为什么这样迟才回来!”我刚才的娇嗔云散了，我用温柔的语气追问他。

“还不是因为开会！我在那里冷极了，那时就想回来又走不脱。”他说话的时候，缩瑟的冷容，还未曾温暖过来。他有些恼懊的样子。

“坐过来点，多烤烤火吧!”我的身子向床头让了一让，他便紧紧的挨挤过来，我们平排的坐在床边，慢慢儿的谈起心来。

他说他在开会时，是如何的想快回来看我，他又说不知为了什么，他晚间在外做事情总使他不痛快，他还说他近来的心里不知怎的总是悬空空的，谈到末了，他两道射着炉火的目光，表现出无限的忧郁和苦闷。

正在我们谈心的时候，火光直冲上他的面庞来，冰冻后的双颊被温暖转来后，在月光炉火相映射之间看起来，特别红晕得可爱，在今晚上他那俊伟的风姿比平常显现得特别的优美，他的津润的红唇边，他的明媚的眼波里，他那丰腴有力的腕膊，他那短促而又急迫的一吸一呼，都像放出了种种神秘的吸引力得向我不住的挑动和诱惑，我如饮了一瓶甜密密的葡萄酒浆似的，一阵阵的酥醉得来乐不可言，我很想陶然的就势投在他的怀中，去领受他那热烈烈的拥抱。——然而为了我平素的过于矜持和庄严，我却只好闷在心头，终于不敢这般的轻薄。

夜已渐渐的更深了，我们的谈话早已停止，大家都在沉默中被种神秘的情丝缚得紧紧的不能解脱，从彼此跳动的心脏中，都很可以把各人心的最深处的秘密细听得出。

“我去睡了吧?”他的面庞上的红潮越发鲜艳得爱人，这句话说出来后，他却有些难支的神色，他的身子偏又舍不动稍微动一动。

“忙什么？坐到天明又有什么要紧!”

我的双腮忽的燃烧得特别利害，心脏也顿时加速度的跳动起来，我的神经兴奋得很，我用种柔媚的表情向他说了这一句后，我再也受不了他那神秘的吸力的引诱了，我似乎微微的有点战栗和抖颤，我将我柔柳般的身子一倾，他张开了他那长长的双臂，乘势将我拥抱入怀，他的头俯了下来，我的唇中好像噙着一颗新鲜的荔枝似的，温润香甜，我仿佛投身在镕炉里，把我的陶醉和酥透了的灵魂都融解了!

亲爱的梅姊哟！谁想这冷清清的寒夜，竟变成了我们一刻千金的春宵去了呢!

(四)

寒冬去得匆忙，转瞬春光又至。

我们翱翔于春光明媚的爱园中，神秘圣洁的热爱的酒浆，我们时时刻刻都像得尽情的狂饮，啊啊，我们的灵魂都陶醉了！我们否定了时光老人的威逼，我们更努力于未来前途的创造，我们的现在便是光明，眼前便是幸福。一刹那一刹那的时光中，都像充满了我们甜密而跳动的生命的活力。我们新的生活中都似加添了一种神秘的捉摸不着的激动力一般，真的，我们虽然沉醉复沉醉，可是我们还是迈往复迈往啊!

亲爱的梅姊哟！那晓得我们的喜剧正得登场，我们的悲剧便又开始排演了！

那时记得是暮春三月的时节。

民众的革命怒潮，因受反动势力的高压而低落，H埠残溃了的统治者在这股黑暗的浪潮中又苏活了转来，一切贫困劳苦的革命民众，在它那残酷的铁蹄下牺牲了的，不知有若干，我们也无时无刻不在危险中度日。

当时的风声正紧，全埠不知捕去了好多人，我们也在他们秘密的严拿中，我们只好秘密起来不外出活动，随后又因了我们在秘密中工作区域的关系——我在南区，他在北区——我们又不能不暂时分居，自然，我们正在这情意缠绵的密月中分离，免不了有些依依恋恋，可是为了我们神圣的事业，我们亦只好斩断这儿女的情丝，在一个热烈烈拥抱着的接吻之后，我们便泫然别去。

梅姊呀！谁想啊！谁想啊！这次热烈烈的拥抱，竟成了我们最后一次的拥抱！这次甜密密的接吻，竟成了我们最后一次的接吻了啊！

想到这里来，我这柔弱的心儿已终被撕成了碎片，热泪止不住又长淌下来了。

搬到南区去的第三天晚上，我刚从外面归来，在我的字台上发现了一张纸条，很简单的写上了四个字："我来过了。"我一看见样字迹是他写的，顿时心里突突的跳了起来，连忙跑到我的枕下去一看，果然有他的一封信在那里，我折开来看，上面写道：

亲爱的琴绮：

为什么还不归来啊！

别来三晚，无夜不在梦中咽泣，琴绮哟！小小的别离，想不到竟把我捉弄到这步田地！

多情善感的你不识又将如何？

此地闻已为贼探所悉，望即设法搬开！

久候不至明晨再来。祝你的晚安！

你的锦成。九时。

从他这寥寥而又潦草的数言中，很可以看得出他的匆忙来。我读完了后，自己好生恼悔，觉得不应该出去走这一趟，使得他空来空回，是何等的失望而难过！

我为什么一看见那字条，便到枕下去拿信呢？原来这在我们三日前，因怕别人看见我们的信难为情，便已早约好了的。

我心里着急起来了，连忙把我同居的两个女同志找来商量。相商的结果，决定明天一定搬开，这晚上我们大家似都陷入了不安的恐怖中，不过我在恐怖之外还要加上一层梦魂惊扰！

梅姊！与我同居这两个女同志，你大概该还记得起她们吧：一个是玲珑小妙能谐善谑的陈蓉，一个便是庄丽幽美沉默寡言的沈蕙。她们两个都是能而努力的女青年——劳动妇女的好领袖。

次晨六点钟的时候，我们刚起来不久，锦成已经跑来了，我连忙跳出去迎接他，心里高兴得了不得，果然他确比三日前消瘦得多了！

“为什么这样的早？”我心头怪痒痒的跳了几跳，想伸开我的双腕去拥抱他。

“还早吗?!”他似为我娇媚的风姿所摇震了，面庞上浮耀着无限温柔的微笑。

我们的手握得紧紧的，相偎相倚的同坐在床边上。蓉和蕙都笑立起来表示欢迎。

“我昨晚来为什么一个人都不在？”他一只手抚着我的肩。一只手仍把我的手紧握在他的怀中，他笑脸盈盈对着蓉和蕙发问，我直如一只迷途的羔羊忽的在光明中遇着它的母亲一般得到了不可言喻的安慰。

“你为什么偏又走得那么快呢！”蕙庄静的面容上挂上了几痕

浅笑，似乎说一句来替我责难他，这一句说后嘴唇抿了几抿，仍还恢复了她平日的庄静，沉默的望着我们，现出不愿再多谈的神色。

“你走了倒不要紧呀！把那个人……”蓉不待锦成的答话，一口抢过来嘲弄我们，她那清脆的声音中，带了一种香甜的讥刺，她斜斜的望了我一眼，又说：“啊啊，我不说了，……那个人害得一晚上都睡不着呀！我不说了！我不说了！”她笑得来头儿偏了又偏，说不说她又口直心快的说出来了。

我心里一点也不讨厌蓉，只笑笑的望了她几眼，反而觉得在她顽皮的嘲讽中深深的藏了无穷的馨香和甜快。

我们都装出不睬她的神情，我的头偏倚着锦成的肩，悄悄的密谈起来：

“真的，你昨晚为什么走那么早？回去睡着了没有？啊啊，你这几天真的消瘦多了！”

“那里睡得着？我九点钟时要去参加一个会，不能不早点走，会来会去真讨厌？”

“我看，还是努力设法把工作换一换弄在一块儿才成功，像这个样子，简直会把人苦死！”

“是呀！我也是这样的想。”

“昨晚的消息，你从那里得来的？这么样秘密的地方，为什么都会被他们探悉？！”

“有几个同志看见两个认识的侦探，在你们这屋前屋后来探视过几次，所以他们疑心起来，特别到我那里来报告这消息，我看你们要赶快搬才好，至迟今天午前十时，人要离开此地！”

“我们已经商量好了，蓉一会就要出去找房子，今天当然要搬。”

“万一找不到房子怎么办！？我想回头还是拿点重要的东西，一齐同我暂时离开此地的好！”

“好的！好的！”

谈到这里，我的心里急跳起来，像有点惊惶和慌乱。

“一来就在那里咕哩咕噜的悄谈，敢大声一点吗?！昨晚来报告那个消息，究竟真不?”蓉尖而脆的声音叫了起来，她一面在梳理她那蓬松的云发一面却掉转头来取笑我们。

“我们正在谈这个问题呢，你的晨妆最好以少费些时光为好，这事情不是好玩的，能越快越妙！”锦成在讽促她，我惊惶与慌乱的心里又渐渐的平了下来，一阵阵难于描述的甜快又轻微的袭进心来了。

“忙什么？你们把我催起走了，好 Ki……”

谈锋锐利的蓉，一句明快的讥言还未说完，门外砰砰砰一阵的掀门声把她的话顿时打断，接连着又听见几个人雷霆般的吼起来了：

“开门呀！不开我就把门给你打坏！”

“快点开！快点开！”

砰砰砰！又起了一阵大鼓大擂的掀门声浪。接连又吼骂起来！

啊啊，这是一阵晴空霹雳！我们一个个吓得面面相觑，惊惶失措！在这一刹那间我们几便成了几只惊弓之鸟，胆战心寒的不知要如何才能摆脱这一临头的厄运！正在这个没法子想的困窘的时候，轰的一声大门被掀倒了！随即冲进来了十几个武装的警察。

“不许跑！不许跑！跑就开枪！”

如狼似虎的警察们持着手中的盒子炮，远远的便把我们对准，他们抢前几步，挨进我们的身边来了。

“究竟什么事?！你们这样的野蛮！”锦成惊白了的面庞上堆满了怒容，他究竟比我们来得胆壮，硬着嘴唇责骂了他们几句。

警察和侦探开始在我们的房里乱翻起来。

"你们不讲理吗，究竟什么事!?"蓉的胆儿也像壮了起来，用尖厉的声音责斥他们。

我只木呆呆的不吐一言，仿佛有一道黑光在我的眼前一闪，我心里已经意识到不幸的运命已经临在我们的头上来了！

"哼，什么事！你明白我明白！"一个个凶顽的面孔上闪出来的狞笑，刺得我和蓉蕙都有些寒抖。

"这四个马上押起走！留几个人在这里抄收东西，搜得的文件书籍宣传品赶快缴上来，"最后走进来一个肥得像猪样的矮东西吩咐了几句过后，鼻子里哼骂了几腔就走了。

梅姊呀！我们就在这个清晨被捕入狱！

…………

夜幕渐渐的快要垂下来了，看看四围的黑影便要堆满了我这晦暗的牢房，从小小的铁窗外射进来的一道寒光，渐渐就要被那阴惨惨冷森森的暗气煞退，我整整的写了一天了，眼花手痛，还是到明晨起来再写吧，我要陪伴我那小宝贝睡觉去。

(五)

我们由南区的警署，被转押到 H 埠的戒严司令部中。

是那天晚上十一点钟左右的时候了。

黄黄的电灯光下的军事法庭上，坐着一个年约四十左右的军官，穿一套淡黄的上色军服，鹦鹉嘴似的钩钩鼻尖下长着几根稀疏的短髭，弦彩弥漫的两个眼睛珠，已经落进眶里去了。尖峭的鼠耳衬着高高的颧骨，活生生的就像一个舞台中的小丑！左边坐着一个壮年的军官，一脸生些健康的横肉，一对炯炯慑人的目光配着那两道焖烟似的大眉，一望便知他是一个长于厮杀的能手，右边坐了一个捉弄笔墨的青年军人，像是一个随从书记。

庭下左右两旁鹄立着一排恶狞狞的持枪兵士，明晃晃的刺刀上发出冷飕飕的寒光，庭上庭下的人都站在一种严肃静默的空气里，更加以深夜的春寒，越显得这四围的阴森冷峭！

我们被押到法庭下来了，我一瞥见这可怕的情景，一若活入了阎罗殿一般，令人有些心寒胆落。

坐在正中的钩鼻子把我们的姓名籍贯年龄履历问过了后，单独的把锦成提到台前，冷然的向他发问：

“你们还设有好多机关？这些机关设在什么地点？你好好的供出来吧！我设法救你。”

钩鼻子的讯词带了几分哄骗。

“什么机关？”镣铐着双手的锦成笔直的挺着胸膛，昂昂然似毫无所畏。

“党的机关？”钩鼻子似乎有些意外的惊诧，两道吊眉横竖起来了。

“什么党？”锦成高抗的声音，反把钩鼻子在喉咙里吼的嘶声压倒，他那青色的面庞上浮着一片怒云，越显出他那威武不能屈的英勇气概。

“你还得装痴吗！”钩鼻子落进眶里去的眼珠忽的突射了出来，星星的怒火从他那目光中一闪闪的向外流奔。

“啊啊，对不住得很！对不住得很！可惜一个机关我也不知道。”锦成也斗然堆起了半脸冷冷的笑容，泰然自若的神色，简直把这严肃的法庭，当成一个儿戏的场所去了。

“混蛋东西！你怕不怕刑法!!”钩鼻子似乎受不着锦成那冷笑的讥刺，心中以为太把他侮辱了！气愤得几乎大跳起来。

“什么叫做法？我犯了你们什么法!?”

“你还要抢辩吗!?你是一个罪大恶极的匪徒！是一个背叛政府的政治犯！”

“不错！我确是一个想推翻现代一切社会制度的政治犯。可是，你既然是一个军法官，你总知道法律上明文规定的应该怎样对待政治犯，你为什么那样野蛮的骂我是匪徒！?”

“你这混蛋东西！我是军人！我不懂什么法不法！不用刑你是不会有口供的，来！——拿刑具来！”

拍的一声，钩鼻子捏紧了拳头，在台上重重的捶了一下，伸出来的两个眼珠越是加劲儿的向外突出，可怕的怒光不住的在他那枯皱了的面皮上飞舞，鬓角上的干筋也突的暴涨起来了，假如他是一只老虎，一定一口要把锦成吞下肚里去！

四个军人手里拿了些看不甚清楚的东西跳上前来，扭着锦成的肩膊。

我看见这种情形，一若忽的从万丈的冰岩上滑落了下来，一阵寒颤过后，四肢都像冷木了！当我心里在初初听见锦成那么锐利敏慧的针针见血的谈锋和那么不卑不屈的高昂抗愤的气慨的时候，我的胆儿也斗的壮了起来，心里充满了不可言喻的快感。现在看看他便要受极残酷的肉刑拷打了，心里在那无法救济的悲痛中，反把他怨责起来，觉得他不该那样的口快心直，致激怒了他们非动刑不可。其实呢，这都是我无知的妄责啊！

看看那四个恶很很的军人便要将锦成扭倒在地，我又起了一阵剧烈的寒抖。

“慢点吧！我还有几句话问他。”坐在左旁的那个壮年军官，喝了一声，四个军人将手一松，向后退了一步。

“贺锦成！你是一个聪明有为的青年，你何必一定要必跟着那些匪徒来专向政府捣乱！你只要好好的把那些机关供出来，诚诚恳恳的写一张悔过书，我们不但不用刑器来拷问你，还正需要你们这些改过自新的青年来做事情呢！你仔细把我的话来想想吧。”壮年军官脸上的横肉上挂上了几痕和平的笑容，谈话时的声音也并不粗暴，态度也表现得很诚恳的样子。

我的心头一轻，紧张的神经渐渐的弛缓了！

“信仰便是我的生命，我悔什么?”锦成很从容的望了他一眼，气概依然是那么样的昂然。他们的恫喝和诱驱，半点儿都摇动不了他那金坚玉洁般的伟大的情操。

“你看这混蛋东西又胡说起来了！非动刑不可！非动刑不可！”愤焰未消的钩鼻子又暴跳了起来，斜吊起的眉毛又高高的竖起。

我的心里又突的一跳！

“别忙！别忙！”壮年军官和言悦色的劝着了钩鼻子，又掉转头来望着锦成说：“啊，我想起了，你大概怕我哄骗你，我诚恳的向你说吧，我可以拿人格来担保我刚才说的话。你还是痛痛快快说了的好，不然，你的生命就会有危险！你一个人死了倒不要紧，你还有年高的老母，娇小的弟妹，说不定还有漂亮的爱人，你想想看，你惨死之后，他们是多么的伤心！多么的悲苦！你难道忍心让他们去过艰难困苦的凄凉生活吗?！你是聪明人，你应该从这方面多多的去想一想，我很知道，青年人是不怕死的，一般英迈的豪气横在他心头，你就把头给他砍了下来，他还是不肯屈服，不过贺锦成！你不是没有感情的动物，你只要想到你老母的晚景凄凉，你妻室的青春孤苦，你弟弟妹妹的童年无依或浪荡失学，我不相信你的心中会漠然无动！现在只有两条路给你走，一条是生，一条便是死，你究竟愿意走那条呢？你自己去选择吧！”他的口如悬河，滔滔不断的竟说出了这么样一篇委婉动人的话，他微颤的音波，越发表现出他态度的诚恳，听了他这段话的人，如果不是在那严肃阴森的法庭上，一定要说他是在苦劝他最知己的朋友，绝对的想不到他是在审讯一个囚徒，就连我也有些感动起来！

“啊啊，谢谢你，谢谢你！我还有什么话可说！我的生命只有这一条！那些伤心人语，请你千万别要向我说了！千万别要向我说了！你如真的很诚恳的对我，恳求你快点把我拿去枪毙吧！愈快愈好！”慷慨激昂的锦成似早已下了成仁取义的决心了，壮年军官这一篇话确已打中了他的心扉，面部的表情顿然间由高昂变成了忧戚，抗爽的音波也微微有些凄颤，他昂着的头忽然垂下去了。

“你难道还不信我的话吗?”壮年军官的浓烟眉一竖，和平的笑容忽的不见了，脸上的横肉依然横了起来，似乎有心动怒的样子。

“假如你的话都是真的！让那些多情的聪明人来信你，可惜我却没有那个信你话的资格!”锦成的头又重复昂了起来，依然是从前那般样的挺直，他在一度悲戚沉默之后，什么问题都像被他在这一刹那间下了个最后的解决。

“我看你这人真不要好!”壮年军官的脸色忽然一变，额角眼边仿佛有道寒光一闪。大大的吼了一声，气愤愤的将头掉了转去。

“我原说这东西是不要好的，来！来！拿刑具上来!”闷了许久的钩鼻子在桌上又是一拍，法庭上的公桌几乎被他打倒下来。

四个狼也似的士兵，抢上一步，又踏到锦成的面前来了，阴狠的叱斥几声过后，轰的一声便将锦成推倒在地！

正在这一刹那间，我这颗悬空空的时摆时动的赤心，就像被千斤重的铁锤猛击了一下似的，顿时打成粉碎去了！我的眼中飞奔出一朵朵的金花，眼前的景色似乎另外幻成了一个世界；公桌上蹲着的刚才那两位官长似已变成两只张牙舞爪兽首人身的人面虎去了。庭下狞立的士兵也像在脸上涂了一层深蓝。惨黄黄的电光漫无力的微弱了起来，阴森森的真像入了阎罗殿。我的眼神早已被泪潮的泛澜失去了一半的灵光，一切的物象已经不十分看得清楚，我拼命的张大开来一望。啊啊，我的锦成的两脚两手已被他们反捆成一团，浮鸥也似的离地数尺高的垂吊起了，一阵呻吟的凄颤的声音传入我的耳膜，我那捶成粉碎去的心又似被那千斤重的铁锤猛烈的毒打了一阵，我深身痉挛了起来，我快要站立不住了。

庭上的两只人面虎问了几十声你供不供，锦成还是不吐一句实语，拍桌声混着痛骂声一阵阵的传下庭来。受着酷刑的锦成在回骂几声过后，仍还免不了要发出一阵无可奈河的嗔楚！

“我供吧，你们快放我下来！”

果然他们把他的刑松了，锦成在痛抖中立了起来。

“叫你好好的说你偏不肯，一定要吃了刑以后你才肯说，你这不是自讨苦吃吗？快照实说吧！不然我还要拿毒刑来拷打你。快说！快说！”钩鼻子咬牙切齿的连骗带骂的嚷了几句后，突出那对眼睛把锦成紧紧的钉着。

这时我的意识虽然已经渐渐的苏活了转来，但是我的理智的判断力仍然失去了平日的功用，照实供吧？死。我也不愿意我的锦成做此背叛党德的事情。不照实供吧？我更也不能活生生的看着我的锦成痛楚而死，我心头感到了矛盾的麻木，我不知究要如何才是好。

我倾耳一听，锦成的话已轻快的从口中吐出来了：

“你要我老老实实的供么？不错！如果我确确实实的知道一切情形，我当然要供，可惜我什么也不知道，你叫我从何供起你！苦苦的逼着我一定要供，自然严刑之下，什么不可以逼出来，不过在我，我老实告诉你吧！你就把头给我砍了，我也没有什么可说！”

“你胆敢骗我！”

“我骗你！不错，你说我骗你我就骗了你！不过你要晓得，你都忍心用那野蛮时代的野蛮刑法来加诸我身，我为什不可以骗你！不过你要明白，我骗你并没有什么好的企图，我只要求一个速死！我是个证据确凿的政治犯，我是你们的反叛者。我并不否认，我也并不抵赖，你们要枪毙就枪毙！要杀头就杀头！为什么偏偏这样惨无人道的来吊拷我！”

“混蛋东西！我没有你那么多的大道理！你究竟供不供?”

“你何必再三再四的问我，供不供？我倒要反转来问你：你究竟杀不杀我!?”

“我偏不杀你！偏不杀你!”

“啊啊，你这些禽兽！我还怕什么！怕什么！我的四肢已经差点被你们吊断了！你就把我砍成肉泥捣成肉酱，我还是没有什么可说!”

“你这东西还了得起！胆敢骂起我们来了！来！拿钉鞭来跟我打！打！打!”

“钉鞭么？你们索性把我放下油锅吧！啊啊，你们这批狠心狗胆的禽兽！禽兽！禽兽！总有一天，总有一天你们的末日到了的时候，落在我们劳苦群众的手里，还不是一样的来如法泡制，你以为你们便可以子孙帝王万世之业了么？做梦！做梦！做梦!”

“打！打！打!”

一阵拍桌吼打的声音，仿佛是阴霾的山洞中打起来的霹雳！昏昏迷迷的我越发震惊得来痴痴呆呆了！本来在锦成与那禽兽们抗辩的时候，我的神经因在过度刺激之后，已经有些麻木，寒噤已早打过了，战抖已早战抖过了。我浑身的血流似已早由澎湃而渐趋凝固，反映在我泪盈盈的眼中来的：庭上还是那几只人面虎，庭下却是我那时被叱斥的锦成。传进我听觉失聪的耳中来的，庭上是那钩鼻人面虎的咆哮。庭下是我那锦成慷慨激昂的悲愤语，还有那翻天倒地的拍桌声，鬼兵鬼卒的吆喝声，也杂七杂八的传进耳来，我听不十分明白，也看不十分清楚，只觉在这一阵霹雳以前，法庭上闹喧喧的演得悲惨而又滑稽的活剧，蓉和蕙的表情如何，她们站立在什么方位，我当时也都像把她们掉在脑后去了。什么我都记不明白，自从这霹雳似的一阵喊打的声音吼过后，我那捶成粉碎去了的心，在昏迷沉痛的麻木中，又猛然的震惊得来狂跳了几下，待我凝神向前一看，啊啊，那凶残毒恶的惨象，几将我的灵魂痛毁！

我那锦成的上半身的衣服已被几个恶魔似的小卒撕开，裸露出来的肩背，在残夜的晚风中寒颤站在那身侧的一个恶魔，手里擒着一根针刺丛立的仙人掌似的长鞭，在那里狞立待命。

“快打呀！快！快！快！”

一声咆哮过后，那恶魔发狂也似的，高高的举起那手中的东西，嚓的一声使尽了蛮力的向锦成的背部打下去！一颗颗的血珠漏斗也似的从我那锦成白嫩的肉上喷了出来，鲜血淋淋的顿时便染红了他的全背！

“嚓！嚓！嚓！”

那恶魔手中的钉鞭，一起一落的拚命打，被铐着手足的锦成虽然没法挣扎，然而他的口中却什么都骂出来了！

庭上的那两只禽兽，就如在看剧似的满脸浮着称心快意的示威的狞笑！

啊啊，我不能袖手了！我不能袖手了！我要去救我那锦成！我要去替他身受！我要去替他身受！我要去拥抱着他，我要去狂吻着他那血淋淋的伤体，我应该去！我必须去！我抢上前去一步，将两臂用力的一伸，想横腰去搂抱他。谁想我刚一用力，我竟忘了我的手是被镣铐着的，我的身子向前一倾，两脚一飘，轰的一声横倒下去了！

我从昏迷中半醒了起来，我的两臂像被钢架咬着一般，我掉头一看，才晓得有两个魔鬼把我扶起，我的锦成呢，血肉模糊的被他们打倒在地似乎呼吸都没有了！蓉和蕙哭红了两个眼睛，在我的身前鹄立着，我们像又来受他的裁判了。

“这个女子好奇怪！他是你的什么人？”

“他么？是我的同志。”

“是同志就好得很呀！你们快老老实实的把机关供出来吧，不然，那就只好同他一样的打死。你们怕不怕？”

“我们怕什么？要打便打！要杀便杀！”

“哈哈，这些东西，这些狗男女，简直没有一个悔过的！还是给我打死吧！”

“我们不怕打死的！”

“我们只求个速死！”

“…………”

钩着鼻子那只人面虎不知又拍了好多回数桌，陷进去了的眼珠，也不知突出来好几十回，我们被他骂了一阵又骂一阵过后，结果还是被另外那只人面虎劝住了，吩咐把我们四人分押下去，以后再来审。

我已记不清楚他究竟问了些什么，我们三人中又怎么样详细的去答复，我只还微微的觉得蓉那尖脆而又凄颤的哭声，在深夜里刺进我的心来，特别的令人心伤！令人悽楚！

审判停止了。

我们像几只被鞭挞到屠场去的小羔羊，我们已失了我们要反抗的对象，我们的眼前已没有半丝半缕的光明，拖起我们那酸软无力的两条腿，只有朝黑茫茫一片的前途踏将去！

啊啊！我似乎已经失了知觉了！

（六）

待我的意识恢复转来，已是次日的正午时候了。

我们已经被押进一间狱房里，这间狱房很小，也不甚坚固，除我们三人而外，旁的没有一个犯人，这大概是戒严司令部的临时女监狱吧！狱房的靠壁，铺着一张长长的地铺，恰恰睡得下我们三个人，别的东西一样都没有，从高高的天窗上有一线阳光斜射下来，房里也不十分黑暗，只不过四围的空气异常阴沉，有些死寂得可怕吧了。

蓉偏着头靠在蕙的怀中，隔了夜的泪痕还浮现在她们的眼角里，眼圈儿更红红的肿起来了，她们的面部青得怕人，腮上的桃红已不知消失到何处去了！乱发蓬松，默默然的像被一种惊怖的情绪所牢牢的缚着一般。

昨夜的惨情惨状，突的涌上我的心头，我的眼泪又如飞泉般的落下！

“我的锦成不知怎么样了啊？无疑的，无疑的，已经被他们毒打死了！毒打死了！那还能得活呢！那还能得活呢！我还得做梦吗！羊落虎口那还有生还的希望呀！”

“啊啊，禽兽！禽兽！你们这批残酷的禽兽！你们那鞭上加钉的凶器呀！啊啊，血珠喷飞！鲜红的血珠喷飞！我那英勇的锦成！我那慷慨激昂的锦成，竟在那钉鞭狂打之下牺牲了！”

“啊啊牺牲了！牺牲了！”

我刚想到这里，呀的一声狱门开了！忽的攒进了几个奇形怪相的人来，一看他们那种粗鲁的神情，就可以推测到他们是换了装的下级军官。他们刚一跨进门来，一个个偏来倒去的堆满了一脸冷而可怕的痴笑。

我们摸不着他们的来意，吓得来呆立起！

“昨晚你们几位姑娘受惊了？”马褂纽子不扣的A，偏着头儿先向我们发问，他的一双眼睛笑拢来成了一条平行线，眉毛也弯成半边弓去了。

“你妈的，女士都不晓得说！什么姑娘！”牙齿伸出了唇外来的D，也两步掺上前来用嘲骂的口吻来伴驳A，嬉皮笑脸的更令人讨厌。

“哈哈，女士！不错，应该呼女士才对呀！”面部黧黑矮得来像个南瓜样的B，摇头摆脑的大笑了起来，活像一个小孩子玩的不倒翁在地面上笑谜谜的滚！

“喂！女士！听说你们贵党里讲共妻主义吗？怎么样共法呀？

我们今天特来请教！请教！”D的舌头伸出来舐了几下唇上，斜起一只眼睛把蓉和蕙望着。

“单是请教就完事了吗？我们还要领教领教呀！”A和B同声叫了起来，那种下流的情形，我恨不能请他们吃我一手枪！

蕙吓得来退去抵着狱壁，蓉也紧紧的把蕙挨着，她们那青色的脸上，顿时羞得绯红！蕙羞得来垂着头，蓉的目光中却飞出星星羞愤的烈火，她怒目的轮视着他们，她似乎决心要和他们动武！她的呼吸都有些急促了。

挨进我身边来的是脸儿黄黄的C，他虽然比那几个下流得松些，可他那唇边上却流出一丝丝的涎水。

“女士昨晚特别受……受惊了！不不……不要紧的，我想，你们女子总……总总没有生生命的危险。”C的口音还有些吃，他很费力的才把这两句话说出来，不过他两只眼里含蓄着的希望的火花，却早都洒射出来了。

“是呀！她们那会有生命的危险！我们需要她们的时候还多得很呀！”

“不错！不错！我敢把我这个头来担保她们没有生命的危险！”

“你妈的，好只狗头！够得上来担保这几位如花似玉的女士！”

“他那只狗头够不上，我这只人头够得上么？”

一阵明讥暗笑的下流话谈过后，一个个吊眼斜眉的挤上前去，三个人已经把蓉和蕙挤在中间去了。

“你们这批禽兽！还要稍微讲点理不啊！”

蓉的怒气浮上了红红的双腮，尖而厉的駡了出来，她用手使力的向前一推，想摆脱他们的羞愤死人的凌辱！蕙呢？她虽垂头不言，可是她也拚命的得挣扎。

“为什么骂我们呢？”

“你骂我们不讲理吗？你错了！我们是非常之讲理的啊！要我们才够得上说是你们的好同志，因为我们能讲便能行呀！哈哈！”

“喂！你为什么又不骂了呢？你真的不想骂了吗？那我们就要对不住呀！”

这一阵凌辱得人羞愤欲死的话，在一片冷嘲热讽的声中喧嚷出来过后，他们的手已经搭上了蓉和蕙的肩上来了，头儿偏偏的斜歪下去痴看她们的桃腮，她们连耳根都红透了！一炉烈火燃在她们的胸中，羞愤的火花随着她们那两滴灼热的泪珠一齐迸出！

“喂！见色不贪，必定是痴汉！”

“好的！正合我意！”

“那么干吧！”

“干！管他妈的！”

一片动脚动手的嘈杂声乱响了起来，蓉和蕙挣扎无功终于被那三只禽兽按倒在地！

嚎啕大哭的悲切切的求救声，从她们的口中狂吼了出来，她们的两脚两手打来打去的还是在拚命的挣扎！

“不许喊！不许喊！喊就请你吃一手枪！”

A在怀中拔出了一枝手枪来对着蓉的喉头，她们还是不顾死生的拚命的挣扎，拚命的滚打而且还是拚命的狂叫！

“快点呀快点呀！”

禽兽们手足都慌乱起来了！

我目睹这种情形，脉管里血流顿时沸腾了起来，我那酸软无力的四肢，好像顿增了千斤的热力，我的拳头一捏想抢上前去痛打那几只禽兽，我的牙齿都几乎被我咬落了！

不料正在蓉和蕙被按倒在地狂呼求救的时候，C的手也恰好搭上我的肩来。

“我我我爱你得得很呀！”

C的口角里快要长流出涎沫来了，他两手一抄，要想来拥抱我。

“你这禽兽！”

我的身子向下一弯，顺势向他的胸前用力的打一推掌，他抱了一个空几乎被我推翻在地。

我的胆子突然大了起来！

被我打退了几步的他，好像饿虎饥狼一般，两只红红的眼珠突了出来，抢前两步，紧紧的一抱把我抱着，我还是拚命的挣扎，拚命的向他乱抓乱打！我的力气终于敌不过这只禽兽。我也被他用力把我按倒了！

啊啊，这是什么世界！这是什么世界！看看我们就要被这批禽兽奸污了呀！

正在这一发千钧，危在顷刻的时候，呀的一声狱门开了！跨进门来的是昨晚那位壮年军官，——那只笑里藏刀的人面虎！

几声叱喝从他口中吼了出来，那几只禽兽受了这种突来的意外打击，小鼠碰着了老猫似的，惊慌而又畏缩的纷纷逃跑了。

我们的重围万想不到为我们的仇人所解！

“对不住你们几位女士！我马上就去严办这几个混蛋东西来与几位女士谢罪！我一定马上就去！一定去！一定去！破坏军纪，不严办还了得！还了得！幸而还好，并没有怎样侮辱！……”愤懑的怒焰和微笑的慰安，矛盾而又不调和的浮耀在他那脸部的横肉上，留神一看，他的佯装和虚伪，便可以从他那不自然的表情上看出来。他的话说完后，越发表现得谦卑与和霭。

我们的青裙都撕破了！赧然的不敢抬头，心脏突突的还有惊怖的余跳！

“昨晚太把几位女士冤苦了，今天我是特来看看你们的，想不到竟碰着这件混帐事，这真是本军的耻辱！我一定要严办那几个东西来雪这奇耻，不然，怎样可以对得起你们呢！”他目不转睛的死死的钉着我们，他故意把他的语调变成温柔，也故意把他的态度卖弄得诚恳，他仿佛把我们当成他的女朋友去了，只可惜他做作得总不自然，反令我们对他的佯装做作着怀凛然的不可测度的恐怖。想不得这位面目可憎的厮杀的能手，还有这么多欺诈的法门。

羞愤的余焰还在我们的颜面上燃烧，我们对他还是不睬！

他在自言自语中感到没趣了。

“你们请安心吧！我敢在几位女士面前担保：女子是绝对没有什么危险的，我总可以替你们设法，过几天后定可以平安过日子，放心！放心！尽管放心！”他沉默了一会，又饱看了我们几眼，他似乎察觉了我们对他的憎恶了，他带笑的谈了这几句过后，悄然的走了出去。

小小的狱中，顿时死寂了起来，四围的空气，充满了灰暗的悲哀和阴森的凄楚！

啊啊，这是什么世界！这是什么世界！

我们举起了泪光莹莹的双眼呆然互视了好一会，万千斤重的一块顽石，好像紧紧的压在我们的心头，我们竟在不知不觉中抱做一团，哽哽咽咽的痛哭起来了！

我们哭到了黄昏，哭到了深夜，我们更从悲痛中哭昏了过去了！

（七）

在这小小的狱房里，我们已经住了好几天了。

如年的长昼！锦成那鲜血淋淋伤痕遍体的惨影，无时无刻不活现在我那深刻着悲纹的心幕中，我那流不枯的眼泪流了又流，洒了又洒，酷如华严瀑布的飞泻一般，简直没半分儿停止的时刻！伶俐的蓉不消说时时刻刻都来劝慰我，就连沉默寡言的蕙，也收了她的泪容，想尽了许许多多的巧言来温慰我劝解我，可是她们那温馨柔腻的友情，那能填补得了我那凄怆无底的心的深壑哟！

有时我在半夜从梦中哭醒，张眼环视周遭，四壁悄然，冷森森的阴影重重，如有鬼物隐隐约约的在狱中往来一般。我的心头一跳，锦成的惨形惨状，又活现在我的眼中来，“啊啊！我的锦成真的死了！真的死了呀！”我在这死寂沉默的深夜，竟不知不觉的在昏迷中声嘶气噎的乱叫起来！蓉和蕙被我的嚎声惊醒，睡眼惺忪的连忙把我紧紧的抱着，口里不住的呼唤我的名儿，有如阿姊之抚弄和呼觉她着了迷的爱妹一样，她们无法清醒我心里的模糊，结果还是大家互抱着头放声的一场痛哭！

像这样浮泅在苦海愁湖里的泪中生活，长昼漫漫长夜也漫漫的我们又过了好几日。

亲爱的姊姊呀！我是多么的悲苦，多么的羞愤！多么的凄痛哟！想不到还有更悲苦更凄痛更羞愤于这个百倍的悲剧排演在我的后头！

是在一天的午后。

狱门开处，走进来几个背手枪的护兵，一个手里拿有一张纸条子的便向我们发问：

“谁是陈蓉女士？”蓉点点头，他望了蓉几眼接着又说：“你马上同这两个护兵到吴公馆去。谁又是沈蕙女士呢？”蕙也点了点头，他也望了蕙几眼指着另外两个护兵又说：“你也马上同这两个到张公馆去。”他吩咐好了后，便掉转头来看我。

“你想是琴绮女士了？你同我到秦主任公馆去。”他说完了后，微笑的望着我，像很谦和的样。

“为什么要到公馆里去？”我们都猜不破这个突来的隐谜，在迷惑中我们用惊诧的目光望着他同声的向他质问。

“我那里知道呢！我只奉命行事！”他依然微笑着答我们。

“大概总是优待你们吧！”另外一个护兵也得边说边笑，显出几分瞒哄的神气。

“当然只有优待！而且说不定还要去享福呀！”又一个护兵也是边说边笑，他的声音特别来得粗壮，带有点滑稽的样子。

我们看见这种情形越发迷惑，越发摸不着头脑！

“琴绮！恐怕凌辱我们的事又要临头了！”聪明的蓉跳到我面前来，紧紧的把我的双手握着，抖颤的音波弹出了无限的哀情，两滴晶莹的热泪，从她的腮边淌下来了。

“我们誓死不去，好么？”蕙也成了个泪人儿去了，她的话虽然是同我相磋的口气，但她的态度却有些决然。

“……”我沉入了忧思，找不出一句适当话来答她们，我的两眼，当然早也就有些潮湿。

护兵催走的声音喧嚷了起来。

去不去的问题，还是在我们的心中徘徊着，我们相视哑然，紧紧的挤做一团，依然互握着手，护兵又催说起来了，我们还是想不出好的办法来，越表示出依依难舍的样子。

“不走也要走呀！快点走！快点走！”护兵的催叱声有些愤怒，大声的在警告我们。

“不去也不行的，我们去结果那几个禽兽去吧！反正我们都是一死！”灵巧而又敏感的蓉，在沉默了一会后，忽的收了她的泪容，触着我和蕙的耳朵，低微的细语，她的态度凛然起来了，她很果决，再也不显出踌躇的气态来。

她这两句果敢而又爽快的话，好像昏迷中的一声警钟把我和惠都惊觉了！——我们的眼前顿时展开了一片光明。

我们不约而同的默然首肯。

——去吧！去吧！去结果那几个禽兽去吧！

我们各怀一腔隐秘，终于依依然的吞泪而别了。

我到了秦主任的公馆里来了，护兵送我到楼上的一间房里去。

这间房是个长方形，房里的前面窗口下摆着一张写字台，左壁方面有几把沙发椅，壁上有几帧当代伟人的照片，和几幅粗俗不通的彩色风景，房的后壁放了一张大铜床，上面套着一幅圆顶的白纱罗帐，雪白的线毯上置叠着两床淡青浅绿的绸被。房里的一切都似才配布不久的一些簇新的东西。

铜床的侧角放着一个高高的衣架，架上放着的是些皮带军衣。

触眼的景象，无一不是令我的愤火中烧的煤料，深藏在我心中的可怕的秘测，统统都被这眼前的一切点破了。

亲爱的姊姊呀！这时候我已成了釜底的游鳞，看看我这无瑕的身体便要被那禽兽随意咀嚼了。我要如何才能跳脱这不幸的悲运！我要如何才能结果那狗肺狼肝的畜生呢？

我心里一想到这个问题，便要连连的打几个冷噤！

啊啊，令人可怕的悲运！令人羞愤欲死的悲运！令人心寒胆落的悲运！看看便要落在我的头上来了，我怎么对付呢！我怎么对付呢？

我心里在长远的打划，还是想不出一个好的妙策，我这时真如一个从渡海的飞机上跌到半空来的人一般，转瞬间便要死灭的惊惶与恐怖，把我这整个的心情都占据了！

我呆坐在这被人软禁的特别牢狱里，整整的过了好多时刻。

秦主任归来了！我初初很怀疑所谓秦主任不知是谁，原来就是那外笨内清笑里藏刀的壮年军官——那只吮人精髓的人面虎！

“哈哈，密司赵已经到了！欢迎得很！欢迎得很！”他一跨进门来面部的横肉上便堆满了条条的笑痕，他的服装由军衣换成了西服，看他的外貌确是一个武人？听他的谈吐大约又像是军中办文事的，或许他是一个秘书主任吧？

“……”我怒目横视着他，我默然无语。

“勤务兵！勤务兵！为什么不倒茶来？”他一脸不自然的笑痕划得越多了，他端坐在一张椅上，在那里斥责勤务兵，接着他又掉转头来向我说：“这些东西都不知理，不晓得招待客人。”他越发谦虚起来了，俨然把我当成了上宾的样子。

“……”我依然默默无言，我看穿了他欢颜后面藏着的吃人的凶相，——那魔鬼似的凶相。

“这里想来比那黑暗的狱中要舒服得多吧？密司赵尽可以安心在这里多住些时日。”他的态度装得很诚恳，只可惜他一脸的横肉，遮了他心里所要表示的温柔。他越想表示诚恳，令人越看见他的虚伪。

他的谈锋渐转到本题来了，我忘记了心头的悲苦，怒气冲冲的想放胆把他的美幕给他撕开把他那腐烂了的黑心曝露出来，我和他对起话来了。

“我要请问你，我们已经是直认不讳的政治犯，为什么审也不审就把我们放了出来？”我突头突脑的便冲撞他一句，语气有些愤然。

“难道狱里还要舒服点吗？哈哈！”他并不直答我，拍手拍脚的大笑了起来。

“要放我们那就要让我们恢复自由，为什么又把我们往公馆里送？”我装出没听到他的话，再追逼他一句，想把他的黑幕揭穿出来。

“这是我的好意呀！”

“什么好意？”

“好意就是好意。何必问这样痴呢！哈哈。”

“谢谢你！究竟是什么好意？！”

“你们已经是判了死罪了的！”

“那就好得很呀！为什么又不杀我们？”

“哈哈，谁忍心来杀呀！”

“笑话!”

“真的是笑话，我们还是不谈这个问题吧，我还忘去了告诉你，那天那几个混蛋东西，司令部里已经把他们严重惩罚了，每人记了一次大过!”

“过去了的事别谈！我希望你马上答复我：究竟为什么不杀我们，反把我们往公馆里送?!”

“我不是说了吗？谁忍心呢!”

“为什么不忍心?”

“哈哈哈!”

我一句一句的紧紧的追逼，他却一谈一笑的东支西吾，我要他谈的话虽还未被我紧追出来，但他那卑污下流的丑态，已经活生生的裸露出来了。我恨不能一刀把这奸猾阴毒的禽兽的头颅砍下，痛痛快快的去渴饮他的鲜血！我愤恨极了！我愤恨极了！我禁不住我心中燃烧着的烈焰，我想劈头劈脑痛击他一顿拳头!

“你这个新军阀的走狗！要杀便杀，要打便打！为什么把我们当成你们的玩物！你说！说！说!”一股恶气冲塞着我的喉头，我在楼房上跳了起来，如醉如狂的大骂他一顿。我的胸部起伏得特别利害，我急得喘不过气来。

“哈哈，新军阀！新军阀!”他并不发怒也不咆哮，他离开了坐位竟摇头摆脑的大笑起来。

这东西是多么的阴毒！多么的辛辣哟!

我看他这样老滑深沉阴柔狡诈的对人，我深深的知道我已成了他笼中的小鸟，难于挣脱他的囚禁了。我的四围都是一片可怕的黑暗。沉郁的悲哀和震愤的惊扰，在我的心湖中掀起了滔天的激潮，汹来涌去的找不着一个出口荡流出去，我的心儿震碎了！震碎了！我又想扑上前去打他一个痛快来泄愤!

正在这时候，暮色已经浓密起来，楼房中的电灯开了。四壁照得雪亮。

他微微的蹙着眉头，燃着一枝纸烟，自言自语的在房内走来走去，他有时摇一摇头，有时也抓一抓发，他有时在凝思中发出可怕的冷笑，有时又斜着那对慑人的眼睛来注视我。

可怕！可怕！不知他又得打划些什么圈套来暗缚我？使我撑着眼睛去跳他的陷阱呀！

我一见他这种情形，忽又想起他用花言巧语来哄骗我那锦成的光景，我一想到这个东西的毒辣，我的毛根都竖了起来，背心上的肉一阵阵的麻得打抖，我深深的陷入了绝望的悲渊中，自己也知道没有方法来避免这快要逼来的浩劫，——污秽自己的灵魂，践踏自己的肉体的浩劫！于是便又想到我那锦成的身上来了，如果他的生命还存在，他还同我在一块儿，他定能一拳把这个东西那对冷笑得怕人的眼睛打落出来，我也有把握的能够跳得脱他的凌辱，只可怜我的锦成，恐怕……啊啊，我太傻了！我太傻了！锦成如还同我在一块儿，他那里敢那里敢哟！……

想到这里来，我竟流出了两行热泪，又如醉如狂的大骂起他来。

"啊啊，我还忘记了告诉你一件重要的消息，你别哭！别闹！"他忽的住了脚像穷人捞获了无数的宝珠一般，高高兴兴的和我谈这几句过后便跑下楼去了。

我的心大大的迷惑了起来，猜不破他的闷葫芦里装的是什么毒药！

他手里拿着一张报纸重复跑上楼来了。

"不向你说明白，你总是牵肠挂肚的！"他走近我的面前来，这一回才闪耀着由他真心里发出来的甜笑，他显出胜利后的神色来。

"什么事值得我牵肠挂肚！?"我嘴里虽然硬着反问了他一句，那惊碎人魂魄的可怕消息，我却已猜着几分了！我禁不住接连打了几个寒噤，随着四肢便麻抖了起来！我仿佛已从高丈的危崖上跌落在那无边无底的汪洋中去了一般，瞬刻间我生命的灵光就要失明了！

“看吧！快快拿去看吧！”他似已猜破我和锦成的关系了，他手指着一则新闻递给我。

戒严司令部枪决×党要犯岳锦成！

我当时已经听不清楚他说的是些什么，只见着他两片嘴唇很轻快的翻动。我接过他给我的新闻一看，映在我莹莹泪眼中的这则标题，好像放在千倍大的显微镜下似的，每个字都有斗那么大。轰的一声仿佛有一枚几百磅重的炸弹在我脑中爆炸一般，把我的五官四肢，都裂成粉碎，随着一阵狂风吹过海洋吹过漠野，吹到冥晦的半空，东飘西舞的去了！眼前的宇宙似早已毁灭，我的血漩凝回了起来！

“我我的……锦成呀！……”

一团黑影从我的对面猛扑过来，我两脚一翻背倒在楼面上！

（八）

在夜半的时候，我的意识渐渐的从昏迷中清醒了转来。

我的唇舌都像烧干了，口里渴燥得异常利害，头部也烧得十分楚痛，全身的骨节更似被人粉碎了一般，又柔软又酸痛，连半分儿力气都没有，我简直成了一个活睡着的死尸了！我用力的张开我滞涩而又沉重的双眼来一看，四围都是黑暗没有半丝儿光影，我心里猛然怀疑了起来：“我现在的身体究竟倒卧在什么地方呢？”我这么样的一问，日间的一切，便重印在我的心中来，我接接连连的打了几个冷噤，心头慌乱得特别利害。……我伸手在我的下半身一摸，呀！……我几乎狂叫了出来！在我的身旁发觉了那只吃人的禽兽！

顿时间羞愤的烈火在我碎裂了的胸中燃烧了起来，我恨我的身躯不能即时焚化成灰烬！我全身的每个细胞里都像充满了熊熊的烈焰一般，悲愤和毒憎的情绪把我的热和力都唤醒转来了！我的浑身已能轻快的动弹，不似刚才那么酸软了！

这只禽兽的性欲发泄了后，睡得来鼾声大起！

——啊啊，惨杀其夫，强奸其妻，这禽兽是何等的冷酷！何等的残暴哟！我的肉体已被他蹂躏了！我的灵魂已被他污辱了！啊啊，这不能补救的蹂躏，这洗涤不清的污辱！我要如何才能雪恨！如何才能复仇呀！？

——像这样娼妓不若的生活，我能再苟延一分钟吗？我能再苟延一秒钟吗？不！不！绝对不能够的哟！

——啊啊，我？我？我？

——……

我在一度纷乱的烦思之后，我的胆儿雄壮了起来！我忘记了疲乏，忘记了酸软，更忘记了一切的悲哀和痛苦，从我眼前驰过的仿佛是一丝一缕的光明，从我耳中吹过的仿佛是一扬一抑的壮曲，我没有眼泪，没有哽咽，在我胸中激荡着的是尖刻的敌意和横决的杀心，这时候的我，俨然变成了个正在战场上肉搏的战士！

——我们去结果那几个禽兽去吧！

临别时伶俐聪明勇敢果决的蓉，在我耳边低语着的话又似在我的耳心中清脆而又尖厉的响了起来，一股热灼灼的暗气摇震了我的全身，我的四肢煞难挨按的顿时起了一阵怪痒，连我的牙齿都禁不住磨击了起来，就像要啮碎一块坚硬的白玉才觉痛快！

真的！这时候在胸中激荡的，只有尖刻的敌意和横决的杀心！

我无声无息轻脚轻手的翻下了床来！

这禽兽还是熟睡得来像只死猪，呼呼呼的鼾声吼破了这黑暗中的沉寂，我自己庆幸我的成功就在目前！

我轻步踏过床头，在黑暗如漆的室中伸手向那衣架上去一摸，我摸着了他的军帽，军衣，皮帽，……然而我所急切需要的东西却摸不着，我心里微微的有点着急！

再伸手去详细的一摸，依然还是失望！

我呆立了一刻，又悄悄的踏回床前来，屏息的在床头床尾枕边枕下轻轻的摸了几遍，还是摸不着我所迫切需要的那件东西，我的心里更慌乱起来了！

——这禽兽难道手枪都没有一枝吗？啊！啊！啊！

半缕失望的情绪在我明澈的心里一摇，我微微的感到悲酸的苦味！然而我并未完全失望，我已经轻踱到窗前来了，我伸手向壁间一摸，想把电灯拧燃来看个明白，可我又怕拍的一声把那禽兽惊醒了，这时真把我慌乱得来没办法！

我完全绝望了！我完全绝望了！光明也消逝了！壮曲也荡灭了！剩下来的只有无涯的黑暗，只有渺茫的凄楚，只有那颗撕成碎片去了的赤心！

满腔的烈焰，碰着了一桶冷冰，把我刚才那摧坚折锐的勇气也浇灭了一大半！

我抬头向窗外一望，灰暗的天空上，寥寥落落的还有几颗将陨的疏星，外面马路上一排长蛇似的树影，在星光微淡的覆射下，现出狞怪的轮廓来，四顾昏茫，宇宙间的一切景象都似昏昏迷迷的沉沉睡去了。窗脚下左侧的一个半圆形的小花园内，低压的花枝木干，像浓密的按上了一层黑纱，矮矮的都缩成了一团团的阴影。园里一个小小的空场，突的逼映在我的眼睛中来了，我凝神的呆对着这空场望了又望，不知怎的竟引起了我无限的凄怆和痛苦，我这清明的意识顿如笼罩了一层惨憺的灰幕，我的眼前忽现了一场可怕的幻景！

这半圆形的小花园，渐渐的伸长成一个空旷的草场，却四围冷寂得煞是可怕！而且这草场似乎移动了起来，我已经都像站在这草场中去了，我抬头一望，看见离我不远的地方有具血肉模糊的死尸仰卧着，一头黑发乱蓬蓬的纷披在耳边，死白的双睛，暗淡无光的把天空愤怒的紧钉着，唇缩齿张，口角像还得喷流鲜血，捏紧了两个拳头，更似要挣扎起来与谁格斗的样子，我初初还有些异常的惊怖，待我仔细一看！啊啊，那不是我那锦成吗!?那不是我那锦成吗!?我的锦成呀！我的锦成呀！你你你竟这样的惨死了！竟这样的惨死了！……我的心里不住这样的暗叫了起来，我刚想跳上前去，跪在他的尸旁，痛吻他的发！痛吻他的眼！痛吻他那含喷着鲜血的嘴唇！痛吻他那捏紧着的拳掌！谁想一阵晚来的狂风迎面吹来，我打了几个寒噤，竟惊醒了！

一层迷离的幻景撤开，我的意识清醒了转来，幻景的余痕，像还残留在我的脑海中，我心头起了一阵的悲酸，两行热泪早已夺眶而出了！

——啊啊，亲爱的锦成！我的亲爱的锦成！你牺牲了！你成仁了！你的心爱的人儿却还留在人间被人家奸污呀！你知道吗？你知道吗？

——我今晚上要想枪杀我们的仇人，不！枪杀这个劳苦民众的公敌！那晚想瞒骗你的那畜生！那只笑里藏刀的人面虎！谁想我竟找不到手枪，寻不着能够杀人的武器！我，我，我，啊啊，亲爱的！我怎么样办呀！怎么样办呀！

我悲哽的心怀，竟这么样半迷半醒的发出一阵酸语，我站在窗前，泪越流得多了。

正在这个时候，我的手忽触着一种冰冷而又坚硬的金属的东西，我如在危崖峭壁的绝境中找出了一条康庄大道样，我的眼泪停止了，心头顿时感到一种描述不出来的轻快，我摸起来一看，才知是一柄长有尺余的搁在写字台角上的电棒！

电筒虽然不是能杀死人的武器，可是能杀死人的武器也许会因它的助力可以寻到手，于是我将这电筒一捏，闪电似的射出一道长长的白光来，我小偷也似的向四处一照，依然得到一个失望的结果。我几乎发狂般的乱叫乱吼出来了！我还是努力的自己抑制着，轻轻的轻轻的我又悄踱回床前来，我大起胆儿再将电棒一捏，床上床下也都照遍了，大大的出人意外，竟连小刀儿都找不到一把！我的牙齿都气得打抖，恨不能狂跳狂喊痛痛快快的把我满腔的悲抑一齐吐露出来！

一把炎炎的烈火重新在我的胸中燃烧了起来，我浑身的血流沸腾得特别利害！

这禽兽，不但未曾被我的电光惊醒，大梦沉沉的反而睡得来鼾声愈大。

我那锦成的血淋淋的尸影又活现在我的脑中来了！几点钟前我在昏迷中被这禽兽奸污了我的惨剧也记忆起来了！一切加在我们身上的残暴，冷酷，凌辱，奸污……一切的一切，都同时交织在我这创痕深碎的心扉里，悲愤的烈火如炸药库爆发了似的，一股股直冲上我的心中来，脉管里澎湃着的血轮，又涨得我的全身，发出猛烈的怒痒，我再也不能忍耐片刻了！我再也不能忍耐片刻了！我顺势将手中捏着的电棒试了一试，心里暗暗的怪叫了一声："就把它当成我杀他的武器吧！"

悲愤的烈火又一股股的直冲上心来了！我抢近床前一步，高高的牵起我手中的武器，对准着这禽兽的脑门，心中暗里发出狮子般的狂叫：

——你这保护有产者的刽子手！你这吸吃劳动者的血汗的恶魔！你这破坏革命的人妖！你这残杀了我的爱人又来强奸我的禽兽！你！你！你！想不到！想不到我要打出你的脑浆，来做血祭我的酒醴了！

我用尽了我全身上每个细胞里所合蕴着的热力，斜倾着上半身拼命的向下一打！

锵铛的一声全房里都嗡嗡的响了起来，这电棒的镜头都被我打成了粉碎！

打！打！打！我接接连连的又是好几电棒，那禽兽长啸了一声，翻起身来，他在朦胧中惊起，只昏昏迷迷的一边挡阻一边狂叫！

这禽兽挨了我一阵饱打之后，猛力的一扑跳下床来了。他如逃出了陷阱的猛虎一般，怪叫几声向窗前奔去！

拍的一声，灯光燃了，这禽兽的颜面上被我打得来眉目不分血流如注，连他的短裤上都染红了血痕，真正狼狈到了极点！

我心头一松，满怀的悲愤都似消去了一半，这禽兽虽然未被我打破脑浆，但他的面部却已被我打得来鲜血淋淋皮飞血溅！

打！打！打！我的勇气并未曾稍消，举凡室中可以抛掷的什物，我都用力的向他头部掷击过去，他只有双手遮捧着头颅，东跳西跑的逃闪，壮健的他，想不到竟被我打得来无力抵拒，仅一声声的发出求救的长喊。

一群狼也似的勤务兵打进门来了！我自知无力胜过这一群狼，可我还是拚命的挣扎狂跳乱吼的大骂这禽兽，拳脚如雨一般的溅落在我的周身，哇的一声沉郁在我胸中的一口鲜血便喷吐了出来，我好像解体了似的，并不觉得拳脚交加的痛楚，只像心旷神怡的，忘记了人世间一切悲苦，软洋洋的被掀到在地，一动也不动的，什么事我都不知道了！

（九）

自从那晚过后，亲爱的姊姊呀！我这悲惨的生命史又翻开了新的一页了！

那禽兽，深知我不能俯从，就在那晚后的第二天把我押送到地方法庭，判处我十年监禁！

十年，啊啊，这可怕的十年！是多么悠长的岁月！多么冷酷的极刑哟！

其实我宁肯枪毙！宁肯杀头！宁肯跳下油锅！宁肯滚入沸水！总而言之，我宁肯痛痛快快的牺牲我自己的生命！而不愿，绝对的不愿这么样的被打入孤牢，半生不死的过这凄怆悲寂的泪中生活！啊啊，姊姊！亲爱的姊姊！你想想看，这样求生不得求死不可的幽囚生活，是多么的苦涩！多么的穷促！而又多么的辛酸，寡味啊！我简直成了个未曾埋葬的活尸去了！我活着还有什么意义呢？还有什么意义呢？

啊啊，这悠长的岁月！这冷酷的极刑！

我有什么方法可以冲破这层层的桎梏呢!？我有什么武器可以击碎这铜墙铁壁似的牢狱呢!？我已经驯羊也似的被压伏在这阴霾愁惨的狱中，凄冷冷的度过十二个月的时光了！

这十二个月的时光，这万万年也似的十二个月的时光！我这个尝尽了人世间一切酸辛的幽囚，我这个受尽了敌人的践踏蹂躏和凌辱的叛徒，未曾领受过含笑的春光，也未曾赏识过浓郁的忧夜，更未曾凝视过清朗的秋空和明霞，朝朝暮暮，都如陷在阴暗的残冬中，只有寒气逼人，没有半丝儿温暖的生意。而且在三个月以前，我和锦成的爱的结晶——我的小天使，——便在这四顾悄然阴森冷峭的狱中落地了！

啊啊，姊姊！亲爱的姊姊！我不忍告诉你！我那能有勇气告诉你！——我的悲哀！我的痛苦！我生产前的艰难和我生产后的困窘！——请你细细的去咀嚼吧！请你慢慢的去体验吧！不！我还是不忍心要你去咀嚼和体验，因为你只要稍一凝思，我想怕你那柔爱的心儿早已为我碎裂了！我那还忍心要你想出我的一切苦情苦况和惨景惨象来重伤你的心呢！所以我不忍告诉你这十二个月的详情，同时也不忍要你细细的想及，亲爱的姊姊哟！你接受我这个诚挚的要求吗？

我狱中的唯一慰安者——我的小宝贝，——他真可爱极了！他每天含笑的睡在木板床上，不啼也不哭，沉默的张开两颗澄澈的墨晶似的眼珠，把坐在他旁边的我，紧紧的望着，我细看他这细长过眼的柔眉，高高的嫩鼻，红润的双腮，和那玛瑙似的小嘴，以及那灵活的双睛中闪出来的莹洁的辉光，没有一点不像我那锦成，我越看越出神，越看越怅惘，有时我的意识竟迷离了：我的小宝贝竟会渐渐的伸长起来，幻变成他惨死去了的父亲，躺在这木板床上的简直是我那生时的锦成了，待我刚要去拥抱他的时候，我心头一惊，我的锦成又渐渐的缩小下来，闪现在我眼前的又是我的小宝贝了！……我一看我的锦成不见，那鲜血淋淋的惨影，马上又映现在我的心幕中来，这横袭来的一阵悲酸，每每又把我哭昏过去！姊姊哟！我的锦成还不知道他还遗留得有这点血肉呀！啊啊，可怜我的锦成！可怜我这狱中的遗腹子！……

姊姊呀姊姊！我的青春，就这样的埋葬在这黑暗无光的狱中去了！我的生命的活力也渐渐的消蚀在这枯寂死灭的狱中了！我一默念到这黑茫茫的前途便要联想到我们那生龙活虎似的过去。我的心灵碎裂复碎裂，悲痛极了！悲痛极了！

我还有什么希望呢!？我还有什么希望呢!？……啊啊！

…………

姊姊！我昨晚写到这里的时候，我的如泉般的珠泪，竟湿透了这薄薄的信笺，我的神经错乱极了！我不知在这一段中写了些什么？也不知写得还有条理没有？同时更不晓得那些已经告诉了你，那些又未曾向你诉说？我那时泪眼莹莹，反映在我眼中来的一切景象都有些模糊，我那还有心去想这些那些呢！一朵朵的火花在我的眼中浮映，过了一阵，一团团的黑光又射散到我的四围来了，……我竟在沉痛的昏迷中做了一场惊人的大梦！

仿佛是一个拂晓的时候，突的一阵天崩地裂的大炮声在半空中狂吼了起来，把朦胧中的我都惊醒了！我一翻身跳下床来，半意识的想跳出狱外去看过明白，谁料狱门紧闭，我竟一线天光也看不到，我真怆恼极了！拍拍拍的一阵步枪声又在远远的地方狂响起来，渐响渐近，轰轰轰的大炮声夹杂着步枪声，如迅雷骤雨般的又似打近到我这附近来了！冲锋的喊杀声，尖厉紧促的喇叭声，狂叫狂吼的助威声……几乎把我的耳膜都震破了！我在这一刹那中，理智竟失了日常的作用，简直推测不出发生了什么事体，我默默的退坐在这木板床边，心里似惊喜也似惊惶，有种描述不出来的情绪在我的心中激荡，炮声和枪声渐渐的渐渐的稀了，群众的咆哮声和叫啸声又在或远或近的地方喧腾，楼头墙壁的坍倒声和爆炸声，也在或远或近的地方杂响，这是怎么一回事呀？难道是盗匪劫掠吗？难道是敌人们因分赃不平自相火并了吗？我在惊惶中凝想，越是得不到一个合意的推断，我迷惑得心烦意乱，急得浑身微颤，流下汗来！

零碎的枪声杂着群众的叫吼声渐渐的响得愈近了。一步一步一声一声的如怒涛般的紧逼过来，似乎已经快要冲到我的狱外来了！

正在这时，我这晦暗的狱中反而越加晦暗了起来，拂晓时应有的净白的微光也不知逃散到什么地方去了，这凄冷的狱中充满漆一般的黑暗，连我抬起来的手都看不到！

枪声叫啸声已经挟着排山倒海之势逼近前来，狱门外的喧吼把我狱中长存的死寂都划破了！

我的小宝贝被这喧声惊醒，大哭了起来，我连忙一抱将他抱在怀中，在这黑暗如漆的狱中乱走。“这究竟是怎么一回事呀。”我心里漠漠然越发迷糊焦燥，怆恼和惊慌的各种烦感，一齐闷进心来，我越闷越摸不着头脑，我发狂也似的竟在狱中乱窜了起来，我觉得我有生以来都没有这样模糊过。

轰的一声我的狱门仿佛被一种什么东西打碎了！

我在一阵声如雷动的拍掌欢迎声中，被一群拥进我狱中来的人把我推拥出去，我抬头一看，一轮红日正高高的悬在天空，四处的高楼大厦，正冲出熊熊的火焰，白烟弥漫的薄围中浮耀着片片的血霞，鲜红的霞彩映着四射的阳光竟把满天都煊染成新鲜的赤色去了，我的心中顿时敏感到一种神秘的象征的启示，一切令人焦燥怆恼怖的阴影都在我心中消逝，黑暗也逃遁了，展开在眼前的是一片新鲜的光明，而且这光明中像还含有无涯的生动活耀的伟力，我高兴得几乎发狂起来了，我再向我的四围一看，又仿佛一大半都是曾经同过艰辛共过患难的人，一个个虽然大都是乱发蓬蓬的丐面囚头，可是他们苍白的脸上都飞耀得有胜利的光辉，和片片的彩霞，他们手中的武器——长的短的，明晃晃的，黑亮亮的，——都像各有各的特殊的威风，越显得这一大群不规则的叛徒，是一些所向无敌的英勇奋斗的战士！他们挥手动足的大跳大叫起来了。一阵雄壮的歌声突起，我又见着一只只的粗手高扬，一块块破滥的油渍衣衫随着人声的欢跃而飞舞！我的血顿时也沸腾起来，我忘记了过去的一切悲愁，一切痛苦，也忘顾一切羞愤和凌辱，我在欢跃中狂笑出两滴眼泪出来。我一手紧紧的抱着我的小孩，在不知不觉中也和着他们高唱胜利后的壮歌，狂喊狂叫的也同着他们欢迎鼓舞！

正在这人涛波动的时候，亲爱而又英勇的姊姊哟！你一手擒着你腰间挂的手枪，掀开人涛，尖脆而又欢迎的高叫了我一声，你直扑到我的面前来了！我一见踏近身前来的是你，我真描述不出我当时心中的喜悦，在我眼前闪耀的，像是万道金光的云霞，我比由地狱里升到天堂，由苦海中渡到彼岸时还要超过万万倍的欢乐，我为胜利陶醉了！我为光明陶醉了！我更为希望的完成陶醉了！我将手一张你已经将我和我的小宝贝拥抱入怀中！

待我惊醒转来时，才是一场幻梦！

梦的全影还深深的刻在我的心幕，我的耳中也仿佛还有你温柔的呼我名儿的余响，腮边鬓侧更像还有你热烈烈的痛吻我的湿痕，热血澎湃的心中也似还在突突的狂跳，梦中的一切，都清清楚楚的刻上我回忆的心板中来，只可怜我大口的张开惺忪的双眼时，亲爱的姊姊哟！你在那里呀！你究竟在那里呀！？……啊！啊！啊！

映在我眼中来的，只有摇摇的将灭的残灯！只有阴森森的可怕的幻影！

亲爱的姊姊呀！你们何时才能冲破这狱门呢？你们何时才能冲破这狱门呢？

我的手已经早张开了！

你的妹妹赵琴绮上

15，2，1928。初稿

（原载《创造月刊》第1卷第12期，1928年7月10日出版）

陆 定 一

别

因为去找一个朋友而逢到吕君了，他们正坐在客堂里谈话。

“听说你被学校开除了。对么?”招呼之后我就问他。

“对的，开除的共有三十八人哩！考第二的人，罪名为‘不能专心向学’；不及格一两门照章可以考的人，都是‘无庸来校’的了。”

“你是什么罪名?”

“性情暴躁。”

“性情暴躁就该开除么？平时学监先生和主任先生管教过你的性情暴躁没有?”

“没有!”

“唔！……”大家默然了。灯光也似乎黯淡了些。

“现在怎么办呢?”我终究先问他。

“他说到黄埔去。不是现在刚招生么?”我的朋友比吕君先说了。

“黄埔去。”在我心里似乎不觉得奇特。这位短小精悍的吕君去年就想去的了。但是因为没有机会的缘故，他一直留在校里。他是很聪明的，年纪虽小，早看出中国非经一次大革命不会好的了，所以在几次的运动里，他都很起劲的。这样的家伙，若不赶快撵走，岂不是学校当局要有点吃了工部局的大菜而于我心有戚戚焉了么？因为要除去这个戚戚以便对得起工部局的大菜之故，管他妈的，因而我们的吕君失学了。失学了，黄埔去！何足为奇？我心里面并不有特别的感觉。

“是在招考。但是你什么时候走呢?”我又问。

“明天上船，后天早晨船开。”

“票买了没有?”

“买好了。”

我们暂时沉默，窗外起了风。

“有伴么?”

“朱君和我一块去。”

“不是你的同乡朱君么?”

“是的。今年也被校里开除了。他想到广大去。”

突然之间，风更大，雷声和电光都来了。大雨倾盆而下，一片水声。

三个人感觉得孤寂了。

谈了些杂事，雨下得小些。我和吕君告辞出来。

“你住在校里么?”我又问。

“不，搬出来了。现在住旅馆里。”

“你这鞋子不好走，叫乘车吧。”

车夫把车子拉到我们面前，车帘打开了。

“我明天再想来一次，你能来么?”吕君问我。

“明天我要回家。”

“那末以后不知何时才能再会了!”

一枝枪直刺在我心上。突然间我感到离别的悲哀了。何况他是黄埔去！我紧紧握着他的手。我觉得这样的离别不应当如此草率。但是他已经上车了。

风雨中，他的车渐渐去得远。

一个人在幽暗的街上走着。雨又大起来，电光在黑漫漫的天空里闪烁。

七月十日于上海。

（原载《洪水》第2卷第23、24期合刊，1926年9月1日出版）

飘　　零

林文藻飘飘荡荡的从他住的鸽笼式的房子里出来，手里拿着两封写好的信和一只皮面的钱袋。天是黄昏了。很低的失了威焰的红日，把他的影子在地上拖得极长。

他刚今年从一只工业大学毕业。他由一个勤奋的小孩而变成一个懒惰的小孩，又变而为纯粹科学的崇拜者，再变而为工业救国者，更变而成为一个以革命为职志的青年。在没有毕业以前的一年多，他艰难困苦奋勇异常的在做争斗工作，和以前完全是两个截然不同的人了。

到将要毕业的时候，他的父亲就写信叫他回去结婚，并且到北京谋事，这些当然受到他的反对。他于是率性不回家里去了。他情愿飘流在没有亲人的上海。好像大海中的片苇，随他的命运去决定他的前程罢。

自此以后，他觉到悲伤。无论什么事情，似乎都可以叫他流泪。但是他的泪，因为生活无定，刺激太多的缘故，早已枯涸了。他一年多没有停止的长期劳苦，空气和肌肉一直紧张着，此刻似乎感觉到需要休息。他感到身体的空虚，像饿而其实不是饿。他的雄辩的口才消失了。他从前脑子里汹涌澎湃的思想现在涓滴全无了。他变成了机器，变成了木块。他没有可以增长智识的书看，好像在地狱里一样沉闷。——他因为爱上了文学，一本小说总是在他手中擎着，不论电车上或者房子里。他的生命着上了绿油油的浪漫的色彩。他的行为因而也趋于浪漫了。

他时常自责："狗屁！这是反革命的行为。"但不久，仍旧循着老路而向前了。

在这短时期中，他到过八年未到的新世界。

在跑驴子的地方看见一个穿粉红的短发的女子，骑的驴子跑得最快。她的影子一次一次在他眼前闪过，似乎比每一个影子都富有吸力。她的脸红得如此鲜艳，背上的衣服被粉汗湿了一块。

在三层楼看见一个唱本滩的女子，淡绿的衣服，胸前一朵大花。唱的词是很淫荡的，每完一节就要向她的对手，一个老太婆的脸上用玉色的纤指一括，然后一笑就扭扭的向台后走去。老太婆把她拉了回来，她就开始把电炬似的目光四下闪射，唉，快避呀！台下的看客，都目不转睛的张开了嘴，好像癞团想吃天鹅肉的一样。

啊！到处是性的诱惑！不久之后，他仍然走出了新世界的门。夏夜的晚风，使他起了悲伤，那些女性们啊！受了金钱的驱使！神圣的变成多么污浊哟！……

不多几时，他的一位很好的，很相熟的同志，忽然患病而死。于是益使他感得世界之不过如此。他听见了死耗，只微微地觉得眼睛有些湿，可是他朋友的棺材都不曾跑去看过。

再过几天，他袋里忽然有了些钱。他明知这些钱是来处不易，不可浪废的。但是好像有魔鬼偏不叫他节省。

夜晚的凉风，微微地拂着南京路上的布旗子，他和密司脱黄，已在惠通公司的楼上。电扇飕飕的吹超台布的角，瓶里的花也在摇摇，两杯冰淇淋在他们面前。

九点钟时，他们又在中央大戏院的池座里发现。机声轧轧，人影幢幢，他们昂起了头在留神的看。一半的时候，电灯亮了起来，无意地他看见邻座的后面，坐着一个亮的东西。他只敢再望一眼，就端端坐着掠他的头发。时间一秒一分的过去，有大力不许他的头转动。

戏完了，跄踉归去的时候，心里觉得过去的二十年，全是一张白纸！到了家里，睡到半夜暂能睡着。

事情这样过去。他对于钱有愤恨了。袋里只剩了两三块的光景，买些纸，笔，墨水，寄几封信，吃几顿饭，坐几次电车，已经使他感到空空的了。

“看他怎样。用完了看他怎样。妈的！”

他带了仅余的一块多钱而上大菜馆。但同时又不敢多吃，只吃了一瓶汽水，一只汤，一只菜，一盆饭。出来的时候，袋里只余了四个双角子和少许铜板。四个双角里面又有一个是新角子，用了两三天用不掉了。

他回去写了这两封信，读了些书，想到今天的夜饭问题。寄两封信要八分大洋，又没有小馆子可吃客饭。只剩得六个角子啦！

他向钱包里拿出那所谓新角子来，在台上掼掼，再和其他的比比。“不是一样的声音么？可恨的钱鬼！”他觉得中国的国是古国，大约因此，角子也愈古愈好。他把角子向鞋底里擦，想擦到和老角子一样的字都看不出。擦了半天，黑的蓝的印子都擦掉了。角子分外的亮，但上面的字却文风儿不动。这可糟啦！愈擦愈新愈用不掉啦！他就开出墨盒，把角子浸在墨里。停了一刻才拿出来，放在台子上晾。

看看表上已到六点，他就把新角子装进钱袋，拿了两封写好的信，拖着长影，到邮局里去投寄。

“买两个四分。”他把涂墨的新角子在柜上。

那办事的人拿去看了看，摇摇头。“调一个罢。”

糟！西洋镜拆穿啦！干脆不寄。寄了信要连饭都吃不到。

但是好像另外有人在对他讲，“寄罢。人家等你的信等不到，何等苦啊。”

“好！这角子好用?”他另外找出角子来。

办事人给了他邮票，并找了钱，他贴好后投了就走。

“好！那不是爿小饭馆?”他走进去就入了座，成群的苍蝇在飞，见了人也不怕。比他今天在吃饭的大菜馆有天壤之别了。

“你们包饭吗?”因为从他的经验上知道包饭的饭店，一定有客饭，而客饭为最便宜的食料。今天只能吃客饭，所以问他有没有包饭。

“有的，八块钱一月。再有一种十块钱一月。”

“那么，今天吃你个客饭，明天来包。”

“先生，还是点两只菜吧。”说着一杯茶倒过来。

“好，好。”他毫不自觉的如此应着。

“一只肉丝，好不好? 洋葱炒，还是卷心菜炒?”

“洋葱炒罢。”

“再来一个汤，榨菜汤好不好?”

“一个洋葱炒肉丝，一个榨菜开洋汤！”堂倌向当炉的人说。

不一刻，饭和菜都放在面前，都很丰满的。

怎样办呢? 这许多起码要半块钱罢。假使那新角子好用，还不成问题。假使不好用，而且一定不好用的了！……

他一眼看见他的自来水笔。两天前才买来的。

他想象付钱不够时，他拿笔押在此地。他走了，许多人笑！这不坍台么?

不想！且吃！吃完再说！而且要更多吃些！

他想先问价钱，再安心地吃。但一转念又不问了。

一碗，两碗，三碗！吃完了！戏剧啊！戏剧开场啦。他有些战颤。

堂倌又很殷勤的倒来一杯茶。

“几钱?”似乎枪子到了枪口。

“四角一百。”他吐了一口气。如释重负了。

于是慢慢的打开钱袋，给了他四角十个铜板。他们似乎不大看见这样的阔客。堂倌把钱送到老板娘娘手里，老板娘娘看了看徐徐的走到账柜旁边，放到竹筒里去了。一只新角子也就此用掉!

他披了长衫跑出店来。袋里只有一只双角几个铜板。自来水笔仍旧在原处文风不动。他拍拍肚子，一忽沿着路灯光，一忽浸在黑暗里的向朋友家里跑去。

他在那里谈了很久。

他想借钱做明天的度日费。但他似乎又不忍。

九十几度的天气北伐军在前线冲锋。你这东西，过这样的浪漫生活！一个多月做了些什么屁工作！革命？吃耳光！明天偏要罚你一天。今天偏不借钱了。

九点钟了。街上的人声渐渐静起来。他别了朋友踉跄而返。钱包是拿在手里，一个双角和几个铜板在里头铮锹相击。

“文藻，你的浪漫性和这袋里的钱，明天同归于尽罢。”

一九二六，八，十六，夜十二时。

（原载《洪水》周年增刊，1926年12月1日出版）

黎 锦 明

乐天诗社

诗人钟竹青将乐天诗社设备成立以后，改了一个名，就叫做乐天。他的书室里也换了面目，四壁尽是花盆，石膏模型，裸体图，中间供奉着一架王尔德的像。

今天是星期日，他没出去，坐在书台前面起草稿。他的面容很莹洁，清癯，只是眼睛有点近视，钩在椅上正像个乐而忘倦的聪明书生。他的夫人很爱他，怀着宝宝坐在旁边只是微笑的注视他的面部。

"宝宝，叫声爸爸！问他怎么不答应妈妈的话。"她柔声说，又看住他微笑了一霎。

宝宝望着竹青呀呀的照说了一遍。

竹青掷下笔，呼了个酣兴，接过孩子来搂得紧紧的亲吻。"……你问我什么？还要吃可可糖吗？"

宝宝还是呀呀的照妈妈的话说了一遍。

"你对妈妈说，爸爸不答应！"竹青瞧住她笑着，他也笑着，说："……家里要客人多，热闹些。买洋囡囡给你的那个余先生今天会来，还有许多客人也会来。听见么？"

宝宝点点头，挣脱身投到妈妈怀里又将话照念了一遍。

竹青夫妇都甜蜜的笑望着。竹青正待提笔时，她凑近他一些儿说："真的么？我可不答应把家里当作一个社交场！并且来了客也没有人招呼。"

“说那里话！谁把社交场搬到家里来？”竹青提笔时，写着说。“门口挂了口牌，叫乐天诗社，就这把戏。”

“嗳，我的天！我就讨厌那些什么诗人。浮腔滑调的一个都不正经！”她将宝宝抱起了一点，从抽屉里抠出一块糖给宝宝接了，说：

“哈哈，玉仙，你现在的爱人就是诗人。怎么说？”这时竹青才看了她一眼。

“是吗？——”她惊诧了一句，又那么望住竹青。“要做诗人也得正经点儿；譬如慰予，他不结了婚吗？他的太太也和他很要好，可是他老先生，一做诗就是什么从海边碰见一个女郎啦，在竹林里又看见一个佳人啦，左一个，右一个，好像世界上的小姐们全是他的爱人似的。”

竹青仰起脖子，大笑起来。他觉得玉仙实在可爱，移过来就连连吻了她几吻，和宝宝一块搂在怀里。

她感着异样的安慰，娇柔柔的诉述她的理由。

门呀了一响，竹青忙跳起，丁妈探进身来说：“九点半了吗？老P说的那几个客人到了。”

玉仙举起孩子窜进后房去时，门外就脱脱的一阵皮鞋声，大声欢叫着，拥进几个漂亮的少年绅士来。头一个自然是余日新，穿的紫红色的西装；接着名画家杨淇，雕刻师魏不孝，作《玛丽亚的死》的小说家李全心，后面那个似乎很面生，品格也颓唐些。

竹青招呼着，待齐走进了，说：“真是春风吹不画呀！——还有么？”

“野火烧又生！”余日新一续，大家都哄了一声，室中登时像一个磨坊似的热闹。

李全心将那面生人介绍了。他叫唐赤天，俄国留学生，新近回来，来提倡平民文学的。

“一，两，三，四，五，六个了。还有徐苇风呢？”竹青待大家坐稳了，站在中间一壁敬烟一壁数着说。

“失败了！老徐的爱人给作《玛丽亚的死》的大文豪夺过来了。”杨淇撇了撇艺术家的发高声说。“……呼呼，你看呢？情仇是不得面的，他怎么愿意来。”

“当真吗？”竹青跳起来狠狠的拍着李全心的肩，又和他握了一把手。“Hallo！Long live 李全心 and his sweet-heart！”

“的确！……呼呼，《玛丽亚的死》真作得好。没有一个女人看了不下泪的。咱们的小说家胜利了自属当然之事。”魏不孝拍着那雕刻家式的手说。

“可是那失恋的呢？”竹青皱眉了，仿佛自语着。“……依我看，老徐比我们的小说家实在长的漂亮些！你看他穿起维特式的西装，正是雪莱那模样，和老李比，嗳……他是失恋了？我真料想不到。”

“我们对于失恋的人应该抱同情的。”那面生人，俄国派文学家咳了一声，插口说。这话很冷涩，几乎使全室的热度冷到冰点以下。

那小说家便起身来坐在桌边看竹青的稿子。

“……肉到底战不过灵！”杨淇开始正容说，凉楸楸的。“依老李的美貌，就依他的天才，没有一个女人不会爱他。这回糟的就是他不该发表那篇《忏悔录》。竹青，你看过没有？”

“去年发表在《奋斗》杂志那篇日记体小说吗？看过。”竹青想了一想，答，坐下来。

“那篇东西就全是写的一些卑鄙的事！而且是自传。说他怎么和女人乱交，怎么败坏一个绅士的名誉被同乡赶出来，怎么偷人家的东西救济一个穷朋友……”

“哎！”竹青重重叹了口气。“世界上竟有这么一个傻瓜！……这不是神经过敏么？……做文学家那里是这么做的——还给人家瞧得起吗？哎，哎，这还不失恋？谁也会想得到密斯周不会嫁这么一个呆子。”

“咳！”那俄国文学家又欲插口似的，大家却转过头来。

雕刻师急忙接着说：“……理由倒是也有一点。他发表那篇东西以后，我就问他；他说这于自己的人格决没有关系，还引证那 Renaissance 的先驱——卢骚一篇小说，也是《忏悔录》；还有——就是王尔德的《狱中记》。总之，他以为这的确没有关系的，因为已有例在先了。”

大家都默然，望了望壁上的王尔德像。他们觉得十分惝然；他们的精神仿佛一齐在那里扒山，但终于觉得这山太高，有些儿危险。于是画家开口说：“不过他又怎么失恋的呢？还不是为的这事！……我们的主义和他差远了。……”

“是呀！”竹青忙答。“假使我们这诗社成功，恐怕于他也不相合。真的，他太看不清人生了——简直人生叫什么，他都看错了。”

“……看得清人生的就不会失恋的，这是个定义。失恋，悲观，颓丧，自杀都是不懂人生而‘惧怕’人生的缘故。”画家滔滔的论着。

除开那唐赤天外，大家都轻轻点着头。

“我想苇风总决不至自杀吧？”竹青拖长声音对着天花板问。

“他说有一天总得自杀呢！……可不是？”雕刻师一叫。

于是，大家都默然了。

“我料想他一定是了解王尔德的。”迟了一会，竹青说。“我们敬奉王氏，也不过他的享乐主义，于他的人格没有关系的。如其苇风要学他——可惜王尔德没有失过恋——总不至会自杀。……”

“我也这么想呢——”许久不说话的余日新咳声说。“王尔德坐了那么久的牢，丢了多大的面子，但他总归不是自杀死的。”

“所以王尔德的伟大也就在这一点!”竹青忙接上一句。

“——唉，自杀无非是懦怯。”画家和雕刻师同声叹口气，唐赤天就低声念了一遍杜威夫人说的那句话。

烟抽完了，这问题也跟着解决了，大家都站起来。竹青高声唱着他的诗。画家就拉凡亚林。余日新幌着膀子和狂风骤雨一般打着钢琴。雕刻师便走到小说家背后去蒙他的眼睛。竹青的诗道：

噫嘻！荒林呀，
罩着苍茫的暮色。云影呀，
飞去过啊，留给我们
那晶滢的明月。……
深山里来的是谁？——
啊，我的女郎，我亲爱的女郎！
来罢，我的女郎！吻罢，吻罢，
我的女郎哟——请快快飘
进我迷醉的爱之乡！

八，八，一九二六年作。

（原载《洪水》周年增刊，1926年12月1日出版）

严良才

黄叶

下了几天雨，才换来了一朝冬晴。

散了学以后，我信步走到清闲的路上去散一回心。仅仅走了不过一里路远近，迎面扑来了几阵寒风，侵袭到我空虚的心头，我骤然觉得有些冷意了。萧然清旷的野色，也没有力量攀留我在那裹再作几分钟闲人。等到转身回来的时候，落日已经埋葬在远天的紫绀色的暮霭里去了，只有微弱的黄光，还似乎依依的萦绕在高的林梢上面。啊，初冬的晚色啊！竟是这样容易过去的么？难道世界上竟没有一些够得上你留恋的么？

走上了静卧在暮霭里的过街楼，似乎还可以辨得出那是书桌，那是卧榻，然而这许多还能够生出些什么意义，对于我这刚从一瞬间便消逝了去的暮色里归来的心绪。我坐在对窗的椅子上，两手支着书桌，把瘦削的面庞藏在十个叉开的指头里面，尽让那游离的思绪，到处飘散着。正像沉醉在春风中的柳絮，浮荡到青青的草上，娇艳的花上，或许是平铺在小池塘里的萍叶上，只要是它心里正牵萦着什么，它便停留在那裹。我想到了白发的祖母，又想到了慈爱的母亲和伶仃的弱弟，然而这许多在当时都只记起些零落的断片，髣髴雨后的残虹仅仅的一瞬便消失了。最后的怀恋还是落到了我的筠妹，时常对我含着眼泪的筠妹的身上。

大概也是这样的一个晚上罢，在夕阳快要溜到远村的后面四野虽然已经给轻烟抹得有些模糊了，我们还能在淡霭里一一指出十几丈外靠着对岸停泊的几只小渔船的时候，筠妹坐在春天拴缚耕牛的石柱上，在一枝没有一丝黄叶的枯柳下面，听了我的答话，只是用衣袖揩拭她的眼泪。这一个凄酸而又清逸的印象，七年来，我始终保存它的情调与生趣在我的心里。虽是在这七年中我自身也曾经过了许多苍凉的悲剧，然而对于这一幅初冬的晚色，我总没有轻轻移动过一些轮廓。想到她的宝贵的眼泪，在当时竟像雨后的檐滴，一颗颗从她两颊上滚落下来的情景，她的上齿紧咬着下唇，一双垂死的眼睛钉视在枯黄的草根上，也不看我的脸，也不看那四野的景色，只是低垂着头，用右手捻着她的上唇。她的心中那时正不知怎样的难过着。

在旁边的我，尽是能够体谅她，能够了解她，然而有谁真真能代人分担了些忧伤时候的心中的酸楚去了呢！

这或者是由于当时我心灵上受到的刺激太深刻了，使我随时可以因感动而引起怜惜的同情的缘故罢，或者是因为我们的感情的旋律比较的容易谐和一些罢，——虽是她的家里从苏州搬到L镇来到现在还不过十年，我们没有在一起经过过小孩时候的天真的生活，——然而在我的心上，我总是常常容易浮现起这一幅图画，当我独自漫步在夕阳里面，尤其是逢到寒风横扫着将要离枝的黄叶的时候。诗人告诉我，他们常常为了景物的迁徙和交蜕，因此引起了关于他们的身世的讴歌和诅咒。我虽然没有诗人那样的热烈的同情，或许因为筠妹的境遇太像那在寒风里嘶咽着的黄叶了罢，使我这样的易于感动，常常因为看见了寒冬的晚色会把这一个印象浮现到心上来。

这一段故事去今已经有七年了。那时我正在上海读书。筠妹因为天资的聪颖，自己又能勤恳的练习，所以在L镇的小学里，她是一个优秀而杰出的女孩子，在两年中竟拔升了四级。她那时不过十三岁，虽是限于童稚的思想，她还不能够有什么远大的志向，去筹划她自己将来的命运；然而对于世事上的虚线的轮廓，她本着女性的细密的天性，已经大约能够认识一二了。因此在她小小的心中，有时也许曾窥测到过自己的真正的生命，和插在她未来的路程上的许多绚烂的红花。

那一年，大概是年假罢，我从上海回去的第一夜，母亲在吃晚饭的时候告诉我，筠妹已经辍学了。因为姑夫大病了以后，戒了有两月多的鸦片，那时又不能不继续抽下去。筠妹不上学，大概是受了他的减政的影响了。我当时听了很为她惋惜。然而只有自己的觉悟，才真实是生命的开华；可是眼看着许多姊妹们，为了要做孝女而失学，永远没有梦见过自己的灵魂，只做了一世活尸的，又岂仅仅只一个筠妹呢。所以我当时也仅有为她惋惜的感情。我记得只问了母亲一句话："她可同你说些什么?"母亲只是摇头："流过两次眼泪罢了。"

第二天早上，我因为隔夜在旅途上受到了劳顿，起来得比较要稍为迟一些。刚要走下楼梯的时候，母亲从楼梯上上来了："筠等了你好久哩。"我当时便觉得有些奇异而诡秘的意思在这句话里面，但也不曾料到她来得竟这么早。前一晚从母亲处听得了这消息以后，上楼后我似乎没有就睡着，或者便是从这一些些惋惜她的感情上面，竟渐渐的扩展出去，引动了我想要去探听她停学的真因的兴趣。虽然我即使明了了，也不过到明了而止，我又有什么力量呢！在那时候，我才深深的感到了母亲的爱的普遍而伟大，父亲是无论如何比拟不上的；——无母亲的小孩子，真是世界上的最先尝到苦痛的人啊！——要是我的姑母到现在还是生存着，恐怕姑夫也不致于因为吝惜区区的小费而使筠妹失学罢。姑夫待遇我们弟兄，虽然很亲密的，可是我总觉得他的说话里面常含着肃飒的气息，绝不能感到一些春日融融的暖意像我同姑母讲话一样。固然感情的关联上，自然也有多少的轻重；不过我却以为在我小孩子的时候，他家在苏州，我家在L镇，相处在两地，不能常常相依在一起才真是一个重要的原因。所以我起初想要从姑夫口里去得到真实的消息，后来有些怕了，还是去问筠妹自己罢。

听说筠妹来了，并且等了我好久，我知道她也有要同我说的话了，赶快走下楼去。瞥面便看见她坐在沿窗的凳上，她似乎也没有消瘦得多少。她立起来，我们招呼了一声以后，我只是钮我褂子上的扣子，她两手放在手炉上也就直立在那里，四只眼睛尽是相视着。但是大家却像在静静的等谁先开口，便是呼吸的气息似乎也比平常轻缓得许多。我前天晚上想好的说话，句句都在心头，也句句都在口头，然而只是一毫不觉得的关住了，始终没有溜出口来。她的神色也正表现着踌躇的意思。

母亲来解围了，舀了一盆脸水给我："什么地方跑来了两个哑吧!"我们大家笑了一笑，说话便开始了。谈到没有半点钟，我已经明白了她的来意：是要教我去向姑夫作说客，仍旧回复她的读书的机会。我虽是心里很害怕着姑夫的严厉的眼光，有威势的胡子，和那肃飒的声调，然而眼看着一个聪颖可爱的娃娃，渐渐的要在父亲的权力底下毫无挣扎的跪落下去，永远不再能直立起来的时候，我是再也没有勇力去推辞她的请托的了，那使我真是一个完全没有同情的人。

饭后三点钟，我走到姑夫的卧室里去了。从淡绿的窗帘布缝里射进来的灰黯的光线，笼罩着全室，使人踏进门槛便受到呼吸不舒服的感觉。沿窗的小铺上的夏布帐子里，正冉冉的腾出白雾来，迷漫在阴黯的空中；鼻子里骤然感到一阵有些兴奋意思的香味，姑夫正躺在小铺上面吸鸦片。一盏星星的油灯，衬着四围的阴气，照到他的脸上，分外显得枯黄。他看见了我，听得我的叫声，便赶紧抽完正在吸的一筒烟，很殷勤的坐起来，倒了一盅绿茶给我。茶味清而带涩，使我的精神感到一时像从繁密的市集里跑到了山野间一样的爽快。

不相干的时事，是在没有什么话谈而要谈话时候的好资料。姑夫是不常看报的，只凭了早晨在茶店里两点钟功夫听来的东拚西凑的消息来推测时局，所以看见了我，总常常要谈些军国大事的话。后来谈锋转到我表弟的学业上来了，我偷得了一个机会便道：

“姑夫，筠妹这一个学期好像没有到学校里去罢？”

“女孩子的读书本来是玩玩的。一年倒也要十多块钱！”

“不过，……不过十多块钱，数目还……还小。”我在姑夫面前说话时不知怎的舌头总不肯舒舒服服听我的号令的。

“十多块钱，原不能算大，可是近年租米的收数年年有折扣！”他似乎知道我的来意了，眼光向我一转，态度骤见威严起来：“练习家事在女子我看比读书要重要些，——自你姑母死后，家里的事情都由你芹妹主持，她快要嫁了，将来筠便可以继续维持下去。”

“芹妹今年几岁了？”

“十七岁。”

“出嫁恐怕还有几年罢。筠妹再读一年也可以毕业了，她又很聪颖的。”我全身的力量都用在上面了，两颊有些灼热起来。

“便是毕了业，有什么用！又不就会赚钱回来的！我再化了费用教她去办高跟鞋子么！况且她配的董家又不愁吃着，也不稀罕一个女教员来做媳妇，只要能够处理家务，过去一定很适意的。”他的意志强固得竟像一块顽石，我知道再说也是徒然的了。她的运命，已经批注在她父亲的手里。不过为了怎样回复她的问题，使我很起了一回踌躇。

刚走出客堂，筠妹已经在门口等我，眼睛里正饱含着一泓清水。同我走出后门，她便颤颤的向我说：“你们的话我都……都……听……得了。”我本来还想用掩饰的言辞，来暂时安慰住她的重大的伤心。听到了这句话，知道我的计划已经全失了效力，又经不起她那被压迫的同情的挑逗，我好像也落到了深渊里去。在枯寂的柳塘上，她只是坐在石柱上抽咽！我呆看着她的胸廓的抽搐，尽是竭力的竭力的想要去抚慰她，可是我竟像已经死了似的，擎不起我的闭合上的嘴唇来。我便只是这样静对着我的可怜的妹妹，一直到夕阳落到了村后，夜色几乎要把我们埋葬了的时候。

今天从夕照里走同来，这一幅图画轻轻的又推移到眼前，我满心只觉着凄酸。寒风从窗里进来，吹断了我的梦痕。我便起来关上了窗，捻亮了电灯，四围只是空廓而萧然。开出抽屉来，一个放�妹寄给我的信的锦匣，刚巧在我手头，我便随意抽了两封出来，正是她辍学后一年的冬初寄给我的。中间看到这样几段：

“读书的幸福，原不是个个女子所能享到的，我还有什么话说呢！昨天看见芬妹背了书包到学校里去，我真是眼红！我的书包跟了我几年，现在不知丢到那里去了，也是它的命运！

“我今天到学校里去散了一回心。体操场上的梧桐树，树上三角式的叶子都枯黄了，差不多要分离那包着绿皮的树枝。天上乌云奔驰，便起了大风，我静看那树上的叶子，飘飘的一片片跌落到地上来。许多幼稚生，大家跑去夺那枯黄的叶子，相争起来，有几个失足仆地，身上好像穿了一套秋香色的衣裳，还是很高兴的爬起来，仍旧去争夺那些叶子。他们真是快乐，我看看有些……。

“这几天里面，早晨到夜，早晨到夜，差不多只听得雨声。光明的太阳和月亮那一天再能照耀在我头上！”

我也没有心绪再去翻别的许多信了，便倚在藤椅上对着窗外的一钩新月。呼号的寒风横驱着脱枝的黄叶一瓣瓣敲打在玻璃窗上。

一九二五年二月一一日于上海兰路。

（原载《洪水》周年增刊，1926年12月1日出版）

洪为法

他们是父子

无辜的老许近来又为他的几个买命钱伤了一次心，伤心的厉害啊！

老许至今还只是育文学校的一个服侍先生的仆人。他究竟来了几年，很少人知道，总之来的很久很久了。从他额头上纵横的摺纹看去，他年岁至少该有五十岁以上吧？但是身体倒很康健，病小到伤风头痛，也没遭遇到了过。从早到晚，无论事体多到如何，他依旧那样不急不徐的处理，并且满脸都浮动着笑容；尤其是在代先生们出去买物品回来的时候。这时候，不但是笑容，还说他平常没说过那么快的话。是他服侍的先生们，多半不是本地人。平常说得慢的时候，已经有些费解，何况又快起来？他为什么有时说得快，这在先生们不会了解的。不过在他们闲来无事的时候，也曾以此作为一个有趣的问题讨论过：

“老许的话真难懂！”一位先生斜倚在椅子上说。

“尤其是说得快的时候，不知怎么便断珠般的一串的直滚下去，——可是你们也明白他为什么才快起来，……”这是一位正吸纸烟的先生，他像对于这个问题已有相当的解决了；所以说过之后，突然从座位上立起来，将全身旋了一个半圆，表示他内心的快意。

“也许是心慌的原故罢？”另一位慢慢的说。

“心慌？不错，东西越买得贵，便越说得快，……”又是坐在椅子上的。

“哈哈！对啦！所以话越说得快，便越吃吃格格说不清楚，越叫人听不懂。并且脸皮格外红赭的难看。在他红赭的脸皮上，你们不更可看出许多勉强可怜的笑痕？……”吸烟的那位补足了一些。

“……这也难怪，他的工钱又少，儿子也不学好，时常来和他闹钱！”另一位说，声音比别个都低些。

“……是的，……不学好的儿子，……儿子不学好，真是没有办法，……”大家的论点，就这么不经意的转变了方面了。

——老许这次的伤心，便是为了他那个不学好的儿子！

照老许想，他儿子真逼得他难忍了，自己在外面寻的钱还不够用，又常常来向他讨钱；一次，两次，三次，……该有很多的次数了。起先不过一百二百文，后来竟一吊两吊的钱要，到了前几天竟至很直率的向他讨一两块银洋了。这比起剜却身上的一块肉还要使得老许苦痛些，所以就发气了。耿耿的一条一条紫筋，从他头脑子上很明显的暴露出来。两拳握得很紧，在桌角上递换的轻微的锤着，激动他心头愈烧愈难抑止的愤火。

“阿桂！他这个小畜生！只会赌钱。我老头子没有许多血汗钱给你花。我在那里有一笔家私吗？积了几个钱起来，你就——”他狠狠的向他儿子辱骂。看他儿子一言不发，垂头丧气的站在一旁，那种委琐不堪的样子，恨不一口将他儿子吞了才好。在他儿子受不起这辱骂，唧唧哝哝的，也许是诅咒他的，退出校门时，他又追在后面加了骂一阵：

“小狗×的！不要你做我儿子了。你这一次如若再来讨钱，小狗×的我才打断你的狗腿！……×你妈的××，只晓得赌钱，只晓得要钱，……我的钱多得很，有一笔家私哩，……啊！啊！要两块钱，越搅越好了，……”阿桂已走得很远了，他还是在门口杂乱无章的骂。

"老许！你家去罢！儿子要几文，不给他罢了，作什么气呢！"他几个伙伴都来解劝，催着又折回到他住的那间小屋子里面去了。

他在小屋子里面，心头总觉得有点气闷。浑身的筋肉，像还有不少的余波在颤动。坐在一张凳子上，吸过一会旱烟，才算舒畅了些。这时先生们都已上课去，这教员寄宿舍就增加些空洞出来。烟是吸过了，他又走到天井里去，看看天上，不知是何原故，天上也正陪同他一样的气闷，一抹过去，都是灰滞滞的。在天井里原也有一盆浸湿的衣裳，可以消磨他许多硬是节省下来的光阴。可是今天却不行了。向着那盆衣裳看看，才想伸手去洗濯，又沉沉的缩回双手了。水盆大小的天井，露出水盆大小的天空，这真和他气闷的心头同样的不能开展，不能舒畅出来。他将两肩细微的扭动一下，怕是想打破这苦闷的表示，然而没有什么好的影响的；于是他"唉——"了一声，又慢慢的退到他小屋里去。

在床上躺了一下，总是不甚耐烦，只有再坐起来。紧贴在这床头旁边的，有一只灰赭色的木板的箱子。他用手将箱子的一角抚摩了一会，又打量了几次，再无甚精采的向房门外睨了几眼，从贴身的衣袋里掏出一串钥匙了。拣出一支开了箱子。箱子的上面都是些破烂不堪的衣袄。取去了衣袄，便又有一只还是木制的小箱子。他再拣了一支很小的钥匙，两手都像有点颤颤的将这打开，——这里面便是他所有的积蓄了。

箱子里分成两格：左面一格，是许多铜子。成千的都已用纸包好。他对着相了一会，突然就站起来，向桌子面前走去。桌子抽屉打开了，在一个小纸盒子发见了十几个铜元。他数数，又凝神想想，才退回床边，将铜子也加到那箱子里去。右面一格，放得许多小纸包。在每一个小纸包子上，总写几个蚯蚓样的字，什么"张""杨先生换""衣""二月十三日""四月二十日""……"

“……”另外还有一本草纸订成的账簿，上面同样画了许多蚯蚓样的字。他一包一包的看看，又看看账簿。有时又将纸包拆开查查，额头便约略点点或是摇摇。在每一个纸包里，有的是一块光洋，有的是两块光洋，不等。他看到这些钱，总能发生出一种特别的亲密的意味。每一块光洋乃至每一个铜子，在他眼中，不但浮出银钱对于他的爱力，并且能立刻的鲜明的引起到各种关系于这些钱的回忆，恐惧中带着欢愉的回忆。即如刚从抽屉里拿出的十几个铜子，在他手边沉沉的向下坠时，心头就涌上一幕过去的悲喜剧了：黄先生要他去买几盒纸烟，给了几张一角大洋的纸票子去掉换——这是H地特有的纸币——纸烟上原要黏贴印花票，可是老许的竟能不贴。洋价本是三百一十文一角大洋，他回来说了三百文。

“黄先生！……洋价只三百一角，店里还说二百九十五，……三百一角，后来是硬加五文的，……洋价真跌得快，……”老许换了钱，买回纸烟，很快的而又含混的向黄先生说，“……四盒烟，……四六二十四，一四如四，六百四，……九百，多二百六……”

“唔！唔！”黄先生没十分听得清白，因为这是老许的惯性，买回来东西，说话就迅快而且模糊起来，只好“唔唔”了几声，他要退出去了，心里才渐次平静些下来，不知怎么，黄先生却注意到盒子上没有印花了。

“老许！这没贴印花的烟也要一百六吗？”

不过只一句话，而老许却慌张起来。他忙将几盒纸烟拿起，颠倒的看着，嘴里不住的说，“咦！没贴印花？刚才我倒没留意，……”脸皮接着红赭起来，四肢还像有点不安详。

“岂有此理！不贴印花！”黄先生有点不高兴了。

“你老人家随他去罢！唉！小本生意，挣钱也真不容易。现在柴米又贵，……下次要他贴上，……”他说得更快，脸皮更红赭而深紫。

“不贴也没什么，不过有点讨厌！——算了！……”

“……下次要他贴上，下次要他贴上，……”他才带着浑身的颤栗退出去。退走到房门口时，又骤然的一惊，转头向那黄先生看看，这时黄先生却早俯着头依旧编他的讲义去了。他忐忐忑忑的心，才渐次平静下去。就是这种状态之下，他算勉强的挣扎到不足十个铜子。过后又代李先生去买茶叶，挣扎到几个铜子。

自然这十二分辛苦得来的东西，对于老许的手头，心上，眼中，正免不了特殊的意味。由几个铜子，积到几十个铜子，再积到几百个铜子，掉换成一两块银元。这一两块银元在他儿子眼里或者不值什么，而在他自己是日积月累所得来，并且经过许多惶恐与颤栗所得来，一旦就被他儿子不当的花去，如何不惹起伤心呢？

在他检点银钱时候，心里在不住的想念：

——这个小狗×的，被他倒用掉几块钱了，……三百，五百，八百……又是五百，一吊三，……两吊，……黄先生的洗衣裳给的几百钱，又被这小狗×的拿去了！……唉！唉！……这一包“张”，呵！是小张给的利钱。……×他妈妈的，小吴的利钱到今天还不送来。……——他想到此，就将账簿又查查，……

——一个月另五天了，还没送来，这个小吴，下次不再借给他，看他怎样！……“四月二十日？”呵！那是在杂货店里用铜子换来的，不错，……一块，三块，一块，五块，又是一块，六块，……小吴那里十块，小张五块，……老许用了左手的五指，屈屈伸伸的计算起计算了一阵，他想起他儿子前后并起来，花去不少的钱了，不然，在他手边的钱，必然还多些。又想他儿子适才来的那种可恨可怜的讨厌样子，更觉气闷，像这间房子都容不了他这闷气似的。在他痴呆了一会之后，才将小箱子合起来，过后锁好，破衣裳一件件铺上去后，又将外面一个大箱子锁好。

箱子是锁好了。

他今天真是提不起精神来！摸摸箱上的锁，从内心中间，突然有一缕酸辛的气味直冲上来，使他几乎落下眼泪。为了什么才落眼泪，他从没有明白的分析过。阿桂时常拿他钱去胡乱花费，和掣取了他身上一部份一样，这固然是很显明的原因，在这原因外，像还有不容易说出的另一方面。这是在他心头微荡得已不止一次，不过当他儿子每次要钱过后，更能觉察出来罢了。

今天呢，在他落泪之后，内心的不快像和从前又不同些，探头向窗外看看，依然只见到水盆一般大的天，铅灰色的，和他一样的苦闷而不能开展。这样，他蹲在小屋里，自然的沉思起来：首先他想到他是老了。老了的人就应该在家里享享福，让儿子们孝顺孝顺，只是他却不能，还辛辛苦苦在外面代人家做仆人，受人家呼来吓去。既是老了，就必要死。家里妻子已早死去，虽有两个儿子，大的又不中用，只知道胡闹，乱花钱，小的还小，不过才十几岁，能懂什么呢？一旦自己死后，即愿留得几文，大儿子必又胡乱花去，谁还顾到他的后事？他想到这里，几乎又落下泪来。

——唉！老苦命！老苦命！

“老苦命！”这是他近来为自己发现的三个字。他到了很伤感的时候，这三个字就自然的想到——老苦命。他既想到这三个字，每每觉得一样悲苦中的慰藉，仿佛这老苦命三个字生来便愿为他有的，——他不得不在他心里又重复的说了一遍：

——唉！老苦命！老苦命！

老苦命的今天，虽是很不快意，十分的苦恼，在这呆呆的痴想之中，或者是两天以来看的一本七字书的影响，又突然想到“儿孙自有儿孙福，莫为儿孙作马牛”的两句话了。

——是的，莫为儿孙作马牛。留钱做什么？与其给这小狗×的花了，倒不如不留下来。谁个死了埋不掉呢？庄上阿三不过是个讨饭的，死了也有人代他找到一口薄皮材，葬得好好的，——管他妈的！做什么牛马，顾什么后事，还不如用掉的好。就像张长贵那样，有钱就买点好东西吃吃，补养补养吧，……里外没有几年过，还不吃，做什么？吃！吃！吃！我一定吃！……

老许有些兴奋了，真的，立刻他觉得非吃吃不可。顺手在床里的枕头下面摸出几十个铜子，是他留在外面作为必需之零用的，匆匆走出去了。走了不过几步，是脚踵一上一下的原故，适才的兴奋，已被激荡去不少。手上紧握着的钱顿时就像沉重了许多，滞滞的都像不愿意被他轻轻的用去。好容易挨到左近的一爿吃食店时，两只腿比什么还酸软些。看看这样，又看看那样，几次问过店伙了，即是一块豆腐干，也须得两个铜子。这时他手中的铜子更觉得依恋他了。在他心头又另有一种声音对他说：

"啊啊！即是一个铜子也不容易来啊！一钱逼死英雄汉。和自己辛辛苦苦挣扎来的钱赌什么气呢？……"

听得了这种训斥，转觉适才举动的荒唐。他噤了噤，在眼前现着一片的昏黑，就又一步一褪的褪回到小屋里去了。

由气愤而苦闷，失望，兴奋，在刚要走到另一条生活的路上时，过去的魔鬼，藉了能刺到他灵魂最深处的训斥，将他又自动的回送到原路上来，他儿子因要钱使他伤心的事，算又度过一回，过去一天了。到了第二天他依然笑容可掬的代各位先生们做事；买烟，舀开水，扫地，上街，……过他过分的省俭老苦命的生活，和从前一丝没有异样。只是等到黄昏时分，他好像有些不同起来。

——他妈的，他真不来了。

隔了一天，他大儿子没有来。在先因为阿桂时常要钱，愤怒之下，原就希望不再见到他，不要他来，及至他不来了，转又惘惘。这惘惘的真正原因，他是不会知道，实在也不想知道。只是他明白的记得，在从前他儿子是每天都来一次，有时要钱，有时也不要钱。来的时候，常两个人坐在一条凳子上，东东西西的闲谈。有时他小儿子阿牛也从鞋子店里告假来了，便三个人一团团拉谈。谈到他们村中的人，麦子，稻子，乃至那家有一条恶狗，那家的儿子几岁了，都能你扯他拉的谈到。有时为着某家住宅朝南朝东，那里田旁的一棵树的是大是小，也能争执起来。

隔了一天不见到阿桂了，（连阿牛也没来），心上就同有一件事体未曾做过一样，总是汪汪的不安。并且在他嘴边又已浮着许多的话，在先可以和阿桂们谈谈的，现在就找不到适当的人来代替了。尤其是在黄昏的时候，一切事物都变成模糊的虚像，灯还没点燃，他坐在屋里，真是无聊而且不安啊！

——都不来了！阿桂骂了一次就不来，这个小狗×的，还要赌气，……

又过去一天，他的大儿子还是不来。他知道必是因为那次骂狠了，似乎有些对不起他大儿子。没有妈了，只剩了爸爸，也真是可怜。喜欢讨钱，自然使他厌恨，被骂了不开口，骂了后又不来了，又是使他不安与眷念。在这不安与眷念之中，他一肚皮里像早装满了要说的话，要同他们弟兄两个要说的话。譬如昨天听见人讲，他们村子里×家养下许多小牛，不知是真是假，很想和他们谈谈，这就是许多事中间的一件。

阿桂终是不来，厌恨的云雾渐渐消逝下去，不安与眷念的情怀，便接着增进起来。他的耳边，时刻像有人责斥他不应那样的痛骂阿桂，父子的中间不应筑下深深的鸿沟。他心里真有点慌了，几番曾想亲自去看看，不过被父亲的应有的尊严束缚住了。

他只有叹气！

——明天该要来吧？……一刻就要来吧？……过了一天，或是做了一件什么事之后，他心里常是如此想。多半是失败的。失败的他，又带着伤感的情味再行想去：

——又过去了，又不来了！……

他始终不明白为什么要挂念他。阿桂常常来要钱去赌，这是个不学好的儿子，但是这不足以制止对于他的眷念；只是骂过他一次，即算骂得很厉害，也是他的老子，便真赌气发脾气不来，这真是太不孝了，但是这也不足以制止对于他的眷念。几天以来，在他房里，什么都变成没趣了。左搬搬，右摆摆，一样的不如意。惟一的他的希望，就希望他儿子未来之前的一段时间特意去得快点。可是又失败了。他愈盼望不到阿桂们，愈觉时间悠悠的漫长。尤其是这两日黄昏时候，啊！这是如何难度的黄昏啊！

等着等着，怕是第四天上，他的小儿子阿牛来了。他带着一种从来未有的欢悦与怔忡去接待，同时因阿桂没来，又有不可言说的失望。

“你大哥那里去没去？”

“去的，他病了。”阿牛说得很低。

“病了？怎么病的？”惊惶的他，说过这话之后，眼睛眐着，嘴微微张开，表示出急于要得到阿牛的回音。阿牛濡滞了一刻才回答他：

“不晓得怎么病的，他只说病了两三天了。”

“看没有看？吃药没有吃药？”他依旧是惊惶未退。

“没找人看，也没吃药。他说没有钱，还问我有钱没有钱哩。”

“他妈的，病了还不看，还不吃药，找死哩！……”他微微叹了一口气，又约略沉默了片晌，“瘦没瘦些？……好，教他不要乱闹，总是不听话，这个小狗×的，看罢！……”

又是沉默。

末了，他从箱子里索摸了半天，索摸出了一块光亮的银元。再三的看看，才递给他儿子手上，向他说：

“把这块花边送给你大哥去，就教他找人看看，买点药吃下，……小狗×的，没有钱！赌呢！……只晓得赌，……”

"唔！唔……"

"好好拿着，不要搅丢了！……我明天有空去看他，……又是一块钱，真是小狗×的！……"

老许一直将阿牛送到寄宿舍门口，再三的叮嘱不要丢了，教他大哥快些吃药。同时在他脑筋上重现出"老苦命"三个字，眼眶里泛满了两圈老泪。

十三，六，廿三午前三时于长沙。

（原载《洪水》周年增刊，1926年12月1日出版，署名为法）

叶灵凤

菊子夫人

（上）

秋深了，白云自深湛的太空中飞过，西山的枫叶已转到绯红，鲜艳得似你初嫁时的嘴唇。

今天在下午独自驾着车子从绿柏路驶过，无意的回顾间，看见你同伽铃君挽着手在旁道上缓缓的走，你裹着白色的斗蓬，孩子卧在后面乳娘推着的车里。你斜了头凭着他的肩走，你大约没有注意到路中匆匆驶过的五一九八号。你虽没有看见我，我在车中见了你的情状，心中倒有些扰动，虽是匆匆的一瞥。

你是嫁了。一片黄叶从街树上落了下来。

归途经过S馆，看见厅内架上的两盆白菊，开得绰绰盈盈，我心中更是不定。犹太人的葡萄酒窖已迁到了我的心头，连上帝我也要咒诅了！

社会运动和革命工作有何用？铁十字的勋章还悬在我的内衣襟上，然而为了你的缘故，我可以将握在手中的炸弹抛向我自己同伴的身上来。

卖友并不是羞辱。为了你的事，件件都是光荣。

然而你鄙视光荣，你嫁了。你呈献了你的裸体，你有了孩子。

我并不反对你嫁，我只惋惜我怎么没有使你生出孩子。于是在星殒东南的一晚，我便气着披上了军服。人家都说我深明大义，其实我可以用最威严的军旗，来供给你作亵衣而毫无顾惜。什么是工作？男子的一生，是应当永远跪在他所爱的女性的脚下！

爱！爱！Love！Love！

跃马归来，战魂未定，我还做着英雄的迷梦。自你挟着伽铃来看了我以后，我才抛弃了营幕。

今天又看见了你，我见了你，见了伽铃，见了孩子，我恨不得将车子驶到你们的身上！

你为什么同他并了肩走？你是了解爱的神秘的女人。

爱，你是了解的。爱是不灭的。我知道你心中现在还是向着我。你不过怕生事，不敢现出罢了。我知道你同伽铃接吻时，你一定想到比他的滋味还要好的我的舌尖。你一定想到我的臂力，在他拥抱着你时。

我藐视世上一切其他的男性。那个比得上我？被我爱上的女性，永世不会离我而去。我有古代骑士的英武，我有超过了男性美好的范围的容貌，我有名誉，有金钱，有学识；更有能舍去你任你嫁给旁人的伟大的心情。

我一点也不虑你心变。我知道任是一万年不看见你，任是待你与旁人生出了一百个孩子，你的心终还是向着我的。凡是爱上我的女人，是永远不肯离开我的——是么？你在默笑，你承认了。

待我去将十字的勋章摘下……

这以上的话你看了不要觉得诧异，我是有意这样写的。这是因为有人在我面前说到了你。

有人对我说：菊子夫人对你很有意。

我起先倒很惊异。后来仔细一想，我才知道菊子夫人就是你。就是你，就是你自己。

也好，爱原是超越了一切的缚束和规约的。

有了丈夫的女子的爱情，与处女是一样的可贵。

你不要以为有了孩子。孩子并不碍事，贞操与爱是无关的。孩子并不能代表爱。只有因了爱而生出的孩子才能代表爱。爱的实现是在肉上。

许多年轻的女子听了这话很骇异，然而你是夫人，是妇人，你是明白的，所以我才对你讲。

我与你仅见过一次，你远及不上我的好看。然而这也不碍事，爱是超越的，你放心，只要你努力的进攻，从你的爱中便会生出我的爱。

（丈夫在家么？我这样对你讲，你不要怕，你切不要见他来了，被传统的观念打倒。）

假如你真的对我有意，你就马上着手进攻起来好了。相貌与爱无关，相貌是要视爱为转移的。但是妆饰也不可少。你可以逐渐将自己修饰起来，一人独处时，不妨对了镜子多练习几种颦笑的姿势，因为这是妇人笼络情人唯一的工具。眉毛细细地画一下。嘴唇也不要涂得太红，宁可以多用点 Pink。丈夫若在旁边碍事，你不妨就利用他一下，你可以忽然向他发怒，或是忽然同他亲热起来，以试试你自己究竟是那一种手段拿长，更试验那一种手段对于男人最有效力。

一个妇人若既是存了要找情人的心，对待自己丈夫理当这样。

欢喜写信，最好先写信来。

你不要以为有了丈夫，心里总觉得不安。这完全是旧道德作祟，丈夫是一无关系的。丈夫与孩子一样，都不能代表爱。他不过是一件东西，是几个妇人觉得在街上走时肩旁不可少的一件东西，与这几日你披着的狐皮一样。做丈夫的人想要得到妻子的爱，这是永远不可能之事，所以我从来不肯答应做丈夫。

你若真的有意，你便这样做好了。熟悉了之后，你不妨大了胆子独自来找我，我们可以同着出去。Opera，Dancing Hall，Theatre，Tea Party，Concert，都可以同着去混。这样，这样，在让大家知道了我们向来是在一起的以后，我们可以更向肉的方面进行起来，市外的 Oazo Hotal 很幽洁，我们可以……怎样？你为什么摇头？你不赞同么？你觉得我这个人太危险么？不要怕，一点都不要紧。老实说一句，爱，就是这样的一回事。什么是爱？我们只要照我们的要求而做好了。

我的居处你知道么？你丈夫的好友伽铃君住宅过去三家的那座白顶的房子便是我的处所。你要来时，尽管来好了，不要怕。看门的你不要管他，你一直叫车夫将车子驶过花园来好了。东边临着喷水池挂了深绿色窗帏的一间便是书室，我总是坐在里面的，你按铃叫侍者直接引你到我此地来好了。胆放大点，不要怕，车子也可以命仆役开到车间里去。务要放威严一点，仆役们见了 Ladies 来，总不敢不趋奉的。

话或许写得太任性了一点。然而这也无关紧要。我们正可不必矜持。矜持的内幕是虚伪，是掩饰。

你若真的有意，你照我的话做，你决不会失败。一定有一天，你可以将我拥在你的怀中……

（下）

我对着桌上胆瓶中的一枝菊花凝神了一会，提起笔来想再往下写去的时候，忽然有一只手从后面将我的笔握住。

我回过头来一看，不知什么时候，她已潜立在我的后面。

她咬着嘴唇，鼓了眼睛，似是很怒。

啊啊！小姐，小姐，你休要受了我的骗。谁是菊子夫人？我原是写来试你的，你竟真中了我的计了。

我怎样会离开你呢？我是永世也不会离开你的！（她笑了！）

也罢。Tailor 已将衣服送来，今晚有旦妮夫人的晚宴，你快点去妆梳罢。这一枝菊花可以带去，带去供你的点缀。

谁是菊子夫人？

Mme. Chrysantheme……

十月二十九夜。

（原载《幻洲》第 1 卷第 4 期，1926 年 11 月出版）

奠　仪

（上）

旧历七月初旬，接着你夫人——你还允许我这样的称呼她么？——报告你在徐州的死耗，距今已是半月前的事了。

那时，在北国酷热的烦燥的天气中，我突然得着你这不祥的消息，我比置身在冰窖中所得的感觉还要刺人。我诚知道人都要死，然而我却料不到你现在会死。

你比我先死了，你不能再监视你夫人的行动，我知道你大约死也不肯瞑目吧？

回首前情，回首我们以前彼此勾心斗角防御的情形，你要用手枪狙击我的情形，而结局竟有今日这样的一天，想起真令人要失笑。

我自得着你死的消息以后，三年前的情形又不住地在我心中扰动。我想起那时我们大家同住在一处，你们二人虽是少年夫妇，但独身的我比你们更年青，我们大家在一起忘形遗骸的日晚嬉闹，彼此的心中实未存过一点防闲的意念。那知昊天不佑，自我从学校中卒业的那年夏季，你的夫人——不如简单点还是称她丽娜罢。——你的丽娜突然向我垂念了起来。以我那时青年英俊的风姿，你丽娜七擒七纵的手段，加之我们平日不拘形迹，我又乌能自持。于是在你的不知不觉之中，我们便开始度起了狂恋的生活。你每日出去办公以后的家中，便成为我们的温柔王国。仆妇既照例被丽娜借故遣出去了，家中自然成为我们的世界。起先，我们还仅是偎坐，互相拥抱；但不久便进到肉的生活了。我那时尚年青，对于这种要求倒并不感到切迫，但你的丽娜，她以做妇人所得的经验，现在来躺在一位青年的男子怀中，这种要求怎能避免，于是她步步的向我引诱，我们便终至沉醉了。这样，这样，我们在你的背后，整整地度了有一年的情人的生活。虽是后来人言啧啧，街邻和朋友中知道的已经不少，但终瞒过了你一人，那知自那年冬季我因求学离家来到这异国的都市以后，我们第一封别后的情书，因丽娜失检夹在书中的原故，秘密便终于被你发现了。

你发现了我们的关系以后，你对于丽娜的责难，你来书向我的咆哮和你自己激愤的情形，这虽是多年以前的事了，但我现在想起，仍觉历历如在目前。听说你因此曾得了咯血的症，以后便时常多病，同丽娜虽彼此都隐忍着不愿离婚，但感情却时常会破裂。照此看来，你今日的死，详情我虽不能知道，远因或者是种在我们的事上罢？对于这件事，我虽始终不感到不应该，但你若真是因此而死了，我倒觉得可愧。

别来三年。因为你屡次对于丽娜的恫吓，我便不敢再写信给她。我明年便可回来了。我方期时间久了，你的感情可以平伏下去，见面后可以减少冲突，那知一纸传来，竟得着你这不祥的噩耗，我心中着实受了打击。在感情上说，我悲悼我失去了多年的老友，在事实上说，我惋惜我突然不见了我的敌人。

从国内报纸上的纪载算来，你的死日，正是徐州军事行动最烈的时候。你的死，该不是飞来的横祸吧？我幻想着在那我曾勾留过多年的屋子内，竟一棺横陈，卧着你的尸身，丽娜白衣缟素，牵着珠儿在一旁发怔，我终疑惑这是不会实现的事。然而实际上，在这酷热的炎天，你的尸骨恐早……

珠儿今年也四岁了。她的照相我仅在家人处见过，确是有几分像我。以我与你的丽娜一年的肉的关系，谁是她真正的父亲，这个疑问你自己当早已了然，不用我来声辩。然而这四年以来，她却口口声声称你作爸爸，旁人视她也是一样。我想你听了，私心大约会生出快慰，觉得这是对我的一种报复吧？是么？——我觉得这样的报复是太滑稽了！

你死后，丽娜此后的生活怎样？不知你的遗嘱上有对于她行动自由的允许不？（芝君，请你的阴灵不要动怒。我这句的意思并不是指你死后她将与我恢复以前的状态而言。）你生前每提起我便愤不可言，一死百解，魂而有知，未知你现在对我又怎样。

远处异国，接着你的死信后，往事不觉又都涌起，遂信笔写了这一些，权当我对于老友的悲悼。芝君，今生已矣，你对于我的怨怒大约不能报了。假若轮回之说是实，但愿来生我能化作女身，去作你的情人，供你的泄愤罢。

（中）

丽娜，漆室孤灯，空帏独守，不想你在这样青春的年岁，多事之秋，竟也逢到这不幸的遭遇，这是多么令人不快的事。当我接到你的信时，我正诧异三年的阻隔，你怎突然又燃起写信的意念，我那知信中所含的是告诉我这样的一件不幸。

因了我的原故，竟使芝君的生活陷到苦闷，你也受了几年冷酷与讥笑的待遇，孩子复累了你，我实深感到不安。我方期几年的隔绝，时日多了，将来可不致再像以前那样的冲突，那知他竟出人意外的以死闻！

虽是因了我的原故，他在你的心中的位置已不重要，然而以七年的夫妇关系，再加上幼时的友谊，现在遽尔长逝，你精神上所受的打击，已可想见。远处异国，不能以身相慰，只得权且这样写下几句。

丽娜，死者已矣，今后惟望你努力于自己的生活罢！在中国现在社会上一般人的眼光中，对于一位除丈夫之外另有情人的妇人，总是以讥笑和轻视的态度相待。丈夫在时，他们尚不过取旁观的地位，以冷眼监视丈夫对于他妻子的监视。设若丈夫死了，他们便要见义勇为，自告奋勇，替代了丈夫的职权来监视一切。一切的衣饰言语行动都要受严密的限制，稍一不慎，便要受意外的侮辱。

丽娜，你是有血气的人，你甘心受这样的压迫么？不，不要顾忌，不要退缩，起来反抗他们！你切不可预先就为他们所乘，要先发制人，这种人的心理完全是变态，他们并不是希望你向上而来向你监视，他们不过积多年对于一位人的欲望不能满足之心现在来借题泄愤罢了。这是何等的无聊！你切不要惧怕，以为自己是孤立，尽管同他们反抗好了。亲戚长辈，更不要受他们的欺骗。家乡若是不能安居时，好在经济既不成问题，不妨带了珠儿离开老家，向外埠迁去。此时是紧要关头，切不能被他们压倒，否则今后的半生便完全要受限制了！

一般的丈夫在妻子死了后，什么也不受人的压束，为何妻子死了丈夫后便要这样？不要理他们，起来推翻这种成见！我目前虽暂时不能回来助你，但以我们的关系，我是件件愿为你效力的。

回想起在国内时我们的欢聚，你的笑颜，你的青春之风韵的流露，我们的戏谑，他的浑然无觉，在现在想来，件件都是值得追忆的资料。匆匆一别，不料同芝君竟成了永诀，实是谁也想不到之事。不知午夜孤灯，你拥着珠儿独卧时，想起室外的三尺桐棺，再想想那些往事，心中要觉得怎样。

珠儿近来长得如何？私生子多是聪明早熟的，不知这句话可能在她身上应验不。她现在尚在童年的浑噩之中，望好好的抚养，不要将许多不快和凄凉的印象渗入她的记忆，使她的性情沦于忧郁。她是我的化身，你唯一的侣伴，你要从她身上得到安慰，但是你也要以安慰给她。

今后写信的机会或会多些，我将极力不使你感到寂寞。劫后沧桑，我知我们的关系，当可更进更密了。心情若好，望将三年间的详细情形告我，更望将这次丧礼结束的情形告我。

下面另页的几行，我是忍不住写出的，若有适当的机会，不妨读给珠儿听。

(下)

小的孩子，你知道我是谁？我是你的爸爸哩！你不要诧异，以为你的爸爸才死，外面还停着他的棺材，怎么又来了一个爸爸呢？我对你说，那死的……不，还是不说的好，说了你也不会明白，横竖再过几年你妈妈自然会告诉你的。

如今你家中突然少了一个人，你妈妈大约很冷清，你大约也觉得冷清。你知道么，他并不是如往日出门一样不久即可回来的，他这一次是不会再回来了，所以你以后要对你妈妈格外亲近，无事不可瞎缠，遇着你妈妈一人独坐淌眼泪时，你要赶快伏在她怀中去，叫她不要哭，或是用小手合上她的眼睛，不让眼水滴下来。你更不可向她问起爸爸那里去了。旁人问起你爸爸的事，你也不要睬他们，除了你妈妈一人外，别人的话你都不要相信。

若有人问起你是谁养的，你可回答说是妈妈养的。他们若再问是谁同妈妈养的，你可说：是你的祖宗。

你今年不是四岁了么？你记好，你明年过五岁生日的时候，我就可回来了。你知道我是谁？我就是你妈时常向你说的那在外国的陈先生。你是女孩儿，你不是很喜欢花手巾和镜子么？我回来时我要带很多外国的好东西给你，你乖乖的等着好了。

记好我的话，不要让妈妈哭。她若不听你劝时，你可说：妈妈再哭，外国的陈先生要生气了。

还有，你要时常跟好你妈妈，少一人独到外面去玩。若是那长小胡子的李伯伯同旁人独自来看你妈妈时，你更不可离开，否则他们会把你的妈妈吃掉哩！

我的话你都懂么？记好！记好！

特派驻局检查邮政的委员先生，这一天在S埠邮局进口间里拆着了这样的一封信，他不觉无心再去注意旁的第三国际之类的密件，尽是将这封信捧着呆呆地读了有半个钟头。

一九二七，八月二十八，于听车楼。

（原载《幻洲》第1卷第12期，1927年9月出版）

绍　宗

悲哀的安哥儿

一

一八五三年的盛夏，六月中旬的一天，白热的太阳照在羊山的顶上。从西岩石井间迂回曲折地千里奔流下来的潫流，急迅地奔过了万竹滩头，在横江似的莲花岩下打了一个回旋，静静地从古洪村前流过。清潫中侵映着羊山的绿影。平明如镜的水面上也平流着一片银样的阳光，当微风踏过了岸上平铺着的绿禾，由岸畔柳头拂到水面时，银镜般的水耀放起酥碎的银花，山影轻轻地颤动了。

一片碧空，无丝云影……一声鸡鸣，一声犬吠断续地从村中发出，蝉声不知在那一棵树上颤动着……村塘的樟树荫下，三个少女同两个女人在浣洗着衣裳，有力无力的砧杵声在几处打起了呆然的回响。她们有意无意地在说起了云姑姑十月里就要出嫁的事。

“听说她的未婚夫是很漂亮的呢。”

“碧梅同金儿很要好呢。”

“他说他将来一定要娶她。”

“但是碧梅的妈要把她嫁给有钱人家的呢。”

“但是碧梅是不愿意的。”

“听说你想嫁给云哥儿呢。”

“呸！坏你的嘴的，阎王要刮你的舌根的呢。”

……无力的砧杵声断续地响着……

喜哥儿手里执着竹枝在一只庞大的水牛后面“迂！……迂！……迂！……”把它赶着，经过塘畔时他向那最年青的紫姑做了一个嘴脸，紫姑向他笑了一下仍低了头去浣她的衣，喜哥儿笑嘻嘻地！“迂……迂！……迂！”的赶着他的牛回去了……

中午的阳光俯吻着万汇，万汇都在生动着。大自然这时是在开怀的微笑着，要显得他的无私，他使阳光漏过了那浓荫的瓜棚洒在默然独坐的安儿身上。安儿年将弱冠了，他昨儿才到此地，他是从远远地远远地归来的，但这儿却不是他的家，因为他是孤儿，他是早已没有了家的。

他独个儿坐着，手里拿着一柄蒲扇，另一只手的指头永远的永远的在扇上画着一个桃字。耳鼓上响着蝉声，砧杵声，鸡声，犬声……和那路上经过的一匹驴子的铃声，他澄清的眼在游视着那隐约的远山的连峰，那山樵的野火的袅袅冲碧空的淡的烟雾，那从山顶一直滚落到平原的如釉般光的竹林，那溃流上飘过的一片白帆，那绿禾一派，那从这树飞过那树的不知什么名字的小鸟，……但是他的手是在永远的永远的画着那个桃字。

他的手永远的永远的画着那桃字，他的眼在平芜中，在那两旁满生着杂树的路的左边，发见了那一园的玉蜀黍。这一园的玉蜀黍，高尖透过了泥墙，还是同三年前的一样……

“是的，它们还是同三年前的一样呢！”

安儿惄然叹息了一声，显然蒙上了一层过去了的幸福的影的灵活的双眸慢慢地从园子移视到手中的蒲扇。扇上有千万个桃字在他眼前活跃，但是过去了的幸福的影呀是永不能捉摸……

“我是在这里呀，”幸福的影仿佛在说，

“在那一年，也正是这样的时候，我不是同你在一块儿吗？”

“我现在还是在这里呀，

“安哥儿，你在悲哀着什么吗？

“嗳，悲哀的安哥儿呀，

“你在悲哀着什么吗?”

……是的，安儿是在悲哀着呢……

他把手中的扇摇了一摇，像要把什么赶掉似的。当他的眼光又注视着那玉蜀黍的园子时，他的手又在扇上画那永远的桃字了……

阳光斜掠过羊山，莲花岩下的清漈更显得澄碧。浣衣的少女是不见了，只有井旁来了两个提汲的姑娘。一个农夫肩着锄默尔的垂头步着，从后山传过来牧子的歌声，

郎在东……来……姊在西
牛郎织女……两……分……离……

杂声是没有了，蝉音在继续着颤动。在这一切的活跃中，安儿还是默然的独个儿坐着。

想起我……姊的……情……意
实……心……孤……

牧子的歌声在断续地传来。

这歌儿是引动了安儿的心弦?是唱出了他心中的忧思?是过去的追怀?是现实的凄怆?——安儿在叹息了。

在一间明净的小小的房里，数竿绿竹把影儿洒到窗栏，靠窗的桌旁，桃姑在小心地订着一本红壳面的抄本。她把最后的结打好了，用小剪把线头平结的剪了下来，双手捧了书，高兴的抬起头来，

“安哥，你看这本书多么好呀，”她向本来俯头在看着她的安儿说。“这本书多么好看，我真谢谢我的安哥。

“我真谢谢我的安哥。”她重说。

“但是你拿什么谢我呢!”——

“真是多么好看，红壳面配着绿丝线!可惜我不认字，不过我知道安哥写给我的一定是些好话呢，你读给我听好吗?——

不，我知道的，不要读哟，安哥！”

“但是你谢我个什么呢？”

“我给你这柄剪刀。”

“不要。”

“我给你这个戒指。”

“不要，妈妈要知道的。”

“我给你这条手帕。”

“不要，我有过了。”

“我给你这双耳环。”

“不要，妈妈要问你的。”

“但是安哥要我给你什么哟？”

“把你给我……给我吻一下……”

桃姑脸晕红着，恼怒似的看了安儿一下，两人紧抱了拢来，一个长久的长久的吻开始了……

晚饭后，他们散坐在庭院里纳凉。

“桃妹，你看月亮上来了呢，你还得觉热么？”

“不呀。人家说月亮儿身上有凉气，所以她一出来，热就没有了的。——你热吗，我给你搧扇。”

“我也不热了，你看胖胖的姑母还在把扇摇个不住呢。”

桃姑笑了，姑母也笑了。

月亮儿慢慢地高了起来，墙外的梨影倒映在院里。

安儿和桃姑同坐到梨影里的竹床上，让姑母个人独坐在隔离不远的一条小凳上不住的摇着扇。

他把手放在她的手背上，她又把手放在他的手背上互相叠握着。

互相望了一望微笑了……

“你年纪这么大了怎么老要同安哥胡闹呢……”当他进屋喝

了茶出来走到台阶上时，安儿听见姑母带怒的向桃姑在说。

他默默地退回屋里伏在床上哭泣……

“讨厌的妈，你看安哥出来又进去了，一定又在哭了。你老人家要怎样呀?”桃姑说着进去安慰她的安哥去了，“你老人家要怎样呀?”她继续在说。

……………………………………………………………………

……………………………………………………………………

……………………………………………………………………

…………………………………………………………

*　　　*　　　*

太阳缓缓地缓缓地沉下去，安哥儿是好像并没觉到。三年前的过去了的幸福的幕，一幕一幕的在他脑海里展开。这些幕中的最后一幕的地点是一个玉蜀黍的花园，在一个夏之黄昏，一对青年的男女来在这儿，他们互相拥抱，互诉衷肠，互发信誓，吻着，哭泣着，最后是别离了。他是勇敢地离开了她。为离愁压倒了倒在草地上呜咽着的她，他曾回过头来看过一眼吗?不!不!他是为了她而离开她的，他誓要到远远的远远的异方去寻许多的金银宝贝，要替她买许多的珍饰花裳回来娶她的。他现在是回来了，河畔的三只满载珍宝的帆船是如了他当初的誓愿；但是可爱的桃姑呢，她是不见了，她是不见了呀!他曾走到她的故居，这里的主人并不认识他。他走遍这古洪村，走遍这周围几十里之地，但是谁也不认识他，谁也不知道她的所在!一日一夜的疲劳，最后他是倒在这现已不知谁主的瓜棚下坐了。这瓜棚下他曾几次和她并坐，几次和她同游，几次同看金般的夕阳下沉，几次同看那如雨的星儿耀眼!又是几次的对哭，几次的慰安呀!但是而今她是不在了，留在这里的只有回忆，悲哀……只有呜咽，啜泣，她是不在了！

“我的桃姑我的桃姑呢？

“我这里有三船的金子呀！

“你为什么要躲着我呀？

“你为什么要躲着我呀？”

这时安儿跳起来狂奔狂舞，黑暗渐渐地加浓，一切都模糊不清了。在黑暗中只有“我这里有三船的金子呀……你为什么要躲着我呀……”的声音断续可闻。

十一月十九日作

（原载《幻洲》第1卷第5期，1926年12月出版）

曼女士

自　　挽

亲爱的母亲！我如今总算能够得到你的面前了。其实在三个月之前，在我这件事尚未发觉之前，你不肖的女儿，已经有要来亲你已寒冷了的枯骨的心意，只是我总没有这勇气，我总不忍做。近来想若再不来一看你这隆然的一堆长眠之所，我怕永远不能来了，而且也将无面目来了，所以今天西风虽是吹得这样地寒冽，注意我的人虽并没有一刻的放松，然而我终于不顾一切的来了。我已预备好我所要做的了，在这世间我还有什么顾忌？

人性是善，爱情是甜蜜，母亲，这两句话若是真实时，你不肖的女儿便死也不肯瞑目了！可怜我短短二十一岁的生涯，早年便陷在戚友欺凌之中，现在又受了爱情的播弄，如今更将结束前愆预备长依在你的翼荫之下，这难道就是人生的意义么？命运所给我的难道便仅是这些？苍天啊，你何以黑沉沉地默无一言！在三个月之前，我方自庆我这人间零余之身，竟能在玫瑰的花园里得到了一些慰藉，世人待我虽是残酷已极，然上天尚能给我这一丝幸福，这实非完全的无情于我，不料昙花一现，继着来的便尽是无穷的痛恨，无限的悲哀。母亲啊，我如今不能以清白之身来见你于地下，这实非你女儿的罪愆，这实是苍天的诱惑！可怜我以一个无经验的处子之心，复在风狂的陶醉之中，不能拒绝这种带有压迫力的自然要求，这实是意中之事，然我实想不到这事竟会有这样的结局，他竟这样的胆怯，他们对我竟这样地攻击！

本来在我今秋初进学校时，我已感觉我身上起了变化，胸头总像被阻逆着，总是常要呕吐，我起初尚以为这不过仅是积食或风寒，后来渐渐厉害，我才知道这正是暑假中夜风的温柔，骄阳的热烈使我所生出来的结果，于是我便告知了他，方冀他可以为我设个万全之计，那知他竟因了无经验和胆怯，竟一去不还，一连在三个月之中，一面都未与我相见。母亲呵，他既躲着不来见我，他们又复妄鼓雌黄，肆力地攻击，这叫我如何是好？他们于攻击我和他的行动之外，更说我是无耻的女子，无母的孤儿，是来历不明无父的……母亲呀！我说这些怕使你太伤心了罢？

自从我发现了这事以后，自从他避着不来见我以后，我就由梦幻的乐园里被推到了烈焰的地狱中，同时他们的嘲笑与讥蔑，便好像荆棘和苦茨时时地向我乱掷。我起先犹希冀这或者仅是心理恐慌的结果，那知自从野地里蟋蟀开始了它的鸣声，西风吹遍了江南的时候以后，我身上的事便也同丛叶中的果实一般，一天一天地成熟暴露了起来，他们对于我的举动饮食，更是比他们自己任何的事都要留意，每因了极微的一件事，也要肆力地向我讽刺。可怜我这人间的弱者，又复抱了满腹的委曲，我那里能忍受得这些？我本想早将此事了结，但是我尚希望他之所以不来见我，或者是正在为我筹划个长久安稳之计，那我若忽然出了这下策，未免太使他伤心，所以我虽想定了我的主张，我总是迟迟未决。那知秋空一天一天地澄清，绝塞的寒禽都已乘风南下，他尚是音信杳然，而我的事复不容隐饰地势将完全实现，我至此真不能再徘徊处待了，所以我在再四的思维之下，我终于在今日不顾一切的跑到了你这里来。我此举是完全出自我个人的心意，我并不怨诅他人，我不怨他的胆怯，我也不恨他们的无情；我深知他们的嘲笑这正是他们应行的事，他的胆怯不过是因了耽视的人太多，所以不敢露面，若是这世间仅到了他和我两人时，我深知他必定一刻不肯暂离我的？我所怨的便只是我的命运，和那张弓的小神，他真是太戏弄我了！

我既决定要实行我预定的计划，今天上午我便偷偷地私离了学校，可怜无父又无家的我，平时的经济窘迫已极，此时又那里寻得出钱来，我只得质去了我所有破旧的冬衣，方才补足了这火车的车费。我坐在车中望着车子向你的长眠之所节节的驶近，我的心情真好像游子离开了他久客的他乡，向着故乡和天伦融乐的家中走来一样，我实满心的欢喜，忘记了我所遭受的一切。可是天公总是有意与我为难，今天一早萧瑟的西风便怒号着不歇，像是鸣它的得意又像唱我的挽歌，我走到望见这濯濯的童山时，斜阳已坠到了群岚的背后，西风吹着我臃肿的身躯，使我摇恍如中酒般不能前进，我几次被风吹得势将倒仆，但是总像有你在暗中扶持一般，我总没有跌倒。我多年没有到你这里来过了，要不是你坟傍一株矗立的枯松，在苍茫中作了我的引导时，我真要迷路了！呵，可怜的母亲！你三尺黄土，一丘荒草，碑石已淹没将半；在这个三秋露凉的时候，人家都是一盂麦饭来重告无恙于先人之前，可怜你不肖的女儿，从未有力这样做过，如今来虽来了，但是要提起无恙二字，母亲呀，只好待我伏在你的怀中时，再向你细细地诉说罢！

我如今确是向人生竖了降幡，自认是一个无能的弱者。母亲呀，我这样铩羽曳翼的逃到了你面前，你不太怨我不争气么？可怜我实是不得已了，我实是再不能隐忍下去！然我这个不幸不祥之身，实是你在二十一年前隐忍的结果；你那时若稍为坚决一下，在父亲抛弃了你时便不使我这个冤孽带着一口活气出世，那我也不致受这一场播弄，你也不致重增一番羞辱了。我既明白这些，不幸我如今又遭了你所遭遇的事，我若再效你那般隐忍，母亲呀，第三代的不幸者便又要继我而出了！我平素虽是具了一付羔羊般的心肠，但是对于这样一件事，对于使一个无辜的灵魂去受万磨的浩劫，我实有所不忍心处，所以我终于要出此下策了。

可怜我短短的一个二十一岁，无声无闃的生涯，对于人世未有一点贡献，如今能使这不幸的世间减少一个未来的不幸之人，这未始不是我对于世人小小的一点贡献，母亲呀，这或者也就是我不负你生我之处！

我本想在我未到这里来时，写封信通和他，告诉他我所要做的一切，但我苦于不知他藏匿的所在，所以我终未能写。我本来也可设法托人转递给他，不过这一切的人对于我太没有信任了，我深知他们现在对我虽是这样的无情，这样的刻薄，然人的常情总是这样，万一他们偷拆了我的信，而知道我将要做的一切时，他们必定要设法阻止我的；母亲呀，我受苦不足惧，我死也不足惧，惟独使他们知道了我有死意而我又不能死时，那才真足以苦我呀！如今好了，我既终未写信，又能来到这里，这一切都可不必顾虑了。只是未能使他先得着我的死信，以觇他对我究竟的态度，这实是我尚有一点未了于心之处。若按他现在的情形，那他实在是有心将我弃绝，但我想起他以前的事情时，想起他以前对我的那种态度时，我现在翻疑他正在为我筹划一个长久安全之策而未就绪哩！然而也罢，不使他晓得倒也罢了！他若有心与我隔绝，我的死信使他知道，不过徒增他讪笑的资料，否则我一人受苦已足，我又何忍再使他知道这不堪的消息？也罢，也罢！我但愿他永不晓得，我但愿他永不晓得！

母亲，你真可怜了！环此山中，每一座坟茔差不多都有一两株苍翠的松柏，一块矗立着镌了红黑两色字迹的碑石。只有你呢，真太可怜了，一抔荒土，一条露出土面不满一尺的麻石，还有坟侧一株无主的枯松，便是你唯一的标识！我亲爱的母亲呀，死人若是也如活人般炎凉地欺凌人时，我深知你这几年以来，也要受尽委曲了！然而你现在可以好了，你不肖的女儿，在几小时之后，就可以追随在你旁边了。你女儿在人世间虽未曾作下过伟大的事业，带着光荣的冠冕来见你，然这次之死，却是很庄严地呈献了己身，作爱情之牺牲，在这一点上，或足使你稍蒙光彩哩！

明日此时，他们或许已发现了我的失踪，我不知他们对于我的事要作若何感想。我的死实是由他们压迫而成！我至是方知人类实完全是互相倾轧，没有一点群性和爱力！他们若稍有一点对于同类相爱惜的心时，对于我的事，正应为我惋惜，那我虽不致得着什么安慰，然至少也不至于痛苦中再受痛苦，我身上一条清白无垢的小生命也不致要枉送掉了。然他们却不然，他们不但不怜惜我，反向我攻击，我可爱的小生命，他们说惟独我这来历不明的孤女，才正合作一个无父私儿的生母。啊，母亲呀！他们真罪过，他们于攻击我中又带累你了！我真不懂他们何以会有如此心情？彼此相扶助怜爱地有什么不好？何以幼弱要被强者所欺凌！再过三四日后，我的死信传到了他们耳中时，我不知他们要作若何感想！人世间少了个弱者于他们虽无损，然我不知于他们，又有何补！何以他们要肆力地排除我？

啊，天黑了，母亲呀，那东边松林上浮起来，颜色微黄的不是月姊么？怎么颜容憔悴，似一个慵妆的思妇？呵，好冷呀！林隙吹来的夜风使我浑身战栗了。我两肩觉得冰凉的是浸透的夜露么？怪不得你坟上的枯草我看着有点晶晶地发亮哩！这暗黑寂旷的荒野，除了四面聚合来的虫嘶和风声，真是阒无一响。呵，母亲呀！你几年以来都是独卧在这荒丘，你不觉得寂寞么？然而你现在可以好了，你且请再耐几小时，你不肖的女儿便要来陪你了。你女儿如今不但是一人来此，并且还带了你的……来哩！这一条活跃的小生泉，虽是因了我的原故，使它的一个灿烂或黯淡的历程将要湮没，然我这一来却免了他人所要给它的嘲笑，减少了它的烦恼，保存了它的真灵，也未始不是我对它所尽的一点为母之道之处。呵，母亲呀，且等着罢！你女儿便要带着你的……来了。

凉月已经升到中天，纤长的松影又回缩到林前，母亲呀，乡道上或有夜归的行人，我真不能再待了，我若被人撞见，我的事又要败露了。且待我取出我解开这悲痛辱骂生活之锁的钥匙罢！这一个蓝色的小瓶，是我在早几日之前便已从校里化学房中取出来的，我虽不知这药的性质，然签上却明明印着是有毒的，我一生受尽了人的播弄，这最后的一剧，大约总不致再使我受欺罢！

母亲呀！我虽在这临终的一刻，然我想起了我短短的一生，在人世未有一点贡献便这样匆匆地辞去；又想起我竟未能去使他预先知道我的死信，我实有点未了于心之处。然而一切都迟了，我已决定我所要做的了！我做了一世懦弱寡断的人，在这一刻我真不能再犹疑，我要做我所要做的了！我要承受这仁慈的上帝所赐给我的甘露了！好母亲呀！你且等着罢，我立刻就来了！……我喝了！……哎呀……好苦涩呀！……这是爱情的滋味呀！……啊，那松林下草丛中碧暗暗地是什么？是你来接我的风灯么？母亲，且等着罢，我立刻就来了！……哎呀，我头晕了！我站立不住了！是那个在后面摇动？我呀我呼吸怎么这样地重迫……我悔着不该未设法预先见他一面了！……哎呀，我耳边是什么声音？母呀！是你在微笑，是你在唤我么？……好了，母亲！且慢……我……我来了……

十四年二月十二晚，上海。

（原载《幻洲》第1卷第5期，1926年12月出版）

滕　刚

酸　酒

寻常的戏谑

稍为拘束一点的雪：

我不应该这样称呼你吗？然而为的是给一个灵魂上契合与精神上了解的朋友！这是一定的吧！我预料着这是一定的报复——一个寻常的戏谑罢了！当然我知道这是个寻常的戏谑，我知道这个戏谑中的笑容，是悲哀的掩饰，虽然快乐的笑容里面，也会流下眼泪来！

虽然，我们觉得这种讥讽是不可免避的而在大庭广众之间更觉得羞惭，而你更会乘这时机来自骂自的戏谑我："一个胆怯的可怜虫……"但是，就是你不必故意的提及，我也绝不会忘掉的，我常常在凉飔的静夜，独卧小院，凝视着满穹星斗的时候，或是从寂寞中……以至黄昏的街角，偶然飘来一两句流浪人的歌声的时候，我总会立时回想到那一夜的放荡……是如何的滑稽，又如何的可怜呢！

时间是这样的增加速律，青春的梦恐怕要退场了！我们喝了二十年的酸酒，至少也嗜够了十五年的悲哀吧！——然而，那一夜，最足记忆的那一夜，也能够算得上我们一部沦落生涯史中的一个小小底破涕录吗？我们又应当怎样的自豪？

听说玉梨已经在汉口嫁人了，有一天，芝来对我说："她来南京了，她穿着华贵的服装，同着那市侩般的夫婿，归宁省母……”我当时很佩服自己！因为我的灵魂，绝没有被这个可惊讶而可愤怒的消息，被摇动了起来，何况芝的语气，是那般狡狯而荒谬呢！在一年前的时候，我还深深的在云发之梦里讨生活，现在眼前的一切，差不多都进了坟墓了！呸！这是多么无味的话呀！在这里，我们是怎么宝贵的事呢！可惜！可惜！那个私娼现在不知道在什么地方了，假使她还在那一条深黝的狭巷里住着，那怕现在就是风雪纷纷或是赤日炎炎，以至她身体上发生了不名誉的疾病，我也要牺牲一切，跑去同她亲近！

记得去年夏夜，我们在秦淮河畔征逐的情形，在歌吹沸天的闹声中，在火树银花的灯影里，在头万攒动的人丛间，那些蠢动的肉体上，由泌汗腺中蒸发出来的诱逗的女人特有底臭味，脂粉的浓香……可怜我们这些神经衰弱者刺激得特别兴奋了起来，啊啊！那时候，我们差不多是山野狂奔的猛兽了！于是我们被本能征服了理智，一切皆无顾忌，开始同一个私娼攀谈了起来……

辛酸的往事，只有不值钱的眼泪，可以引出，一切的希望，也无一不从泪光中消亡，我可爱的兄弟：我们是懦夫吗？

近来，你何以那样沉默了？有时候，我可以在你面孔上，看出卫道的腐懦底态度来，啊，请你记起，那几次在街旁像一个小流氓似的作着熟极如流的猥亵的漫骂底时候……

乱杂的写下了这一篇，重读一回，我以为在做梦，我以为你读完这封信之后，必定会悄悄的走进我的小屋子里来，紧紧的握着我的手，颤声说道：“朋友！你怎样会把他们那一页哭笑不能的事迹，轻易的就写下呢？”

啊！我亲爱的小兄弟：请你把悲哀暂时搁起吧，且把我们的灰色灵魂，套上巴尔扎克 Balzac 的寝衣，一同歌舞……

一九二五，十，十六晚。

失业的人最滑稽了

天天照着镜子，苍黄的脸，坚硬的胡子，足以证明营养不良的原因了。擦面牙粉，每星期要用一袋，——刷牙兼擦脸——胡子三天修剪一次，但脸上的气色，并不因此就美丽了起来，而且胡子长得格外起劲。每逢口袋里有几文的时候，天香公司的玻璃窗前，也徘徊过几次，五个手指在袋里不住的玩弄那三四个银币，眼睛不住的对着窗台里安放着的化妆品出神。一把保安刀，定价一元九角，一瓶雅霜，半块大洋，生发香水，二元四……踌躇着，踌躇着，呆立在玻璃窗前。街上的车马，行人，穿梭似的，与他漠然无关。

他怅惘地离开了天香公司的门口，偶然遇到两个漠然无关的朋友，向他点了点冷头，恶意的笑着走过了，他立时觉得背上浇上了一勺冷水似的，以为那两个朋友一定窥破他的秘密了，只好把帽子往下使劲的一拉，紧压着眉毛，羞红了脸，往前行走。

因为失业的缘故，他天天跑到游戏场里去鬼混，所谓游戏场者，即夫子庙是也，这个地方差不多是本地的流氓聚会的所在。

天天走熟了的道路，不必用思考的，转弯抹角，两腿他自己会知道，照心理学家说：这是种“筋肉的记忆”，但他也不得不拿这些话来安慰安慰自己了。

天天刻板式的游着，自东头到西头，自西头到东头，徘徊着，徘徊着，经过黄漆的歌舫，摆地摊的，卖雨花石的，上面写着“德国电光影戏”的西洋镜，看相测字的，卖十二月花名的小调的书摊，画着满脸石灰的天津人说相的，拳师，把戏场，照相馆，油饼摊……一切一切，周而复始，像一部百读不厌的趣剧。

有时腿走酸了，必得先摸一摸口袋里的铜钱，假使能够发现两毛银币，那么一定就走上新奇芳阁，听一听那北方的小脚女子的大鼓书，或者跑到飞龙阁，听一听戴炳奎的三弦戏考。否则，就悄悄地走进那座中下等的茶楼上，在一群赤膊大汉的间隙里坐了下来，用灰土色的油泥手巾，揩一揩额上的汗，喝一杯秦淮河的臭水，于是就倚在将要倾倒的窗边，看看文德桥上往来的土娼，像有急务忙迫的闲人……偶然从桥的那边，走上来一两个女人，涂着血红色的胭脂的嘴唇，光亮如油的发髻，长及肚脐的短袄，扭动的臀峰，紧紧勒着生殖器的裤裆，裤褶在臀的两边，一上一下的磨擦着，扭动着走下桥去，好像向人招摇着兽性冲动的奇笑……比万花镜还要复杂的人底眼睛，男的，女的，丑的，俏的，都会有恶意的笑着……

城市生活的人，与睡在蚊蚋满帐的鸦片毒者，一般地懒惰，麻痹，无感觉。

这种生活，他并不咒诅，他觉得这是种有趣味的人生。有一天，他在夫子庙的油饼摊上，拿着一方揩筷子的粗纸，用铅笔随意的写了两句："失业的人最滑稽了，由当典里兑了银币，走到游戏场……一天的光阴就这样过去。"

一九二六，四，十九下午。

（原载《幻洲》第2卷第1期，1927年10月出版）

杨慕人

红　烧

(一)

一到吃饭的时候，我的女人总有些踌躇起来。虽然她是一个在十六年以前就破家亡国的满洲人，却还未尝过这目前生活的苦味。一个人七块大洋一月的包饭，每餐老是固定了的几样蔬菜：一盘白菜，一盘腐鱼，再加上一碗白水汤，时而放上咸菜，时而又放上东瓜。菜的原料并不算十分坏。可是把它放在大锅里，灌上几瓢冷水一煮，无油，多的是盐，简直变得没菜的味道了。饭呢，又黑又糙，糠壳更不必说了，还有一股腐烂的陈臭气，假如天老爷不以五雷击我的头，容许我把人食比作猪食的时候，那富人的喂猪的食料已比这好得多多了。

——这不但人与人之间不平等，并且人与兽之间也有了阶级。我的感觉叫我这样呐喊起来。

端起碗来，她总是把筷子放在嘴里衔一衔，嗅嗅饭的气味，皱皱眉头，叹了一口长气，然后才带泪地咽下几口。为了饥饿的压迫，我本可以不问好歹的吃它几碗，然而看见了她这种样子，一阵悲酸，湧上我的心头，莫说是这猪食不如的小菜饭，就是山珍海味，这时候摆在我的面前，我也食不下咽。我羞愧，我愤怨，我想哭，但哭不出声来，结果是把她搂抱在床上，我感得我们的热泪在脸上交流，于是我的肚子饱了。

这样一天天地过去，我与她成了反比例，我的食量逐渐地增加，她却慢慢地减少。她说她想吃，但又吃不进，索性不吃了罢！这几天差不多是没有吃饭了，饭来了，她摇摇头，倒在床上躺下。

——女人呀，女人！我劝你不要跟我出来受罪，你说贫困的生活中或能找得些真理。真理吗？真理早已被强暴掠去了。要上帝睁眼睛，除非再来一个天翻地覆。

她好像是病了。

昨天夜半醒来，她似乎觉得心中怪难过的。以手支着头，斜卧在床边，张开嘴，清水如流泉似地直泻在地板上。满地唉液，四壁徒然，微弱的灯光，照在她的脸上，浮泛着一层悲哀的灰影；那灰影幽灵似地渡上我的心台，又把我的心痛痛地打了几下。我想想我自己，想想我自己的前尘后影，今年有二十七岁了，弄得食不终口，衣不终身，更不要说什么事业了，父母不能赡养，女人跟着自己东逃西奔地受罪。我想想国家大事，国家大事虽与我这小子无关，但这残暴相仍的政局，颇令人生幻灭之感。我想想我的女人，女人的睫毛上的光辉消逝了，唇上的玫瑰褪色了。啊啊！一切一切都不动了，钟停了，车停了，时间也停了；世界更像个死东西，一点新奇也没有，有的是残杀，凶暴，和风雨之声。

“你病了！”

“不！我的精神很健旺！吐清水！我怕是营养不良缘故罢?!”

“明日当买些补品给你吃。”

“钱呢；我们给了六块钱饭馆里，已经吃了十天了。吃补品？饭馆里要钱哩！”

“我会想法子，——你想吃什么？”

“…………”

“你说咯！”

她若有所回忆似的，想像似的，吞了一口酸水，轻轻地说出“红烧猪肉”来，在被窝中卧在我的怀中，发出羞愧的笑声。我把她搂抱着，好久好久，她才如小儿一样地在母怀中睡去，我听得衖堂里有了刷马桶的声音，接着钟声敲了五下，曙光的爪子已经爬上房中独一无二的玻璃窗上来了。

（二）

上海的清晨，可以说是马桶的世界；你只要起早一点，在每条马路上，每个街弄里，它们就好像戒严时期的警卫一样，呆呆地在每一个门口站立着。我从永裕里嗅了它们的从沙沙的响声中吐出的臭气出来以后，向东一转沿着西门路走去。深秋的早晨，晓风吹在我的薄衣的身上，不能说是轻寒，简直觉得有些怕冷了。一落碧窈，盖在我的头上，只有东边的一角，现出鱼肚似的白色；几朵朝云，从参差的屋顶那边向着天空泛起。走尽西门路，便是白尔路口了。白尔路并没有什么特别的动静，一排列着的电杆，一动也不一动地，虔诚地向着天宇祈祷，好像是说：主啊！变更我的位置吧！我立得太疲倦了！风吹在电线上，发出一种刺耳的声来，好像是向着我施它讥讽的冷笑，又好像是对我发出同情的叹息。远远地看见一辆粪车，车上的工人犹如殉教的道士一样，载着他们的宝藏经卷，向着往斜桥的路线上驰去。白尔路的尽头，转一个弯，直上前走刺，横在面前的，便是法大马路了。这时候路上已有了许多行人，开往斜桥去的第一次第十七路电车，与由徐家汇开来而往十六铺的车，恰在这十字路口斜遇着。车上的搭客不甚拥挤，大多数都是些筋肉劳动的工人。我停着脚步，看看他们，只见得一种执着生活的勇气，在他们眉宇之间显露。唉！我的这种精神是消逝殆尽了！

穿过法大马路，到爱多亚路，路上的行人逐断加多，红日已经东升了。我在熙熙的人群中蹀跻着，你感觉得一种说不出的苦趣。一辆汽车飞驰过去。剩在我面前的，只是一阵黄灰和一道黑烟，我的目光呆呆地向前追视着，我几乎要向它扑了上去。……

这样，在人群的蠕动中，过了半点钟的光景，我走到北四川路的横板桥了。向北转弯，出了一条弄子，一座西式的三层楼的养公馆显现在面前。一辆汽车蹲卧在门口，二目怒视，犹如一条看家的猛兽一样。门虽然还是闭着在，我由那门墙透视过去，却能以看得出我那亲戚养大人的面孔来：麻脸大鼻子，小眼睛；眼睛虽小，看起人来煞是厉害。我在那养公馆的门口，踱来踱去，大约往返有十几次罢，我终于不敢进去。我的灵魂对我这样说：

"穷了找亲戚，舍了一口气！"

"倒不如到老彭那里去坐坐罢！"于是我回转身来，走原路沿着黄浦滩向霞飞路走去。

（三）

"什么样？你们这几天波有钱用了罢？"一进门，老彭就这样问起来。

"……"我只有以一个无声的苦笑回答他。实在的，我除了这一笑而外，忽然间我真没有什么适当的话好说。

"你这几天在干什么？"

"逛马路。"

"除了逛马路以外呢。"

"搂着女人睡觉。"

"你的女人为什么不同你一道来？"

"她病了。"

"什么病？"

"月经不调。"

聪明多智的老彭，竟被我把他谎过了。他说，他昨夜同 L 还在说着，恐怕我现在没有钱用了。他叫我把 L 的一件狐皮大衣拿去当二十块钱，我可以拿十块，剩的把他去给一位昨夜曾向他借钱的 K 君。

“你有进当铺的经验没有?”L 突然地问我。

“虽是老资格，可是这买卖已有一年多没做了。”

“那就可以了!”

“哈哈!”

“哈哈!”

在贝勒路的一家当铺里，把个衣包裹伸到柜台上去，伙计对我瞟了一眼，我觉得这是一个侮辱，但我的脸并没有红，伙计低着头去看衣服，我觉得我把他战胜了。他看看那大衣呢面子，又看它的狐皮里子，接着又看了我两眼，似乎说：“你有这样贵重的狐皮大衣吗？你从那儿偷来的?”“滚你妈的，你有眼无珠的东西!”我几乎要骂起来。这时候我若有支柏琅琳，薄壳，手提机关枪在手，我一定要向着这个当铺扫射。

“当多少钱?”

“二十五元。”

“少一点罢!”

我觉得这是复仇的机会到了，若错过了这个机会，他这深居高墙里面而又加上铁栏杆的屋子内的家伙，你想骂他一句，打他一掌，是不可能的。我便咆哮起来：

“你识货不?!你的眼睛呢！这是什么东西，你看！——替我包起来！二十五元当不着？随便到什么当铺里，四十元好当！你不识货的……”

伙计受了我一场骂之后，乖乖地把五张五元一张的中国银行的纸币和一张当票交给我了。我大步地跨出门来，我心里想，人要狠恶，才有饭吃，今天的当当，便是一个好例子。

吃大菜，坐汽车，没有什么秘奥，只要能狠；狠不过去，你便拍。我今日胜利了。

(四)

从老彭那里拿了十元纸币回来，付了五块钱饭账，两块半钱的租器具的租钱；化了一块六角钱替女人买了一个马桶。剩下的几角钱，买了一斤猪肉，一块生姜，四个红辣椒，四两酱油，二两盐。还去买了一块固本牌的臭肥皂，去了十二个铜板，肥皂是给我女人洗脸用的。

把好久未用而上了锈的汽油炉子寻出来，擦擦干净；没有引火的酒精，依然是用煤油代替。像针鼻子大的一个出气的小孔，久已锈得不通了，无论你用多大的力量打气，总是冒不出火来。我气极了，但气是不中用的。“急极智生”，我把我唯一的一个铜笔尖抽下来，使他曲得成一个直角，向那小孔中一钻，气通了。气通是通了，可怜我的手指缩回来没有火冒出的快，我感得一阵疼痛，看看我的一个食指变成黄灰色，看着看着红了，看着看着起了一个水泡！我把右手捏着右臂，无意识地摔了几下，大概是下意识想除去痛苦的动作，谁知又把汽油炉子打翻在桌上；烧伤了的创处，撞在炉上的铁管子上，我心中发生了一股子奇痛。

这时候，我的女人正在切肉，听说我的手伤了，两眼对我望着；不当心，刀子一棍，把她的中指切了。以裁纸刀作菜刀，切猪肉虽不甚锋利，可是切在她白嫩的手指上，却快得非常。一个中指头，差不多削去一半，鲜血像有源的泉水，不住地湧着，因纸揩干了，马上它又流出来。不得已放在水中浸洗，染了一大盆血水，她看着了，她觉得害怕，觉得疼痛，颤栗地哭起来了。

以后还是我忍痛地把肉切完，再重行把火燃着。这一回真使我为难了，肉是放在面前，但怎么样才能把它弄成红烧呢!?

“蔷！这怎么办?”

“放在锅中煮好了。”

“煮了就能成红烧吗?”

“先放盐，后放酱油，再把辣椒生姜之类放上就是了。”

我依着我女人的说法做去，一会儿锅中“独独”地滚起来，热气从锅盖的边沿腾出，有一种香味，使我不住地把口中的唉液吞了几次。

十二点钟还差一刻，饭馆的送饭来了。我含笑着同她说：

“今天你该多吃一碗饭吧!”

“……”她似乎有些害臊，又有些高兴，虽然她的中指头被切，疼痛还没有消去。

“吃咯!”我先奉一块给她，然后奉一块我自己。我的天呀!我的老天爷呀！你怎么愚弄我到这种地步哩！这块肉简直咸得不能入口了!

“你放了多少盐?”她气愤愤地责问我。

“三匙；大约有一两多吧!”

她两个眼圈红了，缓缓地，悄悄地把碗筷放下；我只对着板壁发怔，我听得楼下的裁缝店的老板娘子洗碗的声音。

一九二七，十，一，上午。

（原载《幻洲》第2卷第2期，1927年10月出版）

彭家煌

劫

张妈将两个月工资寄回家后，个把月还没接到丈夫的回信，虽在冗忙时，她心里总是上七下八的，好像身子挂在危崖上摇晃，又像乌云托着她在渺无边际的空虚中漂流；为着几个钱，恩爱的夫妻就同散了伙被转卖到千十万家，连信都不能常收到，本来，寒苦人家有几个人识字的，要寄信就寄信，那有这么方便啊！

她的神情惝怳的，每逢前后门“劈拍劈拍”的响，心里就起了共鸣：“说不定他来了，他说今年春上准到上海来玩玩的。不然，便是邮差送信来，许多信中有这么的一封：封套小小的，软软的，很脏，中间有一条红签或是用粗纸当封套，上面有淡墨写的歪斜的字。”于是她的脚步就快了，像鸡婆弹土似的忙，把门开了。门外倘是客人，她就问明了找谁，心冷了半截的把话回复了，果真是邮差送信来，她就如发了洋财一般的抢着一把接住，一封一封的去认明，看有没有封套上有红签的，有，她就脚不停轮的奔上楼推推亭子间的门，问：“何先生，请你看看这里面有没有绍兴寄来的？——这封是不是？”她还拣了一封合于自己所推想的，俨然就能断定只有绍兴有那么的信封，何先生瞧着她那焦急的样子，偏要接着信看了又看，越耽误时候越有意义似的将那个“不——是”悠悠的唱出来，等她灰心的拿着信要交给太太去，他却又叫她回来说：“仿佛有一封是的样，我还没看清呢！”

当真，她又奔回将信给他看，他馋涎欲滴的瞧着她笑迷迷，慎重其事的，“哼，真没有绍兴寄来的!”这样说了，她才决心的走去，她只要得着真实的消息，也就不思索自己这样跑来跑去是怎么回事，她的脑海里有时不过有个这样的影子：“何先生很柔和，不像东家和太太那么的爱对她板起严峻的脸子，自己不识字，太太也不识字，没有他，看家书，写回信就可真糟了糕。”

信，星期日的下午她竟收到了一封，套上有红签的，经何先生证明是绍兴寄来的，她将它贴身的藏着，很高兴，洗衣，泡水，无论做什么平常不愿意做的事，这时脸上总是露着桃红的笑靥，不过“他该平安吧？孩子乖吧？婆婆健旺吧?”这些思潮在脑中一回旋，眉毛便绉起，容颜又是愁戚的，信，虽则收到了，里面包藏的是安慰，是悲哀，这还没证实，她想请何先生替她看看信，只是几个月以来才接到这价值万金的家书，信息不好，固然不妨缓缓的知道，乐得自己空幻的快乐一阵，倘是信息好，这一丝的安慰在纷忙冗杂中也就不容易领略到，那太糟踏了，不如等自己闲逸时再请何先生读给她听，顺便请他写封回信。这样来回的一推敲，主意就决定了，她还是埋头低脑做她的事，赶快料理她的事务，预备腾出充分的时间来专办这件事，便中，信纸信封也买好了，回信中应说些什么，那是早已有了底稿的。

晚餐后，东家和太太上了电影院，家里没有谁，她想这是时候了，就喜滋滋的推开亭子间的门。

“何先生今晚不出门吗?”

“没一定，有什么事?”

“想请何先生看看信。”

“好啊，因为你要看信，我就不出门吧!”

她笑着就进了房，转过背，伸手在衬衣里找了半天，找出那封信，交给何先生。何先生就拆开来看，她虽不识字，也伏在桌上，忧喜的容颜时时在脸上变幻，眼睛却注视何先生的脸，希望在他的神情里探出家中的消息的好坏。何先生看了信，脸上浮出的是滑稽的笑容，她的摇摇摆摆的心似乎就安定了，面部的愁云也消失了，家中平安的消息，在何先生的笑容里探出了，然而还是急切的问：

“我家里该没有什么吗？上个月寄回十块钱信上不知说了没？”

“没有什么，钱也收到了，只是……”何先生痴痴的瞧着她笑，俨然是信里有笑的材料。

“只是什么？请你念给我听吧，谢谢你！”她的心里有些仿佛，担心着家里出了什么丑事似的。

“念是自然念给你听，可是念出来你可不要难为情噢。”他笑着，眼睛斜斜的瞅着她，“你靠拢来点，我轻轻的念给你听吧？”他两手抱着自己的身子两边摇摆，摆得很入神。

“别装腔，请你爽爽气气的念吧，谢谢你！”她口里虽是这样说，心里真的有些难为情，只是“靠拢来点”却不肯照办。

“好吧，那末我念噢！”他微微的有点不满意的念：“妹妹，二月初三收到汝信，并大洋拾元，我非常欢喜。汝近来身子不知好否，甚念，在外总要保养身体，钱要用时尽可留用，不必每月全数寄回。家中一切平安，二妹生了小的，元宵后回家住了半个月，银儿也乖，前几天他受了感冒，晚上发热，口里只是喊姆妈，现在已经好了。我呢，近来精神也有些不济。”这些不关紧要的话，一气就念完了，他默默的瞧着她，探探气色，她的脸色忽然灰白了，“银儿才五岁半，这末小的孩子就离了娘，婆婆老态隆钟的还得要人服侍。他是整天的辛劳那有工夫管，冷热屎尿，有谁照应他，这些还事小，他又有没有伴，门前的那口塘，水光闪闪的，设若掉下去，那就……”她正在暗地里酸楚，何先生又火上加油的把信中的话接上：“饭也吃不下，做事是无精打彩的，走进房，冷冷清清的像是和尚庵，一躺在床上就做梦，每每梦见你，梦到那些事情上去。两年多的日子都是这样凄凄怆怆的过去，妹妹呀……”他又停住了，眼睛向她睃了一睃，吓吓的干笑着。她的灰白的脸忽又血红了，眼眶里泪珠莹莹的。她发现何先生注视她，她用手遮了脸，转过身子去。

“还有要紧的话，——怎么着！站拢来点啊！”

“唉，谢谢你，不要念了，我是光眼瞎，你随意造些话在里面，谁晓得。”她羞羞的回转头来说，精神又渐渐的舒畅了，快慰了。

“真的，句句是真的，我还骗你吗？你素来对我很好的，我还骗你吗？”

“唉，那就是他受了人家的骗啦！——唉，作孽，他也是少读了几句书，家信也要请人写，请人看的，你晓得又是请了个什么化孙子写了这些鬼话啦！唉，真作孽！”

“是呀，写信就要找我们这样老实人写，这作兴是谁跟他开玩笑也说不定，我是照着信上念的。只是你已经出门这样久，他就难道真不想你吗？”他瞧着她融融的笑：“那个男人不想堂客，那个堂客又不想男人的。”

她把头低下去，避一避灯光，何先生越瞧越神往，“还有要紧的话”也就没有了。她像受了感冒似的，身子动了一动，却启却又停住，沉思了一阵说：“何先生，真的不出门吗？如果不出门，那就还要麻烦你一下。”

“你既是有事，我就不出门也行，你不是别人，什么事我都肯替你尽心的。”何先生谄媚了两句，又启示她说：“太太又不在家，说不定一二点钟才回来，趁着你有工夫，就把你要做的事情替你做了吧！”

“是的，太太在家就忙不开，趁着今晚就请你写一封回信吧？一次不了一次的麻烦你，真是折磨人！”她实实在在的抱歉，虽则自己平常也替他打水，买东西，究竟写信看信是比什么都难的。

“呵——就是写回信呵，我以为有什么好事情麻烦我，好吧；你就站在我前面说，我一句一句替你写就是。”

她得了何先生的允许就像喜鹊一样的要飞下楼去取信纸。

“不必下楼了，你是取信纸吗？我这里有，早就替你预备好了的。”

“信纸信封也要用何先生的，这怎么要得！”她一壁说，一壁走回来，倚着桌子边站着。“请何先生这样写，就说我身体好，事情末，也不很忙，只是没有什么大味分。信末，收到了，我很里念家里，不知为什么老是几个月不寄信来。”她响了一响嗓子，又再往下说，许多的话就赛跑似的纷乱着，一齐拥到口门来：“婆婆末，唉……”说到婆婆就有无穷的慨喟要向何先生申诉似的，“那末大的岁数，不知还常常发气痛不，事情要她老人家少做一点，这样要管，那样要管，一张碎米嘴整天烦个不住，我要出门末，也不是纯然为着家里穷，实在也是受不住叽嘈，你怕我真忍心——”她的喉头像塞了什么，“二妹是前年出嫁的，她老人家就只有这个女儿胎，几多看的重啰！生了孩子，我好意思不送礼吗？二妹是跟婆婆一气的！在家里的时候，指鸡骂狗，受她的气也真受足了。但是，我不送礼，她们不生气吗？讲起来，我在外面赚钱，赚洋钱，唉，一天忙到晚，伤风头痛，还敢困在床上吗？”她越扯越远，费了一番思索才找着了头绪：“呵，请你添上一句，说我要寄点衣料给毛毛做点什么，有便头就寄回来，说起来，也算是舅姆胎！就是这几件事。呵，还请添一句，问问婆婆的安，二妹两娘崽人好不，孩子乖不？我末，在这里身子好……”

“慢点，慢点，我闹不清，你这封信是写给谁的？信上开头总要有个称呼才行啊。这又不是咱们俩在说话！”

“自然是写把他的。”她羞羞的一笑。

“他是谁，我是谁，你是谁，他，他他，嘿；嘿，嘿。”

“他叫邹士林啦，什么‘你是谁’，‘我是谁’的！”

“你平常就称他邹士林的吗？这样还算恭敬吗？真是！还是称他哥哥吧，他称过你妹妹的。你对哥哥就没有一句没有说的吗?”何先生笑迷迷的，目光灼灼的就像射进她的心窝的薄膜，她的眼光就避到窗外，对面亭子间里也是一男一女在作什么，她渐渐的露出苦恼的样子，夫妻之乐在脑里一闪烁，就像做了亏心事，当了官说不出口供。

“怎么，你对哥哥就说不出一句体贴的温存的话吗？他不是精神不济吗？不是也在想你吗？不是……”何先生耸一耸肩，绉一绉眉眼，偏着头，鹰钩鼻子也动了一动，一双贼眼死死的钉着她，她是二十五六的，久旷之后的妇人。

“好啦，好啦，你就替我添上一句：要他自己也好好保养保养身体就是没别的话了。”她苦笑着说，掉转头，不敢正视何先生。

“替人家写信就得把人家心里的话写出来，有些话是说不出口的，我含糊的替你写着就是。”

何先生拿起笔就写，重要的事，几句就包括了，他就自出心裁的写些动情的句子，预备念给她听。只是几笔写完了，就没有什么戏唱了，怪乏味的，“可是在写信上耽误时候太多也就是徒劳的事。”这样一思量，终于笔如游龙的，一会就写完了。“好，完了，嘻，嘻，嘻!”他笔一搁，眼睛就射着她，射着她的眉，眼，两峰凸凸的胸部，腰，而且幻想着腰以下的一切。

“笑什么，笑里藏刀，我不相信你写的，你得念给我听。你别欺我光眼瞎，看你那神气就看得出，你别瞒我。”她带笑的说。

“自然念给你听啦，你站拢来一点，高声的念，像什么，这是私信。”何先生伸手将她那露出衣袖外的手臂像黏了面糊似的一拉，她已神驰到家园，丈夫为她想病了，她该对丈夫安慰几句，她就像站在丈夫的床沿，被他一拉似的，站在何先生的身边。她听到："哥哥，你的信，收到了。近日婆婆安否？二妹和小儿乖否？银儿吵事不！甚念！妹想送二妹一点衣料，给小儿做衣服，有便即当寄回家。妹在外自知保养，请莫悬念。自己身体要紧。"她就像在跟丈夫对话，相距咫尺似的，"哥哥，请晚上不要胡思乱想啊，像我，难道不时常思想你吗？只是想来想去，还是一场空，这不是无益之事吗？哥哥呀……"何先生有神有韵的念，一壁笑着偷偷的瞅着她，她的确又落到凄愁的海里了，她顿觉自己还是在他乡，对着别的男子的面孔，这些情话虽是自己心里所要说的千万分之一，然而这是别的人替她说出的，这不是说给丈夫听，是何先生说给她自己听，凄切，羞惭的情绪在她的脸上交织着，眼泪几乎流下来了。但她的眼泪不愿对着何先生流，她强作笑颜说：

"你们当先生的就没有一个好人，请你写封信呢，就爱鬼扯腿的乱写，唉，我要是认识几个字，自己能够动笔，真是一世也不愿求你们的。"她狠狠的啐了何先生一口，但她那春情骀岩的神景，徒然使何先生加倍的醉迷！

"真是，费力不讨好，我贪图个什么，这样体贴的替你写信？"何先生拿着写好了的信，紧紧的握着，咬紧牙齿装出要扯去的形势。

"好啦，好人做到底，我说得玩的，请你将信给我吧，谢谢你！"她恳求的说。

"是啦，这就是话了！"何先生笑着说，一壁将封套照着原信上载的住址写了，昂起头来沉着的咕噜着："你将什么谢我啊，口口声声'谢谢你谢谢你'？"

"啊——啊——我替你洗衣服，干干净净的洗。"

"不行，洗衣服我还是给钱你，而且多给。"

"替你扫地，拖地板，擦桌椅。"

"更不行，这我自己能动手，不必劳你的驾。"

"那末怎样谢你呢？——买两盒香烟送给你。"

"见鬼啦，我少的是香烟吗？有的是大联珠！"

"那末，我谢你什么，你说出来啊！"

"不要你花钱去买，也不要你向别处去寻求，你自己身上有的，现在就带在身边呢，我要的是那东西，你猜。"

"我身边没有末，你指给我看，你所要的。"她毫不思索的说，但她为何先生的奸诈的丑态所提醒，胸部就一起一伏的，神筋紧张起来，怯羞与苦闷笼罩在她的脸上，室内惨淡的夜色四合着，她融合在里面化作一片朦胧，她头晕耳热的，眼睛痴呆的瞧着何先生，身子不由得慑缩的往后退。何先生强盗般的窜起来，"我要的是这个！"他抢着用手撩她的衣服说，纵步跳上前，"扎，扎"的把房门锁了，"碰，碰"的将窗户关了。

"我不，我不，我不……"

"嘻嘻嘻，嘿嘿嘿！"

软弱的挣扎的声音渐渐的微细，亭子间的灯光突然灭了……

一六，双十节，于上海

（原载《幻洲》第2卷第3期，1927年11月出版）

中国文库·文学类

（已出书目）

【第一辑】

鲁迅选集　　鲁迅著……………………………… 人民出版社
郭沫若选集　　郭沫若著……………………………… 人民出版社
茅盾选集　　茅盾著……………………………… 人民出版社
巴金选集　　巴金著……………………………… 人民出版社
老舍选集　　老舍著……………………………… 人民出版社
曹禺选集　　曹禺著……………………………… 人民出版社
冰心选集　　冰心著……………………………… 人民出版社
朱自清选集　　朱自清著……………………………… 人民出版社
徐志摩选集　　徐志摩著……………………………… 人民出版社
萧红选集　　萧红著……………………………… 人民出版社
赵树理选集　　赵树理著……………………………… 人民出版社
郁达夫选集　　郁达夫著……………………………… 人民出版社
沈从文小说选　　沈从文著……………………………… 人民出版社
子夜　　茅盾著……………………………… 人民出版社
家　　巴金著……………………………… 人民出版社
倪焕之　　叶圣陶著……………………………… 人民出版社
围城　　钱锺书著……………………………… 人民出版社
财主底儿女们（上下卷）　　路翎著……………………………… 人民出版社
太阳照在桑干河上　　丁玲著……………………………… 人民出版社
暴风骤雨　　周立波著……………………………… 人民出版社
青春之歌　　杨沫著……………………………… 中国青年出版社
林海雪原　　曲波著……………………………… 人民出版社
红旗谱　　梁斌著……………………………… 中国青年出版社
红日　　吴强著……………………………… 中国青年出版社
冬天里的春天（上下卷）　　李国文著……………………………… 人民出版社
沉重的翅膀　　张洁著……………………………… 人民出版社
活动变人形　　王蒙著……………………………… 人民出版社
白鹿原　　陈忠实著……………………………… 人民出版社
毛泽东诗词选　　毛泽东著……………………………… 人民出版社
艾青诗选　　艾青著……………………………… 人民出版社

贺敬之诗选　　贺敬之著 …………………………… 人民出版社
郭小川诗选　　郭小川著 …………………………… 人民出版社
余光中诗选　　余光中著 ………………………… 中国青年出版社
沈从文散文选　　沈从文著 ………………………… 人民出版社
白洋淀纪事　　孙犁著 ……………………………… 人民出版社
可爱的中国　　方志敏著 …………………………… 人民出版社
随想录　　巴金著 ……………………… 生活·读书·新知三联书店
文化苦旅　　余秋雨著 …………………………… 东方出版中心
欧洲文论简史　　伍蠡甫　翁义钦著 ……………… 人民出版社
欧洲文学史(上下册)　　杨周翰著 ……………… 人民出版社
中国文学史(共四册)　　游国恩等主编 ………… 人民出版社

【第二辑】

丁玲选集　　丁玲著 ………………………………… 人民出版社
戴望舒选集　　戴望舒著 …………………………… 人民出版社
沙汀选集　　沙汀著 ………………………………… 人民出版社
艾芜选集　　艾芜著 ………………………………… 人民出版社
林徽因选集　　林徽因著 …………………………… 人民出版社
骆驼祥子　　老舍著 ………………………………… 人民出版社
懒寻旧梦录(增补本)　　夏衍著……… 生活·读书·新知三联书店
胡风回忆录　　胡风著 ……………………………… 人民出版社
保卫延安　　杜鹏程著 ……………………………… 人民出版社
野火春风斗古城　　李英儒著 ……………………… 人民出版社
上海的早晨(共四部)　　周而复著………………… 人民出版社
烈火金刚　　刘流著 ……………………………… 中国青年出版社
一代风流(共四册)　　欧阳山著………………… 人民出版社
创业史　　柳青著 ………………………………… 中国青年出版社
李自成(第一卷:上下册)　　姚雪垠著 ………… 中国青年出版社
青春万岁　　王蒙著 ………………………………… 人民出版社
将军吟　　莫应丰著 ………………………………… 人民出版社
野葫芦引:南渡记　东藏记　　宗璞著 …………… 人民出版社
钟鼓楼　　刘心武著 ………………………………… 人民出版社
尘埃落定　　阿来著 ………………………………… 人民出版社
白门柳(全三册)　　刘斯奋著………………… 中国青年出版社
梁遇春散文选　　梁遇春著 ………………………… 人民出版社
孙犁散文选　　孙犁著 ……………………………… 人民出版社
季羡林散文选　　季羡林著 ………………………… 人民出版社

周涛散文选　　周涛著 ………………………………… 人民出版社
史铁生散文选　　史铁生著 ……………………………… 人民出版社
北京乎——现代作家笔下的北京(上下册)
　　姜德明编 ………………………… 生活·读书·新知三联书店
臧克家诗选　　臧克家著 ………………………………… 人民出版社
舒婷的诗　　舒婷著 ……………………………………… 人民出版社
海子的诗　　海子著 ……………………………………… 人民出版社
张天翼童话选　　张天翼著 ……………………………… 人民出版社
高士其童话选　　高士其著 ……………………………… 人民出版社
中国俗文学史　　郑振铎著 ……………………………… 商务印书馆
中国鲁迅学通史(共六册)　　张梦阳著 ……… 广东教育出版社
论红楼梦思想　　冯其庸著 ………………… 黑龙江教育出版社
中国现代小说史(全三册)　　杨义著 ……………… 人民出版社

【第三辑】

废名选集　　废名著 ……………………………………… 人民出版社
陈映真自选集　　陈映真著 …………… 生活·读书·新知三联书店
京华烟云(上下册)　　林语堂著 ………………… 现代教育出版社
大波(共三部)　　李劼人著 ……………………………… 人民出版社
六十年的变迁(共三部)　　李六如著 ……………… 人民出版社
小城春秋　　高云览著 …………………………………… 人民出版社
苦菜花　　冯德英著 ……………………………………… 人民出版社
黄河东流去　　李凖著 …………………………………… 人民出版社
平凡的世界　　路遥著 …………………………………… 人民出版社
芙蓉镇　　古华著 ………………………………………… 人民出版社
浮躁　　贾平凹著 ………………………………………… 人民出版社
绿化树　　张贤亮著 ……………………………………… 人民出版社
曾国藩　　唐浩明著 ……………………………………… 人民出版社
古船　　张炜著 …………………………………………… 人民出版社
第二十幕(上中下册)　　周大新著 ………………… 人民出版社
刘以鬯小说自选集　　刘以鬯著 ………………… 百花文艺出版社
金牧场　　张承志著 ……………………………………… 人民出版社
红高粱家族　　莫言著 …………………………………… 人民出版社
梦家诗集　　陈梦家著 ……………………………………… 中华书局
穆旦诗文集(一、二)　　穆旦著 …………………… 人民出版社
周作人散文　　周作人著 ………………………………… 人民出版社
何其芳散文选集　　何其芳著 ……………………… 百花文艺出版社

上海屋檐下法西斯细菌　　夏衍著 ························ 人民出版社
风雪夜归人闯江湖　　吴祖光著 ························ 人民出版社
王国维文学论著三种　　王国维著 ························ 商务印书馆
中国小说史略　　鲁迅著 ································ 人民出版社
咀华集咀华二集　　李健吾著 ···························· 人民出版社
现代中国文学史　　钱基博著 ················ 中国人民大学出版社
中国文学批评　中国散文概论
方孝岳著 ································ 生活·读书·新知三联书店
鲁迅和中国文化　　林非著 ························ 南开大学出版社
唐代科举与文学　　傅璇琮著 ······················ 陕西人民出版社
中国诗学　　叶维廉著 ···································· 人民出版社
迦陵论诗丛稿　　叶嘉莹著 ································ 中华书局
台湾文学史
刘登翰　庄明萱　黄重添　林承璜主编 ········ 现代教育出版社

【第四辑】

马烽小说选　　马烽著 ···································· 作家出版社
周立波小说选　　周立波著 ························ 湖南文艺出版社
玛拉沁夫小说选　　玛拉沁夫著 ························ 作家出版社
王愿坚小说选　　王愿坚著 ························ 中国青年出版社
李準小说选　　李準著 ···························· 人民文学出版社
王蒙小说选　　王蒙著 ···························· 人民文学出版社
汪曾祺小说选　　汪曾祺著 ························ 人民文学出版社
林斤澜小说选　　林斤澜著 ························ 人民文学出版社
李国文小说选　　李国文著 ························ 人民文学出版社
邓友梅小说选　　邓友梅著 ························ 人民文学出版社
陆文夫小说选　　陆文夫著 ························ 江苏文艺出版社
高晓声小说选　　高晓声著 ························ 江苏文艺出版社
茹志鹃小说选　　茹志鹃著 ························ 江苏文艺出版社
王安忆小说选　　王安忆著 ························ 人民文学出版社
铁凝小说选　　铁凝著 ···························· 人民文学出版社
史铁生小说选　　史铁生著 ························ 人民文学出版社
闻捷诗选　　闻捷著 ······························ 人民文学出版社
昌耀诗选　　昌耀著 ······························ 人民文学出版社
食指诗选　　食指著 ······························ 人民文学出版社
天安门诗抄　　童怀周编选 ························ 人民文学出版社

朦胧诗选　　杨克　陈亮编选 ………………………… 中国青年出版社
杨朔散文选　　杨朔著 ……………………………… 人民文学出版社
秦牧散文选　　秦牧著 ……………………………… 人民文学出版社
刘白羽散文选　　刘白羽著 ………………………… 人民文学出版社
萧乾散文选　　萧乾著 ……………………………… 人民文学出版社
柯灵散文选　　柯灵著 ……………………………… 人民文学出版社
杨绛散文选　　杨绛著 ……………………………… 人民文学出版社
贾平凹散文选　　贾平凹著 ………………………… 人民文学出版社
邵燕祥散文选　　邵燕祥著 ………………………… 人民文学出版社
1949～2009 剧作选　　老舍等著 ………………… 人民文学出版社
1949～2009 报告文学选　　刘白羽等著 ………… 人民文学出版社
1949～2009 儿童文学选　　冰心等著 …………… 中国青年出版社
周扬文论选　　周扬著 ……………………………… 人民文学出版社
陈涌文论选　　陈涌著 ……………………………… 人民文学出版社
张光年文论选　　张光年著 ………………………… 人民文学出版社
唐弢文论选　　唐弢著　刘纳编选 ………………… 人民文学出版社
王瑶文论选　　王瑶著　陈平原编选 ……………… 人民文学出版社
钱谷融文论选　　钱谷融著 ………………………… 上海文艺出版社
王元化文论选　　王元化著 ………………………… 上海文艺出版社
蔡仪美学文选　　蔡仪著　杜书瀛编 ……………… 河南文艺出版社
1949～2009 文论选
　　钱锺书等著　贺绍俊编选 ………………………… 人民文学出版社